W0026285

Kirsten Winkelmann

Zwei Leben – eine Liebe

Roman

Kirsten Winkelmann

Zwei Leben – eine Liebe

Roman

Schulte & Gerth

Best.-Nr. 815 931
ISBN 3-89437-931-6
1. Auflage 2004
Umschlaggestaltung: SPOON, Olaf Johannson
Illustration: Connie Heyes, Illustration Source/Picture Press
Satz: Typostudio Rücker, Linden
Druck und Verarbeitung: Ebner & Spiegel, Ulm
Printed in Germany

Widmung

Für meinen Mann Jörn,
der mich trotz meiner vielen Unzulänglichkeiten genauso liebt,
wie auch Cordula sich das wünscht.

Danke!

Teil 1

1986

Kapitel 1

Cordula hielt ihre hellbraune lederne Schultasche mit beiden Händen fest umklammert vor dem Bauch und hetzte damit durch den Flur ihrer Schule. Sie hatte die 200 Meter von zu Hause im Laufschritt absolviert und war inzwischen hochrot und vollkommen außer Atem. Der Schweiß rann in Sturzbächen an ihren Schläfen herunter und sie hatte das Gefühl, als könnte sie die letzten Schritte bis zu ihrem Klassenraum nicht mehr bewältigen.

Aber das war auch kein Wunder. Cordula hasste jede Art von Sport. Und da sie außerdem stark übergewichtig war, war es schon eine Herausforderung für sie, sich schneller als im Schritttempo fortzubewegen.

Jetzt hatte sie ihr Klassenzimmer aber doch erreicht. Hektisch sah sie auf ihre Uhr. Es war zehn nach acht. Sie hatte also schon eine Viertelstunde Verspätung!

Sie seufzte. Montags wurde in der ersten Stunde Geschichte unterrichtet. Und vor ihrem Pauker Herrn Dreyer hatte sie schon immer ungeheuren Respekt gehabt. Auch wusste sie, wie sehr er es hasste, wenn seine Schüler kleckerweise zum Unterricht erschienen. Aber was sollte sie machen? Sie hatte nun einmal verschlafen und so blieb ihr nichts anderes übrig, als die Folgen zu tragen.

Sie atmete noch zwei-, dreimal tief durch, strich dabei ihre überdimensionale Jeans glatt und zupfte so lange an ihrem zeltartigen pinkfarbenen Sweatshirt herum, bis es einigermaßen locker saß. Dann klopfte sie einmal kurz und öffnete beherzt die Tür.

Herr Dreyer stand vorne und kritzelte gerade irgendwelche Daten an die Tafel. Als er Cordula erblickte, hielt er damit inne, warf ihr einen missbilligenden Blick zu und sagte: „Na, Frau Strohm, auch endlich ausgeschlafen?"

Cordula nickte verlegen, murmelte „Tschuldigung" und wandte sich dann ihrer Klasse zu. Doch dann stutzte sie plötzlich. Irgendetwas ging hier vor, das merkte sie auf Anhieb. Irgendetwas war anders. Aber was?

Der Klassenraum hatte sich nicht verändert. Er war immer noch recht neu und modern, dabei aber klein, um die 20 Quadratmeter. Seine Wände waren verputzt und zartgelb gestrichen. Davon sah man allerdings nicht viel. Vorn verdeckte die riesige dunkelgrüne Tafel die Wand. Auf fast gleicher Höhe an der rechten Wand befand sich die Tür, die Cordula gerade geöffnet hatte. Sie war ebenfalls dunkelgrün. Der übrige Teil der rechten und auch der hinteren Wand war mit Postern und Plakaten gepflastert. Viele davon vermittelten Lehrinhalte, ein Periodensystem legte nahe, dass in diesem Raum auch Chemie unterrichtet wurde.

Ein wenig verunsichert und ungewöhnlich zaghaft setzte Cordula einen, dann noch einen Fuß auf den dunkelgrünen Teppichboden und schloss die Tür hinter sich. Fast zeitgleich hob sie ihre Hand und legte sie wie einen Sonnenschutz über ihre Stirn. Die linke Wand des Raumes war durchgehend mit Fenstern versehen. Nur schmale dunkelbraune Kunststoffrahmen durchbrachen die einzelnen Glaselemente. Auf diese Weise konnte das helle Sonnenlicht, das einem wolkenlosen Himmel zu verdanken war, fast ungehindert hindurchfallen. Es tauchte jetzt auch Cordula in ein seltsam betonendes Licht. Es war, als hätte man einen Spot auf sie gerichtet und das verstärkte das Gefühl der Bedrohung, das Cordula ohnehin schon empfand.

Misstrauisch und forschend sah sie in die Gesichter ihrer Mitschüler. Warum grinsten die nur alle so komisch? Sie wusste, dass sie nicht sehr beliebt in der Klasse war. Und sie konnte sich denken, dass ihr gegenwärtiger Zustand ziemlich erheiternd wirken musste. Sie spürte förmlich, wie ihr Gesicht glühte, und wusste selbst, wie heftig sie noch immer atmete. Trotzdem kam ihr irgendetwas seltsam vor. Irgendwie meinte sie regelrechte Freude in den Gesichtern ihrer Klassenkameraden entdecken zu können. Warum?

Langsam und zögernd ging sie auf ihren Sitzplatz zu. Die Tische der 11 b waren in je zwei Viererreihen angeordnet, die in der Mitte durch einen kleinen Gang voneinander getrennt waren. Sie selbst saß von vorne aus betrachtet im linken Teil, auf dem innersten Platz der dritten Reihe, direkt neben ihrer Freundin Laura. Die war heute allerdings nicht da und seltsamerweise stand auch kein Stuhl hinter ihrem Tisch.

Cordula begriff noch immer nicht und suchte vorsichtshalber den Boden vor ihren Füßen ab. Hatte man eine Stolperfalle für sie installiert?

Das schien nicht der Fall zu sein. Jedenfalls gelangte sie unbehelligt bis zu ihrem Tisch, legte vorsichtig und voller Misstrauen ihre Schultasche daneben ab und zog den Stuhl dahinter hervor.

Komisch, der Stuhl sah ja heute ganz anders aus. Hatte die Schule etwa neue Sitzmöbel spendiert? Der Stuhl war aus Holz, genau wie die anderen Stühle im Klassenraum. Aber anders als ihr früherer Stuhl war er ein wenig größer, hatte eine höhere Rückenlehne und außerdem zwei Armlehnen. Instinktiv sah sich Cordula zu Herrn Dreyer um. Das war doch ein Lehrerstuhl, den sie hier vor sich hatte!

Das vereinzelte Kichern, das angesichts dieser Reaktion durch die Reihen ihrer Mitschüler ging, verwirrte sie noch mehr. Vorne bei ihrem Pauker stand eindeutig der gleiche Stuhl. Und dann weiteten sich ihre Augen vor Entsetzen. Die Armlehnen! Wie ... wie um alles in der Welt ... sollte sie jemals ...?

Cordula verstand. Tränen traten in ihre Augen. Sie wusste, dass sie niemals in diesen Stuhl passen würde. Niemals. Sie passte schon nicht in die Schaukeln, die auf Spielplätzen zu finden waren. Wie sollte sie sich dann in einen Stuhl mit Armlehnen zwängen?

Mittlerweile hatten ihre Mitschüler das Entsetzen in Cordulas Blick bemerkt. Fast alle hielten jetzt ihre Hände vor den Mund, rutschten unruhig auf ihren Stühlen hin und her und konnten das Kichern nur noch teilweise unterdrücken.

Auch Herr Dreyer horchte jetzt auf. Er wandte sich erneut von der Tafel ab, drehte sich zu seinen Schülern um und sagte genervt: „Was ist denn los?“ Als niemand antwortete, wandte er sich an Cordula. „Genügt es nicht, dass Sie eine Viertelstunde zu spät zum Unterricht erschienen sind, Frau Strohm? Müssen Sie jetzt auch noch stören?“

Cordula wandte sich zu ihrem Lehrer um und stotterte hilflos: „Nein ... äh ... ich will ja gar nicht stören ... es ist nur ...“

„Was?“, zischte Herr Dreyer ungeduldig.

Cordula antwortete nicht. Was hätte sie auch sagen sollen?

Das trieb Herrn Dreyer aber erst recht die Zornesröte ins Gesicht. „Setzen Sie sich jetzt“, verlangte er. „Setzen Sie sich sofort auf Ihren Platz.“

Cordula sah noch einmal auf ihren Stuhl, dann wandte sie ihren Kopf erneut in Richtung ihres Paukers und dann wieder zurück in Richtung Stuhl. Was sollte sie nur tun?

„So-fort“, schrie Klaus Dreyer.

Cordula zuckte zusammen und ließ sich fast zeitgleich in ihren Stuhl fallen. Sie hatte sich nicht bewusst entschieden, so zu handeln. Sie war nur einfach dem stärkeren Druck gefolgt. Und dieser war nun einmal von ihrem Klassenlehrer ausgegangen.

Leider bereute sie ihr Handeln schon Sekundenbruchteile später. Die Wucht, mit der sie in den Stuhl gefallen war, hatte ihr zwar den Weg gebahnt. Sie saß jetzt tatsächlich. Sogar die Sitzfläche hatte sie erreicht. Aber mit dem Schmerz, der im gleichen Moment in ihre Hüften geschossen war, hatte sie einen hohen Preis dafür bezahlt. Außerdem merkte sie sofort, dass sie bombenfest zwischen den Stuhllehnen klemmte. Da war kein Millimeter Bewegungsfreiheit mehr. Sie saß in der Falle!

Ein Gefühl von Panik ergriff sie. Was sollte sie denn jetzt machen? Der Stuhl – es tat so weh! Ängstlich sah sie sich um und suchte nach einem Ausweg. Aber da waren nur die Gesichter ihrer Mitschüler, die allesamt auf sie gerichtet waren und noch dazu einen höchst amüsierten Eindruck machten.

Cordula schluckte schwer an dem Kloß, der sich in ihrer Kehle bildete. Erinnerungen wurden wach. Erinnerungen an die Alpträume, von denen sie so häufig geplagt wurde. Viele dieser Alpträume hatten mit ihrem Gewicht zu tun und fast alle bezogen sich auf die Schule. Immer wurde sie darin gehänselt und ausgelacht. Im schlimmsten dieser Alpträume lief sie nackt durch die Schule, rannte verzweifelt auf den Ausgang zu, kämpfte gegen lachende, kreischende Schülermassen an. Aber sie kam nicht voran, wurde festgehalten, musste länger und länger ertragen, wie man mit dem Finger auf sie zeigte und sie mit Igitt-Rufen bombardierte.

Irgendwann wachte sie dann regelmäßig auf, war schweißgebadet und weinte minutenlang, bevor sie sich wieder beruhigen konnte. Aber auch reale Streiche kamen in ihren Alpträumen vor, die man ihr tatsächlich gespielt hatte. Die Unterhose zum Beispiel, dieses Zelt von Unterhose, das selbst ihr zu groß gewesen wäre und das einen ganzen Vormittag lang im Klassenzimmer herumgeflogen war. Doch heute schien die Wirklichkeit all ihre Alpträume zu übertreffen.

Herr Dreyer, der längst wieder begonnen hatte, Daten an die Tafel zu schreiben, hielt ein weiteres Mal inne. Er ließ seine Hand sinken und drehte sich wiederum zu seiner Klasse um. Als er in Cordulas unglückliches Gesicht blickte, fragte er gereizt: „Ist irgendetwas nicht in Ordnung, Frau Strohm?"

Cordulas Augen hatten sich mit Tränen gefüllt. Der Stuhl klemmte ihr die Hüften schmerzhaft ein und sie wusste, dass sie das nur noch für kurze Zeit würde aushalten können. In ihrer Verzweiflung stemmte sie beide Hände auf die Armlehnen des Stuhles und versuchte, sich wieder hochzudrücken. Aber das bewirkte überhaupt nichts. Sie steckte wirklich fest.

„Frau Stro-hohm", machte ihr Klassenlehrer entnervt. „Haben Sie ein Problem?"

Cordula schreckte hoch. In ihrer Panik hatte sie ganz vergessen, dass Herr Dreyer sie angesprochen hatte. „Was ... äh ... nein ... doch", stotterte sie einmal mehr.

„Und wo liegt dieses Problem?", lächelte Herr Dreyer, dessen Geduldsfaden auf die Stabilität einer Spinnwebe geschrumpft war.

„Mein Stuhl", entgegnete Cordula weinerlich, „er ist zu klein."

„Ach tatsächlich?“, lächelte Herr Dreyer und hatte jetzt diesen abfälligen Zug um den Mundwinkel. „Mir scheint das ein völlig normaler Stuhl zu sein.“

Angesichts dieser Bemerkung war es um die Beherrschung der übrigen Schüler nun endgültig geschehen. Sie konnten jetzt gar nicht mehr an sich halten und begannen einfach hemmungslos loszulachen.

Das war mehr, als Cordula ertragen konnte. Sie musste weg hier, einfach nur weg. Mit der Kraft der Verzweiflung stemmte sie ihre Füße in den Boden und stand ruckartig auf. Wenn sie allerdings damit gerechnet hatte, dass sie sich damit aus dem Stuhl befreien konnte, dann hatte sie sich gründlich getäuscht. Der Stuhl hatte sich keinen Zentimeter von ihrem Hinterteil wegbewegt und so klebte er auch jetzt noch unerbittlich an ihr. Und das trug natürlich noch zusätzlich zum Amüsement der Zuschauer bei.

Cordula machte sich jetzt nicht mehr die Mühe, ihre Tränen zu unterdrücken. Sie weinte laut und versuchte dabei weiter, den Stuhl loszuwerden. Mit verzweifelten Schreien riss und zerrte sie an ihm herum, dann drehte sie sich um ihre eigene Achse und versuchte, den Stuhl am Tisch abzustreifen. Aber auch das half rein gar nichts.

Und dann, ganz plötzlich, verlor sie bei irgendeiner dieser hektischen Bewegungen auch noch das Gleichgewicht. Sie ruderte noch ein paar Mal mit den Armen, konnte aber nichts mehr retten, und so fiel sie in Zeitlupentempo nach hinten, um kurz darauf mitsamt Stuhl unsanft und laut polternd auf dem Fußboden zu landen. Aufgrund der Macht ihrer 139 Kilo knickten dem Stuhl dabei zwei der vorderen Füße weg. Auch die linke Armlehne brach ab, was immerhin dazu führte, dass Cordula nun nicht mehr an den Stuhl gefesselt war.

Leider hatte sie kaum einen Grund, sich darüber zu freuen. Bei dem Sturz hatte sie sich böse wehgetan, ihr Rücken schmerzte fürchterlich und auch ihr linkes Bein hatte etwas abbekommen. Hinzu kam, dass ihre Mitschüler mittlerweile aufgestanden waren, einen Kreis um sie bildeten und sich vor Vergnügen allesamt die Bäuche hielten.

Cordula war jetzt kaum mehr sie selbst. Ihre Scham schlug in Wut um.

„Lasst mich in Ruhe!“, schrie sie völlig außer sich.

Die Kraft der Verzweiflung packte sie und ermöglichte es ihr, sich aufzurappeln. Dabei schoss der Schmerz allerdings von neuem in ihre geschundenen Körperteile. Besonders die Belastung ihres linken Beines rief Schmerzen ungeahnten Ausmaßes hervor. Cordula stöhnte gequält auf, sackte noch einmal in sich zusammen und kämpfte sich dann aufs Neue in eine aufrechte Position. Ihr Zorn, die Schmerzen, die Scham, das laute Gelächter um sie herum, all das hatte sie mittlerweile in einen Zustand versetzt, in dem sie nichts, aber auch gar nichts mehr unter Kontrolle hatte. Sie hielt jetzt nichts mehr zurück, weinte ungehemmt, brüllte herum. Wie rasend ging sie schließlich auf ihre Mitschüler los und schlug auf sie ein. Das schien diese allerdings nur noch mehr zu amüsieren. Sie schubsten Cordula immer wieder in die Mitte des Kreises, den sie um sie herum gebildet hatten und begannen schließlich sogar, sie anzufeuern.

„Cor-du-la, Cor-du-la, Cor-du-la", ertönte es im Chor. Die Stimme von Herrn Dreyer, der wütend versuchte, die Ordnung wiederherzustellen, ging dabei völlig unter.

Cordula wurde noch immer herumgeschubst. Jetzt fiel sie sogar hin, landete erneut auf ihrem ohnehin schon schmerzenden Rücken. Stöhnend, jammernd, weinend, versuchte sie wieder aufzustehen. Dabei bekam sie mit ihrer Hand irgendwas zu fassen. Sie packte zu, es gelang ihr hochzukommen. Drohend hob sie ihren Arm.

Jetzt bildete sich vor ihr eine Schneise, die ihr den Weg zur Tür eröffnete. Die Tür! Der Ausweg! Cordula rannte vorwärts, ließ dabei das Stuhlbein fallen, das sie in der Hand gehalten hatte und war auch schon durch die Tür entkommen.

Wie ein verletztes Tier humpelte sie durch den Gang, den sie gerade erst gekommen war, die Treppe wieder hinunter, bis sie die Ausgangstür erreicht hatte.

Aber auch als sie das Gebäude längst verlassen hatte, konnte sie nicht anhalten. Sie lief immer weiter und weiter, die Straße entlang, die Schmerzen ignorierend, das Gelächter ihrer Mitschüler im Ohr.

❧

Tim Berghoff hüpfte gut gelaunt und beschwingt die dunkle Holztreppe hinunter. Er pfiff eine Melodie, die er sich gerade ausgedacht hatte, lächelte dabei versonnen und steuerte ohne Umwege auf die Küche zu, die sich gleich rechts an die Treppe anschloss.

Dort angekommen, ging er schnurstracks auf den Kühlschrank zu, öffnete ihn und nahm eine Milchtüte heraus. Obwohl der Kühlschrank in die Einbauküche integriert war, die den typischen Stil der siebziger Jahre aufwies, war seine Tür noch im schlicht-weißen Originalzustand sichtbar. Alle anderen Fronten bestanden aus Kunststoff, waren im oberen Teil leicht nach hinten gebogen und hatten eine undefinierbare hellbraune Farbe.

Nachdem Tim die Kühlschranktür wieder geschlossen hatte, öffnete er mit einem kräftigen Ruck den Oberschrank darüber, nahm eine große Plastikdose heraus und ging damit in Richtung Essecke.

Da dieser Teil vom Kochbereich aus nicht vollständig einsehbar war, sah er erst jetzt die aschfahle Gestalt im Schlafanzug, die dort mit einer Tasse in der Hand an dem dunklen Holztisch saß.

„Hey, Schwesterherz", rief er erstaunt, „was machst du denn hier?"

„Ich trinke einen Tee", lautete die mürrische Antwort.

„Und warum?", fragte Tim, während er sich der Anrichte zuwandte und einen tiefen Teller und einen Löffel daraus hervorholte. „Ich dachte, du müsstest montags zur Ersten in die Schule."

„Muss ich auch", brummelte Laura. „Jedenfalls, wenn ich mich auf den Beinen halten kann."

„Fühlst du dich nicht wohl?", erkundigte sich Tim und machte dabei unwillkürlich einen Schritt rückwärts.

„Du hast es erfasst, du Blitzmerker", zischte Laura und nippte wieder an ihrem Tee.

„Was fehlt dir denn?"

„Was mir fehlt?", wiederholte Laura patzig. „Also, im Moment fehlt mir ein Bruder, der ein bisschen weniger gute Laune verbreitet."

„Entschuldige, dass ich existiere", erwiderte Tim eingeschnappt und setzte sich ans andere Ende des rechteckigen Tisches. Dann schüttete er Cornflakes aus der Dose in den Teller, gab Milch dazu und begann zu essen.

Laura sah ihm dabei zu und verzog angewidert das Gesicht. „Schon der Gedanke an etwas Essbares treibt mir den Schweiß auf die Stirn", seufzte sie. „Ich hab die ganze Nacht gekotzt."

Tim sah von seinem Teller auf und lächelte. „Könntest du das etwas näher ausführen? Farbe und Konsistenz würden mich zum Beispiel interessieren."

Jetzt musste auch Laura ein wenig grinsen. „Entschuldige, dass ich dir mit meiner Leidensgeschichte den Appetit verderbe", sagte sie gespielt vorwurfsvoll.

„Kein Problem", lächelte Tim mit vollem Mund, „du weißt doch, mir verdirbt man nicht so schnell den Appetit."

„Und die gute Laune wohl auch nicht", stellte Laura missmutig fest.

„Nein, die auch nicht", bestätigte Tim.

„Dann triffst du dich wohl heute wieder mit deiner Schnalle, hm?", forschte Laura.

„Verena", entgegnete Tim. „Sie heißt Verena."

„Ja, ja, ich weiß", regte sich Laura auf. „Triffst du das Luder nun oder nicht?"

Tim schnaubte: „Erstens wüsste ich nicht, was dich das angehen würde, und zweitens kann ich einfach nicht verstehen, was du gegen sie hast. Sie ist mit Abstand das hübscheste und begehrenswerteste Mädchen der Schule. Warum gönnst du es mir nicht einfach, dass sie sich ausgerechnet für mich entschieden hat?"

„Du meinst, ich gönne sie dir nicht?", fragte Laura kopfschüttelnd. „Du hast Recht! Dem Einzigen, dem ich sie gönnen würde, wäre mein ärgster Feind. Und selbst den würde ich noch zutiefst bemitleiden."

„Hör auf!", zischte Tim wütend. „Du konntest sie doch noch nie leiden. Du bist einfach voreingenommen."

„Richtig, ich konnte sie noch nie leiden. Und zwar aus gutem Grund. Sperr in der Schule doch mal deine Ohren auf", beschwor Laura ihren Bruder. „Deine Freundin ist dafür bekannt, dass sie durch alle Betten geht."

„Ja, ja, die alte Leier, ich weiß schon", schimpfte Tim. „Und ich kann es einfach nicht mehr hören."

„Tja, wer nicht hören will, muss wohl fühlen", nickte Laura.

„Und ich *fühle* ja auch", rief Tim leidenschaftlich. „Ich *fühle* mich großartig. Bedeutet das denn gar nichts? Ich war in meinem ganzen Leben noch nicht so verliebt. Ich bin glücklich ... hingerissen ... ein ganz neuer Mensch. Und das ist bei Verena genauso. Glaub mir, seit sie mit mir zusammen ist, hat sie sich vollkommen verändert. Das hat sie mir selbst gesagt."

„Das hat sie den fünfhundert anderen auch gesagt", entgegnete Laura trocken.

Tim sprang angesichts dieser Bemerkung wütend auf und warf dabei den Teller mit seinen Cornflakes um. „Mist!", rief er ärgerlich, als die Milch den Tisch hinunterzulaufen begann. Schnell lief er zur Spüle, holte einen Lappen und begann zu wischen. Dabei sah er anklagend zu seiner Schwester herüber.

„Du brauchst mich gar nicht so anzugucken", verteidigte sich diese. „*Ich* hab den Teller nicht umgeschmissen. Aber ich verstehe natürlich, dass du auf dieses Thema empfindlich reagierst. Im Grunde genommen weißt du ja selbst, worauf du dich da eingelassen hast."

„Jetzt hör endlich auf", schimpfte Tim wütend. „Du bist ja heute die reinste Giftspritze. Du glaubst wohl, dass du besser bist als Verena, hm? Wenn du dich da mal nicht täuschst. Meinst du, es ist die feine englische Art, irgendwelche miesen Gerüchte zu verbreiten? Oder weißt du irgendetwas aus erster Hand? Wenn ja, dann höre ich es mir an. Sag schon! Was genau hast *du* gesehen?"

Laura sah ein wenig betreten auf den Tisch. Natürlich wusste sie alles nur vom Hörensagen. „Tut mir Leid“, murmelte sie schuldbewusst. „Ich hab ... ich wollte ... ich möchte nur nicht, dass du enttäuscht wirst.“

„Ich weiß“, entgegnete Tim versöhnlich. „Aber ich muss das Risiko einfach eingehen, verstehst du? Sie ist nun mal“, seine Augen leuchteten jetzt schon wieder, „so unglaublich toll.“

Laura wollte noch etwas dazu sagen, als es plötzlich an der Tür Sturm läutete. Sie sah Tim verwundert an. „Erwartest du jemanden?“

Als Tim den Kopf schüttelte, erhob sie sich mühsam, schlich durch den Flur zur Tür und öffnete diese.

„Cordula!“, rief sie erschrocken, als sie ihre Freundin erblickte. Fassungslos sah sie an dem tränenüberströmten, völlig aufgelösten Häufchen Elend herab, das da vor ihr stand. Es dauerte ein paar Sekunden, bis sie sich von ihrem Schreck erholt hatte, dann aber zog sie Cordula wortlos herein und schob sie erst einmal nach rechts ins Wohnzimmer. Dort platzierte sie sie auf dem Sofa, setzte sich neben sie und legte einen Arm um sie. Vergessen war jetzt ihr eigenes Unwohlsein. Jetzt kam es nur noch darauf an, dass ihrer besten Freundin scheinbar etwas Furchtbares zugestoßen war.

Mittlerweile hatte auch Tim besorgt und vorsichtig das Wohnzimmer betreten. Er warf seiner Schwester einen fragenden Blick zu, aber diese zuckte nur mit den Schultern. Also beschloss auch er, einfach das Ende der Tränen abzuwarten. Er setzte sich ebenfalls aufs Sofa links neben Cordula und streichelte ihr immer wieder tröstend über den Arm. Cordula ging schon so lange in seinem Elternhaus ein und aus, dass sie auch für ihn bereits so etwas wie eine Schwester geworden war.

Es dauerte lange, bis Cordulas Schluchzen verebbte und Laura vorsichtig zu fragen wagte: „Was ist denn bloß passiert?“

Aber das war wohl die falsche Frage zum falschen Zeitpunkt, denn Cordula fing daraufhin wieder heftig an zu schluchzen.

Und so warteten Tim und Laura eine geschlagene Viertelstunde, bis sie einen weiteren Versuch unternahmen, ihre Freundin anzusprechen.

„Wenn du uns nicht sagst, was passiert ist, können wir dir auch nicht helfen“, versuchte es Laura ganz leise und vorsichtig.

„Mir ... kann ...“, schluchzte Cordula, „sowieso niemand ... helfen.“

„Ach, Blödsinn“, mischte sich nun Tim in das Gespräch ein. „Jetzt erzähl doch erstmal.“

Tims Ermutigung schien zu wirken. Jedenfalls fing Cordula jetzt tatsächlich an zu reden. Sie sprach zwar stockend und musste zwischendurch immer wieder aufhören, weil die Erinnerung neue Weinkrämpfe bei ihr auslöste. Auch war ihr Bericht ein einziges Durcheinander von Wort- und Satzfetzen. Aber irgendwann konnten sich Tim und Laura in etwa zusammenreimen, welcher gemeine Streich ihrer Freundin da gespielt worden war.

Als Cordula geendet hatte, murmelte Tim fassungslos: „Das gibt's doch gar nicht! Wer kommt denn auf eine derart fiese Idee?"

„Dreimal darfst du raten!", entgegnete Laura spitz. „Wer ist denn wohl in ihrer Klasse?"

Tim warf ihr einen wütenden Blick zu. „Jetzt fang nicht schon wieder damit an."

Aber Laura hörte nicht auf ihn. Stattdessen wandte sie sich an Cordula und fragte: „War Verena auch dabei?"

Diese Frage trieb Tränen der Wut in Tims Augen. „Du bist link!", schrie er seine Schwester an.

Cordula hatte nach der Beendigung ihres Berichtes nur starr und teilnahmslos geradeaus geblickt. Jetzt aber schien sie urplötzlich aufzuwachen. Traurig, aber auch mitleidsvoll sah sie zu Tim herüber. Dann sagte sie zu Laura: „Jetzt lass ihn doch in Ruhe."

Laura verdrehte die Augen. „Auf wessen Seite bist du eigentlich? Auf Tims oder auf meiner?"

Cordula seufzte. Jetzt, wo es nicht mehr um sie ging, hatte sie ihre Fassung erstaunlich schnell wiedergewonnen. „Auf der von euch beiden. Das ist ja wohl hoffentlich dieselbe."

„Dann sag mir die Wahrheit. War das Luder dabei?"

„Außer dir waren alle in der Klasse", antwortete Cordula und warf Tim gleichzeitig einen beschwichtigenden Blick zu. Dann fuhr sie ganz schnell fort: „Aber das muss ja noch nichts heißen. Es werden ja nicht alle eingeweiht gewesen sein."

„Aber es haben dich alle ausgelacht", sagte Laura triumphierend.

„Ja", nickte Cordula und konnte einfach nicht verhindern, dass ein neuer Schwall Tränen an ihren Wangen herunterlief. „Alle haben mich ausgelacht."

„Siehst du gar nicht, was du hier tust?", mischte sich jetzt wieder Tim in das Gespräch ein. „Nur um mir eins auszuwischen, trampelst du auf Cordulas Gefühlen herum. Eine tolle Freundin bist du."

Laura senkte schuldbewusst den Blick. Ihr Bruder hatte nicht ganz Unrecht.

„Hör zu, Cordula", begann Tim, fasste Cordula an den Händen und sah ihr tief und voller Ernst in die Augen. „Es mag schon sein, dass du Übergewicht hast. Aber das ist auch schon dein einziger Makel. Du hast so viele Begabungen. Du bist intelligent und eine super Schülerin. Du hast die tollste Stimme, die man sich nur vorstellen kann. Und du bist mit Abstand das netteste und freundlichste Mädchen, das ich kenne."

Cordula sah auf ihre Hände, die noch immer in denen von Tim lagen. Ob er gar nicht bemerkte, dass ihr das Herz bis zum Hals schlug?

„Sei bitte nicht traurig", fuhr Tim fort. „Ich werde mit Verena reden. Und ich werde auch dafür sorgen, dass dir in Zukunft niemand mehr solche Streiche spielt. In Ordnung?"

Cordula war noch immer ganz durcheinander. Seine Hände waren so schön warm und weich. Und sie wünschte sich nichts mehr, als dass er ihre noch stundenlang festhalten würde. „Das zweitnetteste", sagte Cordula ein wenig geistesabwesend.

„Hm?", fragte Tim verständnislos.

„Ich bin das zweitnetteste Mädchen, das du kennst."

„Na ja, vielleicht", lächelte Tim und hatte auch jetzt wieder dieses glückliche Leuchten in den Augen. Plötzlich schien ihm etwas einzufallen. Er zog Cordula erschrocken seine Hände weg und sah auf seine Uhr. „Ach, du grüne Neune", rief er aus. „Mein Unterricht hat ja schon angefangen. Ich muss sofort los." Er sprang auf, klopfte Cordula noch einmal freundschaftlich und aufmunternd auf die Schulter und war Sekunden später auch schon weg.

Cordula sah ihm sehnsüchtig nach und stieß einen abgrundtiefen Seufzer aus. „Warum kann er sich nicht in mich verlieben?", murmelte sie verzweifelt.

„Ach, jetzt geht das schon wieder los!", kommentierte Laura ihr kleines Selbstgespräch.

Cordula sah überrascht zu ihrer Freundin herüber. Sie hatte ganz vergessen, dass Laura noch im Raum war. „Es geht nicht *schon wieder* los", entgegnete sie ein wenig eingeschnappt. „Es ist ganz einfach immer so."

„Blödsinn", behauptete Laura. „Das ist nur eine vorübergehende Geschmacksverirrung."

„Geschmacksverirrung?", brauste Cordula auf. „Hast du 'ne Meise? Dein Bruder ist der tollste, bestaussehendste, netteste ...", sie zögerte ein wenig, so als wüsste sie nicht, wie man einen knapp 18-Jährigen bezeichnen sollte„ ... Mann ... auf der ganzen Welt."

„So was Ähnliches hab ich heute schon mal gehört", lächelte Laura.

„Hm?"

„Schon gut", wiegelte Laura ab. Sie musste Cordula ja nicht unbedingt auf die Nase binden, dass Tim ungefähr genauso verliebt in

Verena war wie Cordula in ihn. „Trotzdem kann ich dir nur raten, dass du ihn dir aus dem Kopf schlägst. Schließlich ist er mit Verena zusammen. Und du willst deine Freundschaft zu ihm doch nicht durch eine dumme, vorübergehende Schwärmerei aufs Spiel setzen, oder?"

Cordula schüttelte den Kopf. „Das ist keine vorübergehende Schwärmerei, Laura", behauptete sie ernst. „Das ist Liebe."

„Liebe?", lachte Laura. „Was für ein großes Wort. Du bist sechzehn, Cordula. Sechzehnjährige wissen doch noch gar nicht, was Liebe überhaupt ist."

„Und du hörst dich mal wieder an wie deine eigene Oma", konterte Cordula. „Woher nimmst du eigentlich diese Lebensweisheiten? Du warst doch noch nie selbst verliebt!"

„Ich bin eben erst sechzehn", grinste Laura überheblich. „Und ich sagte doch, mit sechzehn kann man sich noch gar nicht richtig verlieben."

„*Ich* schon."

„Das denkst du jedenfalls."

„Ach was", fing Cordula an sich aufzuregen. „Du tust ja gerade so, als hätte ich Tim erst vor kurzem kennen gelernt. Hab ich aber nicht. Ich kenne ihn seit Jahren, seit ich zehn bin, seit ich dich kenne! Und ich bin ständig mit ihm zusammen. Meinst du nicht, dass man in so langer Zeit ziemlich viel über jemanden erfährt? Und dass es dann nicht auch etwas zu bedeuten hat, wenn man mehr als nur Freundschaft für diesen Jemand empfindet? Es ist ja nicht nur so, dass er mein Herz höher schlagen lässt. Es ist so, dass ich ...", sie stockte, weil sie nicht wusste, wie sie ihren Gefühlen Ausdruck verleihen sollte, „ ... dass ich mir nichts so sehr wünsche, als dass es ihm gut geht. Ich meine, ich würde ... alles für ihn tun ... einfach alles. Und ... und das wird sich niemals ändern ... nie-mals."

Laura sah ihre Freundin prüfend an. Irgendwie konnte sie sich nicht so recht vorstellen, dass sich jemand in Tim verlieben konnte. Nicht, dass sie ihren Bruder nicht ebenfalls mochte, aber sie war ja auch seine Schwester. Und als solche fand sie Tim nicht gerade sonderlich attraktiv – sympathisch vielleicht, aber nicht toll als Mann. Andererseits war ihr schon zu Ohren gekommen, dass Tim bei den Mädchen ziemlich beliebt war. Aber was war der Grund dafür? Rein äußerlich hatte er für ihren Geschmack nicht sehr viel zu bieten. Er wirkte gar nicht wie ein Mann auf sie, eher noch wie ein Junge, der nette Junge von nebenan vielleicht. Sicher, sein strahlendes Lächeln hatte schon was. Ob das an seinen oberen Eckzähnen lag, die, windschief wie sie waren, frech hinter seinen Lippen hervorblitzten? Oder ob es die beiden Grübchen waren, die sich beim Lächeln auf seinen Wangen bildeten? Sie wusste es nicht. Sie wusste nur, dass Cordulas Begeisterung durchaus überzeugend wirkte. Aber wie sollte sie Cordula von dieser Schnapsidee wieder abbringen? Sie dachte nach. Hatte Cordula nicht gesagt, dass ihr Tims Wohlergehen am Herzen lag?

„Wenn du willst, dass er glücklich ist", entgegnete sie deshalb, „solltest du ihn Verena überlassen."

Cordula senkte niedergeschlagen den Kopf. Dann nickte sie traurig. „Das werd ich ja auch müssen."

„Fein", freute sich Laura. „Und du weißt ja: Andere Mütter haben auch schöne Söhne."

Cordula schnaubte. Hatte Laura denn gar nichts begriffen? Sie würde sich nie nach einem anderen Jungen umsehen, niemals! Noch auf dem Sterbebett würde sie sich nach Tim sehnen. Sie seufzte. Das versprach ja ein angenehmes Leben zu werden. Sie musste irgendetwas unternehmen. Vielleicht würde Tim sie ja beachten, wenn sie besser aussah? Ihre letzte Diät lag schon ein paar Monate zurück. Sollte sie es vielleicht noch einmal versuchen?

„Du?", fragte sie in Lauras Richtung.

„Ja?"

„Meinst du, ich würde gut aussehen, wenn ich ... sagen wir mal ... die Hälfte wiegen würde?"

Laura zögerte. „Sicher", stotterte sie dann. „Ich meine ... klar ... wieso fragst du das?"

„Nur so."

„Nur Tim so?", lächelte Laura.

Jetzt musste auch Cordula grinsen. Natürlich ging es um Tim. Alles drehte sich um Tim. „Sag schon. Kannst du dir vorstellen, wie ich aussehen würde, wenn ich schlank wäre?"

Laura zuckte unsicher mit den Schultern. „Hmm ... lass mich mal überlegen." Sie sah von oben bis unten an ihrer Freundin herunter. Sie wusste natürlich, wie Cordula aussah, aber wenn sie ehrlich war, hatte sie sich noch nie Gedanken darüber gemacht, wie eine schlanke Cordula wohl aussehen würde. So bitter es klang, aber Cordula bestand für sie im Grunde genommen hauptsächlich aus ... Masse. Das volle, runde Gesicht, das Doppelkinn, die Figur, die eigentlich keine war, sondern eher wie ein Fass wirkte – das alles war nun einmal Cordula. Und das stand so im Vordergrund, wirkte so dominant, dass sie sich eine andere Cordula kaum vorstellen konnte. Aber jetzt blickte sie in Cordulas erwartungsvolle Augen und da sagte sie einfach: „Wenn du schlank wärst, würdest du jeden Schönheitswettbewerb gewinnen."

„Wirklich?“, jubelte Cordula erfreut. „Warum?“

Laura schluckte. Eine solche Frage hatte sie befürchtet. „Na, überleg doch mal“, antwortete sie, um Zeit zu gewinnen.

„Ja?“

„Also ... wenn du schlank wärst, dann ... dann ... würden die Leute nicht mehr auf deinen Körper starren, sondern ... endlich ... das Schöne an dir wahrnehmen.“

„Ja?“, fragte Cordula erneut.

„Deine schneeweißen, supergeraden Zähne zum Beispiel.“

„Noch was?“, fragte Cordula eifrig.

„Na klar!“ Laura nickte. „Da wären deine leuchtend blauen Augen. Ja, und deine dichten dunklen Haare.“ Laura sah noch einmal in Cordulas Gesicht. Ihre Freundin hatte wirklich schöne Augen. Sie waren wasserblau, riesengroß und von dichten, dunklen Wimpern umrahmt. Und dann erst die Haare. Um die hatte sie Cordula eigentlich schon immer beneidet. Sie selbst hatte immer dünne Haare gehabt, strähnige, straßenköterblonde Haare, aus denen man kaum eine nennenswerte Frisur herauszaubern konnte. Deshalb hatte sie sie wohl auch irgendwann kurz schneiden und mit einer leichten Dauerwelle versehen lassen. Aber Cordula! Cordula hatte wunderschöne Haare. Sie reichten ihr fast bis zum Po und waren unten noch genauso voll wie oben. Sie waren dunkelbraun, glänzten eigentlich immer und hatten diese leichten Locken, die jede Dauerwelle überflüssig machten. „Die Kombination ist einfach toll.“

Cordula blickte versonnen in die Ferne. Sie musste endlich schön aussehen. Sie musste abnehmen. Für Tim. Für Tim musste sie schlank werden.

Kapitel 2

Verena konnte gar nicht aufhören zu gackern und zu kichern. Es war große Pause und sie stand mit ihrer besten Freundin Anna in einer Ecke des Schulhofes und unterhielt sich mit ihr über die Geschehnisse von vorhin.

„Ich sehe es immer noch vor mir“, prustete sie, „wie ihr monströser Elefantenarsch in Zeitlupentempo den Stuhl sprengt.“ Verena konnte sich gar nicht wieder einkriegen. Sie lachte Tränen und hielt sich den Bauch. Letzteres konnte aber auch damit zu tun haben, dass ihr schlicht und ergreifend kalt war. Hatte die Sonne vor zwei Stunden noch geschienen, so hatte sich der Himmel jetzt zugezogen und es fegte ein kalter Wind um die alten Bäume des Gymnasiums. Typisches Aprilwetter eben, für das Verenas Outfit eher unpassend war. Unten herum trug sie eine knallenge hellblaue Jeans, oben aber nur ein pinkfarbenes Top, das schon kurz unter ihrem kleinen, aber wohlgeformten Busen endete. Sie liebte es halt, sich aufreizend anzuziehen, und dafür nahm sie kleine Unannehmlichkeiten in Kauf. *Nur nicht geizen mit den Reizen*, war einer ihrer Leitsätze.

„Und hast du ihren Blick gesehen?“ Sie kicherte weiter. „Dieser Blick, als sie begriffen hat, dass sie niemals in diesen Stuhl passen würde. Das war ... einfach ... göttlich.“

Während Anna den Reißverschluss ihrer hellblauen Windjacke noch höher zuzog, nickte sie lachend. „Ja, das war schon klasse. So eine geniale Idee hast du schon lange nicht mehr gehabt.“

„Nicht wahr?“, amüsierte sich Verena stolz. „So etwas sollte ich mir häufiger ausdenken. Das belebt den Unterricht doch ungemein.“

„Stimmt“, pflichtete ihr Anna bei. „Aber was wird dein Lover dazu sagen?“

„Welcher?“, grinste Verena schelmisch.

„Na, Tim.“

„Ach, der“, entgegnete Verena gelangweilt. Sie dachte einen Moment nach. Dann sagte sie grinsend: „Willst du es genau wissen?“

Anna nickte nur erwartungsvoll.

Verena räusperte sich einmal kurz. Dann ahmte sie die mittlere Tonlage nach, die Tims Stimme entsprach, und sagte in vorwurfsvollem Tonfall: „Verena, Schatz, hast du etwas mit der Stuhl-Geschichte zu tun?“ Anschließend trat sie einen Schritt zur Seite, um deutlich zu machen, dass sie jetzt die andere Rolle spielte. Sie machte ein erschrockenes Gesicht, legte einen gekonnten, höchst unschuldigen Augenaufschlag hin und sagte entrüstet: „Um Himmels willen, Tim, so eine Gemeinheit traust du mir zu?“ Dann sah sie Beifall heischend zu ihrer Freundin herüber.

Entgegen ihrer Erwartung fing Anna allerdings nicht an zu kichern, sondern sagte trocken: „Das war eine gelungene Generalprobe. Mal gucken, wie die Premiere ausfällt.“ Damit deutete sie über Verenas Schulter nach hinten.

Als sich Verena daraufhin umdrehte, sah sie Tim, der sich den beiden bereits bis auf wenige Meter genähert hatte. Sofort zauberte sie ein begeistertes Lächeln auf ihr Gesicht, stürmte auf ihn zu und stürzte sich in seine Arme.

„Timmy!“, hauchte sie in sein Ohr. „Du kannst dir gar nicht vorstellen, wie sehr ich dich seit gestern vermisst habe. Es kam mir vor wie hundert Jahre.“

Tim drückte den grazilen Körper seiner Freundin fest an sich. Gleichzeitig strich er ihr liebevoll über das glatte wasserstoffblonde Haar, das Verena stets offen trug und das an den Spitzen, die kurz über ihrer Schulter endeten, geschickt und gleichmäßig nach außen gefönt war. „Und mir erst“, sagte er hingebungsvoll. Dann sah er verlegen zu Anna herüber und sagte: „Sei mir nicht böse, Anna, aber ich hab was mit Verena zu besprechen. Würdest du uns eventuell –“

Anna ließ Tim gar nicht ausreden, sondern hob die Hände. „Schon klar, kein Problem, bin schon weg“, lächelte sie und räumte zeitgleich das Feld.

„Besprechen?“, fragte Verena daraufhin. „Was gibt es denn zu besprechen?“

„Kannst du dir das nicht denken?“, fragte Tim.

„Nö“, entgegnete Verena im Brustton der Überzeugung.

„Es geht um Cordula“, begann Tim und sah Verena forschend in die Augen.

„Ach, *die* Geschichte“, nickte Verena. „Hat sie sich bei dir ausgeheult?“

„So in etwa. Laura glaubt, *du* hättest vielleicht etwas damit zu tun.“

„*Ich*!?“, rief Verena entgeistert. „Wie kommt sie denn darauf?“

Tim zuckte mit den Schultern. „Sie mag dich halt nicht.“

„Kein Wunder“, meinte Verena. „Sie hat ja allen Grund, neidisch zu sein.“

„Neidisch?“, wunderte sich Tim. „Warum sollte sie denn neidisch sein?“

„Vielleicht weil ich ihr den Bruder wegnehme“, antwortete Verena. „Und weil ich tausendmal besser aussehe als sie.“

Tim lachte. „An Selbstbewusstsein mangelt es dir jedenfalls nicht.“

„Stimmt“, grinste Verena, „aber genau das liebst du ja an mir.“

„Ich liebe alles an dir“, bestätigte Tim und wurde auf einmal richtig ernst. „Sehr sogar.“

„Dann ist doch alles in Butter“, freute sich Verena und küsste Tim flüchtig auf den Mund. „Gehen wir heute Abend aus?“

„Nochmal zurück zu Cordula“, beharrte Tim. „Du hattest also nichts mit dem Streich zu tun, nein?“

„Nein!“

„Und wer war es dann?“

„Woher soll ich das denn wissen?“, fragte Verena schulterzuckend.

„Komm schon!", drängelte Tim und sah Verena zweifelnd an. „Du willst mir doch nicht erzählen, dass du nichts, aber auch gar nichts mitbekommen hast. Das gibt es nicht und das weißt du auch."

„Was soll das werden, Timmy, ein Verhör?", schoss Verena zurück. „Wenn du der Meinung bist, dass ich lüge, sollten wir besser Schluss machen. Du warst es doch, der gesagt hat, dass Vertrauen das A und O einer Beziehung ist. Aber scheinbar ist es mit deinem Vertrauen nicht besonders weit her. Am besten –"

„Ist ja schon gut", unterbrach Tim sie erschrocken und strich sich nervös die blonden Haare aus der Stirn. „So hab ich das doch nicht gemeint. Natürlich vertraue ich dir. Es ist nur ... Cordula hat halt gesagt, du hättest auch mitgelacht ..."

„Hab ich auch", entgegnete Verena und fing schon wieder an zu grinsen. „Es war aber auch zu witzig. Ehrlich, du hättest sie sehen sollen, wie sie diesen Stuhl durchschlug. Das war der Hit."

„Sie hat sich ernsthaft wehgetan", sagte Tim vorwurfsvoll. „Sie hätte sich sonstwas brechen können. Und findest du nicht, dass sie es mit ihrem Gewicht schon schwer genug hat?"

Sekundenbruchteile versuchte Verena noch, sich zu beherrschen, aber dann prustete sie doch lauthals los und stammelte dazu: „Schwer ... schwer genug ... ja, ja ... das hat sie wohl."

„Jetzt hör aber auf", rief Tim wütend. „Stell dir doch mal vor, du hättest ein solches Problem. Dann würdest du auch nicht wollen, dass man dich damit aufzieht."

Verena hörte jetzt wieder auf zu lachen. „Ich hab aber kein solches Problem", entgegnete sie dann, „und wenn ich es hätte, dann würde ich einfach ein bisschen weniger essen. Und schon", grinste sie, „wäre ich es los."

„Wenn es so einfach wäre", antwortete Tim aufgebracht, „dann wäre Cordula bestimmt auch schon darauf gekommen."

„Das ist sie bestimmt", lächelte Verena, „sie ist nur leider ein Weichei."

„Es gibt schlimmere Eigenschaften", behauptete Tim.

„Ach ja?", erkundigte sich Verena. „Warum bist du eigentlich nicht mit Cordula zusammen, wenn sie doch so toll ist?"

„Na, weil ich *dich* liebe", entgegnete Tim, als sei es das Selbstverständlichste von der Welt. „Und weil es mit Cordula etwas anderes ist. Nicht, dass ich sie nicht furchtbar gern hätte, aber sie ist halt ... wie eine kleine Schwester für mich."

„Klein ist gut ...", grinste Verena.

„Jetzt ist aber Schluss", schimpfte Tim. „Du wirst Cordula in Ruhe

lassen und damit basta. Wenn ich mitkriege, dass du dich noch ein einziges Mal über sie lustig machst, dann ... dann..."
„Dann?", fragte Verena und sah ihren Freund erwartungsvoll an.
Tim atmete ein und dann resigniert wieder aus. Ja, was dann? „Jetzt komm schon", sagte er in sehr viel gemäßigterem Tonfall. „Wir wollen uns doch nicht deswegen streiten, oder?"
„Ich hab damit nicht angefangen", entgegnete Verena spitz.
Tim senkte den Kopf. „Trotzdem *bitte* ich dich, Cordula in Ruhe zu lassen." Er hob jetzt seinen Kopf wieder und sah seiner Freundin erwartungsvoll in die Augen.
Verena hielt Tims Blick stand, sagte aber kein einziges Wort.
„Versprichst du es?", fragte Tim daraufhin. „Bitte?"
Jetzt bildete sich der Hauch eines Lächelns um Verenas Mundwinkel. So unterwürfig gefiel Tim ihr schon sehr viel besser. „Vielleicht", entgegnete sie. „Vielleicht."

Kapitel 3

„Und?", fragte Cordula mit einem abgrundtiefen Seufzer. „Ist dir schon eingefallen, wie es zur Kubakrise kommen konnte?" Sie saß am Küchentisch der Berghoffs und war dabei, mit Laura ihre Gemeinschaftskundehausaufgaben zu bearbeiten.
„Nö", entgegnete Laura. „Dir?"
Cordula zupfte in alter Gewohnheit an den Wimpern ihres rechten Auges herum und schüttelte dann resigniert den Kopf. „Ich kann einfach nicht klar denken. Wenn ich versuche, mich auf Fidel Castro zu konzentrieren, tauchen Bilder von Pizza, Pommes und Bratwurst vor mir auf."
Laura musste grinsen. „Und du glaubst immer noch, dass diese Diät eine gute Idee ist?"
Cordula nickte eifrig. „Ich hab schon anderthalb Kilo abgenommen. Und das in zwei Tagen. Weißt du, was das bedeutet?"
Laura schüttelte amüsiert den Kopf.
„Das bedeutet fünf Kilo in der Woche und mehr als zwanzig Kilo im Monat! Stell dir das mal vor. Nur noch vier Monate, und ich bin gertenschlank." Cordulas Augen leuchteten vor Begeisterung. „Und dann ..."
„Was dann?", fragte Laura misstrauisch. „Wenn du jetzt auf Tim anspielst ..."

„Nein, nein", fiel ihr Cordula schnell ins Wort. „Tu ich ja gar nicht."

Laura glaubte ihrer Freundin kein einziges Wort. Und sie glaubte auch im Leben nicht, dass Cordula jemals schlank werden würde. Sie hatte sie schon so viele Diäten anfangen und wieder abbrechen sehen, dass sie die Hoffnung längst aufgegeben hatte. „Aber muss es denn wirklich eine Buttermilchdiät sein?", gab sie zu bedenken. „Du könntest doch einfach normal weiteressen und nur die Schokolade weglassen. Dann würdest du bestimmt auch abnehmen. Und du hättest nicht diese Gier auf alles Mögliche."

„Aber mit der Buttermilchdiät nimmt man schneller ab", argumentierte Cordula.

„Ja, und schneller wieder zu", nickte Laura.

„Jetzt mach doch nicht alles schlecht", beschwerte sich Cordula. „Unterstütz mich lieber bei meinen Bemühungen."

„Tu ich ja", erwiderte Laura. „Also konzentrier dich auf unsere Hausaufgaben. Was soll ich denn nun schreiben?"

„Andererseits kann es natürlich zu Mangelerscheinungen führen, wenn man sich so einseitig ernährt. Vielleicht sollte ich doch ... nur ein paar Nudeln vielleicht ..."

„Spinnst du?", ereiferte sich Laura. „Eben warst du doch noch ganz anderer Meinung. Dann musst du jetzt auch durchhalten."

„Aber ich hab doch sooo einen Hunger!", jammerte Cordula.

„Na und? Wer schön sein will, muss leiden, das weißt du doch!"

„Jetzt sei doch nicht so gefühllos", meckerte Cordula. „Wenn du schon mal eine Diät gemacht hättest, wüsstest du, wie schrecklich so etwas ist."

„Ich und Diät", lachte Laura. „Das würde was geben."

Cordula seufzte. Ihre Freundin hatte Recht. Mit ihren 60 Kilo, die sich auf mindestens 1,80 Meter Größe verteilten, würde sie wahrscheinlich sofort vom Fleisch fallen, wenn sie weniger aß. „Warum bin ich nicht so groß wie du?", fragte sie sich laut.

„Und warum bin ich nicht so schlau wie du?", entgegnete Laura. „Dann könnte ich diese blöden Hausaufgaben auch mal alleine lösen."

„Tauschen wir?", fragte Cordula.

„Hm?" Laura hatte keine Ahnung, worauf Cordula hinaus wollte.

„Na ja, du gibst mir deine Figur und ich geb dir meinen Kopf. Was hältst du davon?"

„Wenig", entgegnete Laura mit einem verschmitzten Grinsen. „Stell dir das doch mal vor: dein üppiges Pfannkuchengesicht auf meinem zerbrechlichen Salzstangenkörper. Das wäre doch zum Totlachen."

Cordula rollte mit den Augen. Hätte jemand anderes einen solchen Vergleich gezogen, dann wäre sie ganz schön wütend geworden. „Du verstehst mich doch absichtlich falsch!", warf sie ihrer Freundin vor.

„Klar", nickte Laura, „wie soll ich dir auch sonst klar machen, dass du nun mal mit dem zufrieden sein musst, was du hast? Eigentlich komisch, dass gerade *ich* dir das sagen muss. Du bist es doch, die sich von Mama hat anstecken lassen und seit Wochen dauernd dieses Zeug von Gott faselt. Wenn du an Gott glaubst, dann müsstest du doch eigentlich der Ansicht sein, dass er sich irgendetwas dabei gedacht hat, als er mit dir in Produktion gegangen ist."

Die Formulierung ließ ein Schmunzeln über Cordulas Gesicht huschen. Das hielt allerdings nicht sehr lange an. Sie war verwirrt. Und diese Verwirrung hing mit Lauras Anspielung auf Gott zusammen. Karen, Tims und Lauras Mutter, hatte ihr schon seit Jahren immer mal wieder von ihrer Beziehung zu Jesus erzählt und sie dadurch neugierig gemacht. Sie hatte behauptet, dass Jesus eine lebendige, reale Person sei, die noch dazu auch an ihrem, Cordulas, Leben persönlich interessiert wäre. Während Tim und Laura absolut nichts mit diesem „Kirchenkram", wie sie es nannten, zu tun haben wollten, war in Cordula so etwas wie eine Sehnsucht entstanden. Vielleicht war an der ganzen Sache mit Jesus ja doch etwas dran?! Vor ein paar Wochen dann hatte sie den Schritt gewagt und Jesus gebeten, in ihr Leben zu kommen und ihr in allem zu helfen. Das Problem war nur, dass der erhoffte Knall ausgeblieben war. Insgeheim hatte sie erwartet, dass von diesem Tag an alles anders werden würde. Sie hatte angenommen, dass Jesus ihr Gewichtsproblem lösen, sie aus ihrem lieblosen Elternhaus befreien und überhaupt ihr ganzes Leben in Ordnung bringen würde. Aber nichts dergleichen war geschehen! Sicher, nach dem Gebet hatte sie sich irgendwie anders gefühlt. Getröstet vielleicht und auf eine seltsame Weise ... „richtig", so als wäre sie irgendwo angekommen. Aber das war nur ein Gefühl – und ihr Leben sprach eine andere Sprache. Sie war immer noch zu dick, immer noch unbeliebt in der Klasse, ungeliebt von ihren Pflegeeltern. Und sie fragte sich ernsthaft, warum Jesus nicht endlich etwas dagegen unternahm! Natürlich bedrängte sie ihn häufig mit dieser Frage. Und dann hatte sie immer den Eindruck, als würde das Wort „Geduld" durch ihre Gedanken flitzen. Aber sie hatte doch schon so viel Geduld gehabt! Wie lange sollte sie denn noch warten? Tim war schließlich auf dem besten Wege, sich ewig an eine andere zu binden.

„Ich bin dick, weil ich zu viel fresse, nicht, weil Jesus mich so haben will", stellte sie fest. *Erwartest du vielleicht von mir, dass ich ein bisschen mehr Selbstdisziplin aufbringe?*, fragte sie Jesus in Gedanken. *Ist es das?*

„Vielleicht frisst du so viel, weil du eine Schutzschicht brauchst", mutmaßte Laura.

„Hm?", machte Cordula geistesabwesend.

„Na ja", antwortete Laura, „es könnte doch sein, dass du unterbewusst der Meinung bist, dich durch eine Fettschicht vor deinen Pflegeeltern schützen zu müssen."

„Vor ihren Gemeinheiten zum Beispiel", fuhr Laura fort. Sie merkte allerdings, dass Cordula ihr gar nicht zuhörte und so dramatisierte sie ein wenig, um sich Gehör zu verschaffen. „Oder gar vor Vergewaltigung!"

Jetzt horchte Cordula tatsächlich auf. „Was soll das denn heißen?", brauste sie auf. „Dass ich so fett bin, dass mich noch nicht mal mein asozialer Pflegevater anrühren würde? Oder was?" Gleichzeitig ließ der Gedanke an ihren Pflegevater sie instinktiv auf ihre Uhr sehen.

„So hab ich das doch nicht gemeint", wiegelte Laura ab, als Cordula erschrocken ausrief: „Ach, du Schande, es ist ja schon halb vier. Ich muss sofort nach Hause, sonst bringen die mich um." Sie warf eilig ihre Sachen in ihre Schultasche, murmelte noch „bis morgen" und stürmte auch schon aus der Küche. Mit zwei Schritten hatte sie den Flur durchquert, dann riss sie die Eingangstür auf und wollte gerade aus dem Haus rennen, als sie zurückprallte und wie angewurzelt stehen blieb. Vor ihr stand nämlich Tim, der gerade seinen Schlüssel gezückt hatte und die Tür aufschließen wollte.

„Na?", fragte er lächelnd. „Wohin denn so eilig?"

„Eilig?", entgegnete Cordula und errötete ein wenig. Dann sah sie unauffällig an der schlanken, 1 Meter 80 großen Gestalt herab. Tim sah mal wieder unglaublich attraktiv aus mit seiner hellen Jeans und dem naturfarbenen Baumwollpullover. „Och nö, so eilig hab ich's eigentlich gar nicht."

„Nein?", freute sich Tim. „Dann könnten wir uns ja noch einen Moment ans Klavier setzen. Ich hab nämlich ein paar neue Melodien im Kopf. Hast du Lust?"

„Klar", nickte Cordula eifrig. „Dazu hab ich immer Lust." Und schon machte sie auf dem Absatz kehrt.

Tim betrat das Wohnzimmer und steuerte ohne Umwege auf den großen schwarzen Flügel zu, der den halben Raum in Anspruch nahm. Er setzte sich auf den Klavierhocker und fing sofort an zu spielen.

Seine Melodien waren leicht und verspielt, aber auch eingängig und voller Harmonie. Einige Passagen kannte Cordula schon, andere waren ihr vollkommen neu. Von einem Augenblick auf den anderen hatte sie eine andere Welt betreten. Eine Welt voller Glück und Zufriedenheit, in der es nichts Beängstigendes und Bedrückendes mehr gab. Eine Welt, in der sie ihre Pflegeeltern, ihre Mitschüler und auch ihren eigenen Körper ganz einfach vergaß. Sie atmete einmal tief durch. Warum konnte diese Welt nicht zur Realität werden?

„Und?", fragte Tim ganz unvermittelt.

Cordula öffnete schnell wieder die Augen. „Wunderschön", entgegnete sie bewegt. „Wirklich wunderschön."

„Ja?", fragte Tim und fuhr dann begeistert fort: „Ich hab auch schon ein paar Textzeilen dazu. Willst du sie sehen?"

„Klar", nickte Cordula.

Tim sprang auf. „Ich hole sie schnell." Dann lief er auf den Flur und kramte in seiner Schultasche herum. „Wo hab ich sie nur?", fragte er sich. „Vielleicht sind sie oben", murmelte er zerstreut.

Er war schon dabei, die Treppe hinaufzulaufen, als Cordula hinter ihm herrief: „Sind es vielleicht diese hier?"

Tim stutzte und drehte sich zu ihr um. Sein Blick fiel auf den Wust völlig ungeordneter Zettel, den Cordula in der Hand hielt. „Oh, ja", freute er sich. „Wo hast du sie her?"

„Vom Klavier", antwortete Cordula lächelnd. „Sie lagen auf dem Notenständer, sozusagen direkt vor deiner Nase."

„Ach so", murmelte Tim verwirrt und kam wieder zurück.

Cordula verfolgte jeden seiner Schritte und sah ihn dabei liebevoll an. Sie fand ihn noch hinreißender, wenn er so chaotisch und zerstreut war.

„Du singst doch für mich?", fragte Tim, nachdem er ihr die Zettel aus der Hand genommen hatte.

„Klar", nickte Cordula und folgte ihm zum Klavier. Wie konnte er das überhaupt fragen? Für ihn zu singen war das Schönste, was sie sich nur vorstellen konnte. Es war ihr Leben!

Tim ließ sich wieder am Klavier nieder, kramte in dem Durcheinander von Zetteln herum, zog dann ein verknittertes Exemplar hervor und reichte es Cordula. „Hier, lies mal", sagte er.

Cordula zog amüsiert die Augenbrauen hoch und gab sich alle Mühe, das kaum lesbare, an vielen Stellen wieder durchgestrichene Gekritzel zu entziffern. Tims Handschrift war aber auch wirklich eine Katastrophe. Er schmierte mehr, als dass er schrieb. Eine Tatsache, mit der er schon oft den Zorn der Lehrer auf sich gezogen hatte. Hätte

Cordula nicht so viel Übung und natürlich Wohlwollen gehabt, wären ihre Leseversuche sicher zum Scheitern verurteilt gewesen. So aber gelang es ihr doch, den Text zusammenzubekommen. „Das bist du", hieß das Lied, und es war deutlich zu erkennen, dass es sich an Verena richtete. Vor allem von ihrer Schönheit war da die Rede. Cordula seufzte.

„Gefällt es dir nicht?", fragte Tim erschrocken. Man merkte deutlich, dass ihm viel an Cordulas Einschätzung lag.

„Doch, doch", beeilte sich Cordula zu sagen. „Fangen wir an?"

Tim nickte und begann zu spielen. Dabei sang er einmal kurz mit, um Cordula die Textverteilung deutlich zu machen. Danach räusperte er sich verlegen und sagte niedergeschlagen: „Was würde ich dafür geben, wenn ich singen könnte."

Cordula lächelte ihm aufmunternd zu. „Du kannst doch singen. Jedenfalls triffst du die Töne."

Tim nickte. „Aber ich habe keine schöne Stimme."

Cordula zuckte mit den Schultern. Sie konnte ihm nicht widersprechen. Seine Stimme war wirklich nichts Besonderes. Wenn er sprach, klang sie zwar angenehm, aber für Gesang war sie viel zu dünn und wackelig. Auch hatte er einfach eine viel zu geringe Bandbreite. „Man kann nicht alles haben", tröstete Cordula ihn. „Außerdem wäre ich ja sonst arbeitslos."

„Da hast du natürlich Recht", pflichtete Tim ihr bei und fing schon wieder an zu spielen.

Dieses Mal sang Cordula den Text, und mit ihrer klaren, kräftigen Stimme, die zwischen Sopran und Alt rangierte, klang das Lied gleich vollkommen anders.

Als sie geendet hatte, meinte Tim kopfschüttelnd: „Wenn ich nicht genau wüsste, dass es meine Komposition ist, dann würde ich jetzt Stein und Bein schwören, dass ich das Lied noch nie zuvor gehört habe. Was guter Gesang doch ausmacht!"

Cordula nahm das Lob mit einem glücklichen Lächeln entgegen. Mit Tim Musik zu machen war ohnehin das Größte für sie. Wenn sie für ihn sang, dann gehörte auf einmal all seine Aufmerksamkeit nur ihr, und sie fühlte sich ihm so unglaublich nah. „Weiter?", fragte sie darum auch.

Tim nickte und so musizierten sie noch geraume Zeit weiter. Gemeinsam gelang es ihnen auch, noch ein paar Verbesserungen vorzunehmen, und das Lied hatte anschließend so sehr gewonnen, dass Tim einen richtig zufriedenen Eindruck machte.

„Super", freute er sich, „was würde ich nur ohne dich machen?"

„Vielleicht würdest du Verena um Hilfe bitten“, antwortete Cordula.

„Bewahre, nein!“, lachte Tim. „Die kann ja noch schlechter singen als ich. Außerdem steht sie mehr auf Heavy Metal.“

Cordula wollte noch etwas dazu sagen, als sich plötzlich die Tür öffnete und Laura ihren Kopf hindurch steckte. Sie warf Cordula einen vorwurfsvollen Blick zu und sagte: „Ich dachte, du müsstest nach Hause!“

Cordula sah entsetzt auf ihre Uhr. Es war mittlerweile fast halb fünf und sie hatte doch die Anweisung bekommen, auf keinen Fall später als halb vier zu Hause zu sein!

„Hab ich dich etwa aufgehalten?“, fragte Tim erschrocken.

„Nein, nein“, beeilte sich Cordula zu sagen. „Ich dachte nur, dass ich nach Hause müsste. Aber in Wirklichkeit ist es ja noch gar nicht so spät.“ Sie warf Laura einen beschwörenden Blick zu.

„Ach so“, nickte Laura, „ja, ja, schon klar.“ Und mit diesen Worten war sie auch schon wieder verschwunden.

Cordula lächelte verlegen. „Dann können wir ja weitermachen.“

„Geht nicht. Ich schreib morgen Bio, ich muss noch ein bisschen lernen.“

Cordula ließ sich ihre Enttäuschung nicht anmerken. „Okay“, meinte sie, „dann ... dann machen wir halt ... irgendwann anders weiter.“

„Genau“, pflichtete Tim ihr bei, „morgen vielleicht.“

„Ja, ja, morgen vielleicht“, entgegnete Cordula, schnappte sich ihre Schultasche und eilte auf die Tür zu. Draußen warf sie sich auf ihr Fahrrad und strampelte los. Eine knappe halbe Stunde gab sie einfach alles, dann kam sie hochrot und schwer atmend vor dem alten, verwahrlosten Fachwerkhaus an, in dem sich die Wohnung ihrer Pflegeeltern befand. Sie stellte noch ihr Fahrrad in den Schuppen, dann kramte sie mit klopfendem Herzen ihren Hausschlüssel aus der Schultasche hervor, schloss die Tür auf und betrat das Treppenhaus. Wie immer schlug ihr sofort der unangenehme Geruch entgegen, den sie gewohnt war, eine Mischung aus Urin, Staub und altem Gemäuer. Instinktiv begann sie durch den Mund zu atmen. Die Wohnung ihrer Pflegeeltern befand sich im obersten Stockwerk und so musste sie erst viele Treppen steigen, bevor sie endlich schwitzend und vollkommen fertig vor der Wohnungstür ankam. Sie hoffte inständig, dass ihre Pflegeeltern nicht zu Hause waren.

Leise schloss sie auf und schlich vorsichtig durch den dunklen, schmalen Flur. Das war gar nicht so einfach, denn es stand lauter Kram dort herum. Da waren Pappkartons übereinander gestellt, Schuhe stapelten sich neben Getränkekisten und Abfallsäcken. Aber Cordula hatte jede Menge Übung und so gelang es ihr, beinahe geräuschlos zu der Tür am anderen Ende des Flures zu gelangen, hinter der sich ihr Zimmer befand. Sie hatte gerade die Hand an die Türklinke gelegt und ansatzweise aufgeatmet, als eine andere Tür ruckartig geöffnet wurde und sie erschrocken zusammenzuckte.

Sekundenbruchteile später hörte sie auch schon die schrille Stimme ihrer Pflegemutter schimpfen: „Du hast doch wohl nicht im Ernst geglaubt, dass du dich an mir vorbeischleichen könntest, oder?"

Cordula fuhr herum. „Nein ... äh ... natürlich nicht", stammelte sie. „Ich wollte ja nur ... in mein Zimmer ..." Sie sprach nicht weiter, denn der drohende Gesichtsausdruck ihrer Pflegemutter brachte sie zum Schweigen.

„Hast du deine Uhr verloren?", fragte ihre Pflegemutter kühl. Sie hatte die Begabung, von oben herab mit Cordula zu sprechen, obwohl sie gar nicht größer war als sie. Und auch sonst schien sie ihrer Pflegetochter rein körperlich unterlegen zu sein. Sie war zierlich, und mit ihren auffällig dünnen Armen und Beinen wirkte sie fast ein bisschen zerbrechlich. Hinzu kam, dass sie wesentlich älter aussah, als sie in Wirklichkeit war. Obwohl sie erst vor kurzem ihren 40. Geburtstag gefeiert hatte, hätte man sie wenigstens 10 Jahre älter geschätzt. Dafür waren wohl die vielen Falten um ihre Augen und ihren Mund, die teilweise schon ergrauten Haare und ihr verhärmter Gesichtsausdruck verantwortlich. „Verbraucht", hatte Laura sie einmal genannt, und das traf es wohl am besten.

Cordula senkte den Blick. „Nein", hauchte sie leise.

„Wie bitte?"

„Nein!", sagte Cordula etwas lauter.

„Und was sagt deine Uhr?"

Tick, tack, dachte Cordula trotzig, aber sie hätte nie gewagt, es laut zu sagen, und so antwortete sie brav: „Es ist fünf."

„Und wann solltest du zu Hause sein?"

„Um halb vier", entgegnete Cordula leise.

„Und warum?", setzte ihre Pflegemutter die Befragung fort.

„Weil ich noch staubsaugen und bügeln sollte", begann Cordula. „Und es tut mir auch furchtbar Leid, dass ich mich verspätet habe. Die Hausaufgaben haben so lange gedauert und –"

„Hausaufgaben?" Ilse Schubert lachte amüsiert auf. „Wen interessiert das? Wenn es nach mir gegangen wäre, hättest du schon vor zwei Jahren die Schule verlassen und eine Lehre angefangen. Dann hättest du auch endlich mal ein bisschen Geld verdienen können und würdest uns nicht nur auf der Tasche liegen."

„Ich weiß", sagte Cordula. „Und ich bin euch ja auch sehr dankbar, dass ich auf der Schule bleiben durfte."

„Dankbar?", begann ihre Pflegemutter sich aufzuregen. „Seit wann weißt *du* denn, was Dankbarkeit ist? Hm? Wenn du dankbar wärst, würdest du doch wenigstens mal die paar Aufgaben erledigen, die man dir aufträgt. Aber auch das ist ja zu viel verlangt. Aber bitte", seufzte sie, „wenn es nicht anders geht, kannst du morgen halt nicht in die Schule."

„Oh nein!", rief Cordula. „Das geht nicht! Ich muss morgen hin. Unbedingt!" Sie dachte daran, dass Tim morgen wieder mit ihr musizieren wollte. „Bitte!", flehte sie.

„Das hättest du dir früher überlegen sollen", entgegnete ihre Pflegemutter. „*Ich* kann ja nichts dafür, dass du so spät nach Hause gekommen bist."

„Aber ich kann es doch noch nachholen", jammerte Cordula. „Ich werde einfach so lange arbeiten, bis alles fertig ist. Und wenn es bis heute Nacht dauert. Ich schaffe das schon."

„Das ist jetzt leider zu spät", antwortete Ilse. „Jetzt hab *ich* nämlich schon die ganze Arbeit gemacht."

Cordula sah unwillkürlich auf den Fußboden des Flures. Es sah nicht so aus, als ob hier jemand Staub gesaugt hätte, und sie konnte sich auch beim besten Willen nicht vorstellen, dass ihre Pflegemutter gebügelt hatte. Das wäre nämlich das erste Mal in den letzten Jahren gewesen.

„Aber das interessiert dich ja nicht weiter", fuhr Frau Schubert fort. „Genauso wenig wie es dich interessiert, dass ich um sechs meine Putzstelle antreten muss." Ihr Tonfall wurde jetzt ein bisschen weinerlich. „Erst schufte ich den lieben Tag lang für dich im Haushalt, und dann muss ich noch bis tief in die Nacht putzen gehen. Und das alles, weil ich Geld ranschaffen muss, damit sich mein Fräulein Tochter auf ihrer Schulbank zurücklehnen kann."

Cordula nickte. Jetzt begriff sie, worauf die Vorwürfe ihrer Pflegemutter abzielten. „*Ich* könnte ja für dich putzen gehen", sagte sie leise.

„Hm", schien Ilse zu überlegen. „Das wäre natürlich eine Möglichkeit. Na ja, ausnahmsweise geht das vielleicht. Also gut. Aber sieh zu, dass du pünktlich um sechs im Büro bist."

Cordula nickte brav.

„Soll ich dir erklären, was alles gemacht werden muss?"

„Nein, nein", erwiderte Cordula. Sie wusste es längst. Und sie fragte sich langsam, wer häufiger in den Büroräumen geputzt hatte, sie oder ihre Pflegemutter. Aber darauf kam es nicht an. Wichtig war nur, dass sie morgen Tim sehen konnte. Und dass sie in der Schule bleiben durfte, damit sie eines Tages ein besseres Leben würde führen können. „Darf ich bis Viertel vor sechs noch ein bisschen lernen?", fragte sie.

„Meinetwegen", entgegnete ihre Pflegemutter gönnerhaft.

Cordula entschlüpfte daraufhin hastig in ihr Zimmer. Sie war froh, dass sie noch ein paar Minuten für sich hatte und sie wollte ihrer Pflegemutter keine Gelegenheit geben, es sich noch einmal anders zu überlegen. Als sie die Tür hinter sich zugemacht hatte, atmete sie auf. Hier in ihrem Zimmer fühlte sie sich einigermaßen sicher und wohl. Es war ihr eigener Bereich, und es störte sie auch nicht, dass dieser Bereich ziemlich klein und unansehnlich war. Das Zimmer war sehr schmal geschnitten und maß kaum acht Quadratmeter, aber immerhin befand sich an der hinteren Wand ein relativ großes Dachfenster, so dass es hell und freundlich wirkte. Unter dem Fenster stand Cordulas Schreibtisch. Sie hatte ihn sich selbst mit Tims Hilfe vom Sperrmüll geholt und dann sorgfältig mit Klebefolie verschönert. Vor dem Schreibtisch stand ein alter, mit hässlichem grünem Stoff bezogener Bürostuhl, dessen Federung schon lange den Geist aufgegeben hatte. Etwas weiter vorne, an der linken Wand, stand Cordulas Bett. Es passte nur deshalb in den Raum, weil es sich um eines dieser seitlich hochklappbaren Betten handelte, die im eingeklappten Zustand kaum Platz in Anspruch nahmen. Cordula klappte es auch immer erst kurz vor dem Zubettgehen aus. Dann aber hatte es den angenehmen Nebeneffekt, dass es die Zimmertür, die nach innen aufging, beinahe vollständig verbarrikadierte, was Cordula in der Nacht ein noch stärkeres Gefühl von Sicherheit verlieh.

Ihr Pflegevater kam nämlich oft erst tief in der Nacht nach Hause. Und dann war er meist so betrunken, dass er nicht mehr in der Lage war, sein eigenes Zimmer zu finden. Schon oft hatte er dann ihre Tür zu öffnen versucht und Cordula hatte sich geschworen, das Bett niemals wieder herzugeben. Sie wusste es einfach zu schätzen, auch wenn es nicht gerade ein Schmuckstück war. Das Schlimmste daran war die Stoffgardine, die das Bett im eingeklappten Zustand verschönern sollte. Sie hatte ein altmodisches, orange-braunes Muster und war bestimmt noch nie gewaschen worden. Ihre Pflegemutter hielt das auch nicht für nötig und so hatte sie Cordula verboten, selbst Hand anzulegen. Es würde den Stoff angreifen, hatte sie gesagt. Cordula hatte das zähneknirschend akzeptiert. Seitdem versuchte sie den muffigen

Gestank dadurch zu bekämpfen, dass sie den Stoff regelmäßig mit Parfum besprühte. Aber die seltsame Aromamischung, die das hervorrief, war auch nicht gerade angenehm. Immerhin hatte das Bettgehäuse oben eine breite Ablagefläche, die Cordula als Regal verwenden konnte. Angesichts der spartanischen Einrichtung ihres Zimmers war das auch der einzige Platz, an dem sie ihre Schulbücher und Hefte unterbringen konnte.

Von Bett und Schreibtisch abgesehen gab es nämlich nur noch einen kleinen, schmalen Kleiderschrank in dem Zimmer. Er war höchstens einen Meter breit und hatte seine besten Tage schon lange hinter sich gelassen. Sein Kieferdekor war angesichts der vielen Aufkleber, die von den Kindern irgendwelcher Vorbesitzer stammen mussten, kaum noch zu erkennen. Außerdem wackelte er schon ein bisschen und die linke Tür ging nur noch zu, wenn man den Schrank gleichzeitig ein wenig in seine senkrechte Ursprungsposition zurückschob. Trotzdem hatte Cordula weniger ein Problem mit dem Schrank als mit dessen Inhalt.

Ihre Pflegemutter war ziemlich geizig und so gab sie Cordula nur selten Kleidergeld. Cordula musste sich fast alles durch irgendwelche Nebenjobs verdienen. Und so trug sie dienstags, mittwochs, donnerstags und samstags vor der Schule Zeitungen aus und erteilte bis zu viermal in der Woche Nachhilfeunterricht. Das Geld reichte allerdings trotzdem nicht, was wohl auch daran lag, dass Kleidungsstücke in Cordulas Größe immer wesentlich mehr kosteten als normale Sachen. Das alles führte dazu, dass Cordulas kleiner Schrank ziemlich leer war und sie nur zwischen drei Jeans, sieben T-Shirts und vier Pullovern wählen konnte. Immerhin hatte sie die gleiche Schuhgröße wie Laura, nämlich 37, und so staubte sie gelegentlich die abgelegten Schuhe ihrer Freundin ab.

Cordula ging zum Schreibtisch, nahm auf dem harten Bürostuhl Platz und kramte dann ihr Gemeinschaftskundeheft aus der Schultasche. Doch auch jetzt gingen ihr eher Bilder von Nahrungsmitteln als irgendwelche brauchbaren Gedanken durch den Kopf. Sie verspürte jetzt noch mehr Hunger als vorhin. Wie sollte sie diese Diät nur jemals durchhalten? Und hatte es überhaupt Zweck? Bisher hatte sie nach jeder Diät das Doppelte wieder zugenommen. Warum sollte das dieses Mal anders sein? Und überhaupt, wie sollte sie mit leerem Magen nachher putzen gehen?

Ihr Blick wanderte sehnsüchtig in Richtung ihres Schranks. In einem kleinen Karton, der in der hintersten Ecke des Schranks lag, bewahrte sie ihre eisernen Reserven auf, Vollmilchschokolade der billigsten Sorte, von der sie immer 20 bis 30 Tafeln vorrätig hatte. In

Anbetracht ihres hohen Verbrauchs und ihrer finanziellen Situation konnte sie sich auch keine anderen Süßigkeiten leisten. Sollte sie ...?

Nein! Sie musste jetzt an Tim denken. Schon allein seinetwegen *musste* sie diese Diät einfach durchhalten. Wenn sie erst einmal schlank wäre, vielleicht ... ganz vielleicht ... würde er sich dann doch noch in sie verlieben.

„Grrr!" Cordulas Magen beantwortete ihre Gedanken mit einem heftigen Knurren. Tim war so weit weg und ihr Hunger so furchtbar groß. Und dann die Aussicht auf einen Abend mit Putzdienst. Konnte sie nicht vielleicht morgen mit der Diät weitermachen?

Sie schüttelte noch einmal müde den Kopf. Das ging doch nicht! Wenn sie jetzt aufgab, würde sie morgen wieder genauso schwach werden. Dabei *musste* sie es doch endlich mal schaffen! Schlanke Leute hatten es so viel leichter, im wahrsten Sinne des Wortes. Für sie gab es massenweise hübsche Kleidung und das auch noch zu angemessenen Preisen! Schlanke Leute waren überall willkommen, sie wurden respektiert und niemand lästerte über sie. Schlanke Leute konnten jeden Sport treiben, sie waren leichtfüßig und gerieten fast nie ins Schwitzen. Und sie, Cordula, wollte auch endlich mal zu dieser beneidenswerten Kategorie von Menschen zählen!

Aber hatte sie überhaupt eine Chance? Wie lange musste sie hungern, um endlich schlank zu werden? Heute Mittag waren ihr vier Monate noch kurz vorgekommen, aber jetzt ... jetzt erschien es ihr wie eine halbe Ewigkeit. Und sie hatte ja auch noch nicht mal mehr Buttermilch. Ach, es war doch alles so hoffnungslos!

Langsam stand Cordula auf. Ein paar Sekunden rang sie noch mit sich, dann hechtete sie auf ihren Schrank zu, riss die Tür auf und zog hastig den Karton mit der Schokolade daraus hervor. Sie schubste den Deckel herunter, riss die Verpackung von der obersten Tafel und biss fast zeitgleich in die Schokolade hinein. Sie kaute den Bissen kurz, dann schlang sie ihn herunter und biss ein weiteres Mal ab. Dabei stieß sie wohlige Geräusche aus, die fast wie ein Stöhnen klangen.

Es dauerte kaum mehr als zwei Minuten, dann hatte Cordula die erste Tafel vernichtet. Aber an Aufhören war nicht zu denken. Im Gegenteil, sie hatte so lange verzichtet, dass sie jetzt erst richtig in Fahrt kam. Und als sie eine halbe Stunde später den Karton wieder verschloss und in den Schrank zurückstellte, war er um fünf Tafeln leichter geworden.

Nachdem Cordula den Schrank wieder zugemacht hatte, blieb sie noch geraume Zeit auf dem Fußboden sitzen. Sie war jetzt richtig satt. Aber wohl fühlte sie sich deswegen noch lange nicht. Im Gegenteil!

Das angenehme Sättigungsgefühl wurde von einem fürchterlichen Gefühl der Völle überdeckt. Und gerade eben hatte dieses schreckliche Sodbrennen eingesetzt, zu dem Cordulas Magen in letzter Zeit immer häufiger neigte.

Hinzu kam natürlich ein richtig schlechtes Gewissen. Cordula konnte ihre Gedanken von vorhin jetzt überhaupt nicht mehr nachvollziehen. Wieso nur war sie schon wieder schwach geworden? Wieso konnte sie niemals standhaft bleiben? Hatte sie denn keinen Willen? Und bedeutete ihr Tim wirklich so wenig?

Bei diesem Gedanken füllten sich Cordulas Augen mit Tränen. Tim bedeutete ihr ganz bestimmt nicht wenig. Er bedeutete ihr alles! Alles! Sie dachte an den Nachmittag mit ihm. Es war so wunderschön gewesen, mit ihm zu musizieren. Es war das Schönste, was sie sich nur vorstellen konnte. Es war das Leben für sie, lohnenswertes Leben.

Kapitel 4

Als Cordula am nächsten Morgen eine knappe halbe Stunde vor Unterrichtsbeginn ihr Klassenzimmer betrat, saß Laura als Einzige bereits auf ihrem Platz.

„Na endlich!“, begrüßte Laura ihre Freundin in vorwurfsvollem Tonfall. „Ich dachte schon, du bräuchtest den ganzen Morgen, um alle Zeitungen zu verteilen.“

„Nicht ganz“, entgegnete Cordula erstaunt. „Aber seit wann interessiert dich das? Bist du aus dem Bett gefallen?“

„Nein“, lachte Laura. „Aber mir ist noch immer nichts eingefallen, was meine Gemeinschaftskundehausaufgaben wesentlich nach vorn bringen könnte.“

„Also dachtest du, du könntest vielleicht ein bisschen bei mir abschreiben“, nickte Cordula.

„Genau.“

„Aber das ist geistiger Diebstahl“, gab Cordula zu bedenken.

„Diebstahl würde ich das nicht nennen“, widersprach Laura. „Ich dachte mehr an einen kleinen Dienstvertrag.“

„Ach ja?“, fragte Cordula interessiert. „Und was bietest du mir als Gegenleistung an?“

„Einen netten Abend“, antwortete Laura wie aus der Pistole geschossen.

„Und wann soll der sein?“

„Samstag in einer Woche."

„An deinem Geburtstag?", fragte Cordula. „Hast du was Besonderes vor?"

„Ja, ich feiere eine Riesenparty. Meine Eltern haben nichts dagegen. Und du bist mein Ehrengast. Was hältst du davon?"

„Ich hasse Partys, ich hab nichts zum Anziehen und meine Eltern werden es sowieso verbieten. Sonst noch Fragen?"

„Tim hat schon zugesagt", grinste Laura.

„Okay, ich komme", ergab sich Cordula. „Aber ich hab wirklich nichts zum Anziehen."

„Dann werden wir dir was besorgen", munterte Laura ihre Freundin auf. „Vielleicht kann ich dir auch was nähen."

„Das würdest du für mich tun?", fragte Cordula gerührt.

„Na klar", lächelte Laura. „Für meine GK-Hausaufgaben tue ich fast alles."

„So ist das also", nickte Cordula mit gespielter Entrüstung und öffnete ihre Schultasche. Sie kramte ihr GK-Heft hervor und warf es auf Lauras Tisch. „Du solltest dich beeilen. Ich hab nämlich ziemlich viel geschrieben."

Laura ließ sich das nicht zweimal sagen und fing sofort an, im Schnelldurchgang ihr Heft zu bekritzeln.

Sie hatte etwa fünfzehn Minuten geschrieben und war schon beinahe fertig, als die Tür des Klassenzimmers geöffnet wurde und Verena den Raum betrat. Als sie Cordula und Laura erblickte, bildete sich ein überhebliches Grinsen auf ihren Lippen. „Dick und Doof sind also auch schon da!"

Cordula vermied es, Verena anzusehen und versuchte krampfhaft, die Tränen zu unterdrücken, die bei diesen Worten in ihre Augen geschossen waren. Sie hörte den Vergleich mit Dick und Doof nicht zum ersten Mal. Aber er traf sie doch jedes Mal wieder in die Mitte ihrer Magengrube. Ob es daran lag, dass er sehr viel treffender war, als sie es sich eingestehen mochte? Laura war über 1,80 Meter groß, sie überragte ja sogar ihren Bruder. Und sie selbst maß gerade mal 1,65 Meter. 1,65 Meter groß und jetzt schon beinahe 140 Kilo schwer. Bald würde es keinen Unterschied zwischen ihrer Breite und ihrer Höhe mehr geben!

Währenddessen hatte Laura abrupt aufgehört zu schreiben. Ein paar Sekunden lang rührte sie sich nicht, dann hob sie langsam den Kopf und warf Verena einen Blick zu, der hätte töten können. „Lieber Dick und Doof", zischte sie, „als Barbie persönlich."

„Das kommt auf den Standpunkt an", erwiderte Verena lächelnd.

„Ken jedenfalls steht mehr auf Barbie. Aber wem erzähle ich das? Dick und Doof sind für Männer ja sowieso nicht interessant."

„Ken", presste Laura hervor, „wird schon auch noch dahinter kommen, dass blond und dumm auf Dauer nicht das Wahre ist."

„Und feststellen, dass Dick wie geschaffen für ihn ist?", grinste Verena und warf Cordula einen abfälligen Blick zu. „Das wage ich zu bezweifeln. Obwohl ...", Verena tat jetzt so, als würde sie überlegen, „... vielleicht, wenn er erblindet ..."

Laura sprang auf und wollte auf Verena losgehen, als Cordula beschwichtigend den Arm auf ihre Schulter legte und sie auf ihren Platz zurückdrückte. „Hör auf, Laura", beschwor sie ihre Freundin. „Das führt doch zu nichts."

„Meinst du?", widersprach Laura und stand schon wieder auf. „Es führt immerhin dazu, dass dieses einfallslose Barbiegesicht ein bisschen an Konturen gewinnt. Ach ja, und dass ich mich wesentlich besser fühle."

„Okay, okay", sagte Verena und machte ein paar Schritte rückwärts. Scheinbar wurde ihr jetzt doch ein wenig mulmig zumute. „Ich werde euch zwei Turteltäubchen jetzt lieber allein lassen." Mit diesen Worten machte sie auf dem Absatz kehrt und eilte aus dem Klassenraum.

Laura quittierte das mit einem Grinsen. „Jetzt hab ich aber erfolgreich geblufft, findest du nicht auch?"

Aber Cordula seufzte nur.

„Nun komm schon", tröstete Laura sie, „lass dich doch von so einer nicht beleidigen. Die ist doch Längen unter deinem Niveau."

„Das ist es ja gar nicht", jammerte Cordula.

„Was denn?"

„Na, dass ... dass sie es mitbekommen hat. Du weißt schon."

„Dass du Tim gern hast?"

Cordula nickte gequält. Dann fragte sie leise: „Ist es wirklich so offensichtlich?"

„Na ja", versuchte Laura auszuweichen, „ein bisschen vielleicht."

„Und meinst du", formulierte Cordula die Frage, die ihr am meisten Sorgen bereitete, „Tim hat es auch schon gemerkt?"

„Aber nein", lächelte Laura. „Da kannst du ganz beruhigt sein. Der würde es nicht mal merken, wenn es in Leuchtbuchstaben auf deiner Stirn geschrieben stünde."

„Du hast Recht", nickte Cordula erleichtert. „Er ist viel zu sehr mit seiner Musik beschäftigt."

Laura wollte noch etwas darauf erwidern, wurde aber davon abgehalten, als gleich mehrere ihrer Klassenkameraden auf einmal den Raum betraten. Erst jetzt wurde ihr auch bewusst, wie spät es schon war. In weniger als fünf Minuten würde der Unterricht beginnen. Sie stürzte sich also wieder auf ihre GK-Aufgaben und schrieb mit vollster Konzentration weiter. Auf diese Weise schaffte sie es gerade noch rechtzeitig bis zum Unterrichtsbeginn.

Gemeinschaftskunde stand heute an dritter Stelle auf dem Stundenplan. Herr Krebs, der GK-Lehrer, war sehr beliebt bei den Schülern. Er war erst Mitte 30 und hatte eine ausgesprochen lockere Art. Trotzdem verstand er es auch, sich Respekt zu verschaffen. Das lag wohl daran, dass man bei ihm nie genau wusste, woran man war. Seine wachen braunen Augen, die von einer kleinen Nickelbrille umrahmt wurden, blickten meist schelmisch, dann aber auch wieder streng in den Klassenraum. Fest stand aber, dass er auf die Anfertigung der Hausaufgaben einen gesteigerten Wert legte. Da er die heutige Hausaufgabe als schwierig einordnete und von Cordulas Leistungen immer besonders angetan war, ließ er sie ihre Hausaufgabe vorlesen.

„Hervorragend, hervorragend“, murmelte er anschließend. „Die anderen sollten sich ein Beispiel an Ihren Leistungen nehmen, Frau Strohm. Möchte sonst noch jemand seine Einschätzung zur Kuba-Krise zum Besten geben?“

Die Frage hatte betretenes Schweigen zur Folge. Cordula war nun einmal die beste Schülerin der Klasse. Und wenn sie schon vorgelesen hatte, wie sollte man dagegen noch bestehen können?

Plötzlich aber meldete sich Verena. Erstaunt sahen alle zu ihr herüber. Verena war keine besonders gute Schülerin. Und sie meldete sich eigentlich nie freiwillig, um ihre Hausaufgaben vorzulesen.

„Ja bitte, Frau Bartel?“, erteilte Herr Krebs ihr das Wort.

„Ich ... ähm ... weiß ja, dass es nicht üblich ist“, stammelte sie schüchtern und mit dem allerunschuldigsten Augenaufschlag, „aber ... nun ja...“

„Nun reden Sie doch“, ermutigte Herr Krebs seine Schülerin.

„Also ... ich hatte vorhin das Vorrecht, den Aufsatz von Frau Berghoff zu lesen. Und ich war wirklich höchst beeindruckt. Und da dachte ich ... na ja ...vielleicht könnte ihre Einschätzung uns neuen Diskussionsstoff bieten.“

Lauras Augen hatten sich bei diesem Satz vor Schreck geweitet. *So ein Biest, so ein elendes Biest*, war alles, was sie denken konnte. Und auch Cordula blieb beinahe das Herz stehen. Wenn Laura vorlesen musste, würde Herr Krebs auf Anhieb erkennen, dass sie abgeschrieben hatte.

„Oh ja", freute sich Herr Krebs. „Das ist eine gute Idee. Würden Sie uns den Gefallen tun, Frau Berghoff?"

„Nein!", rief Laura, der mittlerweile alle Farbe aus dem Gesicht gewichen war. „Ich meine... ich denke ... das ... das ist ... keine gute Idee."

„Aber natürlich ist das eine gute Idee", widersprach Herr Krebs. „Es ehrt Sie ja, dass Sie so bescheiden sind, Frau Berghoff, aber ich bin jetzt so neugierig geworden, dass Sie einfach vorlesen *müssen*. Also bitte."

Laura schnappte nach Luft. Sie wusste nicht, wie sie die Situation jetzt noch retten sollte. Sie war verloren! Wenn Herr Krebs mitbekam, dass sie bei Cordula abgeschrieben hatte, dann würde ihre ohnehin schon desolate GK-Note ins Bodenlose absacken. Und dann war auch ihre Versetzung gefährdet! Und damit ihre gesamte Zukunft! Tränen stiegen in Lauras Augen.

Cordula war Lauras Gemütszustand natürlich nicht verborgen geblieben. Und so meldete sie sich jetzt einfach zu Wort. „Also, wissen Sie, Herr Krebs", begann sie, ohne genau zu wissen, wie ihre Argumentation aussehen sollte, „ich denke, dass es uns nicht wesentlich nach vorn bringen würde, wenn Laura ihre Hausaufgaben vorlesen würde."

„Ach nein?"

„Nein."

„Und warum nicht, wenn ich fragen darf?"

„Na, weil..." In Cordulas Gehirn rotierte es. Ihr musste etwas einfallen. Ihr musste jetzt sofort etwas einfallen! Und tatsächlich, da war er, der rettende Gedanke: „... weil Laura und ich doch unsere Hausaufgaben immer gemeinsam erledigen. Na ja ... so war es halt auch gestern. Wir haben ziemlich lange über die Kubakrise diskutiert, unsere Gedanken zusammengetragen und uns dann eine Meinung gebildet. Und anschließend hat jeder das Ergebnis zu Papier gebracht. Da bleibt es natürlich nicht aus, dass sich unsere Abhandlungen ziemlich ähneln. Man ... man könnte es auch anders formulieren: Wenn Sie meinen Aufsatz kennen, dann kennen Sie im Prinzip auch Lauras. Und da werden Sie mir doch zustimmen ... dass ... na ja ... dass es unter diesen Umständen mehr bringen würde, wenn wir ... zum Beispiel ... Verenas Aufsatz hören könnten."

Jetzt war es Verena, die vor Schreck ganz bleich geworden war. Laura dagegen warf ihrer Freundin einen Blick zu, der ewige Dankbarkeit versprach.

„Auch keine schlechte Idee", lächelte Herr Krebs und sah auffordernd zu Verena herüber. „Seien Sie doch bitte so freundlich, Frau Bartel."

„Aber nicht doch", entgegnete Verena entsetzt. „Das ... ist keine gute Idee."

„Schon wieder nicht?", fragte Herr Krebs mit einem amüsierten Grinsen.

„Nein", stammelte Verena, „denn ... Sie wissen ja ... dass ich in Gemeinschaftskunde nicht gerade eine ... eine Leuchte bin und deshalb ... also ..."

„Ich möchte Ihre Gedanken aber trotzdem gern hören", erwiderte Herr Krebs bestimmt. „Und ich möchte auch nicht bis zum Ende der Stunde darüber diskutieren, wer jetzt freiwillig seine Hausaufgaben vorliest. Also bitte, Frau Bartel, erfreuen Sie uns *jetzt* mit Ihrer Arbeit."

Verena blickte verstohlen auf das GK-Heft, das aufgeschlagen auf ihrem Pult lag. Es war nicht beschrieben und wies dadurch eine ähnliche Farbe auf, wie sie auch Verenas Gesicht mittlerweile angenommen hatte. Ein paar Sekunden rührte sie sich nicht, dann beugte sie sich zu ihrem Schulranzen herab und begann darin herumzuwühlen. „Na so was", murmelte sie kurz darauf, „ich verstehe es gar nicht ... aber ... es sieht wohl so aus ... als ... als hätte ich mein Heft vergessen."

Sie suchte noch ein paar Sekunden weiter, dann richtete sie sich langsam wieder auf, zuckte dabei aber erschrocken zusammen, weil sich Herr Krebs in der Zwischenzeit ihrem Platz genähert hatte und jetzt direkt vor ihr stand.

„Und was ist das?", fragte er und deutete auf das Heft, das auf Verenas Pult lag.

„Das?"

Herr Krebs nickte.

„Das ist mein Gemeinschaftskundeheft", musste Verena zugeben. „Aber ... also ... die Hausaufgaben schreibe ich immer in ein anderes Heft. Das ... das ... Hausaufgabenheft. Na ja, und das hab ich heute wohl vergessen."

Herr Krebs sah sie durchdringend an, dann nahm er ihr Heft vom Pult und begann, darin herumzublättern. „Komisch", sagte er dann, „ich finde aber auch Hausaufgaben in diesem Heft."

„Auch ... ja ... genau", stotterte Verena, „Manchmal benutze ich ja auch das normale Heft und ... nur manchmal das andere."

„Welches Sie jetzt vergessen haben."

„Genau", nickte Verena eifrig.

„Schön", lächelte Herr Krebs. „Dann denken Sie doch bitte beim nächsten Mal an dieses interessante Heft und legen es mir einmal vor. In Ordnung?"

Verena nickte, sah dabei aber nicht sehr glücklich aus – ganz im Gegensatz zu Herrn Krebs. Der schien sich über irgendetwas ziemlich zu freuen, jedenfalls erteilte er den Unterricht jetzt bestens gelaunt, ja beinahe vergnügt. So wurde es eine kurzweilige Unterrichtsstunde und Cordula konnte es kaum glauben, als es wenig später zur Pause läutete. Die Schüler verließen jetzt langsam den Raum, während Herr Krebs noch eine Weile am Lehrerpult sitzen blieb und in ein Buch vertieft zu sein schien. Erst als Cordula und Laura als Letzte an ihm vorbeigingen, blickte er auf und sagte ganz nebenbei: „Ach, Frau Berghoff?"

„Ja?"

„Nur damit wir uns in Zukunft verstehen. Zusammenarbeit: ja, abschreiben: nein. Alles klar?"

Laura errötete. „Alles klar", hauchte sie und verließ dann ziemlich schnell den Klassenraum.

Kapitel 5

„Ich weiß nicht", meinte Cordula und drehte sich ein paar Mal vor dem großen, rahmenlosen Spiegel, der das riesige Zimmer ihrer besten Freundin noch geräumiger wirken ließ. Laura hatte ihr ein wunderschönes Kleid aus leuchtend blauem Nickistoff genäht, das gerade fertig geworden war und das sie jetzt zum ersten Mal anprobierte.

„Wie jetzt?", fragte Laura entgeistert. Sie saß auf einem der beiden hochmodernen Sessel, die in Kombination mit einem Couchtisch aus Glas eine Ecke des Zimmers in ein halbes Wohnzimmer verwandelten. Die Sessel waren filigran, hatten silberne Metallfüße und waren mit dunkelgrünem Stoff bezogen. Dass Grün Lauras Lieblingsfarbe war, merkte man ohnehin. Die Vorhänge, die die beiden Fenster verschönerten, hatte Laura aus einem Stoff genäht, der in verschiedenen changierenden Grüntönen schimmerte. Aus dem gleichen Stoff hatte sie die Bettwäsche hergestellt. Hellgrün war der Veloursteppichboden, dunkelgrün die Lampen. Nur die Raufasertapeten waren schlicht und ergreifend weiß. Zusammen mit dem dreitürigen Kleiderschrank und dem Schreibtisch aus Kiefer hatte Laura genau das richtige Maß gefunden, um ihre Lieblingsfarbe zwar zu betonen, den Betrachter aber nicht damit zu erschlagen. Wirklich, es war ein wunderschönes Zimmer, auf das Cordula schon immer ein bisschen neidisch gewesen war.

„Es passt doch wie angegossen, oder etwa nicht?"

„Schon", nickte Cordula.

„Und es sieht doch auch super edel aus!"

„Ja", gab Cordula widerwillig zu.

„Und du hattest dich doch unsterblich in den Stoff verliebt, oder hab ich da irgendetwas falsch in Erinnerung?"

„Nein."

„Ja, und?", fragte Laura aufgebracht. „Wieso gefällt es dir dann nicht?"

Cordula starrte noch immer in den Spiegel und betrachtete das Kleid. Laura hatte wirklich sehr viel Talent und Geschick bewiesen. Sie hatte ein Kleid geschaffen, das hervorragend zu kaschieren vermochte. Es verdeckte so ziemlich alles von ihr. Es war langärmlig und ging ihr fast bis zum Knöchel. Sowohl an den Handgelenken als auch am unteren Saum war es mit dezenten Rüschen aus dem gleichen Stoff verschönert. Außerdem war es weit geschnitten und verzichtete auf jede Art von Taille. Laura hatte es mit einem halsfernen Rollkragen versehen, der vorne locker herunterfiel. Er diente als Blickfang und verlieh dem Kleid eine elegante Note. Wirklich, das Kleid war hübsch. Und es war auch sehr vorteilhaft für sie. Und trotzdem ...

Sie seufzte. „Es gefällt mir ja."

„Aber?", regte sich Laura auf. Sie hatte sich sehr viel Mühe gegeben und fünf ganze Nachmittage mit der Herstellung dieses Prachtstücks verbracht. Da hatte sie doch wohl ein bisschen mehr Begeisterung verdient!

„Es ist nur ...", begann Cordula zögernd und ihre Stimme klang dabei ziemlich weinerlich.

„Ja?", hakte Laura nach.

Jetzt liefen auch schon die ersten Tränen an Cordulas Wangen hinunter. „Ich bin so fett", schleuderte sie heraus und fing an zu heulen. „Walross", schluchzte sie und zeigte mit dem Finger auf den Spiegel, „bleibt ... nun mal Walross ... auch wenn man es ... hinter leuchtend blauem Nickistoff ... versteckt."

„Jetzt hör aber auf", beschwichtigte Laura ihre Freundin. „Du bist doch kein Walross. Walrosse ... ", sie überlegte angestrengt, „ ... haben Schnurrbärte. Und du hast keinen, jawohl."

Cordula musste angesichts dieser bestechenden Logik doch ein bisschen grinsen. Sie wischte sich die Tränen aus dem Gesicht und beruhigte sich ein wenig. „Eigentlich", schniefte sie mit gespielter Entrüstung, „ging es mir bei dem Vergleich mehr um die Körperfülle. Aber du scheinst ja der Meinung zu sein, dass man auch mein Gesicht mit dem von Antje vergleichen kann."

„Mensch, Cordula", beschwor Laura sie, „ich wollte doch nur ... ich meine... du sollst doch nicht glauben..." Erst jetzt sah Laura in Cordulas Augen und registrierte das schelmische Funkeln. Sie rollte mit den Augen. „Ich dachte schon, du würdest mir die Freundschaft aufkündigen."

„Und du", grinste Cordula spöttisch, „verstehst es wirklich, einen zu trösten. *Schnurrbart*", sie schüttelte den Kopf, „auf so was muss man erst mal kommen."

„Was sollte ich denn machen?", verteidigte sich Laura. „So schnell ist mir nichts Besseres eingefallen. Wer rechnet denn auch damit, dass du bei der Anprobe eines maßgeschneiderten Prachtkleides plötzlich in Tränen ausbrichst." Sie senkte den Blick. „Es gefällt dir wohl nicht, wie?"

„Natürlich gefällt es mir", antwortete Cordula. „Es wirft mich nur immer wieder aus der Bahn, wenn ich feststelle, dass ich sogar in den allerschönsten Sachen fürchterlich aussehe."

„Du siehst doch nicht fürchterlich aus", widersprach Laura. „Das Kleid ist gerade geschnitten. Es verdeckt jedes deiner Röllchen."

„Erstens", meinte Cordula, „handelt es sich bei meinen *Röllchen* um ausgewachsene Monsterrollen, und zweitens wirke ich in dem Kleid nun mal wie eine Bowlingkugel. Und wer möchte schon mit einer Bowlingkugel tanzen?"

„Na, Tim", grinste Laura.

Cordula horchte auf, als ihre Freundin den Namen nannte, der für sie der wohlklingendste auf Erden war. „Wieso denn das?"

„Na, weil er gerne bowlt, was denkst du denn?", kicherte Laura.

Cordula rollte mit den Augen. „Wieder so eine tröstliche Aussage!"

„Nicht wahr?" Laura war ganz begeistert von ihrem kleinen Witz. Aber dann fiel ihr auf, dass Cordula ziemlich unglücklich aussah. Und so riss sie sich zusammen, hörte auf zu lachen und sagte: „Tut mir Leid, das war kein guter Witz."

Cordula fing in der Zwischenzeit an, das Nickikleid wieder auszuziehen. Als sie damit fertig war, schleuderte sie es wütend auf Lauras Bett und zog sich dann ihre Jeans und das rote Schlabbersweatshirt wieder an. Anschließend machte sie Anstalten, wortlos aus dem Zimmer ihrer Freundin zu stürmen.

„Jetzt warte doch", rief Laura erschrocken. „Sei mir nicht böse. Ich werde auch nie wieder Witze über dich und Tim machen."

Cordula hatte Lauras Zimmertür inzwischen schon aufgerissen. Jetzt blieb sie in der geöffneten Tür stehen, drehte sich aber nicht wieder um.

„Großes, heiliges Indianerehrenwort!“, sagte Laura.

„Also gut“, sagte Cordula. „Aber lass uns trotzdem nach unten gehen. Ich muss nämlich gleich los.“

Laura nickte und folgte ihrer Freundin. Auf der Treppe hörten sie durch die geöffnete Wohnzimmertür Stimmen. Neugierig gingen beide auf das Wohnzimmer zu.

„Also gut“, hörten sie Tim sagen, „schreib weiter: Erst seit ein paar Jahren, also mehr als ein Jahrhundert nach dem Ende der Indianerkriege, findet bei den Ureinwohnern Amerikas wieder eine Rückbesinnung auf ihre vergessen geglaubte Kultur statt. Es werden wieder Tipis und traditionelle Kleidungsstücke hergestellt, alte Rituale werden wieder entdeckt –“

„Nicht so schnell, verflixt“, fauchte jetzt Verenas wohlbekannte Stimme. „Kann ich Steno oder was?“

„Nein“, verteidigte sich Tim, „es ist nur schwer für mich, einen zusammenhängenden Text zu formulieren, wenn ich dabei ständig Pausen machen muss. Im Übrigen frage ich mich immer noch, wozu du das alles überhaupt brauchst. Die Indianer habt ihr in GK doch schon vor Monaten abgeschlossen!“

„Na und?“, antwortete Verena genervt. „Ich brauch's halt. Aber wenn du mir nicht helfen willst, finde ich bestimmt auch jemand anderen.“

„Schon gut“, lenkte Tim ein. „Ich helfe dir ja.“

Cordula grinste. Sie musste plötzlich an ihre letzte GK-Stunde denken und konnte sich lebhaft vorstellen, wofür Verena alte Hausaufgaben brauchte. Nur schade, dass sie jetzt auch noch Tim damit belästigte.

Laura war nicht nach Lachen zumute. Was kommandierte dieses Luder ihren Bruder so herum? Sie betrat forschen Schrittes das Wohnzimmer und sagte: „Was macht ihr denn hier?“

„Was geht dich das an?“, entgegnete Verena mit dem bösesten Blick, den sie im Repertoire hatte.

„Jetzt hört schon auf“, mischte sich Tim in das Gespräch ein. „Das bringt doch nichts.“

Mittlerweile hatte auch Cordula hinter Laura den Raum betreten. Eine Begegnung mit Tim konnte sie sich schließlich nicht entgehen lassen. Allerdings grinste sie noch immer ein wenig. Verena konnte sich ausrechnen, warum sie so erheitert war. „Na klar“, lächelte Verena spöttisch, „wo Laura ist, kann das Walross nicht weit sein.“

Cordulas Lächeln erstarb. Eigentlich kannte sie Verenas Beleidigungen ja zur Genüge, war sie quasi ständig darauf vorbereitet. Aber der Vergleich mit einem Walross traf sie angesichts ihres vorangegangenen Ausbruchs doch härter als erwartet. Und so konnte sie nicht verhindern, dass sich ihre Augen mit Tränen füllten.

Tim bemerkte das sofort. Er warf Verena einen strafenden Blick zu und sagte ärgerlich: „Lass sie in Ruhe, Verena. Sie hat dir nichts getan."

„Was weißt du schon", entgegnete Verena von oben herab.

„Ich weiß 'ne Menge", schimpfte Tim. „Zum Beispiel, dass Cordula unheimlich nett ist und niemandem etwas Böses will. Was man von dir nur sehr bedingt behaupten kann."

„Ach, tatsächlich?", brauste Verena auf. „Dann bin ich bei dir wohl an der falschen Adresse." Und mit diesen Worten ging sie hoch erhobenen Hauptes auf die Tür zu.

Tim verdrehte die Augen. Dann ging er ihr nach, hielt sie am Arm fest und sagte in versöhnlichem Tonfall: „Jetzt bleib schon hier. Ich hab's doch nicht so gemeint."

„Vergiss nicht, dich ihr zu Füßen zu werfen", kommentierte Laura das Verhalten ihres Bruders verächtlich.

„Und vergiss du nicht, dich aus den Angelegenheiten fremder Leute herauszuhalten", entgegnete Tim scharf.

„Du hast Recht", nickte Laura, „in letzter Zeit bist du wirklich ein Fremder für mich."

„Ich muss jetzt nach Hause", sagte Cordula, die den Schlagabtausch zwischen ihrer besten Freundin und ihrem geliebten Tim nicht länger ertragen konnte. „Bringst du mich noch raus, Laura?"

„Klar", entgegnete Laura widerwillig und folgte ihrer Freundin auf den Flur. Dann schloss sie die Wohnzimmertür hinter sich und sagte zu Cordula: „Warum hältst du mich nur immer davon ab, Tim die Meinung zu sagen? Ich hab doch Recht mit meiner Einschätzung, oder etwa nicht?"

„Natürlich hast du Recht", sagte Cordula. „Aber er kann ja nichts dafür, dass er in Verena verliebt ist. Ich würde ihn auch gegen alles und jeden verteidigen."

„Das ist ja das Schlimme", sagte Laura. „Aber um noch mal auf das Kleid zurückzukommen – in Wirklichkeit gefällt es dir doch, oder?"

„Ja", nickte Cordula, „es gefällt mir."

„Da hab ich ja Glück gehabt. Bis morgen Abend hätte ich nämlich nichts anderes mehr hinbekommen."

Cordula senkte betreten den Kopf. Sie hatte ihrer Freundin noch gar nicht gebeichtet, dass sie höchstwahrscheinlich überhaupt nicht kommen konnte. „Also“, begann sie zaghaft, „wegen morgen Abend ...“

„Ja?“

„Das ist so ... “ Cordula zögerte noch immer. Sie wusste, wie viel Laura diese Fete bedeutete. Und dass sie ihre beste Freundin unbedingt dabeihaben wollte. Warum sonst hatte sie extra ein Kleid für sie genäht?

„Spuck's aus“, verlangte Laura wütend. Sie ahnte mittlerweile Böses.

Cordula sagte leise: „Sie haben's mir verboten.“

„Sie haben was?“, wiederholte Laura ungläubig. „Aber wie können sie das tun? Ich bin deine beste Freundin und es ist doch nur eine harmlose Geburtstagsfeier!“

„Ich weiß“, jammerte Cordula, „aber sie haben gesagt, dass ich mir in letzter Zeit einfach zu viel geleistet habe.“

Laura zog die Augenbrauen hoch. „Geleistet?“, fragte sie. „Was kannst du dir schon geleistet haben?“

„Ich bin innerhalb von drei Wochen viermal zu spät nach Hause gekommen.“

Laura schüttelte fassungslos den Kopf. „Um fünf statt um viertel nach vier oder wie?“

Cordula nickte. „So ungefähr.“

Laura schüttelte noch immer den Kopf. „Das geht so nicht weiter, Cordula. Und das weißt du auch. Deine Pflegeeltern behandeln dich wie den letzten Dreck. Sie nutzen dich aus, lassen dich für sich schuften. Und dann gönnen sie dir noch nicht einmal ein kleines bisschen Freude.“ Sie packte Cordula mit beiden Händen an den Oberarmen und fuhr beschwörend fort: „Du musst etwas dagegen unternehmen.“

„Was denn?“, fragte Cordula weinerlich.

„Na, was ich dir schon seit Jahren predige“, entgegnete Laura. „Sag dem Jugendamt Bescheid. Sprich mit der Sozialarbeiterin, die für dich zuständig ist, und schenk ihr reinen Wein ein. Sag ihr, was bei euch zu Hause abläuft. Dann kriegst du endlich ein neues Zuhause.“

„Ja“, nickte Cordula bitter, „eins aus Eichenholz. Dann wohne ich einsachtzig unter der Erdoberfläche und meine Adresse lautet Friedhofsstraße Nr. 478.“

Laura musste angesichts dieser drastischen Darstellung doch ein bisschen lächeln. „Na ja“, wiederholte sie mit gespielter Nachdenklichkeit, „massives Eichenholz – im Vergleich zu deiner jetzigen Plastikausstattung wäre das eine echte Verbesserung, findest du nicht auch?“

Cordula rollte mit den Augen, fing aber gleichzeitig an zu grinsen. Sie versuchte noch, sich zu beherrschen, aber das klappte kein bisschen. Innerhalb weniger Sekunden kicherten und prusteten die beiden Freundinnen um die Wette.

Kapitel 6

Als am nächsten Morgen Cordulas Wecker um kurz vor sechs klingelte, blieb sie noch ein paar Minuten im Bett liegen und grübelte. Heute Abend war Lauras Geburtstagsfeier und sie als Lauras beste Freundin durfte nicht kommen. Dabei lag ihrer Freundin so viel an ihrem Erscheinen. Und ihr selbst natürlich auch. Schon allein wegen Tim. Aber was sollte sie tun? Ihre Eltern hatten ihr die Feier nun einmal verboten.

Sie hatte sich noch nie absichtlich oder bewusst über ein Verbot ihrer Eltern hinweggesetzt. Schon wenn sie versehentlich die Anweisungen ihrer Eltern missachtet hatte, war sie schwer bestraft worden. Arbeitsdienst, Schulverbot oder Ausgangssperre waren noch die milderen Maßnahmen gewesen. Und wie oft war sie von ihrem Pflegevater schon geschlagen worden! Dabei waren die Schläge selbst nicht einmal das Schlimmste. Viel schlimmer war die Angst, die sie dann immer beherrschte. Die Angst, dass irgendjemand etwas davon mitbekommen könnte. Denn in diesem Fall, das hatte ihr Vater immer deutlich gemacht, käme sie ins Heim. Und das wollte Cordula auf keinen Fall.

In einem Heim lebte man wie in einem Gefängnis, das hatte sie früher ja schon erlebt. Sie wusste ja auch noch nicht einmal, wo sie dann landen würde. Sie würde Tim und Laura nicht mehr so einfach besuchen können. Vielleicht würde sie sogar die Schule wechseln müssen. Der Gedanke ließ sie regelrecht erschaudern. Tim nicht zu sehen, das war der Horrorgedanke schlechthin!

Nein, sie würde niemals freiwillig in ein Heim gehen. Sie musste gehorchen, sie musste tun, was ihre Eltern von ihr verlangten. Und so entschied sie sich dafür, den Abend brav auf ihrem Zimmer zu verbringen, während alle anderen feierten. Sie stand auf, zog sich eine Jeans und ein dunkelblaues Sweatshirt an und ging in die Küche.

Dort sah es mal wieder aus, als hätte eine Bombe eingeschlagen. Scheinbar hatte ihre Mutter spätabends noch irgendetwas gekocht, dann aber alle Arbeit für sie liegen gelassen. Die schmutzigen Töpfe standen auf dem Herd und verbreiteten allmählich einen unangenehmen Geruch. Teller und Besteck lagen noch auf dem Tisch. Essensreste, offene Gewürzbehälter, dreckige Rührlöffel und Schüsseln zierten die Spüle.

Cordula krempelte die Ärmel hoch. Im Gegensatz zu ihren Pflegeeltern konnte sie Unordnung nicht leiden. Und gerade eine so kleine Küche wie diese brauchte doch konsequente Pflege, damit man einigermaßen darin arbeiten konnte.

Ihre Pflegeeltern schliefen offensichtlich noch und so räumte Cordula in aller Stille auf, wusch das Geschirr ab, kochte Kaffee und deckte für ihre Eltern den Frühstückstisch. Dann aß sie selbst ein paar Brote, schlüpfte in ihre hellgelbe Sommerjacke und schlich sich leise aus dem Haus. Sie trug samstagsmorgens immer Werbezettel für eine große Supermarktkette aus und durfte daher die Wohnung verlassen, ohne ihre Eltern noch einmal extra um Erlaubnis zu fragen.

Draußen war es schon hell. Cordula holte ihr altes klappriges Fahrrad aus dem Schuppen, holte beim Supermarkt die Prospekte und begann mit der Arbeit. Die machte heute sogar ein bisschen Spaß. Cordula durfte miterleben, wie ein herrlicher Frühlingstag zu vollem Leben erwachte. Sie erfreute sich an einem strahlend blauen Himmel, der nur von ein paar Schleierwolken durchzogen war, und genoss den Anblick der sprießenden Natur. Bei ihren Eltern gab es keinen Garten und so nahm Cordula die Pracht fremder Gärten umso intensiver wahr. Kein Prospekt fand den Weg in den Briefkasten, ohne dass Cordula nicht wenigstens kurz an ein paar Blumen schnupperte oder mit der Hand über die frischen, zartgrünen Blätter irgendeines Busches fuhr. Und so dauerte es heute fast drei Stunden, bis Cordula alle Prospekte ausgetragen hatte.

Sie radelte zurück zum Supermarkt und kassierte ihr Honorar von 25 Mark. Dann holte sie sich einen Einkaufswagen und fuhr in den Verkaufsbereich. Sie steuerte ohne Umwege die Süßigkeitenabteilung an und begann, ihren Wagen mit Schokolade, Gummibärchen und Keksen voll zu laden. Dabei rechnete sie die Summen ganz genau zusammen und war erst zufrieden, als sie einen Gegenwert von 24,95 Mark in ihrem Wagen zusammengesammelt hatte. Mit einem glücklichen Lächeln auf den Lippen begab sie sich zur Kasse. Als sie dort anstand, rechnete sie die Gesamtsumme noch mehrmals nach. Sie kannte die Einzelpreise der verschiedenen Waren ganz genau und hatte schon immer gut kopfrechnen können.

Trotzdem war ihr nicht ganz wohl, als sie an die Reihe kam. Die Kassiererin war eine bildhübsche, schlanke junge Frau, die ihren Einkauf mit einem amüsierten Lächeln eingab und Cordula zwischendurch von oben bis unten musterte. Es war ihr schon immer peinlich gewesen, Süßigkeiten einzukaufen, aber heute war es besonders schlimm. Und so war sie erleichtert, als alle Waren das Band passiert hatten.

„25,45 bitte", sagte die junge Frau.

Cordula erwachte jäh aus ihren Gedanken. „Was?", sagte sie entsetzt.

„25,45", wiederholte die Kassiererin.

„Aber ... " Cordulas Gedanken rotierten. Sie hatte die Summen mindestens dreimal nachgerechnet. Es war einfach nicht möglich, dass sie sich vertan hatte. „ D-das ... das ... kann nicht stimmen", stotterte sie.

„Sicher stimmt das", behauptete die junge Frau und reichte ihr den Kassenzettel. „Hier, sehen Sie?"

Cordula sah sich um. Die Augen aller Kunden, die hinter ihr an der Kasse standen, waren jetzt auf sie gerichtet. Sie spürte, wie ihr das Blut in die Wangen schoss. „Ich ... also ... " Sie starrte auf den Bon. Und da sah sie auch schon die Bescherung. Die Gummibärchen, von denen sie fünf Tüten gekauft hatte, waren mit 79 Pfennig eingebucht. „Die ... Gummibärchen", stammelte sie, „seit wann ... ich meine ... haben die nicht immer 69 gekostet?"

„Bis vor drei Tagen, ja", antwortete die junge Frau. „Aber *heute* kosten sie 79. Können Sie sie nun bezahlen oder nicht?"

„Ich ... ähm ... hab nur 25 Mark", presste Cordula hervor und wäre am liebsten im Erdboden versunken.

„Dann lassen Sie doch eine Tüte Gummibärchen hier", schlug die Kassiererin vor.

„Das wird ihr ganz bestimmt nicht schaden", hörte Cordula eine ältere Männerstimme hinter sich murmeln.

Cordula starrte die Kassiererin mit weit aufgerissenen Augen an. In letzter Zeit schienen wirklich all ihre Alpträume Wirklichkeit zu werden. Sie musste weg hier, so schnell wie möglich. Sie wollte gerade nach der Tüte Gummibärchen greifen und sie der Kassiererin geben, als von hinten jemand nach ihrer Hand griff und ihr irgendetwas zusteckte. Sie zog ihre Hand wieder zu sich heran, öffnete sie und starrte verständnislos auf das Fünfzig-Pfennig-Stück, das sie darin erblickte. Dann aber begriff sie. Schnell drückte sie der Kassiererin ihren gesamten Besitz von nunmehr 25,50 Mark in die Hand, schnappte sich ihre Einkäufe und war auch schon aus dem Laden gerannt.

Sie lief und lief und machte erst wieder Halt, als sie an ihrem Fahrrad angekommen war. Sie fühlte sich so, als wäre sie gerade um Haaresbreite einer Meute hungriger Wölfe entgangen.

Als sie sich einigermaßen erholt hatte und wieder klare Gedanken fassen konnte, begann sie sich zu fragen, wer ihr da drinnen zu Hilfe gekommen war. Wem schuldete sie fünfzig Pfennig? Und bei wem hatte sie sich nicht einmal dafür bedankt?

Von ihrem Standort aus konnte sie den Eingangsbereich des Supermarkts beobachten und so starrte sie angestrengt auf die Leute, die jetzt einer nach dem anderen den Laden verließen. Die alte Frau zum Beispiel mit den grauen Haaren, hatte die Mitleid mit ihr gehabt? Oder der bärtige Mann mit Brille?

Sie zuckte mit den Schultern. Wie sollte sie denn auf diese Weise herausfinden, wer ihr das Geld gegeben hatte? Sie wollte gerade aufgeben und auf ihr Fahrrad steigen, als ein riesiger Berg Kartoffelchips auf zwei Beinen den Laden verließ. So sah es jedenfalls aus, denn die mindestens zwanzig Tüten ließen keinen Blick auf den Kopf desjenigen zu, der die ganze Pracht wegschleppte.

Cordula zog die Stirn in Falten. Hatte da jemand ein ähnliches Problem wie sie? Und hatte ihr vielleicht dieser Jemand das Geld zugesteckt?

Es sah fast so aus, denn die Kartoffelchips wandten sich nun in ihre Richtung und kamen direkt auf sie zu. Dann wurden sie plötzlich alle auf einmal fallen gelassen.

„Tim!“, rief Cordula, als das grinsende Gesicht ihres Schwarms dahinter zum Vorschein kam. „Was machst du denn hier?“

„Laura mal wieder“, seufzte Tim. „Plötzlich fällt ihr ein, dass sie vergessen hat, für heute Abend Chips zu kaufen.“

„Typisch Laura“, kicherte Cordula und musterte Tim verstohlen von oben bis unten. In dem blau-weiß karierten Hemd, das er über einem weißen T-Shirt trug, sah er mal wieder toll aus. Und so erwachsen! „Du, die fünfzig Pfennig“, fragte Cordula, die von der Szene im Laden noch immer peinlich berührt war, „waren die von dir?“

Tim nickte nur.

„Danke“, sagte Cordula gerührt. „Du hast mir das Leben gerettet!“

„Ach, papperlapapp“, wiegelte Tim ab.

„Ich geb sie dir Montag in der Schule zurück“, versprach Cordula.

„Blödsinn, ich hab sie dir geschenkt“, entgegnete Tim. „Aber warum Montag? Wir sehen uns doch schon heute Abend.“

Cordula senkte traurig den Kopf. „Daraus wird wohl nichts.“

„Aber warum denn nicht?“, fragte Tim erschrocken.

„Meine Eltern erlauben nicht, dass ich komme.“

„Was?“, regte sich Tim auf. „Sie erlauben nicht, dass du an der Geburtstagsparty deiner besten Freundin teilnimmst? Das gibt's doch gar nicht.“

„Reden wir nicht darüber.“

„Nicht darüber reden?“ Tim kam jetzt erst richtig in Fahrt. „Ich will aber darüber reden! Mensch, Cordula, merkst du denn gar nicht, dass dich deine Eltern total versklaven? Das geht doch so nicht. Du musst ihnen die Stirn bieten. Du bist sechzehn Jahre alt. Wie lange willst du denn dabei noch mitspielen?“

Du hast keine Ahnung, dachte Cordula. „So lange es nötig ist“, antwortete sie mit fester Stimme.

„Aber Laura hat bestimmt keine Freude an ihrer Party, wenn du nicht kommst“, meinte Tim. „Von mir ganz zu schweigen. Überleg's dir doch noch mal. Wir könnten tanzen. Und vielleicht ist zwischendurch noch Zeit, ein paar Melodien durchzusingen. Ich hab schon wieder jede Menge neuer Ideen im Kopf. Bitte komm doch!“

„Ist Verena denn gar nicht da?“, fragte Cordula vorsichtig.

Tim verzog das Gesicht. „Ich weiß noch nicht. Laura hat mir verboten sie einzuladen. Wenn überhaupt, kommt sie sehr viel später.“

„Na ja, dann ... “, lächelte Cordula. Dieser Versuchung konnte sie doch nun wirklich nicht widerstehen. Sie war mit Tim quasi verabredet!

„Heißt das, du kommst doch?“, freute sich Tim.

Cordula nickte schüchtern.

„Super!“, rief Tim begeistert. „Laura wird mir die Füße küssen, weil ich dich überredet habe. Vielleicht bessert sich unsere Beziehung dann mal wieder. Seit ich mit Verena zusammen bin, ist sie ja nicht gerade gut auf mich zu sprechen.“

„Außer, wenn du Chips für sie besorgen sollst.“

„Ja“, lachte Tim, „außer in solchen Fällen. Aber gut, dass du die Dinger erwähnst. Ich werde sie jetzt besser mal nach Hause befördern. Sonst kriegt Laura noch einen Nervenzusammenbruch. Sie ist ohnehin schon so aufgeregt wegen heute Abend.“ Er bückte sich und versuchte, die Chipstüten in seine Arme zu laden. Dabei fielen ihm allerdings immer wieder ein paar herunter.

„Geh schon vor“, lächelte Cordula, „ich bringe den Rest hinterher.“

Sie half Tim, die Einkäufe in den beiden Fahrradkörben, den zwei Fahrradtaschen und drei zusätzlichen Tüten auf seinem Drahtesel zu verstauen und sah dann ein wenig besorgt dabei zu, wie Tim vom Supermarktgelände eierte. Dann stieg auch sie auf ihr Fahrrad und fuhr zurück nach Hause.

Schon auf dem Heimweg wurde ihr allerdings bewusst, in was für eine Situation sie sich da hineinmanövriert hatte. Sie hatte Tim versprochen, zur Party zu kommen, einfach so, ohne an die Folgen zu denken. Aber wie sollte sie das verwirklichen? Sie überlegte hin und her, kam aber schon nach kurzer Überlegung zu dem Schluss, dass ihre Eltern ihre Meinung niemals ändern würden. Sie hatten sich noch nie durch Betteleien beeindrucken lassen. Und sie hatten auch noch nie ein Verbot wieder aufgehoben. Sie brauchte sie also noch nicht einmal zu fragen. Aber was dann? Sollte sie ohne Erlaubnis zur Party gehen? Sollte sie sich einfach still und heimlich davonschleichen?

Bei diesem Gedanken lief es Cordula eiskalt den Rücken herunter. Sie hatte sich noch nie bewusst gegen ihre Pflegeeltern aufgelehnt. Eigentlich wusste sie gar nicht, wie das ging. Und eigentlich hatte sie auch gar nicht den Mut dazu.

Aber vielleicht war auch gerade das ihr Vorteil. Ihre Pflegeeltern wussten, dass sie nicht sehr mutig war. Sicher kamen sie nicht im Traum auf die Idee, dass sie vorhatte, zu dieser Party zu gehen. Sie hatte das Verbot ja auch sofort akzeptiert und gar nicht erst versucht, ihre Eltern umzustimmen. Ja, das war ihre Chance!

Cordula schnaufte. Heute war es soweit. Heute würde sie zum ersten Mal tun, was *sie* wollte! Wie oft hatte sie davon geträumt, wie viele Pläne geschmiedet.

Sie würde sich früh auf ihr Zimmer zurückziehen und sich dann in einem günstigen Moment heimlich rausschleichen. Dann würde sie von außen ihr Bett herunterlassen. Ihre Eltern würden nicht in ihr Zimmer gehen können und annehmen, sie schliefe. Und sie würde erst tief in der Nacht zurückkommen, wenn ihre Eltern ganz bestimmt nicht mehr wach waren. Ja, so musste es einfach funktionieren!

Als Cordula zu Hause ankam, hatte ihre Mutter bereits gefrühstückt. Ihr Vater lag noch im Bett. Scheinbar hatte er mal wieder einen Rausch auszuschlafen. Auf Geheiß ihrer Mutter räumte Cordula die Küche wieder auf, kochte Mittagessen, kümmerte sich dann um die Wäsche, putzte das Badezimmer, wischte Staub und reinigte das Treppenhaus. Dabei arbeitete sie besonders schnell und sorgfältig. Sie wollte schließlich alles zur Zufriedenheit ihrer Mutter erledigen.

Und ihr Plan schien aufzugehen. Ilse Schubert meckerte ein bisschen weniger als sonst mit ihr herum und hatte auch nichts dagegen einzuwenden, als sich Cordula bereits um halb acht ins Bett verabschiedete.

Als sie die Tür hinter sich geschlossen hatte, ließ Cordula sofort ihr Bett herunter. Erst dann atmete sie auf. Sie war vorerst in Sicherheit. Schnell zog sie ihre Jeans und ihr Sweatshirt aus und schlüpfte in das

Kleid, das Laura ihr genäht hatte. Dann sah sie skeptisch an sich herunter. Sah sie nicht ein bisschen albern aus? Schicke Klamotten passten doch gar nicht zu ihr. Und überhaupt, wie sollte sie denn so Fahrrad fahren? Und was war, wenn ihre Eltern sie in diesem Aufzug im Flur erwischten? Dann wussten sie doch sofort, was die Stunde geschlagen hatte.

Sie seufzte und zog das Kleid wieder aus. In Jeans und Sweatshirt fühlte sie sich einfach wohler. Sie verstaute das Kleid in der hintersten Ecke ihres Kleiderschranks und legte sich an der Tür auf die Lauer. Sie hoffte, dass sich ihre Eltern bald zum Fernsehen ins Wohnzimmer setzen würden. Erst dann hatte sie eine Chance, unbemerkt das Haus zu verlassen.

Leider machten ihre Eltern keine Anstalten, ins Wohnzimmer zu gehen. Wie es sich anhörte, aßen sie noch in der Küche Abendbrot und gifteten sich dabei an. Sie redeten ja sowieso nie freundlich miteinander, aber heute war es besonders schlimm. Cordulas Pflegevater beschwerte sich darüber, dass nicht mehr genug Bier im Haus war, und ihre Pflegemutter konterte, dass ja niemand da war, der das entsprechende Geld heranschaffte. Im Nu war ein größerer Streit im Gang, der auch Handgreiflichkeiten beinhaltete. Es knallte ein paar Mal, Cordulas Mutter schrie einmal auf, dann klirrte Geschirr.

Cordula rollte mit den Augen und sah auf ihre Uhr. Es war schon kurz nach acht. Die Party hatte mittlerweile angefangen und sie musste sich beeilen, wenn es sich noch lohnen sollte, für diese Geburtstagsfeier ihr Leben aufs Spiel zu setzen.

Aber sie hatte Glück. Ihre Pflegeeltern waren schon immer ziemlich fernsehsüchtig gewesen und so hatten sie ihren Streit um Punkt viertel nach acht beigelegt. Zwei Türen klappten, dann war Ruhe.

Mutig öffnete Cordula ihre Tür einen kleinen Spalt breit und sah auf den Flur hinaus. Die Luft war tatsächlich rein. Sie nickte und es bildete sich ein entschlossener Ausdruck um ihren Mund.

Jetzt oder nie, dachte sie und klappte das Bett leise und vorsichtig wieder hoch. Ihr Herz klopfte jetzt bis zum Hals, aber sie versuchte, es zu ignorieren. Sie ging zu ihrem Kleiderschrank, öffnete ihn und kramte einen daumendicken, längeren Strick daraus hervor. Ein paar Sekunden lang hielt sie ihn nachdenklich in ihrer Hand. Er hatte schon viel zu lange im Schrank auf seine Verwendung gewartet!

Sie ging mit dem Strick zum Bett zurück und zog ihn an der zur Tür gerichteten Ecke der Liegefläche seitlich an der Matratze vorbei durch den Rahmen. Sie nahm beide Enden des Stricks vorsichtig in die Hand, ging wieder zur Tür, horchte noch einmal angestrengt daran und öffnete die Tür ein weiteres Mal. Die Luft war noch immer rein und die Wohnzimmertür geschlossen. Das einzige Geräusch, das leise zu ihr vordrang, war das monotone Gemurmel irgendeiner Fernsehstimme.

Cordula öffnete die Tür jetzt ganz, huschte hindurch und zog die Tür anschließend soweit wieder an sich heran, dass nur noch ihr Arm durch den Spalt passte. Dann zog sie vorsichtig am Strick. Die Liegefläche ihres Bettes bewegte sich, bekam Übergewicht und fiel herunter. Bevor sie allerdings mit Gerumpel in der Horizontalen landen konnte, zog Cordula wieder so stark am Strick, dass sie den Aufprall abfederte. Auf diese Weise verursachte die Aktion nur leise Geräusche. Trotzdem ließ Cordula blitzschnell ein Ende des Strickes los, zog den Strick mit dem anderen Ende zu sich auf den Flur, schloss die Tür und rettete sich auf Zehenspitzen in eine dunkle Ecke des Flures hinter einen größeren Schrank.

Sie war kaum dahinter verschwunden, als sich auch schon die Wohnzimmertür öffnete und Ilse Schubert auf den Flur hinaustrat.

„Kannst du nicht mal fünf Minuten auf deinem fetten Hintern sitzen bleiben?“, herrschte Werner Schubert seine Frau vom Wohnzimmer aus an. „Wenn ich deinetwegen den Anfang des Films verpasse, mach ich dich kalt.“

„Jetzt halt gefälligst mal deine blöde Klappe“, schnauzte Ilse zurück. „Ich hab irgendwas gehört.“

„Gehört?“ Werner Schubert benutzte jetzt die dreckigste Lache, die er auf Lager hatte. „Seit wann kannst du denn hören?“

„Penner“, murmelte Cordulas Pflegemutter und warf mit Schwung die Wohnzimmertür ins Schloss. Jetzt war es stockduster auf dem Flur. Alle Türen waren geschlossen und so fielen nur winzige Streifen Licht unter den Türritzen hindurch auf den Flur. Es war auch wieder recht still. Die Geräusche aus dem Fernseher drangen nur leise durch die geschlossene Tür und auch Ilse Schubert war nicht zu hören. Sie schien lediglich zu lauschen.

Dafür klopfte Cordulas Herz so laut wie der Londoner Big Ben und sie konnte sich beim besten Willen nicht vorstellen, dass ihre Pflegemutter das überhörte. Und so überlegte sie schon einmal krampfhaft, wie sie ihren Aufenthalt im Flur erklären sollte. Links neben ihr war die Tür zum Badezimmer. Vielleicht konnte sie ja sagen, dass sie auf dem Klo gewesen war. Aber wenn ihre Mutter mitbekam, dass ihr Bett heruntergelassen war, dann war alles aus.

Ilse Schubert setzte sich jetzt plötzlich in Bewegung. Cordula sah nicht mehr als den Hauch eines Umrisses. Aber sie bekam mit, dass dieser Umriss langsam auf ihre Zimmertür zuging, direkt davor anhielt und dann an der Tür lauschte. Ein paar Sekunden war Ruhe, dann wurde plötzlich ihre Zimmertür einen Spaltbreit geöffnet.

„Cordula?“, flüsterte Ilse Schubert.

Natürlich erhielt sie keine Antwort und so wiederholte sie lauter und eindringlicher: „Cordula!“

Cordula hielt den Atem an. Sie fühlte sich dem Tode geweiht und wusste auf einmal, dass keine Party der Welt das Risiko wert war, das sie heute eingegangen war.

Cordulas Mutter hatte auch jetzt keine Antwort erhalten und so stieß sie die Tür ruckartig auf, was allerdings zur Folge hatte, dass diese nach wenigen Zentimetern auf das Klappbett prallte.

Ilse Schubert erschrak ein wenig, dann murmelte sie etwas, das wie „faule Schnarchnase“ klang und zog die Tür wieder zu. Jetzt herrschte erneut Dunkelheit im Flur.

Wenn Cordula allerdings gehofft hatte, dass ihre Mutter wieder ins Wohnzimmer gehen würde, dann hatte sie sich getäuscht. Ihre Augen hatten sich noch nicht wieder an die Dunkelheit gewöhnt und so sah sie ihre Mutter nicht. Sie hörte und spürte allerdings, dass sie sich nach links wandte und jetzt langsam, aber sicher auf sie zukam.

Cordula rührte sich nicht mehr. Sie konnte ja auch ohnehin nichts tun, und so wartete sie auf die unvermeidliche Katastrophe.

Aber diese trat nicht ein. Stattdessen spürte Cordula einen Luftzug und noch bevor sie richtig begriffen hatte, was geschah, war Ilse Schubert direkt neben ihr im Badezimmer verschwunden und hatte die Tür hinter sich ins Schloss fallen lassen.

Cordula zögerte nur den Bruchteil einer Sekunde. Dann aber hechtete sie kurz entschlossen auf die Wohnungstür zu, steckte mit zitternden Händen den Schlüssel ins Schloss, drehte ihn zweimal herum, zog ihn wieder heraus, öffnete die Tür, schlüpfte nach draußen und schloss die Tür wieder. Von außen wiederholte sie die Prozedur schnell.

Dann trat sie ein paar Schritte zurück und starrte entsetzt auf die Tür. Gleich musste sie sich öffnen. Gleich würde ihre Mutter herauskommen, sie beschimpfen und wieder hineinzerren.

Aber nichts dergleichen geschah. Sie hatte es geschafft!

Trotzdem machte sich nicht sehr viel Erleichterung bei ihr breit. Sie stand allein im dunklen Treppenhaus und hatte eine Gänsehaut. Jetzt gab es kein Zurück mehr. Wenn sie ihr Zuhause wieder betreten wollte, dann konnte sie das nur noch unter größten Risiken tun!

Sie wandte sich der Treppe zu. Das Risiko, das sie eingegangen war, sollte sich wenigstens lohnen. Sie würde eine schöne Party feiern und ein paar unvergessliche Stunden mit Tim verbringen. Jawohl, das würde sie!

Leise schlich sie die vielen Treppen nach unten und öffnete schon wenig später die Haupteingangstür. Es war noch hell und das Wetter genauso vielversprechend wie am Morgen. Nur ganz wenige Wolken zierten den Himmel. Allerdings wehte Cordula jetzt ein recht kräftiger Wind um die Nase. Außerdem hatte es sich – wie im Frühling nicht anders zu erwarten – schon spürbar abgekühlt. Cordula ärgerte sich fast ein bisschen, dass sie keine Jacke mitgenommen hatte. Und so holte sie umso schneller ihr Fahrrad und trat kräftig in die Pedale.

Als Cordula eine knappe halbe Stunde später bei den Berghoffs klingelte, war die Party bereits in vollem Gang. Das konnte sie anhand der lauten Musik, die aus dem Keller nach oben drang, deutlich feststellen. Cordula fragte sich gerade, wie jemand ihr Klingeln hören sollte, als auch schon die Tür geöffnet wurde und Frau Berghoff dahinter zum Vorschein kam.

Sie war eine angenehme Erscheinung, groß, schlank und ausgesprochen gutaussehend. Obwohl sie vor kurzem ihren 44. Geburtstag gefeiert hatte, wirkte sie noch ziemlich jugendlich. Wahrscheinlich wäre sie nicht einmal aufgefallen, wenn sie sich heimlich unter die Partygäste gemischt hätte. Sie war immer chic und modisch gekleidet und trug ihre schulterlangen mittelblonden Haare meist zu einem lockeren Pferdeschwanz zusammengebunden. Als sie Cordula erblickte, schenkte sie ihr ein erfreutes Lächeln.

„Mensch, Cordula, das ist aber schön, dass du doch noch kommst. Laura wartet schon so sehnsüchtig auf dich."

„Wirklich?", fragte Cordula schüchtern und verlor sich in Frau Berghoffs warmen braunen Augen. Wenn sie nicht ohnehin vorgehabt hätte, Tim zu heiraten, dann hätte sie es vielleicht schon der Schwiegermutter wegen getan. Sie kannte Frau Berghoff schon so lange und hatte sie in der Zeit so lieb gewonnen, dass sie am liebsten von ihr adoptiert worden wäre. Wirklich, Frau Berghoff war die Mutter, die sie sich immer gewünscht hatte. Und wenn sie Laura um etwas beneidete, dann um dieses liebevolle Elternhaus.

„Aber natürlich", nickte Karen Berghoff eifrig.

„Und Tim", wagte Cordula zu fragen, „ist der auch da?"

„Na klar", antwortete Lauras Mutter und lächelte dabei wissend.

„Dann geh ich jetzt mal runter", entgegnete Cordula und lief auch schon die Kellertreppe hinab. Sie wusste nicht, ob Verena noch kommen würde, und so hatte sie keine Zeit zu verlieren.

Als sie die Tür zum Partykeller geöffnet hatte, wich sie erst einmal einen Schritt zurück. Die Musik war wirklich furchtbar laut da drinnen, die roten und blauen Scheinwerfer leuchteten grell und die Luft war so verraucht, dass es aussah, als würde man sie in Scheiben schneiden können. Cordula brauchte ein paar Sekunden, bis sie sich ein wenig daran gewöhnt hatte und wieder etwas erkennen konnte.

Sie wollte sich gerade auf die Suche nach Laura machen, als diese auch schon aus dem Nebel und den tanzenden Menschenmassen auftauchte und ihr um den Hals fiel.

„Na endlich", schrie Laura gegen den Lärm an, „ich dachte schon, du hättest Tim einen Bären aufgebunden."

„Würd ich doch nie tun", brüllte Cordula zurück.

„Stimmt, so was machst du nur bei mir", rief Laura und sah dabei ein wenig beleidigt aus.

Cordula holte Luft, um dagegen zu protestieren, atmete dann aber resigniert wieder aus. Sie hatte einfach keine Lust mehr, gegen diesen Lärm anzubrüllen. Stattdessen packte sie ihre Freundin am Arm und zog sie aus dem Partyraum. Als sie die Tür wieder hinter sich und Laura geschlossen hatte, atmete sie auf.

„Jetzt lass dir doch erstmal gratulieren", sagte sie beschwichtigend und nahm Laura fest in den Arm. „Für dein nächstes Lebensjahr wünsche ich dir ... warte mal ... eine Eins in Mathe ... dass sich Mel Gibson scheiden lässt und endlich auf dürre Klappergestelle abfährt und ...", sie ignorierte das übertriebene Gekicher ihrer Freundin einfach, „... dass sich dein Bruder eine neue Freundin sucht."

„Und da hättest du natürlich auch schon einen Vorschlag", nickte Laura und rollte theatralisch mit den Augen.

„Vorschlag?", fragte auf einmal eine wohlbekannte Stimme und umarmte Cordula freundschaftlich von hinten.

Cordula blieb beinahe das Herz stehen. Jede Berührung von Tim war wie ein Stromschlag für sie. „Wo kommst du denn her?", fragte sie leise, als sie sich einigermaßen von ihrem Schrecken erholt hatte.

„Um ehrlich zu sein", lachte Tim und ließ Cordula wieder los, „vom Klo. – Also, um was für einen Vorschlag geht's denn nun?"

Laura fing jetzt wieder an, albern zu kichern. Das löste bei Cordula auf einmal den Verdacht aus, dass sie vielleicht schon ein bisschen zu viel getrunken hatte.

„Oh", freute sich Laura, „dabei ging es um dein Liebesleben."

Cordulas Augen weiteten sich. Laura hatte doch wohl nicht vor, irgendetwas auszuplaudern!?

„Ach tatsächlich?", fragte Tim und beugte sich neugierig vor. „Inwiefern denn?"

„Also", begann Laura und krümmte sich dabei vor Vergnügen, „Cordula war der Meinung, du solltest Verena so schnell wie möglich abschießen und stattdessen – AUA!!!" Sie hatte ihren Satz nicht mehr beenden können, weil Cordula ihr aufs Heftigste gegen das Schienbein getreten hatte. „Hast du 'ne Meise?"

„Nein, aber du anscheinend", fauchte Cordula wütend und warf ihr einen bitterbösen Blick zu. Dann machte sie auf dem Absatz kehrt und rannte den gleichen Weg zurück, den sie gekommen war.

Schon Sekunden später hatte sie die Haustür hinter sich ins Schloss geworfen und stand wieder auf der Straße. Sie stapfte wütend zu ihrem Fahrrad und stieg auf. „Wär ich doch niemals hierher gekommen", murmelte sie. Tränen der Wut liefen an ihren Wangen hinunter. Hatte Laura eine Ahnung, was sie da angerichtet hatte? Sie hatte alles kaputtgemacht! Bestimmt wusste Tim jetzt Bescheid. Und bestimmt würde er ihr von nun an aus dem Weg gehen. Und dann ... dann war alles aus.

Sie fuhr los und war schon ein paar Meter weit gekommen, als sie hörte, wie eine Tür hinter ihr aufgerissen wurde.

„Jetzt warte doch", rief Tim hinter ihr her. „Cordula!"

Cordula bremste abrupt und wischte sich hastig die Tränen aus dem Gesicht. Dann drehte sie sich um. Tim war inzwischen hinter ihr hergeeilt und hatte sie beinahe eingeholt.

„Jetzt hau doch nicht einfach so ab", sagte er. „Das kannst du Laura nicht antun. Es ist doch ihre Geburtstagsparty."

„Na und?", schimpfte Cordula. „Auf mich nimmt doch auch niemand Rücksicht."

„Sie ist halt ein bisschen beschwipst", beschwichtigte Tim. „Und es war doch auch gar nicht so schlimm, was sie gesagt hat."

„Ach nein? Das sehe ich anders. Was musst du denn jetzt von mir denken!"

„Ich weiß es doch eh", antwortete Tim.

Cordula sah ihm verblüfft ins Gesicht. „Was weißt du?", fragte sie vorsichtig.

„Na, dass du Verena genauso wenig ausstehen kannst wie Laura." Er hob die Schultern. „Niemand scheint sie zu mögen. Aber das ... ist mir egal. *Ich* liebe sie trotzdem. Ich werde sie immer lieben. Immer und ewig."

Cordula sah ihm ins Gesicht und entdeckte einen Ausdruck fester Entschlossenheit. Sie nickte. Sie konnte ihn nur allzu gut verstehen. „Du hast Recht", sagte sie leise. „Es ist egal, was die anderen sagen. Wenn man jemanden wirklich liebt, dann muss man dazu stehen, mit allem, was man ist, mit Haut und Haaren."

Tim sah ihr dankbar in die Augen. „Es ist schön, dass es dich gibt, Cordula, weißt du das? Manchmal denke ich, dass du die Einzige bist, die mich versteht."

Und ich denke manchmal, dass du der Einzige bist, der überhaupt nichts versteht, dachte Cordula. Aber natürlich sprach sie es nicht aus. Stattdessen sagte sie schlicht: „Danke."

„Und was jetzt?", fragte Tim. „Gehen wir wieder rein?"

„Meinetwegen. Aber wolltest du nicht ein paar neue Melodien mit mir durchsingen?"

„Du hast es nicht vergessen!", freute sich Tim. „Ehrlich, ohne dich wäre ich aufgeschmissen." Er nahm Cordulas Hand und lief mit ihr ins Haus zurück. Dann steuerte er direkt auf das Wohnzimmer zu, ließ sich vor dem Klavier nieder und fing wie immer sofort an zu spielen.

Wenig später waren alle beide in einer anderen Welt versunken. Sie registrierten dabei weder den Lärm, der von unten zu ihnen hinaufdröhnte, noch die Zeit, die unaufhaltsam verstrich. Und so kamen es ihnen vor, als wären erst ein paar Minuten vergangen, als jemand mehr als zwei Stunden später ruckartig die Tür aufriss und ins Wohnzimmer stürmte.

„Hätt ich mir ja gleich denken können, dass du vor deinem Klimperkasten rumsitzt", fauchte Verena.

„Was? Wieso?", fragte Tim, der nur langsam aus seiner Welt auftauchte.

„Ich hab dich gesucht!", meckerte seine Freundin. „Aber natürlich unten. Wir waren doch auf der *Party* verabredet, oder etwa nicht?"

„Schon, ja", stammelte Tim.

„Schon, ja", äffte Verena ihn nach, „aber wenn du ein Klavier siehst, vergisst du halt, wo oben und unten ist, das wissen wir ja schon. Hast du wenigstens die neue Satteldecke für mich abgeholt?" Verena war eine passionierte Reiterin. Sie war die Adoptivtochter äußerst wohlhabender Eltern und hatte erst vor kurzem ein zweites Pferd von ihnen geschenkt bekommen.

Tim riss erschrocken die Hand vor den Mund. Offensichtlich hatte er es nicht getan.

„Das kann doch wohl nicht dein Ernst sein!", echauffierte sich Verena. „Das Turnier ist morgen, *morgen*, verstehst du? Und ohne die neue Satteldecke kann ich Scheherazade nicht reiten. Ich hab dir doch erklärt, dass sie ständig Probleme mit dem Widerrist hat. Was soll ich denn jetzt machen? Morgen hat der Laden zu!" Verena ähnelte jetzt immer mehr einem Stier in einer spanischen Arena, während Tim mit jedem Wort mehr in sich zusammensackte.

„Ich weiß nicht, tut ... tut mir wirklich Leid ... ich sollte doch noch ... Chips für Laura besorgen ... und dann ... hab ich's wohl vergessen", stotterte Tim.

„Du bist echt ein Idiot, weißt du das eigentlich?", antwortete Verena kalt. „Man kann sich nicht das kleinste bisschen auf dich verlassen." Sie rollte theatralisch mit den Augen. „Wie konnte ich nur so blöd sein, dir eine wirklich wichtige Aufgabe zu übertragen, wenn ich doch weiß, dass es nicht klappen *kann*."

„Sei mir nicht böse", bettelte Tim, „ich wollte gerade los, als Laura die Sache mit den Chips einfiel. Ehrlich, sonst hätte ich es nicht vergessen."

„Ach, was du nicht sagst", entgegnete Verena von oben herab. „Willst du etwa leugnen, dass du drei von vier Sachen vergisst, die man dir aufträgt?"

Tim senkte den Kopf und sagte traurig: „Nein."

„Aber wenn es ein neuer Tischtennisschläger gewesen wäre, den du für *dein* Turnier hättest besorgen sollen, dann wäre das sicher nicht passiert."

„Würd ich so nicht sagen", protestierte Tim zaghaft. „Vor drei Wochen zum Beispiel, weißt du noch? Auf den deutschen Jugendmeisterschaften ... da hatte ich überhaupt keinen Schläger dabei! Alles vergessen, nicht mal die Tasche hatte ich mitgenommen!"

Cordula konnte ein Schmunzeln nicht unterdrücken. Das war Tim live und in Farbe, vergesslich bis zum Gehtnichtmehr! Und das sogar in den Bereichen, die ihm viel bedeuteten: Verena, Musik und Tischtennis.

„Aha", antwortete Verena gehässig, „ich verstehe. Es gibt keine Möglichkeit, dich zu kurieren. In dem Fall ist es wohl das Beste, wenn du dir eine Freundin suchst, die mit dieser Marotte keine Probleme hat." Sie lächelte noch einmal überheblich, dann drehte sie sich um und verließ das Wohnzimmer.

„Was ... was hatte das zu bedeuten?", sagte Tim in Cordulas Richtung, als sich die Wohnzimmertür wieder geschlossen hatte.

„Sieht aus, als hätte sie gerade mit dir Schluss gemacht", antwortete Cordula sanft. Obwohl Tim ihr Leid tat, durchströmte sie gerade ein unglaubliches Glücksgefühl. War Tim jetzt etwa wieder zu haben?

„Aber ... das ... geht doch nicht", stammelte Tim. „Ich meine ... ich hab die Meisterschaften doch sogar gewonnen ... mit einem fremden Schläger. Vielleicht kann sie ja auch ..."

„Ich glaube nicht, dass es das ist, worum es ihr geht", sagte Cordula mitleidig.

Tim starrte noch immer fassungslos auf die Tür, als sich diese plötzlich wieder öffnete. Es war allerdings nicht Verena, die dahinter zum Vorschein kam, sondern Laura. Diese stürmte direkt auf Tim zu, baute sich breitbeinig vor ihm auf und schimpfte ohne Vorwarnung: „Ich dachte, ich hätte deutlich gemacht, dass ich deine dämliche Freundin auf keinen Fall auf meiner Party sehen will."

„Lass ihn in Ruhe", entgegnete Cordula scharf, „das ist jetzt kein guter Zeitpunkt."

„Kein guter Zeitpunkt?", regte sich Laura auf. „Wen interessiert das denn jetzt? Außerdem scheint dir entgangen zu sein, dass ich mit meinem Bruder spreche und nicht mit dir."

„Du hast zu viel getrunken", stellte Cordula fest, der der Geruch von Lauras Atem in die Nase gestiegen war.

„Ich hab was?" Laura wurde allmählich so richtig wütend. Sie konnte es nun einmal nicht ausstehen, dass Cordula ihren Bruder ständig verteidigte. Und sie hasste Verena. Und Verena auf ihrer höchstpersönlichen Party – das war mehr, als sie verkraften konnte. Sie stampfte mit dem Fuß auf und wusste nicht, wen sie jetzt zuerst angiften sollte. Dann entschied sie sich für ihren Bruder. Sie ging noch einen Schritt näher an ihn heran und zischte: „Ich will, dass du das blonde Gift sofort von hier entfernst. Hast du das verstanden?"

Aber Tim reagierte nicht. Er starrte noch immer die Wohnzimmertür an und sagte kein einziges Wort.

„Sie ist doch schon weg", sagte Cordula in versöhnlichem Tonfall.

„Hä?"

„Verena ist schon weg", wiederholte Cordula. „Und sie hat mit Tim Schluss gemacht."

„Oh", sagte Laura erstaunt und war auf einmal gar nicht mehr wütend. Stattdessen bildete sich ein breites Grinsen auf ihrem Gesicht. Man sah ihr an, dass sie von dieser Nachricht regelrecht begeistert war. „Na, das ist doch toll", freute sie sich und klopfte Tim aufmunternd auf die Schulter. „Dann bist du sie ja endlich los."

Tim schien jetzt erstmals mitzukriegen, dass mit ihm gesprochen wurde. Er starrte Laura verblüfft an. Aber dann verwandelte sich seine Fassungslosigkeit in Wut. Er lief rot an und schrie: „Wann wirst du endlich begreifen, dass ich Verena liebe?"

„Und wann wirst du endlich begreifen, dass sie ein Miststück ist?", schrie Laura zurück.

„Hört auf", flehte Cordula und drängte sich zwischen die beiden Streithähne. „Das bringt doch nichts."

„Natürlich bringt es etwas", fauchte Laura. „Es rettet vielleicht sein

Leben. Diese dämliche Kuh ist einfach nicht gut für ihn. Das ist doch auch deine Meinung! Warum sagst du es ihm dann nicht endlich?"

„Und warum hörst du nicht endlich auf, dich einzumischen?", ereiferte sich Tim, obwohl er eigentlich gar nicht angesprochen war.

„Weil es *sein* Leben ist", entgegnete Cordula. „Er muss selbst entscheiden, wen er liebt."

„Du willst ihn in sein Unglück rennen lassen?", entsetzte sich Laura. „Gerade du?"

„Verena ist nicht mein Unglück", widersprach Tim.

„Wenn es nicht anders geht", antwortete Cordula, ohne Tims Äußerung weiter zu beachten.

„Du bist ein Feigling, weißt du das?", provozierte Laura ihre Freundin.

„Jetzt reicht's mir aber", schimpfte Tim und rannte wütend aus dem Raum.

„Das sehe ich anders", widersprach Cordula. „Es gehört Mut dazu, andere zu respektieren."

„Mut? Dass ich nicht lache. Ich finde, es zeigt lediglich, dass einem wenig an dem anderen liegt."

„Was?" Cordula konnte nicht glauben, was Laura da gerade gesagt hatte. „Du behauptest, dass mir wenig an Tim liegt? Mir?"

„Genau!"

„Ich liebe Tim, das weißt du doch", sagte Cordula voller Vehemenz.

„Du weißt doch gar nicht, was Liebe überhaupt ist", erwiderte Laura abfällig. „Du bist ein dummes kleines Küken, das Schmetterlinge im Bauch mit großen Gefühlen verwechselt."

Cordula sah Laura fassungslos an. Wie konnte ihre beste Freundin so leichtfertig über sie urteilen? „Ich ... ich bedaure, dass ich zu deinem Geburtstag gekommen bin", presste Cordula hervor. Dann schob sie Laura einfach zur Seite und rannte zum zweiten Mal an diesem Abend aus dem Haus ihrer Freundin.

Dieses Mal wurde sie von niemandem aufgehalten. Sie stürzte sich auf ihr Fahrrad und fuhr eilig davon.

Auf dem Weg nach Hause hatte sie Zeit, sich ausgiebig zu ärgern. Das war ja wirklich ein äußerst gelungener Abend gewesen! Ein Abend eben, für den man liebend gerne sein Leben riskierte. Sie hatte nicht mal was zu essen bekommen ... und sich mit ihrer Gastgeberin und besten Freundin auch noch zerstritten!

Mittlerweile war sie vor dem Haus angekommen, in dem sie mit ihren Eltern lebte, und hatte ihr Fahrrad in den Schuppen gebracht. Dann sah sie hinauf ins oberste Stockwerk. Im Wohnzimmer brannte noch Licht, das konnte sie deutlich erkennen. Sie sah auf ihre Uhr. Es war viertel vor zwölf.

Na toll, dachte sie niedergeschlagen. *Wie ich meine Eltern kenne, sitzen die noch bis nach zwei vor dem Fernseher.* Sie seufzte wieder. Es hatte zu ihrem Plan gehört, erst tief in der Nacht wieder nach Hause zu kommen. Aber was sollte sie denn bis dahin machen? Sie war müde und unglücklich und hatte nur den einzigen Wunsch, sich in ihrem Bett zu verkriechen. Aber konnte sie es riskieren, um diese Zeit in die Wohnung zurückzuschleichen?

Nein, das war einfach viel zu riskant. Sie hatte furchtbare Angst vor ihrem Vater und diese Angst war stärker als alle Müdigkeit dieser Welt.

Und so blieb ihr nichts anderes übrig, als dort unten vor dem Haus die Zeit totzuschlagen. Leider war es jetzt, um kurz vor Mitternacht, so richtig kühl geworden und auch der Wind hatte noch weiter aufgefrischt. Cordulas dünne Kleidung hatte dem nicht viel entgegenzusetzen. Frierend und gähnend stand sie auf der Straße, lief im Kreis, tippelte von rechts nach links und von links nach rechts. Dabei kam ihr jede Minute vor wie eine halbe Ewigkeit. Abwechselnd sah sie auf ihre Uhr und auf das Wohnzimmerfenster. Aber das Licht wollte und wollte nicht ausgehen. Und es war auch erst eine halbe Stunde vergangen!

Mittlerweile zitterte Cordula am ganzen Körper. Sie hielt die Arme verschränkt und versuchte, mit den Händen notdürftig ihre Oberarme zu wärmen. Aber das half natürlich rein gar nichts. Eher wurde ihr durch die Verspannung noch kälter. Sie musste irgendwie diesem kalten Wind entgehen! In ihrer Not verkroch sich Cordula neben ihr Fahrrad in den alten Holzschuppen. Aber auch das brachte nicht den gewünschten Erfolg. Der Schuppen war so zugig, dass Cordula das Gefühl hatte, als würde der Wind noch heftiger durch die Ritzen pfeifen als draußen um die Hausecken. Sie krabbelte wieder nach draußen, sah aufs Wohnzimmerfenster, auf ihre Uhr, aufs Wohnzimmerfenster ...

Um sich wenigstens einigermaßen warm zu halten, versuchte sie es mit Joggen. Tapfer lief sie zwei, drei Mal die Straße entlang. Aber sie war nun einmal gnadenlos unsportlich und so gab sie auch das schnell wieder auf. Mehr als einmal spielte sie auch mit dem Gedanken, sich in den Hausflur oder ins Treppenhaus zu flüchten. Aber das erschien ihr dann doch zu riskant. Dort gab es nichts, keine Nische, keine Ecke, in der sie sich hätte verstecken können, wenn um diese Uhrzeit doch noch jemand nach Hause kam oder seine Wohnung verließ. Nicht auszudenken, wenn einer der Nachbarn am nächsten Tag ihre Eltern fragen würde, was ihre Tochter so spät in der Nacht im Hausflur getrieben hätte! Und so blieb sie auf der Straße, tippelte weiter von rechts nach links, von links nach rechts und fror, fror, fror. Eine Stunde schlich dahin, dann noch eine.

Cordula konnte sich schon kaum mehr auf den Beinen halten, als um fünf vor halb drei endlich das Licht im Wohnzimmer verlosch. Sie atmete auf, wusste aber gleichzeitig, dass sie noch mindestens eine weitere halbe Stunde ausharren musste, damit sie auch sichergehen konnte, dass ihre Pflegeeltern schliefen. Aber jetzt war immerhin ein Ende abzusehen und so gelang es Cordula, die nächste halbe Stunde tapfer zu bewältigen.

Um kurz vor drei zückte sie dann mutig ihren Zweitschlüssel, schloss mit ihren schon fast steifen Fingern die Haustür auf, huschte durch die Tür und verriegelte diese dann wieder. Ohne Licht anzumachen, schlich sie sich die Treppen bis zum obersten Stockwerk hinauf.

Als sie dann vor der Wohnungstür ihrer Eltern angekommen war, sah sie zuerst durch den Briefschlitz. Und tatsächlich, es brannte kein Licht mehr in der Wohnung. Sie hielt noch einmal intensiv und für mehrere Minuten das Ohr an die Tür – es war kein Geräusch zu vernehmen. Ihre Pflegeeltern mussten also tatsächlich zu Bett gegangen sein.

Trotzdem schlug Cordula das Herz bis zum Hals, als sie unendlich vorsichtig ihren Wohnungsschlüssel in die Tür steckte und dann leise herumdrehte. Sie verursachte dabei kaum ein Geräusch, hatte aber trotzdem das Gefühl, als müsste jeder sie hören. Als sie ihren Plan ausgeheckt hatte, hatte sie einfach nicht bedacht, dass in vollkommener Stille auch das leiseste Geräusch auffiel. Aber was half es denn? Sie musste jetzt einfach da durch. Beim nächsten Mal würde sie es sich besser überlegen, ob es Sinn machte, ein derartiges Risiko einzugehen.

Sie drückte jetzt vorsichtig die Türklinke herunter und schob die Tür auf. In der Wohnung war es tatsächlich mucksmäuschenstill. Gleichzeitig war es auch vollkommen duster. Alle Türen des Flures waren geschlossen und auch vom Treppenhaus drang keinerlei Licht in den Flur.

Cordula hatte den Eindruck, als müssten ihre Eltern schon allein vom heftigen Klopfen ihres Herzens wach werden. Aber sie wusste, dass sie sich das nur einbildete und so schloss sie die Tür hinter sich. Dann spitzte sie die Ohren. Sie hörte wiederum kein einziges Geräusch und so wagte sie es, sich in Zeitlupentempo durch den Flur zu bewegen. Es war so stockfinster dort, dass sie nicht einmal ihre Hand vor Augen sah, aber das störte sie nicht weiter. Auf diese Weise konnte sie ja auch nicht gesehen werden und das vermittelte ihr ein gewisses Gefühl von Sicherheit. Sie kannte den Flur ja auch wie ihre Westentasche und so hatte sie keine Probleme damit, sich tastend fortzubewegen. Zentimeter um Zentimeter bewegte sie sich vorwärts. Dabei steuerte sie nicht ihr Zimmer, sondern vielmehr die Küche an.

Als sie diese nach ein paar Minuten ohne größere Schwierigkeiten erreicht hatte, öffnete sie die Tür und tastete dahinter nach dem Besen, der dort für gewöhnlich stand. Sie wollte ihn benutzen, um damit vom Flur aus die Liegefläche ihres Bettes hochzuklappen.

Zu ihrem Entsetzen musste sie allerdings feststellen, dass sich der Besen nicht an seinem Platz befand. Ängstlich tastete Cordula noch einmal die Wand ab – nichts. Aber wie war das möglich? Ihre Pflegemutter würde doch niemals auf die Idee kommen, noch abends die Küche zu fegen. Und sie hatte den Besen doch vorhin an seinem Stammplatz abgestellt.

Jetzt stieg langsam Panik in Cordula auf. Ohne den Besen konnte sie ihr Bett nicht wieder hochklappen. Und wenn sie ihr Bett nicht hochgeklappt bekam, dann konnte sie auch nicht in ihr Zimmer. Und dann, ja dann war sie verloren, so viel war sicher.

Denk nach, Cordula, beschwor sie sich, *und gerat jetzt bloß nicht in Panik*.

Das half ein bisschen und so war sie in der Lage, systematisch die ganze Küche nach dem Besen abzusuchen. Sie begann direkt neben der Tür, tastete sich am Tisch vorbei, ließ Herd, Kühlschrank und Spüle hinter sich und gelangte dann wiederum zur Tür. Doch auch jetzt hatte sie nicht die geringste Spur von dem Besen entdeckt.

Sie seufzte lautlos. Dann schlich sie wieder auf den Flur, ertastete sich den Weg ins Badezimmer und suchte dort alles ab – wieder ohne Erfolg.

Jetzt fiel es Cordula immer schwerer, Ruhe zu bewahren. *Ich muss etwas anderes finden,* hämmerte es in ihren Gedanken. Aber so sehr sie auch nachdachte, ihr fiel einfach nichts ein, was sie hätte verwenden können.

Vielleicht kann ich es auch ohne Besen schaffen, versuchte sie sich einzureden. So ganz glaubte sie es selbst nicht, aber sie wollte es wenigstens versuchen. Sie streckte also ihre Hand nach rechts aus und tastete sich an der Wand entlang vorwärts, an der Wohnungstür und der Schlafzimmertür ihrer Eltern vorbei in Richtung ihres Zimmers. Dabei bemühte sie sich, mit den Füßen einen möglichst großen Abstand zur Wand zu halten, denn sie wusste ja, dass der Fußboden in Wandnähe mit Kisten, Kartons und Gerümpel nur so voll gestellt war.

Zentimeter um Zentimeter gelangte sie vorwärts, zum Glück ohne mit dem Fuß gegen irgendetwas zu stoßen. Sie hatte ihr Zimmer beinahe erreicht und wollte schon aufatmen, als sie plötzlich an ihrer Hand einen Widerstand spürte. Sie wunderte sich noch, worum es sich dabei handeln konnte, als sie spürte, wie dieser Gegenstand Übergewicht bekam und in irgendeine Richtung wegzufallen drohte.

Panisch griff Cordula zu. Und obwohl sie rein gar nichts sehen konnte, bekam sie ihn wie durch ein Wunder zu fassen. Cordula schloss erleichtert die Augen. Das war gerade noch mal gut gegangen! Gleichzeitig stellte sie voller Verwunderung fest, dass sich der Gegenstand, den sie jetzt in der Hand hielt, wie ein Besenstiel anfühlte. Und tatsächlich! Ein zielsicherer Griff nach unten verschaffte ihr Gewissheit. Es handelte sich wirklich um den verschollenen Besen. Aber wie um alles in der Welt war er direkt neben ihre Zimmertür gekommen? Wer hatte ihn dorthin gestellt?

Sie zuckte gleichgültig mit den Schultern. Wichtig war doch eigentlich nur, dass sie ihn gefunden hatte. Und dass ihr Leben nun doch noch gerettet werden konnte!

Sie behielt den Besen in ihrer rechten Hand und tastete sich mit der linken Hand weiter vorwärts. Da! Endlich spürte sie die Türzarge und wenig später hatte sie auch schon die Türklinke in der Hand. Nur noch kurze Zeit, dann würde sie ihr Martyrium überstanden haben! Gedanklich lag sie schon in ihrem Bett und zog sich die Decke bis über die Ohren. Fast war es ihr, als fühlte sie schon, wie die Wärme langsam ihren Körper zurückeroberte.

Vorsichtig drückte sie die Türklinke herunter und begann zu schieben. Die Tür aber bewegte sich nicht. Sie stutzte. Warum um Himmels willen ging die Tür denn jetzt nicht auf? Sie drückte die Türklinke noch einmal kräftiger herunter und schob dann mit aller Kraft. Aber die Tür bewegte sich noch immer nicht.

Voller Entsetzen starrte sie in die Dunkelheit hinein. Die Tür war abgeschlossen. Aber das konnte doch nicht sein. Sie hatte doch noch nie einen Schlüssel besessen!

Und dann schwappte mit einem Mal eine furchtbare Gänsehaut über ihren gesamten Körper. *Sie* hatte keinen Schlüssel, aber ihre Eltern hatten einen. Und der Besen ... stand der etwa neben ihrer Zimmertür, weil ihre Eltern ...?

Sie konnte diesen entsetzlichen Gedanken nicht zu Ende denken, weil in diesem Moment das Licht im Flur anging. Cordula wirbelte herum. Ein paar Sekunden lang hatte sie das Gefühl, als würde sie direkt in die Sonne sehen, so grell war das Licht nach den vielen Stunden der Dunkelheit. Sie erkannte auch nur Umrisse, aber das genügte voll und ganz. Die Silhouette ihres Vaters war unverwechselbar und wie er da vor ihr stand, breitbeinig, die Hände in die Hüften gestemmt, wusste sie ohnehin, dass ihr letztes Stündlein geschlagen hatte.

Ihr Vater kam jetzt auf sie zu. Mittlerweile konnte Cordula sein Gesicht erkennen und es kam ihr vor wie das personifizierte Grauen. Seine Augen, die schon im entspannten Zustand furchterregend aussahen, weil sie ausgesprochen eng zusammenlagen, waren zu zwei schmalen Schlitzen zusammengekniffen. Seine Lippen waren fest aufeinander gepresst und von einem dunklen Dreitagebart umrahmt. Die Flügel seiner großen, gebogenen Nase bebten.

„Du Schlampe wagst es, deine Eltern zu hintergehen?“, presste er hervor.

„Nein, ich ...“, flüsterte Cordula.

Aber da holte ihr Vater auch schon aus und verpasste Cordula eine Ohrfeige, die sich gewaschen hatte. Cordula schrie vor Schmerz einmal kurz auf. Sie hatte das Gefühl, als wäre ihr Kopf in zwei Teile zersprungen.

„Es ... es tut mir Leid“, stöhnte sie unter Tränen.

„Ja, dafür werde ich sorgen“, schrie ihr Vater. Und dann holte er auch schon zum zweiten Mal aus. Dieses Mal zielte er allerdings nicht sorgfältig genug. Er erwischte nicht die Wange, sondern mehr das Ohr seiner Pflegetochter. Dadurch traf der Schlag Cordula unvorbereiteter. Auch beeinträchtigte er ihren Gleichgewichtssinn. Cordula taumelte plötzlich und fiel nach hinten. Kurz darauf polterte sie mit der Hüfte gegen den Heizkörper. Sie stöhnte vor Schmerz auf, riss ihr Gewicht instinktiv zur anderen Seite herum, taumelte erneut und fiel wieder. Als ihr Kopf mit voller Wucht auf dem Boden aufschlug, verlor sie das Bewusstsein.

❧

31 Stunden später öffnete Cordula die Augen und wusste im ersten Moment weder, welchen Tag man heute schrieb, noch, was vorgefallen war. Sie wunderte sich nur, dass sie starke Kopfschmerzen hatte und es bereits hell in ihrem Zimmer war. Warum hatten ihre Eltern sie noch nicht aus dem Bett geschmissen? Sie ließen sie doch sonst nie ausschlafen. Oder war heute etwa ein Schultag? Hatte sie verschlafen?

Sie versuchte, sich aufzurichten, sackte aber schon im gleichen Moment wieder in sich zusammen. Ein Stöhnen entfuhr ihr. Ihre rechte Hüfte! Sie tat entsetzlich weh! Und dann kam auch schon die Erinnerung zurück. Die Nacht ... ihr Vater ... die Schläge!

Sie stöhnte leise. Ihr Leben war schon in der Vergangenheit furchtbar gewesen. Aber das war nichts gegen das, was sie jetzt erwartete. In der letzten Nacht hatte sie den Rest von dem verloren, was sie noch besaß. Sie hatte ihre Freundschaft zu Laura verloren. Sie hatte die Illusion verloren, dass sich Tim irgendwann doch noch in sie verlieben würde. Und sie hatte das Vertrauen ihrer Pflegeeltern verloren. Nicht, dass es ihr irgendetwas bedeutet hatte. Aber es hatte immerhin dafür gesorgt, dass ihre Pflegeeltern sie einigermaßen in Ruhe ließen. Das war nun vorbei. Ab jetzt würde alles noch viel furchtbarer werden als je zuvor.

Jesus, dachte sie weinerlich, *wenn du mir jetzt nicht hilfst, kannst du mir auch gestohlen bleiben!*

Und mit diesem Gedanken sank Cordula in einen gnädigen Schlaf zurück.

❧

„Wach auf!“, hörte Cordula eine Stimme rufen. Aber diese Stimme kam von ganz, ganz weit weg und so schenkte sie ihr keine Beachtung.

„Wach jetzt sofort auf, du nichtsnutziges Luder“, schrie Ilse Schubert fast direkt in Cordulas Ohr. Sie hatte den Kopf so weit durch die Tür gestreckt, wie es das runtergeklappte Bett zuließ.

Cordula zuckte erschrocken zusammen und schlug die Augen auf.

„Gestern haben wir dich entschuldigt“, keifte ihre Pflegemutter, „aber heute kommt das nicht noch einmal in Frage. Du wirst in die Schule gehen. Und zwar sofort. Los, zieh dich an.“

Cordula begriff nicht. „Gestern? Wieso? Welcher Tag ... ist denn heute?“

„Es ist Dienstag“, entgegnete ihre Mutter genervt. „Was dachtest du denn?“

Cordula konnte es nicht glauben. Hatte sie etwa den ganzen Sonntag und den ganzen Montag verschlafen? Sie versuchte sich aufzurichten, wurde aber auch dieses Mal von ihren Schmerzen ins Bett zurückgeworfen.

„Glaub bloß nicht, dass ich Mitleid mit dir habe“, geiferte Frau Schubert. „Deine paar blauen Flecken hast du dir nämlich selbst zuzuschreiben. Und jetzt lifte deinen fetten Arsch aus dem Bett und transportier ihn in die Schule. Sonst kassierst du die nächste Abreibung. Verstanden?"

Cordula nickte. Sie war fest entschlossen, jedem Befehl ihrer Mutter Folge zu leisten. Sie hatte ja auch keine Wahl. Allerdings fragte sie sich, warum ihrer Mutter auf einmal so viel daran lag, dass sie zur Schule ging. Darum hatte sie sich doch sonst nie geschert.

„Und das eine sage ich dir", fuhr ihre Mutter jetzt fort, „du wirst niemandem sagen, was Samstagnacht hier vorgefallen ist, niemandem. Und wehe, irgendjemand findet es heraus, zum Beispiel weil du theatralisch durch die Gegend humpelst oder so was. Ich sage dir, dann kannst du auch gleich deine Sachen packen und dir ein Taxi in das nächste Kinderheim nehmen, hast du das verstanden?"

Cordula nickte wieder. Das Wort „Heim" hatte eine furchtbar einschüchternde Wirkung auf sie. Es war das Letzte, was sie wollte.

„Ach ja, und gestern bist du zu Hause geblieben, weil du deine Tage hattest. So habe ich es deiner Lehrerin und der Bohnenstange erzählt, als sie angerufen haben. Und genauso wirst du es auch erzählen, klar?"

Cordula nickte zum dritten Mal. Jetzt wusste sie auch, warum sie zur Schule gehen sollte.

„Worauf wartest du noch?", schrie ihre Mutter sie an.

Cordula richtete sich jetzt ruckartig auf und unterdrückte mit aller Kraft das Stöhnen, das sie normalerweise von sich gegeben hätte. Sie hatte heftige Schmerzen in ihrer Hüfte. Trotzdem streckte sie zügig die Beine aus dem Bett und setzte sich hin.

Ihre Mutter schien damit halbwegs zufrieden zu sein. Jedenfalls nickte sie gönnerhaft und verschwand.

Als sie weg war, sah Cordula erstmals an sich herunter. Sie hatte noch immer die Sachen an, mit denen sie am Samstagabend unterwegs gewesen war. Aber natürlich war alles völlig zerknittert und verschwitzt. Vorsichtig begann sie daher, sich auszuziehen. Es war unmöglich, das schmerzfrei zu tun, und so stöhnte sie dabei immer wieder leise auf. Als sie es geschafft hatte, stand sie vorsichtig auf und bewegte sich ein paar Schritte vorwärts. Dabei stellte sie fest, dass sie ihr rechtes Bein kaum belasten konnte. Bei jedem Schritt fuhr ihr der Schmerz wie ein Pfeil in die Hüfte. Und so blieb Cordula nichts anderes übrig, als zu humpeln. Mühsam schleppte sie sich zu ihrem Kleiderschrank und kramte eine frisch gewaschene Jeans und ein grünes Sweatshirt daraus hervor. Sie zog beides an und humpelte dann in Richtung Küche.

„Hast du eine Ahnung, wie spät es ist?", herrschte ihre Mutter sie an, als sie zaghaft die Küchentür öffnete.

„Nein“, antwortete Cordula wahrheitsgemäß.

„Es ist halb acht. Der Unterricht beginnt in einer halben Stunde. Ich glaube kaum, dass noch Zeit ist, um zu frühstücken.“

„Aber ich habe Durst“, protestierte Cordula leise. Und das war noch untertrieben. Seit sie wusste, dass sie seit mehr als zwei Tagen nichts mehr getrunken hatte, fühlte sie sich wie ein Kamel, nachdem es die Wüste durchquert hatte.

„Dein Problem“, lächelte Frau Schubert.

Cordula senkte den Blick. Ihre Zukunft sah wirklich nicht besonders rosig aus. Niedergeschlagen humpelte sie auf den Flur zurück.

„Ach, Cordula?“, rief Ilse jetzt hinter ihr her.

„Ja?“, fragte Cordula hoffnungsvoll.

„Von dem Moment an, in dem du diese Wohnung verlässt, wirst du kein einziges Mal mehr humpeln. Hast du das verstanden?“

„Natürlich“, hauchte Cordula unterwürfig.

❧

Cordula kam tatsächlich noch pünktlich zur Schule. Zu ihrer Verwunderung musste sie allerdings feststellen, dass Laura fehlte. Und auch gestern war ihre Freundin nicht zum Unterricht erschienen, wie sie erfuhr.

In der großen Pause machte sich Cordula darum auf die Suche nach Tim. Auch wenn sie mit Laura zerstritten war, wollte sie doch wissen, was mit ihr los war.

Sie suchte zuerst im Gebäude, klapperte alle Kursräume ab und lief trotz ihrer Schmerzen tapfer durch die Flure und Pausenhallen – aber keine Spur von Tim. Als Cordula den Kopf nach draußen streckte, peitschte ihr der Regen mitten ins Gesicht. So kam es, dass der Schulhof heute beinahe menschenleer war. Nur ein paar Vermummte konnte Cordula entdecken. Aber auch die hatten wenig Ähnlichkeit mit Tim.

Den fand Cordula erst nach längerer Suche in einer der hintersten Ecken des Schulhofes, direkt neben dem Fahrradschuppen. Dort stand er an einen Baum gelehnt, war ganz allein und hatte die Augen geschlossen. Es schien ihm nicht viel auszumachen, dass er schon ganz durchnässt war. Er hatte noch nicht mal eine Jacke an!

„Tim?“, schrie Cordula gegen den Wind an.

„Was?“, entgegnete Tim müde, ohne seine Augen zu öffnen.

„Was tust du denn hier so allein?“

„Ich denke nach.“

„Und worüber?“

Tim öffnete die Augen. „Kannst du dir diese Frage nicht selbst beantworten?“

„Verena?“, fragte Cordula nur.

Tim nickte und sah dabei so traurig aus, dass es Cordula beinahe das Herz zerriss. Wirklich, wenn es etwas gab, das sie nicht ertragen konnte, dann war es diese unendliche Traurigkeit in Tims Augen. Dagegen musste sie einfach irgendetwas unternehmen.

„Kann ich dir irgendwie helfen?“

Tim schüttelte den Kopf. „Sie will mich einfach nicht mehr.“

„Hat sie das gesagt?“

Tim nickte wieder und stieß einen weiteren, tiefen Seufzer aus.

„Frauen meinen nicht immer, was sie sagen“, versuchte Cordula ihn aufzumuntern.

Und tatsächlich hob Tim interessiert den Kopf. „Nein?“

„Nein. Manchmal sagen sie nein und meinen, ‚bemüh dich um mich‘. Und manchmal“, fuhr Cordula selbstironisch fort, „*tun* sie sogar das Gegenteil von dem, was sie eigentlich wollen.“

„Du meinst also, ich hab noch eine Chance?“

„Sicher“, nickte Cordula tapfer. „Wenn du ihr vermitteln kannst, wie viel sie dir bedeutet, lenkt sie sicher ein.“

„Und wie soll ich das machen?“, fragte Tim aufgeregt.

„Lass mich mal überlegen“, grübelte Cordula, „du könntest ihr ein wertvolles Geschenk machen oder ... genau!“, jubelte sie. „Das ist es ... du komponierst ein Liebeslied und singst es für sie.“

„Meinst du wirklich?“, rief Tim aufgeregt. „Daran hatte ich irgendwie auch schon gedacht. Ich hab auch schon eine Melodie im Kopf. Hör mal.“ Er summte eine nette, eingängige Melodie.

„Gefällt mir gut“, nickte Cordula. „Hast du auch schon einen Text?“

„Natürlich nicht“, entgegnete Tim niedergeschlagen. „Ich hab's ja nicht so mit dem Texten. Aber ...“, er zögerte ein wenig, „ ... vielleicht könntest *du* mir ja ein bisschen helfen. Würdest du das tun?“

„Klar“, nickte Cordula. „Ich komme heute Nachmittag vorbei, dann denken wir uns was aus.“

„Du bist ein Schatz“, freute sich Tim und fiel Cordula um den Hals. Dann drückte er sie ganz fest.

Cordula unterdrückte ein Stöhnen, aber sie konnte nicht verhindern, dass ihr vor Schmerz Tränen in ihre Augen stiegen. Und dieser Schmerz hatte nicht nur körperliche Ursachen. Warum war sie nicht Verena? Warum? Warum? Warum?

Kapitel 7

Als Cordula am Nachmittag gegen drei Uhr bei Familie Berghoff klingelte, öffnete ihr Tim schon nach wenigen Sekunden. Er begrüßte sie kaum, ließ ihr noch nicht einmal Zeit, sich Jacke und Schuhe auszuziehen, sondern zog sie sofort ins Wohnzimmer. Cordula ließ es mit sich geschehen, auch wenn sie noch immer bei jedem Schritt und jeder Berührung Schmerzen hatte. Aber sie ließ es sich nicht anmerken.

„Ich hab noch ein paar Verbesserungen vorgenommen", sagte Tim eifrig und setzte sich umgehend ans Klavier. Und tatsächlich hatte er die Melodie vom Vormittag noch entscheidend verbessert.

„Und ich hab schon einen vorläufigen Text", lächelte Cordula stolz. „Spiel noch mal."

Tim spielte die Melodie ein weiteres Mal und Cordula sang dazu ihren selbst ausgedachten Refrain:

„Bei dir nur spür ich Leben,
du bist mein A und O,
bestimmst mein ganzes Streben
und, hey, glaub mir, das mein ich auch so."

Anschließend dichteten sie zusammen zwei weitere Strophen dazu. Als sie damit fertig waren, sagte Tim: „Ganz, ganz toll. Wenn sie das nicht überzeugt, weiß ich auch nicht."

„Wann willst du es ihr vorsingen?", wollte Cordula wissen.

Tim antwortete nicht gleich. Stattdessen setzte er seinen unwiderstehlichen Hundeblick auf und sagte in flehendem Tonfall: „Ich? Ich dachte ... na ja ... dass *du* vielleicht ..."

„Ich?", rief Cordula entsetzt. Auf diese Idee wäre sie im Leben nicht gekommen. Sie konnte doch nicht ... das konnte er ihr doch einfach nicht zumuten. Sie schüttelte energisch den Kopf. „Auf keinen Fall."

„Bitte", flehte Tim und fasste nach Cordulas Hand. Er drückte sie und bettelte weiter: „Du bist meine einzige Chance, Cordula. Du weißt doch, dass ich überhaupt nicht singen kann. Und es ist doch so wichtig für mich. Bitte ... bitte, bitte, bitte."

Cordula stöhnte leise. Ihr blieb scheinbar überhaupt nichts erspart. „Also gut", sagte sie mit einem Seufzer.

„Also gut, was?", fragte in diesem Moment eine Stimme.

Cordula drehte sich um und erblickte Laura in der Wohnzimmertür. Sie trug einen Schlafanzug, machte aber ansonsten einen munteren und gesunden Eindruck.

„Das geht dich überhaupt nichts an", antwortete Tim schnell.

„Ich hab nicht dich gefragt", sagte Laura patzig.

Cordula wandte sich an Tim. „Sag deiner Schwester, dass das dumme, kleine Küken leider nicht mehr mit ihr redet."

„Hä?", machte Laura. „Was soll das denn jetzt? War irgendetwas?"

Cordula sah sie prüfend an. Sie schien tatsächlich nicht zu wissen, wovon sie sprach. „Dann musst du aber *sehr* betrunken gewesen sein", sagte sie in etwas gemäßigterem Tonfall.

„Ich war kein bisschen betrunken", regte sich Laura auf.

„Natürlich nicht", grinste Tim, „deswegen ging es dir am Sonntag auch so dreckig."

„Ich hatte eine Magen- und Darmgrippe", zischte Laura.

„Und ich bin Doktor Schiwago."

„Halt deine blöde Klappe. Du kannst nicht beurteilen, was mir fehlt."

„Ich kann aber beurteilen, wovon du am Samstag zu viel hattest", lächelte Tim. „Und ich habe längst durchschaut, dass du die Magen- und Darmgrippen-Nummer nur wegen Mama und Papa abgezogen hast."

„Besser so eine Nummer als die, die du wegen des Luders immer so abziehst", keifte Laura.

„Lass mich endlich mit Verena in Ruhe", brauste Tim auf.

„Na, na, na", grinste Laura, „warum denn so empfindlich? Ist Ken etwa unglücklich, weil Barbie ihm den Laufpass gegeben hat?"

Tim wollte schon etwas darauf erwidern, aber Cordula kam ihm zuvor. „Daran erinnerst du dich also noch, ja?", schimpfte sie wütend. „Aber der Rest des Gesprächs ist dir vollkommen entfallen."

Laura zuckte verlegen mit den Schultern. „Ich merk mir halt nur die guten Neuigkeiten."

Jetzt war es um Tims Beherrschung geschehen. „Du bist", presste er mühsam hervor, „die schlimmste Giftspritze, die mir je begegnet ist. Verena ist harmlos gegen dich. Und deswegen ist sie mir auch tausendmal lieber, als du es je wieder sein könntest." Mit diesen Worten rannte er aus dem Wohnzimmer.

„Er hat Recht", nickte Cordula. Dann ließ sie Laura einfach stehen und folgte Tim.

❧

Am Mittwoch war Cordula um halb sechs mit Tim beim Haus der Familie Bartel verabredet.

Da ihre Hüfte am meisten schmerzte, wenn sie ihr rechtes Bein anwinkelte, entschied sie sich, das Fahrrad zu Hause zu lassen und zu Fuß zu gehen. Normalerweise wäre es ein netter Spaziergang gewesen. Die Sonne schien, die Vögel zwitscherten und es herrschten auch um diese Zeit noch angenehme 20 Grad. Trotzdem zog Cordula ein Gesicht wie sieben Tage Regenwetter. Und daran waren nicht nur ihre Schmerzen schuld. Es war aber auch ein wahnwitziges Vorhaben! Sie, Cordula, war dabei, ihrem Schwarm bei der Zurückeroberung seiner Freundin zu helfen. War sie eigentlich noch ganz bei Trost?

Aber sie liebte Tim nun einmal. Sie konnte es nicht aushalten, ihn so unglücklich zu sehen. Und sie konnte auf gar keinen Fall Nein sagen, wenn er sie um etwas bat.

Und so kämpfte sie sich tapfer vorwärts, bis das pompöse Einfamilienhaus der Familie Bartel in Sicht kam. Das Haus war noch ziemlich neu. Cordula konnte sich daran erinnern, wie es vor ungefähr fünf Jahren gebaut wurde. Schon damals hatte sich die ganze Stadt das Maul darüber zerrissen. Die übertriebene Größe, die Kupferdachrinnen, die extravaganten runden Fenster und vor allem die vielen kleinen Türmchen und Erker, all das hatte den Neid der anderen hervorgerufen. Dabei fand Cordula das Haus richtig schön. Die glänzenden blauen Dachpfannen und die blauen Fenster passten hervorragend zu dem weißen Putz. Und der verspielte Baustil hob es angenehm vom Einheitsbrei der übrigen kastenförmigen Neubauten ab. Nur die Marmorsäulen vor dem Haupteingang und das riesige, geschwungene Tor fand Cordula ein bisschen übertrieben.

Tim war schon da. Er stand außerhalb des Grundstücks neben einem größeren Baum und hatte einen dunklen Gitarrenkoffer bei sich.

Cordulas Herz schlug sofort höher, als sie ihn sah. Schon von weitem musterte sie ihn bewundernd von oben bis unten. Er trug heute eine weiße Stoffhose und ein kurzärmeliges graues Seidenhemd. Wahrscheinlich hatte er sich extra schick gemacht, um bei Verena Eindruck zu schinden.

Cordula kam näher und konnte noch immer den Blick nicht von ihm abwenden. Beinahe verklärt starrte sie auf seine schlanke, hochgewachsene Gestalt und die blonden Haare, die in der Sonne glänzten. Jetzt hatte auch Tim sie bemerkt und winkte sie eifrig zu sich heran.

„Ich finde es so toll, dass du gekommen bist“, flüsterte er ihr zu. „Mit dir kann man wirklich Pferde stehlen.“

Cordula nickte. *Ja*, dachte sie bitter, *ich bin schon ein toller Kumpel.*

„Komm mit“, sagte Tim, „wir müssen dahinten über den Zaun klettern.“

„Bist du verrückt?“, rief Cordula entsetzt. „Ich klettere nicht über Zäune.“

„Keine Panik“, lächelte Tim, „ich hab eine Leiter mitgebracht.“

Cordula war ein wenig beruhigt und folgte Tim zum hinteren Bereich des Grundstücks. Dort lehnte bereits eine Trittleiter an dem gut zwei Meter hohen Zaun. Es war ein ausgesprochen schöner und hochwertiger Zaun. Er war aus gebürstetem Edelstahl. Seine etwa zwei Meter breiten Elemente waren oben geschwungen und im unteren Teil mit allerhand Mustern und Mosaiken verziert. Auf jedem der Zwischenpfosten prangte eine faustgroße Kugel.

Tim kletterte jetzt behände die Leiter hinauf und hüpfte auf der anderen Seite des Zaunes wieder hinunter. Dann ließ er sich von Cordula den Gitarrenkoffer hinüberreichen. Anschließend quälte sich Cordula mühsam und ängstlich die Leiter hinauf. Als sie oben angelangt war, sah sie entsetzt zu Tim nach unten.

„Ich werde auf gar keinen Fall zu dir herunterspringen“, sagte sie entschieden.

„Ich kann dich doch auffangen“, schlug Tim vor.

„Bist du verrückt?“, herrschte Cordula ihn an. „Ich werde dich zermalmen.“

„Nun mach aber mal halblang“, lächelte Tim. „So schwer bist du auch wieder nicht. Und vergiss nicht, dass du es hier mit Herkules persönlich zu tun hast.“ Er hob beide Arme und ließ seine eher dürftigen Muskeln spielen.

Cordula lächelte verklärt. Tim war einfach zu süß. Und sie würde alles, aber auch alles für ihn tun. Und so schloss sie einfach die Augen, schwang ihr rechtes Bein über den Zaun und ließ sich fallen. Sekundenbruchteile später kam sie mit einem heftigen Stöhnen unten auf. Einen Moment dachte sie, ihr Ende wäre gekommen, denn sie spürte nichts als Schmerzen und Schwindelgefühl. Dann aber öffnete sie zaghaft ihre Augen.

Tim hatte sich über sie gebeugt und tätschelte besorgt ihre Hand. „Geht es dir gut?“, fragte er zärtlich.

Ich bin doch gestorben, dachte Cordula, *und das ist der Himmel.*

„Jetzt sag doch was!“, befahl Tim ängstlich.

„Es geht mir sogar sehr gut“, hauchte Cordula.

Das beruhigte Tim ein wenig. „Ich sagte was von hinunter*springen*, nicht von hinunter*stürzen*“, grinste er erleichtert.

„Und ich finde, dass meine Dienste mindestens zwei Leitern wert sind“, frotzelte Cordula.

„Ich werd beim nächsten Mal daran denken.“

„Oh nein!“, erwiderte Cordula. „Es wird kein nächstes Mal geben, bestimmt nicht.“

„Dann lass uns wenigstens dieses hinter uns bringen“, schlug Tim vor. „Kannst du aufstehen?“

Cordula nickte und reichte ihm die Hand. Dann ließ sie sich von ihm hochziehen. Tim musste allerdings all seine Kräfte aufwenden, um das hinzubekommen. Er ächzte und stöhnte dabei wie ein kaputter Fahrstuhl.

„Herkules, hm?“, lächelte Cordula unter Schmerzen, als sie wieder aufrecht stand.

„Na ja“, Tim zuckte verlegen mit den Schultern, „Herkules Junior vielleicht.“

„Dann geh mal vor, Junior.“

Tim lächelte und tat, wie ihm befohlen. Als er an der Hauswand angelangt war, blieb er stehen. Cordula sah nach oben. Direkt über ihr befand sich eines dieser kleinen Türmchen, die das Haus wie ein kleines Schloss erscheinen ließen.

„Wohnt Verena da oben?“, fragte sie.

Tim nickte.

„Rapunzel“, rief Cordula mit unterdrückter Stimme nach oben, „lass dein Haar herab.“

„Pssscht“, befahl Tim, musste dann aber doch grinsen. Die Situation erinnerte in der Tat ein wenig an das Märchen von Rapunzel. Er dachte einen Moment nach. „Vielleicht hast du gar nicht so unrecht“, sagte er mit verklärtem Gesichtsausdruck, „sie ist ja schon meine Prinzessin.“

Sofort erstarb das schelmische Grinsen auf Cordulas Gesicht. Dieser Vergleich hatte ihr fast so etwas wie einen Todesstoß versetzt. Verena Tims Prinzessin? Nein, das durfte nicht sein. *Sie*, Cordula, war doch Tims Prinzessin. Eine verwunschene Prinzessin vielleicht, aber ... Sie schluckte an dem Kloß, der sich in ihrem Hals gebildet hatte. Wie oft hatte sie davon geträumt, dass Tim eines Tages auf einem weißen Ross kommen und sie von ihrem Fluch erlösen würde? Und dass sie sich dann von einer Sekunde auf die andere in eine atemberaubende Schönheit verwandeln würde?

„Können wir?“, fragte Tim.

Cordula nickte tapfer. Es war Zeit, das Ganze hinter sich zu bringen und dann so schnell wie möglich von hier zu verschwinden.

Tim öffnete seinen Gitarrenkoffer, holte das Instrument hervor und begann zu spielen. Zuerst ganz leise, dann immer lauter. Cordula versuchte zu vergessen, wo sie sich befand. Sie spürte dem Wind nach, der sanft ihr Gesicht streichelte und in ihre langen Haare fuhr. Zum ersten Mal registrierte sie den blumigen Duft von Oleander. Und dann stimmte sie ein. Auch sie sang erst leise, dann immer kräftiger. Aber sie sang nicht für Verena. Sie sang für Tim, nur für ihn. Und sie meinte jedes Wort so ernst, wie man es nur meinen konnte. Auf diese Weise wurde das Lied zu einer hingebungsvollen, überaus überzeugenden Liebeserklärung.

Während Tim und Cordula alles gaben, wurde eines der runden Fenster in dem kleinen Türmchen über ihnen geöffnet und Verena kam dahinter zum Vorschein. Eine Weile schüttelte sie nur amüsiert den Kopf. Aber dann war das Lied zu Ende und sie schenkte Tim ein gönnerhaftes Lächeln. „Also, du kommst auf Ideen“, sagte sie.

„Ich möchte dich um Verzeihung bitten“, entgegnete Tim ernst. Dann zauberte er eine rote Rose aus seinem Gitarrenkoffer und streckte sie Verena entgegen.

„Komm erst mal hoch, du Rosenkavalier“, lächelte Verena und verschwand wieder in ihrem Zimmer.

Tims Augen begannen zu leuchten. „Danke“, hauchte er Cordula zu, gab ihr noch einen flüchtigen Kuss auf die Wange und hechtete dann um das Haus herum in Richtung Eingangstür.

Cordula kämpfte erneut mit einem Kloß in ihrem Hals. *Das war der teuerste Kuss, den ich je bekommen habe,* dachte sie. Dann lief sie zurück in Richtung Zaun. Sie wollte jetzt nur eins: so schnell wie möglich weg von hier.

Als sie am Zaun ankam, musste sie allerdings feststellen, dass die Leiter ja auf der falschen Seite stand. Einen Moment überlegte sie, was nun zu tun sei. Dann beschloss sie, ihr Glück am vorderen Eingangstor zu versuchen.

Sie machte also kehrt und ging wieder auf das Haus zu. Unwillkürlich fiel dabei ihr Blick auf das kleine Fenster, aus dem Verena vorhin geschaut hatte. Und obwohl sie es eigentlich gar nicht wollte, verfolgten ihren Augen jede Bewegung der beiden Schatten, die dort eng umschlungen standen und Zärtlichkeiten austauschten.

Das Fenster verschwand jetzt aus ihrem Blickfeld und Cordula atmete erleichtert auf. Sie beschleunigte ihren Schritt und steuerte ohne Umwege auf das Tor zu. Als sie es erreicht hatte, suchte sie nach einem Knauf oder ähnlichem. Sie fand aber nichts dergleichen. War sie jetzt dazu verurteilt, den Abend in Tims und Verenas Nähe zu verbringen?

Niedergeschlagen sah sie sich um. Dabei fiel ihr Blick auf die alte Eiche, die nur wenige Meter vom Tor entfernt stand. Sie ließ sich neben dem Baum ins Gras fallen und lehnte sich gegen den Stamm. Sie brauchte jetzt ein paar Minuten, um sich zu entspannen und über einen Ausweg nachzudenken. Sie war kaum zur Ruhe gekommen, als ihre rechte Hand auch schon an ihr rechtes Auge wanderte und mechanisch immer wieder ihre langen dunklen Wimpern entlangfuhr. Oft schon hatte sie sich dabei Wimpern herausgezupft. Sie konnte sich das einfach nicht abgewöhnen. Ihre Marotte hatte sich schon viel zu lange verfestigt, als dass sie sie so ohne weiteres wieder hätte ablegen können.

Jesus, flüsterte sie, während sie noch immer ihre Wimpern bearbeitete. *Könntest du mir vielleicht helfen, hier wieder rauszukommen?*

Sie wartete noch darauf, dass er ihr eine Idee schenkte, als sie plötzlich Schritte hinter sich vernahm. Seltsam! Sie hatte doch gar keine Tür klappen hören. Ob das Tim war? Ob er sich am Ende doch nicht mit Verena versöhnt hatte?

Voller Hoffnung wandte sie den Kopf und sah vorsichtig am Baum vorbei in Richtung des Hauses. Da ging tatsächlich ein junger Mann den gepflasterten Weg entlang, der vom Haus zum Tor führte. Aber dieser Mann war nicht Tim. Er hatte nicht mal Ähnlichkeit mit ihm. Einmal war er wesentlich älter als Tim, vielleicht Mitte 20. Und er war auch kleiner als Tim, mindestens einen halben Kopf. Seine Statur war außerordentlich kräftig, aber er war nicht dick, eher machte er einen muskulösen und durchtrainierten Eindruck. Am auffälligsten waren allerdings seine vollen hellblonden Haare, die sich in kräftigen Locken bis fast auf seine Schultern kringelten. Er trug eine braune Lederjacke, Jeans und dunkle Schuhe.

Cordula zog vorsichtig ihren Kopf zurück und rückte ein paar Zentimeter zur Seite. So hatte sie gute Chancen, unentdeckt zu bleiben.

Kurze Zeit später riskierte sie dann aber doch wieder einen Blick. Der Mann hatte sich mittlerweile bis auf wenige Meter dem Tor genähert. Er kramte jetzt in seiner Tasche, zog etwas daraus hervor und hielt es in Richtung des Tores. Das Tor gab daraufhin ein surrendes Geräusch von sich und begann sich langsam zu öffnen.

Cordula staunte. Wer war dieser Mann, dass er einen eigenen Toröffner besaß? Und was hatte er im Haus gemacht? Ihres Wissens war Verena das einzige Kind und adoptiert. Und Herr und Frau Bartel waren im Moment nicht zu Hause. Das war ja auch der Grund, warum Tim genau diesen Zeitpunkt ausgewählt hatte. Er hatte schon immer versucht, Verenas Eltern aus dem Weg zu gehen. Sie waren noch nie besonders gut auf ihn zu sprechen gewesen. Wie es hieß, wünschten sie sich einen Schwiegersohn aus sehr viel besserem Hause für ihre Adoptivtochter. Und so hatten sie in der Vergangenheit alles versucht, um ihn wegzuekeln und vor Verena schlecht zu machen.

Der Mann hatte jetzt das geöffnete Tor durchschritten und es begann, sich langsam wieder zu schließen. *Das ist deine einzige Chance*, dachte Cordula und sprang auf. Dann schlich sie auf das Tor zu und huschte hindurch. Anschließend ging sie betont lässig den Fußweg entlang. Trotzdem konnte sie es sich nicht verkneifen, noch einmal nach dem jungen Mann Ausschau zu halten. Er stieg gerade in ein knallrotes Käfer-Cabrio mit aufwändigen Felgen und einem dunkelblauen Verdeck, das auf der anderen Straßenseite geparkt war. Cordula sah auf das Nummernschild. *B*, dachte sie, *was macht denn ein Auto aus Berlin hier in der Gegend?* Der Käfer fuhr jetzt mit quietschenden Reifen davon. *Hui, wahrscheinlich hat er sehr viel mehr PS unter der Haube, als gut für ihn ist*, dachte Cordula. Sie zuckte mit den Schultern. *Was geht's mich an*, dachte sie und hatte den jungen Mann schon bald wieder vergessen.

Kapitel 8

„Nun warte doch mal“, rief Laura und eilte hinter Cordula her. Sie war auf dem Weg zur Schule und hatte Cordula ungefähr fünfzig Meter vor sich entdeckt.

Cordula hörte sie natürlich, ging aber unbeirrt weiter. Sie war noch immer sauer auf ihre Freundin und das wollte sie diese auch spüren lassen.

„Kannst du nicht mal anhalten?“, keuchte Laura atemlos, als sie Cordula erreicht hatte.

„Nö“, entgegnete Cordula schlicht und ging stur weiter.

„Bist du immer noch sauer, weil ich dich ein dummes kleines Küken genannt habe?“

Jetzt blieb Cordula doch stehen. „Erinnerst du dich auf einmal?“, fragte sie angriffslustig.

Laura zuckte mit den Schultern. „Vage“, gab sie zu.

„Und?“

„Tut mir Leid“, entschuldigte sich Laura, „ein bisschen angeheitert war ich wohl doch.“

„Ich verzeih dir aber nur, wenn du mir die ganze Wahrheit sagst", erklärte Cordula streng. „Magen-Darmgrippe oder einen im Tee?"

„Zwei im Tee", grinste Laura.

„Heute ist Freitag", sagte Cordula kopfschüttelnd. „Du bist *vier* Tage zu Hause geblieben, damit deine Eltern nicht merken, dass du betrunken warst?"

„Was denkst du denn?", ereiferte sich Laura. „Samstag ist die Fete und Sonntag fang ich an zu kotzen. Da muss man schon alle Register ziehen, um glaubwürdig zu bleiben."

„Du bist unmöglich, weißt du das?"

Ein breites Grinsen bildete sich auf Lauras Gesicht. Scheinbar empfand sie Cordulas Bemerkung als Kompliment. Dann wurde sie wieder ernst. „Ich fand's aber wirklich toll, dass du noch gekommen bist. Auch wenn es wahrscheinlich mehr wegen Tim war als wegen mir. Findest du nicht, dass das ein riesiger Schritt in Richtung Selbständigkeit und Selbstbewusstsein war? Wie hast du deine Eltern denn überlistet?"

Cordula hatte mittlerweile nur noch leichte Schmerzen, trotzdem erinnerte sie weiterhin jeder Schritt an die Ereignisse vom Wochenende. „Ich hab mich einfach davongeschlichen", sagte sie leise.

„Und deine Eltern haben nichts gemerkt?"

„Wie geht's eigentlich Tim?", fragte Cordula, um das Thema zu wechseln.

„Oh, der schwebt neuerdings wieder auf Wolke sieben", erwiderte Laura genervt. „Scheinbar hat Barbie ihn zurückgenommen. Ist das nicht furchtbar?"

Cordula nickte nur ein ganz kleines bisschen, woraufhin Laura sie prüfend von der Seite ansah. „Hast du etwa was damit zu tun?"

Cordula senkte schuldbewusst den Blick.

„Das darf doch wohl nicht wahr sein!", brauste Laura auf. „Willst du ihn ins Verderben stürzen?"

„Er liebt sie halt", entgegnete Cordula eindringlich.

„Aber sie liebt ihn nicht", fauchte Laura. „Das ist doch wohl offensichtlich."

„Mag sein", gab Cordula zu. „Aber das muss er selbst herausfinden."

Laura seufzte. „Hoffentlich hast du nie eigene Kinder."

„Eigene Kinder?", fragte Cordula gereizt. „Was hat das denn jetzt damit zu tun?"

„Na, stell dir vor, du stehst mit deinem Kind an einer viel befahrenen Straße."

„Ja und?“
„Stell dir vor, was passiert, wenn du es loslaufen lässt.“
„Warum sollte ich das tun?“
„Na, damit es selbst herausfindet, dass Autos einen umbringen können.“
„Ha, ha“, machte Cordula.
„Ist doch wahr.“
„Ist es überhaupt nicht“, ereiferte sich Cordula. „Erstens kann man die Situation überhaupt nicht vergleichen und zweitens ist Tim nicht mein Kind.“
„Stimmt“, nickte Laura. „Und wenn du so weitermachst, wird er auch nie dein Mann.“
„Mein Mann?“, wiederholte Cordula und ließ sich die Worte regelrecht auf der Zunge zergehen. Was würde sie darum geben, wenn sie Tim eines Tages als *ihren Mann* bezeichnen könnte? „Das wird sowieso nichts“, seufzte sie niedergeschlagen.
Laura sagte nichts dazu. Sie ahnte langsam, wie ernst es ihrer Freundin war. Und da sie ebenfalls der Auffassung war, dass Cordula nie eine Chance bei ihrem Bruder haben würde, beschloss sie, nicht mehr länger in diese Kerbe zu schlagen.
„Stimmt's?“, fragte Cordula und hoffte auf ein ganz kleines bisschen Widerspruch.
Aber jetzt war es Laura, die rasch das Thema wechselte. „Apropos Tim. Weißt du eigentlich schon, was du ihm zum Geburtstag schenkst?“
Diese Frage zauberte ein Strahlen in Cordulas Gesicht. „Na klar. Ich spare ja schon seit Monaten dafür.“
Laura schüttelte verständnislos den Kopf. Cordula hatte doch nun wirklich keinen einzigen Pfennig Geld übrig. Deswegen verschenkte sie ja auch mit Vorliebe selbst Gebasteltes. Sie selbst hatte zum Beispiel ein super hübsches und aufwändiges Fensterbild von ihr bekommen. War ja auch in Ordnung. Aber jetzt sparte sie schon seit Monaten für Tims Geburtstagsgeschenk? „Und was soll das für ein Geschenk sein?“
„Kennst du den kleinen Uhrmacherladen in der Gerstenstraße?“
„Die alte Klitsche?“
Cordula nickte. „Der Laden ist bestimmt schon so alt wie sein Besitzer. Ich hab den alten Uhrmacher mal irgendwann kennen gelernt, als ich eine Uhr meiner Mutter in Reparatur geben sollte. Dabei ist mir das tolle Hobby aufgefallen, das der Alte hat. Er stellt nämlich handbetriebene Miniaturspieluhren her, du weißt schon, diese kleinen Dinger, an denen man eine Kurbel betätigen muss, damit sie eine Melodie

spielen. Na, jedenfalls, der alte Mann hat sich wohl so sehr über mein Interesse gefreut, dass er eine für mich herstellen möchte. Zum Selbstkostenpreis, stell dir das mal vor! Na ja, da dachte ich natürlich sofort an Tim."

„Natürlich", nickte Laura augenrollend und öffnete das Eingangsportal des Schulgebäudes.

„Ich hab ihm die Melodie schon aufgeschrieben", fuhr Cordula fort. „Kannst du dir denken, um welche es sich handelt?"

„Nein, aber du wirst es mir bestimmt gleich sagen."

„Erinnerst du dich an das Lied ‚Von nah und von fern'?"

„Nicht so richtig."

„Es war eins der ersten, die Tim geschrieben hat." Sie lächelte versonnen. „Und meiner Meinung nach auch eines der schönsten. Den Text haben wir uns gemeinsam ausgedacht. Das Lied handelte davon, dass manche Dinge ganz anders aussehen, wenn man sie zur Abwechslung auch mal von fern betrachtet."

„Stimmt", grinste Laura, „sogar Verena ist zu ertragen, wenn sie – na, sagen wir mal – fünfhundert Kilometer entfernt ist."

„Da hast du sicher Recht", lächelte Cordula und öffnete die Tür ihres Klassenzimmers, „nur schade, dass die Entfernung gerade ziemlich geschrumpft ist." Sie betrat jetzt das Klassenzimmer und sah sich um. Ungefähr die Hälfte ihrer Klassenkameraden war bereits anwesend. Und natürlich war auch Verena darunter.

„Oh, seht mal", rief diese, als sie Cordula erblickte, „die zarte Nachtigall betritt den Saal. Was für eine Freude und Wonne!"

Cordula ging wortlos zu ihrem Tisch und setzte sich. Sie tat einfach so, als hätte sie die Bemerkung gar nicht gehört. *Bleib ganz ruhig*, beschwor sie sich.

Jetzt betrat auch Laura hinter ihr den Klassenraum.

„Und da ist auch endlich ihr Schatten", rief Verena. „Oder sagen wir mal ...", sie tat jetzt so, als würde sie grübeln, „ ... ein Drittel ihres Schattens!" Sie grinste frech.

Cordula sah zu ihrer Freundin herüber und schüttelte ganz leicht den Kopf. *Lass es gut sein*, sollte das wohl heißen.

Aber Laura war nun einmal ein aufbrausender Charakter und so konnte sie sich auch dieses Mal nicht beherrschen. „Besser Cordulas Schatten als eine Luftnummer wie du", antwortete sie und sah Verena herausfordernd an.

Verenas Grinsen wich einer eisigen Kälte. „Du solltest dich nicht zu weit aus dem Fenster lehnen", warnte sie. „Sonst fällst du noch hinaus."

„Sprichst du da aus Erfahrung?“, erkundigte sich Laura mit einem zuckersüßen Lächeln.

Verena holte Luft, um den Schlagabtausch fortzusetzen, aber scheinbar fiel ihr nichts Geistreiches mehr ein. Und so übermittelte sie Laura nur einen bitterbösen Blick.

Laura setzte sich zu Cordula. „Eins zu null, würde ich sagen“, flüsterte sie triumphierend.

„Freu dich nicht zu früh“, antwortete Cordula nachdenklich. „Wer weiß, was Verena noch in petto hat.“

„Was soll das denn heißen?“, brauste Laura auf. „Ich hab deine Ehre gerettet! Da könntest du doch ein bisschen Dankbarkeit zeigen!“

„Ich wollte ja gar nicht gerettet werden“, gab Cordula zurück. „Mir wäre es lieber gewesen, du hättest Verena in Ruhe gelassen. Ich möchte sie nicht zur Feindin haben. Sie macht mir Angst.“

„Und deshalb hattest du auch nichts Besseres zu tun, als sie wieder mit Tim zusammenzubringen, ja?“

Cordula senkte schuldbewusst den Blick.

„Was meinte Verena übrigens mit ‚Nachtigall‘?“, fuhr Laura fort. „Hast du ihr etwas vorgeträllert?“

Cordula sackte noch tiefer in sich zusammen. Sie bereute ihre Hilfe doch selbst!

„Nun sag schon“, forderte Laura.

Cordula berichtete ihrer Freundin von der Aktion mit dem Liebeslied.

„Du bist wirklich nicht ganz dicht, weißt du das? Lieferst den Mann deiner Träume in den Armen einer anderen ab. Echt abgefahren!“

„Jetzt hör endlich auf“, jammerte Cordula. „Ich bin doch schon gestraft genug.“

Laura wollte noch etwas dazu sagen, kam aber nicht dazu, weil in diesem Moment ihr Deutschlehrer den Klassenraum betrat.

Kapitel 9

In den darauf folgenden Tagen und Wochen dachte Cordula nicht viel an Verena. Sie war viel zu sehr damit beschäftigt, Geld heranzuschaffen, um Tims Geburtstagsgeschenk bezahlen zu können. Sie trug noch ein paar Mal öfter Zeitungen aus und nahm noch zwei zusätzliche Nachhilfeschüler an. Auf diese Weise gelang es ihr tatsächlich, die Summe rechtzeitig zusammenzubekommen.

Voller Stolz konnte sie die fertige Spieluhr schließlich in Empfang nehmen. Sie war kaum handtellergroß, aber dafür aus reinem, glänzendem Sterlingsilber. Im Gegensatz zu anderen Spieluhren war sie nicht von einer Schmuckdose oder Ähnlichem umgeben, sondern lediglich auf eine schwarz lackierte Holzplatte geschraubt. Aber gerade das machte ihren besonderen Reiz aus. Auf diese Weise wirkte die Spieluhr ganz für sich allein, kam die faszinierende, filigrane Konstruktion richtig zum Ausdruck. Besonders apart wirkte dabei die altmodische, geschwungene Kurbel, mit der die benoppte Rolle zum Drehen gebracht wurde.

Sie freute sich einfach riesig darauf, sie Tim zu überreichen. Allerdings hatte sie nicht vor, das auf seiner Geburtstagsparty zu tun. Tims Geburtstag fiel in diesem Jahr auf einen Sonntag und so plante er, am Samstag mit einer riesigen Fete in seine Volljährigkeit hineinzufeiern. Er hatte natürlich auch Cordula eingeladen, aber sie hatte sofort dankend abgelehnt. Sie erinnerte sich noch allzu gut an das Desaster von vor ein paar Wochen und so machte sie sich gar nicht erst die Mühe, ihre Eltern um Ausgang zu bitten. Tim und Laura konnten das überhaupt nicht verstehen, aber Cordula blieb standhaft wie ein Zinnsoldat. Sie tröstete sich damit, dass es ohnehin schöner wäre, ihm das Geschenk unter vier Augen zu überreichen.

Und so rückte das entsprechende Wochenende heran, ohne dass sich Cordula Gedanken um ihr Outfit machen musste. Am Samstag vor Tims Geburtstag stand Cordula wie gewöhnlich um sechs Uhr auf und trug Zeitungen aus. Danach kaufte sie ein und fuhr wieder nach Hause, um für ihre Eltern Frühstück zu machen.

Als sie die Wohnung betrat, stellte sie zu ihrem Erstaunen fest, dass ihre Pflegeeltern bereits auf waren. Sie würdigten Cordula keines Blickes, sondern liefen nur hektisch mit allen möglichen Sachen von Raum zu Raum. Hatte Cordula irgendetwas nicht mitbekommen?

„Hast du meinen Reisefön gesehen?“, rief Ilse Schubert ihrer Tochter vom Badezimmer aus zu.

„Er liegt in der untersten Schublade im weißen Schränkchen“, entgegnete Cordula.

In der Zwischenzeit war ihr Vater aus dem Schlafzimmer gekommen. Er ging jetzt direkt auf Cordula zu und baute sich breitbeinig vor ihr auf. Da Cordula seit Lauras Geburtstagsfeier noch mehr Angst vor ihm hatte, blieb ihr beinahe das Herz stehen. „Und kannst du *mir* mal sagen, wohin du schon wieder meinen Schlips verschlampt hast?“, fuhr er sie an.

Cordula musste nicht lange überlegen. Ihr Vater besaß nur eine einzige Krawatte und die lag immer in seinem Nachttisch. „Hast du schon mal in deinem Nachttisch nachgesehen?“, fragte sie vorsichtig.

Ihr Vater grummelte irgendetwas und verzog sich wieder ins Schlafzimmer.

„Hast du meine schwarze Hose etwa immer noch nicht gewaschen?“, rief ihre Mutter aus dem Badezimmer.

„Doch“, stotterte Cordula, „sie ... sie hängt aber noch auf der Wäscheleine.“

„Dann nimm sie gefälligst ab“, keifte Ilse. „Und sieh zu, dass du sie gebügelt kriegst. Ich will sie nämlich mitnehmen.“

„Mitnehmen?“, wagte Cordula zu fragen.

„Ja“, entgegnete Ilse, „wir fahren ein paar Tage weg.“

„Weg? Aber wohin denn?“

„Wüsste nicht, was dich das angeht.“

„Und wie lange?“

„Ein paar Tage eben“, erwiderte Frau Schubert genervt, „und jetzt scher dich endlich an die Arbeit.“

Cordula gehorchte sofort und rannte in den Waschkeller, um die Hose von der Leine zu nehmen. Die Tür hatte sich kaum hinter ihr geschlossen, als sich ein breites Lächeln auf ihrem Gesicht bildete. Tims Geburtstagsparty war gerettet! Sie konnte hingehen! Was für ein Glück! Ausgerechnet heute wollten ihre Eltern verreisen. Dabei konnte sie sich nicht erinnern, dass sie jemals zuvor gemeinsam irgendwohin gefahren wären. Aber was kümmerte es sie. Hauptsache, sie waren weg. Und wie lange sie wegbleiben würden, war ihr ohnehin egal. Es kam einzig und allein auf den heutigen Abend an. Auf den 18. Geburtstag des tollsten Menschen, den sie kannte!

Beschwingt holte sie die Hose aus dem Keller und eilte damit wieder nach oben. Bevor sie die Wohnung wieder betrat, entfernte sie allerdings sorgfältig den fröhlichen Ausdruck aus ihrem Gesicht. Sie wollte sich den Abend ja nicht noch durch Unvorsichtigkeit vermasseln.

„Bist du immer so langsam?“, meckerte ihre Pflegemutter, kaum dass sie die Wohnungstür geöffnet hatte. „Unser Zug geht um viertel nach eins, also halt dich ein bisschen ran.“

Cordula gehorchte. Sie holte in Windeseile das Bügelbrett, stellte es in der Küche auf und bügelte die Hose. Dann legte sie sie ordentlich zusammen und stürmte damit auf den Flur hinaus. In ihrer Eile übersah sie allerdings ihre Pflegemutter, stieß mit ihr zusammen und riss sie um.

„Kannst du nicht aufpassen?“, schimpfte Ilse und rieb sich den

Ellenbogen, auf den sie gefallen war. „Hast wohl deine Massen nicht im Griff, wie?"

„Tut ... tut mir Leid", stotterte Cordula und half ihrer Mutter beim Aufstehen.

„Gib her!", keifte Ilse und riss Cordula die Hose aus der Hand. „Und jetzt verzieh dich in dein Zimmer, bevor du noch mehr Unheil anrichtest."

Cordula nickte. Der Befehl ihrer Mutter war Musik in ihren Ohren. Sie war immer froh, wenn sie Abstand zwischen sich und ihre Eltern bringen konnte. Und so eilte sie in ihr Zimmer, setzte sich an ihren Schreibtisch und beschäftigte sich ein wenig mit Schulstoff. Ihre Eltern hörte sie noch geraume Zeit herumlaufen und sich gegenseitig ankeifen. Aber dann klappte plötzlich die Wohnungstür und mit einem Mal war Ruhe.

Cordula spitzte die Ohren. Waren ihre Eltern losgefahren, ohne sich von ihr zu verabschieden? Nicht, dass sie auf ein liebevolles Lebewohl gehofft hatte, aber sonst hinterließen ihre Eltern zum Abschied doch wenigstens ein paar Drohungen und Befehle.

Sie horchte noch längere Zeit angestrengt in die Stille hinein, dann erhob sie sich von ihrem Schreibtisch und wagte sich vorsichtig aus ihrem Zimmer. Alle Türen standen sperrangelweit offen, in allen Räumen herrschte das totale Chaos. Aber von ihren Eltern war nichts zu sehen. Sie war allein in der Wohnung! Ein Gefühl der Freude und Erleichterung durchflutete sie. Für ein paar Tage war sie der Herr in dieser Wohnung, sie ganz allein!

Mit einem glücklichen Lächeln auf den Lippen begann sie, das Chaos im Flur, in der Küche und im Badezimmer zu beseitigen. Dieses Mal machte es ihr sogar Spaß. Solange ihre Eltern nicht da waren, konnten sie auch kein neues Durcheinander anrichten. Und so hatte sie die wundervolle Aussicht, ein paar Tage in einer einigermaßen aufgeräumten Wohnung zu leben.

Als sie mit allem fertig war, sichtete sie die Vorräte. Im Gefrierfach fand sie noch eine Tiefkühlpizza, die sie umgehend in den Backofen beförderte und anschließend genussvoll verspeiste. Sie hatte nicht oft das Vergnügen, zu Hause etwas ganz in Ruhe essen zu können. Zum Nachtisch gab es einen Teil der Schokolade, die sie sich am Morgen hart erarbeitet hatte.

Als sie anschließend auf ihre Uhr sah, war es bereits viertel vor vier. Sie packte Tims Geschenk liebevoll ein und beschloss, schon mal bei Familie Berghoff vorbeizuschauen, um ihre Hilfe bei der Vorbereitung der Fete anzubieten. Sicher war Tim auch da! Dieser Gedanke lenkte ihre Aufmerksamkeit auf ihre Garderobe. Sie war auf dem besten Wege, mit Tim in seinen 18. Geburtstag hineinzufeiern. Da konnte sie doch nun wirklich nicht in Jeans und Sweatshirt auftauchen! Einem plötzlichen Impuls folgend stürmte sie in ihr Zimmer und holte das Kleid, das Laura ihr genäht hatte. Einen Moment betrachtete sie es nachdenklich. Sollte sie...? Sie seufzte. Das Kleid war wirklich wunderschön. Aber war es nicht glatte Verschwendung, wenn jemand wie sie es trug?

Andererseits ... ging es hier um Tim. Um seine Party ... seinen Geburtstag ... seine Volljährigkeit! Sie wollte ihm ihre Wertschätzung ausdrücken, wollte dazu beitragen, dass dieser Tag etwas Besonderes für ihn würde.

Kurz entschlossen zog sie die Jeans und das Sweatshirt aus und schlüpfte in das leuchtend blaue Kleid. Schon als sie es sich über den Kopf zog, fühlte sie sich ... anders. Laura hatte das Kleid nachträglich noch mit einem Innenfutter versehen, das jetzt ein wenig knisterte. Außerdem roch es so neu! Es war nicht einfach, die zweilagigen Stoffmassen in die richtige Position zu zerren und so brauchte Cordula eine ganze Weile, bis sie das Kleid richtig anhatte.

Sie atmete ein paar Mal tief durch. Dann wagte sie ein paar Schritte. Das Kleid rauschte beim Gehen. Außerdem schlug die Spitze des Saumes sanft gegen ihre Knöchel. Und dann erst der Kragen! Er kitzelte an ihrem Nacken! Sie musste kichern. Irgendwie fühlte sie sich so ... prinzessinnenhaft. Aber ... sollte sie sich nicht besser einen Spiegel suchen und nachschauen, ob sie auch prinzessinnenhaft *aussah*?

Aber dann schüttelte sie den Kopf. Heute war ein außergewöhnlicher Tag. Irgendeine unergründliche Vorsehung hatte dafür gesorgt, dass sie an Tims Geburtstagsfeier teilnehmen konnte. Oder war es vielleicht sogar Jesus gewesen, der ihr das ermöglichte? Nur ein einziges Mal wollte sie die Augen vor der Wahrheit verschließen und einfach nur genießen, was ihr geschenkt worden war.

Sie zog das Kleid wieder aus und packte es sorgfältig in eine Tasche. Sie plante, sich bei Laura umzuziehen, sobald die Vorbereitungen für die Party abgeschlossen waren. Gut gelaunt verließ sie die Wohnung. Auf dem Weg nach unten pfiff sie eine der Melodien, die aus Tims Feder stammten.

Als sie aus der Haustür trat, war sie überrascht. Der bewölkte Himmel wollte irgendwie nicht zu ihrer Stimmung passen. In ihrem Herzen schien die Sonne der Vorfreude, wo also blieb das gute Wetter? Doch auch das konnte ihr heute nichts anhaben.

„Hallo, Cordula", sagte Frau Berghoff verwundert, nachdem sie auf ihr Klingeln geöffnet hatte. „Ich dachte, du könntest gar nicht kommen.“

„Meine Eltern haben es sich ... anders überlegt“, antwortete Cordula mit nur mäßig schlechtem Gewissen. Sie fand, dass sie die Wahrheit lediglich ein bisschen gedehnt hatte.

„Das ist aber schön“, entgegnete Karen Berghoff sichtlich irritiert und sah Cordula prüfend von der Seite an.

Cordula wich ihrem Blick aus. „Kann ich reinkommen?“, fragte sie schnell.

„Ja, natürlich. Laura und Tim sind allerdings noch mal weg. Sie holen die Anlage. Möchtest du vielleicht in Lauras Zimmer warten?“

Cordula sah an Frau Berghoff hinunter. Sie trug eine Schürze, die mit allem Möglichen beschmiert war und hatte ein Geschirrtuch auf der Schulter. Alles in allem sah sie ziemlich nach Arbeit aus. „Ich würde Ihnen lieber in der Küche zur Hand gehen“, antwortete Cordula.

„Wirklich?“, lächelte Frau Berghoff. „Hast du zu Hause nicht schon genug zu tun?“

„Es macht mir wirklich nichts aus. Erstens kann ich mich dann mit Ihnen unterhalten und zweitens geht es mit vereinten Kräften doch doppelt so schnell.“

„Na, dann komm mal mit.“

Cordula folgte Karen Berghoff in die Küche, setzte sich auf den Küchenstuhl, vor dem ein Schneidebrett, ein Messer und ein paar Paprikahälften lagen, und begann sofort, diese in kleine Würfel zu zerteilen und in die bereitstehende Salatschüssel zu befördern.

Frau Berghoff sah sich das eine Weile kopfschüttelnd mit an, dann wandte sie sich ihrer halb fertigen Kräuterbutter zu und murmelte: „Laura hätte die Paprika noch nicht mal gesehen.“ Während sie noch etwas Salz und ein paar andere Gewürze zu der Kräuterbutter gab, fragte sie: „Musst du zu Hause eigentlich immer noch den ganzen Haushalt alleine machen?“

Cordula erschrak und antwortete nicht gleich. Woher wusste Frau Berghoff das? Sie hatte doch immer versucht, nichts von ihrer häuslichen Situation nach außen dringen zu lassen! Jesus war der Einzige, mit dem sie darüber sprach. Ansonsten hatte sie niemandem davon erzählt. Nicht einmal Laura. Andererseits hatte Laura im Laufe der Jahre natürlich so einiges mitbekommen. Hatte sie das etwa ausgeplaudert? Und was war, wenn ihre Pflegeeltern davon erfuhren? „Ich ... äh ... nein ...“, stotterte Cordula, „wie kommen Sie denn darauf?“

„Cordula“, sagte Frau Berghoff eindringlich und sah ihr tief in die Augen, „die ganze Stadt weiß, dass deine Pflegeeltern ... wie soll ich sagen ... asozial ist vielleicht das falsche Wort ...“ Sie überlegte kurz. „Ich möchte nur, dass du weißt ... also ... wenn du Probleme hast, dann kannst du jederzeit zu mir kommen –“

„Es ist aber alles in Ordnung“, fiel Cordula ihr ins Wort. „Bestimmt!“

„Findest du es in Ordnung, wenn deine Eltern dir verbieten, am Sonntag mit uns in den Gottesdienst zu gehen?“, fragte Karen Berghoff sanft.

Cordula hätte Herrn und Frau Berghoff wirklich sehr gern in den Gottesdienst begleitet, auch wenn Tim und Laura grundsätzlich nicht dafür zu begeistern waren. Aber was sollte sie denn machen? Anfangs hatte sie ihre Eltern häufiger darum gebeten. Aber als sie einfach nur wütend wurden, hatte sie es aufgegeben. „Sie halten nun einmal nichts von Glaubensdingen“, sagte Cordula.

„Ich weiß, dass du fast jeden Morgen vor der Schule Zeitungen austrägst“, fuhr Frau Berghoff fort. „Vom Wochenende ganz zu schweigen. Außerdem weiß ich von mindestens drei Nachhilfeschülern. Das ist doch für ein junges Mädchen nicht angemessen. Schon gar nicht, wenn es noch zur Schule geht und sein Abitur machen möchte.“

Cordula senkte den Blick. „Ich mache das nur, um mein Taschengeld aufzubessern.“

„Wie viel Taschengeld bekommst du denn?“, fragte Frau Berghoff sanft.

Cordula fühlte sich mittlerweile ganz schön in die Ecke gedrängt. Natürlich hatte sie noch nie Taschengeld von ihren Eltern bekommen. Aber durfte Frau Berghoff das wissen? „Ich brauche ziemlich viel Taschengeld“, entgegnete Cordula, „Sie wissen schon, wegen der Schokolade. Mein Vater sagt, dass er meine Fresserei nicht unterstützen will. Na ja, und da hat er ja auch Recht. Ich würde ja auch gern weniger essen. Ich schaffe es bloß nicht.“

„Wie viel Taschengeld bekommst du denn?“, wiederholte Frau Berghoff ihre Frage.

Cordula mochte Frau Berghoff doch so gern. Und sie wusste, dass es auch Jesus nicht gerade toll fand, wenn man log. „Gar keins“, gab sie zu, „aber das stört mich nicht, wirklich. Ein bisschen Arbeit hat noch niemandem geschadet.“

„Sagt das dein Vater?“

Cordula nickte.

„Cordula“, begann Frau Berghoff zum zweiten Mal, „diese Leute nutzen dich aus. Sie bereichern sich an dir. Das darfst du nicht zulassen. Du musst das Jugendamt davon in Kenntnis setzen!“

Cordula schüttelte heftig den Kopf. „Dann komme ich ins Heim", sagte sie. „Und das will ich auf gar keinen Fall. Sehen Sie mich doch an. Niemand will eine Tochter wie mich."

„Ist das auch der Originalton deines Pflegevaters?", fragte Frau Berghoff aufgebracht.

Cordula schluckte. Nein, das hatte ihr Vater nicht gesagt. Das waren eher die Worte ihrer Mutter.

Frau Berghoff erhob sich jetzt, ging zu Cordula und streichelte ihr sanft über das lange Haar. „Hör mal, das kommt jetzt vielleicht etwas überraschend, aber *wir* könnten dich doch bei uns aufnehmen. Platz haben wir genug. Du ziehst einfach bei uns ein. Was hältst du davon?"

Cordula sah überrascht zu Karen Berghoff auf. Sie konnte nicht fassen, was ihr da gerade angeboten wurde. „Aber ..."

„Mit meinem Mann hab ich das schon besprochen. Er ist einverstanden."

„Und Tim und Laura?"

Karen Berghoff schüttelte den Kopf. „Die wissen noch nichts von dieser Idee. Ich wollte ja keine schlafenden Hunde wecken. Ich dachte, ich rede zuerst mit dir."

„Aber meine Eltern ..."

„Wenn du Angst vor ihnen hast, könnten wir ja heimlich mit dem Jugendamt reden und sie dann einfach vor vollendete Tatsachen stellen."

Cordula lief ein kalter Schauer über den Rücken. Schon allein der Gedanke, hinter dem Rücken ihrer Eltern mit dem Jugendamt zu sprechen, flößte ihr panische Angst ein. Andererseits war der Gedanke unglaublich verlockend. Von ihren Pflegeeltern wegzukommen hatte sie sich schon immer gewünscht. Und mit dieser wundervollen Familie unter einem Dach zu wohnen, das wäre die Erfüllung all ihrer Träume. Von Tim natürlich ganz zu schweigen.

„Ich muss darüber nachdenken", sagte Cordula ein wenig hilflos.

„Das kann ich gut verstehen", entgegnete Karen freundlich. „Ich möchte nur, dass du eins weißt: Egal, wie du dich entscheidest, unsere Tür steht dir immer offen."

„Danke", hauchte Cordula und wandte sich wieder den Paprika zu. Ihr war jetzt jede Ablenkung willkommen. Und so schnippelten die beiden noch geraume Zeit weiter, ohne dabei zu sprechen.

Sie waren fast fertig, als die Tür aufgerissen wurde und Laura in die Küche stürmte. Sie trug eine hellblaue Jeans und ein eng anliegendes weißes T-Shirt. Beides ließ sie noch dünner wirken, als sie ohnehin schon war. „Mama, hast du mal ein Verlängerungskabel?“, fragte sie. Als sie Cordula sah, stutzte sie. „Was machst du denn hier? Ich dachte, du wolltest nicht kommen.“

„Hab’s mir anders überlegt.“

„Das scheint ja zur Gewohnheit zu werden“, entfuhr es Laura.

Cordula erhob sich. „Ich kann ja wieder gehen, wenn dir das nicht passt.“

„Schon gut, schon gut“, beschwichtigte Laura ihre Freundin. „So hab ich das doch nicht gemeint.“

Während Cordula wieder Platz nahm, erhob sich Frau Berghoff. „Braucht Tim das Kabel im Keller?“ Laura nickte und ihre Mutter verließ den Raum.

„Du willst mir doch nicht erzählen, dass dir deine Eltern auf einmal doch erlaubt haben, zu Tims Party zu kommen“, sagte Laura, als sich die Tür hinter ihrer Mutter geschlossen hatte.

„Ob du’s glaubst oder nicht, aber sie sind kurzfristig verreist.“

„Verreist?“, wunderte sich Laura. „Ich dachte, die verreisen nie.“

„Das dachte ich auch.“

„Na, hoffentlich bleiben sie ein paar Jahre weg.“

„Schön wär’s“, lachte Cordula und musste auf einmal wieder an das Angebot von Frau Berghoff denken. Sollte sie Laura davon erzählen? „Du?“, begann sie vorsichtig.

„Ja?“

„Wenn ich ... so was wie ... deine Schwester wäre, wie würdest du das finden?“

„Schwägerin“, korrigierte Laura sie lächelnd, „was du meinst, ist Schwägerin.“

Cordula musste grinsen. War sie wirklich so schlimm? Hatte Laura den Eindruck, dass sich ihre Gedanken immer nur um Tim drehten? „Ich meine Schwester“, widersprach Cordula. Und dann erzählte sie Laura von dem Gespräch mit Frau Berghoff.

Als sie geendet hatte, rief Laura enthusiastisch: „Aber das ist ja der Megahit! Dass ich nicht selbst auf diese Idee gekommen bin. Wirklich, das ... das würde doch all deine Probleme lösen! Du wärst deine furchtbaren Eltern los und ... und wir könnten unsere Hausaufgaben immer zusammen machen ...“

„ ... du meinst, du könntest noch besser bei mir abschreiben“, fiel Cordula ihr ins Wort.

„Egal“, grinste Laura. „Hauptsache, du hast zugestimmt.“ Sie sah Cordula prüfend an. „Das hast du doch, oder?“

„Ich möchte noch darüber nachdenken.“

„Bist du verrückt? Was gibt es denn da nachzudenken?" Laura schüttelte verständnislos den Kopf. „Ich dachte, wir wären sowieso deine Zweitfamilie."

„Das seid ihr doch auch", beschwichtigte Cordula. „Es ist nur ... meine Eltern ..."

„Seit wann machst du dir Gedanken um die Gefühle deiner Eltern?", fiel Laura ihr ins Wort.

„Seit sie zuschlagen könnten", entgegnete Cordula trocken.

„Ach, das werden sie schon nicht", wiegelte Laura ab. „Du weißt doch, ‚Hunde, die bellen, beißen nicht'."

Cordula stöhnte leise. Ihre Freundin hatte wirklich keine Ahnung. „Ich habe trotzdem Angst vor ihnen", sagte sie nur.

„Meine Eltern würden dich schon beschützen. Besonders mein Vater, du weißt doch, er hat früher mal geboxt."

Cordula stellte sich vor, wie der schmächtige Wilfried Berghoff von ihrem Pflegevater vermöbelt wurde. Er wäre ihm niemals gewachsen, niemals. Die Berghoffs waren halt eine nette, anständige Durchschnittsfamilie. Und gerade das mochte sie an ihnen. Und das führte sie zu der alles entscheidenden Frage: Wollte sie diese netten Leute in ihr verkorkstes Umfeld hineinziehen? „Was machen eigentlich die Vorbereitungen?", fragte sie, um ein neues Thema anzuschneiden.

„Tim baut gerade die Anlage auf. Danach ist eigentlich alles fertig."

„Kommt Verena auch?"

Laura verzog das Gesicht und nickte. „Das steht wohl zu befürchten."

„Ist sie immer noch so auf Krawall gebürstet?"

Laura schüttelte den Kopf. „In letzter Zeit hat sie mich einigermaßen in Ruhe gelassen. Trotzdem werde ich das Gefühl nicht los, als führte sie irgendetwas im Schilde. In letzter Zeit erzählt sie zum Beispiel überall herum, dass Tim mit ihren Eltern nicht klarkommt. Aber was bezweckt sie damit? Jeder normale Mensch würde so etwas doch lieber für sich behalten."

„Ist es denn wahr?"

Laura zuckte mit den Schultern. „Wenn ich Tim richtig verstanden habe, wünschen sich Herr und Frau Bartel wohl einen etwas besser situierten Freund für ihre Tochter."

„Aber warum denn?", wunderte sich Cordula. „Geld haben sie doch selbst genug."

„Keine Ahnung. Die Reichen wollen halt immer noch reicher werden. Vielleicht stört es sie auch nur, dass Tim nicht besonders zielstrebig ist."

„Aber das ist er doch", protestierte Cordula. „Er will Musiker werden."

„Eben! Als Musiker verdient man einfach kein Geld."

„Als ob es im Leben immer nur aufs Geld ankäme. Bedeuten Liebe, Glück und Zufriedenheit denn gar nichts?"

„Das musst *du* gerade sagen", lächelte Laura. „Warum paukst du denn in jeder freien Minute? Bei dir dreht sich doch auch alles darum, dass du später mal Geld verdienst."

„Um Unabhängigkeit zu erlangen, ja", antwortete Cordula aufgebracht. „Wer will schon sein Leben lang ein Sklave bleiben? Das ist doch wohl etwas ganz anderes als bei denen, die ohnehin schon alles haben."

Laura zuckte mit den Schultern. „So hat es wahrscheinlich bei allen mal angefangen."

Cordula wollte ihr gerade eine passende Antwort entgegenschleudern, als sich die Tür öffnete und Tim dahinter zum Vorschein kam. „Ich dachte, du wolltest mir helfen", schimpfte er in Lauras Richtung. Dann aber registrierte er Cordula und seine Gesichtszüge glätteten sich. „Hey, Cordula", sagte er erfreut, „du bist auch hier. Das ist aber schön! Bleibst du bis heute Abend?"

Cordula nickte glücklich und säuselte: „Vielleicht kann *ich* dir ja helfen."

„Warum nicht?", lächelte Tim.

Cordula ließ sich das nicht zweimal sagen. Sie sprang sofort auf und verließ mit Tim die Küche in Richtung Keller.

Und so war Laura ganz plötzlich allein in der Küche. „Muss Liebe schön sein", murmelte sie und rollte verständnislos mit den Augen.

❧

„Ich verstehe das nicht", jammerte Tim zum hundertsten Mal an diesem Abend. „Sie weiß doch, dass die Fete um acht angefangen hat. Wo bleibt sie denn?"

„Bestimmt wurde sie irgendwie aufgehalten", beruhigte Cordula ihn. „Mach dir keine Sorgen. Sie kommt schon noch."

„Aber es ist viertel vor elf. Wenn sie nicht bald auftaucht, werde ich ohne sie volljährig. Meinst du, ich sollte noch mal bei ihr anrufen?"

„Das hast du schon mindestens ein Dutzend Mal gemacht", entgegnete Cordula lächelnd. „Bring doch mal ein bisschen Geduld auf."

„Du bist gut", sagte Tim. „Sie ist meine Freundin. Ich kann unmöglich ohne sie in meinen Geburtstag hineinfeiern."

Ach nein?, dachte Cordula. Im Gegensatz zu Tim konnte sie sich sehr gut vorstellen, diesen perfekten Abend ohne Verena zum Abschluss zu bringen. Wirklich, sie hatte heute so viel Spaß gehabt wie schon lange nicht mehr. Das Essen war super und Tim hatte eigentlich den ganzen Abend nur mit ihr verbracht. All seine Aufmerksamkeit hatte er ihr gewidmet. Sogar Komplimente hatte er ihr gemacht wegen des Kleides. Und es hatte ehrlich geklungen. Er hatte sogar freiwillig mit ihr getanzt! Cordula lächelte verklärt und sah noch einmal bewundernd an Tim herunter. Die dunkelblaue Jeans und das blau-weiß karierte Hemd standen ihm ganz hervorragend und ließen ihn viel erwachsener wirken als sonst. Kein Wunder, dass Cordula auf Anhieb drei Mädchen nennen konnte, die schon den ganzen Abend Stielaugen hatten. Aber Tim beachtete sie gar nicht. Er wich nicht von Cordulas Seite! Was konnte man mehr vom Leben verlangen?

Cordula hatte noch exakt sechs Minuten Zeit, sich zu freuen, dann wurde die Tür des Partykellers geöffnet und Verena betrat den Raum. Sie sah mal wieder unglaublich gut aus in ihrem engen schwarzen Minikleid, das einen reizvollen Kontrast zu ihren blonden Haaren bildete. Cordula erblasste regelrecht vor Neid. Dann sah sie zu Tim herüber und es war wie ein Messerstich mitten in ihr Herz, als sie dieses unbeschreibliche Leuchten in seinen Augen sah. Von einer Sekunde auf die nächste war ihre gute Laune wie weggeblasen. Warum konnte *sie* Tims Augen nicht so zum Strahlen bringen?

Tim sprang auf Verena zu und fiel ihr um den Hals. Cordula seufzte. Es war Zeit für sie zu gehen. Sie folgte Tim, um an den beiden vorbei durch die Kellertür zu entkommen.

„Weißt du eigentlich, wie spät es ist?“, hörte sie Tim zärtlich, aber doch ein wenig vorwurfsvoll zu Verena sagen.

„Und ob ich das weiß“, entgegnete Verena. Cordula hatte jetzt die Tür erreicht und wollte gerade unauffällig hindurchschlüpfen, als sie Verena hinzufügen hörte: „ ... und ich bin auch nicht gekommen, um mit dir Geburtstag zu feiern.“ Cordula blieb ganz abrupt stehen. Was sollte das denn werden?

„Nein?“, fragte Tim verwundert.

„Nein. Hör zu, Timmy, ich weiß, dass heute eigentlich kein guter Zeitpunkt ist. Wegen deines Geburtstages und so. Aber ich ... muss dir was sagen.“

Cordula stand noch immer wie angewurzelt da und spitzte die Ohren.

„Was denn?“, fragte Tim in einem Tonfall, der verriet, dass er voller böser Vorahnungen war.

„Du weißt ja, dass meine Eltern ... wie soll ich sagen ... nicht gerade gut auf dich zu sprechen sind."

Cordula sah prüfend zu Verena herüber. Das blonde Gift musste sie und ihre offensichtliche Neugier doch längst bemerkt haben. Warum hatte sie dann noch keinen Anpfiff kassiert? Verena war doch sonst nicht zimperlich! Und überhaupt kam ihr auf einmal irgendetwas komisch vor. Cordula überlegte. Es war die Art und Weise, wie Verena sprach. Ja, genau! Cordula hatte nicht den Eindruck, als würde Verena irgendwie betont leise sprechen. Im Gegenteil, sie sprach lauter, als es die Hintergrundmusik im Moment erforderte. Wollte sie am Ende sogar, dass möglichst viele Leute das Gespräch mithörten? Und wenn ja, warum?

„Und weiter?", fragte Tim ungeduldig.

„Na ja ...", sagte Verena, „ ... sie wollen ... dass ich mit dir Schluss mache. Sie liegen mir schon seit Monaten damit in den Ohren. Sie ... drohen mir. Ich kann es einfach nicht länger ertragen. Bitte versteh mich, aber wir ... wir können uns nicht mehr sehen."

Die hilflose Betroffenheit, die Verena da an den Tag zu legen versuchte, passte überhaupt nicht zu ihr. Sie war eindeutig gespielt. Aber was sollte dieses Theater? Und warum machte Verena andauernd mit Tim Schluss? Das wurde ja sozusagen zur Gewohnheit.

„Das kann nicht dein Ernst sein", sagte Tim.

Cordula sah besorgt zu ihm herüber. Er hatte so sehr auf Verena gewartet. Und sein Geburtstag stand doch auch kurz bevor.

„Tut mir Leid", entgegnete Verena und drehte sich einfach um. Sie hatte offensichtlich vor, den Raum wieder zu verlassen.

Aber Tim packte sie am Arm und riss sie zurück. „Das kannst du doch nicht machen!", rief er atemlos. „Nicht ... schon wieder. Nicht so!"

„Lass mich los", schrie Verena und entriss ihm den Arm. Sie hatte jetzt so laut aufgeschrieen, dass alle im Raum es mitbekommen hatten. Irgendjemand schaltete die Musik aus. So wurde es von einer Sekunde auf die andere mucksmäuschenstill im Partykeller und aller Augen richteten sich auf Tim und Verena.

Aber Tim kümmerte sich nicht darum. „Ich liebe dich", beschwor er Verena in einer Weise, die Cordula zutiefst berührte. „Wir werden eine Lösung finden."

Verena schüttelte den Kopf. „Ich kann nicht mehr", jammerte sie, ohne ihre Stimme auch nur das kleinste bisschen zu unterdrücken. „Seit ich mit dir zusammen bin, machen mir meine Eltern das Leben zur Hölle. Ich halte das einfach nicht mehr aus, verstehst du? Es ist vorbei." Mit diesen Worten wandte sie sich ein zweites Mal um und rannte hinaus.

Tim starrte ihr hinterher. Sein Gesicht war von Entsetzen und vollkommener Fassungslosigkeit gezeichnet. Mittlerweile hatte natürlich auch Laura mitbekommen, was sich gerade abgespielt hatte.

„Jetzt reiß dich bloß zusammen", raunte sie ihm von hinten zu. „Alle gucken schon."

Tim ließ die beiden Tränen hinunterrollen, die sich in seinen Augen gesammelt hatten. Dann ging er mechanisch auf einen der kleinen Tische zu, die er und Laura aufgestellt hatten, und setzte sich. Laura schien das zu beruhigen. Jedenfalls entspannten sich ihre Gesichtszüge und sie ging zu Michael hinüber, einem Freund von Tim, der mit der Musik betraut worden war. Wenig später begann die Anlage wieder zu spielen.

Währenddessen hatte Cordula ihre Augen keine Sekunde von Tim abgewandt. Sie kannte ihn und wusste, dass er Verenas Auftritt nicht so einfach verkraften würde. Und so beobachtete sie auch, wie Tim nach einem Glas griff, sich einen kleinen Schluck Cola einschenkte und das Glas dann mit dem Inhalt irgendeiner anderen Flasche auffüllte. Cordula hatte keine Ahnung, was sich in der Flasche befand, aber sie ahnte Böses und so ging sie zu Tim herüber und setzte sich neben ihn. „Wodka" las sie auf der Flasche, während Tim seinen Becher an den Mund setzte und den Inhalt dann regelrecht hinunterstürzte. Dann griff er ohne Verzögerung ein zweites Mal nach der Wodkaflasche. Dieses Mal machte er sich nicht einmal mehr die Mühe, den Wodka mit Cola zu vermischen, sondern schenkte ihn gleich pur in sein Glas. Bestimmt hätte er auch dieses Glas direkt ausgetrunken, wenn Cordula nicht eingeschritten wäre und ihre Hand vorsichtig auf die seine gelegt hätte.

„Das bringt doch nichts", sagte sie zärtlich.

„Ist mir egal", entgegnete Tim, entzog ihr seine Hand und griff erneut nach dem Glas.

„Du wirst dir nur eine Alkoholvergiftung holen", mahnte Cordula. „Das ist reiner Wodka, den verträgst du doch gar nicht."

Aber Tim hörte nicht auf sie, sondern begann zu trinken, als wäre Wasser in dem Glas. Cordula konnte es nicht fassen. Was sollte sie denn jetzt tun? Sie konnte Tim das Glas doch nicht mit Gewalt entreißen. Aber sie konnte natürlich auch nicht zulassen, dass er sein Leben in Gefahr brachte. „Hör auf", flehte sie ihn an. „Bitte, Tim, hör auf damit."

Aber Tim hörte nicht auf. Er leerte das Glas in einem Zug und griff anschließend zum dritten Mal nach der Wodkaflasche. Wieder schenkte er sich ein. Dieses Mal goss er das Glas sogar randvoll. Cordulas Augen weiteten sich vor Entsetzen. Sie sah schon den Krankenwagen vor sich, der Tim auf die Intensivstation bringen würde. In ihrer Verzweiflung machte sie eine schnelle Handbewegung und stieß das Glas einfach um. Blitzschnell ergoss sich der Wodka über den Tisch und auf Tims Hose. Tim sprang auf und stieß dabei seinen Stuhl um. Er warf Cordula noch einen bitterbösen Blick zu, dann rannte er wortlos aus dem Kellerraum.

Cordula verspürte den Impuls, ihn aufzuhalten oder ihm zumindest nachzueilen. Aber ihre Knie zitterten jetzt so stark, dass sie es nicht schaffte. Sie konnte sich nicht erinnern, sich jemals mit Tim gestritten zu haben und sie konnte den Gedanken kaum ertragen, dass er wütend auf sie war. War sie zu weit gegangen? Hatte sie ihre Freundschaft zu ihm aufs Spiel gesetzt? Er würde doch keine Dummheiten machen?

Cordula blieb noch ein paar Minuten auf ihrem Stuhl sitzen. In dieser Zeit hoffte sie inständig, dass Tim zur Vernunft kommen und zu seiner Party zurückkehren würde. Aber Tim kam nicht zurück. Und so begann sie sich auszumalen, was Tim wohl gerade tat. Vor ihrem geistigen Auge sah sie ihn in einer Gaststätte einkehren und sich weiter sinnlos betrinken. Dann stellte sie sich vor, wie er auf der Straße umhertorkelte und von einem Auto erfasst wurde. Kalte Schauer liefen ihr den Rücken herunter. Immer weiter steigerte sie sich in diese Gedanken hinein. Sie malte sich aus, wie er von einer Brücke sprang oder Schlaftabletten schluckte. Oder sie sah vor sich, wie sein Körper von einem Zug erfasst und meterweit durch die Gegend geschleudert wurde.

Voller Entsetzen sprang Cordula auf und lief zu Laura hinüber. Die unterhielt sich gerade angeregt mit Tims Freund Michael und schien von dem ganzen Drama gar nichts mitbekommen zu haben. „Ich muss dich sofort sprechen“, flüsterte Cordula ihr von hinten zu.

Laura drehte sich kurz zu ihr um. „Nicht jetzt“, antwortete sie scharf und wandte sich wieder zu Michael um. Rein optisch war dieser eine außerordentlich passende Gesellschaft für Laura. Er war mindestens so dürr wie sie, dabei aber noch größer und schlaksiger. Seine dunkelbraunen Haare standen im Igelschnitt zu Berge und aus seinen braunen Augen blitzte gewöhnlich der Schalk. Im Moment aber unterhielt er sich interessiert und äußerst ernsthaft mit Laura.

Cordula glaubte nicht richtig zu hören. „Es ist aber dringend“, flüsterte sie ihrer Freundin zu.

Wieder drehte sich Laura zu ihr um. „Das hier auch“, entgegnete sie mit einem bedeutungsvollen Lächeln und widmete sich wieder ihrem Gespräch mit Michael.

Cordula fasste sie an den Schultern und zog sie zu sich herum. „Es geht um Tim", raunte sie Laura zu.

„Es geht *immer* um Tim", entgegnete Laura genervt.

„Er hat sich betrunken!" Cordula war jetzt völlig aufgelöst. „Und dann ist er weggerannt."

„Na und? Er wird schon wiederkommen."

„Aber er war völlig fertig!", jammerte Cordula. „Du weißt doch, was Verena ihm bedeutet. Und vielleicht ... vielleicht tut er sich jetzt was an!"

„Ach, Blödsinn! Tim ist doch kein Vollidiot. Er kriegt sich schon wieder ein."

„Und wenn nicht? Bitte, Laura", flehte Cordula, „wir müssen ihn suchen."

„Michael hat mich noch nie beachtet", zischte Laura beschwörend. „Und jetzt tut er es plötzlich. Das werde ich mir auf keinen Fall entgehen lassen."

„Michael?", schimpfte Cordula. „Aber Tim ist dein Bruder!"

„Ja, aber wie du weißt, hört mein lieber Bruder sowieso nicht auf mich. Und jetzt lass mich gefälligst in Ruhe." Mit diesen Worten ließ sie Cordula einfach stehen und ging zu Michael zurück.

Cordula starrte ihr fassungslos hinterher. Aber gut, wenn niemand sie ernst nehmen wollte, dann musste sie wohl auf eigene Faust nach Tim suchen. Sie machte auf dem Absatz kehrt und verließ mit entschlossenem Gesichtsausdruck den Partykeller. Sie durchsuchte erst das Haus nach Tim, dann lief sie eine Weile planlos die Straßen entlang. Aber auch dort – keine Spur von Tim.

Irgendwann blieb sie stehen. „Jesus", flüsterte sie voller Verzweiflung in die Dunkelheit hinein. „Hilf mir doch mal!" Der Gedanke kam, noch während sie die Worte aussprach. *Denk nach. Wohin würde er gehen?*

Die Antwort war gar nicht schwer zu finden. Wohin geht jemand, der traurig und verzweifelt ist? Er geht an einen Ort, den er mag und an dem er allein sein kann. Und Cordula wusste auch, wo dieser Ort war. Schon seit vielen Jahren hatte Tim einen erklärten Lieblingsplatz. Es war eine alte, heruntergekommene Scheune, die sich ein wenig außerhalb der Stadt befand und schon seit ewigen Zeiten nicht mehr genutzt wurde. Tim hatte sie irgendwann einmal durch Zufall entdeckt und war seitdem häufig dorthin gefahren, um einfach ungestört zu sein. Und einmal hatte er auch Cordula dorthin mitgenommen.

Cordula nickte. Ja, dort musste er sein. Entschlossen rannte sie zum Haus der Berghoffs zurück und stürzte zu ihrem Fahrrad. Schon als sie es erreicht hatte, war sie völlig fertig. Ihr Kopf war ein roter, pochender Ball, ihr Puls raste, sie war völlig außer Atem. Außerdem taten ihr die Beine weh, von den Füßen ganz zu schweigen. So viel Bewegung war sie einfach nicht gewohnt! Dennoch ignorierte sie den starken Wunsch, sich neben ihr Fahrrad ins Gras zu werfen. Sie musste doch jetzt an Tim denken! Tapfer drückte sie den Dynamo gegen den Reifen, schob ihr Kleid ein wenig in die Höhe und stieg auf. So schnell, wie es jetzt noch ging, trat sie in die Pedalen. Das war allerdings eher Schneckentempo. Und so dauerte es schon eine knappe halbe Stunde, bis sie überhaupt an den Ortsschildern der Stadt vorbeiradelte. Jetzt wurde der Fahrradweg schmaler und vor allem dunkler. Kurze Zeit später gab es überhaupt keine Straßenlaternen mehr und Cordula wurde allmählich mulmig zumute. Was war, wenn jemand sie hier überfallen würde?

„Vergewaltigen wird dich sowieso niemand freiwillig", flüsterte sie sich sarkastisch zu.

Die Sorge um Tim trieb sie vorwärts. Sie bog ein paar Mal ab und bewegte sich jetzt nur noch auf Feldwegen vorwärts. Langsam beschäftigte sie auch die Frage, ob sie den Weg zu der alten Scheune überhaupt wiederfinden würde. Sie war ja nur ein einziges Mal dort gewesen und das im Hellen. Und bei Dunkelheit sah ohnehin alles anders aus. Und überhaupt kam ihr eigentlich gar nichts mehr bekannt vor. Vielleicht hätte sie an dem großen Eichbaum doch rechts statt links abbiegen sollen? Verunsichert hielt sie an. Aber das war auch nicht besser, denn jetzt ging auch das Licht an ihrem Fahrrad aus und sie sah überhaupt nichts mehr. Geradezu stockfinster war es um sie herum. Der Himmel war schon den ganzen Tag bewölkt gewesen und so spendeten jetzt noch nicht einmal der Mond oder die Sterne ein wenig Licht. Sie fröstelte. Es war schon gruselig, den Wind pusten zu hören, aber rein gar nichts von der bewegten Umgebung sehen zu können.

Ruckartig sprang Cordula wieder auf ihr Fahrrad und radelte weiter. Sie hatte ja auch keine Wahl.

Und dann sah sie in der Ferne einen schwachen Lichtschein. Hoffnung keimte in ihr auf. Sie trat noch angestrengter in die Pedalen und fuhr direkt auf das Licht zu. Da war sie, die alte Scheune! Sie erkannte sie ganz eindeutig wieder! Mächtig türmte sich ihr dunkler Schatten vor ihr auf. Und hinter der großen Luke im oberen Teil der Scheune schien tatsächlich ein kleines Licht zu brennen!

Cordula bremste erst so kurz vor der Scheune und dadurch so heftig, dass die Reifen noch ein ganzes Stück über den Sand rutschten, bevor das Fahrrad zum Stehen kam. Sie ließ das Fahrrad einfach fallen und sank erst einmal auf die Knie. Fünf Minuten brauchte sie, bis ihre Lebensgeister zu ihr zurückkehrten. Sie rappelte sich hoch. Immer noch schwer atmend ging sie auf das große Tor zu. Es war nur angelehnt. Vorsichtig betrat sie den riesigen Innenraum, der an der rechten Seite einen zweiten Lagerboden aufwies. Von dort drang ein wenig Licht zu ihr nach unten und so konnte sie die Umgebung einigermaßen erkennen. Überall hingen riesige Spinnweben herum und die Heu- und Strohballen, die im linken Bereich lagerten, waren halb verrottet. Ein strenger, muffiger Geruch erfüllte die Luft.

Cordula ging tapfer auf die Leiter zu, die sie im hinteren Teil der Scheune entdeckt hatte und die auf den Lagerboden zu führen schien. Sie hielt sich eine Hand vors Gesicht, um die Spinnweben abzuwehren. Und während sie sich mit Hilfe der Leiter Meter um Meter vorwärts kämpfte, hämmerten ununterbrochen die gleichen Fragen in ihrem Kopf: War Tim da oben? Und hatte er sich etwas angetan?

„Tim?“, flüsterte sie ängstlich nach oben. „Bist du da?“

Als sie den Lagerboden erreicht hatte, fiel ihr Blick zuerst auf die Lichtquelle. Da stand ein Windlicht in Form einer Laterne, in der eine große Kerze brannte und angenehmes, gemütliches Licht verbreitete. Trotzdem erschauderte Cordula ein wenig. Das Windlicht stand direkt auf dem Heu, das hier oben bergeweise herumlag. Nicht auszudenken, was passieren würde, wenn das Windlicht versehentlich umfiel!

Sie kniff die Augen zusammen. Da! Da saß jemand an die Wand gelehnt! Eilig stieg Cordula die letzten Stufen hoch und lief eilig auf diesen Jemand zu. Jetzt konnte sie erkennen, dass es tatsächlich Tim war. Er hatte die Augen geschlossen. Cordula blieb beinahe das Herz stehen. Er durfte nicht tot sein!

Sie ließ sich neben ihm auf den Boden fallen und rüttelte mit beiden Händen kräftig an seiner Schulter. „Tim!“, rief sie voller Angst. „Tim!“

Und tatsächlich, Tim bewegte sich und schlug die Augen auf. „Cordula?“, murmelte er benommen. „Was tust du denn hier?“

Cordula traten Tränen der Erleichterung in die Augen. „Dich suchen!“, schniefte sie. „Ich dachte schon, du hättest dir was angetan!“

Tim schien einen Moment zu überlegen. Dann trat wieder dieser gequälte Ausdruck in sein Gesicht. Er schien sich zu erinnern, was geschehen war. „Verena!“, sagte er traurig. „Sie hat mich abserviert.“ Er schlug die Hände vors Gesicht. „Sie hat mich einfach abserviert.“

„Es war nur eine Laune", tröstete Cordula ihn. „Sie wird es sich anders überlegen."

Jetzt kam wieder Leben in Tim. „Ich muss zu ihr", rief er und versuchte sich aufzurappeln. Doch er torkelte und wäre bestimmt lang hingeschlagen, wenn Cordula ihn nicht aufgefangen und wieder heruntergezogen hätte.

„Ich hab zu viel getrunken", sagte er.

„Das kann man wohl sagen", pflichtete Cordula ihm bei. „Ich dachte schon, du würdest an Alkoholvergiftung sterben."

Aber Tim schien ihre Bemerkung gar nicht wahrzunehmen. „Warum hat sie das getan?", fragte er nur immer wieder.

Cordula zuckte mit den Schultern. „Du solltest nicht jede ihrer Handlungen auf die Goldwaage legen."

„Aber ich verstehe es nicht", jammerte Tim. „Seit wann richtet sie sich danach, was ihre Eltern sagen? Sie ist doch noch nie mit ihnen zurechtgekommen. Solange ich sie kenne, herrscht immer nur Streit! Ihre Eltern wollen, dass sie studiert, sie will lieber was mit Pferden machen. Ihre Eltern wollen, dass sie sich nicht so aufreizend anzieht, sie lässt sich tätowieren. Wirklich, bisher war es ihr liebstes Hobby, ihre Eltern auf die Palme zu bringen. Und jetzt schießt sie mich ab, weil ich ihren Eltern nicht passe? Das stinkt doch zum Himmel!"

Cordula konnte dazu wenig sagen. Verena handelte nie vorhersehbar. Sie war halt ein eiskalter Opportunist. Aber wie sollte sie Tim das beibringen? Skeptisch sah sie in Tims Gesicht. Er sah so furchtbar traurig aus! Ihr Blick blieb an seinen Augen hängen. Diese Augen! Sie waren das Unglaublichste, was sie je gesehen hatte. Dieses Grün, nein, diese Palette von Grüntönen, die darin schimmerte. Cordula starrte in diese Augen und fühlte sich auf einmal wie hypnotisiert. Ihr war, als gäbe es hinter diesen Augen gar nichts mehr, als führten sie direkt in die Unendlichkeit.

„Sag ruhig, was du denkst", forderte Tim sie auf.

Es fiel Cordula schwer, aus diesen Augen wieder herauszufinden.

„Ich weiß es sowieso", fuhr Tim fort. „Du denkst, dass sie mich einfach nicht liebt. Und damit hast du wahrscheinlich auch Recht." Er stieß einen herzzerreißenden Seufzer aus. „Sie hält mich für einen weltfremden Idioten. Und das ist ja auch kein Wunder." Er seufzte wieder. „Ich weiß auch nicht, warum ich immer so zerstreut bin. Irgendwie gehe ich damit allen auf die Nerven."

Mir nicht, dachte Cordula.

„Soll ich dir was verraten? Manchmal habe ich diesen furchtbaren Traum. Dann sehe ich mich selbst in meinem Sarg liegen. Ich bin unglaublich alt geworden, aber es steht niemand am Grab, der um mich trauert. Kannst du dir das vorstellen?" Er schüttelte traurig den Kopf. „Ich werde nie eine Frau finden, die mich liebt. Nie. Welche Frau will schon mit einem Typ zusammen sein, der nur seine Musik im Kopf hat?"

„*Ich* würde es wollen", hörte Cordula sich sagen. „Ich würde alles dafür geben, was ich besitze." Sie hatte die Worte kaum ausgesprochen, da nahm sie auch schon erschrocken die Hand vor den Mund. Sie hatte es ihm niemals sagen wollen. Wie hatte ihr dieser Satz nur herausrutschen können?

Tim sah sie erstaunt an. „Danke", sagte er verwirrt.

Cordula räusperte sich verlegen. Sie war kurz davor, im Erdboden zu versinken. Wie konnte sie nur dieses peinliche Schweigen beenden? Hektisch sah sie auf ihre Uhr. „Hey", rief sie erleichtert, „weißt du, dass es schon kurz nach zwölf ist? Herzlichen Glückwunsch zum Geburtstag! Jetzt kannst du machen, was du willst." Normalerweise hätte sie ihn jetzt in den Arm genommen. Aber unter diesen Umständen ... Sie griff in ihre Jackentasche und holte das kleine Päckchen daraus hervor. „Du hast noch gar kein Geburtstagsgeschenk bekommen. Hier, pack aus."

Tim lächelte und nahm das Paket entgegen. Dann riss er neugierig das Papier herunter. Er warf es achtlos zur Seite und öffnete die schwarze Schachtel, die darunter zum Vorschein kam. Er machte große Augen, als er die glänzende Spieluhr darin erblickte. Vorsichtig zog er sie aus der Schachtel und betrachtete sie fasziniert von allen Seiten. „Sie ist wunder-wunderschön", sagte er leise.

„Willst du sie nicht zum Klingen bringen?", flüsterte Cordula.

Tim betätigte die geschwungene Kurbel. Es dauerte nur wenige Töne, dann hatte er die Melodie erkannt und ein überwältigtes Lächeln erschien auf seinem Gesicht. „Wirklich, Cordula", begann er und schüttelte den Kopf, „ich weiß nicht, was ich sagen soll."

„Dann gefällt sie dir?", fragte Cordula hoffnungsvoll.

„Ob sie mir gefällt? Ich hab ... in meinem ganzen Leben ... noch nie so etwas Schönes geschenkt bekommen. Nie!"

Cordula lächelte verzückt. Sie gefiel ihm wirklich! Tim rückte jetzt zu Cordula herüber. Dabei sah er sie ganz seltsam von der Seite an. Cordula fragte sich noch, was das zu bedeuten hatte, als er sich vorbeugte und sie zärtlich auf die Wange küsste. Cordula lächelte verlegen und sah Tim verliebt in die Augen. Gab es einen wundervolleren Menschen auf der Welt als Tim?

Tim erwiderte ihr Lächeln, und dann küsste er sie plötzlich ein zweites Mal auf die Wange. Cordula schlug das Herz bis zum Hals. Was in aller Welt geschah hier? Sie hatte den Gedanken noch nicht ganz zu Ende gedacht, als sich Tim ihr ein weiteres Mal näherte. Aber dieses Mal schien nicht ihre Wange sein Ziel zu sein.

Cordula hörte auf zu atmen. Sie saß jetzt stocksteif da und starrte Tim mit weit aufgerissenen Augen an. Träumte sie oder näherten sich Tims Lippen tatsächlich ihren?

Und dann passierte das, was sie nie zu hoffen gewagt hatte: Tim küsste sie zärtlich auf den Mund. Cordula konnte es nicht fassen. Sie war noch immer wie gelähmt, kam gar nicht auf die Idee, den Kuss zu erwidern. Aber das schien Tim nicht zu stören. Er hatte mittlerweile die Augen geschlossen und küsste sie wieder, dann noch einmal.

Cordula spürte, wie ihr allmählich schwindelig wurde. Wenn sie nicht bald weiteratmete, würde sie sicher ohnmächtig werden. Und so zwang sie sich, vorsichtig erst aus- und dann einzuatmen.

Sie träumte das doch alles! Ja, so musste es sein. Eine andere Möglichkeit gab es nicht. Aber es war alles so real, so unglaublich real! Seine weichen Lippen auf ihren. Er roch so gut, so vertraut. Und als Tim sie jetzt ein weiteres Mal küsste, spitzte auch sie zaghaft ihre Lippen.

Tim schien das zu registrieren und als Ermutigung aufzufassen. Er küsste sie wieder und wieder. Seine Küsse waren immer noch sanft und zärtlich, aber Cordula spürte jetzt auch so etwas wie Erregung, die darin mitschwang.

Hatte er etwa vor ... ?

Der Gedanke trieb ein regelrechtes Zittern durch ihren Körper. Auch in ihr regte sich jetzt etwas. Aber da war auch noch etwas anderes. Ein Gefühl der Abwehr, eine Warnung, die tief in ihr drin ausgesprochen wurde. *Es ist falsch*, sagte ihre innere Stimme. *Er meint gar nicht dich*. Und dann wurde diese Stimme noch eindringlicher. *Er benutzt dich nur als Ersatz für Verena! Du musst es beenden!*

Aber es *fühlte* sich doch so an, als ob er sie meinte! Seine warmen Hände, die jetzt begannen, sie zu streicheln. Und dann diese unglaubliche Nähe, die sie zu ihm empfand. Die sie sich gewünscht hatte, so lange sie denken konnte. Nein! Wie konnte sie etwas beenden, auf das sie ihr Leben lang gewartet hatte? Wie konnte sie etwas beenden, was die Erfüllung all ihrer Träume war?

Und so schob sie die Zweifel einfach zur Seite und gab sich dem Gefühl hin, geliebt und begehrt zu sein. Sie versank regelrecht darin und vergaß alles andere. Es gab jetzt nur noch sie und Tim. Auch all ihre Hemmungen waren wie weggeblasen. Auf einmal störte sie es nicht mehr, als Tim begann sie auszuziehen. Sie machte sich keine Gedanken mehr darüber, wie ihr Körper auf ihn wirken würde. Sie schämte sich nicht. Sie dachte überhaupt nichts mehr, ließ es einfach geschehen. Es war, als wäre sie jemand anders, als würde sie die Zwänge ihres Körpers verlassen und ein vollkommen neuer Mensch werden.

Und als sie geraume Zeit später in Tims Armen einschlief, war sie auch genau das geworden, ein neuer Mensch, eine Frau in jeder Hinsicht.

Kapitel 10

Am nächsten Morgen wurde Cordula davon geweckt, dass warme Sonnenstrahlen auf ihr Gesicht fielen. Sie blinzelte ein paar Mal und öffnete dann ihre Augen. Vor sich sah sie eine Bretterwand. Wo war sie nur? Träge sah sie auf ihre Uhr. Es war kurz nach neun.

Langsam richtete sie sich auf. Überall um sie herum waren Heu und Stroh. Warum war ihr so kalt? Sie sah an sich herunter – und erstarrte. Sie war ja nackt, vollkommen nackt!

Und dann erinnerte sie sich plötzlich.

„Tim“, sagte sie und drehte sich ruckartig um. Er musste doch hier neben ihr liegen.

Aber das tat er nicht. Neben ihr lagen nur ihre Sachen. Jemand hatte sie sorgfältig zusammengelegt und direkt neben ihr aufgestapelt. Von Tim hingegen keine Spur. Auch von seinen Sachen entdeckte sie nichts. Das hieß – fast nichts. Nur ein paar Zentimeter von ihr entfernt lag nämlich ein zusammengefaltetes Taschentuch auf dem Fußboden. Cordula griff danach und nahm es in die Hand. Es war ein hellblaues Stofftaschentuch, das unbenutzt und noch ziemlich neu aussah. Sie strich es vorsichtig auseinander und entdeckte handgestickte Initialen darin. TB, das stand doch wohl für Tim Berghoff. Bestimmt hatte er es von seiner Oma geschenkt bekommen. Und bestimmt war es ihm vorhin aus der Tasche gefallen! Cordula betrachtete es verzückt und drückte es dann fest an ihre Wange. Ja, es roch nach Tim. Ein Teil von ihm!

Aber wo war er? Warum hatte er sie nicht geweckt? Warum hatte er nicht auf sie gewartet?

„Tim!“, rief sie in den unteren Bereich der Scheune hinein. Dann noch einmal lauter:„Tim!“ Aber sie bekam keine Antwort. Wie war das möglich nach einer Nacht wie dieser?

Angst kroch in ihr hoch. Und auf einmal waren sie wieder da, die alten Zweifel. Vielleicht war er neben ihr aufgewacht, hatte sie bei Licht gesehen und war entsetzt geflohen! Sie erschauderte. Der Gedanke war einfach unerträglich, zu schrecklich, um zu Ende gedacht zu werden. Nein, es musste eine andere Erklärung für sein Verhalten geben. Vielleicht hatte er nur befürchtet, dass seine Eltern sich Sorgen um ihn machen würden. Genau, heute war doch sein Geburtstag. Und am Geburtstag frühstückten bei Berghoffs doch immer alle zusammen. Richtig! Cordula entspannte sich ein wenig. Frau Berghoff hätte Tim bestimmt irgendwann wecken wollen. Nicht auszudenken, was sie sich für Sorgen gemacht hätte, wenn Tim nicht in seinem Zimmer gewesen wäre. Und genau das hatte Tim verhindern wollen. Nur aus diesem Grund war er schleunigst nach Hause gefahren.

Aber warum hatte er ihr keine Nachricht hinterlassen?

„Was für eine dumme Frage", flüsterte Cordula sich zu. „Er hat dir keine Nachricht hinterlassen, weil er nichts zu schreiben dabei hatte. Ist doch wohl klar."

Aber warum hatte er sie nicht einfach geweckt?

Ganz einfach, weil er ein rücksichtsvoller Mensch war. Bei diesem Gedanken bildete sich ein verzaubertes Lächeln auf Cordulas Gesicht. Tim war wirklich der wundervollste Mensch auf der ganzen Welt. Und dieser Traummann gehörte jetzt zu ihr! Cordula sprang auf. Sie musste zu ihm, und zwar sofort!

Eilig zog sie ihre Unterwäsche an, schlüpfte in das leuchtend blaue Kleid, steckte noch Tims Taschentuch in ihren Ärmel und kletterte dann hastig auf die Leiter. Sie war erst ein paar Stufen weit gekommen, als sie plötzlich vor Schmerzen aufschrie. Mit irgendeiner ungeschickten Bewegung hatte sie sich an einem vorstehenden Nagel die linke Hand aufgerissen.

„Mist", fluchte sie und betrachtete die Bescherung. Die Wunde befand sich in der Außenfläche, ganz nah am Handgelenk. Sie war nicht sehr tief, aber sie blutete ziemlich stark. Eilig kramte sie Tims Taschentuch aus ihrem Ärmel und drückte es fest auf die Verletzung. Aber es war schnell durchgeblutet und so ließ sie es einfach fallen, zog mit einem kräftigen Ruck ihr Unterhemd unter dem Kleid hervor und wickelte das um ihre Hand.

Dann kletterte sie weiter die Leiter hinunter. Sie spürte kaum Schmerzen, schließlich waren ihre Gedanken allein von Tim beherrscht. Hastig durchquerte sie den unteren Teil der Scheune und riss das Tor auf.

Im ersten Moment war sie wie geblendet. Die Sonne schien aus vollen Rohren, die Vögel zwitscherten und am Himmel war keine einzige Wolke zu entdecken. Was für ein herrliches Wetter, fast so herrlich wie ihre eigene Laune.

Cordulas Fahrrad lag noch immer an dem Platz, an dem sie es gestern Nacht fallen gelassen hatte. Fröhlich schwang sie sich darauf und radelte los.

Während der Fahrt malte sie sich aus, was Herr und Frau Berghoff zu den neuen Entwicklungen sagen würden. Bestimmt würden sie sich freuen. Schließlich hatten sie Verena noch nie leiden können. Und sie, Cordula, hatte doch schon immer ein bisschen zur Familie gehört, oder etwa nicht? Dieser Gedanke erinnerte Cordula an das Gespräch, das sie erst gestern mit Frau Berghoff geführt hatte. Das Angebot, das ... das erhielt doch jetzt eine ganz andere Dimension! Als Tims Freundin *musste* sie es doch einfach annehmen. Dann würde sie immer mit ihm zusammen sein können ...

Cordulas Fantasie schlug Purzelbäume. Sie rechnete. Tim war 18, sie selbst 16, in diesem Alter konnte man mit Zustimmung der Eltern oder vielleicht des Jugendamtes sogar heiraten! Sie stellte sich Tim im Smoking vor, bezog in Gedanken bereits sein Zimmer. Gleichzeitig malte sie sich Lauras Reaktion aus. Was würde sie zu dieser Sensation sagen? Hatte sie nicht immer Stein und Bein geschworen, dass sie, Cordula, niemals eine Chance bei Tim haben würde? Tja, da hatte sie sich wohl getäuscht! Jetzt, endlich, konnte sie ihr das Gegenteil beweisen.

Knappe 45 Minuten später hielt Cordula mit einer Vollbremsung vor Tims Elternhaus und hüpfte geradezu leichtfüßig vom Fahrrad. Sie warf ihr Gefährt achtlos ins Gras und sprang mit einem Satz die drei Stufen bis zur Haustür hinauf. Dann klingelte sie Sturm.

Gleich würde Tim die Tür aufmachen. Bei ihrem Anblick würde sich ein erfreutes Lächeln auf seinem Gesicht bilden. Und dann würde er sie zärtlich in den Arm nehmen und leidenschaftlich küssen. Ihr Leben hatte begonnen, es hatte endlich begonnen!

Aber als sich ein paar Sekunden später die Tür tatsächlich öffnete, war es nicht Tim, sondern Frau Berghoff, die vor ihr stand.

„Hallo, Cordula", sagte Tims Mutter und lächelte sie warmherzig an. Aber dann erschrak sie plötzlich. „Was hast du denn gemacht?"

Cordula folgte Frau Berghoffs Blick und sah auf ihre linke Hand. Dort hatte sich ein Blutfleck auf ihrem weißen Notverband gebildet. „Och", schnaufte sie fröhlich, „das ist nur ein Kratzer. Nichts Weltbewegendes."

„Aber einen Verband brauchst du schon“, entgegnete Frau Berghoff.

„Nein, nein!“, widersprach Cordula eifrig. „Wirklich nicht!“

„Na dann ...“, murmelte Karen ein wenig verwirrt, „ ... dann ... kannst du ja mit uns frühstücken, wenn du willst.“

Cordula zögerte. Hatte Tim seiner Mutter denn noch gar nichts erzählt? „Ist Tim ... denn auch da?“, keuchte sie zaghaft.

„Natürlich“, lächelte Frau Berghoff, „du kannst ihm gleich gratulieren.“

Cordula runzelte die Stirn. Wenn Frau Berghoff nicht wusste, dass Cordula Tim längst gratuliert hatte, dann wusste sie auch sonst nichts. Aber warum nicht? Cordula dachte krampfhaft nach. Zum Glück kam ihr sofort der rettende Gedanke. Bestimmt hatte Tim sie nicht übergehen wollen. Er hatte warten wollen, bis sie da war, damit sie es allen gemeinsam erzählen konnten. Ja, so musste es sein. Cordulas Gesichtszüge glätteten sich.

„Komm mit“, sagte Frau Berghoff, „wir sitzen im Wohnzimmer.“

Natürlich fiel Cordulas Blick zuerst auf Tim. Er saß mit dem Gesicht zu ihr am hinteren Ende des Wohnzimmertischs und war gerade dabei, ein Brötchen mit Butter zu beschmieren. Voller Erwartung lächelte sie ihn an. Gleich würde er aufspringen und sie vor versammelter Mannschaft in den Arm nehmen. Was für ein erhebender Augenblick lag vor ihr!

Aber Tim blickte nicht auf. Es schien, als wäre er voll auf sein Brötchen konzentriert und nicht in der Lage, irgendetwas anderes wahrzunehmen.

„Hi, Cordula“, sagte jetzt Laura erfreut.

Tim hörte jetzt endlich auf, sein Brötchen zu malträtieren. Für den Bruchteil einer Sekunde sah er auf. Doch sein Blick streifte sie nur, er murmelte etwas, das wie „Hallo“ klang, dann sah er sofort wieder auf seinen Teller hinab. Die Verlegenheit war deutlich in sein Gesicht geschrieben.

Cordula begriff sofort. Er hatte nicht vor, zu ihr zu stehen. Er bereute die gestrige Nacht. Er wollte sie vergessen, verdrängen, ungeschehen machen. In einem einzigen Augenblick waren all ihre Träume wie Seifenblasen zerplatzt!

„Geht’s dir nicht gut?“, hörte sie jetzt Lauras besorgte Stimme.

Erst jetzt fiel Cordula auf, dass sie immer noch auf Tim starrte. „Ich ... hab ... was vergessen“, stotterte sie. Dann wirbelte sie herum und rannte aus dem Wohnzimmer. Sie musste fort von hier.

Ohne auf die Richtung zu achten, lief sie einfach drauf los, die

Straße entlang, immer weiter und weiter. Die Tränen vernebelten ihr die Sicht, aber sie achtete nicht darauf. Zu stark war der Impuls, von dort wegzukommen, von ihm und von der schlimmsten Erniedrigung, die sie jemals erlebt hatte.

Kapitel 11

In den nächsten Wochen war Cordula mehr tot als lebendig. Man sah sie nur noch mit versteinerter Miene und starrem Blick durch die Gegend laufen. All ihre Lebensfreude schien wie weggeblasen zu sein. Apathisch erledigte sie alle Aufgaben, die zu Hause und in der Schule von ihr erwartet wurden. Ihr einziger zusätzlicher Energieaufwand bestand darin, Tim aus dem Weg zu gehen. Sie betrat das Haus der Berghoffs nicht mehr, sondern traf sich nur noch anderswo mit Laura. Auch in der Schule stellte sie immer sicher, dass Tim nicht in der Nähe war.

Aber so sehr sie ihn auch mied, umso hartnäckiger verfolgte er sie in ihren Träumen. Abends hatte sie sich kaum in den Schlaf geweint, da ging es auch schon los. Immer und immer wieder erlebte sie die Nacht mit ihm, spürte seine Zärtlichkeiten und nahm seinen vertrauten Geruch wahr. Und wenn sie dann aufwachte, war da von neuem diese Sehnsucht, die sie beinahe zerriss.

Sie lief wieder einmal mit gesenktem Kopf an Lauras Seite über den Schulhof, als diese unvermittelt fragte: „Kannst du mir eigentlich mal verraten, wie lange ich deine schlechte Laune noch ertragen soll?"

Cordula sah weiter auf den Boden vor ihren Füßen. „Was für eine schlechte Laune?", versuchte sie sich halbherzig herauszureden.

Laura blieb erstaunlich ruhig. „Komm schon", sagte sie schmeichelnd, „kein Mensch kann übersehen, dass du ein Gesicht machst wie drei Tage Regenwetter."

Cordula zuckte müde mit den Schultern. „Wir *hatten* drei Tage Regenwetter", entgegnete sie und deutete auf den Schirm, mit dem Laura schon seit geraumer Zeit versuchte, den ununterbrochenen Nieselregen von ihrer beider Köpfe fernzuhalten. Und dieses Wetter vermieste tatsächlich schon seit Tagen den Spätsommer.

„Drei Tage", nickte Laura, „vielleicht auch vier. Aber nicht acht Wochen. Diese Laune ist nämlich schon seit Tims Geburtstagsfeier dein ständiger Begleiter."

Cordula war gar nicht bewusst gewesen, dass man ihren Gemütszustand so deutlich erkennen konnte. Und es schockte sie noch mehr, dass Laura auch den Zeitraum so genau benennen konnte.

„Und die dafür verantwortlich ist“, fuhr Laura fort, „dass du es noch nicht einmal für nötig hältst, meinen Eltern eine Antwort auf ihr Angebot zu geben.“

Cordula erschrak. Das Angebot, bei den Berghoffs zu leben! Daran hatte sie ja überhaupt nicht mehr gedacht. Aber das ... das ging doch jetzt erst recht nicht mehr! „Ich bin ... also ... na ja ...“, stammelte sie, „ich ... fühl mich in letzter Zeit nicht besonders.“

„Ich würd ja jetzt fragen, ob du deine Tage hast, aber zwei Monate lang wäre das doch etwas ungewöhnlich“, lächelte Laura.

Cordula blieb abrupt stehen und sah ihre Freundin an. Was hatte sie da gerade gesagt?

„Jetzt komm schon“, fuhr Laura fort und legte freundschaftlich ihren Arm um Cordulas Schulter. „Sag mir endlich, was mit dir los ist.“

Cordula setzte sich jetzt wieder in Bewegung. Sie wollte nicht, dass Laura das Entsetzen bemerkte, das gerade in ihr hoch kroch.

„Hat das Ganze irgendetwas mit Tim zu tun?“, fragte Laura jetzt vorsichtig.

Meine Tage, hämmerte es in Cordulas Kopf. *Wann hatte ich zuletzt meine Tage?*

„Bist du immer noch in ihn verliebt?“, bohrte Laura.

Ich muss sie doch irgendwann gehabt haben, flehte Cordula innerlich, *ich hab sie doch immer regelmäßig.*

Laura zog die Stirn kraus. Dieses Mal war es wirklich nicht gerade leicht, etwas aus Cordula herauszubekommen. Aber sie musste jetzt einfach wissen, was los war. Seit Wochen wartete sie darauf, dass Cordula von sich aus irgendetwas preisgab. Aber jetzt hatte sie die Nase voll.

„Also gut“, sagte sie entschlossen. Und dann fragte sie ganz direkt: „Hat Tim dir an seinem Geburtstag ins Gesicht gesagt, dass du keine Chancen bei ihm hast?“

Cordula blieb erneut stehen. Sie konnte die Tränen jetzt beim besten Willen nicht mehr zurückhalten.

„Wusste ich’s doch“, murmelte Laura angesichts der Reaktion ihrer Freundin wissend.

Cordulas Gedanken hingegen drehten sich allein um diesen ganz neuen Aspekt der Katastrophe. In den letzten Wochen war sie so mit ihrer Traurigkeit beschäftigt gewesen, dass ihr gar nicht aufgefallen war, dass sie ihre Regel nicht bekommen hatte. Aber jetzt, jetzt beschlich sie auf einmal ein fürchterlicher Verdacht. Was war, wenn sie schwanger geworden war? Dieser Gedanke trieb ihr erneut die Tränen in die Augen.

„Du hättest einfach auf mich hören und ihn dir aus dem Kopf schlagen sollen“, sagte Laura ein wenig hilflos. Sie wusste wirklich nicht, wie sie ihre Freundin jetzt trösten sollte.

Aber Cordula schüttelte nur vehement den Kopf. Laura begriff doch wirklich überhaupt nichts.

„Glaub mir“, versuchte Laura eine andere Taktik einzuschlagen, „in ein paar Jahren hast du Tim vergessen.“

„Jetzt hör aber auf“, fuhr Cordula ihre Freundin an. „Du hast doch überhaupt keine Ahnung.“

„Ach nein?“, fauchte Laura zurück. „Das sehe ich anders. Ob es dir passt oder nicht, aber Tim ist nun mal mein Bruder. Und deshalb weiß ich am besten, was hier vorgeht.“

„Dann ergötz dich mal weiter an deiner Weisheit“, fauchte Cordula, ließ ihre Freundin stehen und lief einfach davon. Sie konnte Lauras Gequatsche nicht einen Moment länger ertragen. Sie musste jetzt allein sein und nachdenken.

❧

Es dauerte Tage, bis Cordula sich von diesem zweiten Schock einigermaßen erholt hatte und wieder klare Gedanken fassen konnte. Allmählich gelangte sie mehr und mehr zu der Auffassung, dass sie überreagiert hatte und sich wahrscheinlich Dinge einbildete.

Von einem einzigen Mal Sex schwanger werden – das war ja wohl ziemlich unwahrscheinlich. Nun gut, sie hatte ihre Regel nicht bekommen. Aber was bewies das schon? Kam so etwas nicht andauernd vor? Sie hatte sich wochenlang vor Kummer in den Schlaf geweint, da war es doch kein Wunder, wenn ihre Hormone verrückt spielten, oder? Sie musste nur abwarten, dann würde sich ihr Zyklus schon von alleine wieder normalisieren. Jawohl, sie würde ruhig bleiben und entspannt auf ihre Regel warten.

Und so wartete sie. Sie wartete Sekunden, Minuten, Stunden und schließlich Tage. Aber sie wartete nicht gerade entspannt. Im Gegenteil. Von Tag zu Tag nahm ihre Nervosität zu. Von Woche zu Woche wurde sie verzweifelter.

Und natürlich richtete sie in dieser Zeit einen wahren Sturm von Gebeten gen Himmel. Auch wenn sie keine Ahnung hatte, ob es etwas nützte, wenn man erst im Nachhinein darum bat, bei einem lange zurückliegenden Geschlechtsverkehr nicht schwanger geworden zu sein, bettelte sie, was das Zeug hielt. In Zeiten größter Verzweiflung erinnerte sie Jesus auch immer wieder daran, dass er ihr schließlich geholfen hatte, Tim überhaupt zu finden.

Aber in Wirklichkeit war ihr klar, dass diese Argumentation schlichtweg unfair war. Ihn zu finden war schließlich eine Sache – mit ihm zu schlafen eine andere. Sie hätte ja durchaus Nein sagen können. Auch erinnerte sie sich jetzt wieder deutlich an die Gedanken, die ihr gekommen waren, als Tim sich ihr genähert hatte. Es waren warnende Gedanken gewesen, die bestimmt direkt von Gott gekommen waren. Gedanken, die sie einfach ignoriert hatte. Wie sie es auch drehte und wendete, sie hatte einfach selber Schuld!

Trotzdem war es eine große Hilfe für sie, überhaupt jemanden zu haben, dem sie ihre Sorgen offenbaren konnte. Jesus schien immer ein offenes Ohr für sie zu haben. Laura hingegen kam als Ansprechpartnerin nicht in Frage. Sie war viel zu sehr mitbetroffen, als dass sie angemessen hätte reagieren können. Mit ihrer Bestürzung und Missbilligung hätte Cordula ja noch leben können. Aber was war, wenn sie regelrecht explodierte und damit alles noch viel schlimmer machte? Nicht auszudenken, wenn sie mit ihrem Wissen zu Tim oder gar zu ihren Eltern rennen würde. Nein! Das Risiko war zu groß. Sie musste ohne Laura mit diesem Problem fertig werden!

Aber wie? Ihr war mittlerweile klar, dass es so auf keinen Fall weitergehen konnte. Das Warten und die Ungewissheit machten sie völlig fertig. Sie musste sich Gewissheit verschaffen. Aber wie sollte das gehen? Ihre Eltern durften nichts, aber auch rein gar nichts erfahren, so viel war sicher.

Vielleicht konnte sie sich heimlich einen Schwangerschaftstest besorgen? Das war natürlich möglich. Aber Cordula nahm an, dass diese Tests ziemlich teuer waren, und im Moment hatte sie absolut kein Geld. Außerdem garantierten sie keine hundertprozentige Sicherheit. Da war es schon besser, einen Arzt aufzusuchen. Aber wie sollte das gehen? Sie besaß ja nicht einmal einen Krankenschein. Die verwahrte ihre Pflegemutter und Cordula wusste genau, dass sie sie nicht so ohne weiteres herausrücken würde. Außerdem barg eine Behandlung unter ihrem richtigen Namen die große Gefahr, dass ihre Eltern doch etwas mitbekommen konnten. Man wusste ja, dass Arzthelferinnen mit Vorliebe bei einem zu Hause anriefen, wenn es irgendwelche Unklarheiten oder Nachfragen gab. Nein, die einzige Möglichkeit bestand darin, sich irgendwo weit weg unter falschem Namen behandeln zu lassen.

Sie besprach diese Möglichkeit mit Gott, hatte aber das Gefühl, als wäre er nicht sehr begeistert. Auf einmal erinnerte sie sich an ihren Religionsunterricht und daran, dass es in der Bibel so etwas wie Gebote gab. Drehte sich eines davon nicht ums Lügen?

„Und was soll ich stattdessen machen?", fragte sie aufgebracht.

Sie erhielt keine Antwort.

„Du bist lustig", beschwerte sie sich. „Verbietest mir was und hast nicht mal 'ne Alternative parat!"

Das schien zu wirken, jedenfalls hatte sie auf einmal den Eindruck, als würde Gott vorschlagen, Tim von der ganzen Sache in Kenntnis zu setzen.

„Bist du verrückt?", brauste Cordula auf. „Das macht doch den Eindruck, als wollte ich ihn erpressen!" Nein, das kam wirklich nicht in Frage. Sie würde lieber sterben als mit ihrer Not zu Tim gehen, der sie so kalt abserviert hatte.

Trotzig kam sie auf ihre ursprüngliche Idee zurück und spann sie weiter. Konnte sie sich irgendwo weit weg unter falschem Namen behandeln lassen? Und was war, wenn das herauskam?

Cordula spürte jetzt wieder dieses Gefühl der Beklemmung in der Brust. Das Atmen fiel ihr schwerer. Ihr Hals schnürte sich zu. Sie kannte dieses Gefühl seit ihrem letzten Zusammenstoß mit ihrem Pflegevater. Vielleicht war es doch besser, noch ein wenig abzuwarten? Sofort legte sich die Angst. Vielleicht würde sie schon morgen ihre Regel bekommen und dann war es doch Unsinn, sich einem derartigen Risiko auszusetzen, nicht wahr? Ja, sie würde noch ein paar Tage abwarten.

Und das tat sie dann auch. Sie wartete drei Wochen, ohne dass irgendetwas geschah. Und es waren furchtbare Wochen. Tage zwischen Hoffen und Bangen, Nächte voller Alpträume. Verzweifelte Gebete und immer wieder dieselbe Antwort: *Geh zu Tim.*

Aber das ging doch nicht! Das *konnte* sie nicht.

Du willst *nicht*, korrigierte Jesus sie dann.

„Gut", schrie sie ihm entgegen, „dann *will* ich halt nicht."

Nach den drei Wochen war Cordula ein psychisches Wrack. Die immer wahrscheinlicher werdende Möglichkeit einer Schwangerschaft brachte sie beinahe um den Verstand. Irgendwann hatte sie das Gefühl, keinen einzigen weiteren Tag mehr überstehen zu können.

Und so marschierte sie eines Morgens nach dem Aufstehen nicht in Richtung Schule, sondern zum Bahnhof. Sie dachte jetzt eigentlich kaum noch über ihre Alternativen nach, sondern handelte einfach. Sie hatte ohnehin keine Wahl. Wenn sie nicht verrückt werden wollte, musste das Gefühl der Ungewissheit umgehend verschwinden.

Am Bahnhof angelangt studierte sie planlos die Abfahrtstabellen. Wohin sollte sie fahren? Sie wusste es nicht. Woher auch? Sie hatte ihren kleinen Ausflug schließlich überhaupt nicht geplant.

Sie ging noch unentschlossen die Abfahrtszeiten der Züge durch, als direkt neben ihr, auf Gleis eins, ein Zug einfuhr. Sie sah auf die Abfahrtstafel. Der Zug würde in fünf Minuten in die größte Stadt der näheren Umgebung weiterfahren. Sie zuckte mit den Schultern. Eine große Stadt versprach große Anonymität. Warum also nicht?

Ohne lange zu überlegen, stieg Cordula ein. Sie durchquerte den Zug bis zu den hinteren Waggons und ging schnurstracks auf eine der Toiletten. Geld für die Fahrt hatte sie nicht und so gab es keine andere Möglichkeit, als die gesamte Fahrzeit dort zu verbringen. Und sie hatte Glück. Während der gut halbstündigen Fahrt wurde sie nicht behelligt und konnte ihren Gedanken nachhängen. Würde sie heute Abend endlich Gewissheit haben? Und würde es eine positive, beruhigende Gewissheit sein?

Als der Zug gehalten hatte, öffnete Cordula vorsichtig die Toilettentür und sah auf den Gang hinaus. Sie war mehr als erleichtert, als sie dort niemanden entdeckte. Schnell schlich sie auf den Gang hinaus und verließ dann so unauffällig wie möglich den Zug.

Da stand sie nun also auf Gleis 4 und sah sich ängstlich um. Der Bahnhof war riesig, viel größer als das, was sie so gewohnt war. Sie hatte zwar schon mal einen Ausflug mit der Schule hierher gemacht, aber das war lange her und auch das einzige Mal gewesen. Jetzt fühlte sie sich von dem Chaos um sie herum wie erschlagen. Es kam ihr vor, als würden Tausende von Menschen geschäftig durch die Gegend laufen, während nur sie selbst keine Ahnung hatte, in welche Richtung sie als Nächstes gehen sollte. Sie spürte den starken Impuls, den nächsten Zug zu besteigen und einfach zurückzufahren. Aber was hätte sie davon? Was sie angefangen hatte, das musste jetzt auch beendet werden.

Und so setzte sie einen Fuß vor den anderen und fand sich kurze Zeit später in der Bahnhofshalle wieder. Dort ging sie dann auf eine der Telefonzellen zu, schnappte sich die Gelben Seiten, riss die Liste mit den Frauenärzten kurzerhand heraus und flüchtete mit ihrer Beute aus dem Bahnhofsgebäude. Draußen suchte sie sich einen Stadtplan und verglich ihn mit den Adressen, die in den Gelben Seiten verzeichnet waren. Es gab einen Dr. Wüstefeld, dessen Praxis nicht weit vom Bahnhof entfernt war.

Na also, dachte Cordula, prägte sich den Weg zu der Praxis ein und machte sich schnurstracks auf den Weg. Schon zehn Minuten später bog sie in die Straße ein, in der Dr. Wüstefeld praktizierte. Als sie dann allerdings vor dem Gebäude stand, in dem sich laut Anzeigetafel seine Praxisräume befanden, wurde ihr doch etwas mulmig zumute. Das Gebäude war nämlich kein normales Haus, sondern eher eine bombastisch wirkende Villa. Auch irritierte sie die Aufschrift „Nur Privatpatienten", die auf dem Schild zu lesen war. Sollte sie hier etwa an eine exklusive Adresse geraten sein?

Klappern gehört zum Handwerk, sagte sich Cordula und klingelte mutig an der Tür. Sekunden später surrte der Türöffner und Cordula konnte das Treppenhaus betreten. Nur wenige Schritte vor ihr befand sich jetzt ein moderner Fahrstuhl. Und auch sonst passte im Inneren des Gebäudes nichts zu der altehrwürdigen Außenfassade. Alles schien erst vor kurzem renoviert worden zu sein. Neben dem Fahrstuhl führte eine ultramoderne Stahltreppe mit Glasstufen in das nächste Stockwerk.

Ein Schild teilte dem Besucher mit, dass sich Dr. Wüstefelds Praxis im ersten Stock befand. Cordula entschied sich für den Fahrstuhl und fuhr hinauf. Oben durchquerte sie noch eine Glastür und betrat dann den großzügigen, modern eingerichteten Empfangsbereich. Schon auf den ersten Blick sah sie ihre Befürchtungen bestätigt. Das hier war keine normale Frauenarztpraxis. Allein der Tresen! Er war vorne mit schwarzem Samt verkleidet und oben mit einer schwarz-weißen Marmorplatte bedeckt. Und dann die beiden Arzthelferinnen. Sie trugen zwar Weiß, so wie es Cordula aus Arztpraxen gewohnt war, aber sie hatten beide das exakt gleiche Kostüm mit kurzem Rock und elegantem Blazer an.

Kaum dass eine von ihnen Cordula erblickt hatte, kam sie auch schon auf sie zu und sagte in äußerst höflichem Tonfall: „Herzlich willkommen in unserer Praxis. Wen darf ich melden?"

Jetzt kam es drauf an. Sie räusperte sich. „Mein Name ist Antonia Wehrkamp. Ich habe leider keinen Termin, aber das hier ist ein Notfall. Und da meine Mutter so voller Begeisterung war, möchte auch ich mich nur von Dr. Wüstefeld behandeln lassen. Ist das möglich?"

Die Arzthelferin schwieg einen Moment. Cordula hatte das Gefühl, als könnte sie ihre Gehirnzellen rotieren sehen. Bestimmt versuchte sie sich an Frau Wehrkamp zu erinnern und schaffte es nicht. Trotzdem sagte sie nach ein paar Sekunden: „Bitte nehmen Sie doch einen Augenblick hier vorn Platz. Ich bin sofort zurück."

Cordula nickte und setzte sich auf einen der schwarzen Ledersessel, die in der Nähe des Tresens aufgestellt waren. Ihr Herz klopfte mittlerweile bis zum Hals, aber das ließ sie sich nicht anmerken. Sie musste hier einfach behandelt werden! Sie musste!

Die Arzthelferin setzte sich jetzt zu ihrer Kollegin hinter den Tresen und tippte eine Weile angestrengt auf einer Computertastatur herum. Dann blickte sie auf und fragte in Cordulas Richtung: „Wie, sagten Sie doch, war der Name Ihrer Mutter?"

„Marianne Wehrkamp", entgegnete Cordula mit fester Stimme. „Aber das müssten Sie doch wissen. Sie ist doch schon seit Ewigkeiten hier in Behandlung."

„Sicher", nickte die junge Frau und schaute verunsichert zu ihrer Kollegin herüber. Aber auch die sah ziemlich ratlos aus.

„Gibt es irgendein Problem?", fragte Cordula angriffslustig.

„Nein, nein", entgegnete die Arzthelferin schnell. „Ich brauche jetzt nur noch Ihr Geburtsdatum und Ihre Adresse."

„Mein Geburtsdatum ist der 16. Juli 1968", log Cordula. Sicher war es besser, wenn man sie für volljährig hielt. Tims Geburtsdatum war da auf die Schnelle das Beste, was ihr einfiel. „Und meine Adresse ist die gleiche wie die meiner Mutter. Sonst noch etwas?"

„Äh, nein", stammelte die Arzthelferin ein wenig hilflos, „das heißt ... äh ... wann war denn der Beginn Ihrer letzten Regel?"

Cordulas Augen weiteten sich. Einen Moment kam es ihr vor, als würde sie den Boden unter den Füßen verlieren. Woher in aller Welt sollte sie wissen, wann ihre letzte Regel begonnen hatte? Sie errötete bis unter die Haarwurzeln. Und nun war sie es, die nur noch stottern konnte. „Das ... also ... ich weiß nicht ... keine Ahnung."

Die junge Arzthelferin zog skeptisch die Augenbrauen hoch. „Rechnen Sie doch einfach mal in Ruhe nach", empfahl sie und musterte Cordula noch einmal von oben bis unten. Man merkte deutlich, dass sie durch Cordulas Unsicherheit Oberwasser gewonnen hatte.

Und das entging natürlich auch Cordula nicht. *Reiß dich zusammen*, befahl sie sich, *sonst ist alles verloren.* Und so setzte sie alles auf eine Karte, vergrub ihr Gesicht in den Händen und schluchzte theatralisch: „Es ist Monate her, wissen Sie. Darum hat mich meine Mutter ja auch hierher geschickt."

Sofort glätteten sich die Gesichtszüge der jungen Arzthelferin. „Ich verstehe", sagte sie mitleidig. Und dann fragte sie vorsichtig: „Haben Sie denn schon einen Schwangerschaftstest durchgeführt?"

Cordula schüttelte den Kopf, zückte ein Taschentuch und schnaubte erst einmal lautstark hinein. Dann fragte sie schwach: „Bin ich denn nicht bald dran?" Insgeheim staunte sie über sich selbst. Sie hatte gar nicht gewusst, dass solche schauspielerischen Talente in ihr schlummerten.

„Doch, doch, natürlich sind Sie das“, entgegnete die junge Frau. Und dann fügte sie aufmunternd hinzu: „Am besten, Sie kommen gleich mit.“

Cordula nickte dankbar, drückte sich noch ein paar Tränen heraus und folgte der Arzthelferin dann in Sprechzimmer Nummer 1. Auch dort hatte alles einen exklusiven Touch. Der Fußboden war mit einem lila Veloursteppich versehen, auch dort, wo der Gynäkologenstuhl stand. Darüber hinaus gab es eine gemütlich anmutende Sitzecke mit zwei fliederfarbenen Sesseln und einem dunklen Marmortisch. Genau dorthin geleitete die Arzthelferin Cordula.

„Nehmen Sie doch bitte noch einen Moment hier Platz. Und vergessen Sie auf keinen Fall, sich zu bedienen.“

Cordula sah auf den Tisch. Dort standen ein paar Gläser und mehrere Flaschen mit Getränken. „Danke“, sagte Cordula würdevoll und beherrschte sich noch, bis die junge Arzthelferin den Raum verlassen hatte. Dann aber machte sie sich gierig über die Flasche mit der Coca-Cola her. Sie hatte seit heute Morgen nichts mehr getrunken.

Als es Minuten später an der Tür klopfte, hatte Cordula bereits die ganze Literflasche ausgetrunken. Erstaunt sah sie in Richtung Tür. Wer klopfte denn da, ohne hereinzukommen? Es klopfte jetzt ein weiteres Mal.

„Ja, bitte?“, sagte Cordula zaghaft.

Erst jetzt öffnete sich die Tür und ein erstaunlich alter Mann in einem weißen Kittel betrat den Raum. Cordula schätzte ihn auf Anfang 70. Er war vielleicht 1,75 Meter groß und dabei ausgesprochen hager.

„Wüstefeld, guten Tag“, stellte er sich vor. Seine Stimme war irgendwie unangenehm, sie klang viel zu hell und man hatte den Eindruck, als würde er durch die Nase sprechen. Jetzt reichte er Cordula seine mit Altersflecken nur so übersäte Hand.

Cordula schüttelte es ein bisschen. Bei dem Gedanken, sich von diesen Händen im Intimbereich untersuchen zu lassen, wurde ihr regelrecht schlecht. Trotzdem griff sie beherzt zu und entgegnete tapfer, wenn auch sehr leise: „Wehrkamp“.

„Richtig, richtig“, sagte Dr. Wüstefeld ein wenig geistesabwesend. „Ich kenne ja Ihre werte Frau Mama. Eine wundervolle Frau, wirklich wundervoll.“

Cordula war überrascht. Wer spielte hier denn nun Theater, sie oder dieser komische Arzt?

Dr. Wüstefeld hielt noch immer Cordulas Hand. Er sah ihr jetzt tief in die Augen und fragte: „Wo drückt denn der Schuh, meine Liebe?“

Cordula starrte ihn an. Was war das denn für eine unmögliche Formulierung? Wieder musste sie sich zusammenreißen. „Also ... um ganz ehrlich zu sein, Herr Doktor“, begann sie zaghaft und zupfte vor Verlegenheit wieder einmal an ihren Wimpern herum, „hege ich die Befürchtung, schwanger zu sein.“

Der alte Mann nickte verständnisvoll. „Das werden wir gleich abklären. Bitte machen Sie sich unten herum frei und nehmen Sie auf dem Stuhl Platz.“ Er deutete auf den Gynäkologenstuhl und verließ dann wieder den Raum.

Noch war Zeit, diesen seltsamen Ort wieder zu verlassen! Andererseits war sie so unglaublich kurz davor, endlich Gewissheit zu haben! Wenn sie jetzt kniff, war alles umsonst gewesen! Und so gab Cordula sich einmal mehr einen Ruck, zog sich Schuhe, Hose und Unterhose aus und setzte sich verkrampft auf den weißen Stuhl. Sie war in ihrem ganzen Leben noch nie bei einem Frauenarzt gewesen und so ging es ihr natürlich doppelt schlecht. Außerdem kam sie sich halb ausgezogen und mit gespreizten Beinen so furchtbar hilflos und ausgeliefert vor.

Sie war gerade fertig, als es auch schon erneut an der Tür klopfte. Allmählich war Cordula mit den Gepflogenheiten der Praxis vertraut und so rief sie umgehend: „Ja, bitte.“

Dr. Wüstefeld trat ein und kam auf sie zu. Dann nahm er auf dem Stuhl Platz, der sich direkt vor dem Gynäkologenstuhl befand.

„Ich mache jetzt erst einmal Ultraschall“, sagte er, zog eine schwarz umrandete Brille aus der Brusttasche seines Kittels und setzte sie auf. Dann nahm er einen kurzen Stab zur Hand, der durch ein Kabel mit einem Gerät verbunden war. Er schaltete das Gerät ein und sofort erschien ein Umriss auf dem dazugehörigen Bildschirm.

Cordula starrte entsetzt auf den Stab. Er hatte doch nicht etwa vor ...?! Aber da machte Dr. Wüstefeld auch schon Anstalten, den Stab in Cordulas Scheide zu schieben. Cordula zuckte zusammen und wand sich.

„Aber Kindchen“, kicherte der alte Mann und ließ sich nicht beirren, „seien Sie doch nicht so schreckhaft. So was Ähnliches kennen Sie doch schon.“

Cordulas Augen weiteten sich vor Entsetzen. Das hier war alles viel schrecklicher, als sie befürchtet hatte. Sie kam sich so erniedrigt vor, beinahe als würde sie vergewaltigt werden. Hilflos zupfte sie an ihren Wimpern herum.

„Sehen Sie das?“, fragte Dr. Wüstefeld und deutete auf den Bildschirm.

Cordula war bis dahin so mit sich selbst beschäftigt gewesen, dass sie gar nicht registriert hatte, dass sich auf dem Bildschirm etwas bewegte. Verständnislos starrte sie auf das Bild.

„Vierzehnte Woche, schätze ich“, sagte Dr. Wüstefeld und starrte angestrengt auf den Bildschirm. Dann deutete er auf ein kreisförmiges Gebilde. „Das hier ist der Kopf.“ Er wanderte mit dem Zeigefinger weiter nach rechts. „Hier sehen Sie ganz deutlich die Wirbelsäule, hier die Arme, ja, und das hier sind die Beine mit den Füßen. Sehen Sie, wie das Herz schlägt?“

Cordula verstand überhaupt nichts. „Was? Ich meine ...“ Sie schüttelte den Kopf. „Was bedeutet das?“

Dr. Wüstefeld sah Cordula halb mitleidig, halb amüsiert an. „Das bedeutet, dass Sie schwanger sind, Kindchen. Volltreffer, sozusagen.“

Cordula starrte entgeistert von Dr. Wüstefeld zum Bildschirm und von da wieder zurück zu Dr. Wüstefeld. Das war bestimmt ein Irrtum! Natürlich, ihre Regel war ausgeblieben. Und sie hatte sich ja auch schon seit Wochen Sorgen darüber gemacht, schwanger zu sein. Aber jetzt, wo ihr das bestätigt wurde, kam es ihr so unglaublich und unvorstellbar vor wie noch nichts in ihrem ganzen Leben! Sie sagte atemlos: „Aber das kann doch nicht sein.“

Dr. Wüstefeld fing an zu kichern. „Nun ja, da gibt es eben Ursache und Wirkung. Das ist eine ganz einfache Gleichung.“

Cordula traten die Tränen in die Augen. Dr. Wüstefelds leichtfertig in den Raum geworfener Ausspruch hatte sie ins Mark getroffen. Von einer Sekunde auf die andere war alles wieder da. Die wundervolle Nacht mit Tim und dann seine Reaktion am anderen Morgen. Sie schluchzte auf und vergrub das Gesicht in ihren Händen.

„Ach, du meine Güte“, entfuhr es Dr. Wüstefeld. Dann räusperte er sich. „Nun hören Sie doch auf zu weinen, junge Frau. So schlimm ist es auch wieder nicht.“

Aber Cordula hörte ihn kaum. Sie weinte einfach weiter, weinte ihre ganze Enttäuschung und Beschämung heraus.

„Aber Kindchen“, versuchte es Dr. Wüstefeld noch einmal, „Sie wissen doch, dass es für jedes Problem eine Lösung gibt. Darum sind Sie doch hier. Wenn Sie wollen, kann ich es sofort wegmachen.“

Cordula begriff schon wieder nichts. Was wollte er machen?

„Nun, sagen Sie“, beharrte Dr. Wüstefeld, „soll ich die Abtreibung sofort vornehmen?“

Cordula hörte vor Schreck auf zu weinen. Hatte er gerade *Abtreibung* gesagt?

„Ja, so ist es gut", freute sich Dr. Wüstefeld. „Jetzt werden Sie wieder vernünftig. Denken Sie doch mal nach. Sie müssen sich nur ein wenig zusammenreißen, dann gehört Ihr Problem heute Abend schon der Vergangenheit an."

Problem? Wieder wanderte Cordulas Blick von Dr. Wüstefeld auf den Bildschirm. Und jetzt sah sie es auch! Die kleinen Arme, die da herumruderten, der Kopf, die Beine, die immer wieder angezogen und ausgestreckt wurden. Ein Baby! Ein Baby in ihrem Bauch! Tims Kind. Unwillkürlich hielt sie den Atem an, während ihr Herz plötzlich zu rasen begann. Was für ein Wunder war da geschehen!

„Ich kann gleich anfangen, wenn Sie wollen", sagte Dr. Wüstefeld und zog den Stab aus Cordulas Scheide. Zeitgleich verschwand auch das Bild vom Schirm.

„Aber ... wieso denn?", stotterte Cordula verwirrt und starrte noch immer auf den Bildschirm. „Ist denn irgendetwas ... mit dem Kind nicht in Ordnung?"

„Nicht in Ordnung?", wiederholte der Arzt verdattert. „Also, ich habe nichts Auffälliges gesehen ... aber ..." Er sah Cordula prüfend in die Augen. „Kindchen", sagte er anschließend in väterlichem Tonfall, „Sie sind doch garantiert noch nicht volljährig. Und Sie wollen mir doch nicht erzählen, dass Ihre Mutter Sie lediglich zur Untersuchung hierher geschickt hat. Wir wissen doch beide, was für eine Art von Arzt ich bin."

Nein, sie hatte keine Ahnung gehabt, wohin sie hier geraten war. Wieder rannen Tränen ihre Wangen hinunter. „Aber ...", schluchzte sie, „ich kann das Kind doch nicht einfach ... umbringen!"

Dr. Wüstefeld schüttelte den Kopf und tätschelte tröstend Cordulas Hand. „*Umbringen*", sagte er missbilligend, „was ist denn das für eine Formulierung? Sie wollten diese ... ", er zögerte einen Moment und schien nach einem passenden Wort zu suchen, „Leibesfrucht doch gar nicht. Sie hat sich einfach in Ihr Leben geschlichen. Und sie könnte Ihre gesamte Zukunft zerstören. Denken Sie doch mal nach. Ihre Schulausbildung, Ihr späteres Studium. Wollen Sie das alles aufs Spiel setzen?"

Cordulas Gedanken wirbelten wie wild durcheinander. Schulausbildung? Studium? Das interessierte sie im Moment nicht. Da waren ganz andere Dinge, die ihr Furcht einflößten. Zum Beispiel ihre Pflegeeltern. Was würde geschehen, wenn sie es erfuhren? Und es gab ja wohl auch keine Möglichkeit, es auf Dauer zu verheimlichen, oder? War es da nicht wirklich besser, dem Ganzen ein Ende zu bereiten?

„Also, was ist?“, drängte der Frauenarzt und sah einmal kurz auf seine Uhr. Dann rollte er sich mit seinem Stuhl von Cordula weg zu einem seiner Schränke und öffnete diesen. Er holte ein längliches, metallenes Werkzeug daraus hervor, das Ähnlichkeit mit einer Zange hatte und fragte: „Wollen wir starten?“

„Nein!“, schrie Cordula und sprang mit einem Satz vom Stuhl herunter. Sie hechtete zu ihren Kleidungsstücken und begann hektisch, sich wieder anzuziehen.

„Aber Kindchen“, versuchte der Arzt sie zu beruhigen, „habe ich Ihnen etwa Angst eingejagt? Wirklich, das ist völlig unberechtigt. Sie bekommen eine Spritze und dann wird es ganz bestimmt nicht wehtun!“ Er stand auf und machte ein paar Schritte auf Cordula zu. Diese wich unwillkürlich vor ihm zurück, verhedderte sich dabei aber in ihrer Jeans, die sie noch nicht vollständig hochgezogen hatte. Mit einem spitzen Schrei fiel sie nach hinten und landete polternd auf dem Fußboden.

Dr. Wüstefeld wurde vor Schreck ganz bleich und ging auf Cordula zu, um ihr aufzuhelfen. Diese aber fühlte sich dadurch noch stärker bedroht. Voller Panik rappelte sie sich hoch, zerrte ihre Jeans in die richtige Position und stürzte aus dem Behandlungszimmer. In einem Affenzahn rannte sie den Flur entlang. Dabei übersah sie eine Patientin, die gerade vom Wartezimmer in eins der Behandlungszimmer wechselte. Und so kam Cordula auch dieses Mal nicht weit. Sie prallte mit voller Wucht auf die Frau und ging mit ihr zu Boden.

„Verdammt noch mal“, fluchte die Frau, während sie sich mühsam wieder aufrichtete und stöhnend ihren rechten Knöchel betastete. „Können Sie nicht aufpassen?“

Jetzt kam auch schon die junge Arzthelferin angerannt, die Cordula von vorhin kannte. „Haben Sie sich was getan?“, rief sie besorgt und kniete sich neben der Patientin nieder.

„Allerdings“, fauchte die Frau, die Cordula auf einmal seltsam bekannt vorkam. „Wahrscheinlich ist mein Knöchel gebrochen. Und das habe ich alles diesem Koloss hier“, sie deutete mit einer abwertenden Handbewegung auf Cordula, „zu verdanken.“

Cordula registrierte die Beleidigung kaum, sondern starrte die Frau nur verwirrt an. Sie war vielleicht Mitte bis Ende 40 und ausgesprochen elegant gekleidet. Aber woher kannte sie sie bloß?

Die Frau schien jetzt Cordulas fragenden Gesichtsausdruck zu registrieren. Jedenfalls sah sie nun ihrerseits prüfend an Cordula herab. „Kennen wir uns?“, fragte sie zögernd.

„Um Himmels willen“, erklang jetzt Dr. Wüstefelds Stimme. Cordula sah erschrocken nach links. Sie hatte gar nicht bemerkt, dass der alte Mann den Flur entlanggekommen war. Allerdings beachtete er Cordula kaum, sondern beugte sich jetzt ebenfalls besorgt zu seiner anderen Patientin hinab. „Ist Ihnen etwas passiert, Frau Bartel?“

Bartel! Cordula begriff, dass sie Verenas Mutter vor sich hatte. Und so blieb ihr ein weiteres Mal vor Schreck beinahe das Herz stehen. Sie kannte die Frau nur flüchtig, aber was war, wenn Frau Bartel sie ebenfalls wiedererkannte? Was, wenn sie ihren Namen herausposaunte? Würde dann nicht ihre Tarnung auffliegen? Und würde man sie nicht sofort verhaften? Und anschließend ihre Eltern informieren?

„Wir kennen uns tatsächlich, nicht wahr?“, fragte Frau Bartel jetzt in sehr viel gemäßigterem Tonfall.

Cordula schüttelte den Kopf. „Nicht, dass ich wüsste“, entgegnete sie und rappelte sich ein weiteres Mal hoch. „Bitte entschuldigen Sie.“ Sie sah Frau Bartel ängstlich und flehentlich zugleich an und ging langsam ein paar Schritte rückwärts. Als niemand sie hinderte, drehte sie sich um und begann schon wieder zu laufen. Sie floh regelrecht aus der Praxis, lief auf die Straße hinaus, dann immer weiter und weiter, bis sie sich endlich in Sicherheit fühlte.

Kapitel 12

Wenn Cordula gehofft hatte, dass es ihr nach dem Arztbesuch endlich besser gehen würde, dann hatte sie sich gründlich getäuscht.

An den ersten Tagen wurde sie von der Befürchtung beherrscht, Frau Bartel könnte doch noch eingefallen sein, wer sie war. Wenn sie ihrer Pflegemutter begegnete, erforschte sie angstvoll jede Regung in ihrem Gesicht. Wusste sie bereits Bescheid? Noch schlimmer war es, wenn bei ihr zu Hause das Telefon klingelte. Dann schwitzte sie regelmäßig Blut und Wasser.

Nach zwei Wochen, in denen nichts geschehen war, ließ diese Angst allmählich nach.

Aber dann kam sie eines Tages nichts ahnend von der Schule nach Hause, schloss die Wohnungstür auf und – erstarrte. Was war denn hier auf einmal los? Schon der Flur war nicht mehr wiederzuerkennen. Die Kisten und Kartons waren allesamt verschwunden, alles wirkte vollkommen aufgeräumt. Und dann erst dieser Geruch! Sie schnüffelte einen Moment umher. Es roch irgendwie *sauber* – oder nein, eigentlich roch es, als hätte jemand eine Überdosis Putzmittel in der ganzen Wohnung verteilt. Sie überlegte. Diese Gerüche kannte sie besser als irgendjemand sonst. Da mischte sich der Apfelduft des WC-Reinigers mit dem Zitronengeruch des Scheuermittels. Aber wie war das möglich? Ihre Mutter putzte doch sonst nie freiwillig!

Zögernd setzte sie einen Schritt vor den anderen, ging nach links zur Badezimmertür und öffnete diese. Der Anblick, der sie erwartete, ließ beinahe ihre Kinnlade herunterklappen. Das Badezimmer blitzte ja nur so! Die Dreckwäsche, die normalerweise dort herumlag – verschwunden! Das Waschbecken – geschrubbt! Das Durcheinander von Haarsprayflaschen, Parfumflakons, Badezusätzen, Rasierwassern, Seifen und Schminkutensilien, das bis heute Morgen noch sämtliche Ablageflächen bevölkert hatte – entfernt! Kein einziges Haar auf dem Fußboden, kein Staubkörnchen mehr – nichts! Ungläubig betrat sie das Badezimmer, ging zur Toilette hinüber und öffnete den Deckel. Jetzt musste sie es wirklich ganz genau wissen. Und tatsächlich, auch das Klo war frisch geputzt! Sie schüttelte fassungslos den Kopf. Was hatte das zu bedeuten?

Sie verließ das Badezimmer wieder, ging in Richtung Küche und wollte auch diese Tür öffnen. Seltsamerweise gelang ihr das nicht. Die Tür war fest verschlossen und der Schlüssel nirgends zu entdecken.

Jetzt war ihre Verwirrung endgültig komplett. Mit offenem Mund und hochgezogenen Brauen starrte sie auf die Türklinke. Aber dann vernahm sie plötzlich Geräusche und drehte den Kopf. Hörte sie da nicht Stimmen aus dem Wohnzimmer? Auf leisen Sohlen schlich sie zur Wohnzimmertür. Wirklich, das klang nach einer Unterhaltung. Wieso war ihr das nicht früher aufgefallen? Und wer um alles in der Welt unterhielt sich da so leise und gedämpft? Ihre Eltern konnten es nicht sein, die schrieen doch sonst immer nur herum. Aber Besuch? Den bekamen sie doch eigentlich auch nie!

Voller Neugier näherte sich Cordula mit dem Ohr dem Türblatt, als die Tür auf einmal geöffnet wurde und direkt gegen ihren Kopf prallte. Mit einem Aufschrei fiel Cordula zu Boden.

„Oh, mein Liebling, hast du dir was getan?", rief eine Frauenstimme, die größte Besorgnis verriet.

Cordula hielt sich stöhnend den Kopf und fragte sich dabei, wer sie gerade angesprochen haben mochte. Die Stimme kam ihr bekannt vor – und dann auch wieder nicht, nicht in diesem Tonfall zumindest.

„Soll ich dir Eiswürfel holen?", fuhr die Stimme fort.

Cordula stemmte sich in eine sitzende Position hoch und starrte in das Gesicht ihrer Pflegemutter. „Mama?“, hauchte sie ungläubig. Ihre Pflegemutter klang nicht nur befremdlich, sie sah auch befremdlich aus. Ihr sonst eher ungepflegtes Erscheinungsbild hatte sich von Grund auf gewandelt. Sie trug eine moderne beige Steghose und eine kurzärmelige Bluse. Ihre glatten Haare hingen nicht wie sonst in traurigen Strähnen von ihrem Kopf herunter, sondern waren frisch gewaschen und geföntt.

Sie warf Cordula einen warnenden Blick zu. „Wir haben Besuch, mein Schatz. Sag bitte Frau Blumenthal guten Tag.“

Cordula sah an ihrer Mutter vorbei ins Wohnzimmer. Es wunderte sie nicht mehr, dass auch dieser Raum picobello aufgeräumt war. Auf dem alten, aber noch recht ansehnlichen Sofa saß eine Frau von vielleicht Anfang 30, die Cordula noch nie gesehen hatte. Sie war recht hübsch, auf jeden Fall hatte sie eine gute Figur. Sie war schlank und dabei eher locker gekleidet. Jedenfalls trug sie Jeans und ein leuchtend rotes T-Shirt. Ihre mittelblonden Haare waren mit hellblonden Strähnchen versehen und ziemlich kurz geschnitten.

Als Cordula sie fragend ansah, lächelte ihr die Frau freundlich zu. „Du musst Cordula sein“, sagte sie sanft.

Cordula verstand noch immer nichts. Sie stand auf, rieb noch einmal kurz die bereits anschwellende Beule an ihrem Kopf und ging dann ins Wohnzimmer. Artig streckte sie Frau Blumenthal ihre Hand entgegen und sagte leise: „Guten Tag.“

Der Händedruck der jungen Frau war warm und fest. „Setz dich doch zu mir“, sagte sie und deutete auf den Platz zu ihrer Rechten.

Cordula warf ihrer Pflegemutter einen fragenden Blick zu. Als diese überfreundlich nickte, setzte sie sich.

„Ich komme vom Landkreis“, sagte die Frau, „Pflegekinderdienst.“

Cordulas Augen weiteten sich vor Schreck. Pflegekinderdienst? Hinter ihrer Stirn überschlugen sich die Gedanken. Sie hatte seit Jahren keinen persönlichen Kontakt mit dem Pflegekinderdienst gehabt. An den letzten Besuch konnte sie sich kaum noch erinnern. Warum also kam gerade jetzt jemand?

Sie konnte das Schaudern nicht unterdrücken, das die mögliche Antwort über ihren Rücken jagte. Die Schwangerschaft. Der Besuch beim Frauenarzt. Der Pflegekinderdienst musste irgendwie Wind davon bekommen haben. Ob Frau Bartel ihn informiert hatte?

Voller Angst sah Cordula zu ihrer Mutter herüber. Aber Ilse Schubert trug noch immer dieses undurchsichtige Dauerlächeln spazieren, von dem Cordula nur allzu gut wusste, dass es aufgesetzt war.

„Wie geht es dir im Moment so, Cordula?“, fragte Frau Blumenthal.

Ob das eine Anspielung auf ihren Zustand war? Wieder hastete ihr Blick prüfend zu ihrer Pflegemutter hinüber. Und da! Obwohl ihre Lippen immer noch lächelten, entdeckte Cordula, wie sich Ilses Augen kurz zu einem drohenden Blick verengten. „G-gut“, sagte Cordula schnell.

„Und wie fühlst du dich hier bei deinen Pflegeeltern aufgehoben?“

Erneut streifte Cordulas Blick ihre Pflegemutter. „Es ... es ist sehr schön hier“, stotterte sie.

Frau Blumenthal seufzte. Dann wandte sie sich an Cordulas Mutter. „Frau Schubert, ob es wohl möglich wäre, dass Sie uns einen Kaffee kochen?“

„Kaffee?“, wiederholte Ilse. „Oh, das tut mir furchtbar Leid. Die Kaffeemaschine ist leider kaputt.“

Cordula wunderte sich allmählich über gar nichts mehr. Heute Morgen hatte die Kaffeemaschine noch anstandslos funktioniert. Aber na ja, seitdem hatte sich viel verändert.

„Dann vielleicht einen Tee?“

„Also, das ist mir wirklich peinlich“, druckste Cordulas Pflegemutter herum. „Aber wir trinken fast nie Tee. Ich hab erst heute Morgen bemerkt, dass er uns ausgegangen ist.“

„Ein Glas Wasser vielleicht?“, probierte die Sozialarbeiterin.

Ilse Schubert strahlte. „Aber selbstverständlich!“ Sie erhob sich, ging zum Wohnzimmerschrank herüber und holte drei Gläser und eine Flasche Mineralwasser daraus hervor.

Cordula zog halb entsetzt, halb amüsiert die Augenbrauen in die Höhe. Seit wann gab es Mineralwasserflaschen im Wohnzimmerschrank? Und wo waren die sonst dort stationierten Schnapsflaschen geblieben? Wenn das so weiterging, würden wohl gleich noch Marsmännchen aus der Lampe hüpfen!

Frau Blumenthal dagegen sah nicht verwundert, sondern eher enttäuscht aus. Während Frau Schubert die Gläser füllte, schien sie krampfhaft über irgendetwas nachzudenken. Schließlich seufzte sie erneut und wandte sich an Cordulas Mutter. „Frau Schubert, würde es Ihnen etwas ausmachen, uns einen Moment allein zu lassen?“

Ilse sah Frau Blumenthal direkt ins Gesicht und sagte schlicht: „Ja.“

„Wie bitte?“, entfuhr es Frau Blumenthal.

„Zwischen Cordula und mir gibt es keinerlei Geheimnisse“, antwortete Frau Schubert fast ein wenig patzig.

„Aber zwischen Cordula und mir gibt es welche", entgegnete die Sozialarbeiterin ruhig, aber äußerst bestimmt.

Cordula sah gespannt in Richtung ihrer Pflegemutter. Sie sah ihr deutlich an, dass sie wütend war. Würde sie gleich ihre Maske fallen lassen?

„Sie haben kein Recht, mich aus meinem eigenen Wohnzimmer zu vertreiben", fauchte Cordulas Mutter.

„Das stimmt", pflichtete Frau Blumenthal ihr bei. „Ist es Ihnen lieber, wenn ich mit Cordula einen Spaziergang unternehme?"

Ilse Schubert rang einen Moment mit sich. Dann zauberte sie das alte Kunstlächeln zurück auf ihr Gesicht und sagte tapfer: „Wenn ich es mir recht überlege, muss ich sowieso mal auf die Toilette."

Die Sozialarbeiterin nickte befreit. Ilse Schubert warf Cordula einen kurzen, warnenden Blick zu und verließ dann den Raum.

„Du machst fast den Eindruck, als hättest du Angst vor deiner Pflegemutter", bemerkte Frau Blumenthal, als sich die Tür wieder geschlossen hatte. Erstaunlicherweise sprach sie beinahe im Flüsterton. Ob sie davon ausging, dass Frau Schubert an der Tür lauschte?

„Aber nein", antwortete Cordula erschrocken. Sie flüsterte ebenfalls. Aber das war auch nicht verwunderlich. Sie *wusste* schließlich, dass das Ohr ihrer Mutter am Türblatt klebte. Warum sonst waren ihre Schritte so schnell verstummt?

„Wie wirst du hier behandelt?", raunte die Sozialarbeiterin.

„G-gut." Cordula war völlig verwirrt. Warum stellte die Frau so seltsame Fragen? Wenn sie unbedingt mit ihr allein sein wollte, dann war doch klar, dass sie von der Schwangerschaft wusste. Wahrscheinlich hatte sie ihrer Mutter noch nichts davon erzählt. Aber warum fing sie dann nicht endlich davon an?

„Hast du den Eindruck, dass deine Pflegeeltern dich lieben?"

Cordula schluckte. Wahrscheinlich fragte sich Frau Blumenthal, warum sie sich im Hinblick auf die Schwangerschaft ihren Pflegeeltern nicht anvertraut hatte. Aber warum sprach sie das nicht offen aus? „Natürlich", antwortete Cordula zutiefst verunsichert.

Frau Blumenthal sagte: „Hör zu, Cordula, ich will ganz ehrlich mit dir sein. In den letzten Jahren hast du keinen Besuch von uns erhalten, weil du schon so lange in dieser Familie lebst und alles ganz gut zu laufen schien. Aber jetzt gibt es doch einen Anlass für eine Überprüfung. Wir haben einen anonymen Hinweis aus der Bevölkerung bekommen, der dich betrifft." Sie seufzte wieder. „Das Ganze ist ein wenig ... wie soll ich sagen ... pikant."

Cordula schnürte sich regelrecht die Kehle zu. Jetzt war es soweit.

„In dem anonymen Brief", fuhr die Sozialarbeiterin fort, „hieß es, dass deine Eltern ...", sie räusperte sich ein wenig verlegen, „ ... nun ja ... asozial seien."

Cordula konnte ihr nicht folgen. Was hatte das denn jetzt mit der Schwangerschaft zu tun?

„Kannst du mit diesem Begriff etwas anfangen?"

Cordula nickte nur.

„Und siehst du das auch so?"

Cordula schüttelte langsam den Kopf.

Die Sozialarbeiterin schien ein wenig aufzuatmen. „Na ja", lächelte sie, „danach sieht es hier ja auch nicht aus." Sie sah sich noch einmal um und murmelte dann halb nachdenklich, halb verunsichert: „Und ich hab meinen Besuch ja auch nur wenige Stunden vorher angekündigt."

„Und was noch?", sagte Cordula tapfer. Sie wollte es endlich hinter sich bringen.

Frau Blumenthal verstand nicht. „Was meinst du?"

„Was stand noch in dem anonymen Brief?"

„Nichts", antwortete die Sozialarbeiterin, „sonst stand nichts darin."

Cordulas Gesichtsausdruck verwandelte sich in ein lebendiges Fragezeichen. Nichts? Und die Schwangerschaft? Was war jetzt damit?

Frau Blumenthal sah Cordula prüfend an. „Was hätte denn drinstehen sollen?"

„Nichts!", beeilte sich Cordula zu versichern. Und dann bildete sich ein fröhliches, unbeschwertes Lächeln auf ihrem Gesicht. „Gar nichts!", beteuerte sie noch einmal. „Ich hab ... nur so gefragt." Innerlich war gerade eine Steinlawine von Cordulas Herz geplumpst. Gar nichts! Die Frau wusste gar nichts!

„Na dann ...", murmelte die Sozialarbeiterin und schien nun ihrerseits ein wenig verwirrt zu sein. Aber sie kam nicht dazu, dieses Gefühl zu kultivieren, denn in diesem Moment öffnete sich die Tür und Cordulas Pflegemutter betrat schon wieder den Raum.

„Fertig?", fragte sie fordernd.

Frau Blumenthal nickte mechanisch und stand dann langsam auf.

„Bleiben Sie doch noch", forderte Frau Schubert ihren Besuch auf. Aber sie klang dabei wenig überzeugend.

„Nein, nein", entgegnete Frau Blumenthal und streckte Cordula die Hand entgegen. „Ich denke, es ist alles geklärt."

Cordula schüttelte die dargebotene Hand und sah dann erleichtert zu, wie sich Frau Blumenthal auch von ihrer Mutter verabschiedete und ging.

Jetzt, wo die Gefahr gebannt war, schwappte eine Flut von Gedanken durch ihren Kopf. Wer hatte den anonymen Brief verfasst? „Asozial" – hatte Frau Berghoff nicht diesen Begriff benutzt? Sollte *sie* den Brief geschrieben haben? Um sie dann tatsächlich bei sich aufzunehmen? Nein, das konnte sie sich nicht vorstellen. Frau Berghoff hätte so etwas nie getan, ohne es vorher mit ihr abzusprechen. Das war es ja gerade, was sie von ihren Pflegeeltern unterschied. Sie respektierte andere Menschen und setzte sich nicht einfach über deren Willen hinweg.

Wirklich ... es wäre wunderbar gewesen, bei Familie Berghoff zu wohnen. Cordula seufzte tief. Dieser Zug war abgefahren! Nach allem, was geschehen war, konnte sie nie mehr einen Fuß über die Schwelle der Berghoffs setzen, nie mehr! Jetzt musste sie hier bleiben ... hier, in dieser furchtbaren –

„Jetzt sitz nicht so da und starr Löcher in die Luft", keifte ihre Pflegemutter, noch bevor sie das Wohnzimmer wieder richtig betreten hatte. „Beseitige lieber das Chaos. Das haben wir schließlich dir zu verdanken!"

Cordula sah sich nach allen Seiten um. Was denn für ein Chaos? Hier war doch ausnahmsweise mal alles ordentlich!

Ilse ging zum Fernseher, stellte ihn an und ließ sich dann mit einem Stoßseufzer auf einen der Sessel fallen. „Das eine sag ich dir", stöhnte sie wohlig, „die nächsten zwei Wochen mach *ich* keinen Finger mehr krumm!"

Cordula stand langsam auf, rührte sich aber nicht. Sie wusste wirklich nicht, was von ihr erwartet wurde.

Ilse Schubert sah sie an und rollte mit den Augen. „Ich frag mich wirklich, wie ausgerechnet *du* Abitur machen willst. Die Küche!"

Ilse kramte jetzt in ihrer Hosentasche herum, holte etwas daraus hervor und warf es Cordula zu. Die fing es auch tatsächlich auf. Es war ein Schlüssel.

„Und koch mir einen Kaffee", fügte Ilse hinzu.

Cordula wurde immer verwirrter. Hatte ihre Mutter nicht gesagt, dass die Kaffeemaschine kaputt war?

„Ginge das eventuell heute noch?", säuselte ihre Mutter entnervt.

Cordula eilte zur Küche. Sie schloss die Tür auf und wollte gerade hindurchstürmen, als sie zurückprallte und wie angewurzelt stehen blieb. Ein paar Sekunden betrachtete sie fassungslos das Durcheinander, das die Küche beherrschte. Alles, was sie im Badezimmer, im Flur und im Wohnzimmer vermisst hatte, stapelte sich dort auf dem Fußboden. Getränkekisten und Kartons verstellten ihr den Weg. Zeitschriften, Toilettenartikel, Vorratsdosen, Kleidungsstücke und vieles mehr lag so verstreut, dass Cordula sich lebhaft vorstellen konnte, wie ihre Mutter das alles einfach ohne Rücksicht auf Verluste in die Küche geworfen hatte.

Jetzt war ihr klar, warum ihre Mutter weder Kaffee noch Tee hatte kochen können. Schon der Weg zur Spüle war schließlich verbarrikadiert.

Mit einem Seufzer krempelte sie die Ärmel ihres Sweatshirts hoch. Der Nachmittag war gerettet!

Kapitel 13

Nach diesem Erlebnis ließ Cordulas Angst, dass ihre Eltern doch noch Wind von ihrem Besuch bei Dr. Wüstefeld bekommen könnten, nach. Aber das half ihr natürlich wenig. Sie war immer noch schwanger! Und mit jeder weiteren Woche, die verging, fragte sie sich, wie lange sie ihren Zustand noch verbergen konnte.

Sicher, ihre Leibesfülle sorgte dafür, dass niemand so schnell einen Verdacht schöpfen würde. Aber was war, wenn irgendwelche Komplikationen auftraten? Und selbst wenn alles problemlos verlief und sie ihren Zustand bis zum Schluss geheim halten konnte, was wäre dann? Sie konnte das Kind ja nicht mutterseelenallein zur Welt bringen. Nein, davor hatte sie viel zu viel Angst. Und selbst wenn ihr auch das gelänge, was sollte sie dann mit dem Kind tun? Wie sollte sie es vor ihren Eltern verbergen? Wie sollte sie selbst dem Zorn ihrer Eltern entgehen?

Unzählige Male versuchte Cordula, sich all diese Gedanken zu verbieten. Sie versuchte, so weiterzuleben wie bisher und das gesamte Thema einfach tief in ihrem Innersten zu vergraben. Aber sie war ja nicht dumm. Irgendwann würde es unweigerlich zur Katastrophe kommen. Sie musste irgendetwas tun, sie musste sich etwas einfallen lassen. Aber was?

War es am Ende vielleicht doch der einzige Ausweg, eine Abtreibung vorzunehmen? Wenn sie ehrlich war, war das eine verführerische Idee. Sie wusste ja, an wen sie sich wenden musste. Und ihr klangen auch noch Dr. Wüstefelds Worte im Ohr: „Sie müssen sich nur ein wenig zusammenreißen, dann gehört Ihr Problem heute Abend schon der Vergangenheit an." Und das stimmte doch auch. Ein kleiner Eingriff, und sie konnte die Nacht mit Tim einfach vergessen. Niemand würde je etwas davon erfahren.

Aber wollte sie das überhaupt? Unabhängig davon, was diese Nacht für Tim bedeutet hatte, für sie selbst bedeutete sie alles. Es war immer noch das Einzigartigste, Wertvollste und Unglaublichste, was in ihrem ganzen Leben geschehen war.

Und dann waren da ja auch noch die ganz, ganz zarten Bewegungen, die sie seit kurzem in ihrem Bauch spürte. Sie waren wie ein Klopfzeichen und es kam ihr vor, als wollten sie sagen: „Hey, hier bin ich, ich bin da!" Und wenn sie sie fühlte, dann durchströmte Cordula tatsächlich so etwas wie ein Glücksgefühl. Ja, es war da, trotz ihrer Ängste und Sorgen. Ein Kind wuchs in ihrem Bauch, ein echtes Kind. Und es gehörte ihr, ihr ganz allein. Es war wie ein Verbündeter, der einzige Mensch, der voll und ganz zu ihr gehörte. Und es war Tims Baby, ein Teil von ihm. Ein Teil von ihm, den ihr niemand nehmen konnte!

Tim ... der Gedanke an ihn zerriss ihr noch immer fast das Herz. Manchmal begegnete sie ihm tagelang nicht und dann ging es ihr etwas besser. Aber wenn sie ihn dann doch aus der Ferne sah und womöglich noch dabei beobachtete, wie er ihr krampfhaft aus dem Weg ging, dann wurden all ihre Wunden wieder aufgerissen.

Manchmal wurde sie auch ein ganz kleines bisschen wütend auf ihn. Warum konnte er nicht wenigstens mal mit ihr reden? Warum entschuldigte er sich nicht? Er musste doch keine Angst vor ihr haben. Schließlich hatte sie ihm längst verziehen. Sie wusste genau, was in ihm vorging. Jetzt, im Nachhinein, konnte sie den Abend sehr gut bewerten. Es war seine Traurigkeit gewesen, die Stimmung, der Alkohol. Dadurch hatte er sich zu etwas hinreißen lassen, was er im Grunde seines Herzens nie gewollt hatte.

Aber trotzdem ... war sie denn nicht einmal eine Aussprache wert?

Wenn sie darüber nachdachte, verspürte sie gelegentlich den Impuls, einfach zu ihm zu gehen und ihn zur Rede zu stellen. Warum erzählte sie ihm nicht einfach, was in dieser Nacht geschehen war? Sie hatten beide einen Fehler gemacht, aber warum sollte sie die Folgen ganz allein ausbaden? Warum zwang sie ihn nicht einfach, ihr zu helfen?

Auch Jesus schien dieser Ansicht zu sein. Wann immer sie ihn um Rat fragte, tauchte Tim vor ihrem geistigen Auge auf. *Er ist der Vater*, wollte Jesus wohl damit sagen. *Er hat ein Recht, die Wahrheit zu erfahren.*

Und dann malte sie sich aus, was geschehen würde. Sie kannte Tim. Er war ein gradliniger, aufrichtiger Mensch. Und er wusste, was Verantwortung bedeutete. Wenn sie ihm erzählte, was geschehen war, dann würde er ganz anders mit ihr umgehen. Er würde zu ihr stehen, egal was es ihn kostete. Wahrscheinlich würde er sie sogar heiraten. Und dann? Hätte sie ihn dann nicht ganz für sich allein? Wäre sie dann nicht am Ziel ihrer Träume?

Es war so ein schöner Gedanke! Und sie wollte ihn so gerne glauben.

Aber sie wusste es besser! Sie wusste, dass es keinen Wert hatte, jemanden an sich zu binden, dessen Herz ihr nicht gehörte. Sie stellte sich vor, wie er sie ansehen und dabei an Verena denken würde. Sie stellte sich seinen unendlich traurigen Gesichtsausdruck vor, die Sehnsucht in seinen Augen.

Nein, das konnte sie nicht ertragen! Das war noch schlimmer als alles andere. Wenn es etwas gab, was sie wirklich wollte, dann war es sein Glück. Das hatte Vorrang, Vorrang vor allem anderen!

Cordulas Entscheidung, Tim auf gar keinen Fall von der Schwangerschaft in Kenntnis zu setzen, hatte sich gerade gefestigt, als es eines Nachmittags an der Tür klingelte. Cordula öffnete nichts ahnend, prallte dann aber zurück, als sie plötzlich Tim vor sich stehen sah.

„Darf ich vielleicht reinkommen?“, fragte er zögernd und sah dabei verlegen auf den Fußboden.

Cordula brauchte ein paar Sekunden, bis sie sich von dem Schock erholt hatte. Sie hatte immer darauf gewartet, dass Tim das Gespräch mit ihr suchte. Aber jetzt, wo es soweit war, hätte sie ihm am liebsten die Tür vor der Nase zugeschlagen. „Ich weiß nicht“, flüsterte sie mit zittriger Stimme.

„Bitte!“, sagte Tim und wagte noch immer nicht, ihr in die Augen zu sehen.

Cordula nickte und trat einen Schritt zur Seite.

Daraufhin trat Tim ein und schloss die Haustür hinter sich. Dann ging er wie selbstverständlich an ihr vorbei in Richtung ihres Zimmers. Er wusste noch von früheren Gelegenheiten, dass es Cordula nicht gestattet war, Besuch in irgendwelche anderen Räume der Wohnung zu führen.

Cordula folgte ihm zögernd. Dann schloss sie die Zimmertür hinter sich und wollte „Setz dich doch“ sagen. Ihre Stimme versagte allerdings kläglich und so musste sie sich erst einmal räuspern, bevor sie den Satz tatsächlich herausbringen konnte.

Tim ging zum Schreibtisch, zog den Bürostuhl dahinter hervor und nahm Platz. Daraufhin klappte Cordula ihr Bett herunter und setzte sich ebenfalls hin. Dann starrte auch sie angestrengt auf den Fußboden. Ein paar Minuten lang sagte keiner der beiden ein Wort.

Irgendwann stieß Tim einen tiefen Seufzer aus. Anschließend begann er stotternd: „Ich ... ich wollte mich bei dir ... na ja ... entschuldigen."

Cordula sah auf und blickte forschend in Tims Gesicht. „Wofür?", fragte sie heiser.

Tim quittierte diese Frage mit einem erstaunten Stirnrunzeln. „Na, für das ...", er zögerte, es fiel ihm sichtlich schwer, darüber zu reden, „was ... wir ... ich meine *ich* ... in dieser Nacht ..."

Cordula senkte den Blick und nickte nur traurig. Er musste gar nicht weiterreden. Sie wusste ohnehin, was er sagen wollte. Alles war genau so, wie sie es eingeschätzt hatte. Er sah seinen Fehler darin, dass er mit ihr geschlafen hatte. Das war es, was er bereute. Nicht mehr und nicht weniger. „Du musst dich nicht dafür entschuldigen", entgegnete sie tapfer. „Es war auch meine Schuld. Wir haben beide einen Fehler gemacht." *Fehler*, alles in ihr rebellierte gegen dieses Wort. Nein, sie hatte keinen Fehler gemacht. Sie hatte diese Nacht gewollt. Und sie bereute sie nicht, niemals. Aber das durfte er nicht wissen. Sie musste jetzt stark sein, um seinetwillen. Sie musste ihn aus seinem schlechten Gewissen entlassen, ihm seine Freiheit zurückgeben.

„Trotzdem", begann er noch einmal, „es hätte ... einfach nicht passieren dürfen."

Aber Cordula schüttelte den Kopf. „Wir hatten zu viel getrunken. Da passieren solche Dinge nun mal."

„Dann ... bist du ... eventuell ... gar nicht sauer auf mich?", fragte er erstaunt.

„Nein", antwortete Cordula und schenkte ihm ein tapferes Lächeln, „bin ich nicht."

Tim sah sie zweifelnd an. „Warum gehst du mir dann so aus dem Weg?"

„Warum gehst *du mir* so aus dem Weg?", fragte Cordula nun ihrerseits.

Tim nickte. „Du hast Recht. Ich bin dir wirklich aus dem Weg gegangen. Ich hatte so ein furchtbar schlechtes Gewissen. Das hat mich fast umgebracht. Aber es ging nicht mehr länger so weiter. Du fehlst mir, weißt du ... ", er stockte, „ich meine ... unsere Freundschaft ... du fehlst mir an allen Ecken und Enden ... du weißt schon ... beim Musikmachen ... als Ratgeberin." Er hielt inne. Dann sah er sie ernst und flehentlich an. „Meinst du, wir könnten die ganze Sache vergessen und einfach da weitermachen, wo wir aufgehört haben?"

„Klar", entgegnete Cordula so fröhlich und unbefangen wie möglich. „Wieso nicht?"

„Wirklich?", rief Tim und sprang vor Begeisterung auf. „Das ist ja toll! Da ... da fällt mir ja wirklich ein Stein vom Herzen. Du kannst dir gar nicht vorstellen, welche Angst ich vor diesem Gespräch hatte. Ehrlich, ich bin tagelang fast gestorben vor Schiss. Und jetzt", er schüttelte ungläubig den Kopf, „ist alles so furchtbar einfach. Ich hätte wirklich schon früher mit dir reden sollen." Er kam zu Cordula herüber und nahm sie spontan in den Arm. „Ich bin ja so erleichtert."

Cordula dagegen musste all ihre Kraft aufbringen, um nicht in Tränen auszubrechen. Tims Umarmung war in dieser Situation beinahe zu viel für sie. Sie rief plötzlich so viele Erinnerungen in ihr wach.

Tim ließ sie endlich wieder los. „Dann wird jetzt alles wieder wie früher, ja? Und du kommst doch auch wieder bei uns vorbei?", fragte er enthusiastisch.

Cordula nickte tapfer. „Klar." In Wirklichkeit aber konnte sie sich kaum vorstellen, dass sie es verkraften würde, Tim wie früher beinahe täglich zu sehen. Sie stand ja schon jetzt am Rande eines Zusammenbruchs.

„Dann wird vielleicht auch bei uns zu Hause die Stimmung wieder besser", fügte Tim nachdenklich hinzu. „Du kannst dir gar nicht vorstellen, was in den letzten Wochen bei uns los war. Schließlich hast du nicht nur mich gemieden, sondern auch Laura. Und ich weiß nicht wieso, aber irgendwie muss sie geahnt haben, dass ich daran nicht ganz unschuldig war. Sie hat mich wirklich permanent nur angegiftet. Na ja, angegiftet hat sie mich ja früher auch schon, wegen Verena, aber in letzter Zeit war es regelrechter Psychoterror." Er lächelte gelöst. „Aber das ist jetzt alles Vergangenheit."

„Apropos Verena", hakte Cordula nach und versuchte dabei, so unbefangen wie möglich zu klingen. „Was macht denn eure Beziehung?" Cordula zitterte ein wenig, während sie diese Frage stellte. Sie hatte furchtbare Angst vor der Antwort, konnte aber einfach nicht anders. Sie musste einfach wissen, was los war. Seit ihre Freundschaft mit Laura beinahe auf dem Nullpunkt angekommen war, hatte sie niemanden mehr, den sie in Bezug auf Tim ausfragen konnte. Also musste sie ihn wohl oder übel selbst fragen.

Tim seufzte. „Um ehrlich zu sein, weiß ich das selbst nicht genau. In letzter Zeit werde ich einfach nicht schlau aus ihr. Offiziell sind wir wohl wieder zusammen. Aber sie ist meistens furchtbar abweisend." Er senkte traurig den Kopf. „Und sie erzählt immer noch überall herum, dass ihre Eltern gegen mich sind. Warum tut sie das? Wenn ich sie frage, bekomme ich keine vernünftige Antwort."

„Liebst du sie denn immer noch?", fragte Cordula leise.

Tim nickte. „Mehr, als ich sagen kann. Und das wird sich auch niemals ändern."

Cordula schloss für einen Moment die Augen. Warum? Warum war das Leben so ungerecht? Warum liebte Tim jemanden, der ihn nicht richtig zurückliebte? Warum konnte er nicht sie, Cordula, lieben, die alles, aber auch wirklich alles für ihn tun würde?

Sie sah Tim in die Augen. Er machte jetzt einen ebenso unglücklichen Eindruck wie sie selbst. Und sie fühlte sich ihm plötzlich noch stärker verbunden als jemals zuvor. Irgendwie teilten sie doch beide das gleiche Schicksal.

❧

Nachdem Tim wenig später gegangen war, saß Cordula noch bis tief in der Nacht auf ihrem Bett und dachte nach.

Sie sah jetzt einiges sehr viel klarer als vorher. Irgendwie hatte sie es ja schon immer gewusst, aber seit vorhin gab es keinen Zweifel mehr daran, dass sie niemals eine Chance bei Tim haben würde. Vielleicht hatte sie es bisher ein wenig verdrängt und tief in ihrem Innersten doch noch auf ein Wunder gehofft. Aber das war jetzt vorbei. Tim liebte Verena, das hatte er ihr unmissverständlich deutlich gemacht. Er liebte sie von ganzem Herzen und das würde Cordula jetzt endlich akzeptieren. Sie würde ihn Verena überlassen, ganz und gar. Und sie würde ihn auch auf gar keinen Fall mit dem Kind zu irgendetwas erpressen.

Und sie wusste noch etwas. Sie wusste, dass sie keinen einzigen Tag mehr in Tims Nähe ertragen konnte. Die heutige Begegnung mit ihm hatte sie unglaublich aufgewühlt und regelrecht aus der Bahn geworfen. Das konnte und wollte sie sich nicht weiter zumuten. Sie musste weg!

Und das Baby? Auch in dieser Hinsicht gab es auf einmal keine Zweifel mehr. Sie konnte Tim nicht haben. Aber sein Kind, das gehörte ihr, ihr ganz allein. Es war ein Teil von Tim, den ihr niemand nehmen konnte. Nein, sie würde es niemals, niemals abtreiben oder sonstwie beseitigen.

Eine seltsame Zuversicht überkam sie. Die Zeit des Grübelns war vorüber. Der einzig mögliche Ausweg lag deutlich vor ihr. Sie musste verschwinden. Weg von Tim und weg von ihren Pflegeeltern. Irgendwo ganz neu anfangen. Ja, das war es.

Und so öffnete sie einfach einen Schrank, kramte eine kleine Tasche daraus hervor und stopfte ein paar ihrer Sachen hinein. Dann klappte sie ihr Bett hoch und schlüpfte leise auf den Flur hinaus. Ihre Eltern schliefen schon und so gelangte Cordula unbehelligt bis auf die Straße. Draußen schlug ihr kühle, klare Luft entgegen und Cordula fühlte sich auf einmal wie befreit. Sie wusste nicht, wie es weitergehen sollte, wusste nicht einmal, wohin sie ging. Aber das war egal. Alles war besser als das, was sie jetzt hatte. Und sie würde es schon schaffen.

Teil 2

Kapitel 14

„Jetzt schlag es ein!", befahl Maik im Flüsterton.

„Wie denn?", entgegnete Timo und klang dabei ziemlich ängstlich.

„Na, wie schon", fuhr Maik ihn an. „Du wickelst dir deine Jacke um den Arm und haust drauf."

„Und wenn uns jemand hört?", wandte Timo ein.

Maik schüttelte genervt den Kopf. Dann drehte er sich zu seinem Kumpel Alex herum und sagte abfällig: „Ey, Alter, du hättest mir ruhig sagen können, dass diese halbe Portion hier erst ein paar Nachhilfestunden braucht."

Alex seufzte. „Mann, Timo", zischte er dann, „wenn du die Hosen voll hast, können wir ja wieder gehen. Aber dann glaub ja nicht, dass ich dir eine zweite Chance besorge."

„Ist ja schon gut", entgegnete Timo. Dann wickelte er seine blaue Jacke um Hand und Arm, schloss die Augen und schlug mit voller Wucht ein paar Mal gegen das kleine Fenster. Es gehörte zu einer steinalten Holztür und zerbrach schnell in tausend Scherben, die allesamt klirrend zu Boden fielen. Timo hielt den Atem an und wagte es gar nicht erst, die Augen wieder zu öffnen. In Gedanken hörte er schon das laute *Tatütata* des Polizeiwagens.

„Aufwachen, mein Süßer", säuselte Maik und tätschelte grinsend Timos Wange. „Der Spaß fängt doch gerade erst an."

Vorsichtig öffnete Timo seine Augen wieder. Es war noch immer fast stockduster um ihn herum. Nur die kleine Taschenlampe an Maiks Schlüsselbund tauchte die Hintertür, vor der sie standen, in ein interessantes bläuliches Licht.

„Was ist jetzt?", herrschte Maik ihn an. „Machen wir den Bruch oder dampfen wir wieder ab?" Man merkte ihm deutlich an, dass er allmählich die Geduld verlor.

Timo schauderte und das lag nicht nur an der kühlen Nachtluft. Er hatte gerade eine Sachbeschädigung begangen und da seine Mutter Rechtsanwältin war, wusste er, was das bedeutete. Wollte er wirklich noch einen Einbruchdiebstahl daraus machen?

„Timo!", mahnte Alex.

„Ja, ja!", entgegnete Timo und schien aus seiner Lethargie zu erwachen. Er näherte sich mit seinem Arm der Tür und schob ihn dann vorsichtig an den restlichen Scherben vorbei durch das Fenster. Dann tastete er innen nach dem Schloss. Das Fenster war zu klein, als dass sie hätten hindurchklettern können. *Bitte, lass keinen Schlüssel im Schloss stecken*, flehte er. Aber wen auch immer er da gebeten hatte, er wurde nicht erhört. Denn sehr zu seiner Verwunderung bekam er jetzt tatsächlich den Kopf eines Schlüssels zu fassen. Das hier war die fürchterlichste Mutprobe, die man sich nur vorstellen konnte. Trotzdem gab er sich einen Ruck und drehte den Schlüssel herum. Er war ohnehin zu weit gegangen, um jetzt noch einen Rückzieher zu machen. Zweimal musste er den Schlüssel rumdrehen, dann ging es nicht mehr weiter.

Maik grunzte zufrieden. „Diese Ladenbesitzer sind doch die reinsten Vollidioten."

„Mach schon auf", flüsterte Alex, der es kaum noch abwarten konnte.

Timo hatte jetzt die Türklinke zu fassen bekommen. In der Hoffnung, dass es vielleicht noch eine weitere Sicherheitsvorrichtung gab, drückte er sie herunter. Doch die Tür ließ sich problemlos öffnen und gab den Weg in einen dunklen, schmalen Flur frei.

„Geil!", freute sich Maik und stürmte zusammen mit Alex an Timo vorbei in das Innere des Hauses. Dann aber bemerkte er, dass Timo an der Tür stehen geblieben war. Er drehte sich noch einmal um, stieß einen theatralischen Seufzer aus und sagte: „Wenn du jetzt kneifst, bist du weg vom Fenster, das garantier ich dir."

Timo atmete noch einmal tief durch. Er wollte unbedingt zu dieser Clique gehören. Und so befahl er sich, einen seiner zitternden Füße vor den anderen zu setzen und Maik und Alex durch den Flur zu folgen. Glücklicherweise hatte er an dessen Ende noch eine weitere Tür entdeckt. Und diese Tür hatte *kein* Fenster. Vielleicht war die ja wenigstens anständig verschlossen. Aber seine Hoffnungen trogen zum dritten Mal. Maik brauchte nur die Türklinke herunterzudrücken und schon konnten sie mit Hilfe der Taschenlampe ins Innere des kleinen Ladens sehen.

Es war eins dieser Relikte aus alter Zeit. Alles und nichts gab es dort zu kaufen. Kleinere Mengen an Lebensmitteln für Hausfrauen, die bei ihrem Großeinkauf in der Stadt irgendetwas vergessen hatten. Zeitschriften in Massen und vor allem Alkohol und Zigaretten. Timo kannte den Laden gut. Er war ein bekannter Anlaufpunkt für Jugendliche, die in den größeren Märkten der Umgebung niemals Alkohol hätten kaufen können. Aber der Ladenbesitzer war ein alter Mann. Vielleicht war er sogar Alkoholiker. Auf jeden Fall brachte er sehr viel Verständnis für die „Bedürfnisse der Jugend" auf, wie er manchmal in seinen Bart murmelte.

Maik hatte den Laden inzwischen betreten und schlich leise durch die engen Gänge. Am Verkaufstresen im hinteren Teil des Ladens blieb er stehen.

„Dann wollen wir doch mal sehen, was du so zu bieten hast“, sagte er und machte sich an der altmodischen Registrierkasse zu schaffen.

Timo eilte hinter ihm her und flüsterte atemlos: „Bist du verrückt? Das war nicht abgesprochen! Wir wollten doch nur Schnaps und ein paar Schachteln Zigaretten mitnehmen!“

Maik schenkte ihm ein überhebliches Lächeln. „Glaubst du wirklich, dass ich so ein Risiko eingehe und dann die Kohle einfach zurücklasse? So blöd kannst du einfach nicht sein.“

Timo drehte sich empört zu Alex um. „Hast du das gewusst?“

Alex zuckte gleichgültig mit den Schultern. „Bruch ist Bruch“, sagte er dann.

„Für mich nicht!“, protestierte Timo.

„Dein Problem“, lächelte Alex.

Timo wollte noch weiter mit ihm diskutieren, aber er wurde abgelenkt, weil sich jetzt mit einem Klingeln die Schublade der Registrierkasse öffnete.

„Na also“, freute sich Maik und leuchtete mit seiner Taschenlampe neugierig hinein. Dann verfinsterte sich sein Blick. „Das gibt's doch nicht“, flüsterte er ungläubig. „Das Ding ist leer!“ Suchend schwenkte er seine Taschenlampe hin und her, hoch und runter. „So 'ne Scheiße“, schimpfte er. Dann drehte er sich zu Timo um und leuchtete ihm mitten ins Gesicht, als wäre der an allem schuld. „Na, da hat unser Hosenscheißer wohl seinen Willen gekriegt, wie?“, fauchte er. Dann rauschte er an ihm vorbei und steuerte auf das Regal mit den Zigaretten zu. „Dann nehmen wir wenigstens die blöden Glimmstängel! Hier“, er fuhr mit seiner Hand durch das Regal und fegte die Zigarettenschachteln auf den Fußboden. „Und hier“, wieder flogen Zigaretten auf den Fußboden, bis das ganze Regal leergeräumt war und sicher an die hundert Schachteln unten lagen. „Und jetzt“, Maiks Tonlage hatte sich geändert, er klang jetzt nicht mehr wütend, sondern eher entschlossen, „hebst du sie auf, und zwar sofort.“

Timo sah von Maik zu den Zigaretten und dann wieder zurück zu Maik. Er wusste nicht so recht, was er jetzt tun sollte.

„Heb sie auf“, befahl Maik noch einmal. „Sofort!“

„Nun mach schon“, beschwor ihn Alex.

Timo verzog das Gesicht. Maiks Kommandoton gefiel ihm ganz und gar nicht. Aber er war nun einmal der Boss dieser Gang, in die Timo so gerne aufgenommen werden wollte. Außerdem war Maik schon 16 und damit ganze zwei Jahre älter als er. Was blieb ihm da schon übrig? Er wollte sich gerade bücken und die ersten Schachteln aufsammeln, als er hörte, wie vor dem Gebäude ein Wagen hielt.

„Die Bullen!", rief Maik entsetzt und war innerhalb von Sekundenbruchteilen in Richtung Hintereingang verschwunden.

„Warte auf mich!", schrie Alex und rannte hinter ihm her.

Und ehe Timo begriff, was geschehen war, fand er sich in vollkommener Dunkelheit wieder. Er starrte geradeaus und versuchte, irgendetwas zu erkennen. Aber er war noch von Maiks Taschenlampe geblendet und so sah er rein gar nichts. Was war, wenn Maik Recht hatte und tatsächlich die Polizei draußen vorgefahren war? Timos Herz schlug jetzt bis zum Hals. *Du musst hier raus*, war der einzig klare Gedanke, den er fassen konnte. Und so lief er einfach los, in die Richtung, in die auch Maik und Alex verschwunden waren.

Aber er kam nicht weit. Er stolperte über den Berg von Zigarettenpackungen und landete polternd auf dem Fußboden. Und obwohl er vor Schmerz aufstöhnte, weil er auf seinen rechten Arm gefallen war, rappelte er sich gleich wieder auf und stolperte panikartig weiter. Mittlerweile hatte er den Zigarettenberg hinter sich gelassen, aber das nützte ihm nichts, weil er sich geringfügig in der Richtung irrte und dadurch frontal gegen eines der Regale prallte. Sofort regneten einige Gegenstände heraus und landeten polternd, krachend und klirrend auf dem Fußboden. Timo hatte jetzt einen Lärm verursacht, der vermutlich die gesamte Nachbarschaft geweckt hatte. Das Adrenalin pumpte durch seinen Körper, so dass er den Schmerz an seinem Kopf kaum spürte und auch nicht bemerkte, wie das Blut an seiner Schläfe hinunterrann. Stattdessen kämpfte er sich zitternd und tastend vorwärts, bis er nach ein paar Minuten tatsächlich die Tür erreichte, durch die er mit Maik und Alex gekommen war. Ein paar Schritte noch durch den Flur, dann hatte er auch die Eingangstür erreicht.

Die Wolken hatten in der Zwischenzeit einen Teil vom Mond freigegeben und so konnte er einigermaßen die Umgebung erkennen. Er wandte sich nach links und wollte gerade im Gebüsch verschwinden, als er eine Männerstimme in scharfem Tonfall rufen hörte: „Stehen bleiben, Polizei!"

Timo erschrak fürchterlich und wirbelte so ruckartig herum, dass er das Gleichgewicht verlor und noch einmal zu Boden ging. Er spürte noch, wie sein Kopf auf dem Pflaster aufschlug, dann verlor er das Bewusstsein.

Kapitel 15

„Hören Sie, Frau Neumann“, flehte die blasse junge Frau, „mein Mann ist unschuldig, wirklich. Es kann gar nicht anders sein. Und Sie, Sie müssen das beweisen. Bitte, bitte, Sie sind unsere einzige Hoffnung!“

Cora schenkte der Frau einen mitfühlenden Blick. Sie war nur selten mit einem Fall betraut gewesen, der ihr derart nahe gegangen war. „Ich kann mir vorstellen, was Sie gerade durchmachen“, erwiderte sie leise. Aber sie wusste selbst, dass das gelogen war. Wer konnte auch nachvollziehen, was die Mutter dreier kleiner Kinder empfand, deren Mann gerade wegen Mordes in Tateinheit mit Kindesmissbrauch verhaftet worden war?

„Sie glauben mir nicht!“, jammerte die Frau, die etwas unscheinbar war, aber trotzdem sympathische Gesichtszüge hatte. „Und das verstehe ich nicht! Ich habe Ihnen doch gesagt, dass mein Mann der beste Ehemann und Vater der Welt ist. Und ... und das ist noch untertrieben. Sie hätten ihn sehen sollen, wie liebevoll er mit Sandra und Michaela umgegangen ist. Da war nichts, aber auch rein gar nichts, was irgendeinen Verdacht hervorrufen könnte. Und dann ...“, die Frau stockte jetzt ein wenig, weil sie im Begriff war, ein Thema anzuschneiden, das ihr überaus peinlich war, „meine ... ich meine ... unsere Beziehung ... Sie wissen schon ... in sexueller Hinsicht. Ich bin sicher, dass mein Mann“, sie schüttelte den Kopf, weil sie nicht wusste, wie sie es ausdrücken sollte, „immer sehr zufrieden war ... in jeder Hinsicht, wenn Sie wissen, was ich meine.“

Cora senkte den Kopf. Wie sollte sie der Frau nur verständlich machen, dass ihr Ehemann eindeutig des heimtückischen Mordes an einem achtjährigen Mädchen überführt worden war? „Frau Tönjes“, begann sie sanft, musste dann aber innehalten und erst einmal niesen. Im Büro hatte sie immer die meisten Schwierigkeiten mit der Hausstauballergie, die vor ein paar Jahren urplötzlich aufgetaucht war. Dann fuhr sie fort: „Ich glaube Ihnen wirklich jedes Wort, aber die Beweislage ist erdrückend. Nehmen wir zum Beispiel die DNA-Analyse –“

„Ein Irrtum“, rief Frau Tönjes verzweifelt, „das ist die einzige Erklärung. Wir wissen doch beide, dass Menschen nun einmal Fehler machen. Und nicht nur Menschen“, fuhr sie eifrig fort, „auch Geräte können irren. Hab ich nicht Recht?“

„Grundsätzlich schon“, gab Cora ihr Recht, „aber in diesem Fall ist das wirklich mehr als unwahrscheinlich. Da sind doch auch noch die

Haare des Mädchens, die im Wagen Ihres Mannes gefunden wurden und dann –“

„Untergeschoben!“, rief Frau Tönjes und wirkte jetzt regelrecht hysterisch. „Diese Polizeibeamten ... das ... das ... hat man doch schon in Filmen gesehen ... die brauchen einen Sündenbock... besonders in Fällen wie diesem, wo die Öffentlichkeit so viel Anteil nimmt.“ Frau Tönjes sprang jetzt auf und begann, unruhig im Büro herumzuwandern. „Jetzt glauben Sie mir doch endlich, Frau Neumann, bitte!“

Cora konnte so gut verstehen, dass diese Frau die entsetzliche Realität nicht wahrhaben wollte. Aber sie wusste auch, dass sie ihr keinen Gefallen tat, wenn sie unberechtigte Hoffnungen in ihr weckte. „Hören Sie, Frau Tönjes“, begann sie vorsichtig, „manchmal ist die Wahrheit nicht so, wie wir sie gerne hätten. Aber auch dann ist es nötig, sie zu akzeptieren.“

„Nein, nein, nein“, widersprach Frau Tönjes ärgerlich, „Sie haben ja keine Ahnung. Ich, *ich* bin die Einzige, die meinen Mann wirklich kennt. Und ich sage Ihnen, dass er niemals in der Lage wäre, etwas Derartiges zu tun.“

Cora blieb ruhig, auch wenn sie sich allmählich genervt fühlte. „Niemand kennt einen anderen Menschen durch und durch“, entgegnete sie mit fester Stimme, „niemand. Menschen können sich verstellen, sie können Rollen spielen. Manchmal haben sie sogar zwei Gesichter, zwei völlig unterschiedliche Identitäten.“ Sie seufzte und musste an ihre eigene Vergangenheit denken. Niemand in ihrem Umfeld wusste davon. „Und manchmal sind es gerade die engsten Familienangehörigen, Ehepartner, Kinder, die wir täuschen.“ Cora sah in Frau Tönjes Gesicht und hoffte auf ein wenig Einsicht. Aber ihre Züge waren versteinert und es war nur noch Härte darin zu entdecken.

„Sie wollen mir also nicht helfen“, sagte sie kühl, ja beinahe hasserfüllt.

„Ich *kann* Ihnen nicht helfen“, erwiderte Cora freundlich.

„Dann muss ich mir wohl einen anderen Anwalt suchen“, fauchte Frau Tönjes.

Cora zuckte mit den Schultern. „Das steht Ihnen natürlich frei.“

Frau Tönjes würdigte Cora keines weiteren Blickes, schnappte sich nur wortlos ihre Handtasche und stürmte auf die Tür zu. Als sie sie aufriss, stieß sie beinahe mit Matthias Wendt zusammen, der gerade im Begriff war, an Coras Tür zu klopfen.

„Oh, Verzeihung“, rief Coras Kollege aus.

Aber Frau Tönjes reagierte gar nicht darauf, sondern stampfte an ihm vorbei in Richtung Ausgang.

„Ups!“, bemerkte Matthias und sah prüfend zu Cora hinüber. „Das ist wohl nicht besonders gut gelaufen, wie?“

Cora schüttelte traurig den Kopf. „Kann man nicht sagen.“

„Lass mich raten“, begann Matthias, „sie liebt ihren Mann und ist felsenfest davon überzeugt, dass er unschuldig ist. Und kein Beweis dieser Welt kann das ändern.“

Cora nickte. „Du hast den Nagel auf den Kopf getroffen.“

„Was hat er, was ich nicht habe?“, seufzte Matthias scherzhaft und sah bedeutungsvoll zu Cora herüber. Er war vom ersten Tag an hinter ihr her gewesen und hatte auch nie einen Hehl daraus gemacht. Cora war in seinen Augen eine äußerst ansprechende Erscheinung. Sie war klein und zierlich mit einer wohlgeformten Figur. Ihre dunkelbraunen vollen und leicht gelockten Haare trug sie in einer modernen Kurzhaarfrisur, bei der das Deckhaar etwas länger geblieben, der Nacken aber raspelkurz geschnitten war. Das Faszinierendste an Cora aber waren die großen wasserblauen Augen, bei denen man nie genau wusste, was hinter ihnen vorging. Sie waren von langen dunklen Wimpern umrahmt und einfach wunderschön. Und es störte Matthias auch überhaupt nicht, dass Cora sich eher sportlich als damenhaft gab und anzog. Er fand, dass dieser Stil genau zu ihrer unkomplizierten und unaffektierten Art passte.

Cora quittierte Matthias' Bemerkung mit einem Grinsen, sagte aber nichts dazu. Sie hatte sich an seine harmlosen Flirtversuche gewöhnt und ignorierte sie einfach. Leider funktionierte das meist nicht so richtig. Und auch diesmal sah sich Matthias wohl gezwungen, noch deutlicher zu werden. Jedenfalls stieß er einen theatralischen Seufzer aus, setzte seinen treusten Hundeblick auf und jammerte: „Ach, Cora, warum erhörst du mich nicht endlich? Du musst doch einsehen, dass ich der netteste und verliebteste Trottel weit und breit bin. Und dass du einfach keinen Besseren finden wirst!“

„Da hast du natürlich Recht“, lächelte Cora. „Das Problem ist nur, dass ich gar nicht auf der Suche bin. Ich finde, dass eine Frau auch ohne Mann ganz gut zurechtkommt.“

Matthias sah Cora prüfend in die Augen und sagte dann ungewohnt ernst: „Wer hat dir nur das Herz gebrochen, schöne Frau?“

Coras Lächeln gefror regelrecht auf ihren Lippen und sie sah Matthias erschrocken an. Seit wann traf ihr Kollege, der sonst eigentlich nur für locker-flockige Sprüche gut war, so zielsicher mitten ins Schwarze?

Matthias bemerkte ihre Betroffenheit und nickte. „Dachte ich's mir doch.“

Cora ließ ihre Gedanken in die Vergangenheit schweifen. Warum ließ es sie nach all diesen Jahren immer noch nicht los, dieses *eine*, besondere Gesicht? Und warum tat ihr diese Erinnerung immer noch so weh?

„Möchtest du darüber reden?“, fragte Matthias.

Cora schüttelte traurig den Kopf.

„Aber stimmst du mir nicht zu, dass es manchmal hilfreich ist, das Vergangene hinter sich zu lassen? Und vielleicht ist es in deinem Fall gerade eine neue Beziehung, die dich dazu befähigen würde.“

Cora sah Matthias ein wenig mitleidig an. Es tat ihr Leid, dass sie ihn schon so lange abwies. Er war ja auch wirklich ein ausgesprochen netter Kerl und sie war froh, dass sie ihn zum Freund hatte. Aber mehr? Nein. Mehr konnte sie sich einfach nicht vorstellen. Dazu hatte er zu wenig Tiefgang, viel weniger als ... Sie schüttelte den Kopf, als würde es ihr helfen, den Gedanken wieder loszuwerden. Wie lange wollte sie diesem *Einen* denn noch hinterhertrauern? Das Ganze war doch ewig her, sie war damals noch ein Kind gewesen. So etwas konnte einen doch unmöglich ein ganzes Leben lang verfolgen!

„Na, was meinst du?“, drängelte Matthias. „Manchmal muss man im Leben einfach mal was Neues wagen.“

Aber Cora schüttelte erneut den Kopf. „Ich kann nicht, Matthias, es tut mir Leid.“

Matthias wirkte enttäuscht. Dann aber kam ihm ein neuer Gedanke. Ein Gedanke, der mit Coras wundem Punkt zu tun hatte. „Aber was ist mit Timo?“, fragte er plötzlich. „Hast du nicht selbst mal gesagt, dass er einen Vater braucht? Und ... und du hast auch gesagt, dass er mich ganz nett findet. Weißt du noch? Hey, es klingt vielleicht verrückt, aber es würde mich nicht stören, wenn du mich ... du weißt schon ... seinetwegen ... ich meine ... mit der Zeit würdest du schon lernen, mich zu lieben.“

Cora sah Matthias ungläubig an. Hatte er das etwa ernst gemeint? Mochte er sie wirklich *so sehr?* „Du bist total verrückt, Matthias“, sagte sie ernst.

„Nein, bin ich nicht“, beteuerte Matthias. „Und ich wäre bestimmt ein guter Vater. Ich könnte ... Fußballspiele mit ihm besuchen ... oder ... mit ihm zelten fahren ... oder...“

Cora musste jetzt direkt ein wenig lachen. „Jetzt hör aber auf. Du hast absolut keine Ahnung, was du dir da aufhalsen würdest. Timo ist nicht so, wie du denkst. Er ist unausstehlich. Es würde keine zwei Wochen dauern, bis er dich aus der Wohnung geekelt hätte. Glaub mir, du würdest dir die Zähne an ihm ausbeißen.“

„So wie du?“, fragte Matthias ernst.

„Ja“, nickte Cora und schlug traurig die Augen nieder, „genauso.“

„Dann kommst du immer noch nicht besser mit ihm zurecht?“

Cora stieß einen abgrundtiefen Seufzer aus. „Zurechtkommen?“, fragte sie zynisch. „Was ist die Bedeutung dieses Wortes?“

„Und woran liegt's?“, fragte Matthias.

Cora holte gerade Luft, um etwas dazu zu sagen, als ihr Telefon läutete. Am Klingeln hörte sie, dass es sich um ein Gespräch innerhalb des Hauses handeln musste. „Neumann?“, meldete sie sich.

„Ich bin's, Susanne“, hörte sie die tiefe Stimme einer der ältesten und sympathischsten Mitarbeiterinnen der Kanzlei sagen, „ich hab hier ein Gespräch für dich in der Leitung.“

„Okay“, entgegnete Cora. „In welcher Sache?“

Für den Bruchteil einer Sekunde herrschte Schweigen in der Leitung. „Na ja ... also ... es hat sich so angehört, als wäre es etwas Privates“, stammelte Susanne Fink.

„Ach ja?“, wunderte sich Cora. Sie wurde selten privat angerufen. Schließlich hatte sie auch nur ein sehr kärgliches Privatleben. „Und wer ist dran?“

„Ich hoffe, es ist nichts Schlimmes“, erwiderte Susanne zögernd.

Allmählich kam Cora das Verhalten ihrer Kollegin etwas komisch vor. „Nun sag schon, wer dran ist.“

„Die Polizei.“

Coras Herzfrequenz verdoppelte sich innerhalb von Sekunden. Ob Timo wieder einmal etwas angestellt hatte? „Dann stell sie mal durch“, sagte sie und versuchte dabei krampfhaft, das Zittern in ihrer Stimme zu unterdrücken. Sofort klickte es in der Leitung. „Neumann?“, sagte Cora nervös.

„Altenburg, Polizei Heidelberg“, meldete sich eine reservierte Männerstimme. „Sind Sie Cora Neumann?“

„Ja“, bestätigte Cora und fragte dann sofort, „ist irgendetwas mit meinem Sohn?“

„In der Tat“, antwortete Herr Altenburg. „Ich muss Ihnen leider sagen, dass er ins Zentralkrankenhaus eingeliefert wurde. Aber machen Sie sich jetzt bitte keine allzu großen Sorgen. Er hat nur eine leichte Gehirnerschütterung und ein paar Prellungen.“

Cora war schon aufgesprungen. „Ich werde sofort hinfahren“, keuchte sie atemlos ins Telefon.

„Moment noch!“, rief der Beamte mit plötzlicher Schärfe.

Cora hielt in ihrer Bewegung inne. „Ja?“

„Ich möchte Ihnen noch ein paar Fragen stellen.“

Cora atmete langsam aus und setzte sich wieder hin. Ihr schwante, dass das Gespräch jetzt erst richtig anfing. „Was für Fragen?"

„Zum Beispiel, wann Sie Ihren Sohn zuletzt gesehen haben."

„Na, gestern Abend natürlich", erwiderte Cora.

„Und heute Morgen", hakte der Polizeibeamte nach, „ist Ihnen da nicht aufgefallen, dass Ihr Sohn nicht zu Hause war?"

„Nein", stammelte Cora, „ist es nicht ... ich gehe ja vor ihm aus dem Haus ... aber ... ich meine ... wann ist der Unfall denn passiert?"

Herr Altenburg schwieg einen Moment. „Wie kommen Sie denn darauf, dass Ihr Sohn einen Unfall hatte?"

Cora sagte gar nichts. Sie musste sich erst einmal sammeln. Was sollten die komischen Fragen? Und warum lag Timo im Krankenhaus? Sie hatte ihn doch gestern Abend in sein Zimmer verabschiedet. Und jetzt war es erst kurz nach zehn Uhr morgens. Was konnte er in dieser kurzen Zeit schon angestellt haben? Und dieser Polizeibeamte, warum vermittelte er ihr das Gefühl, dass sie sich als Mutter auf dem Prüfstand befand? Warum hatte sie den Eindruck, sich verteidigen zu müssen? Sie atmete einmal tief durch. Dann hatte sie sich so weit gefangen, dass ihre professionelle Ader wieder durchkam. „Herr Altenburg", sagte sie fest und bestimmt, „Sie werden mir jetzt sofort mitteilen, wann und wie sich mein Sohn die von Ihnen beschriebenen Verletzungen zugezogen hat."

„Das war gestern Nacht", entgegnete der Beamte kühl, „während der Flucht aus dem Gemischtwarenladen, in den er zuvor eingebrochen war."

Cora unterdrückte ein Stöhnen. Irgendwie bezweifelte sie kein einziges Wort von dem, was sie da gerade gehört hatte. Timo war ihr schon seit längerem immer mehr entglitten. Er trieb sich mit zweifelhaften „Freunden" herum und war unverschämt zu ihr. So sehr sie es auch versuchte, es gelang ihr einfach nicht mehr, mit ihm zu reden. Und wenn sie ehrlich war, hatte sie nur darauf gewartet, dass es zum großen Knall kam. Jetzt war es also soweit. Der Sohn einer Strafverteidigerin, ein Kleinkrimineller. Fast zeitgleich aber kehrte ihr schwarzer Humor zu ihr zurück. *Na ja*, dachte sie mit einem zaghaften Grinsen, *wenigstens hat er einen guten Anwalt*. Und so sagte sie laut: „Unter diesen Umständen nehmen Sie doch bitte zur Kenntnis, Herr Altenburg, dass *ich* seine Verteidigerin bin."

„Oh, tatsächlich", antwortete der Polizeibeamte erstaunt und amüsiert zugleich, „das trifft sich aber gut. Haben Sie mit dieser Art von – sagen wir ... Aufgabenteilung – schon Erfahrung?"

Cora schnappte nach Luft und wurde postwendend von einem

Niesanfall heimgesucht. Während sie in ein Taschentuch schnaubte, ärgerte sie sich fürchterlich über ihren Gesprächspartner. Was bildete sich dieser Kerl eigentlich ein? Erst überbrachte er Hiobsbotschaften und dann wurde er auch noch frech. Ihre Stimme, die aufgrund der Allergie eigentlich immer ein wenig rau klang, zitterte vor Wut, als sie entgegnete: „Wenn Sie sich diese Frage nicht selbst beantworten können, Herr Altenburg, dann sollten Sie vielleicht über einen Berufswechsel nachdenken."

„Häh?", machte Herr Altenburg nur. Er hatte nicht den blassesten Schimmer, worauf Cora hinaus wollte.

„Polizeiarbeit!", entgegnete Cora gereizt. „Meine langjährige und bisher übrigens recht harmonische Zusammenarbeit mit Ihrer Behörde hat mich nämlich gelehrt, dass die Daten eines Verdächtigen immer erst einmal durch den Computer geschickt und mit den vorhandenen Informationen abgeglichen werden. Und wenn Sie diesen Arbeitsschritt ordnungsgemäß erledigt hätten, dann wüssten Sie, dass mein Sohn vorher noch nie auffällig war."

„Ich werd's mir merken", erwiderte Herr Altenburg mindestens ebenso gereizt.

„Schön", freute sich Cora und kam jetzt erst richtig in Fahrt, „und wenn Sie schon dabei sind, dann merken Sie sich doch auch, dass ich Ihnen untersage, meinen Sohn in meiner Abwesenheit zu befragen. Kriegen Sie das hin?"

„Natürlich", antwortete der Polizeibeamte und lachte herablassend auf, „kein Problem. Wenn Sie Ihren Sohn ausreichend instruiert haben, sagen Sie mir einfach Bescheid."

„Wir leben in einem Rechtsstaat, Herr Altenburg", konterte Cora. „Es ist die Aufgabe eines Rechtsanwalts, seine Mandanten bei der Befragung durch die Polizei so zu begleiten, dass sie sich nicht selbst belasten. Davon haben Sie doch schon gehört, oder?"

„Oh, ja, ich hatte schon pausenlos mit Rechtsverdrehern ... äh ... Rechtsvertretern zu tun", stammelte der Polizist geschickt. „Aber erstaunlicherweise ist es mir trotzdem manchmal gelungen, der Gerechtigkeit zum Siege zu verhelfen. Und glauben Sie mir, dieses Ziel werde ich auch weiterhin verfolgen."

„Solange Sie dabei nicht vergessen, dass jeder Tatverdächtige bis zu seiner Verurteilung als unschuldig gilt, habe ich damit überhaupt kein Problem", konterte Cora.

„Und solange Sie nicht vergessen, dass wir Ihren Sohn auf frischer Tat ertappt haben, werden Sie dabei auch den nötigen Realismus nicht verlieren", säuselte Herr Altenburg.

Cora sagte nichts dazu. Ihr war plötzlich bewusst geworden, dass sie nicht im Gerichtssaal war und dass es hier nicht um Sieg oder Niederlage, sondern um ihren Sohn ging. Und dass sie noch nicht einmal wusste, wie es überhaupt um Timo stand. „Sie haben wohl keine Kinder, Herr Altenburg", sagte sie ins Telefon.

Jetzt war es der Polizeibeamte, der schwieg.

„Ich gehe jetzt zu meinem Sohn", sagte Cora einfach und legte den Hörer auf.

❧

Cora stand eine geschlagene Viertelstunde vor der Tür des Krankenzimmers, bevor sie den Mut aufbrachte anzuklopfen und die Tür zu öffnen.

Timo war in einem Vierbettzimmer untergebracht. Sein Bett, dessen Rückenlehne fast senkrecht stand, befand sich hinten rechts, direkt vor dem Fenster. Obwohl er nur mit Boxershorts bekleidet war, hatte er die Bettdecke weit von sich geschoben. So halbnackt wirkte er besonders dürr und schlaksig.

Als er seine Mutter erblickte, verfinsterte sich sein Blick. Dann sah er demonstrativ zum Fenster hinaus und schien jeden Regentropfen vom Himmel bis auf den Boden zu verfolgen.

Cora zog ihren dünnen hellgrauen Sommermantel aus. Sie hängte ihn sich über den Arm und ging dann langsam auf Timo zu. Sie fühlte sich nicht gerade wohl in ihrer Haut. Die ganze Situation war irgendwie befremdlich für sie. Sie wusste nicht, wie sie Timo begegnen sollte. Sie konnte ja nicht mal ungestört mit ihm sprechen. Außerdem gefiel ihr die Umgebung nicht. Das Zimmer war schrecklich kühl eingerichtet. Die Wände waren weiß verputzt, die Schränke weiß lackiert, die Krankenbetten mit schneeweißer Bettwäsche bezogen. Cora schauderte ein wenig. Hier sah alles so steril aus, dass sie sich kaum traute, irgendetwas anzufassen. Instinktiv sog sie ein wenig Luft durch ihre Nase ein. Aber auch jetzt nahm sie nichts wirklich Fassbares wahr. Es roch nach gar nichts, nicht mal nach Desinfektionsmittel. Und Cora fühlte sich auf einmal wie im Niemandsland...

„Hallo", sagte sie fast tonlos, als sie das Krankenbett erreicht hatte. Erwartungsvoll schaute sie Timo an. Sein Gesicht war kreidebleich, sein Kopf in Stirnhöhe mit einem Verband umwickelt. Darüber standen ihm die mittelblonden krausen Haare wie Kresse zu Berge. Alles in allem sah er ziemlich mitleiderregend aus.

„Hallo", antwortete Timo, ohne seine Mutter anzusehen.

Cora drehte sich verlegen zu den anderen Kranken um. Die unsichtbare Wand zwischen ihr und ihrem Sohn war auch für Dritte unübersehbar und das war ihr ausgesprochen peinlich. Ob es ihr wohl heute gelingen würde, ein einigermaßen konstruktives Gespräch mit ihrem Sohn zu führen? Sie hatte es sich vorgenommen, wusste aber beim besten Willen nicht, wie sie es anstellen sollte. „Ich hab dir ein paar Sachen mitgebracht", sagte sie, um das Schweigen zu durchbrechen.

Für einen ganz kurzen Moment streifte Timos Blick sie. „Danke", entgegnete er. Sein Blick blieb an der kleinen Reisetasche hängen, die Cora in ihrer Hand hielt. „Mein Schrank ist da hinten, zweite Tür von links." Er deutete auf einen Kleiderschrank, der sich direkt neben der Tür befand.

Cora nickte und ging auf den Schrank zu. Sie war froh, dass sie irgendetwas tun konnte und so öffnete sie den Schrank, räumte betont langsam die Unterwäsche und übrigen Kleidungsstücke hinein und schloss ihn dann wieder. Dann ging sie zum Bett zurück.

„Darf ich mich setzen?"

„Klar", antwortete Timo und wich ihrem Blick immer noch aus.

Cora nahm auf dem Bett Platz und wartete. Sie hatte die Hoffnung, dass Timo von sich aus das Gespräch beginnen würde, noch nicht aufgegeben. Aber Timo sagte gar nichts. Er trommelte nur nervös mit seinen Händen auf der Bettdecke herum und sah zum Fenster hinaus.

Irgendwann verließ Cora die Geduld. Sie legte ihre Hand auf Timos Hände und sagte sanft: „Reden wir?"

Timo zuckte mit den Schultern. „Worüber?"

„Zum Beispiel über gestern Nacht", entgegnete Cora und klang dabei schon wieder ein ganz kleines bisschen gereizt.

„Ach wirklich?", antwortete Timo. „Und ich dachte, dass du dich nach meinem Gesundheitszustand erkundigen wolltest."

„Das habe ich bereits", konterte seine Mutter. „Und das Ergebnis war beruhigend. Du hast eine leichte Gehirnerschütterung. Aber die Schwester hat mir versichert, dass du in ein paar Tagen entlassen werden kannst."

„Na, wenn die Schwester das sagt", schmollte Timo.

„Stimmt es etwa nicht?", erkundigte sich Cora spitz.

„Doch."

„Na also. Und wo liegt dann dein Problem?"

„Mein Problem", brauste Timo auf, „liegt darin, dass ich mit einer Kopfverletzung im Krankenhaus liege und es meine eigene Mutter scheinbar noch nicht einmal für nötig hält, mich persönlich zu fragen, wie es mir geht."

Cora atmete ein und dann langsam wieder aus. Das Gespräch war wieder einmal dabei zu eskalieren und sie musste all ihre Kräfte zusammennehmen, um jetzt nicht auszuflippen. *Bleib ganz ruhig*, befahl sie sich. *Bleib einfach ruhig*. „Also, wie geht es dir?", fragte sie so unbefangen, wie es ihr in der jetzigen Situation noch möglich war.

„Bis eben gut", antwortete Timo und grinste ihr frech ins Gesicht.

Cora seufzte abgrundtief. Dieses Kind war einfach zu einem Alptraum geworden. „Okay, okay", sagte sie und hob kapitulierend die Hände. „Wie wär's mit einer Auszeit?"

Timo senkte den Blick und zuckte müde mit den Schultern.

„Nun, komm schon", drängelte Cora. „Es hat doch keinen Zweck, wenn wir uns zerfleischen. Lass uns einfach noch mal von vorn anfangen. Also sag, was macht dein Kopf?"

Timo setzte eine Leidensmiene auf. „Er tut ganz schön weh."

„Und erzählst du mir, wie es dazu kommen konnte?", fragte seine Mutter liebevoll.

„Du kommst gleich zur Sache, hm?", fauchte Timo.

„Natürlich!", entgegnete Cora. „Ist doch wohl klar, dass mir diese Frage unter den Nägeln brennt."

„Dann wird sie wohl noch ein bisschen weiter brennen müssen", sagte Timo kühl und sah wieder einmal höchst interessiert aus dem Fenster.

„Timo!", beschwor Cora ihren Sohn. „Jetzt sei doch nicht so furchtbar stur. Es ist kein Pappenstiel, über den wir hier reden. Heute Morgen hat mich die Polizei angerufen. Sie behaupten, du wärst auf frischer Tat bei einem Einbruch ertappt worden. Weißt du eigentlich, was das bedeutet?"

„Nein, aber du wirst es mir sicher gleich erzählen."

„Es bedeutet, dass du kriminell geworden bist. *Kriminell*, verstehst du das? Du hast ein Verbrechen begangen. Ein *Verbrechen*, keinen Dummejungenstreich!" Cora hatte sich jetzt in Fahrt geredet und sah Timo herausfordernd an. Aber der rührte sich nicht und sah noch immer mit demonstrativer Gleichgültigkeit zum Fenster hinaus. „Timo!", schrie Cora wütend. „Sieh mich wenigstens an, wenn ich mit dir rede!"

Timo wandte ihr jetzt tatsächlich in Zeitlupentempo sein Gesicht zu. Aber als Cora in seine Augen sah, entdeckte sie nur Hass darin, blanken Hass. Sie sah betroffen weg und fragte sich zum hundertsten, nein zum tausendsten Mal, was sie nur falsch gemacht hatte. Wie hatte es nur soweit kommen können? Wie hatte sie zulassen können, dass sich ihr Sohn derart von ihr entfremdete? „Timo!", versuchte sie es noch einmal und schlug dabei einen gemäßigten, versöhnlichen Tonfall an. „So geht es einfach nicht weiter. Im Grunde genommen weißt du doch, dass du Mist gebaut hast. Und dass du meine Hilfe brauchst." Verzweifelt sah sie in Timos Gesicht.

Aber der schüttelte nur heftig den Kopf. „Sie halten sich wohl für völlig unentbehrlich, Frau Anwältin", entgegnete er wütend.

Cora sah traurig in Timos funkelnde Augen. Und da war sie wieder, die Erinnerung, die niemals nachließ, die sie gegen ihren Willen überallhin verfolgte. Warum nur? Warum nur hatte Timo diese durchdringenden grünen Augen geerbt? Warum hatte das Schicksal nicht gnädiger mit ihr sein können? Warum war sie dazu verurteilt, tagtäglich in diese außergewöhnlich schönen Augen zu sehen und an *ihn* erinnert zu werden? Und warum machte Timo alles noch viel schlimmer, indem diese Augen sie meistens wütend und verachtend anblickten?

„Na ja", murmelte sie. „Ich dachte schon, dass eine Mutter für ihren Sohn ein bisschen unentbehrlich ist."

„Klar ist sie das", lachte Timo bitter, „genauso wie ein Vater."

Natürlich! Sie hatte sich schon gewundert, warum dieses Thema nicht schon längst auf den Tisch gekommen war. Früher oder später landeten sie doch immer an genau diesem Punkt. „Jetzt fang doch nicht schon wieder davon an", schimpfte sie ärgerlich.

„Doch!", entgegnete Timo voller Entschlossenheit. „Und du brauchst dir auch gar keine Hoffnungen zu machen, dass ich irgendwann damit aufhöre. Ich werde dich erst in Ruhe lassen, wenn ich alles weiß, was ich wissen muss!"

Klasse! Jetzt hatte er es also wieder geschafft. Wieder einmal war es ihm gelungen, den Spieß einfach umzudrehen. Jetzt saß *sie* wieder auf der Anklagebank und nicht mehr er. Jetzt hatte *sie* wieder das schlechte Gewissen, musste *sie* sich verteidigen. Und das Schlimmste war, dass sie nicht einmal wusste wie. Ihr, der gewieften Anwältin, fehlten in dieser Angelegenheit einfach die Argumente. Es gab ja auch keine! Natürlich wollte ein 14-jähriger Junge wissen, woher er stammte. Natürlich sehnte er sich nach seinem Vater. Und natürlich ließ er sich nicht länger mit vagen Ausreden abspeisen. Sie sah ein, dass sie kein Recht hatte, ihm den Vater vorzuenthalten. Sie sah ein, dass ihr Schweigen für Timos Abgleiten verantwortlich war, dass es immer mehr und mehr Schaden anrichtete.

Aber was sollte sie denn machen? Was war die Alternative? Sie konnte doch wohl schlecht an Tims Tür klingeln und sagen: *Hey, Tim – schön, dich nach 15 Jahren wiederzusehen. Ich bin's, Cordula, kennst du mich noch? Und übrigens, darf ich dir deinen Sohn vorstellen?*

Bei diesem Gedanken lief es Cora wie immer eiskalt den Rücken hinunter. Tim wusste doch gar nichts von einem Sohn. Wahrscheinlich lebte er ein gutbürgerliches Leben, war längst mit Verena oder sonst jemandem verheiratet und hatte eigene Kinder. Nein! Sie hatte einfach kein Recht, sein Leben zu zerstören. Und sie wollte ihn nicht wiedersehen, konnte die Vorstellung nicht ertragen, ihn glücklich an Verenas Seite oder der einer anderen Frau zu sehen. Nach all den Jahren ging es immer noch nicht!

„Du hast einen Einbruch begangen!", versuchte Cora wieder auf das eigentliche Thema zurückzulenken. „Dafür kannst du im Gefängnis landen. Weißt du eigentlich, was das für deine Zukunft bedeutet?"

„Es ist *meine* Zukunft", stellte Timo klar.

„Mag sein. Aber bis du volljährig bist, habe ich dabei auch noch ein Wörtchen mitzureden!"

Timo beugte sich vor, sah seiner Mutter fest in die Augen und sagte kalt: „Versuch es doch!"

Für Cora war das wie ein Schlag ins Gesicht. Sie begriff plötzlich, dass sie den Zugang zu Timo noch vollständiger verloren hatte, als es ihr vorher bewusst gewesen war. Traurig stand sie auf. „Ich liebe dich, Timo", flüsterte sie in Richtung ihres Sohnes, dann drehte sie sich um und verließ den Raum.

Aber erst als die Tür hinter ihr zugefallen war, veränderte sich auch Timo. Die Härte wich aus seinem Gesicht. Er senkte den Blick und sah auf einmal genauso hilflos und traurig aus wie seine Mutter. Mit einem herzzerreißenden Seufzer ließ er sich gegen die Rückenlehne fallen und schloss die Augen.

❧

Cora lief nach dem Besuch im Krankenhaus noch lange Zeit ziellos durch die Heidelberger Innenstadt. Sie war völlig verzweifelt. Sie hatte das Gefühl, dass sie keinen Einfluss auf ihren Sohn mehr hatte. Und es gab keinen Zweifel, dass sein Leben in der Katastrophe enden würde, wenn es ihr nicht gelang, diesen Teufelskreis aus Wut, Trotz und falschen Einflüssen zu durchbrechen. Aber wie? Was konnte sie jetzt noch tun?

Es dauerte eine ganze Weile, bis sich Cora so weit beruhigt hatte, dass sie sich auf gewisse Dinge zurückbesinnen konnte. Sie erinnerte sich plötzlich an die Zeit vor gut 14 Jahren, als ihr Leben schon einmal völlig aus den Fugen geraten war. Damals war sie auf einer Parkbank aufgewacht, in einer für sie völlig fremden, riesigen Stadt, die noch dazu Hunderte von Kilometern von ihrem bisherigen Zuhause entfernt lag. Sie war ausgehungert gewesen, verfroren, dreckig und orientierungslos. Und dann hatten die Wehen eingesetzt. Erst nur ein bisschen, dann immer stärker und heftiger. Irgendwann hatte sie vor Schmerzen zu weinen begonnen und war sicher gewesen, dass ihr letztes Stündlein geschlagen hatte. In dieser Situation hatte sie nur noch eins tun können: Gott um Hilfe anzuflehen.

Irgendwann war sie wohl bewusstlos geworden. Jedenfalls setzten ihre Erinnerungen erst sehr viel später wieder ein. Sie war in einem Krankenzimmer aufgewacht. Das Erste, was sie gesehen hatte, war diese alte Frau mit den hochgesteckten grauen Haaren. Sie hatte ihr freundlich zugelächelt. Im ersten Moment hatte sie sich selbst für tot und die Frau für einen Engel gehalten. Aber dann war die Frau aufgestanden und hatte ihr Baby geholt. Und von diesem Moment an hatte Cora sich wieder lebendig gefühlt, quicklebendig.

Die Frau war jeden Tag gekommen und hatte ihr bei der Säuglingspflege geholfen. Und am Ende hatte sie ihr wie selbstverständlich angeboten, sie und das Kind mit zu sich nach Hause zu nehmen.

Seitdem hatte Cora bei Tante Mechthild, wie sie sie nannte, gewohnt. Jahrelang war sie liebevoll umsorgt worden, hatte einen Babysitter gehabt und war in der Lage gewesen, trotz Kind ihr Abitur zu machen und in kürzester Zeit ein anspruchsvolles Studium zu absolvieren. Im Vergleich zu vorher war das wie der Himmel auf Erden für Cora gewesen. Sie hatte sich glücklich und geborgen gefühlt.

Die Wirklichkeit hatte sie erst wieder eingeholt, als Tante Mechthild vor zwei Jahren an Krebs erkrankt und schließlich gestorben war. Es war schon schwer genug für sie gewesen, selbst über den schlimmen Verlust hinwegzukommen. Aber dann hatten auch noch die Probleme mit Timo begonnen. Der Tod seiner geliebten „Oma“ in der sensiblen Phase beginnender Pubertät hatte ihn wohl stärker aus der Bahn geworfen, als es Cora jemals vermutet hätte. Heute warf sie sich vor, falsch darauf reagiert zu haben. Statt das Gespräch mit ihm zu suchen, hatte sie die ständigen Fragen nach seinem Vater und seiner Herkunft, die sie heute als logische Konsequenz seiner Verlustängste begriff, im Keim erstickt.

Cora seufzte tief. Die Situation war ganz schön verfahren. Trotzdem war ihr eines geblieben: ihre Beziehung zu Gott. In all den Jahren war sie immer stärker und stabiler geworden. Und auch jetzt war sie ihr ein wirklicher Trost. Gott hatte sie schon damals aus einer eigentlich ausweglosen Situation herausgeholt. Was er damals geschafft hatte, das konnte er heute noch genauso!

Und so betete Cora auch jetzt. Sie schüttete Jesus ihr ganzes Herz aus, legte ihm ihre ganze Ohnmacht zu Füßen und flehte um seine Hilfe. Sie betete so innig und mit so viel Konzentration, dass sie keine Aufmerksamkeit für ihren Weg mehr übrig hatte. Und so ging sie einfach immer geradeaus.

Als sie vielleicht zwei Stunden später aus ihrer Versunkenheit in die reale Welt zurückkehrte, hatte sie keine Ahnung, wo sie sich befand. Ein bisschen verwirrt sah sie sich um. Sie war in irgendeinem Wohngebiet gelandet. Fest stand nur, dass sie in diesem Teil der Stadt noch nie zuvor gewesen war. Und dass die Häuser wahrscheinlich so aus den Siebzigern stammten.

Sie kramte ihr Handy aus der Handtasche. Jetzt war es wohl am besten, sich ein Taxi zu rufen. Sie wählte die ihr bekannte Nummer einer Taxizentrale.

„Taxiruf Schmitz", meldete sich eine helle Frauenstimme.

„Neumann", entgegnete Cora, „können Sie mir bitte ein Taxi schicken?"

„Aber gern. Wie ist denn die Adresse?"

Cora runzelte die Stirn. Adresse? Sie hatte gar nicht daran gedacht, ein Straßenschild zu suchen. „Ich ... ähm...", stammelte sie.

„Ja?", fragte ihre Telefonpartnerin ungeduldig.

Cora drehte sich im Kreis und suchte nach einem Straßenschild. Sie fand nur leider keins.

„Hallo!", rief die Dame aus der Taxizentrale genervt. „Sind Sie noch dran?"

„Ja", entgegnete Cora schnell. „Ich ... weiß nur leider im Moment nicht, wie die Straße heißt, in der ich mich befinde. Aber ... ich finde es gleich heraus."

„Na, hoffentlich", sagte die Frau am anderen Ende der Leitung.

Cora behielt das Handy am Ohr und begann gleichzeitig, die Straße entlangzulaufen. Über kurz oder lang musste doch wohl ein Straßenschild auftauchen. Und tatsächlich, da hinten, in vielleicht fünfzig Meter Entfernung, entdeckte sie eine Straßenkreuzung.

„Was ist denn nun?", hörte sie ihre Telefonpartnerin nörgeln.

„Moment noch", keuchte sie. Sie war jetzt schon fast an der Kreuzung angelangt. Und tatsächlich, da war ja auch ein Straßenschild. *Akazienallee* las sie, und dann fiel ihr Blick auf ein weiteres Schild an dem Eckhaus: *Eduard Ballmer, Private Ermittlungen.*

„Sagen Sie mal", meckerte die Dame aus der Taxizentrale ins Telefon, „haben Sie eigentlich eine Ahnung, wie lange Sie jetzt schon unsere Leitung blockieren? Wenn das jeder machen würde, kämen wir hier zu gar nichts. Also bitte, entweder Sie verraten mir auf der Stelle, wohin ich das Taxi schicken soll, oder ich lege auf!"

Cora starrte noch immer auf das Schild an der Hauswand. Sollte sie oder sollte sie nicht?

„Hallo!?!", kam es völlig entnervt aus dem Hörer.

„Tut ... tut mir Leid", stotterte Cora, „aber ich glaube ... ich brauche gar kein Taxi mehr."

„Was?" Ungläubigkeit und Wut hatten die Stimme der Dame beinahe entgleiten lassen.

„Ich melde mich später wieder", sagte Cora und schaltete ihr Handy aus. Dann ging sie langsam auf das Haus zu. Sie hatte plötzlich keinen Zweifel mehr, dass sie es versuchen musste. Vielleicht war es ja ein Wink Gottes. Und wenn nicht, wenn zum Beispiel niemand zu Hause war, dann konnte sie es sich ja immer noch anders überlegen.

Das Haus war ein schon älteres Einfamilienhaus. Es war verklinkert, hatte einen hübschen Erker und einen gepflegten Vorgarten. Cora ging den gepflasterten Weg bis zur Eingangstür entlang und klingelte dann unter der Aufschrift „Büro".

Sie musste nicht lange warten. Schon nach wenigen Sekunden öffnete sich die Tür und ein Mann von vielleicht Ende 30 stand vor ihr. Er trug einen schwarzen Anzug und machte einen gepflegten Eindruck. Das verunsicherte Cora ein wenig. Wenn sie ehrlich war, hatte sie einen unrasierten Mittfünfziger mit Kippe im Mund erwartet.

„Was kann ich für Sie tun?", fragte der Mann höflich.

„Ich ... also ... habe Ihr Schild gelesen", stammelte Cora mal wieder, „aber ... vielleicht habe ich es auch falsch interpretiert." Unwillkürlich trat sie einen Schritt zurück. Bestimmt war nur ihre Fantasie mit ihr durchgegangen.

„Wie haben Sie es denn interpretiert?", lächelte der Mann.

„Na ja", begann Cora und kam sich auf einmal selten dämlich vor, „ich dachte, Sie sind so was wie ein ... Privatdetektiv?"

„Ja, so nennt man Leute wie mich im Volksmund", antwortete er fröhlich. „Wollen Sie nicht reinkommen?"

Cora sah den Mann noch immer ein wenig entgeistert an. Er sah eher wie ein Beamter aus als wie ein Privatdetektiv. Er war schlank, mittelgroß und ein dunkler Typ. Auf seiner Nase ruhte eine Brille, die aufgrund der großen Gläser ein wenig altmodisch wirkte. Sollte so wirklich ein Privatdetektiv aussehen? „Ich weiß nicht", entgegnete sie unentschlossen.

„Nun kommen Sie schon", lächelte der Mann und machte eine galante Handbewegung nach drinnen.

Cora betrat zögernd das Haus. Der Mann führte sie einen hellen, freundlichen Flur entlang und geleitete sie dann in sein Büro. Auch dieser Raum passte überhaupt nicht in das Klischee des Fernseh-Privatdetektivs. Er war modern eingerichtet, sehr sauber und ausgesprochen aufgeräumt.

„Mein Name ist übrigens Ballmer", stellte er sich jetzt vor, „Eduard Ballmer."

„Neumann", entgegnete Cora und reichte dem Privatdetektiv die Hand.

Der deutete auf einen Stuhl, der vor dem Schreibtisch stand. „Nehmen Sie doch bitte Platz."

Während Cora sich setzte, ließ sich Herr Ballmer auf dem Bürostuhl hinter dem Schreibtisch nieder, kramte ein leeres Blatt aus seinem Schreibtisch hervor und nahm einen Kugelschreiber zur Hand. „Also, wo drückt denn der Schuh?"

Cora schluckte. Der Schuh drückte ja an mehreren Stellen. Aber seit ein paar Minuten war sie sich nicht mehr so sicher, ob das hier behoben werden konnte. Vielleicht war es ja gar nicht gut für sie, wenn sie wusste, was aus Tim geworden war. Andererseits ... wo sie jetzt schon mal hier war ... Und dann diese Neugier und die Sehnsucht, die sie schon seit 15 Jahren bekämpfte. „Ich möchte, dass Sie jemanden für mich finden", sagte sie mutig.

„Name, Alter, frühere Adresse?"

„Tim Berghoff", entgegnete Cora immer noch zögernd. „Er müsste jetzt 32 sein. Ich weiß nur, wo er vor 15 Jahren gewohnt hat."

Eduard Ballmer nickte und ließ sich die Adresse diktieren. „Aussehen?", fragte er dann.

„Sehr gut aussehend", antwortete Cora spontan.

Eduard Ballmer grinste. „Ich hatte auf etwas konkretere Angaben gehofft, Sie wissen schon, Haar- und Augenfarbe, Größe, Statur."

Cora errötete ein wenig. Sie fühlte sich irgendwie ertappt. „Also, damals war er ungefähr einsachtzig groß. Und ... also ... wahrscheinlich ist er seitdem ja auch nicht mehr gewachsen." Sie schloss gequält die Augen. Was redete sie da nur für ein wirres Zeug? „Seine Augenfarbe ... ja ...", stotterte sie weiter, „die ist grün ... sehr auffällig grün, und seine Haare sind blond."

„Genaues Geburtsdatum?", fragte Herr Ballmer und grinste immer noch.

„16. Juli 1968."

„Schulbildung, Ausbildung, besondere Fähigkeiten oder Kennzeichen?", fragte der Privatdetektiv weiter ab.

„Wahrscheinlich hat er Abitur gemacht, jedenfalls war er damals in der dreizehnten Klasse. Er war sehr musikalisch, spielte schon damals mehrere Instrumente, also Klavier, Gitarre und Cello. Und er hat auch selbst komponiert."

„Und was soll ich tun, wenn ich ihn gefunden habe?"

Cora war auf einmal wild entschlossen. *Wenn schon, denn schon*, dachte sie bei sich und sagte: „Finden Sie alles über ihn heraus, einfach alles. Sie wissen schon, seinen Beruf, seinen Familienstand, seine Hobbys, was er in den letzten Jahren so gemacht hat." Coras Herz klopfte jetzt bis zum Hals. Sie konnte es kaum noch erwarten, all das zu erfahren. Und ihre Stimme überschlug sich fast, als sie übereifrig hinzufügte: „Und liefern Sie mir Fotos – von ihm, seiner Frau, seinen Kindern."

„Kein Problem", lächelte Herr Ballmer und sah sein Gegenüber prüfend an, „allerdings müssen wir uns noch über mein Honorar unterhalten."

Cora nickte mechanisch. Geld spielte seit einiger Zeit keine große Rolle mehr für sie. Sie hatte sich in der Kanzlei gut etabliert und verdiente mehr, als sie mit Timo zum Leben brauchte. Dadurch hatte sie auch schon so einiges sparen können. „Na, dann schießen Sie mal los. Was kostet ein Privatdetektiv denn so?"

Eduard Ballmer grinste erfreut und sagte: „Ich nehme gewöhnlich 600 Euro am Tag, Spesen extra."

Jetzt schluckte Cora aber doch. Wollte dieser Typ sie ausnehmen? Auf einmal erwachte wieder die erfahrene Rechtsanwältin in ihr. „Sehe ich so reich oder so verzweifelt aus?", fragte sie frech.

Das Lächeln erstarb auf Herrn Ballmers Gesicht. „Wieso?"

„Vielleicht halten Sie mich ja auch nur für naiv und unerfahren", fuhr Cora fort und erhob sich.

„Nicht doch!", rief Herr Ballmer erschrocken und sprang ebenfalls auf.

„Dann machen Sie mir ein vernünftiges Angebot!"

„Sicher ... klar", stammelte der Privatdetektiv und schien krampfhaft nachzudenken. „Wie wär's ... also ... mit 500 Euro am Tag?"

„Ich biete Ihnen 350", begann Cora, „aber dafür erwarte ich mindestens acht Stunden Arbeit und einen Rechenschaftsbericht über jede Minute, die Sie für mich im Einsatz waren. Außerdem möchte ich, dass Sie mich einmal am Tag anrufen. Dann geben Sie mir Ihre Ergebnisse durch und ich kann entscheiden, ob Sie Ihr Geld wert sind und ich Sie für einen weiteren Tag engagiere. Ach ja, und was die Spesen anbelangt, verlange ich eine Einzelaufstellung inklusive Belege für jeden Euro, den Sie aufwenden."

Eduard Ballmer sah aus, als ob er sich ziemlich überfahren fühlte. Trotzdem nickte er tapfer. „Einverstanden."

„Gut. Wann werden Sie anfangen?"

Der Privatdetektiv überlegte einen Moment. Dann fragte er zaghaft: „Nächste Woche?"

„In Ordnung." Cora öffnete jetzt ihre Handtasche, kramte ihre Karte daraus hervor und reichte sie Herrn Ballmer. „Rufen Sie mich im Büro an."

Kapitel 16

„Wo willst du denn jetzt schon wieder hin?", fragte Cora entgeistert. Es war Sonntag und sie hatte sich vorgenommen, den Nachmittag mit Timo zu verbringen.

„Wohin wohl?", fragte er, als sei es das Selbstverständlichste von der Welt.

Cora seufzte. Konnte er sich nicht wenigstens ein einziges Mal die Mühe machen, freundlich zu ihr zu sein? „Tischtennis?"

„Volltreffer!", grinste Timo süßlich. „Der Kandidat hat 99 Punkte."

„Egal, der Kandidat ist von dieser Antwort wenig begeistert", gab Cora zurück. „Du bist erst vorgestern aus dem Krankenhaus entlassen worden, solltest du da nicht noch ein wenig auf Sport verzichten?"

„Die brauchen mich aber", entgegnete Timo gereizt. „Sonst schaffen wir den Aufstieg nicht."

Cora seufzte erneut. Vor vielen Jahren war es ihre Idee gewesen, Timo im Tischtennisverein anzumelden. Und sie hatte sich auch darüber gefreut, dass er innerhalb kürzester Zeit ein wahres Ass geworden war, unangefochtener Vereinsmeister und unentbehrlich in der Mannschaft. Aber dann hatte er diesen Alex dort kennen gelernt. Und Cora wurde das Gefühl nicht los, dass dieser Kontakt alles andere als gut für ihn war. „Als ob der Aufstieg wichtiger wäre als deine Gesundheit", argumentierte sie.

„Es geht mir hervorragend", erwiderte Timo und ließ sich im Flur nieder, um seine Turnschuhe anzuziehen. Er verschnürte sie allerdings nicht, sondern steckte die Schnürbänder einfach seitlich in die Schuhe.

Cora sah ihm ein wenig angewidert dabei zu. Sie konnte die derzeitige Mode noch immer nicht so ganz nachvollziehen. Wenn man schon über die Hosen stolperte, die mindestens zwanzig Zentimeter zu lang waren, warum mussten dann auch noch die Schuhe zur Lebensgefahr werden? „Eigentlich dachte ich, dass wir beide mal ein bisschen Zeit miteinander verbringen könnten", warf sie ein.

„Ein anderes Mal", entgegnete Timo knapp und schnappte sich seine Jacke.

„Aber ...", begann Cora, während Tim schon die Tür geöffnet hatte, „ich hab mir den Tag ...", sie stockte, weil Timo bereits in einem Affenzahn die Treppe hinunterrannte, „...doch extra freigehalten", beendete sie leise und traurig ihren Satz. Dann ging sie mit gesenktem Kopf in die Küche und kochte sich erst einmal einen Tee. Sie hatte sich gerade die erste Tasse eingeschenkt, als es an der Tür klingelte. Erfreut sprang sie auf. Ob Timo es sich anders überlegt hatte?

Sie eilte in den Flur und drückte den Knopf der Gegensprechanlage. „Ja?"

„Ich bin's, Matthias. Stör ich?"

Enttäuschung bildete sich auf Coras Gesicht. Dann sah sie skeptisch an sich herunter. Sie trug ihre liebsten und bequemsten Sachen, eine alte, hellblaue Jogginghose und ein nicht minder altes dunkelblaues Sweatshirt. Aber egal, es war ja nur Matthias. „Nein", erwiderte sie wenig begeistert. „Komm doch rauf." Dann betätigte sie den Türsummer, öffnete ihre Wohnungstür einen Spalt breit und ging schon mal in die Küche, um eine zweite Tasse aus dem Schrank zu holen. Es würde ohnehin ein paar Minuten dauern, bis ihr Freund und Kollege das vierte und oberste Stockwerk des Achtfamilienhauses erreicht hatte.

„Das klang ja nicht gerade erfreut", bemerkte Matthias, als er wenig später den Kopf zur Küchentür hereinsteckte.

Cora zuckte mit den Schultern. „Hat nichts mit dir zu tun."

„Mit Timo?"

Cora verdrehte die Augen. „Wenn ich schlechte Laune habe, hängt das immer mit Timo zusammen, das weißt du doch."

Matthias nickte verständnisvoll und nahm am Küchentisch Platz. „Ist die Tasse für mich?"

„Klar."

Matthias goss sich Tee ein. „Hat sich euer Verhältnis denn immer noch nicht gebessert?"

Cora lachte bitter auf. „Verhältnis? Welches Verhältnis? Ich weiß von Tag zu Tag weniger über meinen Sohn. Und ich kann machen, was ich will, ich kann einfach nichts dagegen tun." Sie stieß einen erneuten Seufzer aus. „Und dann seine dubiosen Freunde. Ich hab das Gefühl, dass er schon wieder mit ihnen rumhängt. Wahrscheinlich planen sie gerade ihren nächsten Einbruch. Und das, obwohl noch nicht einmal das Verfahren für den ersten angelaufen ist." Cora vergrub ihr Gesicht in den Händen. „So geht es nicht weiter."

Matthias stand auf und legte tröstend seine Hand auf Coras Schulter. „Er braucht einfach eine starke Hand", sagte er vorsichtig.

Cora stutzte. Dann zog sie energisch ihre Schulter unter Matthias' Hand hervor. Sie hatte jetzt wirklich keine Lust auf seine blöden Annäherungsversuche. „Jetzt hör aber auf", fauchte sie wütend.

Matthias hob beschwichtigend seine Hände. „Schon gut, schon gut", murmelte er. „Man wird es doch noch mal versuchen dürfen."

„Nein, wird man nicht", schimpfte Cora. „Vor allem dann nicht, wenn man bereits ein gutes Dutzend Abfuhren kassiert hat."

„Erst gestern hab ich irgendwo gelesen, dass die typische Frau umworben werden will. Und dass eine Abfuhr noch lange kein Grund ist aufzugeben."

Cora rollte genervt mit den Augen. „Ich bin aber keine typische Frau."

„Stimmt, das bist du nicht", entgegnete Matthias und strahlte sie voller Begeisterung an. „Du bist etwas ganz Besonderes – intelligent, hübsch, eigenwillig ... eben vollkommen einzigartig."

Cora schüttelte den Kopf. „Ich werde von hier wegziehen, Matthias", sagte sie und sah ihn prüfend an. Eigentlich hatte sie es ihm schonender beibringen wollen. Aber auf die sanfte Tour schnallte er ja scheinbar überhaupt nichts.

„Was?", sagte Matthias.

„Ich hab es mir genau überlegt", erwiderte Cora mit fester Stimme. „Es ist die einzige Lösung. Timo braucht eine neue Umgebung, neue Freunde, neue Impulse. Vielleicht kommt er dann zur Vernunft."

„Spinnst du?", rief Matthias entgeistert. „Es ist doch keine Lösung, einfach wegzulaufen!"

„Ich laufe ja nicht weg. Ich verschaffe uns nur einen kleinen Tapetenwechsel."

„Tapetenwechsel?" Matthias konnte es nicht fassen. „Du tust ja so, als sei es ein Klacks, sein ganzes Leben von jetzt auf gleich umzukrempeln."

„Ist es ja auch. Gerade jetzt, in diesem Moment, steht in jeder dritten Straße ein Möbelwagen. Andauernd zieht jemand um. Wir leben ja auch in einer Gesellschaft, in der immer mehr Mobilität gefordert wird."

Matthias lachte bitter auf. „Aber du hast hier doch einen sicheren und tollen Job. Willst du das einfach aufgeben?"

„Warum nicht? Rechtsanwälte werden überall gebraucht. Und für seine Kinder muss man halt Opfer bringen."

„Aber wohin willst du denn? Du hast doch selbst gesagt, dass du niemanden hast, keine Eltern, keine Verwandten, nichts!"

Cora zuckte gleichgültig mit den Schultern. „Darauf kommt es nicht an. Ich werde irgendwo ganz neu anfangen. Und Timo auch."

„Das kann einfach nicht dein Ernst sein!" Matthias suchte nach neuen Argumenten. Aber er fand keine und so sagte er nur: „Bitte überleg es dir noch mal. Ich ... ich brauche dich doch."

Cora sah ihn ernst an. „Auch das ist ein Grund, warum ich umziehen sollte, Matthias", sagte sie ernst. „Wann bist du zuletzt mit jemandem aus gewesen, hm? Du versteifst dich auf mich. Und das schon seit Jahren. Das geht so nicht!" Wehmütig dachte sie an Tim. Sie wusste, was es bedeutete, unglücklich verliebt zu sein. Und sie hielt Abstand für die einzige Heilungschance. Obwohl sie selbst leider nie geheilt worden war. Sie ging zu Matthias hinüber. „Hör zu", begann sie und fuhr liebevoll durch sein schon etwas schütteres Haar. „Du bist mein Freund, der einzige, den ich habe. Und als Freund bist du mir sehr wichtig. Aber mehr wird da niemals sein. Niemals! Verstehst du das?"

Matthias nickte unsicher.

„Und glaub mir", fuhr Cora fort, „es ist besser für dich, wenn ich gehe. Ich weiß, wovon ich rede."

Matthias stand jetzt langsam auf. „Ja, dann bis morgen im Büro", sagte er leise und verließ mit hängenden Schultern Coras Wohnung.

Cora hätte ihn am liebsten in den Arm genommen und getröstet, aber sie wusste, dass das nicht richtig gewesen wäre. Und so ließ sie ihn wortlos ziehen. Allerdings fühlte sie sich jetzt mindestens so schlecht wie Matthias. Warum war sie es jetzt, die jemanden zurückweisen musste? Warum sie, die das selbst erlebt hatte und alle Gefühle, die damit verbunden waren, so gut nachvollziehen konnte? Warum liebten immer alle den oder die Falsche?

Mit einem Stoßseufzer schlich Cora in die Küche zurück und ließ sich auf einen Stuhl fallen. Ihr Leben war eine Katastrophe. Es war von Anfang an eine gewesen. Und es hatte sich nichts geändert! Sie sackte noch tiefer auf ihrem Stuhl zusammen und begann, mit Daumen und Zeigefinger ihrer rechten Hand mechanisch an den Wimpern ihres rechten Auges entlangzufahren. Was sollte sie nur tun? Wie sollte alles weitergehen?

Sie dachte über das Gespräch nach, das sie gerade mit Matthias geführt hatte. Und sie konnte sich selbst nicht richtig verstehen. Von hier wegzuziehen war bisher nur eine vage Idee gewesen. Eigentlich hatte sie sie nur ausgesprochen, um Matthias von seinem Pfad abzubringen. Seit sie den Gedanken an einen Umzug in Worte gefasst hatte, war Angst in ihr hochgekrochen. Wirklich, sie fühlte sich alles andere als fähig zu einem solchen Schritt. Hatte ihr Leben nicht gerade ein kleines bisschen Stabilität erlangt? Wenigstens im beruflichen Bereich? Und da wollte sie das schon wieder aufgeben? Wollte sie wirklich noch einmal in eine Umgebung kommen, in der sie niemanden, aber auch wirklich niemanden kannte, so wie damals zu Beginn ihres Studiums? Mit Schaudern dachte sie daran zurück. Schon, bei Tante Mechthild hatte sie Rückhalt gefunden. Aber sie hatte ein kleines Kind zu Hause gehabt, nie an irgendwelchen geselligen Veranstaltungen teilnehmen und dadurch auch überhaupt keine Kontakte knüpfen können.

Wieder lief es ihr eiskalt den Rücken hinunter. Sie konnte es immer noch spüren, dieses Gefühl der Einsamkeit, das sie überkam, wenn sie allein einen der Hörsäle betrat oder wenn sie durch die Flure der Uni eilte, ohne auch nur eine einzige Person grüßen zu können. Oder die erste Zeit in der Kanzlei. Wollte sie sich das wirklich ein weiteres Mal antun?

„Sei doch mal ehrlich", flüsterte sie sich zu, „es sind nicht gerade viele Kontakte, die du hier zurücklassen würdest." Es stimmte schon, gesellig war sie auch heute noch nicht. Von Partys und anderen Menschenansammlungen hielt sie sich grundsätzlich fern. Das hatte dazu geführt, dass sie schon lange nicht mehr eingeladen worden war, nicht einmal von Kollegen. Sie wurde respektiert, ja, aber Kontakt suchte niemand. Außer Matthias natürlich. Was also hatte sie zu verlieren?

„Möchtest du, dass ich von hier weggehe?", fragte sie an Gott gerichtet. Ein paar Sekunden lang wartete sie auf eine Antwort, erhielt aber keine. Dann sprang sie urplötzlich auf und eilte in ihr Wohnzimmer. Sie lief zum Bücherschrank, kramte einen Atlas daraus hervor und schleppte ihn zurück in die Küche.

„Also gut", sagte sie, „wenn du der Meinung bist, dass ich umziehen soll, dann musst du mir auch sagen, wohin!" Sie schlug den Atlas auf und suchte nach einer Deutschlandkarte. „Nun, sag schon, Jesus, wohin soll ich gehen?" Sie versuchte sich zu konzentrieren und wartete gespannt auf eine Eingebung. Doch auch dieses Mal bekam sie keine. So sehr sie auch in sich hineinhorchte, da war nichts, rein gar nichts.

„Du bist wohl im Moment nicht sehr gesprächig, wie?", schmollte sie. Aber sie hatte oft genug erlebt, dass sich Gott mit Antworten auf ihre Fragen Zeit ließ. Er würde sich schon rechtzeitig zu Wort melden.

❧

Am Montag hatte Cora so viel Arbeit im Büro, dass sie bis zum Abend noch nicht einmal dazu gekommen war, etwas zu essen. Und noch immer klingelte das Telefon in einer Tour.

„Neumann", krächzte Cora gegen 19 Uhr heiser und erschöpft in den Hörer.

„Ballmer hier", meldete sich ihr Gesprächspartner.

„Oh!", sagte Cora und war sofort wieder munter. „Gibt es Sie auch noch?"

„Natürlich!", entgegnete der Privatdetektiv. „Ich weiß ja, dass ich mich eigentlich schon letzte Woche hätte melden müssen. Aber der Auftrag, an dem ich vorher gearbeitet habe, hat sich etwas hingezogen. Das werden Sie mir doch bestimmt nachsehen?"

„Wenn Sie einen Job schon mit so was beginnen, dann fördert das nicht unbedingt das Vertrauen in Ihre Person", antwortete Cora streng.

„Da haben Sie natürlich Recht", verteidigte sich Eduard Ballmer, „aber in meiner Branche ist es nun einmal schwer, genau abzuschätzen, wie lange man mit einem Fall beschäftigt ist. Das dürfte Ihnen doch ähnlich gehen."

„Selbstverständlich", erwiderte Cora kühl. „Und genau deshalb sind wir hier so organisiert, dass immer jemand für den anderen einspringen kann."

„Sehen Sie", lachte der Privatdetektiv, „genau darin unterscheiden wir uns. Ich bin nämlich vollkommen unersetzlich!"

Cora rollte mit den Augen. An Selbstbewusstsein mangelte es ihrem Gesprächspartner nicht gerade. „Soll ich Ihnen beweisen, wie ersetzlich Sie sind?", fragte sie provokant. Seitdem sie den Mann engagiert hatte, waren fast zwei Wochen vergangen. In dieser Zeit hatte sie mehr über ihren Sohn als über Tim nachgegrübelt. Und so war sie wieder einmal unentschlossen, ob es überhaupt richtig war, hinter Tim herzuschnüffeln.

Eduard Ballmer grunzte. „Ich hatte ja schon geahnt, dass Sie so ähnlich reagieren würden. Deshalb war ich auch schon fleißig für Sie tätig. Fragen Sie mich was!"

Von einer Sekunde auf die andere beschleunigte sich Coras Herzschlag. Würde sie jetzt wirklich etwas über Tim erfahren? Ob es ihm gut ging? Ob er verheiratet war? Mit Verena vielleicht? Und ob sie Kinder hatten? Und was machte er wohl beruflich? Bestimmt war er ein begnadeter Komponist oder zumindest Dirigent eines guten Orchesters! Sie wollte unbedingt wissen, was der Mann herausgefunden hatte! Nur leider brachte sie vor Aufregung kein Wort heraus.

„Nun kommen Sie schon!", drängte der Privatdetektiv und klang ziemlich verunsichert. „Sie wollen den Auftrag doch nicht wirklich zurückziehen, oder?"

Nein, das wollte Cora ganz sicher nicht. Aber vielleicht war es weise, den Mann ein bisschen zappeln zu lassen. Sie riss sich also mit aller Macht zusammen und sagte ruhig: „Das kommt natürlich darauf an."

„Worauf?", fragte Herr Ballmer.

„Na, auf die Qualität Ihrer Recherchen. Also los, sagen Sie mir, was Sie herausgefunden haben."

„Es gibt natürlich einige Männer mit dem Namen Tim Berghoff", begann Eduard Ballmer. „Da war es wirklich schwierig, den Richtigen herauszufinden."

„Ich wäre Ihnen dankbar, wenn Sie zur Sache kommen könnten", fiel Cora ihm ins Wort. Dabei gelang es ihr, gelangweilt zu klingen, obwohl es sie in Wirklichkeit kaum noch auf ihrem Stuhl hielt.

„Also gut", seufzte ihr Telefonpartner, „der Tim Berghoff, den Sie meinen, lebt in Göttingen, die Adresse samt Telefonnummer kann ich Ihnen jederzeit durchgeben. Er ist nicht verheiratet und lebt allein."

„Unmöglich!", sagte Cora spontan. „Ist er ... geschieden?"

„Also, hundertprozentig sicher bin ich mir noch nicht, aber sein Familienstand wurde mir mit ‚ledig' angegeben. Demnach dürfte er nie verheiratet gewesen sein."

Coras Knie zitterten jetzt so stark, dass sie heilfroh war, noch auf ihrem Bürostuhl zu sitzen. Tim unverheiratet! Ihrer Phantasie waren plötzlich keine Grenzen mehr gesetzt. Wenn Tim frei war, was hinderte sie dann ... ? Sie schüttelte den Kopf. *Hör auf*, befahl sie sich, *das ist doch der helle Wahnsinn!*

„Über seine Vergangenheit hab ich noch nichts herausgefunden", fuhr Herr Ballmer fort. „Aber vielleicht genehmigen Sie mir ja eine kleine Dienstreise nach Göttingen?"

Cora nickte mechanisch. „Klar", hörte sie sich sagen, „fahren Sie."

„Prima!", freute sich Eduard Ballmer. „Dann melde ich mich morgen Abend von dort wieder. Bis dann."

Nachdem es in der Leitung geklickt hatte, blieb Cora noch geraume Zeit reglos mit dem Hörer in der Hand sitzen. Sie konnte sich nicht daran erinnern, von einem Telefonat jemals so aufgewühlt worden zu sein. Und dieser Zustand gefiel ihr überhaupt nicht. Sie hatte das Gefühl, als würde ihre Stellung als erfolgreiche, bodenständige Frau ins Wanken geraten. Als würde sie in die Vergangenheit zurückkehren, als würde Cordula auferstehen, die dicke, hässliche, unsichere Cordula, die sie so sehr hasste.

Hatte sie nicht gedacht, dass sie alles hinter sich gelassen hatte? Hatte sie ihren Namen nicht extra geändert?

„Du hast ihn nicht geändert, Cora", flüsterte sie zu sich. „Du hast ihn nur abgespeckt – wie dich selbst!"

Verzweifelt schlug sie die Hände vors Gesicht. Das war alles so furchtbar verwirrend. Einerseits wollte sie die Vergangenheit ruhen lassen, wollte nichts mehr damit zu tun haben. Und andererseits ... war da diese Sehnsucht, die sie in all den Jahren nicht losgelassen und die sie jetzt wieder mit voller Kraft gepackt hatte. Und es nützte ja auch nichts, sie hatte einen Stein ins Rollen gebracht, der kaum mehr aufzuhalten war. Jetzt ging es nicht mehr anders, jetzt musste sie alles über Tim wissen. *Alles*.

Kapitel 17

„Du hast mehr Glück als Verstand", sagte Cora, als sie mit Timo das Gerichtsgebäude verließ.

„Siebzig Stunden Sozialdienst nennst du *Glück*?", regte sich Timo auf.

„Allerdings tue ich das! Du hättest genauso gut im Jugendgefängnis landen können! Nur die Tatsache, dass du nicht vorbestraft warst, hat dich davor bewahrt." Das war ein bisschen übertrieben. Aber was sollte sie denn machen? Sie wollte doch nur zu ihm vordringen!

Timo zuckte mit den Schultern. „Wäre mir lieber gewesen."

Cora blieb stehen und funkelte ihren Sohn wütend an. „Ist das dein Ernst? Hast du überhaupt eine Ahnung, wie es in einem Gefängnis zugeht? Und was die anderen Insassen da mit dir anstellen?"

„Ich hab keine Angst", entgegnete Timo und ging ungerührt weiter.

„Ach nein?" Cora lief hinter ihrem Sohn her und kochte dabei vor Wut. Sie hatte als Anwältin alles gegeben und so ziemlich das bestmögliche Ergebnis für Timo erzielt. Sie erwartete ja gar keine Dankbarkeit. Aber konnte er sich nicht wenigstens ein bisschen mit ihr freuen? „Vor Arbeit schon, wie man sieht", zischte sie.

„Mag sein", grinste Timo seiner Mutter frech ins Gesicht. „Ich bin halt nicht wie Sie, Frau Arbeit-ist-mein-Leben. Vielleicht hab ich einfach die Gene meines Vaters geerbt."

„Was weißt du schon über deinen Vater?", rutschte es Cora heraus. Aber sie bereute den Satz noch im gleichen Moment.

„Nichts, gar nichts", erwiderte Timo. „Aber das könntest du ja problemlos ändern, nicht wahr?"

„Wieso kannst du die Vergangenheit nicht endlich ruhen lassen?", schimpfte sie.

„Weil es für mich keine Vergangenheit ist", antwortete Timo mit der Schlagfertigkeit seiner Mutter.

„Aber für mich! Und ich hab dir tausendmal gesagt, dass das auch so bleiben wird. Ich möchte nicht darüber reden. Jetzt nicht, morgen nicht, niemals. Kapierst du das endlich?"

„Ich kapiere 'ne Menge, Mama. Aber ich akzeptiere es nicht. Und das wird sich auch nicht ändern. Jetzt nicht, morgen nicht, niemals. Schnallst du *das* endlich?" Jetzt war es Timo, der stehen geblieben war und seiner Mutter herausfordernd in die Augen sah.

Aber Cora wich seinem Blick aus. Sie wusste beim besten Willen nicht, was sie ihrem Sohn entgegnen sollte. Irgendwie hatte er ja Recht...

„Du bist so feige", sagte Timo abfällig. Dann drehte er sich um und ging weg.

Zurück blieb eine Strafverteidigerin, die sich auf einmal selbst verurteilt vorkam. Und das auch noch zu Recht. Ob es am Ende doch das Beste war, Timo die Wahrheit zu sagen? Wenn Tim unverheiratet war und keine Kinder hatte, vielleicht freute er sich dann sogar über die Existenz eines Sohnes? Und vielleicht konnte sie Timo dann endlich wieder in die Augen sehen?

Kurz entschlossen kramte Cora in ihrer Handtasche herum und holte ihr Handy daraus hervor. Sie hatte schon seit Tagen nicht mehr mit Herrn Ballmer gesprochen. Es war ihr zwar ausgerichtet worden, dass er mehrfach angerufen hatte, aber sie war vor lauter Arbeit einfach noch nicht dazu gekommen, ihn zurückzurufen. Immerhin hatte sie seine Handy-Nummer dabei.

„Ja, hallo?", meldete sich eine Stimme.

„Neumann", entgegnete Cora kühl. Sie konnte es nicht ausstehen, wenn sich jemand am Telefon meldete, ohne seinen Namen zu nennen.

„Oh", sagte die Stimme nur und klang dabei beinahe erschrocken.

Cora wartete einen Moment. Dann sagte sie gereizt: „Mit wem spreche ich, bitte?"

„Äh, mit Ballmer natürlich."

„Wie schön", erwiderte Cora. „Ich sollte Sie doch zurückrufen, oder?"

„Sicher ... klar", stammelte der Privatdetektiv.

„Ja, dann ... geben Sie mir doch bitte Ihre Ergebnisse durch", schlug Cora vor.

Wieder herrschte Schweigen am anderen Ende der Leitung. Cora schien Herrn Ballmer irgendwie auf dem falschen Fuß erwischt zu haben. Aber warum? War er am Ende gar nicht mehr in Göttingen? Oder hatte er seinen Auftrag vernachlässigt? „Hallo?“

„Äh ... ja sicher ... Moment ...“, fuhr Eduard Ballmer mit seiner Stammelei fort, „ich ... muss erst mal überlegen.“

Cora rollte mit den Augen. Was war denn los mit dem Mann?

Herr Ballmer atmete hörbar durch, dann fragte er: „Wie, sagten Sie doch gleich, war Ihre Beziehung zu Herrn Berghoff?“

Cora glaubte nicht richtig zu hören. „Ich sagte rein gar nichts über meine ‚Beziehung‘ zu Herrn Berghoff“, entgegnete sie streng. „Das fällt nämlich unter den Begriff ‚Diskretion‘. Den müssten Sie doch eigentlich kennen!“

Eduard Ballmer zögerte. „Schon.“

„Gut. Dann können Sie mir ja jetzt die Ergebnisse Ihrer Recherchen übermitteln.“

Wieder schwieg Herr Ballmer ein paar Sekunden lang. Dann fragte er: „Und Sie wissen wirklich rein gar nichts über die Vergangenheit des Mannes?“

Jetzt war es Cora, die erst einmal gar nichts mehr sagte. Was konnte denn an Tims Vergangenheit so bemerkenswert sein?

Der Privatdetektiv schien Coras Verwirrung zu bemerken. „Ich ... ich will Sie ja nicht beunruhigen“, fuhr er fort, „aber ... also ... wenn Sie wirklich noch nichts wissen, dann sollten Sie zumindest auf einen Hammer vorbereitet sein. Sitzen Sie?“

Cora sah sich um. In einigen Metern Entfernung entdeckte sie eine Bank. Sie eilte dorthin und setzte sich. Ihr Herz klopfte jetzt bis zum Hals. Was würde sie über Tim erfahren? „Jetzt ja“, sagte sie mit zitternder Stimme.

„Also gut ...“, begann Eduard Ballmer zögerlich.

„Reden Sie!“, zischte Cora ins Telefon. Sie hatte diese Dramatik allmählich satt.

„Sie haben es nicht anders gewollt“, sagte ihr Telefonpartner. „Also bitte, Tim Berghoff ist ... ein Schwerverbrecher.“

Cora atmete auf. Sie hatte mit dem Schlimmsten gerechnet, vielleicht sogar damit, dass Tim unheilbar krank war. Aber das hier? Das war nur eins: ein Irrtum! „Na so was“, kicherte sie befreit ins Telefon. „Das ist ja ’n Ding!“

„Schockiert Sie das denn gar nicht?“, fragte Herr Ballmer erstaunt.

„Oh doch!“, entgegnete Cora mit gespielter Entrüstung. „Es schockiert mich zutiefst, dass ich einen derart unfähigen Privatdetektiv engagiert habe.“

„Na, hören Sie mal“, brauste Eduard Ballmer auf. „Ich bin alles andere als unfähig!“

„Dann stellen Sie fest, wie es zu diesem Irrtum kommen konnte“, erwiderte Cora, „und zwar schnell.“

„Es ist kein Irrtum!“, widersprach der Privatdetektiv. „Tim Berghoff ist erst vor kurzem aus dem Knast entlassen worden. Und wollen Sie auch wissen, weswegen er eingebuchtet war?“

„Eigentlich nicht“, lächelte Cora. „Ich würde viel lieber wissen, wieso Sie Ihre Zeit und damit mein Geld auf einen falschen Tim Berghoff verschwenden!“

„Es ist nicht der Falsche!“, schrie Eduard Ballmer voller Ungeduld ins Telefon.

„Doch, das ist er“, sagte Cora und schaltete einfach das Telefon aus. Anschließend schüttelte sie verständnislos den Kopf. Sie hätte wirklich nicht irgendeinen Privatdetektiv engagieren, sondern sich eine Empfehlung geben lassen sollen. Aber na ja, diese armselige Leistung würde sie dem Mann jedenfalls nicht bezahlen!

❧

In den darauf folgenden Tagen beschäftigte sich Cora wenig mit dem Thema Tim. Sie war nach wie vor felsenfest davon überzeugt, dass Herr Ballmer dem Falschen auf der Spur war. Dadurch zog sie auch die anderen Informationen in Zweifel, die sie von dem Detektiv bekommen hatte. Wahrscheinlich war es doch so, dass Tim verheiratet war und Kinder hatte. Und so verwarf sie auch den Gedanken, Timo vielleicht etwas über seinen Vater zu erzählen.

Sie musste also eine andere Lösung für ihr Problem mit Timo finden. Und diese Lösung musste schnell gefunden werden, denn Cora hatte in der Zwischenzeit herausgefunden, dass sich Timo tatsächlich wieder mit diesem Alex herumtrieb. Und so wartete sie schon zitternd auf neue Hiobsbotschaften.

In ihrer Verzweiflung fing sie an, Rechtsanwaltskanzleien in ganz Deutschland abzutelefonieren und sich nach einer neuen Beschäftigungsmöglichkeit umzuhören. Dabei bestätigte sich ihre Hoffnung, dass sie die besten Aussichten auf eine neue Stelle hatte. Die meisten Kanzleien suchten sogar händeringend nach erfahrenen und motivierten Anwälten. Und da sie ein doppeltes Prädikatsexamen samt Berufserfahrung in einer renommierten Kanzlei vorzuweisen hatte, rollte man ihr regelrecht den roten Teppich aus.

Das einzige Problem war, dass Cora sich partout nicht entscheiden konnte, in welche Stadt sie gehen sollte. Sie hatte so viel Angst vor einem Neuanfang, dass sie an jeder Gegend etwas auszusetzen fand. Die eine Stadt war ihr zu groß, die andere zu klein. Im Norden gefiel ihr das Klima nicht und im Süden fürchtete sie den Dialekt. Wirklich, sie konnte sich einfach nicht entscheiden. Und auch ihre Gebete brachten nicht den gewünschten Erfolg. So sehr sie Gott auch mit ihren Fragen bestürmte, sie fand einfach nicht heraus, wohin sie gehen sollte. Am Ende war sie so genervt, dass das Thema Umzug sie regelrecht auf die Palme brachte.

Und so war es auch kein Wunder, dass Matthias eine gehörige Portion ihres Frusts zu spüren bekam, als er eines Nachmittags im Büro wie beiläufig fragte: „Was machen eigentlich deine Umzugspläne?"

Cora sah von ihrer Akte auf und warf ihrem Kollegen einen Blick zu, der hätte töten können. Daraufhin hob Matthias erschrocken die Hände. „Hab ich was Falsches gesagt?"

„Wollen wir unsere Arbeit machen oder uns über Privates austauschen?", fragte Cora spitz.

„Ich weiß nicht so genau", lächelte Matthias zaghaft. „Vielleicht beides?"

„Dann such dir ein anderes Thema aus", zischte Cora.

„Schon gut, schon gut", murmelte Matthias. Dann fragte er spontan: „Wie geht's Timo?"

Cora rollte mit den Augen. Ihr Kollege besaß wirklich das Feingefühl eines Elefanten. Sie setzte gerade an, um ihm gehörig die Meinung zu sagen, als es an der Tür klopfte. Sie seufzte. Konnte man sie denn nicht mal fünf Minuten in Ruhe lassen? „Ja, bitte", sagte sie genervt.

Sofort öffnete sich die Tür und eine der Rechtsanwalts-Gehilfinnen sah herein. „Ein Herr Ballmer möchte Sie sprechen, Frau Neumann."

Cora verdrehte ein weiteres Mal die Augen. „Lassen Sie ihn warten", befahl sie. Sie hatte absolut keine Lust, sich in Matthias' Gegenwart mit dem Privatdetektiv auseinander zu setzen. Mehr noch – wenn sie es sich recht überlegte, hatte sie *überhaupt* keine Lust, mit ihm zu sprechen. Der Mann war unfähig, so viel stand fest. Wozu also ihre Zeit mit ihm verschwenden?

Cora wandte ihre Aufmerksamkeit jetzt wieder Matthias zu. „Wo waren wir stehen geblieben?"

Matthias wollte gerade antworten, als die Tür plötzlich und ruckartig ein weiteres Mal geöffnet wurde. Erstaunt sah Cora auf. Wer war denn so unverschämt?

„Na, hören Sie mal!", schimpfte sie, als sie Herrn Ballmer hereinstürmen sah. „Wenn ich Sie bitte zu warten, dann hat das auch seine Gründe."

„Und wenn ich Sie sprechen will, dann hat das ebenfalls seine Gründe", entgegnete der Privatdetektiv wütend.

„Das ist doch wohl die Höhe!", regte sich Cora auf. „Habe ich *Sie* engagiert oder war das umgekehrt?"

Herr Ballmer sagte nichts darauf. Stattdessen ging er wortlos auf sie zu und warf einen Stapel Fotos auf ihren Schreibtisch. Schon das oberste davon zog Cora so in ihren Bann, dass sie vergaß, was sie dem Privatdetektiv als Nächstes an den Kopf werfen wollte. Das war doch ... Für ein paar Sekunden setzte Coras Herz aus. Das Foto zeigte einen Mann, der gerade sein Haus verließ. Es war stark vergrößert und dadurch nicht sehr scharf, aber es gab absolut keinen Zweifel. Es war Tim. Und er hatte sich kaum verändert. Gut, die Haare waren etwas kürzer und auch der Mittelscheitel war verschwunden. Aber sonst? Sonst war er immer noch groß, schlank und ungeheuer gut aussehend.

Wie hypnotisiert starrte Cora auf das Bild. Von einer Sekunde auf die andere fühlte sie sich um 15 Jahre zurückversetzt. Die Welt um sie herum verschwand. Mechanisch zupfte sie an den Wimpern ihres rechten Auges herum. Tim! Es war Tim!

Matthias hatte sie derweil voller Verblüffung beobachtet. „Wer ist das?", fragte er leise, aber voller Neugier.

Für einen kurzen Moment sah Cora auf. Dann aber wandte sie ihre Aufmerksamkeit wieder den Bildern zu. Sie war jetzt aus ihrer Starre erwacht und steckte das oberste Bild nach hinten, um sich das nächste anzusehen. Es zeigte ebenfalls Tim, dieses Mal, wie er in einen Wagen stieg, einen älteren VW Polo, wie Cora sofort erkannte. *Typisch*, dachte Cora und lächelte zum ersten Mal ein wenig, *Autos haben ihm ja noch nie viel bedeutet.*

Mechanisch sah Cora jetzt ein Bild nach dem anderen an. Alle Bilder zeigten Tim, die meisten in der Nähe des Hauses, in dem er scheinbar wohnte, einige im Supermarkt oder in der Innenstadt. Auf jeden Fall gab es keinen Zweifel: Der Privatdetektiv hatte den Richtigen erwischt.

Cora atmete einmal tief durch, was allerdings prompt zur Folge hatte, dass sie niesen musste. Dann sagte sie: „Würdest du uns bitte einen Moment allein lassen, Matthias?"

Matthias reagierte nicht gleich, sondern starrte weiter auf die Bilder in Coras Hand. Cora nieste schon wieder und musste sich erst einmal die Nase putzen. „Matthias!", mahnte sie anschließend.

„Ist das der Typ, der dir das Herz gebrochen hat?“, fragte Matthias aufgebracht.

Jetzt platzte Cora der Kragen. Sie stand auf, ging zur Tür, riss diese auf und befahl: „Verlass sofort mein Büro!“

Matthias sprang auf, ging aber nicht zur Tür, sondern zum Schreibtisch und schnappte sich den Stapel Fotos. Dann sah er sich schnell eines nach dem anderen an.

„Spinnst du?“, schrie Cora, stürmte wütend auf ihn zu und riss ihm die Bilder aus der Hand.

„Was ist denn Besonderes an dem Kerl?“, fragte Matthias mit bebender Stimme.

„Raus!“, schrie Cora und schubste Matthias in Richtung der Tür. „Raus, raus, raus!“

Als die Tür hinter Matthias ins Schloss gefallen war, wandte sich Cora Herrn Ballmer zu. „Tut mir Leid“, sagte sie entschuldigend.

Der Privatdetektiv zuckte mit den Schultern. „Ein Verehrer?“

Cora nickte. „Ein zurückgewiesener noch dazu.“

„Das sind die Schlimmsten“, fand Herr Ballmer. „Aber was sagen Sie jetzt zu den Fotos?“

Cora ging langsam wieder auf ihren Schreibtischstuhl zu und setzte sich. Dann nahm sie die Fotos ein weiteres Mal zur Hand und studierte sie. „Er ist der Richtige“, musste sie zugeben.

Ein breites Grinsen bildete sich auf Eduard Ballmers Gesicht. „Wusste ich's doch!“

Cora sah ihn angewidert an. Sie konnte es überhaupt nicht ausstehen, wenn jemand seinen Triumph so offensichtlich und unbescheiden zur Schau stellte. „Wie schön für Sie. Das heißt aber noch lange nicht, dass ich Ihnen auch den übrigen Blödsinn abkaufe.“

„Und doch ist jedes Wort davon wahr“, sagte Herr Ballmer bestimmt.

Cora machte noch immer ein skeptisches Gesicht. Allerdings war sie sich ihrer Sache auf einmal nicht mehr ganz so sicher wie vorher. Sie war jetzt durchaus bereit, den Privatdetektiv anzuhören. „Dann schießen Sie mal los.“

Eduard Ballmer nickte eifrig. „Tim Berghoff hat zwölf Jahre im Gefängnis gesessen. Er wurde im Alter von achtzehn Jahren verurteilt und ist erst vor knapp zwei Jahren entlassen worden.“

Cora schüttelte heftig den Kopf. Mit achtzehn? Dann müsste das alles ja kurz nach ihrer Flucht geschehen sein! „Das *kann* ganz einfach nicht möglich sein“, sagte sie bestimmt.

„Ist es aber. Und jetzt raten Sie, was er ausgefressen hat.“

Cora presste ihre Lippen aufeinander und sagte: „Ausgefressen ist gut. Wenn ein Achtzehnjähriger für zwölf Jahre ins Gefängnis wandert, dann muss er nach Erwachsenenstrafrecht verurteilt worden sein ... und lebenslänglich bekommen haben. Da kommt eigentlich nur Mord in Betracht."

„Bingo!", freute sich der Privatdetektiv. „Er hat die Eltern seiner Freundin um die Ecke gebracht."

Cora keuchte. Die Eltern seiner Freundin? Hieß das etwa ... „Die Bartels?", flüsterte sie ungläubig.

Herr Ballmer sah sie erstaunt an. „Sie kannten die Leute?"

Cora nickte apathisch. „Wurden sie wirklich umgebracht?"

„Allerdings wurden sie das. Obwohl ‚abschlachten' wohl besser passt. Ich glaube, sie wurden mit mehreren Messerstichen getötet."

Cora schüttelte sich. Das war ja die reinste Horrorgeschichte. „Aber wer um alles in der Welt ist auf die Schnapsidee gekommen, dass Tim etwas damit zu tun haben könnte?", rief sie.

„Das müssen Sie *mich* nicht fragen", lachte Eduard Ballmer. „Wenn er verurteilt wurde, wird die Beweislage wohl klar gewesen sein."

„Ach was!", widersprach Cora wütend. „Ich bin Strafverteidigerin! Und als solche findet man sehr schnell heraus, dass das deutsche Rechtssystem mit Recht nicht immer viel gemeinsam hat. Und Tim ... der war Zeit seines Lebens doch noch nicht einmal in der Lage, eine Mücke zu erschlagen. Nein!", sie schüttelte vehement den Kopf, „Tim kann es nicht gewesen sein. Niemals!"

Herr Ballmer zuckte gleichgültig mit den Schultern. „Wenn Sie meinen ..."

Cora überlegte einen Moment. „Vielleicht hatte er einen schlechten Anwalt oder ...", sie zögerte kurz, sprach es dann aber doch aus, „er wurde einfach reingelegt." War es vielleicht möglich, dass ... Verena ...? Ihr war doch einfach alles zuzutrauen. „Sie müssen mir das Urteil besorgen!", rief Cora aufgeregt. „Und ich will, dass Sie weiter recherchieren. Finden Sie alles heraus, was damals passiert ist!"

„Das wird aber teuer!", warf Herr Ballmer ein.

„Das lassen Sie mal meine Sorge sein!", antwortete Cora ungehalten. „Solange Sie sich an unsere Vereinbarung halten, können Sie mir alles in Rechnung stellen, was Sie wollen. Apropos – bekomme ich eine Aufstellung über Ihre bisherige Arbeitszeit?"

„Jawohl, Boss!", entgegnete Herr Ballmer spöttisch und verließ das Büro.

Cora war jetzt wieder mit sich allein. Das hieß aber noch lange nicht, dass sie auch mit sich im Reinen war. Im Gegenteil, sie hatte plötzlich das Gefühl, als würde ihr ganzes Leben ins Schleudern geraten. Auf einmal war die Vergangenheit mit ungeahnter Wucht zu ihr zurückgekehrt. Und auf einmal spielte auch Tim wieder eine Rolle.

„Tim", sagte sie in ihr leeres Büro hinein. Was hatte er nur durchgemacht? Zwölf Jahre Gefängnis für eine Straftat, die er nicht begangen hatte. Das war wirklich unvorstellbar! Eine Welle von Mitleid schwappte über sie hinweg. Wie gern wäre sie jetzt einfach zu ihm gefahren und hätte ihn in den Arm genommen, ihn getröstet. So wie damals, als Verena ihn verlassen hatte. Oder nein, vielleicht doch lieber nicht wie damals.

Sie musste wieder an die Nacht denken, in der Timo entstanden war. Es war schon seltsam, dass sie sich nach all den Jahren noch so gut daran erinnern konnte. Fast hatte sie das Gefühl, als wäre es gestern gewesen. Sie erinnerte sich noch an seinen vertrauten Geruch, seine warmen, weichen Hände, das Geräusch seines Herzschlages. Der Gedanke war so intensiv, dass er ihr Tränen in die Augen trieb. Es war verrückt, aber sie vermisste ihn, vermisste ihn immer noch.

Kapitel 18

„Ich muss mit dir reden", sagte Cora und gähnte. Es war sieben Uhr morgens und so trug sie noch ihren Schlafanzug. Sie nahm den Teebeutel aus der Kanne und setzte sich zu Timo an den Frühstückstisch. Sie hatte im Büro Bescheid gesagt, dass sie später kommen würde. Sie wollte heute endlich das Gespräch mit Timo führen, das sie schon wochenlang vor sich her schob.

Timo rollte mit den Augen und schob einen weiteren Löffel Cornflakes mit Milch in den Mund. Auch er war noch nicht angezogen. Er saß so am Frühstückstisch, wie er für gewöhnlich alle 365 Nächte im Jahr verbrachte: in Boxershorts.

Cora sah aus dem Fenster. Es war Oktober und die Blätter der Bäume färbten sich allmählich rot. Cora fröstelte schon bei Timos Anblick. Aber sie sagte nichts. Das war eben Timo. Ihm war immer warm.

„Hat dich die dicke Tonne schon wieder angerufen?", fragte er mit vollem Mund.

Cora widerstand dem Impuls, diese Beleidigung aufgrund ihrer eigenen Vergangenheit persönlich zu nehmen. Mit „dicker Tonne" meinte Timo in diesem Fall seine Klassenlehrerin Frau Kahn, die in der Tat häufig anrief, um sich über Timos Schulschwänzerei zu beklagen.

„Ja, sie ruft dauernd an. Nein, das ist nicht der Grund, aus dem ich mit dir reden will."

Cora bemühte sich, Ruhe auszustrahlen, obwohl sie in Wirklichkeit ungeheuer nervös war. Sie fühlte sich wie damals in ihrer ersten Gerichtsverhandlung. Und das war auch kein Wunder. Schließlich hatte sie sich ähnlich intensiv auf dieses Gespräch vorbereitet. Wie oft hatte sie es in Gedanken durchgespielt? Wie oft darüber nachgedacht? Hundertmal? Tausendmal? Sie hatte sich alle Varianten vorgestellt, das Gespräch regelrecht geprobt, als wäre es ein Kreuzverhör.

„Was dann?", fragte Timo gelangweilt. „Hast du schon wieder ein Problem mit der Auswahl meiner Freunde?"

Und ob Cora ein Problem damit hatte. Trotzdem sagte sie: „Nein, auch darüber möchte ich im Moment nicht mit dir reden."

„Worüber dann?", erkundigte sich Timo genervt.

Cora hatte einen Entschluss gefasst und bereits bis ins Detail vorbereitet. Zum ersten Mal in ihrem Leben wusste sie genau, was sie wollte, was sie tun *musste*. Und das würde sie jetzt durchsetzen, knallhart, gnadenlos, gegen allen Widerstand. „Ich wollte dich darüber in Kenntnis setzen, dass wir zum Ersten des nächsten Monats umziehen werden."

„Wie bitte?", fragte Timo erstaunt. „Wieso denn das?"

„Weil ich einen neuen Job angenommen habe", antwortete Cora.

„Einen neuen Job?", wunderte sich Timo. „Aber warum müssen wir deshalb umziehen?"

Coras Nerven waren jetzt zum Zerreißen gespannt. Scheinbar hatte Timo noch nicht begriffen, was ihm blühte. Umso heftiger würde gleich seine Reaktion ausfallen. „Weil sich meine neue Arbeitsstelle nicht hier in Heidelberg, sondern in Göttingen befindet. Es gibt dort eine sehr renommierte Kanzlei, die dringend Verstärkung braucht. Man hat mir ein sehr lukratives Angebot unterbreitet und das habe ich angenommen."

Timo starrte sie an. „Hast du 'ne Vollmeise?"

Cora schüttelte den Kopf. „Durchaus nicht", lächelte sie. „Ich kann dir versichern, dass ich im Vollbesitz meiner geistigen Kräfte bin."

Ob sich Cora allerdings auch im Vollbesitz ihrer geistigen Kräfte *fühlte*, war eine andere Frage. Ihr Herz schlug jetzt bis zum Hals und sie hatte das Gefühl, als würde sie gleich ohnmächtig werden. Aber sie musste das jetzt durchziehen. Es gab keine andere Möglichkeit. Dieses Mal, das hatte sie sich vorgenommen, würde sie sich von Timo nicht manipulieren lassen. Auch nicht durch das schlechte Gewissen, das er ihr immer einredete. Dieses Mal, dieses *eine* Mal, würde sie sich durchsetzen.

„Du hast eine Stelle in einer anderen Stadt angenommen, ohne das vorher mit mir zu besprechen?“, fragte Timo und klang dabei noch immer eher ungläubig als wütend.

„So ist es“, nickte Cora schlicht. „Schließlich hältst du es in letzter Zeit auch nicht mehr für nötig, mich an weitreichenden Entscheidungen deines Lebens zu beteiligen.“

„*Meines* Lebens, genau“, antwortete Timo aufgebracht, „aber das hier betrifft doch wohl uns beide.“

„Tut es. *Mein* Leben betrifft uns beide genauso, wie es *dein* Leben tut. Schon mal was von elterlicher Sorge gehört? Wenn nicht, kannst du in den Paragraphen 1626 ff. BGB alles darüber nachlesen. Bis zu deinem achtzehnten Lebensjahr ist dein Leben an meines gekettet. Danach kannst du machen, was du willst.“

„Ich kann auch jetzt schon machen, was ich will“, regte sich Timo auf. „Und das werde ich auch. Und glaub mir, es gehört nicht zu meinen Plänen, nach *Göttingen* zu ziehen. Wo liegt das überhaupt?“

Cora fragte sich auf einmal, ob Timo den Erdkundeunterricht häufiger geschwänzt hatte, als ihr bewusst war. Aber sie verkniff sich jede Bemerkung in dieser Richtung und entgegnete: „Diese Wohnung ist schon gekündigt. Und eine andere wirst du nicht mieten können. Und wenn du stattdessen bei irgendeinem deiner zweifelhaften Freunde wohnen möchtest, werde ich dich mit Polizeigewalt da herausbefördern. Auch mehrfach, wenn es nötig ist.“

Timo öffnete seinen Mund und schloss ihn dann wieder. Er schien nicht zu wissen, was er sagen sollte. Fassungslos starrte er seine Mutter an. Scheinbar hatte er sie noch nie so wild entschlossen erlebt wie heute. „Es gibt immer Mittel und Wege“, sagte er irgendwann hilflos.

„Die gibt es“, nickte Cora. „Ich hab nämlich nachgeforscht. Deine einzige Möglichkeit, dich gegen meine Entscheidung zu wehren, besteht darin, dass du dich an das Jugendamt wendest. Wenn du durchsetzen kannst, dass denen das Sorgerecht für dich übertragen wird, bist du mich los. Die Frage ist allerdings, ob dich das nicht vom Regen in die Traufe bringt.“ Sie machte eine kurze Pause und fügte dann leise hinzu: „Vor allem finanziell.“ Gespannt sah sie Timo in die Augen. Sie wusste, dass Geld ihr bestes Druckmittel war. Schließlich hatte sie Timo in dieser Hinsicht sehr verwöhnt. Er hatte nie selbst für sein üppiges Taschengeld sorgen müssen.

Timo schien fieberhaft nachzudenken. Nach ein paar Sekunden sah er seine Mutter böse an und sagte: „Glaub ja nicht, dass du in Göttingen Freude an mir haben wirst.“ Damit stand er auf, griff sich wütend das Brot, das noch vor ihm auf dem Frühstücksbrett lag, und lief Türen knallend in sein Zimmer.

Cora versuchte nicht, ihn aufzuhalten. Sie hatte mit Schlimmerem gerechnet und atmete auf. Im Grunde genommen hatte er eingelenkt. Er würde mit ihr nach Göttingen kommen. Diese Runde hatte sie gewonnen.

❧

Knapp zwei Wochen später war es dann soweit. Cora hatte bis zum Umfallen geräumt, gepackt und geschrubbt. Sie war ziemlich fertig, weil sie alles hatte allein machen müssen. Matthias hatte seine Hilfe nicht angeboten und verständlicherweise hatte Cora auch nicht darum gebeten. Und Timo? Der war schlecht gelaunt durch die Wohnung gepoltert und hatte nicht einen einzigen Finger krumm gemacht.

Aber jetzt war die erste Etappe geschafft. Erleichtert drückte Cora ihrem Vermieter die Schlüssel in die Hand, setzte sich mit Timo in ihren roten Ford Focus und fuhr hinter dem Umzugswagen her in Richtung Göttingen.

Eigentlich konnte sie es selbst kaum glauben. Hatte sie wirklich den Mut für einen Neuanfang aufgebracht? Vorsichtig sah sie nach rechts zu Timo herüber. Das Beste an alledem war, dass sie Timo gegenüber standhaft geblieben war. Das hatte sie in der Vergangenheit eigentlich noch nie geschafft. Aber jetzt, wo es ihr einmal gelungen war, hatte es ihr ungeheuren Auftrieb gegeben. Vielleicht war sie früher viel zu nachsichtig mit ihm umgegangen.

Sie atmete noch einmal tief durch. Dies sollte erst der Anfang sein. Von jetzt an würde sie ihren Erziehungsstil von Grund auf revolutionieren.

„Ich hab dich übrigens auf dem Felix-Klein-Gymnasium angemeldet“, sagte sie zu Timo. „Es hat einen hervorragenden Ruf.“

Timo zuckte nur mit den Schultern und sah weiter angestrengt aus dem Fenster. Seit Coras Ankündigung, dass sie nach Göttingen ziehen würden, hatte er kaum mehr ein Wort mit ihr gewechselt. Scheinbar war er der Auffassung, dass er sie mit Nichtbeachtung am besten strafen konnte.

„Du kommst in die 9c. Dein neuer Klassenlehrer ist ein Herr Wilkens. Er unterrichtet Deutsch und Englisch.“ Timo nickte gelangweilt. Cora hatte es allmählich satt, gegen eine Wand zu reden. „Außerdem bin ich der Meinung, dass du deinen Klavierunterricht wieder aufnehmen solltest.“

Aus dem Augenwinkel heraus achtete sie jetzt gespannt auf Timos Reaktion. Sie wusste, dass sie gerade eine offene Provokation ausgesprochen hatte. Timo hatte von seinem achten bis zu seinem zwölften Lebensjahr Klavierunterricht erhalten und dann gegen ihren Willen damit aufgehört. Damals hatte Cora nichts dagegen unternommen. Aber seit sie von Herrn Ballmer wusste, dass ein gewisser Tim Berghoff in Göttingen Klavierunterricht erteilte, war alles anders.

„Das glaubst du doch wohl selbst nicht!“, lachte Timo.

„Doch, tue ich“, entgegnete Cora fröhlich. „Ich befürworte nämlich Ausgewogenheit als Grundlage einer gesunden Entwicklung. Und deshalb werde ich dir *eine* sportliche und *eine* musikalische Betätigung finanzieren.“

„Finanzieren kannst du mir viel“, entgegnete Timo wütend. „Aber wo ich am Ende tatsächlich aufschlage, das musst du schon mir überlassen.“

„Muss ich das?“, säuselte Cora. „Die Adressen der örtlichen Tischtennisvereine habe ich dir bereits herausgesucht. Du kannst dir den besten davon aussuchen. Aber wenn du möchtest, dass ich den Vereinsbeitrag übernehme und meine Unterschrift unter die Einverständniserklärungen setze, die deine Teilnahme an Punktspielen ermöglichen, dann solltest du schleunigst deine Begeisterung für Klaviertastaturen wiederentdecken. Hast du das verstanden?“ Coras Tonfall war mit jedem Wort schärfer geworden. Kein Zweifel. Cora wusste genau, was sie sagte, und sie meinte es auch.

Das schien sogar Timo zu begreifen. Jedenfalls wagte er jetzt keinen Widerspruch mehr, sondern murmelte nur etwas wie „gemeine Erpresserin“. Dann sah er wieder angestrengt aus dem Fenster.

Cora lehnte sich erleichtert, aber auch ein wenig nachdenklich auf dem Fahrersitz zurück. Tischtennis zu spielen war für Timo das Wichtigste auf der Welt. Das wusste sie und das hatte sie gnadenlos ausgenutzt. War sie vielleicht wirklich eine ‚gemeine Erpresserin‘? Egal – schließlich diente alles einem guten Zweck. Sie würde Timo seinem Herzenswunsch näher bringen – dem Wunsch, seinen Vater kennen zu lernen.

Kapitel 19

Cora rutschte unruhig auf dem Sessel im Wohnzimmer hin und her. Vor ihr auf dem kleinen Tisch lag aufgeschlagen das Telefonbuch von Göttingen, daneben der Hörer ihres schnurlosen Telefons.

„Wenn du es nicht tust, dann war alles umsonst“, flüsterte sie sich selbst zu.

Sie krallte ihre Hände in den dunkelroten Stoff des Sessels und starrte blicklos zu dem riesengroßen Kiefernschrank, der eine ganze Wand des vielleicht 20 Quadratmeter großen Wohnzimmers vereinnahmte. Er bestand fast ausschließlich aus Regalen. Cora hatte ihn sich vor langer Zeit einmal gekauft, um ihren riesigen Platzbedarf für juristische Fachbücher zu decken.

Sie schüttelte langsam den Kopf. „Ich kann es nicht“, flüsterte sie verzweifelt.

Gut vier Wochen wohnte sie jetzt in Göttingen und eigentlich war das Schlimmste überstanden. Die Wohnung war komplett eingerichtet und auch die erste Zeit in der neuen Kanzlei war gut gelaufen. Man hatte sie freundlich empfangen und das Betriebsklima schien sehr angenehm zu sein.

Sehr zu ihrer eigenen Verwunderung hatte sie auch schon etwas Anschluss gefunden. Eine junge Frau namens Beate Diekmann hatte zeitgleich mit ihr als Rechtsanwältin angefangen. Vom ersten Moment an hatte sie sich an Cora geklammert. Und da sie recht sympathisch war, hatte Cora auch nichts dagegen gehabt.

Sogar Timo schien sich schon ein wenig eingelebt zu haben. Soweit Cora das kontrollieren konnte, besuchte er regelmäßig den Unterricht. Auch hatte er sich einen Tischtennisverein ausgesucht, in dem sein Talent sofort erkannt worden war. Und so nahm er bereits seit dem letzten Wochenende an den Punktspielen der ersten Mannschaft teil. Jetzt fehlte also nur noch eins: der Klavierunterricht.

Cora konnte schon nicht mehr zählen, wie oft sie sich in den letzten vier Wochen vorgenommen hatte, Tim anzurufen. Eigentlich war es albern, überhaupt noch das Telefonbuch aufzuschlagen. Schließlich kannte sie seine Nummer schon lange auswendig. Aber irgendwie brauchte sie das. So nervös, wie sie war, konnte sie sich leicht verwählen oder einen Blackout haben oder beides.

Sie seufzte. Timo war auf einem Punktspiel, ihre Arbeit hatte sie fertig und auch sonst gab es nichts zu tun.

„Jetzt oder nie“, sagte sie zu sich selbst. Nur leider brachte dieser harmlose Satz sie gleich wieder zum Bibbern. „Du bist ein Weichei“, schalt sie sich selbst. „Und du tust ja gerade so, als würdest du ihn anrufen, um ihm zu sagen: ‚Hey, Tim, ich bin’s, Cordula. Ich wohne jetzt in Göttingen. Hast du vielleicht Lust, deinem Sohn Klavierunterricht zu erteilen?‘“ Wieder stieß sie einen tiefen Seufzer aus. Warum stellte sie sich nur so an? Wenn sie sich mit „Neumann“ meldete und ganz sachlich nach dem Klavierunterricht erkundigte, konnte doch eigentlich gar nichts schief gehen, oder?

„Jesus", jammerte sie verzweifelt, „du warst doch auch der Meinung, dass ich nach Göttingen ziehen soll." So war es ihr jedenfalls vorgekommen. „Dann gib mir jetzt auch die Kraft, ihn anzurufen!"

Und tatsächlich, irgendwie schien dieses Stoßgebet zu helfen. Jedenfalls beruhigte sie sich ein wenig, griff todesmutig nach dem Telefonhörer und wählte – natürlich ohne dazu noch einmal ins Telefonbuch schauen zu müssen – seine Nummer.

Da saß sie nun also mit dem Hörer in der Hand, stocksteif, zitternd und mit weit aufgerissenen Augen. Und als das erste Tuten ertönte, war auch ihr Puls wieder auf den höchsten Wert geklettert. Einen Moment wollte sie das Telefon wieder ausmachen, aber sie war wie gelähmt. Und so betete sie wieder, dieses Mal allerdings anders herum. *Bitte lass ihn nicht da sein. Bitte lass ihn einkaufen gegangen sein oder spazieren. Bitte, bitte, bitte.*

„Berghoff", meldete sich da eine Stimme, die Cora sofort als Tims wiedererkannte. Sie hatte sich auch kaum verändert seit damals. Sie klang immer noch jugendlich, weckte haufenweise Erinnerungen in Cora und ließ ihr Herz beinahe aussetzen.

„Guten Tag, Neumann hier", schaffte Cora zu entgegnen. Aber beim Klang ihrer eigenen Stimme wurde sie auf einmal noch nervöser, als sie es ohnehin schon war. Warum hatte sie nie zuvor darüber nachgedacht, was wäre, wenn Tim *ihre* Stimme wiedererkannte?

„Ja, schön", sagte Tim ein wenig verwirrt. „Und was kann ich für Sie tun?"

Cora hatte jetzt den starken Drang einfach aufzulegen. Aber dazu war es zu spät. Sie hatte ja schon ihren Namen gesagt. Daher gab es kein Zurück mehr. „Ich ... also ...", begann sie stammelnd, stellte aber fest, dass ihre Stimme völlig versagte. Das hier war ein einziger Albtraum. *Reiß dich zusammen!*, beschwor sie sich. „Sind ... sind Sie der Herr Berghoff, der Klavierunterricht erteilt?", gelang es Cora in einigermaßen normalem Tonfall zu fragen.

„Oh ja", erwiderte Tim erfreut, „der bin ich. Haben Sie meine Anzeige gelesen?"

„Anzeige, genau", hauchte Cora unter Einsatz all ihrer Kräfte. „Ich habe einen Sohn, wissen Sie, und ... der ...", sie musste sich schon wieder räuspern, „ ... braucht dringend wieder Unterricht." Sie sprach nicht weiter, weil sie einfach nicht mehr konnte. Stattdessen atmete sie so lautlos, wie es ging, ein paar Mal tief durch.

„Und wie alt ist Ihr Sohn?"

„Hatschi“, nieste Cora.

„Gesundheit!“

Cora dankte ihm und musste gleich noch einmal niesen. Im Gegensatz zu sonst ärgerte sie sich aber nicht darüber. Ihr war gerade aufgefallen, welche immensen Vorteile diese Allergie beinhaltete. Sie veränderte ihre Stimme und das war ihr Schutz! „Vierzehn“, antwortete sie und benutzte das Taschentuch, um sich den Schweiß von der Stirn zu wischen.

„Und wie lange hatte er bereits Unterricht?“

Cora zog verwirrt die Stirn in Falten. „Woher wissen Sie, dass er bereits Unterricht hatte?“, fragte sie spontan.

„Na, Sie sagten doch, er brauche *wieder* Unterricht.“

„Ach ja“, nickte Cora und zitterte dabei immer noch von Kopf bis Fuß. „Er ist bereits von seinem achten bis zu seinem zwölften Lebensjahr unterrichtet worden.“

„Und in den letzten beiden Jahren?“

„Da ... hat er sich geweigert“, musste Cora zugeben.

„Hm, dann war es wahrscheinlich auch nicht seine Idee, den Unterricht wieder aufzunehmen, oder?“, kombinierte Tim.

„Nein“, seufzte Cora, „nicht unbedingt.“

„Dann wollen wir hoffen, dass es mir gelingt, ihm wieder Freude am Klavierspiel zu geben. Wann soll der Unterricht denn beginnen?“

„Am besten sofort“, erwiderte Cora und hatte Mühe, ihre Begeisterung zu verbergen.

„Gern. An welchem Wochentag hat Ihr Sohn denn Zeit?“

„Immer außer donnerstags.“

„Wie wäre es dann ...“, Cora hörte Papier knistern und ging davon aus, dass Tim in einem Kalender blätterte, „ ... mit Dienstagnachmittag um 16 Uhr?“

„Einverstanden!“

„Prima. Wissen Sie, wo ich wohne?“

„Das finde ich schon“, lächelte Cora und musste daran denken, wie oft sie in den vergangenen Wochen an seinem Haus vorbeigeschlichen war.

„Dann also bis Dienstag.“

„Ja, bis dann.“ Cora war noch imstande, die Taste zu drücken, mit der das Telefon ausgeschaltet wurde, dann sank sie bewegungsunfähig auf ihrem Sessel zusammen.

Sie hatte mit Tim telefoniert. Es war unvorstellbar, aber tatsächlich wahr. Sie hatte mit ihm gesprochen, hatte selbst mit ihm gesprochen, seine Worte beeinflusst, seine Stimme gehört. Seine Stimme! Cora schloss überwältigt die Augen. Es war dieser altvertraute Klang, der wieder Schwindelgefühle bei ihr verursachte. Auf einmal erinnerte sie sich nicht mehr nur an Tim, sondern auch an sich selbst und ihren damaligen Gemütszustand, ihre Verzweiflung, ihr Aufgewühltsein. Auf einmal wurde ihr bewusst, wie sehr sich ihr Gefühlsleben doch in der Zwischenzeit beruhigt hatte. Und sie konnte kaum glauben, dass ein einziges Telefonat all dies wieder zunichte gemacht hatte. Trotzdem fragte sie sich nicht ein einziges Mal, ob es das wert war. Tim war alles wert, alles. Und das Telefonat war ja auch erst der Anfang. Sie würde ihn sehen, würde ihn wirklich sehen! Und das schon in zwei Tagen!

Bei diesem Gedanken fuhr ihr dann allerdings postwendend der Schreck in die Glieder. Konnte sie sich wirklich vorstellen, ihm Auge in Auge gegenüberzustehen? Würde sie dann überhaupt ein einziges Wort herausbringen? Und was war, wenn er sie erkannte? Konnte sie dieses Risiko wirklich eingehen?

Natürlich konnte sie! Sie würde jedes Risiko eingehen!

Und eigentlich standen jetzt auch ganz andere Probleme im Vordergrund. Was war, wenn sie ihm immer noch nicht gefiel, obwohl sie jetzt schlank war?

Jetzt kam wieder Leben in Cora. Sie sprang auf und lief in den Flur, wo sie sich vor den großen Spiegel stellte. Sah sie gut aus? Entsprach sie Tims Geschmack?

Prüfend sah sie an sich herunter und dachte sofort an Verena. Da war keinerlei Ähnlichkeit festzustellen! Sie war weder so groß wie Verena noch hatte sie lange blonde Haare. Verenas herausfordernden Augenaufschlag hatte sie noch nie beherrscht und wie man sich weiblich oder gar sexy kleidete, wusste sie sowieso nicht. Wie sollte sie da jemals eine Chance bei Tim haben?

Hör auf!, mahnte sie sich. *Du hasst Verena. Also versuch gar nicht erst, sie zu kopieren. Du bist du. Und wenn das nicht reicht, dann ist es eben so.*

Aber das war nicht so einfach. In den letzten 15 Jahren hatte sie keinem einzigen Mann hinterhergeschaut, hatte sich niemals für jemanden interessiert. Sie hatte sich nicht schön gemacht, nie versucht, jemandem zu gefallen. Aber jetzt ging es plötzlich um alles. Es ging um Tim. Und sie wollte diese Chance, wirklich, sie wollte nichts mehr als diese zweite Chance!

Wenn sie schon nicht so sein konnte wie Verena, dann würde sie wenigstens das Optimum aus Cora herausholen!

Fast panisch rannte sie vom Flur aus zurück ins Wohnzimmer und griff sich ihren Terminkalender. Sie brauchte sofort einen Friseurtermin! Und sie musste sich etwas Neues zum Anziehen kaufen. Blau! Tims Lieblingsfarbe war blau!

❧

„Vorsicht!“, rief Timo bereits zum dritten Mal während dieser Autofahrt. „Schon mal was von rechts vor links gehört?“

Cora bremste und murmelte fahrig: „Ja, ja, schon gut.“

„Also ehrlich, du fährst ja heute wie eine gesengte Sau“, schimpfte Timo.

„Tut mir Leid“, sagte Cora.

Timo sah seine Mutter prüfend von der Seite an. „Stimmt heute irgendetwas nicht mit dir?“

Cora warf ihrem Sohn einen entsetzten Blick zu. War sie etwa so leicht zu durchschauen? „Wieso?“, fragte sie so unschuldig wie möglich und musste Sekundenbruchteile später schon wieder eine Vollbremsung machen, die zweite innerhalb von ein paar Minuten.

Timo schüttelte verständnislos den Kopf. „Sonst bist du eine bessere Autofahrerin“, stellte er fest.

„Jeder hat doch mal einen schlechten Tag“, verteidigte sich Cora.

„Von deinem Fahrverhalten mal abgesehen siehst du aber eher nach einem guten Tag aus“, überlegte Timo. Dann deutete er auf Coras knallblauen Hosenanzug. „Ist der neu?“

Cora tat so, als müsste sie erst einmal an sich heruntersehen. „Ach der“, wiegelte sie ab. „Ich brauchte mal was Neues fürs Büro.“

„Und gibt's auch Männer im Büro?“, fragte Timo interessiert.

Coras Augen weiteten sich. Sie hatte Timo nicht für so scharfsinnig gehalten, schon gar nicht, wenn es um seine Mutter ging. Seit wann interessierte er sich denn für etwas anderes als für sich? „Solltest du dich nicht schon mal mental auf deine Klavierstunde vorbereiten?“, gab sie zurück.

Sofort verschwand der offene Ausdruck in Timos Gesicht. „Ich werde sie über mich ergehen lassen“, stellte er klar. „Nicht mehr und nicht weniger!“

Cora senkte schuldbewusst den Blick. Sie hätte sich ihren Spruch ruhig sparen können, das wusste sie. Sie wollte es Tim doch nicht noch schwerer machen, als er es ohnehin schon haben würde. „War nicht so gemeint“, sagte sie leise.

Aber Timo antwortete nicht. Er war in sein Schneckenhaus zurückgekehrt.

Wenn sie es sich recht überlegte, war Timo in letzter Zeit ein ganz kleines bisschen netter und offener geworden. Da war es umso schlimmer, wenn sie diese Offenheit durch unüberlegte Bemerkungen zerstörte.

Cora blinkte und bog jetzt in die Straße ein, in der Tim wohnte. Fast gleichzeitig begann ihr Herzschlag wieder zu rasen und sie hörte auf, über das Gespräch mit Timo nachzudenken. Die erste Begegnung mit Tim stand unmittelbar bevor!

Cora kannte die Straße mittlerweile wie ihre Westentasche und so hatte sie keine Probleme, einen geeigneten Parkplatz in der Nähe des Hauses zu finden. Trotzdem waren ihre Hände schweißnass, als sie den Motor ausstellte.

„Gehen wir?“, fragte sie so unbefangen wie möglich.

Timo nickte nur und stieg gemächlich aus. Cora nutzte die Gelegenheit, um noch einmal schnell einen Blick in den Rückspiegel zu werfen und an ihren Haaren herumzuzupfen. Dann folgte sie ihrem Sohn. „Es ist das Haus da drüben“, sagte sie und deutete auf ein kleines, weiß verputztes Reihenhaus mit blauen Türen und Fenstern auf der gegenüberliegenden Straßenseite.

„Woher weißt du das?“, fragte Timo verdutzt.

Cora sah ihn erschrocken an. Hatte sie sich jetzt verraten? Schnell sah sie in Richtung des Hauses. „Nummer 7“, sagte sie dann schnell und lachte gekünstelt, „steht doch dran.“

Timo sah skeptisch von Cora zu dem Reihenhaus mit der kleinen blauen Hausnummer und wieder zurück zu Cora. „Seit wann hast du solche Adleraugen?“

„Und seit wann unterschätzt du mich so?“, gelang es ihr, mit fester Stimme zu erwidern.

Timo sah seine Mutter nachdenklich an. Dann sagte er mit unerwarteter Ernsthaftigkeit: „Das weiß ich auch nicht so genau.“

Was hatte das denn jetzt zu bedeuten? Doch auch darüber konnte sie nicht länger nachdenken, denn Timo hatte bereits die Straße überquert und ging auf den Hauseingang zu. Eilig folgte sie ihm, auch wenn sie mittlerweile den Eindruck hatte, als wären ihre Füße schwer wie Blei. Sie konnte nur hoffen, dass es ihr gleich gelingen würde, sich normal und natürlich zu benehmen. Timo wunderte sich ohnehin schon über ihr Verhalten. Da konnte sie es sich keinesfalls erlauben, ihm noch Anlass zu weiteren Spekulationen zu geben.

Als sie Timo erreichte, stand er bereits vor der Haustür und hatte geklingelt. Cora blieb ein paar Schritte hinter ihm stehen und kämpfte mit ihren zitternden Knien. *Hoffentlich*, flehte sie einmal mehr, *hoffentlich ist er verhindert.*

Aber auch dieses Mal wurden ihre Gebete nicht erhört. Erst näherten sich Schritte, dann wurde die Tür geöffnet. Und dann, ja, dann stand er vor ihr. Tim, wie er leibte und lebte.

Cora hörte auf zu atmen und starrte ihn nur an. Er sah aus wie früher. Aufgrund der Bilder hatte sie es ja schon geahnt, aber jetzt gab es keinen Zweifel mehr daran. Er war noch genauso rank und schlank wie damals. Nicht einmal der Hauch eines Bauchansatzes war zu erkennen. Und dann die Augen ... sie waren noch genau dieselben ... grün ... schimmernd grün ... strahlend grün... zum Versinken grün ...

„Hallo", sagte er freundlich, „du musst wohl Timo sein."

Timo nickte gelangweilt.

Jetzt wanderte Tims Blick zu Cora hinüber. „Frau Neumann, nehme ich an."

Cora nickte apathisch, was Tim dazu veranlasste, ein wenig belustigt die Augenbrauen zu heben. Scheinbar fragte er sich, ob Mutter und Sohn irgendwie auf den Mund gefallen waren.

„Ja, dann komm doch mal rein", forderte er Timo auf und trat einen Schritt beiseite.

Timo leistete der Aufforderung Folge und trottete brav an ihm vorbei ins Haus hinein. Cora dagegen blieb wie angewurzelt vor der Tür stehen.

„Sie können Ihren Sohn in einer Dreiviertelstunde wieder abholen."

Cora nickte ein weiteres Mal, dann machte sie auf dem Absatz kehrt und eilte zurück auf die Straße. Sie war so erleichtert, diese erste Begegnung überstanden zu haben, dass sie keinen Ausrutscher mehr riskieren wollte. Sie wusste ja ohnehin nicht so genau, ob sie überhaupt in der Lage war, auch nur ein einziges Wort herauszubringen. Und so floh sie regelrecht zurück ins Auto und knallte die Tür hinter sich zu.

Da saß sie nun also, schwer atmend und aufgewühlt. Sie sah auf ihre Uhr. Nur noch 45 Minuten, dann würde sie ein weiteres Mal vor seiner Tür stehen. Und dann? Sie konnte doch nicht zweimal hintereinander die Stumme spielen, oder? Und was machte das auch für einen Eindruck! Auf diese Weise konnte man ganz bestimmt niemanden für sich interessieren!

Beim nächsten Mal musste sie sich auf alle Fälle noch stärker zusammenreißen. Und so begann sie zu üben. Sie stellte ihren Rückspiegel so ein, dass sie einen Teil ihres Gesichts sehen konnte. Dann probte sie ihr strahlendstes Lächeln und sagte: „Da bin ich wieder. Wie war denn die erste Stunde?"

Aber kaum hatte sie ihre eigene Stimme gehört, erstarb auch schon das Lächeln auf ihren Lippen. Sie schüttelte missbilligend den Kopf.

„Es muss wesentlich natürlicher klingen“, murmelte sie. Wieder lächelte sie in ihren Spiegel, dieses Mal allerdings sehr viel dezenter. „Hallo, Herr Berghoff“, sagte sie so unbefangen und fröhlich wie möglich, „ist die erste Stunde zu Ihrer Zufriedenheit verlaufen?“

Aber auch dieses Mal verwandelte sich ihr Lächeln in einen Ausdruck der Verzweiflung. Wie um alles in der Welt sollte sie natürlich klingen, wenn sie sich völlig gehemmt fühlte?

Dritter Versuch! Sie konzentrierte sich. Dann sah sie ein weiteres Mal in den Spiegel. Dieses Mal verzichtete sie auf jede Art von Lächeln. „Guten Tag, Herr Berghoff“, sagte sie so sachlich wie möglich, „waren Sie mit meinem Sohn zufrie- ... hatschi ... hatschi ... hatschi.“ Cora war mal wieder von einer Niesattacke heimgesucht worden, die jedes weitere Wort zunichte machte. Aber der erste Teil des Satzes hatte auch schon genügt, um ihr deutlich zu machen, dass die sachliche Tour noch weniger Erfolg versprach als alles andere.

Immer und immer wieder sprach sie mit ihrem Rückspiegel. Aber auch als die Dreiviertelstunde fast vergangen war, hatte sie noch kein zufrieden stellendes Ergebnis erzielt. Es war einfach zum Mäusemelken! Sie stieß einen Seufzer der Verzweiflung aus und sah zum hundertsten Mal auf ihre Uhr. Wie unbarmherzig doch die Zeit verging! Aber es nützte nichts. Die Zeit war um, und so stieg sie tapfer aus dem Wagen und ging zum zweiten Mal auf Tims Haus zu.

Sie wollte gerade klingeln, als die Tür schon von alleine geöffnet wurde und Timo vor ihr stand.

„Na, wie war's?“, fragte sie erwartungsvoll.

„Wie soll's schon gewesen sein“, entgegnete Timo genervt. „Es war deine Idee, das sagt doch alles.“ Dann spazierte er ohne ein weiteres Wort an ihr vorbei in Richtung Wagen.

Cora blieb unentschlossen stehen und spähte in den Hausflur hinein. Natürlich war es verführerisch, Timo einfach zu folgen und sich unauffällig aus dem Staub zu machen. Aber sie wusste auch, dass das nicht besonders hilfreich gewesen wäre. Sie wollte Tim doch unbedingt noch einmal sehen und wenigstens ein oder zwei Sätze mit ihm wechseln. Schließlich würde es mindestens eine Woche dauern, bis sich die nächste Gelegenheit dazu bieten würde.

„Hallo?“, rief sie darum mutig, wenn auch nur halblaut ins Haus hinein.

„Ich komme schon“, hörte sie Tim antworten.

Cora atmete schnell noch einmal tief durch. *Bleib einfach ruhig*, beschwor sie sich. *Dann kann dir überhaupt nichts passieren.* Trotzdem hatten sich bereits Schweißperlen auf ihrer Stirn gebildet, als Tim wenige Sekunden später in den Türrahmen trat.

„Entschuldigen Sie bitte", sagte er, „ich habe mir nur noch ein paar Notizen gemacht."

„Über Timo?"

Tim nickte. „Genau. Ich muss am Anfang natürlich versuchen, mir ein Bild von meinen Schülern zu machen. Zu diesem Zweck schreibe ich meine Eindrücke auf."

„Und was ist Ihr Eindruck?"

„Heute war die allererste Unterrichtsstunde", wiegelte Tim ab. „Da kann man noch nicht viel sagen."

„Dann sagen Sie mir wenig", beharrte Cora. Sie war froh, überhaupt ein Gesprächsthema gefunden zu haben.

Tim zuckte die Achseln. „Na gut. Aber sagen Sie nachher nicht, ich hätte voreilige Schlüsse gezogen. Um es ganz deutlich zu sagen, war mein erster Eindruck der, dass Ihr Sohn entweder keine vier Jahre Klavierunterricht gehabt hat oder aber vollkommen unbegabt ist."

Cora nickte. Sie hatte so etwas befürchtet. „Der Eindruck täuscht."

„Ach tatsächlich?", erwiderte Tim skeptisch.

„Ja. Mein Sohn ist nicht nur begabt, sondern *ausgesprochen* begabt. Das haben mir zwei Klavierlehrer unabhängig voneinander bestätigt."

„Könnte an den Klavierlehrern gelegen haben", mutmaßte Tim.

„Hat es aber nicht", brauste Cora auf. „Timo hat die Begabung seines Vaters geerbt, da bin ich mir ganz sicher!" Sie hatte den Satz kaum zu Ende gesprochen, da hielt sie auch schon erschrocken inne. Es war nicht zu glauben, zu was für Aussagen sie sich plötzlich hinreißen ließ.

„Wenn sein Vater so begabt ist, warum erteilt *er* dann nicht den Unterricht?", fragte Tim interessiert.

Cora starrte ihn ungläubig an. Diese Frage war – jedenfalls bei Licht betrachtet – ein einziger Witz. Trotzdem war ihr alles andere als zum Lachen zumute. „Weil ... das ...", stammelte sie, „ich meine ..."

Jetzt merkte auch Tim, dass er scheinbar die falsche Frage gestellt hatte. „Tut mir Leid", sagte er peinlich berührt, „das geht mich wirklich nichts an."

Aber Cora hatte sich schon wieder gefangen. „Kein Problem", entgegnete sie und es gelang ihr, ein wenig dabei zu lächeln, „die Sache ist einfach die, dass ... wie soll ich sagen ... kein Kontakt zu Timos Vater besteht. Und ... na ja ... das ist wohl auch der Grund dafür, dass Timo zur Zeit ein wenig schwierig ist."

„Ich verstehe“, sagte Tim. „Dann schlage ich vor, dass wir die nächsten Stunden erst einmal abwarten, bevor wir über seine Begabung entscheiden. Einverstanden?“

Cora nickte mechanisch. Sie war jetzt so ziemlich mit allem einverstanden.

„Und was mein Honorar anbelangt“, fuhr Tim fort, „können Sie das vielleicht auf dieses Konto überweisen?“ Er reichte Cora einen kleinen Zettel.

Cora nickte wieder. Gleichzeitig überlegte sie krampfhaft, wie sie das Gespräch mit Tim fortsetzen konnte. Es musste doch irgendein harmloses, unverfängliches Thema geben, über das sie mit ihm plaudern konnte! Aber das Wetter war zu banal und etwas anderes fiel ihr beim besten Willen nicht ein. Und so blieb sie nur vor ihm stehen und sagte gar nichts.

Tim sah sie noch eine Weile abwartend an. Irgendwann aber streckte er seine Hand aus und sagte: „Ja, dann also bis nächsten Dienstag.“

Cora reagierte sofort und ergriff die ausgestreckte Hand. „Ja, bis dann“, presste sie hervor, während ihr bei dieser Berührung abwechselnd warm und kalt wurde. Genauso hatte sie seine Hände in Erinnerung, genauso warm und weich. Und so fühlte sie sich einmal mehr an diese Nacht erinnert, diese eine Nacht, die alles verändert hatte. Sie sah Tim direkt in die Augen und hielt weiter seine Hand fest. Er musste es doch auch merken!

Aber Tim sah eigentlich nur verlegen aus und starrte auf die Hand, die noch immer die seine festhielt. „Also dann“, wiederholte er und zog ihr die Hand weg, „bis nächsten Dienstag.“ Mit diesen Worten drehte er sich hastig um, floh regelrecht ins Haus und schlug Cora die Tür vor der Nase zu.

Cora spürte immer noch Tims Hand und war davon so eingenommen, dass sie ein paar Sekunden brauchte, bis sie in der Lage war, sich in Bewegung zu setzen.

Auf dem Weg zum Auto ließ sie das Geschehene dann noch einmal Revue passieren. Und jetzt, mit größer werdendem Abstand, schwante ihr auch, wie ihr Verhalten auf Tim gewirkt haben musste. *Tolle Aktion*, flüsterte sie sich zu. *Wirklich ganz toll. Wahrscheinlich denkt er jetzt, dass du ein streitlustiges, rechthaberisches und zu allem Überfluss auch noch männermordendes Etwas bist. Und wahrscheinlich hält er ab sofort drei Meter Sicherheitsabstand zu dir!* Verzweifelt schüttelte sie den Kopf. Wie hatte sie sich nur so vergessen können? Jetzt hatte sie womöglich alles verdorben!

Aufgewühlt und schlecht gelaunt kam sie am Auto an. *In der Ver-*

fassung, in der du jetzt bist, solltest du wirklich kein einziges Wort sagen, ermahnte sie sich selbst, *sonst brichst du einen handfesten Streit vom Zaun.* Und so öffnete sie wortlos die Autotür, ließ sich auf den Fahrersitz fallen und fuhr los.

„Ich hab heut übrigens noch Training", eröffnete Timo das Gespräch.

„Ich weiß", erwiderte Cora wortkarg.

„Und zwar um halb sechs", fügte Timo in vorwurfsvollem Tonfall hinzu.

„Ich weiß", sagte Cora erneut und sah unwillkürlich auf die Uhr im Wagen. Es war mittlerweile kurz nach fünf, ein bisschen später als eingeplant, aber auch alles andere als knapp. In wenigen Minuten würde sie zu Hause sein. Dann konnte Timo noch in Ruhe seine Sachen packen und mit dem Fahrrad den höchstens fünf Minuten langen Weg zur Tischtennishalle zurücklegen. Wozu also diese Bemerkung?

„Ich konnte ja nicht wissen, dass du noch einen Kaffeeklatsch halten würdest", setzte Timo seine Provokation fort. Auch er schien nach dem Besuch bei Tim nicht gerade bester Laune zu sein.

Cora riss sich zusammen. *Verlier jetzt bloß nicht die Beherrschung*, befahl sie sich. „Tut mir Leid, dass du warten musstest", schaffte sie zu sagen.

„Ich habe schon eine Dreiviertelstunde meines Lebens *innerhalb* dieses Hauses verschwendet. Deshalb verstehe ich nicht, warum das *außerhalb* noch fortgesetzt werden muss!"

Cora fletschte die Zähne. *Warum?*, fragte sie sich. *Warum musste er immer das letzte Wort haben, immer noch einen draufsetzen?* „Meine Unterredung mit Herrn Berghoff wäre verzichtbar gewesen", zischte sie, „wenn du zur Abwechslung mal ein bisschen guten Willen gezeigt hättest. Und glaub mir, halb so viel guter Wille wie bei deinem blöden Tischtennis hätte mir schon gereicht!"

Ein Lächeln bildete sich auf Timos Gesicht. Scheinbar hatte er sein Ziel erreicht und freute sich über Coras Wutanfall. „Da kannst du lange warten", flötete er.

Cora atmete resigniert aus. „Mensch, Timo", sagte sie in versöhnlicherem, beschwörendem Tonfall, „das hier ist doch kein Duell. Ich bin deine Mutter! Ich meine es gut mit dir! Und ich schicke dich nicht zum Klavierunterricht, weil ich dich ärgern will. Im Gegenteil! Ich weiß einfach, dass du sehr begabt bist. Und diese Begabung sollte man doch fördern. Findest du nicht auch?"

„Nein", antwortete Timo schlicht.

„Aber warum denn nicht?", fragte Cora verzweifelt.

„Weil mich die Scheißklimperei nicht interessiert, darum", schimpfte Timo. „Musik ist was für Weiber, sollen die doch ihre zarten Fingerchen über die Tastatur gleiten lassen."

„Das ist doch vollkommener Blödsinn", widersprach Cora. „Es gibt so viele Männer, die Musik machen. Geh doch mal in ein Konzert. Mindestens die Hälfte der Musiker sind Männer. Und nicht nur das! Denk doch mal nach. Alle großen Komponisten waren Männer: Händel, Bach, Beethoven und wie sie alle heißen. Das musst du doch einsehen."

„*Männer* nennst du die?", erwiderte Timo abfällig. „Für mich sind das Weicheier, die sich hinter ihrer Musik verkrochen haben, damit nicht auffällt, dass sie sonst überhaupt nichts auf dem Kasten haben."

„Und wann hat ein Mann etwas auf dem Kasten?", wollte Cora wissen.

Timo zuckte mit den Schultern. „Ich weiß nicht so genau. Wenn er stärker ist als andere zum Beispiel. Oder mutiger. Oder wenn er andere im Sport besiegt, so wie Michael Schumacher."

„Oder wenn er ein guter Tischtennisspieler ist?", probierte Cora.

„Genau!", freute sich Timo. „Jetzt hast du's geschnallt."

Cora hielt den Wagen an. Sie waren zu Hause angekommen. „Dann mal viel Spaß bei der Entwicklung deiner Männlichkeit", sagte sie niedergeschlagen.

Timo horchte auf. „Heißt das, dass ich ab sofort vom Klavierunterricht befreit bin?", fragte er hoffnungsvoll.

„Findest du nicht, dass wirkliche Männer auch mal etwas Durchhaltevermögen beweisen müssen?", lautete Coras Gegenfrage.

„Klar", antwortete Timo unsicher. Er schien keine Ahnung zu haben, worauf seine Mutter hinaus wollte.

„Dann mach mit dem Klavierunterricht weiter und du kannst Tischtennis spielen", entgegnete Cora mit fester Stimme.

Timo rollte mit den Augen. Dann stieg er aus dem Wagen, knallte die Tür zu und stapfte wütend aufs Haus zu.

Cora dagegen blieb noch ein paar Minuten nachdenklich im Wagen sitzen. Wie hatte sich dieses Männerbild bei Timo festsetzen können? Sie grübelte. Wenn sie es sich recht überlegte, gab es nicht gerade viele Männer, mit denen Timo in seiner Kinderzeit in Kontakt gekommen war. Abgesehen von irgendwelchen Lehrern war da allenfalls Matthias gewesen. Und den hatte Timo sowieso nie gemocht. War in diesem Zusammenhang nicht auch schon mal das Wort „Weichei" gefallen? Und war Matthias nicht auch musikbegeistert?

Verzweifelt legte sie ihren Kopf auf dem Lenkrad ab. Sie würde wahrscheinlich nie erfahren, was genau für Timos Ansichten verantwortlich war. Und es war ja auch egal. Auf die Ursachen kam es nicht an. Alles entscheidend war hingegen die Frage, welche Gegenmaßnahmen sie ergreifen konnte. Was konnte sie tun? Wie nur, wie sollte sie, eine Frau, Timos Männerbild korrigieren?

Kapitel 20

„Ich hätte gerne eine große Cola und eine Pizza Margherita", sagte Beate zum Kellner des kleinen italienischen Restaurants, in dem sie mit Cora zu Abend essen wollte.

So durchschnittlich wie ihre Bestellung war auch Beate selbst. Sie war ungefähr 1,70 Meter groß, schlank und ein heller Typ mit blauen Augen und mittelblonden Haaren. Mit ihrer etwas zu langen, ein wenig schiefen Nase, den ziemlich eng zusammenstehenden Augen und den dünnen Haaren konnte man sie nicht gerade als hübsch bezeichnen. Allerdings verstand sie es, das Optimum aus sich herauszuholen. Ihre Haare waren mit hellblonden Strähnchen versehen und zu einer kecken Kurzhaarfrisur geschnitten. Die Brille, die sie benötigte, war ein hochmodernes Exemplar mit kleinen Gläsern und einem dicken, schwarzen Rand, der von ihrer Nase ablenkte. Sie trug heute Abend einen kurzen schwarzen Rock und einen tief ausgeschnittenen, knallroten Pullover, der wahrscheinlich erst durch die Hilfe eines Push-up-BHs die entsprechende Wirkung erzielte.

„Und ich ein Wasser und eine Lasagne", fügte Cora hinzu. Gegen Beate wirkte sie ein wenig farblos. Sie hatte wie immer auf jede Art von Make-up verzichtet und trug eine stinknormale dunkelblaue Jeans und eine hochgeschlossene Hemdbluse aus hellblauem Lederimitat.

Der Kellner kritzelte die Bestellungen auf einen kleinen Schreibblock, stierte zwischendurch in Beates Ausschnitt und machte sich dann nur widerwillig aus dem Staub.

„Da bin ich aber froh", sagte Beate, als er außer Hörweite war.

Cora verstand kein Wort. „Froh? Wieso? Worüber?"

„Über deine Bestellung."

Cora zog fragend die Augenbrauen hoch. „Ich hab keine Ahnung, was du meinst."

„Soll ich ehrlich sein?", fragte Beate und hatte mal wieder diesen übereifrigen Gesichtsausdruck, den Cora schon aus dem Büro von ihr kannte. Kein Zweifel, sie wollte unbedingt etwas Wichtiges loswerden. „Ich hab dich für magersüchtig gehalten“, platzte es aus ihr heraus.

Cora schnappte nach Luft. „Bist du verrückt? Wie kommst du denn darauf?“

„Na, sieh dich doch mal an. Du hast nicht ein Gramm Fett auf den Rippen. Außerdem kann ich mich nicht erinnern, dass du im Büro jemals etwas gegessen hast. Du hast dich nie beteiligt, wenn wir uns was bestellt haben. Und du hattest dir auch nichts von zu Hause mitgebracht. Und wenn jemand Süßigkeiten ausgegeben hat, hast du sie weit von dir gewiesen, als wären sie vergiftet. Das ist doch verdächtig, oder?“

„Ich hatte nicht vermutet, dass ich unter derart lückenloser Beobachtung stehe“, antwortete Cora ein wenig pikiert.

„Also doch“, entfuhr es Beate.

„Was soll denn das jetzt schon wieder heißen?“, regte sich Cora auf.

„Du reagierst empfindlich auf meine Vermutungen. Das sagt alles.“

„Ich verlege meine Mahlzeiten auf zu Hause, wundere mich ein bisschen, dass du es bemerkst, und du diagnostizierst gleich Magersucht?“ Cora musste jetzt direkt ein wenig grinsen. „Wie gut, dass du Rechtsanwältin und nicht Ärztin geworden bist.“

„Komm schon“, beharrte Beate. „Du kannst mir ruhig die Wahrheit sagen.“

Irgendwie konnte Cora den Gedankengang ihrer Kollegin ja verstehen. „Ich war tatsächlich mal essgestört“, gab sie zu. „Aber das ist lange her. Und es war auch keine Magersucht.“

„Sondern?“

„Adipositas.“

„Fettsucht?“, fragte Beate entgeistert.

Cora nickte. „Ich hab 140 Kilo gewogen.“

„Nie im Leben! Wann soll das denn gewesen sein?“

Cora wollte eigentlich gar nicht über früher sprechen. „Ist schon lange her“, sagte sie ausweichend, „sehr lange.“

„Als Teenager?“, erkundigte sich Beate erneut.

„Ist doch egal“, zischte Cora. „Ich frag dich doch auch nicht nach Strich und Faden aus, oder?“

„Aha!“, machte Beate.

Cora rollte mit den Augen. „Und was soll ‚Aha!‘ schon wieder heißen?“

„Dass du zum zweiten Mal bei diesem Thema empfindlich reagierst. Wann ist die Fettsucht denn in Magersucht umgeschlagen?“

„Du lässt nicht locker, wie?“

Beate schüttelte den Kopf.

Cora seufzte resigniert. „Ich bin nicht magersüchtig, okay? Ich esse völlig normal. Und das hab ich Timo zu verdanken.“ Die Erinnerung an den kleinen blonden Wonneproppen mit den grünen Augen zauberte ein liebevolles Strahlen in Coras Augen. „Früher hab ich in jeder Lebenslage gegessen“, fuhr sie fort. „War 'ne echt üble Angewohnheit. Aber nach Timos Geburt wurde es besser. Er war mein Ein und Alles, weißt du? Ich hab mein ganzes Geld nur für ihn ausgegeben. Da war für Süßigkeiten nichts mehr übrig. Und ich wollte meiner Tante Mechthild ja auch nicht mehr als nötig auf der Tasche liegen.“

„Hm…“, kommentierte Beate, „…klingt wirklich beeindruckend.“

In diesem Moment kam der Kellner und servierte das Essen. Cora sog erfreut den kräftig-würzigen Geruch der Lasagne in sich hinein. Nudeln hatte sie schon immer gern gemocht. Und Lasagne sowieso. Diese war mit extra viel Käse überbacken und hatte richtige Tomatenstücke in der Soße. Cora lief schon bei ihrem Anblick das Wasser im Mund zusammen.

„Dann bis später“, lächelte Cora und fiel mit Genuss über den dampfenden Leckerbissen her. Beate tat es ihr gleich und so widmeten sich beide schweigend und ausgiebig ihrer Mahlzeit. Eine knappe halbe Stunde dauerte es, dann war Cora so satt und zufrieden, dass sie das Besteck zur Seite legte.

Während Beate noch weiter aß, betrachtete Cora nachdenklich die halbe Lasagne, die sie übrig gelassen hatte. Noch heute wunderte sie sich manchmal darüber, dass sie problemlos etwas auf dem Teller liegen lassen konnte. Früher wäre ihr das unmöglich erschienen. Da hatte sie nach dem Grundsatz gehandelt „Lieber sich den Bauch verrenken, als dem Wirt am End was schenken“. Im Endeffekt hatte sie dann mehr als das Doppelte gegessen und doch nicht mal die Hälfte Genuss dabei gehabt. Wie man seine Gewohnheiten doch ändern konnte!

Beate war immer noch nicht fertig und so nutzte Cora die Gelegenheit, ihr antiallergisches Nasenspray aus der Handtasche hervorzukramen und sich die vorbeugenden Sprühstöße zu versetzen.

Kurz darauf legte auch Beate ihr Besteck zur Seite, woraufhin Cora ganz unvermittelt sagte: „Ich bräuchte mal deinen Rat als Frau.“

„Ach, tatsächlich?“, erwiderte Beate interessiert.

„Ja. Ich hab da nämlich jemanden kennen gelernt.“

Beates Augen weiteten sich. „Du hast jemanden *kennen gelernt*?“, wiederholte sie verwundert.

Cora nickte.

„Einen *Mann*?“, fragte Beate.

Cora lachte. „Ja, was denn sonst?“

Beate schüttelte den Kopf und sah dabei ziemlich fassungslos aus. „Ich hab das Gefühl“, sagte sie vorsichtig, „dass ich dich am Ende dieses Abends in einem völlig neuen Licht sehen werde.“

Cora fragte sich allmählich, was für ein verkorkstes Bild Beate von ihr hatte. „Was meinst du denn jetzt schon wieder?“

Beate schluckte. „Nichts ... ich hätte nur nicht ... ich meine ... dass *du*...“

„Ja?“

„Na ja“, stammelte Beate, „ich konnte mir nur bisher nicht vorstellen, dass ... *du* dich ... für Männer interessierst.“

Cora hob die Augenbrauen. Wie war ihre Freundin denn zu dieser Annahme gelangt? „Und warum nicht?“, fragte sie geradeheraus.

„Na, weil ...“, Beate zuckte hilflos mit den Schultern, „ich ... also ... ich weiß auch nicht.“

„Du kannst es mir ruhig sagen“, entgegnete Cora in einem Anflug von schwarzem Humor, „schlimmer als das mit der Magersucht wird es wohl nicht sein.“

Beate grinste, überlegte noch einen Moment und sagte dann ernst: „Also, um ehrlich zu sein, machst du in Bezug auf Männer den abweisendsten Eindruck, den ich mir nur vorstellen kann. Es ist, als würde ‚Rühr mich nicht an‘ auf deiner Stirn geschrieben stehen.“

„Wirklich?“, sagte Cora erstaunt und fragte sich natürlich sofort, ob auch Tim diesen Eindruck von ihr gewonnen haben könnte. „Und wie kommt das?“

„Na ja ...“, zögerte Beate.

„Ich will’s wissen!“, bekräftigte Cora.

„Allein schon, wie du dich anziehst“, begann Beate. „Man hat den Eindruck, als würdest du versuchen, so viel wie möglich von dir zu verhüllen. Du zeigst weder Bein noch Dekolleté und figurbetont kann man deine Kleidung auch nicht gerade nennen.“ Sie zuckte mit den Schultern. „Dabei hast du es doch gar nicht nötig, dich zu verstecken.“

Cora verzog das Gesicht. Irgendwie hatte Beate Recht. Sie hatte nie versucht, attraktiv auf Männer zu wirken. Im Gegenteil, sie hatte immer alles getan, um sie auf Abstand zu halten. Aber das war ja auch kein Wunder. Außer Tim hatte es nie jemanden gegeben, der sie interessierte.

„Für mich hat jedenfalls alles zusammengepasst“, fuhr Beate fort. „Du schminkst dich nicht, ziehst dich am liebsten schlicht und unweiblich an und erstickst jeden auch noch so dezenten männlichen Flirtversuch im Keim. Ehrlich, ich dachte, du wärst vom anderen Ufer."

Cora sah ihre Freundin ungläubig an. „Du hast gedacht, ich wäre *lesbisch*?", fragte sie langsam.

Beate zuckte mit den Schultern. „Ist doch heutzutage nicht weiter ungewöhnlich."

Benahm sie sich wirklich so seltsam? Wenn ja, dann war das auf jeden Fall genau das Gegenteil von dem, was sie – zumindest in Bezug auf Tim – zu erreichen versucht hatte. „Das", presste sie atemlos hervor, „ist allerdings doch schlimmer als das mit der Magersucht."

Beate grinste. „Du hast es nicht anders gewollt."

Eine tiefe Falte bildete sich auf Coras Stirn, während sie prüfend an Beate heruntersah. „Und ... also ...", stammelte sie verlegen, „wie ist das mit ... *dir*?"

Beate lachte amüsiert auf. „Keine Sorge", beruhigte sie ihre Kollegin, „ich hab nicht vor, dich zu vernaschen. Ich bin hetero."

Cora atmete auf. Sie hatte schon angefangen, sich ernsthaft Sorgen zu machen.

„So, wo das jetzt geklärt ist", fuhr Beate fort, „können wir ja auf das eigentliche Thema zurückkommen. Welchen Rat hättest du denn gern?"

Auf einmal erschien es Cora gar nicht mehr so erstrebenswert, Beate von Tim zu erzählen. „Ich hab da also jemanden kennen gelernt", wiederholte sie. „Und jetzt ... weiß ich nicht ... na ja ... wie ich diesen Jemand für mich interessieren soll."

„Und wer ist dieser Jemand?", fragte Beate.

Cora rollte innerlich mit den Augen. Ihre Freundin war wirklich hoffnungslos neugierig. Und so bereute sie jetzt endgültig, dieses Thema überhaupt angeschnitten zu haben. „Timos Klavierlehrer", gab sie widerstrebend Auskunft.

„Sein Klavierlehrer?", wiederholte Beate aufgeregt. „Aber wenn ich mich recht erinnere, hat er doch erst vor ein paar Wochen mit dem Unterricht angefangen. Da musst du dich ja sozusagen auf den ersten Blick verguckt haben!"

Cora presste die Lippen aufeinander. „Ist eben so", knurrte sie.

„Na, ist ja auch egal", murmelte Beate und lächelte ihr beschwichtigend zu. „Also lass mal überlegen. Grundsätzlich ist es doch wohl so, dass man Zeit mit jemandem verbringen muss, den man für sich interessieren will. Hast du in dieser Hinsicht denn schon etwas unternommen?"

Cora schüttelte den Kopf. „Was denn?“, fragte sie hilflos.

„Na ja, du könntest ihn doch zum Beispiel mal zum Essen einladen.“

„Zum Essen einladen?“, wiederholte Cora skeptisch. „Einfach so? Ohne Begründung? Das ist doch plump und peinlich!“

„Stimmt. Aber irgendeine Begründung wird sich doch wohl finden lassen. Schließlich ist *dein* Sohn *sein* Schüler. Gib doch einfach vor, du müsstest dich mit ihm über Timos Fortschritte unterhalten.“

Cora dachte nach. Die Idee war eigentlich gar nicht so schlecht. Schließlich brannte ihr dieses Thema tatsächlich unter den Nägeln. Den kurzen Gesprächen zufolge, die sie Tim bei den letzten Begegnungen hatte aufdrängen können, hielt er Timo immer noch für einen blutigen Anfänger. Dagegen musste sie etwas unternehmen. Und dann konnte sie Tim auch ganz nebenbei auf privater Ebene kennen lernen. „Aber was ist, wenn er abblockt?“, fragte sie unsicher.

„Hast du denn den Eindruck, dass er das tun würde?“

Cora nickte traurig. Bisher hatte Tim einen äußerst abweisenden Eindruck auf sie gemacht.

„Hm. Wäre es dann nicht besser, du würdest dir einen anderen ausgucken? Nils Kluge zum Beispiel, der wirft mindestens drei Augen gleichzeitig auf dich. Und er ist Teilhaber der Sozietät und damit eine äußerst gute Partie.“

Cora sah verwirrt zu Beate herüber. Eine Zeit lang begriff sie gar nicht, was ihre Freundin ihr da vorschlug. Es lag ihr auch einfach *zu* fern, Tim so einfach durch einen anderen zu ersetzen. „Spinnst du?“, entfuhr es ihr, als die Bedeutung der Idee zu ihr vordrang.

„Nicht dass ich wüsste“, entgegnete Beate pikiert. „Im Gegenteil. Ein popliger Klavierlehrer passt doch gar nicht zu einer aufstrebenden Rechtsanwältin wie dir. Außerdem hat Nils so ziemlich alles, was man sich wünschen kann. Er ist höflich, attraktiv und humorvoll. Was will man mehr?“

„Dann nimm *du* ihn doch“, meinte Cora abfällig.

„Würde ich ja“, erwiderte Beate gereizt, „aber wie es aussieht, ist er nun mal leider scharf auf *dich*.“

„Eifersüchtig?“, grinste Cora amüsiert.

„Nein, kein bisschen“, regte sich Beate auf, „sonst würde ich nämlich nicht versuchen, dich auf den richtigen Weg zu bringen.“

„Richtiger Weg? Dieser superkorrekte Langweiler Nils ist ganz bestimmt nicht der richtige Weg für mich!“

„Komm, vergiss die ganze Sache“, entgegnete Beate beleidigt. „Aber beklag dich nachher nicht, wenn du dich in den Falschen verliebt hast.

So etwas ist nämlich von äußerst weitreichender Bedeutung. Du wärst nicht die Erste, die sich ihr ganzes Leben verpfuscht."

„Nein", sagte Cora und ließ die letzten 15 Jahre Revue passieren, „da hast du wohl Recht."

❧

„Ich hätte da noch eine Bitte", sagte Cora zu Tim, nachdem Timo wie jeden Dienstag in Richtung Wagen an ihr vorbeigestürmt war.

Tim, der bereits auf dem Weg zurück ins Haus war, drehte sich noch einmal um. „Ja?"

„Ich halte es für wichtig, dass wir uns einmal intensiver über Timos Leistungen unterhalten", spulte Cora den Satz ab, den sie an die zehntausend Mal geübt hatte.

Tim zog wenig begeistert die Stirn in Falten.

„Und deshalb", fuhr Cora unbeirrt fort, „möchte ich Sie zum Abendessen einladen. Passt Ihnen Donnerstag um acht?"

„Ich ... ähm ... weiß nicht", stammelte Tim und machte dabei einen völlig überrumpelten Eindruck.

Aber genau das hatte Cora vorausgesehen. Und es war Teil ihres intensiv durchdachten Planes, der darauf abzielte, Tim keine Möglichkeit zum Widerspruch zu lassen. „Wir treffen uns bei dem Italiener da drüben." Cora deutete auf das kleine Restaurant, das sich nur wenige hundert Meter von Tims Haus entfernt befand. „Donnerstag um acht, nicht vergessen." Sie machte ein paar Schritte rückwärts. „Ich warte dort auf Sie." Dann drehte sie sich um und eilte hinter Timo her.

Kapitel 21

Als Cora zwei Tage später gegen 19:30 Uhr das kleine, gemütliche Restaurant betrat, kam es ihr vor, als wären seit Dienstag Monate vergangen. Selten in ihrem Leben hatte sie ein Ereignis so herbeigesehnt und gleichzeitig so gefürchtet wie in diesem Fall. All ihre Gedanken hatten sich darum gedreht. Sie war kaum in der Lage gewesen, ihrer Arbeit nachzugehen. Stattdessen hatte sie ununterbrochen darüber nachgegrübelt, wie der Abend wohl ablaufen würde, welche Gespräche sie mit Tim führen würde und wie sie sich ihm gegenüber verhalten sollte. Wie nur, wie konnte sie ihn für sich interessieren? Was musste sie tun, um ihn zu beeindrucken? Was gefiel ihm und was nicht?

Und jetzt war es tatsächlich so weit. Jetzt saß sie an dem vorbestellten Tisch und wartete auf ihn. Sie konnte es kaum glauben. Bis zuletzt hatte sie auf den Brief oder Anruf gewartet, mit dem Tim ihr absagte. Aber nichts war geschehen.

Trotzdem war sie sich auch jetzt noch nicht sicher, ob Tim auch wirklich kommen würde. Zu frech und plump kam ihr die Verabredung im Nachhinein vor, zu abwehrend Tims Reaktion.

Sie sah auf ihre Uhr. Es war jetzt fünf nach halb acht. Warum hatte sie sich eigentlich keine Gedanken darüber gemacht, wie sie die halbe Stunde herumkriegen wollte? Sie bestellte sich ein Wasser, dann erhob sie sich und ging erst einmal auf die Toilette. Dort sah sie zum hundersten Mal an diesem Tag in den Spiegel und – seufzte. Im Normalfall wäre sie ja mit ihrem Aussehen zufrieden gewesen. Aber heute war alles anders. Heute reichte es nicht. Heute bestand sie nur aus Selbstzweifeln.

Natürlich hatte sie in den vergangenen Tagen fast ununterbrochen darüber nachgedacht, was sie heute Abend anziehen sollte. Sie hatte sich auch an das Gespräch mit Beate erinnert und daraufhin beschlossen, sich ein paar neue, weiblichere Kleidungsstücke zuzulegen. Aber als sie Röcke und Kleider anprobiert hatte, war sie sich so komisch und fremd vorgekommen, dass sie am Ende doch nur eine Hose gekauft hatte. Sicher, die war sehr schick und auch figurbetont. Aber es war eben eine Hose und kein superkurzer Rock, wie Verena ihn sicher getragen hätte. Und die Bluse? Sie war rot und passte farblich prima zur Hose. Aber sie war schlicht und nicht so aufreizend, wie Verena sie sich ausgesucht hätte. Und dann die Schuhe. Verena wäre natürlich in hochhackigen Pumps im Lokal erschienen, aber Cora hatte in solchen Dingern noch nie laufen können und so hatte sie auch heute nur flache, wenn auch modische schwarz-rote Turnschuhe an den Füßen.

„Hör auf, dich immer mit Verena zu vergleichen!“, ermahnte sie sich leise. Aber es nützte nichts. Wenn sie an Tim dachte, stand Verena sozusagen immer neben ihr. Hatte dieser Abend überhaupt einen Sinn? Hatte sie überhaupt den Hauch einer Chance?

Wieder sah sie in den Spiegel. „Verena würde sich jetzt die Nase pudern und noch eine Schicht Wimperntusche nachlegen“, sagte sie und betrachtete ihr ungeschminktes Gesicht. „Du bist halt eine natürliche Schönheit“, versuchte sie sich einzureden. Aber es half alles nichts. Sie *fühlte* sich nun einmal nicht schön. Nicht mal ein kleines bisschen!

Missmutig zupfte sie noch ein paar Mal an ihren Haaren herum, dann ging sie zurück an ihren Tisch. Und wieder sah sie auf ihre Uhr.

Es war jetzt immerhin viertel vor acht, und das Wasser, das sie bestellt hatte, war auch schon serviert worden. Sie hatte also etwas, woran sie sich festhalten konnte. Trotzdem vergingen die Minuten schwerfälliger als je zuvor. Hatte dieses Warten denn niemals ein Ende?

Ihre rechte Hand hob sich und wanderte in Richtung Auge. Gedankenverloren strich sie mit den Fingern an ihren Wimpern entlang. Aber dann zuckte sie plötzlich zusammen. War sie noch zu retten? Ihre kleine Marotte war schon damals ihr Markenzeichen gewesen. Tim hatte sie gut gekannt. Und das bedeutete, dass diese Angewohnheit sie verraten konnte. Sie war auf einmal zur Gefahr geworden!

Schweißperlen bildeten sich auf ihrer Stirn. Was sollte sie denn jetzt machen? Panisch sah sie in Richtung Tür. Auf einmal hatte sie *Angst*, dass Tim kommen könnte!

Fieberhaft dachte sie nach. Sie wusste, dass sie mit ungeheuren Energien ausgestattet war, wenn es um Tim ging. Sie konnte beinahe alles bewerkstelligen, was dazu geeignet war, ihn ihr näher zu bringen. Aber wie sollte sie innerhalb einer Viertelstunde eine Angewohnheit ablegen, mit der sie bereits seit 25 Jahren kämpfte? Nein, das war selbst ihr nicht möglich.

Ein Gefühl der Beklemmung kroch in ihr hoch. Sie würde sich verraten! In einem unbedachten Moment würde sie sich unweigerlich verraten. Sie sah ihn schon vor sich, Tims begreifenden und dann entsetzten Gesichtsausdruck. Nein, das durfte sie nicht zulassen! Aber was konnte sie innerhalb von – sie sah auf die Uhr – zehn Minuten noch tun?

Und dann hatte sie es! Sie dachte noch kurz darüber nach. Ja, das war die einzige Möglichkeit! Kurz entschlossen kramte sie ihren Schlüsselbund hervor und nahm das kleine Taschenmesser zur Hand, das sie irgendwann einmal von Timo geschenkt bekommen hatte und das ihr schon seit Jahren als Schlüsselanhänger diente. Sie legte schon mal ein Papiertaschentuch bereit, öffnete das Taschenmesser und sah sich noch einmal vorsichtig nach allen Seiten um. Als sie sich unbeobachtet wusste, setzte sie das Messer an ihren rechten Zeigefinger, schloss vorsichtshalber die Augen und ritzte todesmutig drauf los.

„Au", entfuhr es ihr. Sie war direkt ein wenig überrascht, wie weh das tat. Hätte sie vielleicht doch ein wenig vorsichtiger sein sollen? Sie öffnete die Augen wieder und betrachtete die Bescherung. An ihrem Finger klaffte eine Wunde von mindestens einem halben Zentimeter Tiefe. Und sie blutete viel stärker, als sie geplant hatte. Schnell presste sie das Taschentuch auf die Wunde, erhob sich und eilte auf eine Kellnerin zu.

„Entschuldigen Sie bitte", sprach sie die junge Frau an. „Haben Sie wohl irgendwo Verbandmaterial?"

Die Kellnerin erschrak angesichts des schon beinahe durchgebluteten Taschentuchs und zeigte sich überaus besorgt und hilfsbereit. So kam es, dass ein sorgfältig angelegter, beinahe zwei Zentimeter dicker Verband Coras Finger zierte, als sie wenig später zu ihrem Tisch zurückkehrte.

Sie hatte kaum Platz genommen, als ihr Blick auch schon wieder zur Uhr wanderte. Es war jetzt zehn nach acht. Tim war nie pünktlich, das wusste Cora ja. Aber allmählich stieg doch die Wahrscheinlichkeit, dass er erscheinen würde. Ihr Herz klopfte schneller, ihre Augen hefteten sich auf die Eingangstür. Zu den Schmerzen in ihrem Finger gesellten sich Bauchschmerzen der Nervosität. Immer noch fragte sie sich, ob sie Tims Ankunft nun herbeisehnte oder doch eher fürchtete.

Immer, wenn jemand das Lokal betrat, setzte ihr Herz ein paar Schläge aus. Dann verspürte sie unglaubliche Erleichterung, wenn es sich bei diesem Jemand *nicht* um Tim handelte. So vergingen weitere Minuten. Um zwanzig nach acht kehrten dann allmählich die Zweifel zurück. Hatte Tim vielleicht abzusagen versucht und sie nur nicht erreicht? Oder hatte er ihre Einladung am Ende gar nicht richtig ernst genommen? Oder vergessen? Vielleicht war ihm ja auch etwas dazwischen gekommen?

Sie heftete ihren Blick weiter angestrengt auf den Eingangsbereich. Wenn sie es sich recht überlegte, wusste sie auf einmal ganz genau, was sie wollte. Sie wollte, dass Tim endlich kam, sie wollte den Abend mit ihm verbringen, wollte ihre Chance wahrnehmen. Unbedingt. Was hatte sie denn auch für eine Wahl? Was war es denn für ein Leben, Woche für Woche mit klopfendem Herzen zu seinem Haus zu fahren und verzweifelt darauf zu hoffen, dass er an der Tür erschien? Mit Schaudern dachte sie an vorletzten Dienstag zurück. Da hatte sie sich stundenlang herausgeputzt, nur um dann festzustellen, dass er sich nicht einmal die Mühe machte, zur Tür zu kommen. Und den Dienstag davor. Da hatte sein Telefon geklingelt, gerade als es ihr gelungen war, ein Gespräch mit ihm anzufangen. Ein kurzes „Tschüss", das war es gewesen. Nein! Sie schüttelte den Kopf. So ging es nicht weiter. Sie *musste* jetzt einfach diesen Abend mit ihm verbringen!

Wieder sah sie auf ihre Uhr. Der große Zeiger näherte sich gefährlich der sechs. Es war fast halb neun und Tim war immer noch nicht da. Was hatte das zu bedeuten? Fand er sie am Ende so unattraktiv, dass ihm davor graute, mit ihr zusammen zu sein? War sie nicht einmal einen Anruf wert?

Als die kleine Uhr an der gegenüberliegenden Wand neun Uhr schlug, war sie so verzweifelt, dass sie die Tränen nur noch mit Mühe zurückhalten konnte. Mit letzter Kraft winkte sie den Kellner zu sich heran, bezahlte ihr Wasser und erhob sich von ihrem Platz. Sie wollte jetzt nur noch nach Hause, ihre Wunden lecken und in ihr Kissen weinen.

Und so griff sie sich ihre Jacke und stürmte in Richtung Tür. Sie hatte sie gerade aufgerissen, als sie plötzlich mit irgendwem zusammenstieß und spürte, wie der Schmerz mit neuer Wucht in ihren rechten Zeigefinger schoss.

„Aua!“, rief sie ärgerlich.

„Tut ... tut mir Leid“, stammelte eine wohlbekannte Stimme.

Cora sah auf und blickte in ein grünes Augenpaar. Trotzdem dauerte es noch einen Moment, bis sie begriff, dass es Tim war, dem sie direkt in die Arme gelaufen war. Und prompt waren ihre Schmerzen wie weggeblasen.

„Wollten Sie etwa schon gehen?“, fragte Tim, als auch er begriffen hatte, mit wem er da zusammengestoßen war.

„Ob ich was?“, brauste Cora auf. „Allerdings wollte ich *schon* gehen. Es ist nämlich neun, einundzwanzig Uhr, eine Stunde später als verabredet.“

Tim sah sie irritiert an. Dann hob er seinen linken Arm und starrte auf seine Armbanduhr. „Neun Uhr, tatsächlich“, stammelte er. „Aber wie kann denn ... ich meine ... eben war es doch noch ...“

Cora hob amüsiert die Augenbrauen. Irgendetwas kam ihr gerade furchtbar bekannt vor.

„Wirklich, ich kann mir das gar nicht erklären“, entschuldigte sich Tim. „Ich saß am Klavier und ... und hab ein bisschen komponiert und ... es war halb sieben.“ Er schüttelte den Kopf. „So schnell kann die Zeit doch gar nicht vergehen“, murmelte er.

Ein breites Lächeln bildete sich auf Coras Gesicht. Wirklich, er hatte sich kein bisschen verändert seit damals. „Doch, doch“, sagte sie zärtlich, „die Zeit vergeht manchmal ausgesprochen schnell.“

„Und jetzt?“, fragte Tim hilflos und schuldbewusst zugleich.

Cora schenkte ihm den liebevollsten Blick, den man sich nur vorstellen konnte. „Jetzt gehen wir wieder rein“, entgegnete sie fröhlich und hakte sich bei Tim ein.

Tim sah Cora ungläubig an. „Ist das Ihr Ernst?“

„Ja, warum nicht?“, lächelte Cora. „Ich hab nämlich Hunger. Und Sie bestimmt auch.“

Tim konnte es anscheinend immer noch nicht fassen. „Ich komme eine geschlagene Stunde zu spät und Sie ... Sie gehen so einfach darüber hinweg?"

Cora zuckte nur mit den Schultern. Wie hätte sie Tim ernsthaft böse sein können?

Tim schüttelte ungläubig den Kopf. „Sind Sie sicher, dass Sie eine Frau sind?"

Cora ließ Tims Arm los. „Wie darf ich *die* Frage denn verstehen?", fragte sie ein wenig pikiert. Stellte denn auf einmal jeder ihre Weiblichkeit in Frage?

„Na ja", entgegnete Tim schnell, „ich sehe natürlich, dass Sie eine Frau sind. Es ist nur ... dass ich noch nie eine Frau getroffen habe, die meine ... zugegebenermaßen furchtbare Unpünktlichkeit so einfach entschuldigen würde."

„Das kommt wohl daher, dass die meisten Frauen Unpünktlichkeit mit Ignoranz und Gleichgültigkeit gleichsetzen", antwortete Cora.

„Und Sie tun das nicht?", hakte Tim nach.

„Sollte ich denn?", lachte Cora.

„Besser nicht", erwiderte Tim mit einem verlegenen Grinsen und hakte sich nun seinerseits bei Cora ein. „Sollen wir?"

Cora nickte und folgte Tim zurück ins Restaurant. Nachdem sie an dem Zweiertisch Platz genommen hatten, von dem Cora gerade aufgestanden war, fragte Cora: „Sind Sie deshalb nicht verheiratet?"

„Weshalb?"

„Na, wegen Ihrer Unpünktlichkeit."

Tims Blick wanderte in die Ferne. „Dafür gibt es eine Menge Gründe", antwortete er ausweichend. „Und Sie?"

Cora sah verlegen zur Seite. „Dafür gibt es eine Menge Gründe."

„Okay", lächelte Tim. „Nachdem wir uns nun gegenseitig die intimsten Fragen beantwortet haben, können wir ja erstmal was zu essen bestellen."

„Gute Idee", grinste Cora und reichte Tim die Karte, die sie bereits auswendig kannte.

Wenig später hatte Cora Tortelloni in Sahne-Gorgonzola-Soße und Tim eine Pizza Bolognese bestellt.

„Was haben Sie eigentlich mit Ihrem Finger gemacht?", erkundigte sich Tim irgendwann ganz unvermittelt.

Cora überlegte einen Moment. Dann sagte sie ernst: „Ich habe mich vorhin ein bisschen selbst verstümmelt. Sie wissen schon ... um die lange Wartezeit zu überbrücken."

Tim lachte auf. „Humor haben Sie jedenfalls."

Cora zuckte mit den Schultern und lächelte. Sie war stolz auf sich, denn sie hatte nicht mal gelogen.

„Und Ihre Aussagen in Bezug auf Timo", fuhr Tim fort, „waren die ebenfalls Ausdruck Ihres Humors?"

„Nein, die habe ich ernst gemeint."

„Sie wollen mir also immer noch weismachen, dass Timo ein verkanntes Klaviergenie ist?"

Ungefähr so hatte Cordula sich Tims Einschätzung vorgestellt. Und sie hatte sich fest vorgenommen, freundlich und gelassen darauf zu reagieren. „Ja", erwiderte sie ruhig, „das will ich."

„Und wenn ich Ihnen versichere, dass das Gegenteil der Fall ist?"

„Dann versichere *ich* Ihnen, dass Sie Timos ausgeprägtem schauspielerischen Talent auf den Leim gegangen sind."

Tim schüttelte skeptisch den Kopf. „Warum sollte er mir etwas vorspielen?"

„Vorspielen", lächelte Cora. „Nettes Wortspiel. Aber mal im Ernst. Timo versucht, *Sie* zu täuschen, weil er weiß, dass er *mich* damit treffen kann."

„Und warum möchte er Sie treffen?"

„Weil ich ihn gegen seinen Willen zwinge, Klavierunterricht zu nehmen."

„Und warum tun Sie das?"

Cora seufzte. *Weil es die einzige Möglichkeit ist, in deiner Nähe zu sein, du Dummkopf,* dachte sie. „Na, weil ich seine Talente fördern möchte."

„Womit wir wieder bei der umstrittenen Grundvoraussetzung wären", kommentierte Tim.

„Ja, so ist das wohl", sagte Cora. „Aber meinen Sie nicht, dass eine Mutter ihren Sohn nach vierzehn Jahren besser kennt als Sie Ihren Klavierschüler nach ein paar Wochen?"

„Grundsätzlich schon", gab Tim zu, „es ist nur so, dass ... nun ja ... Mütter nach meiner Erfahrung nicht gerade besonders objektiv sind."

Cora nickte. „Ich kann Ihre Zweifel gut verstehen. Aber ich frage Sie, ob das Auffinden einer einzigen Perle unter tausend leeren Muscheln nicht ein paar Anstrengungen wert ist."

„Ich weiß nicht", sagte Tim lahm. „Ich habe lange keine Perlen mehr gesehen."

Cora sah ihn prüfend an. Was war nur aus ihrem Tim geworden? Aus seiner Begeisterung? Seiner Leidenschaft? Seiner Energie? „Dann müssen Sie wohl mal wieder die Augen aufmachen", schlug sie leise vor.

Aber Tim schüttelte nur resigniert den Kopf. „Glauben Sie mir, manchmal ist es besser, die Augen geschlossen zu lassen."

„Man ist tot, wenn man die Augen geschlossen lässt", erwiderte Cora.

„Und wenn schon", meinte Tim.

Cora zog die Augenbrauen zusammen. Was sollte sie darauf sagen? Ein solcher Gesprächsverlauf war in ihren Überlegungen nicht vorgekommen. Auf einen resignierten, beinahe schon bitteren Tim war sie nicht vorbereitet gewesen. Fieberhaft dachte sie nach. Sie musste ihn aus der Reserve locken. Aber wie?

„Ich bedaure, dass ich Ihnen Ihre Zeit gestohlen habe", sagte sie schließlich und erhob sich. „Aber offensichtlich sind Sie nicht der richtige Lehrer für meinen Sohn. Bitte streichen Sie ihn von Ihrer Schülerliste." Sie streckte Tim ihre Hand entgegen und sah ihm fest in die Augen. „Auf Wiedersehen." Gleichzeitig betete, nein, flehte sie regelrecht zu Gott. Ihre Rechnung musste einfach aufgehen. Wenn nicht, dann war alles umsonst! Dann hatte sie den Kontakt zu Tim ebenso schnell wieder verloren, wie sie ihn aufgebaut hatte! Und dann gab es auch keine Möglichkeit mehr, ihn wieder aufzunehmen!

Tim starrte ein paar Sekunden lang auf Coras Hand und sagte gar nichts. Dann schüttelte er den Kopf und sagte: „Sie scheinen sich Ihrer Sache ja ziemlich sicher zu sein."

Cora ließ ihre Hand sinken. „Natürlich bin ich das. Ich bin nämlich ein Mensch, der mit beiden Beinen auf dem Boden der Tatsachen steht." Sie machte eine kurze Pause, lächelte in sich hinein und dachte: *Jedenfalls solange es nicht um dich geht.* Dann fuhr sie fort: „Timo ist mein Sohn und natürlich liebe ich ihn über alles. Aber das bedeutet nicht, dass ich ihn nicht realistisch einschätzen könnte. Ich kenne seine Stärken ebenso wie seine Schwächen. Und ich habe nicht vor, meine Augen vor einem dieser beiden Aspekte zu verschließen. Aber ob Sie es nun einsehen oder nicht, die Musik gehört zu seinen Stärken."

Tim sah sie noch eine Weile nachdenklich an. Dann nickte er und sagte: „Also gut. Ich werde Ihnen glauben und mit Ihnen zusammenarbeiten." Und als Cora weiter unschlüssig vor ihm stehen blieb, fügte er lächelnd hinzu: „Sie haben gewonnen. Nun setzen Sie sich schon wieder."

Jetzt bildete sich auch auf Coras Gesicht ein erleichtertes Lächeln und sie nahm wieder Platz.

„Und wie, denken Sie, können wir Ihren Sohn dazu bringen, die Musik wieder zu mögen?", fragte Tim.

Cora seufzte. Diese Frage hatte sie befürchtet. Und sie hatte sich ja auch schon wochenlang den Kopf darüber zermartert. „Um ehrlich zu sein, habe ich nicht den geringsten Schimmer", musste sie zugeben. „Ich ... ich glaube, dass Erziehungsdinge nicht unbedingt zu *meinen* Stärken gehören. Sonst stünde es zwischen Timo und mir bestimmt nicht so schlecht."

Tim warf Cora einen mitleidigen Blick zu. „Ist die Situation wirklich so verfahren?"

Cora nickte. „Ich kann kaum noch mit ihm reden. Egal, wie viel Mühe ich mir gebe, das Gespräch endet immer im Fiasko."

„Und was ist das Grundproblem?"

Cora senkte den Blick und zögerte einen Moment. Es kam ihr auf einmal komisch vor, mit Tim darüber zu reden. Aber es gab ja keine andere Möglichkeit. Irgendwie ruhten all ihre Hoffnungen auf ihm. „Das Grundproblem ist wahrscheinlich die Tatsache, dass er keinen Vater hat. Na ja ... er hat natürlich einen, aber er kennt ihn nicht." Cora musste schlucken. Stammelnd fuhr sie fort: „Ich ... ich habe nie über ihn gesprochen. Und Timo will natürlich wissen, wer er ist ... besonders jetzt, wo er in ein Alter kommt, in dem er seine Identität sucht ... aber ..." An dieser Stelle brach Cora ab. Sie war auf einmal so aufgewühlt, dass sie zu zittern begonnen hatte und beim besten Willen nicht mehr weitersprechen konnte. Obwohl sie es keinesfalls wollte, strömten ihr auch schon die Tränen die Wangen hinunter.

Tim hatte diese Entwicklung mit Entsetzen verfolgt. Er schien mit der Situation völlig überfordert zu sein und sah erst verlegen zur Seite und dann wieder zu Cora. „Nun weinen Sie doch nicht." Unbeholfen kramte er ein Taschentuch aus seiner Hose und hielt es zu ihr herüber. „Hier, bitte!"

Cora nahm das Taschentuch entgegen, wischte sich die Tränen aus dem Gesicht und putzte sich dann lautstark die Nase. „Tut mir Leid", murmelte sie. Nur Sekundenbruchteile später wurde sie von einer heftigen Niesattacke geschüttelt.

„Erkältet?", fragte Tim.

Cora schüttelte den Kopf und schnaubte schon wieder in ihr Taschentuch. „Hausstauballergie."

„Wie unangenehm." Er wartete, bis sich Cora erholt hatte. Dann fuhr er fort: „Was Timo anbelangt, werden wir schon eine Lösung finden. Bestimmt! Es gibt für alles eine Lösung."

Cora sah zu ihm auf. „Wollen Sie mir wirklich helfen?"

Tim nickte eifrig. Er schien auf einmal einen Teil seiner alten Energie wiedergefunden zu haben. „Ich hatte eigentlich immer einen recht guten Draht zu Kindern. Bestimmt fällt mir etwas ein. Wenn Sie nur aufhören zu weinen!"

Cora lächelte ihrem Gegenüber dankbar zu. Es tat so gut, jemandem sein Herz auszuschütten. Und es war einfach überwältigend, dass dieser Jemand Tim hieß. „Wenn Sie so einen guten Draht zu Kindern haben", fragte sie spontan, „warum haben Sie dann selbst keine?"

Cora sah Tim erwartungsvoll an, musste aber mit Entsetzen feststellen, dass der freundliche Ausdruck in seinem Gesicht von einer Sekunde auf die andere einer verschlossenen Miene wich. „Es ... hat sich nicht ergeben", antwortete er ausweichend.

Cora rang einen Moment mit sich. Sie wusste, dass er es dabei belassen wollte, konnte aber einfach nicht an sich halten. „Hat die richtige Frau gefehlt?"

„Gefehlt?" Tim lachte bitter auf. „Nein, gefehlt hat sie nicht. Aber sie hat mir gezeigt, was von Frauen zu halten ist. Und das hat mir gereicht."

Cora sagte leise: „Sie müssen sehr verletzt worden sein."

Tim trommelte jetzt nervös mit den Fingern seiner rechten Hand auf dem Tisch herum und sah in Richtung der Theke. Er schien Mühe zu haben, seine Fassung zu wahren. „Bedienung!", rief er halblaut durch das Restaurant.

Sofort erschien die junge Frau, die Cora vorhin den Finger verbunden hatte.

„Wo bleiben denn die Getränke?", erkundigte sich Tim ungehalten.

„Kommen sofort", sagte die Kellnerin und entschwand in Richtung Theke.

Cora runzelte die Stirn. War das ihr Tim? Ihr netter, allseits beliebter, immer freundlicher Tim? Was war nur im Gefängnis mit ihm geschehen? Und wie konnte sie den Zugang zu alledem finden? Sie beschloss, nichts zu überstürzen und ihm Zeit zu lassen. Und so vermied Cora im weiteren Verlauf des Abends tiefergehende Gesprächsthemen und bemühte sich nach Kräften, einfach nur locker mit Tim zu plaudern.

Leider stellte sich schnell heraus, dass sich die gute Atmosphäre von vorhin nicht so ohne weiteres wiederherstellen ließ. Tim gab sich wortkarg und abweisend. Und als er sich dann auch noch direkt nach dem Essen höflich, aber bestimmt von Cora verabschiedete, verbuchte sie den Abend als völligen Reinfall.

Kapitel 22

„Das scheint ja so ziemlich die erste Sonatine deines Lebens zu sein", stellte Herr Berghoff fest.

Timo zuckte müde mit den Schultern und nahm die Finger von der Klaviertastatur. „Kann schon sein."

„Komisch. Ich meine, deine Mutter so verstanden zu haben, dass du früher schon jahrelang Klavierunterricht gehabt hast."

„Ist schon lange her."

„Wie lange?"

„Keine Ahnung", entgegnete Timo gelangweilt.

„Ungefähr?"

„Ein paar Jahre", antwortete Timo und gähnte.

„Wie viele?"

„Mann, Sie können einem ganz schön auf die Nerven gehen."

„Das hab ich schon mal irgendwo gehört", lächelte Herr Berghoff. „Also, wie viele?"

Timo seufzte. „Zwei", antwortete er schließlich gereizt.

„Und wie lange hattest du Unterricht?"

„Wollen Sie mich unterrichten oder ausfragen?", lautete Timos Gegenfrage.

„Wenn ich dich optimal unterrichten soll, brauche ich ein paar Hintergrundinformationen."

„Fragen Sie doch meine Alte."

„Ist das bei euch immer so?"

„Was denn?", fragte Timo genervt.

„Na, dass du nicht für dich selbst reden kannst und man deine Mutter ansprechen muss, wenn man etwas über dich wissen möchte."

Timo presste wütend die Lippen aufeinander und dachte kurz nach. „Ich kann wunderbar für mich selbst reden."

„Dann sag mir doch einfach, wie lange du Unterricht hattest."

„Ich hatte exakt vier Jahre Unterricht, okay?"

Herr Berghoff zog skeptisch die Stirn in Falten. „Du hattest vier Jahre Unterricht und bist nicht in der Lage, eine einfache Sonatine zu spielen?", fragte er betont ungläubig.

„Ich hab ganz einfach keine Lust auf diese dämlichen Dinger", schimpfte Timo.

„Warum nicht?"

„Weil diese ganze Musikscheiße was für Weiber ist, darum!"

„Ach, tatsächlich?", wunderte sich Herr Berghoff. „Und was ist deiner Meinung nach eine sinnvolle Beschäftigung für Männer?"

Timo zuckte mit den Schultern. „Sport zum Beispiel."

„Und welchen Sport bevorzugst du?"

„Ich spiele Tischtennis."

Tim Berghoff sah ein wenig erstaunt zu Timo herüber. „Was für ein Zufall", murmelte er und fragte dann laut: „Und, bist du gut?"

Timo richtete sich auf dem Klavierhocker ein wenig höher auf und seine Brust schwoll merklich an, als er sagte: „In meinem Verein bin ich auf jeden Fall der Beste."

„Und das soll ich dir glauben?", lachte Herr Berghoff.

Timo blitzte seinen Klavierlehrer wütend an. „Warum sollten Sie das bezweifeln?"

„Ganz einfach, weil ich früher auch mal Tischtennis gespielt habe. Und weil Tischtennis eine Betätigung der Hände ist, die sehr viel Geschick, Körperbeherrschung und Fingerspitzengefühl erfordert. Genauso wie das Klavierspiel. Und da du nach vier Jahren Unterricht nun mal nicht in der Lage bist, eine einfache Sonatine zu spielen ..."

„Jetzt reicht's mir aber", fauchte Timo seinen Lehrer wütend an. „Hier haben Sie Ihre blöde Sonatine." Und er begann ein zweites Mal zu spielen. Aber er spielte nicht so wie vorhin, er hämmerte nicht genervt und gelangweilt auf den Tasten herum und verhaute sich bei jeder zweiten Note. Sondern er *spielte,* er spielte mit Ausdruck, Leichtigkeit und ohne jeden Fehler.

Tims Augen wurden bei diesem Schauspiel von Minute zu Minute größer und als Timo geendet hatte, sagte er eine Zeit lang gar nichts. Dann murmelte er kopfschüttelnd nur ein einziges Wort: „Perle".

„Häh?", machte Timo.

„Schon gut", lächelte Herr Berghoff. „Das war wirklich sehr beeindruckend. Sicher bist du ein hervorragender Tischtennisspieler."

„Hab ich doch gesagt."

„Aber dein Klavierspiel ist auch nicht schlecht. Vielleicht solltest du beide Bereiche weiter ausbauen."

Sofort schüttelte Timo vehement den Kopf. „Musik ist was für –"

„Weiber", beendete Herr Berghoff ungefragt seinen Satz. „Das sagtest du bereits. Ist übrigens eine ziemliche Beleidigung für mich, findest du nicht?"

Timo zuckte gleichgültig mit den Schultern. „Sie müssen ja selbst wissen, womit Sie Ihre Zeit verschwenden."

„Mit dir scheinbar", grinste Herr Berghoff. „Also los, versuchen wir es mit einer weiteren Sonatine."

❧

„Was macht eigentlich dein Klavierlehrer?“, fragte Beate und schob sich genüsslich ein weiteres Stück der Nusstorte in den Mund, die Cora extra für das Kaffeetrinken mit ihr beim Bäcker erworben hatte.

„Er ist nicht *mein* Klavierlehrer“, entgegnete Cora missmutig. Dann nippte sie an ihrem Tee. Ihre Torte hatte sie bereits verputzt.

„Bist du denn noch an ihm interessiert?“

Cora schüttelte den Kopf. „Ich glaube nicht.“

„Und woher der plötzliche Sinneswandel?“

„Keine Ahnung“, antwortete Cora spürbar gereizt. „Wahrscheinlich hattest du Recht und er passt einfach nicht zu mir.“ Sie dachte sehnsüchtig an den Einen, der noch immer der Einzige für sie war. „So toll ist er halt doch nicht“, log sie weiter.

Beate nickte eifrig. „Das finde ich auch. Und deshalb solltest du –“ Sie konnte ihren Satz nicht beenden, weil plötzlich das Telefon klingelte.

Cora war froh, dass sich das Thema Tim damit vorerst erledigt hatte. Sie ging hin und nahm den Hörer von der Station. „Neumann“, sagte sie gelangweilt.

„Äh, ja, Berghoff hier“, erklang Tims wohlbekannte Stimme am anderen Ende der Leitung.

Cora blieb augenblicklich das Herz stehen. Gleichzeitig spannte sich jeder Muskel in ihrem Körper an. „Ja?“, brachte sie mühsam heraus.

„Ich ... äh ... also ... ich möchte mich bei Ihnen entschuldigen.“

„Wie ... wieso?“, sagte Cora.

„Weil ich festgestellt habe, dass Sie absolut Recht hatten. Mit Timo, meine ich. Er hat tatsächlich nur eine Show abgezogen.“

Cora schloss für einen Moment die Augen. Das waren die besten Nachrichten, die sie seit Wochen erhalten hatte. „Und wie haben Sie das herausgefunden?“

„Oh, ich habe ihn nur ein wenig aus der Reserve gelockt. Und schon wurde aus einem Stümper ein wahrer Virtuose.“

„Heißt das etwa, dass er jetzt kooperiert?“

„Nein, das heißt es leider nicht“, lachte Tim. „Im Gegenteil. Wahrscheinlich hat er sich selbst über diese kleine – wie soll ich sagen – Entgleisung geärgert. Jedenfalls ist er anschließend sofort wieder zu seinem alten Schema zurückgekehrt.“

„Und nun?“

„Tja, wenn ich das nur wüsste“, erwiderte Tim hilflos. „Er ist einfach der festen Überzeugung, dass Musik kein adäquates Betätigungsfeld für das männliche Geschlecht darstellt. Und solange ich diese Meinung nicht ändern kann, wird er auch keinen Spaß daran haben.“

„Aber wenn es Ihnen schon einmal gelungen ist, seine wahren Fähigkeiten aus ihm herauszulocken, dann schaffen Sie das sicher auch ein zweites Mal!“, sagte Cora voller Zuversicht.

„Ich zermartere mir ja auch schon tagelang das Hirn darüber. Aber bisher fällt mir einfach nichts ein, wie es gehen kann.“

Cora horchte auf. Sie witterte auf einmal ihre Chance. „Vielleicht könnten wir uns ja bei einem Essen *gemeinsam* Gedanken darüber machen“, schlug sie mutig vor.

Einen Moment herrschte Schweigen am anderen Ende der Leitung. „Essen ... nun ja ... also ... ich weiß nicht recht...“

„War unsere letzte Verabredung denn so furchtbar?“, ging Cora in die Offensive.

„Nein ... natürlich nicht“, stammelte Tim, „es ist nur ... ich ... also ... ich gehe eigentlich nicht aus.“

„Auch nicht mit Frauen?“, wunderte sich Cora.

„Erst recht nicht mit Frauen!“, schoss es aus Tim heraus. Aber dann schien ihm aufzufallen, dass diese Aussage zu Missverständnissen führen könnte und so fügte er eilig hinzu: „Ach so, nicht dass Sie denken, ich wäre ... ich meine ...“ Er brach ab und seufzte. „Sie müssen mich für völlig bescheuert halten.“

„Nein“, hauchte Cora zärtlich ins Telefon, „das tue ich ganz und gar nicht.“ Aber dann hielt sie erschrocken inne, weil sie auf einmal das Gefühl hatte, wie eine verliebte Idiotin zu klingen. Und so räusperte sie sich und fuhr dann in wesentlich sachlicherem Tonfall fort: „Ich möchte Ihnen auf gar keinen Fall zu nahe treten. Alles, was ich will, ist eine gute Lösung für Timo und sein Problem zu finden. Und vielleicht können Sie den Abend ja als eine Art ... Geschäftsessen ... betrachten.“

Tim schien einen Moment nachzudenken. „Also meinetwegen“, stimmte er schließlich eher widerwillig zu.

„Morgen Abend?“, schlug Cora ein bisschen zu eifrig vor.

„Okay“, entgegnete Tim verwirrt.

„Und damit es auch tatsächlich zu dieser Verabredung kommt, werde ich Sie am besten abholen“, grinste Cora. „Passt Ihnen acht Uhr?“

„Sie vergessen wohl nicht so leicht“, amüsierte sich Tim.

„Vergessen – nie, vergeben – immer“, erwiderte Cora lachend.

Tim schwieg einen Moment. Dann antwortete er plötzlich in scharfem Tonfall: „So etwas sollte man nie zu laut sagen, Frau Neumann. Kein Mensch kann alles vergeben, was ihm angetan wurde!“ Aber dann ruderte er schon wieder zurück. „Ach, vergessen Sie's“, wiegelte er ab. „Wir sehen uns morgen Abend. Also bis dann.“ Und damit hatte er auch schon aufgelegt.

Cora starrte einen Moment sprachlos auf den Hörer in ihrer Hand. Hatte sie ihn jetzt schon wieder verärgert?

„War das etwa der Klavierlehrer, an dem du nicht mehr interessiert bist?“, fragte da plötzlich Beate und riss Cora mitten aus ihren Gedanken.

Cora fühlte sich ertappt und errötete ein wenig. „Das geht dich überhaupt nichts an“, fauchte sie wütend.

„Na, super“, entgegnete Beate beleidigt. „Erst belügst du mich nach Strich und Faden und dann geht es mich noch nicht einmal etwas an. Tolle Freundschaft, ehrlich! Ein bisschen Kaffee trinken ist in Ordnung, aber wenn man mehr Anteil an deinem Leben nehmen will, wird man gnadenlos in seine Schranken gewiesen!“

„Das stimmt doch gar nicht“, verteidigte sich Cora. „Ich kann es bloß nicht ausstehen, wenn ich beim Telefonieren belauscht werde.“

„Belauscht?“, regte sich Beate auf. „Was kann ich dafür, wenn du deine geheimen Telefonate in meinem Beisein führst! Soll ich mir etwa demnächst Ohrstöpsel mitbringen?“

Cora sah ein, dass sie sich unsinnig verhielt. „Tut mir Leid“, entschuldigte sie sich leise. „Du hast ihn bloß so mies gemacht, dass ich keine Lust mehr hatte, mit dir darüber zu reden.“

„Ich wusste ja nicht, dass es dich derart erwischt hat“, entgegnete Beate in versöhnlichem Tonfall.

Cora stieß einen abgrundtiefen Seufzer aus. „Dann weißt du es jetzt.“

„Allerdings“, grinste Beate. „Und scheinbar hast du auch schon meine Vorschläge umgesetzt.“

„Was meinst du?“

„Na ja, dass du Timo vorschiebst, um dich mit ihm zu treffen. Scheint ja jetzt schon *zwei*mal geklappt zu haben.“

„Dir scheint ja wirklich kein einziges Wort entgangen zu sein“, kommentierte Cora gespielt vorwurfsvoll.

Beate grinste nur. „Nun sag schon: Warst du mit ihm aus oder nicht?“

„Ich war mit ihm essen, aber ein Erfolg war es nicht. Ich glaube, er will absolut nichts von mir wissen.“

„Du meinst, du hast ihn nicht ins Bett gekriegt? Hast du es denn ernsthaft versucht?“

„Spinnst du?“, brauste Cora auf. „Warum sollte ich das versuchen? Ich hab ihn doch gerade erst kennen gelernt!“

„Ts, ts, ts“, machte Beate und schüttelte dabei ungläubig den Kopf. „Wer hätte gedacht, dass du *so* drauf bist.“

„Was heißt das denn?“, zischte Cora wütend.

„Na ja, dass du so ... so ...“, Beate schien nach dem richtigen Wort zu suchen, „ ... wie soll ich sagen ... unschuldig bist. Wie viele Männer hattest du denn in deinem bisherigen Leben?“

Cora dachte an die Nacht mit Tim, an das erste und einzige Mal in ihrem Leben.

„Ach, du grüne Neune!“ Beate schlug jetzt vor Verblüffung die Hand vor den Mund. „Willst du mir etwa allen Ernstes erzählen, dass du nur mit *einem* ... nur mit dem Vater von Timo ... ?“

Cora sagte gar nichts. Stattdessen sah sie nur verschämt zur Seite und kam sich auf einmal furchtbar kindlich und naiv vor.

„Och nein, wie süß!“, lachte Beate. „Dass es so was noch gibt!“ Sie schüttelte den Kopf und schien wirklich verblüfft zu sein.

„Jetzt hör aber auf!“, schimpfte Cora. „Du tust ja gerade so, als wäre das etwas Negatives.“

„Na ja“, grinste Beate, „das kommt natürlich auf die Sichtweise an. Hattest du denn nie das Gefühl, etwas verpasst zu haben?“

„Nein, hatte ich nicht!“, entgegnete Cora trotzig. Dabei war ihr sonnenklar, dass das eine Lüge war. Natürlich hatte sie etwas verpasst. Ihn, den Traummann schlechthin, und das 15 Jahre lang!

„Na, dann muss der ja ein toller Typ gewesen sein“, sagte Beate spontan.

„Wer denn?“

„Na, Timos Vater!“

„Ach der“, entgegnete Cora nur und hoffte, dass dieses äußerst unangenehme Thema damit erledigt sein würde.

„Ist nur komisch, dass du nie über ihn sprichst“, bemerkte Beate. „Oder war er doch nicht so toll?“

„Er war super, okay? Und jetzt lass mich mit diesem Thema in Ruhe.“

„Na, na, na, warum denn schon wieder so aggressiv?“, stichelte Beate.

„Weil du schon wieder so neugierig bist“, antwortete Cora.

„Ist doch wohl kein Wunder, wenn du so viel zu verbergen hast“, erwiderte Beate und sah ihrer Freundin herausfordernd ins Gesicht.

Cora hielt ihrem Blick tapfer stand. Gleichzeitig schossen eine Menge Gedanken durch ihren Kopf. Sie wusste auf einmal wieder, warum sie sich nie richtige Freunde gesucht hatte. Sie hatte genau das vermeiden wollen, was jetzt eingetreten war. Es waren diese Fragen, die früher oder später in jeder Freundschaft gestellt wurden, Fragen, die sie nicht beantworten wollte. Intimität war ein Luxus, den sie sich einfach nicht leisten konnte. „Noch Kaffee?“, fragte sie schließlich und stand auf.

„Ja, gern“, entgegnete Beate spitz. Sie hatte verstanden.

Kapitel 23

„Wo willst *du* denn hin?“, fragte Timo und sah misstrauisch an seiner Mutter herunter, die entgegen sonstiger Gewohnheiten vor dem Spiegel im Flur stand und ihre Haare mit Kamm, Bürste und Haarspray bearbeitete. Was sich angesichts ihres immer noch verbundenen rechten Zeigefingers ausgesprochen schwierig gestaltete.

„Ich?“, fragte Cora unschuldig. „Ich gehe essen.“ Dabei zog sie nervös den taillenkurzen hellblauen Strickpullover hinunter, der bei ihren Frisierversuchen ein wenig nach oben gerutscht war.

Sie hatte ihn erst heute Morgen neu erworben. Todesmutig war sie in eine Boutique gestürmt und hatte nach etwas Figurbetontem gefragt. Anfangs hatte man ihr furchtbar kurze Röcke und tief ausgeschnittene Blusen gebracht, aber ihr entsetzter Blick hatte wohl Bände gesprochen. Allmählich hatten sie und die Verkäuferin sich angenähert. Das Ergebnis war dieser Pullover gewesen, den sie jetzt zu einer dunkelblauen Jeans trug. Er war langärmelig, hatte keine Bündchen und war mit hübschen Strickmustern versehen. Dazu hatte er einen dezenten V-Ausschnitt, war aber eng wie eine zweite Haut. Die Verkäuferin hatte immer wieder beteuert, wie gut er ihr stand und wie hervorragend er ihre wohl geformte Oberweite betonte. Und dennoch fühlte sich Cora recht unbehaglich. Irgendwie kam sie sich halbnackt darin vor.

Sie war es einfach nicht gewohnt, ihre Körperformen zur Schau zu stellen. Außerdem lebte sie in ständiger Angst, dass ihr Bauch unter dem Pullover zum Vorschein kommen würde. Sicher, er war schlank und teilte den schönen Teint, den sie ihrem dunklen Typ zu verdanken hatte. Umso deutlicher aber traten die Dehnungsstreifen hervor, mit denen er nur so übersät war. Und diese stammten nicht allein von der Schwangerschaft mit Timo …

„Essen?“, wunderte sich Timo. „Mit wem?“

„Mit Beate“, log Cora und bekam sofort ein schlechtes Gewissen. Aber sollte sie ihrem Sohn allen Ernstes erzählen, dass sie mit seinem Klavierlehrer verabredet war?

„Ach so", seufzte Timo erleichtert. „Und ich dachte schon, es wäre ein Mann im Spiel."

„Wäre das denn schlimm?", fragte Cora so beiläufig wie möglich.

„Schlimm nicht", grinste Timo, „nur verwunderlich."

„Was soll das denn heißen?", fragte Cora und war dabei ein ganz kleines bisschen beleidigt.

„Jetzt tu doch nicht so, als wüsstest du es nicht selbst", antwortete Timo. „Du und ein Mann ... das passt doch einfach nicht zusammen."

„Aha!", erwiderte Cora und klang ein bisschen eingeschnappt. Das war jetzt schon das dritte Mal, dass jemand ihre Fraulichkeit in Frage stellte.

„Den Unterton kannst du dir sparen", fand Timo. „Schließlich warst du in den letzten ... sagen wir mal ... zehn Jahren nicht ein einziges Mal mit einem Mann aus. Stimmt's?"

„Ich war mit Matthias aus", entgegnete Cora trotzig.

„Klar", lachte Timo, „nur dass ich mir bei Matthias nie sicher war, ob er in die Kategorie Mann oder Frau fällt."

„Wie bitte?", regte sich Cora auf.

„Na ja, erstens wolltest du doch sowieso nie was von ihm und zweitens ist er ein absolutes Weichei."

„Du hältst wohl alle Männer für Weicheier, wie?"

„Wen denn noch?"

„Na, den Herrn Berghoff zum Beispiel."

„Hab ich das gesagt?" Timo dachte einen Moment nach. „Eigentlich ist er ganz in Ordnung. Aber du hast schon Recht. Wer nur Noten und Gedudel im Kopf hat, *muss* ganz einfach ein Weichei sein."

„Du steckst die Menschen in Schubladen, Timo", entgegnete Cora ernst. „Und das ist nicht gut. Du musst ihnen eine Chance geben."

„Hast du denn Papa eine Chance gegeben?", fragte Timo auf einmal.

Coras Augen weiteten sich und sie starrte Timo an. *Papa*, allein schon dieses Wort haute sie von den Socken. Sonst hatte er *mein Vater* gesagt. Aber *Papa*? Das klang so vertraut ... so als ob er ihn kannte ...

Als sie nichts sagte, setzte Timo noch einen drauf. „Oder hast du ihn vielleicht verlassen, weil er dir zu taff war?"

„Wie ... wie kommst du denn darauf?", stammelte Cora.

„Ich kann eben eins und eins zusammenzählen", behauptete Timo und sah seiner Mutter triumphierend ins Gesicht. „Wie du Männern aus dem Weg gehst und dich nur mit diesen Weicheiern abgibst. Nun gib es schon zu. Du hast meinen Vater in die Wüste geschickt, weil du in Wirklichkeit auf Frauen stehst!"

Cora standen Mund und Nase offen. Hielt ihr eigener Sohn sie jetzt auch schon für lesbisch? „Ich bin eine ganz normale Frau, Timo", sagte sie betroffen. „Und dein Vater hat *mich* in die Wüste geschickt, nicht umgekehrt!"

Timo hing jetzt förmlich an Coras Lippen. Er hatte zum allerersten Mal etwas über seinen Vater zu hören bekommen. „Sag mir, wer er ist, Mama!", flehte er sie an. „Bitte!"

Aber Cora schüttelte einmal mehr den Kopf. „Das kann ich nicht", entgegnete sie weinerlich. „Ich kann es nicht ... nicht jetzt. Du musst Geduld haben."

„Geduld?", brauste Timo auf. „Die hatte ich schon vierzehn Jahre lang! Und sie ist am Ende. Ich will endlich wissen, was damals los war!"

Wieder schüttelte Cora den Kopf. „Das ist *meine* Sache."

„Es ist *deine* Sache, wer *mein* Vater ist?", schimpfte Timo. Und dann trat er mit dem Fuß wütend gegen die Wand und ballte die Fäuste. „Verdammt", schrie er, ging ein paar Schritte auf seine Mutter zu und hob den rechten Arm, dessen Hand noch immer zur Faust geballt war.

Cora wich erschrocken vor ihm zurück. Timo überragte sie um fast einen halben Kopf. Und er sah wirklich so aus, als würde er gleich auf sie losgehen. Hatte sie jetzt Angst vor ihrem eigenen Sohn?

Als Timo ihren erschrockenen Gesichtsausdruck bemerkte, hielt er mitten in der Bewegung inne und sah ungläubig erst zu Cora und dann auf seinen erhobenen Arm. Dann schlug er mit der Faust gegen die Wand, drehte sich um und stürmte wortlos aus der Wohnung.

Als die Tür ins Schloss gefallen war, blieb Cora noch ein paar Sekunden wie angewurzelt stehen. Sie fühlte sich paralysiert. *So weit ist es also gekommen,* war alles, was sie denken konnte.

„Es geht nicht mehr so weiter", flüsterte sie irgendwann. „Herr, was soll ich bloß tun?"

Die Antwort kam in Form eines messerscharfen Gedankens. *Sag Tim die Wahrheit!*

Diesen Satz hatte Cora schon einmal gehört. Vor langer, langer Zeit ... Aber das kam nicht in Frage! Heute wie damals ging es einfach nicht! Wenn sie Tim die Wahrheit sagte, würde er sich sicher sofort zurückziehen. Oder schlimmer noch, vielleicht würde er ihr sogar einen Heiratsantrag machen! Und dabei hatte sie doch schon damals eine Ehe aus Mitleid oder Verantwortungsgefühl um jeden Preis verhindern wollen. *Jesus, selbst du musst einsehen, dass ich keine Chance hab, Tims wahre Gefühle zu erkennen, wenn ich ihm die Wahrheit sage!*

Cora sah auf ihre Uhr. Es war schon zwanzig vor acht. Und da sie nun mal ein äußerst pünktlicher Mensch war, musste sie dringend aufbrechen. Aber auch auf dem Weg zu Tim ließen die Gedanken sie nicht los.

Es ist ja nur eine Frage der Zeit, redete sie sich ein. *Schon bald werde ich wissen, ob ich Chancen bei Tim habe. Und dann, ja dann werde ich es ihm erzählen. Bis dahin muss Timo noch warten. Er hat ein Leben lang gewartet. Was bedeuten da schon ein paar Wochen?*

Einigermaßen beruhigt suchte sie sich einen Parkplatz und stieg aus. „Nur ein paar Wochen“, sagte sie noch einmal, dann ging sie auf Tims Haus zu und läutete an der Tür.

Es dauerte ziemlich lange, bis Cora endlich Schritte hörte und die Tür geöffnet wurde. Schon auf den ersten Blick lief Cora ein kleiner Schauer über den Rücken. Tim sah einfach gut aus, so gut, dass es sie jedes Mal aufs Neue überraschte. Und es kam auch gar nicht darauf an, wie er gekleidet war. Jetzt trug er zum Beispiel eine ziemlich verwaschene Jeans und ein weißes Hemd mit grünen Streifen. Letzteres war so alt, dass Cora es noch von früher zu kennen meinte. Und trotzdem ... war er für sie der schönste Anblick, den man sich nur vorstellen konnte.

Als Tim sie sah, wirkte er für einen Moment wie ein lebendiges Fragezeichen. „Oh, ist es etwa schon wieder ...“, murmelte er und sah verwirrt auf seine Uhr. „Tatsächlich. Tut mir Leid. Ich meine ... ich bin noch gar nicht so weit. Könnten Sie noch einen Moment hereinkommen?“

Cora schmunzelte. „Kein Problem!“, lächelte sie und dachte: *Du wirst dich wirklich niemals ändern.*

„Ich hatte da gerade so eine gute Idee“, sagte Tim und ging voran in Richtung Wohnzimmer. „Machen Sie es sich doch auf dem Sofa bequem.“

Ein wenig unsicher ging Cora hinter Tim her und sah sich erst einmal gründlich um. Der enge Flur war ausgesprochen schlicht gehalten, wenn man ihn nicht sogar als kahl bezeichnen musste. Direkt links neben der Eingangstür befand sich eine moderne Wandgarderobe aus lackiertem Metall, ansonsten gab es weder Bilder noch Möbelstücke.

Tim war durch den Türrahmen am Kopfende des Flurs verschwunden, und Cora folgte ihm ins Wohnzimmer. Schon von weitem erkannte Cora einen Flügel. Im Moment war sie jedoch mehr davon fasziniert, dass die Tür entfernt worden war. Genauso verhielt es sich mit den anderen Räumen, an denen sie vorbeigekommen war. Keiner hatte eine Tür! Die Küche nicht, nicht mal das Gäste-WC!

Als Cora jetzt das Wohnzimmer betrat, fühlte sie sich schlagartig an das Haus der Berghoffs erinnert. Nicht, dass die Möbel die gleichen gewesen wären, aber der Stil war ähnlich und die Raumaufteilung auch. Der Flügel bildete ganz eindeutig das Zentrum des Raumes, die dunkelblaue Couchgarnitur und die beiden Anrichten aus heller Buche waren um ihn herum gruppiert. Cora fühlte sich sofort wie zu Hause. Und dieser Eindruck wurde dadurch noch verstärkt, dass Tim am Flügel Platz genommen und zu spielen begonnen hatte.

Cora schloss überwältigt die Augen und lauschte der Musik. Ihr war, als wäre seit damals kein einziger Tag vergangen. Und auf einmal spürte sie auch den starken Drang, sich neben ihn zu stellen und zu seiner Musik zu singen.

Sie hatte schon ein paar Schritte in seine Richtung getan, als sie plötzlich erschrak und aus ihrer Trance erwachte. Nie und nimmer durfte sie in Tims Gegenwart singen! Wenn sie das tat, würde er sie sofort erkennen, so viel stand fest.

Und doch ... war da auf einmal diese unstillbare Sehnsucht zu singen. 15 Jahre lang hatte sie sie unterdrückt. In der ganzen Zeit hatte sie kein einziges Mal gesungen, nicht einmal heimlich. Sie hatte keine Melodien gesummt, keine Kinderlieder für Timo angestimmt, nichts. Es war einfach nicht möglich gewesen. Auf irgendeine Weise war der Gesang für sie untrennbar mit Tim verbunden. Und mit ihm hatte sie ihn verloren. Sie hatte es einfach nicht verkraften können, ihre eigene Stimme zu hören. Und so hatte sie es sich abgewöhnt zu singen, ganz rigoros und mit aller Konsequenz. Timo war der festen Überzeugung, dass seine Mutter einfach nicht singen *konnte*.

Cora hatte sich jetzt dem Klavier genähert. Sie blieb im Abstand von vielleicht einem Meter hinter Tim stehen und sah ihm über die Schulter.

Tim schien das überhaupt nicht zu bemerken. Er spielte hoch konzentriert eine bestimmte Melodie, variierte sie jedoch immer wieder und kritzelte dann mit einem Bleistift irgendwelche Noten auf die Notenblätter, die auf der Klavierablage vor ihm standen. Meistens seufzte er anschließend, nahm einen Radiergummi zur Hand und löschte die entsprechenden Sequenzen wieder aus. Irgendwann hatte er sich bis zum Schluss vorgearbeitet, änderte diesen aber pausenlos ab und wurde dabei zusehends ungeduldiger.

So ging das geraume Zeit, bis Cora irgendwann ganz plötzlich sagte: „Stop!“

Tim erschrak und sah sich zu ihr um. Er machte jetzt ein Gesicht, als hätte er Cora in der Zwischenzeit völlig vergessen.

„Nicht wegradieren!“, rief Cora. „Jetzt war es doch perfekt!“

Tim sah überrascht von Cora zu seinen Noten und wieder zurück zu Cora. „Meinen Sie wirklich?“

Cora nickte eifrig. „Ja, ganz bestimmt.“

Tim starrte auf seine Notizen. Dann begann er noch einmal zu spielen, dieses Mal aber nicht nur den Schluss, sondern das gesamte Stück vom Anfang bis zum Ende. Dabei hellten sich seine Gesichtszüge sichtlich auf.

„Sie haben Recht!“, rief er verblüfft. Kopfschüttelnd spielte er das Stück ein weiteres Mal. „Wirklich“, staunte er, „so wollte ich es haben!“

Und dann sah er ein weiteres Mal zu Cora und begann, sie zu mustern. Mit unverhohlenem Interesse glitt sein Blick von oben bis unten an ihr hinunter und blieb dann an ihren leuchtend blauen Augen hängen. Cora hatte das Gefühl, als würde er sie zum allerersten Mal richtig wahrnehmen, und so konnte sie nicht verhindern, dass ihre Wangen eine tiefrote Farbe annahmen.

„Woher wussten Sie das?“, fragte Tim interessiert.

Cora zuckte verlegen mit den Schultern. „Ich wusste es einfach.“

„Es gibt da noch ein weiteres Stück, mit dem ich Probleme habe“, sagte Tim eifrig. „Könnten Sie ...?“

Cora lächelte. „Gern.“

„Ich weiß bloß nicht, wo ich es habe“, murmelte Tim und eilte zur Anrichte herüber. Dort kramte er hektisch in einem Stapel mit Papieren herum.

Cora fühlte sich so stark an früher erinnert, dass sie ihre Hemmungen vergaß und erst einmal einen Blick auf das Durcheinander warf, das sich auf der Klavierablage befand. Hinter dem Zettel, den Tim gerade bearbeitet hatte, befanden sich noch etliche weitere. Alle waren genauso wild bekritzelt wie der oberste, manche waren sogar schon einmal zerknüllt und dann wieder glatt gestrichen worden. Das letzte Blatt in dem Stapel sah schon ziemlich vollständig aus.

„Ist es vielleicht das hier?“, fragte Cora vorsichtig und hielt das Blatt in Tims Richtung.

Tim ließ von den anderen Papieren ab und starrte auf den Zettel in ihrer Hand. „Tatsächlich“, murmelte er und sah einmal mehr verblüfft in Coras Augen.

„Donnerstag“, las Cora und grinste. „Toller Titel.“

Aber als sie Tims Blick suchte, stieß sie schon wieder auf einen Ausdruck von Fassungslosigkeit. „Sie können meine Handschrift lesen?“, fragte Tim ungläubig.

Cora schluckte und beeilte sich, den Zettel zuoberst auf der Klavierablage zu deponieren. „Wollen wir?“, fragte sie schnell.

Tim nickte, nahm wieder am Flügel Platz und begann zu spielen. Dieses Mal schien er sich jedoch nicht in das Stück zu vertiefen, er führte auch keine Änderungen durch, sondern spielte es nur vor. „Was sagen Sie?“, fragte er interessiert.

Cora überlegte einen Moment. „Ich finde den Mittelteil etwas zu holprig“, sagte sie dann. „Besonders der Übergang von C-Dur zu F-Dur ist nicht stimmig.“

Einen Moment sagte Tim gar nichts. Dann drehte er sich mit seinem Hocker langsam zu ihr herum und starrte sie an, als hätte er einen Geist gesehen. „Genau das ist mein Problem“, sagte er überwältigt.

„Dann sollten wir etwas dagegen tun“, entgegnete Cora fröhlich.

Aber Tim starrte sie immer noch an, verblüfft, interessiert und fasziniert zugleich. Cora hielt seinem Blick stand, fühlte sich aber zunehmend unwohl. Ob ihm gefiel, was er sah? Ob sie sich vielleicht doch anders hätte anziehen oder vielleicht sogar schminken sollen?

„Spielen Sie es doch noch einmal“, schlug Cora vor, um diesem durchdringenden Blick endlich zu entgehen.

Tim räusperte sich verlegen, drehte sich schnell wieder zu seinem Flügel herum und begann zu spielen. Cora atmete auf. Nicht mehr lange und ihre weichen Knie hätten einfach unter ihr nachgegeben.

„Ich hänge genau hier“, sagte Tim und hörte schon wieder auf zu spielen.

Cora erschrak. Sie hatte überhaupt nicht zugehört. *Konzentrier dich!*, dachte sie und sagte: „Noch einmal, bitte.“

Während Tim die Stelle wiederholte, sang Cora in Gedanken mit. Und als er geendet hatte, sagte sie: „Würde es nicht besser klingen, wenn Sie die Punktierung einfach wegließen? Ja, und dann wäre ein Übergang in den Mollbereich doch nicht schlecht.“ Sie musste sich zusammenreißen, um ihm ihre Idee nicht einfach vorzusingen.

„A-Moll?“, fragte Tim und variierte die Melodie entsprechend. Aber dann schüttelte er den Kopf. „*E*-Moll!“, sagten auf einmal beide wie aus einem Munde. Und dann kicherten sie wie zwei Teenager.

Von diesem Moment an war das Eis irgendwie gebrochen. Beinahe eine Stunde lang arbeiteten und feilten sie anschließend noch an dem Stück herum. Sie hatten ungeheuren Spaß dabei und merkten gar nicht, wie die Zeit verging.

„Jetzt ist es perfekt“, stellte Tim schließlich mit einem zufriedenen Lächeln fest.

„Finde ich auch“, stimmte Cora ihm zu.

„Das Problem ist bloß ...“, begann Tim, sprach dann aber nicht weiter.

„Ja?“, ermutigte ihn Cora.

„Na ja, eigentlich brauche ich auch noch einen Text dazu“, sagte er vorsichtig. „Allerdings ...“

„Ja?“, fragte Cora erneut.

„...handelt es sich um eine besondere Art von Text“, vollendete Tim seinen Satz.

„Ja?“, lachte Cora und rollte ein wenig mit den Augen.

Tim hob hilflos die Arme. „Ich weiß ja gar nicht, ob Sie etwas damit anfangen können.“

„Dann finden Sie es doch heraus.“

„Also gut ... es soll ... na ja ... sozusagen ein geistliches Lied werden. Das war gar nicht meine Idee. Meine Mutter hat mir den Auftrag besorgt, wissen Sie. Und das, obwohl sie eigentlich ganz genau weiß, dass ich nicht der Richtige für so etwas bin.“

Bei dem Gedanken an Karen Berghoff huschte ein warmes Lächeln über Coras Gesicht. „Und warum sind Sie nicht der Richtige?“

„Na ja“, stammelte Tim weiter, „einerseits kann ich natürlich jeden Auftrag gebrauchen. Aber andererseits ... konnte ich eigentlich noch nie gut texten und ... und christliches Gedankengut liegt mir völlig fern.“

„Ach ja?“, wunderte sich Cora.

Tim nickte traurig. „Und was ist mit Ihnen? Wie stehen Sie zu Glaubensdingen?“

„Ich glaube an Gott“, entgegnete Cora mit fester Stimme, „weil ich erlebt habe, dass er da ist und für mich sorgt.“

„Wie schön für Sie“, antwortete Tim und klang dabei ausgesprochen ironisch.

Cora sah prüfend zu ihm herüber. Früher hatte er dem Glauben eher gleichgültig gegenüber gestanden, aber jetzt meinte sie, einen Hauch von Bitterkeit in seiner Stimme entdeckt zu haben. „Hat er denn nicht für *Sie* gesorgt?“, fragte sie mitfühlend.

„Nein“, lachte er verhärmt, „das hat er wirklich nicht.“

Cora sah Tim prüfend in die Augen. Lastete er seinen Gefängnisaufenthalt am Ende Gott an? „Was ist denn geschehen?“, fragte sie vorsichtig.

Einen Moment schien es, als würde Tim mit sich ringen, als würde vielleicht gleich alles aus ihm heraussprudeln. Aber dann gewann die Selbstbeherrschung die Oberhand und sein Gesichtsausdruck verwandelte sich in verschlossene Gleichgültigkeit. „Es ist schon spät“, presste er mühsam hervor und sah demonstrativ auf seine Uhr. „Wir können ja ein anderes Mal darüber reden."

Cora nickte verständnisvoll. Sie dachte an den Restaurantbesuch mit Tim und wollte nicht ein zweites Mal den Fehler machen, zu neugierig zu erscheinen. „Gern", entgegnete sie sanft und machte sich auf den Weg nach draußen.

Tim folgte ihr. „Jetzt ... jetzt waren wir ja gar nicht essen", rief er auf einmal erschrocken. „Und dabei müssen Sie doch Hunger haben! Und ich hab Ihnen nicht mal was angeboten!"

„Kein Problem", beschwichtigte ihn Cora und meinte es auch so. Sie fühlte sich, als wäre ein viel tieferer Hunger gestillt worden.

„Und wir haben uns auch nicht über Timo unterhalten", sagte er verlegen, als sie die Haustür erreicht hatten.

„Dazu ist ein anderes Mal noch Zeit", lächelte Cora. „Oder muss ich wieder lange betteln, um eine Audienz bei Ihnen zu bekommen?"

„Nein", antwortete Tim ernst, „Sie sind willkommen, wann immer Sie möchten."

❧

Cora schwebte an diesem Abend wie auf Wolken nach Hause. Sie war sich ganz sicher, dass ihre Beziehung zu Tim große Fortschritte gemacht hatte. Und vielleicht, ganz vielleicht, war dieser Abend sogar der Anfang von mehr ... von der Erfüllung all ihrer Träume!?

Ihre Gedanken begannen sich zu verselbständigen. Sie stellte sich vor, wie Tim sie in den Arm nahm und ihr seine Liebe gestand. Auf einmal spürte sie wieder seine warmen Hände auf ihrer Haut und seine Lippen auf ihrem Mund. Ihr Herz begann schneller zu klopfen.

„Jetzt hörst du aber auf!", rief sie sich mit scharfem Tonfall zur Räson. „Du hast ihm beim Komponieren geholfen, das war alles. Es hat ihn gefreut, aber das heißt noch lange nicht, dass er sich jetzt in dich verliebt!" Die mahnende Stimme hatte Recht. Sie durfte sich nicht zu viel Hoffnungen machen, sonst wäre der Absturz in die Realität am Ende viel zu schmerzhaft. Auch daran erinnerte sie sich auf einmal nur allzu gut.

Und trotzdem ... Gedanken ließen sich vielleicht abschalten, aber Träume nicht. Und so dauerte es nach dem Einschlafen nicht lange, bis sie Hand in Hand mit Tim über eine Wiese schlenderte. Sie war barfuß, das Gras kitzelte ihre Fußsohlen und die warme Frühlingssonne strahlte auf sie herab. Schmetterlinge tanzten durch die Luft, Bienen flogen von Blüte zu Blüte. Sie atmete ganz tief ein und erfreute sich an dem intensiven Duft frisch aufgeblühter Wiesenblumen. Tim bückte sich, wählte sorgsam ein paar der schönsten Blumen aus und pflückte sie. Anschließend stellte er sich direkt vor Cora, sah ihr lächelnd und unendlich verliebt in die Augen und steckte die Blumen dann in ihre lange dunkelbraune Lockenpracht ...

Lange dunkelbraune Lockenpracht???

Obwohl Cora noch schlief, bemerkte sie den Widerspruch in ihrem Traum. Was stimmte nicht? Fragend sah sie in Tims Gesicht. Das Lächeln war verschwunden, blankes Entsetzen hatte ihn erfasst. Ungläubig starrte er Cora an.

Cora lag jetzt nicht mehr ruhig in ihrem Bett, sondern warf ihren Kopf wild von einer Seite zur anderen. Im Traum versuchte sie, ihren Blick von Tim zurück zu sich selbst zu lenken. Aber obwohl ihr das gelang, sah sie nichts als Haare, lange lockige Haare. Ob sie sich selbst von hinten sah? Sie versuchte um sich herumzugehen, schaffte es aber nicht. Haare, immer nur diese Haare.

„Dreh dich um!“, schrie sie so laut, dass es ihre Lippen auch in der Realität mitflüsterten.

Und tatsächlich, die Gestalt drehte sich um, Cora konnte auf einmal ein Gesicht sehen ... ein dickes, rundes Mondgesicht ... *ihr* Gesicht!

Mit einem Aufschrei wachte Cora auf und saß senkrecht in ihrem Bett. Zitternd fasste sie sich mit den Händen ins Gesicht, sah an ihrem Körper herunter. Es war alles normal, sie war schlank und beweglich! Langsam beruhigte sie sich. Ein Alptraum, es war nur ein Alptraum!

Das Entsetzen noch immer im Blick sah sie auf ihre Uhr. Es war kurz nach zwei. Mit einem abgrundtiefen Seufzer ließ sie sich zurück in ihre Kissen fallen. Aber es dauerte sehr lange, bis sie wieder einschlafen konnte. Und als pünktlich um sechs ihr Wecker klingelte, war sie völlig zerschlagen. Auch erinnerte sie sich sofort an ihren Alptraum. Er hatte sich tief in ihr Gedächtnis eingebrannt.

Was sie jetzt am dringendsten brauchte, war ein wenig Ablenkung. Und so machte sie sich zügig für die Arbeit fertig.

Bevor sie aus dem Haus gehen wollte, ging sie noch schnell in Timos Zimmer, um ihn zu wecken. Doch dann blieb sie wie angenagelt in der Tür stehen. Das Bett war glatt und unberührt. Kein Timo weit und breit.

„Timo?“, rief sie, und dann noch einmal lauter, „Timo?!“

Sie erhielt keine Antwort. In ihrer Verwirrung lief sie erst einmal durch die Wohnung, sah in jeden Raum und rief immer und immer wieder seinen Namen. Aber er war nicht da.

Auf einmal fiel Cora der gestrige Abend wieder ein. Wie sie sich gestritten hatten, wie wütend er gewesen war. Und es kroch Angst in ihr hoch. Was, wenn Timo einfach ausgerissen war?

Vor ihrem geistigen Auge sah sie Timo auf einer Parkbank schlafen. Sie sah, wie er von Pennern zusammengeschlagen und in einen Fluss geworfen wurde. Sie malte sich aus, wie seine Leiche irgendwo ganz weit weg angespült wurde, sah sich an seinem Grab stehen und weinen.

„Jesus!“, schluchzte sie hilfesuchend und sofort tauchte ein Satz in ihren Gedanken auf. *Mach dir keine Sorgen!* Aber dieser Hinweis drang gar nicht richtig zu ihr vor. Sie konnte einfach nicht anders, als zum Telefon zu laufen und die Nummer der Polizei zu wählen. Aufgelöst erzählte sie der Dame in der Notrufzentrale vom Verschwinden ihres Sohnes. Die Dame stellte ein paar knappe, gezielte Fragen, dann wurde sie weiterverbunden, erzählte noch einmal, was geschehen war und wurde ein weiteres Mal weitergeleitet. Schließlich hatte sie einen älteren Polizeibeamten am Telefon, der als Erstes fragte: „Wie alt ist Ihr Sohn denn?“

„Vierzehn“, antwortete Cora atemlos.

„Und wie lange ist er schon verschwunden?“

„Seit gestern Abend!“, entgegnete Cora in einem Tonfall, der verriet, dass sie diesen Zeitraum für eine halbe Ewigkeit hielt.

„So, so. Und haben Sie sich eventuell gestritten?“

„Das haben wir allerdings“, gab Cora zu, „und nicht zu knapp.“

„Und was haben Sie bisher unternommen?“

„Unternommen?“, wunderte sich Cora. „Na, ich habe bei Ihnen angerufen!“

Der Polizeibeamte seufzte. „Soll das heißen, dass Sie noch überhaupt nichts getan haben, um Ihren Sohn zu finden?“

„Was soll *ich* denn unternehmen?“, regte sich Cora auf. „Wenn ein Kind verschwindet, ist es doch wohl Sache der Polizei, es wiederzufinden.“

„Erstens handelt es sich bei Ihrem Sohn um einen *Jugendlichen*“, belehrte sie der Beamte, „und zweitens erfordert es in diesem Alter etwas mehr als eine kurze Abwesenheit, um von verschwinden zu reden.“

„Kurz?“, wiederholte Cora ungläubig. „Mein Sohn war über Nacht weg, über *Nacht*! Und das ist in seinem ganzen Leben noch kein einziges Mal vorgekommen!“

„Mag schon sein“, erwiderte der Polizist, „aber in Anbetracht der Umstände ist doch davon auszugehen, dass sich Ihr Sohn einfach aus dem Staub gemacht hat. Sicher will er Ihnen damit nur eins auswischen. Glauben Sie mir, solche Fälle erleben wir hier andauernd. Und meistens taucht der Gesuchte nach kürzester Zeit von selbst wieder auf."

„Jedenfalls, wenn ihm in der Zwischenzeit nichts zugestoßen ist", fauchte Cora.

„Vierzehnjährige können meist ganz gut selbst auf sich aufpassen."

„Meiner nicht", entgegnete Cora trotzig.

Der Polizeibeamte blieb fest. „Trotzdem muss ich Ihnen sagen, dass die Polizei erst tätig werden kann, wenn das Verschwinden von längerer Dauer ist. Versuchen Sie doch erst einmal selbst, Ihren Sohn wiederzufinden. Rufen Sie seine Freunde an, irgendwo wird er schon sein."

„Die Polizei – dein Freund und Helfer", sagte Cora mit bitterem Unterton.

„Freund und Helfer, ja genau", erwiderte der Polizist und klang nun doch etwas ungehalten. „Wir müssen ziemlich vielen Menschen Freund und Helfer sein. Und deshalb können wir uns nicht ständig mit Nebensächlichkeiten aufhalten."

„Das ist doch wohl die Höhe!" Coras Stimme überschlug sich jetzt beinahe. „Wenn mein Sohn etwas anstellt, dann sind Sie da, und zwar sofort. Aber wehe, er braucht mal Ihre Hilfe. Dann ist er nicht mehr als eine Nebensächlichkeit!"

„Was meinen Sie denn mit ‚anstellen'?", fragte der Polizist und klang auf einmal überaus interessiert. „Ist Ihr Sohn etwa schon öfter auffällig geworden?"

Cora antwortete nicht darauf, sondern knallte den Finger auf die Taste, mit der man die Verbindung abbrach. Dann stampfte sie ein paar Mal mit dem Fuß auf und lief durch die Wohnung. Sie war jetzt so aufgebracht, dass sie kaum einen klaren Gedanken fassen konnte. Timo war weg und niemand wollte ihr helfen! Wieder liefen Tränen an ihren Wangen herunter. Was sollte sie denn jetzt tun?

Und dann fielen ihr ganz plötzlich Tims Worte wieder ein. „Sie sind willkommen, wann immer Sie möchten."

Kurz entschlossen griff sie sich eine Jacke, stürmte aus der Wohnung und fuhr los. Auf der Fahrt verursachte sie noch beinahe einen Unfall, aber das bemerkte sie nicht einmal. Sie wollte nur eins: zu Tim, ihm ihr Herz ausschütten und seine Hilfe in Anspruch nehmen.

Als sie an seiner Tür Sturm klingelte, war sie noch genauso aufgelöst wie zuvor. Tränen liefen an ihren Wangen hinunter und sie zitterte am ganzen Körper.

„Es ist alles meine Schuld", jammerte sie, als die Tür geöffnet worden war und Tim endlich vor ihr stand.

Tim sah entsetzt an ihr herunter. „Was ist deine Schuld?", fragte er und benutzte angesichts der Situation wie selbstverständlich zum ersten Mal das „Du".

„Er hat ja auch Recht", schluchzte Cora, „natürlich hat er einen Anspruch darauf, es zu wissen. Aber im Moment geht es einfach nicht. Nicht jetzt, *noch* nicht. Das muss er doch verstehen."

„Wer muss was verstehen?", fragte Tim verständnislos, während er das Häufchen Elend erst einmal in seine Wohnung zog und auf der Couch platzierte.

„Und das ist ja auch noch lange kein Grund, mich *so* zu bestrafen", fuhr Cora schluchzend fort. „Er weiß ganz genau, dass ich tausend Tode sterbe."

„Timo?", fragte Tim vorsichtig.

„Und was ist, wenn ihm etwas passiert?", fuhr Cora fort, ohne auf Tims Fragen zu reagieren. „Er könnte ausgeraubt werden oder zusammengeschlagen oder ... sogar ... ermordet!" Bei diesem Gedanken kam ein neuer Schwall Tränen.

Tim saß hilflos neben ihr. „Sag mir doch erst einmal, was passiert ist", forderte er sie ein weiteres Mal auf. Aber Cora weinte nur weiter und so fing er irgendwann an, ganz behutsam und vorsichtig über ihr Haar zu streichen.

Im ersten Moment zuckte Cora bei der Berührung ein wenig zusammen. Aber dann schmiegte sie sich an ihn. Sie hatte jetzt Trost so bitter nötig, dass ihr Verstand ausgeschaltet war. Die Frage, ob ihr Verhalten richtig war oder gar ihren Zwecken diente, stellte sich nicht.

Und Tim? Der machte im ersten Moment einen etwas erschrockenen Eindruck. Aber dann wurde sein Gesichtsausdruck von Mitleid und Zuneigung regelrecht überflutet. Er schlang beide Arme um Cora, hielt sie ganz fest und begann dann, zärtlich ihr Haar zu küssen. „Alles wird gut", flüsterte er dabei.

Cora beruhigte sich allmählich. Ihre Tränen versiegten und das Schluchzen wurde seltener. Und dann registrierte sie mit einem Mal, was gerade geschah. Sie spürte den Berührungen nach, die Tims Küsse auf ihrer Haut hinterließen. Träumte sie oder war das die Wirklichkeit?

„Erzählst du mir jetzt, was los ist?", fragte Tim zärtlich und hielt sie immer noch ganz fest.

Coras Herz klopfte auf einmal wie wild. Das *musste* doch einfach ein Traum sein! „Timo ist weg", gelang es ihr zu flüstern.

„Seit wann?“

„Seit gestern Abend.“ Jetzt schossen doch wieder Tränen in Coras Augen. „Sein Bett ist noch unberührt“, presste sie hervor.

„Hattet ihr Streit?“ Cora nickte nur. „Wegen seines Vaters?“

Cora nickte wieder.

„Dann lass uns mal in aller Ruhe nachdenken“, schlug Tim vor. „Also, wohin könnte er gehen?“

„Keine Ahnung!“, jammerte Cora. „Wir sind doch noch gar nicht lange hier. Meines Wissens hat er noch keine Freundschaften aufgebaut.“

„Wahrscheinlich ist er nur ausgebüxt, um dir eins auszuwischen“, überlegte Tim laut. „Hm ... Eine große Reise wird er nicht unternommen haben. Er ist also noch in der Gegend. Und das, was er braucht, ist eine vorübergehende Unterkunft!“

„Ein Hotel?“, fragte Cora hoffnungsvoll.

„Hat er Geld?“, lautete Tims Gegenfrage.

Cora schüttelte den Kopf und musste jetzt direkt ein wenig lächeln. „Er bekommt zwar genug Taschengeld, aber natürlich ist er chronisch pleite.“

Tim nickte. „Also müssen wir die Frage umformulieren: Wo kann er umsonst übernachten?“

Cora zuckte hilflos mit den Schultern. „Eine Parkbank?“, fragte sie.

Tim lächelte. „Er ist nur ein Junge“, beruhigte er sie. „Und bestimmt hat er genauso viel Angst im Dunkeln wie du und ich. Nein, es muss noch einen anderen Ort geben ... einen Ort, an dem ihn niemand vermutet ... und an dem ihn niemand findet ... die Schule vielleicht ... aber da kommt er nicht rein ...“ Und dann, ganz plötzlich, erhellte sich Tims Blick und er rief: „Ich hab's!“

Cora löste sich aus Tims Umarmung und sah ihn erwartungsvoll an. „Ja?“

„Er spielt doch so gut Tischtennis, oder?“

Cora nickte.

„Dann hat er doch bestimmt auch einen Schlüssel für das Vereinsheim!“

„Keine Ahnung“, entgegnete Cora.

„Einen Versuch ist es wert“, rief Tim und sprang auf. „Komm schon, wir fahren hin.“ Eifrig packte er Cora am Arm und zog sie hinter sich her.

Schon eine knappe Viertelstunde später hatten sie das Vereinsheim erreicht. Da es sich direkt an die Halle anschloss und dort vereinzelt bereits gespielt wurde, war es auch nicht abgeschlossen.

Tim und Cora stürmten hinein und begannen nach Timo zu suchen. Schon nach wenigen Minuten hatten sie Erfolg. Timo saß seelenruhig in einem kleinen Geräteraum und nippte an einer Cola.

Als Tim und Cora den Raum betraten, machte er zwar im ersten Moment einen etwas überraschten Eindruck, setzte anschließend jedoch sofort wieder diesen gleichgültigen, unbeteiligten Gesichtsausdruck auf, den Cora so sehr an ihm hasste.

„Sag mal, spinnst du jetzt völlig?“, fuhr Cora ihn an.

Während Timo schwieg und seine Mutter nur wütend anfunkelte, legte Tim ihr besänftigend die Hand auf die Schulter. „Spielst du jetzt neuerdings auch nachts Tischtennis?“, fragte er grinsend.

Jetzt musste auch Timo ein wenig schmunzeln. „Jeder geht halt seiner Berufung nach. Sie komponieren doch auch nachts, oder?“

Tim lachte. „Eins zu null für dich.“

„Was machen Sie überhaupt hier?“, fragte Timo misstrauisch.

„Einer meiner Klavierschüler ist verschütt gegangen“, antwortete Tim. „Und da ich chronisch knapp bei Kasse bin, habe ich beschlossen, ihn wieder aufzutreiben.“

„Was bestimmt nicht Ihre Idee war“, entgegnete Timo mit einem abfälligen Seitenblick auf seine Mutter.

„Nicht so ganz“, musste Tim zugeben.

„Alleine wärst du bestimmt nicht drauf gekommen, wo ich bin, stimmt's?“, sagte Timo triumphierend in Richtung seiner Mutter.

Cora holte schon Luft, um ihm eine passende Antwort darauf entgegenzuschleudern, als Tim ihr zuvorkam und in ernstem Tonfall sagte: „Sie hat sich wirklich große Sorgen um dich gemacht.“

Timo zuckte nur mit den Schultern. „Sonst interessiert sie sich nicht für mich.“

„Aber das stimmt doch gar nicht!“, widersprach Cora.

„Jedenfalls interessierst du dich nicht für das, was mir wichtig ist“, zischte Timo.

„Hab ein bisschen Geduld mit mir, okay?“, sagte Cora in versöhnlichem Tonfall. „Ich verspreche dir ... dass ich es dir sagen werde ... irgendwann ... wenn die Zeit reif ist.“

„Leere Versprechungen!“, schimpfte Timo. „Die höre ich schon seit Jahren. Glaub mir, die Zeit *ist* reif, *über*reif sogar und das schon lange!“

„Aber es ist doch ein Anfang“, warf Tim ein.

„Ach tatsächlich? Was wissen Sie denn schon?“, fuhr Timo ihn an. „Haben Sie eine Ahnung, wie lange ich schon bettele?“

„Nein. Aber vielleicht lässt sich deine Mutter ja zu einer konkreteren Aussage hinreißen. Zu einer Zeitangabe zum Beispiel." Er sah Cora fragend an.

Cora überlegte einen Moment. Dann sagte sie mutig: „Also gut – ein halbes Jahr. Wenn du mich noch so lange mit diesem Thema in Ruhe lässt, sage ich dir alles, was du wissen willst."

Timo sah seine Mutter ungläubig an. „Meinst du das im Ernst?"

Cora nickte.

„Du sagst mir den Namen meines Vaters?"

Cora nickte wieder.

„Und seine Adresse?"

Cora nickte zum dritten Mal.

„Und du erzählst mir, was damals passiert ist? Was schief gegangen ist und so?"

Cora stieß einen abgrundtiefen Seufzer aus. „Ich erzähle dir *alles*, versprochen!"

Ein erfreutes Lächeln bildete sich auf Timos Gesicht. „Okay!", sagte er und streckte seiner Mutter die Hand entgegen. „Das ist ein Deal! Und wir machen ihn unter Zeugen. Schlag ein!"

Cora ergriff die Hand ihres Sohnes und schüttelte sie. Und auch wenn sie sich nicht gerade wohl in ihrer Haut fühlte, wusste sie, dass es richtig war. Sie konnte es nicht ewig hinausschieben. In einem halben Jahr konnte sich viel ändern!

„Na also", lächelte Tim erleichtert. „War doch gar nicht so schwierig."

Wenn du wüsstest!, dachte Cora und sagte zu Timo: „Kommst du jetzt wieder mit nach Hause?"

Timo nickte schelmisch. „Klar. Unterkunft und Verpflegung waren hier eh nicht besonders."

„Ich bin also nur dein Hotel, ja?", entgegnete Cora mit gespielter Entrüstung.

„Genau!", grinste Timo und ging mit ihnen ins Foyer. Dort sah er noch einmal kurz auf die Aushänge.

„Was guckst du denn?", fragte Tim interessiert und studierte nun seinerseits die Zettel am schwarzen Brett.

„Die Vereinsmeisterschaften stehen an", antwortete Timo. „Ich gucke nur, wann ich spielen muss."

„Und hast du eine Chance auf den Titel?"

„Eine Chance?", lachte Timo. „Ehrlich gesagt, ich wüsste nicht, wer mich schlagen sollte."

Tim deutete auf einen der Zettel. „Und was ist das hier, der Schaukampf?"

„Och, das ist so eine komische Tradition, die die hier haben. Wenn der Vereinsmeister feststeht, wird er von irgendeinem *alten Herrn* noch mal herausgefordert. Und dann fegt er den auch noch von der Platte. Und alle amüsieren sich ganz prächtig. Totaler Schwachsinn!"

Tim nickte und schien auf einmal über etwas nachzudenken. Und dieses Nachdenken war so intensiv, dass er erst einmal kein einziges Wort mehr sagte. Auch auf der Fahrt nach Hause hüllte er sich in Schweigen. Und als sich Cora und Timo von ihm verabschiedeten, entlockten sie ihm nur ein geistesabwesendes: „Dann bis später."

Timo störte das natürlich nicht, aber Cora war am Boden zerstört. Die ganze Zeit über hatte sie Tims Blicke gesucht und auf ein Lächeln gewartet. Aber sie hatte nichts bekommen, rein gar nichts. Hatte Tim denn schon wieder alles vergessen, was zwischen ihnen gewesen war? Oder hatte es ihm gar nichts bedeutet?

Verzweifelt ließ sie die Zeit mit Tim Revue passieren. Immer und immer wieder dachte sie an seine Umarmung, seinen Zuspruch und daran, wie er ihr Haar küsste. War das denn nur Mitleid gewesen? Hatte sie sich so getäuscht?

Noch die ganze Nacht über wälzte sich Cora unruhig von einer Seite auf die andere. Sie fühlte die Zerrissenheit beinahe körperlich. Nicht zu wissen, woran sie war, war schlimmer als alles andere.

Als sie am nächsten Morgen aufwachte, fühlte sie sich wie gerädert. Und noch immer war da diese Unsicherheit. Ihr erster Impuls war es, bei Tim anzurufen. Wie sonst konnte sie erfahren, was los war?

Aber als sie dann den Hörer in der Hand hielt, kamen die ersten Zweifel. Hatte sie nicht irgendwo gelesen, dass es unklug war, hinter einem Mann herzulaufen? War es nicht besser, sich erobern zu lassen?

Sie legte den Hörer wieder zur Seite. Gleichzeitig starrte sie ihn so hypnotisierend an wie eine Schlange ihre Beute. Konnte Tim denn jetzt nicht anrufen und diesem Zustand endlich ein Ende setzen?

Eine geschlagene halbe Stunde blieb sie bewegungslos neben dem Telefon sitzen und wartete auf ein Klingeln. Aber natürlich tat es ihr diesen Gefallen nicht und so blieb Cora am Ende nichts anderes übrig, als sich für die Arbeit fertig zu machen.

Als sie wenig später vor dem Spiegel stand und sich die vollen, dicken Haare kämmte, betrachtete sie wieder einmal ihr Gesicht. Ob Tim sie attraktiv fand? Oder war sie beim Vergleich mit Verena durchgefallen?

Sie starrte auf ihre Haare, die – störrisch wie sie waren – heute mal wieder überhaupt nicht dorthin fielen, wohin sie sollten. Sie dachte an das seidige, glänzende, fast schwebende Haar ihres personifizierten Alptraums.

„Pferdehaare“, sagte sie niedergeschlagen. „Früher warst du ein Brauereipferd und die Haare sind geblieben.“

Sie stieß einen Seufzer der Verzweiflung aus und warf die Bürste in hohem Bogen über ihre Schulter nach hinten. „Irgendwann schneide ich den Rest auch noch ab“, schmollte sie. *Warum?*, dachte sie deprimiert. *Warum kann ich nicht so aussehen wie Verena? Warum habe ich keine glatten, blonden Haare?*

Ich hab dich so gemacht, wie du bist, mischte sich plötzlich jemand in ihre Gedanken. *Und ich finde dich wunderschön.*

„Ich weiß ja, Herr“, sagte sie gönnerhaft. „Aber kannst du denn nicht verstehen, dass Tims Meinung *auch* wichtig ist?“

Gab es denn gar nichts, was sie Verena voraus hatte? Sie dachte an den Abend mit Tim zurück. „Ich hab ein besseres Musikverständnis“, sagte sie. Aber es überzeugte sie nicht wirklich. *Musik* ..., dachte sie. *Etwas gab es, was er an dir bewundert hat.*

Sie sah wieder prüfend in den Spiegel. Ob sie es noch konnte?

Und dann atmete sie ein, spannte ihr Zwerchfell an und öffnete mutig den Mund. So stand sie da, eine Sekunde ... zwei Sekunden ... drei Sekunden. Sie war bereit zu singen ... sie wollte singen ... es kam nichts. Sie tat es einfach nicht! Verwirrt schloss sie den Mund wieder. Was war nur los mit ihr? Woher kam diese seltsame Barriere?

Sie schüttelte den Kopf so heftig, als wollte sie all diese irritierenden Gedanken einfach abschütteln. Dann zog sie sich fertig an und fuhr zur Arbeit. Sie brauchte jetzt Ablenkung!

Aber leider beschäftigte sie sich auch dort mehr mit dem Gedanken an Tim als mit ihren Fällen. Mit jeder Minute, die verstrich, wuchs ihre Befürchtung, dass sie sich Tims Zuneigung tatsächlich nur eingebildet hatte. Würde er sich am Ende überhaupt nicht wieder bei ihr melden?

Die Wahrscheinlichkeit, dass genau das die bittere Wahrheit war, erhöhte sich mit jedem Tag. Und als vier Tage vergangen waren, ohne dass Tim angerufen hatte, verabschiedete sich Cora endgültig von ihren romantischen Fantasien. Wütend und gekränkt beschloss sie, Tim auch am Dienstag aus dem Weg zu gehen. Und so bestellte sie Timo ein Taxi, das ihn zum Klavierunterricht fuhr und von dort abholte, während sie selbst bis abends um acht im Büro blieb.

Soll er doch bleiben, wo der Pfeffer wächst, schimpfte sie noch auf dem Nachhauseweg. *Mir ist jedenfalls egal, ob ich ihm was bedeute! Vollkommen egal!*

„Hast du was?“, fragte Timo, kaum dass Cora die Wohnung betreten hatte.

„Nein, wieso?“, erwiderte Cora überrascht.

„Siehst irgendwie schlecht gelaunt aus.“

„Das täuscht“, leugnete Cora. „Wie war denn *dein* Tag?“

„Wie immer.“

„Und der Klavierunterricht?“, rutschte es Cora heraus, noch bevor sie es verhindern konnte.

„Auch wie immer“, entgegnete Timo wortkarg.

„Und was sagt der Herr Berghoff so?“, fragte Cora entgegen ihrer Absicht.

„Nichts Besonderes.“

„Hat er sich nicht gewundert, dass du mit dem Taxi gebracht und abgeholt wurdest?“

„Doch, schon.“

„Ja, und? Was hat er dazu gesagt?“

Jetzt erst blickte Timo auf und widmete Cora seine ganze Aufmerksamkeit. Er musterte sie interessiert, dann fragte er plötzlich: „Bist du irgendwie scharf auf den?“

Cora spürte, wie die Röte ihr Gesicht überflutete und so drehte sie sich blitzschnell weg, machte sich an irgendetwas zu schaffen und sagte: „Quatsch. Ich will nur sicherstellen, dass du auch wirklich am Unterricht teilgenommen hast.“

„Ach, so ist das“, erwiderte Timo beleidigt. „Vertrauen ist gut, Kontrolle ist besser, was?“

„So hab ich das doch nicht gemeint“, beschwichtigte Cora. „Ich interessiere mich nur einfach für deine Belange.“

„Nur für die musikalischen oder auch für die sportlichen?“

„Für beides natürlich.“

„Dann kannst du ja auch zu den Vereinsmeisterschaften kommen. Das Endspiel ist am Sonntag. Und der Schaukampf auch.“

„Klar komme ich“, beteuerte Cora, „ich will dich doch siegen sehen.“

❧

Cora nahm sich für Sonntag nichts vor und erschien dann auch pünktlich nachmittags um zwei zu Timos Endspiel. Timos Gegner war ein Junge, der viel kräftiger und auch mindestens zwei Jahre älter war als er. Cora hatte von Timo erfahren, dass er über Jahre die unangefochtene Nummer 1 des Vereines gewesen war. Und so war es nicht erstaunlich, dass er von Anfang an einen äußerst konzentrierten und verbissenen Eindruck machte. Trotzdem hatte er keine große Chance.

Timo übernahm sofort die Führung und konnte ihn bis zum Siegtreffer auf souveränem Abstand halten.

„Ganz schön langweiliges Spiel“, bemerkte Cora, als sie ihren Sohn anschließend beglückwünschte.

„Wart's ab“, grinste Timo selbstzufrieden, „das nächste wird noch langweiliger.“

„Weißt du denn schon, wer dein Gegner sein wird?“

Timo zuckte mit den Schultern. „Nö. Aber mir kann hier eh keiner das Wasser reichen.“

Cora sah ihren Sohn nachdenklich an. Sie freute sich natürlich, dass er so erfolgreich war, fragte sich aber auch, ob er nicht allmählich *zu viel* Selbstbewusstsein entwickelte.

„Was ist“, fragte Timo, „essen wir ein Stück Kuchen zusammen?“

Cora nickte und folgte ihrem Sohn an das üppige Kuchenbüfett, das die Wartezeit bis zum Schaukampf versüßen sollte. Während sie genussvoll ein Stück Erdbeertorte verputzte, verschlang Timo zwei Stücke Schokoladentorte, mehrere Stücke Butterkuchen, einmal Bienenstich und zweimal Kokoskuchen. Anschließend saß er hechelnd auf seinem Stuhl und meinte nur: „Hoffentlich kann ich mich gleich noch bewegen.“

„Das hoffe ich auch“, entgegnete Cora und deutete auf den älteren Herrn, der sich an einem Rednerpult aufgestellt hatte, „es scheint nämlich loszugehen.“

„Das ist der Vorsitzende“, flüsterte Timo und erhob sich.

Dann lauschten beide der kleinen Ansprache, die der ältere Herr vorbereitet hatte. Darin erzählte er ein wenig über die lange Tradition und den derzeitigen Zustand des Vereins, würdigte die Leistungen aller Spieler, beglückwünschte Timo und überreichte ihm dann den Pokal.

„So“, fuhr er dann fort, „und nun wollen wir wissen, ob wir Älteren nicht doch mit den Jüngeren mithalten können. Um die Sache interessanter zu gestalten, haben wir uns in diesem Jahr besonders viel Mühe mit der Auswahl eines geeigneten Herausforderers gegeben. Schauen wir mal, was das gebracht hat. Ich präsentiere Ihnen also den Mann, der mutig genug ist, gegen den Vereinsmeister anzutreten.“ Er winkte jemanden zu sich heran. „Kommen Sie, Herr Berghoff.“

Überrascht blickten Cora und Timo auf.

Und dann tauchte tatsächlich Tim Berghoff vorne neben dem Vereinspräsidenten auf. Er ließ sich lächelnd die Hand schütteln und viel Glück wünschen. Dann loste der Vereinspräsident mit einer Münze die erste Angabe aus. Zur Freude aller traf sie den Herausforderer.

Währenddessen hatte sich Timos Gesichtsausdruck von Erstaunen in ein amüsiertes Grinsen verwandelt. „Das ist doch nicht Ihr Ernst, oder?“, sagte er zu Tim.

„Mein voller Ernst“, lächelte Tim.

„Haben Sie denn schon mal einen Tischtennisschläger in der Hand gehabt?“, fragte Timo vorsichtig.

„Früher“, entgegnete Tim ausweichend.

„Na, dann ...“, seufzte Timo und fügte gönnerhaft hinzu, „ ... dann kommen Sie mal mit.“

Während Tim brav hinter seinem Klavierschüler hertrottete, standen Cora Mund und Nase offen. Was hatte das denn jetzt zu bedeuten? Wollte Tim allen Ernstes gegen Timo antreten? Und wenn ja, warum?

Die beiden hatten ihre Schläger zur Hand genommen. „Möchten Sie sich noch warm spielen?“, fragte Timo.

Tim schüttelte den Kopf. „Nein, danke.“

Cora starrte wie gebannt auf Tim und die Tischtennisplatte. Wilde Gedanken schwirrten durch ihren Kopf. Sie dachte an früher und daran, dass auch Tim Tischtennis gespielt hatte. Und dass er sehr erfolgreich gewesen war. Vielleicht war das sogar der Grund dafür gewesen, dass sie auch Timo schon in jungen Jahren zu diesem Sport überredet hatte. Aber was hatte das alles mit heute zu tun?

Tim nahm jetzt den Ball zur Hand. Er machte einen ähnlich konzentrierten und verbissenen Eindruck wie Timos letzter Gegner. Timo hingegen war vollkommen locker und hatte noch immer dieses amüsierte Grinsen im Gesicht.

Und dann schlug Tim auf. Timo gab den Ball lässig zurück, doch geriet er ein wenig zu hoch, was dazu führte, dass ihm schon Sekundenbruchteile später ein Schmetterball um die Ohren flog, den er absolut nicht mehr parieren konnte. Es stand 1:0! Überrascht zog Timo die Augenbrauen hoch. Scheinbar hatte er seinem Gegner eine solche Reaktion gar nicht zugetraut.

Als Tim anschließend zum zweiten Mal aufschlug, machte Timo schon einen etwas konzentrierteren Eindruck. Aber Tims Angabe war scheinbar so scharf angeschnitten und Timo auch darauf überhaupt nicht vorbereitet, dass er den Ball ins Netz setzte. 2:0! Timo schüttelte den Kopf und starrte seinen Klavierlehrer ein paar Sekunden lang fassungslos an. Dann bildete sich auch um seinen Mund ein entschlossener Zug.

Er nahm den Ball zur Hand, um nun seinerseits aufzuschlagen. Aber scheinbar riskierte er zu viel, denn seine Angabe ging direkt ins Netz. Cora konnte ihm jetzt förmlich ansehen, dass er allmählich nervös wurde. Seine zweite Angabe setzte er so vorsichtig, dass Tim sofort

Druck machen konnte, ihn erst in die eine, dann in die andere Ecke jagte und anschließend mit einem kurzen Ball direkt hinters Netz ausspielte. Es stand 3:0.

Timo atmete jetzt schwerer und schien völlig verwirrt zu sein. Das führte wohl auch dazu, dass er bei seiner zweiten Angabe gleich beide Versuche ins Netz setzte. 4:0! Auch in den nächsten Ballwechseln erholte er sich nicht und so dauerte es nicht lange, bis er den ersten Satz mit sage und schreibe 11:2 verloren geben musste.

Auch der zweite Satz lief nicht viel besser. Tim bestimmte das Spiel und konnte ihn klar mit 11:6 für sich entscheiden.

Erst im dritten Satz fand auch Timo wieder zu seinem Spiel. Er wurde zusehends selbstsicherer und machte Tim das Leben immer schwerer. Schließlich stand es 11:10 für Timo bei eigener Angabe. Und dieses Mal gelang sie ihm ganz vortrefflich, die typische, temporeiche Angabe mit scharfem Anschnitt, die seine Gegner so fürchteten. Tim hatte keine Chance und schlug den Ball ins Netz.

„Jaaa!", brüllte Timo und ballte seine Hand zur Faust. Auch wenn er mit 1:2 Sätzen hinten lag, schien er jetzt zum ersten Mal eine Siegeschance zu wittern. Und so gab er im vierten Satz alles, was er zu bieten hatte. Aber auch Tim schien weiterhin wild entschlossen zu sein, das Match für sich zu entscheiden. Er machte noch immer einen hoch konzentrierten Eindruck und schien auch keinerlei Probleme mit der Kondition zu haben. So verlief der Satz von Anfang an ausgeglichen und überaus spannend.

Und so blieb es auch bis zum Ende. Es stand erst 11:10 für Timo, dann 11:11, 12:11 für Timo, dann 12:12. Schließlich gelang Tim ein hervorragender Schlag, der ihm die Führung zum 13:12 einbrachte. Tim hatte damit Matchball. Und das war vielleicht auch der Grund dafür, dass Timo nun doch wieder nervös wurde. Jedenfalls war er mit der Angabe dran, setzte die erste ins Netz und streifte es auch mit der zweiten. Beim dritten Versuch war er dann zu vorsichtig und so konnte Tim ihm den Ball schließlich regelrecht um die Ohren knallen. Damit stand es 14:12 im letzten Satz und Tim hatte mit 3:1 Sätzen gewonnen!

In der Halle war nach diesem Ballwechsel der absolute Bär los. Alle grölten und applaudierten. Nach dem eher langweiligen Spiel am frühen Nachmittag hatten fast alle Vereinsmitglieder interessiert das spannende Match verfolgt. Und natürlich freuten sie sich jetzt mit dem Außenseiter, der doch tatsächlich den jungen Vereinsmeister geschlagen hatte. Tim war sofort von Gratulanten umringt und hatte gar keine Möglichkeit, seinem Gegner die Hand zu reichen. Und so stapfte Timo wütend und verärgert davon.

Als er an Cora vorbeikam, fragte sie: „Na, was war los?"

„Ich hab verloren, das war los!", zischte Timo im Vorbeigehen. „Und zwar gegen einen alten Knacker!" Mit diesen Worten verschwand er auch schon in den Umkleidekabinen und ward nicht mehr gesehen.

Cora grinste. „Alter Knacker" war doch wohl ein wenig übertrieben. Sie betrachtete interessiert das Durcheinander an der Tischtennisplatte. Nein, im Gegenteil, in seinen kurzen Sportsachen sah Tim noch genauso fit und athletisch aus wie damals. An Attraktivität hatte er wirklich kein bisschen eingebüßt. Und an Talent und Können scheinbar auch nicht. Aber warum hatte er alles getan, um Timo zu schlagen? Was sollte das bringen?

Sie seufzte. Wenn sie an die kurze Begegnung von eben dachte, war aus dem Match sicher nichts Positives hervorgegangen. Timo war einfach nur wütend. Ganz offensichtlich war er nicht der allerbeste Verlierer. Aber das war ja auch kein Wunder. Schließlich lag seine letzte Niederlage schon ziemlich lange zurück.

Tim war es jetzt gelungen, sich aus dem Gewusel der Gratulanten zu befreien. Er sah sich kurz um, erblickte Cora und kam schnurstracks auf sie zu.

Cora erschrak ein wenig. Sie war irgendwie nicht darauf vorbereitet, mit Tim zu sprechen. Und überhaupt, war sie nicht auch wütend darüber, dass er sich so lange nicht gemeldet hatte? Sie wandte demonstrativ den Kopf von ihm ab, konnte aber aus dem Augenwinkel heraus erkennen, dass Tim immer noch direkt auf sie zukam. Ihr Herz klopfte schneller. Was wollte er von ihr? Und wie würde er ihr begegnen?

„Hey", sagte er. Und dann küsste er sie zärtlich auf die Wange, die sie ihm sowieso hinhielt.

Cora sah zu ihm auf. „Hallo", krächzte sie nun ihrerseits.

„Wie war ich?", fragte Tim mit einem nicht zu verbergenden Hauch von Stolz in der Stimme.

„Das ist nicht die Frage", entgegnete Cora aufgebracht. „*Wo* du warst, würde mich nämlich viel eher interessieren."

„Du meinst, weil ich mich nicht gemeldet habe?", fragte Tim. „Tut mir Leid. Ich war so beschäftigt. Ich musste nämlich trainieren."

„Trainieren?", fragte Cora völlig verständnislos. „Etwa für das Spiel heute?"

„Aber ja", nickte Tim eifrig. „Ich hab jahrelang nicht gespielt. Da muss man erst mal wieder reinkommen. Außerdem haben sich ja die Regeln geändert. Früher ging das Spiel noch bis 21! Schrecklich, sag ich dir. Heute hat man schon verloren, noch bevor man so richtig angefangen hat. Und es werden auch andere Bälle verwendet ... größere ... 40 Millimeter Durchmesser statt 38! Dadurch springt der Ball höher ab und hat eine geringere Rotation. Insgesamt ist das Spiel dadurch ein kleines bisschen langsamer geworden. An all das muss man sich erst einmal gewöhnen."

Cora schüttelte den Kopf. „Und wozu das alles? Was hast du dir von einem Sieg gegen Timo versprochen?"

„Verstehst du das wirklich nicht?", entgegnete Tim voller Enthusiasmus. „Es ist unsere einzige Chance, oder sagen wir mal, *meine* einzige Chance. Du weißt doch selbst, was Timo von mir als Musiker hält. Aber wenn ich ihn dazu bringen kann, mich zu respektieren, dann wird er vielleicht auch von mir lernen wollen. In jeder Hinsicht, meine ich, also auch, was das Klavierspiel anbelangt!"

Cora sah noch immer skeptisch aus. „Ich weiß nicht. Eben hat er nicht gerade positiv reagiert."

„Natürlich nicht. Er muss ja auch erst einmal seine Niederlage verdauen. Aber wart's ab, er beruhigt sich schon wieder. Und dann werden wir sehen, was es gebracht hat."

Cora nickte. „Schön. Dann warten wir also ab. Und bis dahin kannst du ja noch ein wenig trainieren." Sie schenkte Tim ein süffisantes Lächeln, drehte sich um und ging in Richtung Ausgang.

Tim sah einen Moment ziemlich verdutzt aus, fing sich dann aber wieder und lief schnell hinter Cora her. „Jetzt sei doch nicht sauer", beschwor er sie im Gehen.

„Sauer? Ich?", fragte Cora, ohne stehen zu bleiben. „Aber wie kommst du denn darauf? Ich hab nur ziemlich viel Zeit hier verbracht und muss noch ein bisschen für die Arbeit tun. Das siehst du doch sicher ein."

„Klar ... tu ich. Es ist ja auch nur ... ich möchte nur ...", stammelte Tim, während er weiter neben Cora herlief, „ ... na ja ... sicher sein, dass du mich verstehst."

„Ich verstehe sehr gut", entgegnete Cora kühl. „Du warst so beschäftigt, dass du nicht einmal die Zeit aufbringen konntest, mich anzurufen."

„Ja, das war wirklich so!", beharrte Tim. „Ich hab beinahe Tag und Nacht trainiert, mich von einem Profi beraten lassen, mit dem Vereinspräsidenten verhandelt. Glaub mir, es war gar nicht einfach, so kurzfristig Vereinsmitglied zu werden und dann auch noch am Schaukampf teilnehmen zu dürfen. Und das hab ich alles nur für euch getan!"

„Für Timo, meinst du wohl."

„Nein, für *euch*! *Du* möchtest doch, dass er zugänglicher wird, oder nicht?"

„Sicher. Ich bezweifle nur, dass man das erreichen kann, indem man sein Ego kitzelt."

„Sein Ego kitzelt?", wiederholte Tim fassungslos. „Glaubst du etwa, dass ich gegen ihn angetreten bin, um mich selbst zu profilieren?"

Früher hast du ausgesprochen gerne gesiegt, dachte Cora und sagte: „Ich weiß nicht. Ich bezweifle nur, dass dein komischer Plan aufgeht. Wenn du mich fragst, ist Timo jetzt noch wütender als sonst. Von Respekt und Achtung keine Spur."

„Mag sein", verteidigte sich Tim einmal mehr. „Aber du musst doch zugeben, dass es zumindest eine Chance war. Und irgendetwas müssen wir doch tun."

„Wir?", fragte Cora schnippisch und stieg in ihren Wagen ein, den sie gerade eben erreicht hatte. „Ich wusste gar nicht, dass es ein Wir gibt."

Mit diesen Worten schlug sie Tim die Fahrertür vor der Nase zu, startete ihren Wagen und fuhr los.

Kapitel 24

„Mama?", rief Timo.

Cora stand gerade auf dem Balkon und hängte Wäsche auf. „Was ist?", rief sie zurück.

„Kommst du?", brüllte Timo.

Warum musste Timo nur immer durch die ganze Wohnung schreien? Warum konnte er nicht zu ihr kommen, wenn er irgendetwas wollte? „Warum denn?", schrie sie genervt zurück.

Jetzt endlich öffnete sich die Wohnzimmertür und Timo steckte seinen Kopf hindurch. „Es ist viertel vor vier!", sagte er vorwurfsvoll.

„Ja und?", fragte Cora vollkommen verständnislos.

Timo rollte mit den Augen. „Klavierunterricht?"

Cora war wie selbstverständlich davon ausgegangen, dass Timo nicht hin wollte. Und da sie selbst genauso wenig Ambitionen verspürte, Tim zu begegnen, hatte sie beschlossen, ihm das heute ausnahmsweise durchgehen zu lassen.

Als Cora nur müde mit den Schultern zuckte und sich weiter ihrer Wäsche widmete, fügte Timo ungeduldig hinzu: „Fährst du mich jetzt oder was?"

„Seit wann bist du denn so wild auf Klavierunterricht?“, wunderte sich Cora.

„Ich bin überhaupt nicht wild darauf“, schimpfte Timo. „Ich versuche bloß, die Abmachung einzuhalten, die wir getroffen haben. Also was ist nun?“

„Ich hab noch zu tun“, erwiderte Cora. „Wie wär's, wenn du für heute einfach absagst? Nächste Woche fahr ich dich dann wieder.“

Timo sah seine Mutter verständnislos an. „Ist das dein Ernst?“

Cora nickte.

„Aber...“, Timo machte noch immer einen völlig verdatterten Eindruck und schien nach Worten zu suchen, „es ... es ist doch unhöflich, so kurzfristig abzusagen. Ich ... also ... werde einfach das Fahrrad nehmen.“ Und mit diesen Worten machte er auf dem Absatz kehrt und stürmte aus der Wohnung.

Cora ließ beinahe die Wäscheklammern fallen, die sie in der Hand hielt. Träumte sie oder hatte sie gerade tatsächlich erlebt, dass sich Timo freiwillig und allen Widrigkeiten zum Trotz in Richtung Klavierunterricht aufgemacht hatte? Das konnte doch gar nicht sein! Unwillkürlich trat sie einen Schritt näher an die Brüstung des Balkons heran und sah hinab. Und tatsächlich! Schon nach wenigen Sekunden erblickte sie Timo, der mit seiner Klaviertasche in der Hand zu seinem Fahrrad eilte, es vom Ständer losschloss und davonfuhr.

Eine Weile stand Cora einfach nur da, ohne sich zu rühren. Sie hatte beinahe das Gefühl, als hätte sie ein Gespenst gesehen. *Unhöflich.* Hatte Timo wirklich *unhöflich* gesagt? Sie hatte nicht gewusst, dass dieses Wort überhaupt zu Timos Wortschatz gehörte. Was war nur auf einmal mit ihm los?

„Nein, nein“, flüsterte Cora, als ihr der Gedanke kam. „Tims seltsamer Plan kann doch wohl nicht aufgegangen sein?!“

Aber so ganz sicher war sie sich auf einmal nicht mehr. Vielleicht hatte sie Tim ja Unrecht getan. Dann waren seine Bemühungen doch nicht egoistischer Natur gewesen. Hieß das ... dass sie ihm vielleicht doch etwas bedeutete ... ?

❧

Diese Frage beschäftigte Cora eine ganze Woche lang. Täglich wartete sie auf einen Anruf von Tim, täglich dachte sie darüber nach, ihn selbst anzurufen, nur um sich schließlich doch dagegen zu entscheiden.

Und die ganze Woche lang versuchte sie, Timo auszuhorchen. Unauffällig befragte sie ihn nach seiner letzten Klavierstunde, wunderte sich darüber, dass er auf einmal jeden Tag freiwillig übte, versuchte herauszufinden, was Tim so gesagt hatte und ob er sich vielleicht auch nach ihr erkundigt hatte. Am Ende war Timo davon so genervt, dass er schon hochging, wenn er das Wort ‚Klavierunterricht' nur hörte.

Als die Woche endlich vorbei war und der nächste Dienstag anbrach, war Cora erleichtert. An diesem Nachmittag würde sie Timo wieder zum Unterricht bringen und dann würde sie endlich die Gelegenheit haben, selbst mit Tim zu sprechen.

Schon gegen halb vier klopfte sie an Timos Zimmertür.

„Herein", ertönte es von dort.

Cora öffnete die Tür und sagte: „Du musst dich langsam fertig machen. In einer Viertelstunde fahre ich dich zum Klavierunterricht."

„Nö, lass mal", entgegnete Timo.

Cora sah ihn erstaunt an. Hatte er jetzt doch wieder ein Problem mit dem Unterricht? „Wieso?"

„Och, weißt du", begann Timo, „ich hab letzte Woche festgestellt, dass es mit dem Fahrrad fast schneller geht als mit dem Auto. Außerdem weiß ich noch nicht genau, wie lange die Stunde überhaupt dauert. Tim und ich, wir wollen heute nämlich vierhändig spielen."

Cora glaubte ihren Ohren nicht zu trauen. *Tim*? „Aber", stammelte sie, „ich ... ich fahre dich wirklich gerne hin. Ich meine ... ich hab auch kein Problem damit zu warten ... gar keins ..."

Aber Timo schüttelte erneut den Kopf. „Ich nehme das Fahrrad", sagte er fest.

„Aber ... dein Tischtennistraining", wandte Cora ein. „Du kommst zu spät, wenn du mit dem Fahrrad fährst."

Timo zuckte gleichgültig mit den Schultern. „Dann hänge ich halt ein paar Minuten dran."

„Aber ..." Cora suchte hilflos nach Worten. Ihr gingen jetzt doch allmählich die Argumente aus.

„Nichts aber", lächelte Timo, packte seine Mutter sanft an der Schulter und schob sie auf den Flur hinaus. „Geh du mal an deine Arbeit. Die kommt sonst zu kurz." Und mit diesen Worten machte er ihr einfach die Tür vor ihrer Nase zu.

❧

Es dauerte noch geschlagene drei Tage, bis der Leidensdruck groß genug war und sich Cora ein Herz fasste. Erst am Freitagabend gegen acht machte sie sich endlich auf den Weg zu Tim.

Sie hatte schweißnasse Hände, als sie an seiner Tür klingelte. Und als Tim dann öffnete und nach so langer Zeit wieder vor ihr stand, zitterte sie am ganzen Körper.

„Na endlich!", rief Tim freudestrahlend aus, als er sie sah. „Ich dachte schon, du würdest überhaupt nicht mehr kommen!"

Eine zentnerschwere Last fiel von Coras Schultern. Trotzdem sagte sie in etwas beleidigtem Tonfall: „Du hättest dich ja auch mal melden können."

„Hätte ich", sagte Tim ernst, „aber um ehrlich zu sein, wollte ich nicht riskieren, dass du mir wieder die Tür vor der Nase zuschlägst."

„Tut mir Leid. Ich hatte dir wirklich nicht so richtig geglaubt."

Tim nickte. „Ich dir ja auch nicht."

„Inwiefern?"

„Na ja, was Timos Begabung anbelangt. Es ist wirklich erstaunlich, was plötzlich aus ihm heraussprudelt. Es ist, als hätte man einen Schalter umgelegt. Er spielt auf einmal mit Ausdruck und Freude. Und er kann auch schon so viel!" Tims Augen leuchteten und man spürte förmlich seine Begeisterung. „Nicht zu glauben, dass er erst vier Jahre Unterricht hatte!"

„Du hättest mal mein Gesicht sehen sollen, als er zum ersten Mal freiwillig mit dem Fahrrad zum Klavierunterricht fahren wollte", kicherte Cora.

Tim nickte eifrig. „Ich hab jetzt auch das Gefühl, dass ihm der Unterricht Spaß macht. Letzten Dienstag wollte er überhaupt nicht wieder weg. Wirklich, ich kann mir im Moment keinen angenehmeren Schüler vorstellen. Wenn das so weitergeht, bezahle ich *dir* Geld, damit ich mit ihm arbeiten darf!"

„So weit wollen wir es nun doch nicht kommen lassen", lächelte Cora.

„Vielleicht nicht", stimmte Tim ihr zu. „Aber ich bestehe in jedem Fall darauf, ihm kostenlosen Unterricht zu erteilen."

„Blödsinn!", widersprach Cora. „Ich habe dich engagiert und ich bezahle auch dafür!"

Tim sah sie ein wenig erschrocken an. „Heißt das ...", stammelte er, „dass ... wir eine reine ... Geschäftsbeziehung haben?"

Cora errötete ein wenig. Auf diese Frage war sie nicht vorbereitet. Sie wusste ja selbst nicht, was für eine Beziehung sie zueinander hatten. „Ich ... nein ... ich meine ... ich weiß doch nicht...", stotterte sie nun ihrerseits und sah Tim verunsichert an.

Daraufhin schien dieser seine Selbstsicherheit zurückzugewinnen. Jedenfalls fasste er Cora wortlos an den Schultern, zog sie zu sich heran und küsste sie einfach auf den Mund.

Cora konnte den Kuss nicht einmal erwidern, so überrumpelt war sie. Stattdessen musste sie alle Kräfte aufwenden, um auf ihren weichen Knien nicht einfach in sich zusammenzusacken. Tim hörte jetzt auf, sie zu küssen, und sah sie fragend an. Scheinbar war er sich seiner Sache nicht mehr so sicher. „Nicht so gut?“, fragte er im Flüsterton.

Cora räusperte sich einmal kurz. „Doch“, sagte sie überwältigt. „Ziemlich gut.“

Tim lächelte erleichtert und zog sie schon wieder an sich. Aber dieses Mal küsste er sie nicht, sondern nahm sie einfach nur in den Arm. „Ich weiß nicht, was los ist“, flüsterte er ihr zu, „ich ... wollte eigentlich gar keine Beziehung ... auf keinen Fall ... aber jetzt ... kann ich nicht anders.“

„Wirklich nicht?“, flüsterte Cora zurück.

Tim schüttelte den Kopf, trat einen Schritt zurück und sah Cora tief in die Augen. „Seit diesem Abend neulich ... du weißt schon ... hab ich das Gefühl, als ...“, er schüttelte wieder den Kopf, „ich weiß auch nicht ... als würden wir uns schon ewig kennen.“ Er seufzte. „Ich weiß, es klingt kitschig, aber hast du nicht auch das Gefühl, als ... als gehörten wir einfach zusammen?“

Cora konnte nicht mehr verhindern, dass ein paar Tränen an ihren Wangen herunterkullerten. War das die Realität oder träumte sie? Wie oft hatte sie sich nichts mehr gewünscht, als diese Worte aus seinem Mund zu hören?

„Aber das ist doch kein Grund zum Weinen!“, sagte Tim erschrocken und wischte ihr unbeholfen die Tränen aus dem Gesicht.

„Ich weiß“, schniefte Cora, „es ist nur ... dass ich nie gedacht hätte ...“

„Ja?“, ermutigte Tim sie.

Aber Cora schüttelte den Kopf. Sie durfte jetzt nichts Falsches sagen. Wenn sie sich verriet, würde sie vielleicht alles kaputtmachen. Vielleicht würde sich Tim dann hintergangen fühlen. Oder gar abgestoßen? Musste die Erinnerung an die dicke Cordula ihn nicht von ihr wegtreiben? „Wollen ... wollen wir nicht erst einmal reingehen?“, lenkte sie ab, um Zeit zu schinden.

Tim schien erst jetzt zu bemerken, dass sie immer noch in der Eingangstür standen. „Gute Idee“, lächelte er und zog sie hinein.

❧

Als Cora an diesem Abend nach Hause fuhr, konnte sie ihr Glück kaum fassen. Waren sie und Tim jetzt tatsächlich ein Paar?

Sie ließ den Abend mit ihm noch einmal Revue passieren. Es war so wunderschön gewesen, mit ihm zusammen zu sein. Sie hatten geredet, einfach nur geredet, stundenlang, ohne dass ihnen langweilig geworden war. Und obwohl sie es kaum glauben konnte, hatte Tim wirklich den Eindruck erweckt, als würde sie ihm etwas bedeuten. Er hatte ihr Komplimente gemacht. Haufenweise sogar! Über ihr Wesen, ihre sanfte, unaufdringliche Art. Aber auch über ihr Aussehen! Ja wirklich, er hatte ihr Aussehen bewundert! Vor allem ihre Augen schienen es ihm angetan zu haben. Immer wieder hatte er tief in sie hineingesehen ... sie „wunderschön" genannt ... und „unglaublich kontrastreich". „Sie sind wie Seen, die von dunklen Bäumen umrahmt sind", hatte er gesagt. „Tiefe Seen ... undurchdringlich und geheimnisvoll. Man kann ganz darin versinken." Aber dann hatte er sie ganz merkwürdig angesehen und gefragt: „Aber wo kommt man dann an?"

Kapitel 25

„Mein Rücken ist so steif wie ein Brett", stöhnte Tim, während er mühsam aus seinem Wagen krabbelte.

„Oh, du armer, alter Mann", frotzelte Cora und stieg ebenfalls aus. Sie hatten den Sonntag zu dritt beim Kartfahren verbracht und waren gerade wieder vor Tims Haus angekommen.

„Steig du mal in so ein Höllengefährt", rief Tim mit gespielter Entrüstung. „Dann wirst du sehen, wie man da drinnen durchgeschüttelt wird. Ein Schleudergang in der Waschmaschine ist nichts dagegen!"

„Was dich schmerzt", grinste Timo, „ist doch bloß, dass ich die besseren Zeiten gefahren habe."

„Bessere Zeiten?", protestierte Tim. „Dass ich nicht lache! Du hattest bloß das bessere Kart!"

„Ach ja?", lachte Timo. „Woran misst man das denn?"

„Das hab ich irgendjemanden sagen hören", schmollte Tim.

„Eine innere Stimme wahrscheinlich", witzelte Timo und streckte die Hand aus. „Gib mir mal den Schlüssel." Drei Monate war seine Mutter jetzt mit Tim zusammen und inzwischen ging auch er wie selbstverständlich bei ihm ein und aus.

„Koch doch schon mal Kaffee", schlug Tim vor und reichte Timo die Schlüssel.

„Sklaventreiber", murmelte Timo und ging vor.

Tim schloss den Wagen ab, dann schlenderte er Arm in Arm mit Cora hinter Timo her. Sie hatten das Haus noch nicht ganz erreicht, als Timo schon wieder in der Tür erschien und in vorwurfsvollem Tonfall sagte: „Du hättest mich ruhig mal vorwarnen können!"

Tim zog fragend die Augenbrauen hoch. „Vorwarnen?"

„Ja!", entgegnete Timo, „dass du Besuch hast!"

„Besuch?", wiederholte Tim erschrocken.

Cora sah ihn fragend an, aber Tim zuckte nur verständnislos mit den Schultern. Dann löste er sich von Cora und ging zum Haus.

Einen Moment zögerte Cora. Sollte sie sich dezent zurückziehen oder lieber hinterhergehen? Tim hatte so seltsam reagiert. Außerdem fragte sie sich, wer einen Schlüssel für sein Haus haben konnte. Bislang hatte sie keine engeren Freunde von ihm kennen gelernt. Und so spürte sie ganz plötzlich ein Gefühl von ... von Misstrauen? Ja, es war Misstrauen. Und es erinnerte sie an früher, an die Zeit, als Tim noch nicht ihr gehörte, sondern Verena.

„Ist es eine Frau?", flüsterte sie Timo zu.

Ihr Sohn nickte nur.

Cora war auf einmal gar nicht mehr unsicher, was zu tun war. Und so ging sie forschen Schrittes ins Haus hinein. Schon im Flur hörte sie Stimmen aus der Küche.

Dort stand neben Tim eine Frau mit dem Rücken zu ihr. Sie war groß und sehr schlank, trug Jeans und ein apricotfarbenes T-Shirt. Ihre mittelblonden schulterlangen Haare waren mit einer starken Dauerwelle versehen, die ein wenig an einen Pudel erinnerte.

Tim räusperte sich verlegen, als er Cora in der Tür stehen sah. „Darf ... ähm ... darf ich dir eine Bekannte von mir vorstellen?", sagte er zu der Frau und deutete auf Cora. „Das ist Cora Neumann, die Mutter eines meiner Klavierschüler."

Bekannte?, dachte Cora und wollte sich gerade so richtig aufregen, als die Frau sich umdrehte. Einen Moment war Cora wie versteinert. Sie konnte nicht glauben, wen sie da vor sich sah. Und sie wusste auch nicht, ob sie erleichtert aufatmen oder ohnmächtig zusammenbrechen sollte.

„Guten Tag", sagte Laura kühl und streckte Cora ihre Hand entgegen. Sie hatte sich in den letzten 15 Jahren erstaunlich wenig verändert. Ein paar Falten waren schon hinzugekommen, aber ansonsten hatte sie immer noch dieses lange, schmale Gesicht mit dem hellen Teint.

Cora starrte sie einen Moment einfach nur ängstlich an. *Jetzt fliegst du auf*, war alles, was sie denken konnte. Wirklich, sie konnte sich beim besten Willen nicht vorstellen, dass ihre beste Freundin sie nicht wiedererkannte.

„Guten Tag?", wiederholte Laura und grinste amüsiert.

Erst jetzt fing Cora sich. *Spiel deine Rolle!*, rief sie sich zu. „Guten Tag", presste sie mit heiserer Stimme hervor und ergriff Lauras Hand.

„Das ist meine Schwester Laura", sagte Tim.

Ach nein, dachte Cora und sagte tapfer: „Freut mich, Sie kennen zu lernen."

Ganz meinerseits, hätte Laura jetzt erwidern müssen. Aber sie tat es nicht. Stattdessen musterte sie Cora abschätzig von oben bis unten und fragte dann ganz direkt: „Und Sie sind also nur eine *Bekannte*?"

Cora schnappte nach Luft. Dann sah sie fragend in Tims Richtung. Der aber schüttelte flehend mit dem Kopf. Cora räusperte sich. „Ja, äh", stammelte sie, „eine Bekannte ... eine Mutter eben."

Man sah Laura deutlich an, dass sie Cora kein Wort glaubte. „Und was tun Sie dann hier?"

Cora hatte ihre Selbstsicherheit noch immer nicht wiedergefunden und so sah sie einmal mehr Hilfe suchend in Tims Richtung.

„Sie holt ihren Sohn ab", sagte dieser schnell.

„Komisch", bemerkte Laura. „Ich hatte den Eindruck, ihr wärt alle zusammen gekommen." Obwohl diese Aussage eher wie eine Frage formuliert war, antwortete Tim nicht darauf. Und so fügte Laura nach einer Weile hinzu: „Von was denn?"

„Von was?", fragte Tim verständnislos.

„Von was holt sie ihn ab?"

„Ich war mit dem Jungen Kart fahren", antwortete Tim gereizt. „Ist das verboten?"

Laura ignorierte Tims Tonfall. „Natürlich nicht!" Dann lächelte sie ihm betont freundlich zu und fragte beiläufig: „Gehst du mit all deinen Klavierschülern sonntags Kart fahren?"

„Äh ... also ...", stotterte Cora, um dieses äußerst unangenehme Gespräch zu unterbrechen, „ich werde dann wohl besser mal gehen." Sie sah noch einmal fragend in Tims Richtung, doch machte dieser keine Anstalten, sie aufzuhalten. „Dann bis später also", fügte sie hinzu, stürmte aus der Küche und fuhr umgehend mit Timo, der schon im Auto wartete, nach Hause.

Die restlichen Stunden des Sonntags verbrachte sie damit, sich über Tims Verhalten zu ärgern. Und je mehr Zeit verging, desto mehr steigerte sie sich in ihre Wut hinein. Aber da war auch noch etwas anderes, etwas, das weh tat, das sie aber dennoch nicht einordnen konnte.

Es erschütterte ihr inneres Gleichgewicht und brachte sie dadurch noch mehr gegen Tim auf.

Als Tim dann am Montagabend anrief, war Cora so sauer auf ihn, dass sie gleich wieder auflegte. Schon wenige Sekunden später klingelte es jedoch ein zweites Mal.

„Was willst du?“, bellte Cora in den Hörer.

„Mich entschuldigen“, entgegnete Tim kleinlaut.

„Aber wofür denn?“, lachte Cora bitter. „Du hast doch lediglich deutlich gemacht, wie du unsere Beziehung einschätzt. Dass ich da scheinbar auf dem falschen Dampfer war, ist doch nicht deine Schuld.“

„Hör schon auf“, flehte Tim. „Du weißt ganz genau, was du mir bedeutest.“

Nein, das weiß ich überhaupt nicht, dachte Cora. *Und genau da liegt das Problem!* „Was denn?“, fragte sie mit Tränen in den Augen.

„Na, alles“, beteuerte Tim. „Ich liebe dich. Und ich möchte mit dir zusammen sein. Am liebsten für immer!“

„Und deswegen erzählst du deiner Schwester, dass ich lediglich eine Bekannte bin, ja?“

„Es tut mir Leid. Laura ist so ... ich weiß gar nicht, wie ich es ausdrücken soll ... so furchtbar negativ. Und so misstrauisch. Ich wollte einfach nur verhindern, dass sie dich in der Luft zerreißt. Ehrlich, du kennst sie nicht. Wenn sie spitz kriegt, dass ich eine Freundin habe, wird sie alles tun, um uns auseinander zu bringen. Das hat sie schon immer so gemacht.“

Mit dem Unterschied, dass du ihr bei Verena immer ordentlich Kontra gegeben hast, dachte Cora verzweifelt. „Und deswegen willst du mich jetzt für den Rest deines Lebens verleugnen, ja?“, jammerte Cora.

„Nein, natürlich nicht! Ich ... sie ist bloß so überraschend aufgetaucht. Darauf war ich nicht vorbereitet.“

„Vielleicht hast du auch gedacht, dein Problem hätte sich in ein paar Wochen ohnehin erledigt. Warum also schlafende Hunde wecken?“, provozierte Cora.

„Nein!“, widersprach Tim. „Das ist wirklich nicht so. Ich wünsche mir nichts mehr, als dass wir noch ewig zusammenbleiben.“

„Tatsächlich?“, erwiderte Cora kühl. „Dann solltest du dir überlegen, was ich dir wert bin. Und wenn du bereit bist, mich deiner Schwester vernünftig vorzustellen, kannst du ja wieder anrufen!“ Und mit diesen Worten legte Cora zum zweiten Mal auf.

Kapitel 26

„Findest du wirklich, dass ich angemessen angezogen bin?", fragte Cora zum wiederholten Mal und strich einmal mehr an ihrer cremefarbenen Bundfaltenhose und ihrer blau-beige karierten Bluse entlang.

„Ja-ha", nickte Tim und machte nun endgültig einen genervten Eindruck.

„Was heißt denn *Ja-ha*?", brauste Cora auf. Sie war schon nervös genug und konnte den Unterton in Tims Stimme jetzt nicht auch noch verkraften.

„Das heißt, dass ich diese Frage schon ungefähr dreißig Mal beantwortet habe", erwiderte Tim, blinkte und fuhr von der Autobahn herunter.

„Na und?", schimpfte Cora. „Ich habe doch wohl allen Grund, nervös zu sein, wenn ich die Familie meines Freundes kennen lerne!"

Tim antwortete nicht, sondern zuckte nur mit den Schultern.

„Was?", zischte Cora wütend.

„*Du*", sagte Tim, „wolltest unbedingt meiner Familie vorgestellt werden. Das war ja nicht meine Idee."

„Na toll", entgegnete Cora. „Dann hast du dieses Essen also nur angeleiert, um mich ruhig zu stellen, ja?"

Tim seufzte. „So hab ich das auch wieder nicht gemeint. Ich bin nur genauso nervös wie du. Du kennst Laura einfach nicht."

Das würde ich so nicht sagen, dachte Cora. Und dabei lief ihr schon wieder ein kalter Schauer den Rücken herunter. Ein Abendessen mit Tim, Laura und ihren Eltern, so wie früher. Konnte das gut gehen? Musste sie dabei nicht zwangsweise entlarvt werden? Warum hatte sie das nur von Tim verlangt? Warum war sie so stur gewesen? Und warum hatte sie nicht an die Konsequenzen gedacht?

Mit einem äußerst unangenehmen Gefühl in der Magengegend starrte sie zum Fenster hinaus. Was sie sah, wurde mit jedem Kilometer bekannter und vertrauter. Aber das gab ihr kein Gefühl der Sicherheit. Im Gegenteil, es beunruhigte sie mehr, als sie je für möglich gehalten hatte.

„Das da rechts", bemerkte Tim und deutete zum Fenster hinaus, „ist die Schule, auf die ich gegangen bin."

Cora nickte apathisch. Es war die Schule, auf der sie gehänselt und geärgert worden war. Sie sah genau hin. Alles war beim Alten geblieben, das Gebäude, der Schulhof. Lediglich die Büsche und Bäume waren größer und dichter geworden.

Sie fuhren jetzt genau die Strecke, die sie immer von der Schule zum

Haus der Berghoffs zurückgelegt hatte. Es war wie eine Reise in die Vergangenheit. Und diese Reise verursachte einen dicken Kloß in ihrem Hals.

In den letzten Monaten war sie mit Tim so glücklich gewesen, dass sie kaum an die Vergangenheit gedacht hatte. Sie hatte sogar geglaubt, sie endgültig hinter sich gelassen zu haben. Aber jetzt war auf einmal alles wieder da. Jetzt fühlte sie sich wieder wie das Mädchen, das diese Stadt damals voller Verzweiflung verlassen hatte. Sie dachte auch wieder an ihre Pflegeeltern und fragte sich, was aus ihnen geworden war. Ob sie wohl andere Kinder aufgenommen und gequält hatten?

Cora war regelrecht in sich zusammengesunken, als sie das Haus der Berghoffs erreicht hatten. Ängstlich starrte sie auf die altbekannte Silhouette. Wie sollte sie diesen Abend nur überleben?

„Jetzt guck doch nicht so“, lachte Tim, als er ihren Gesichtsausdruck registrierte. „Sie werden dich schon nicht fressen.“

Aber Cora fühlte sich jetzt mehr wie Cordula als wie Cora und sie hätte schwören können, dass man ihr diese Tatsache an der Nasenspitze ansehen musste.

„Uns könnte doch was dazwischengekommen sein“, schlug sie mit zittriger Stimme vor. Aber es war schon zu spät. Noch während sie die Worte ausgesprochen hatte, war die Haustür geöffnet worden und Karen Berghoff trat heraus.

Cora starrte sie an. Sie hatte sich genauso wenig verändert wie Laura. Sie war immer noch groß und schlank, wirkte immer noch jugendlich. Und sie trug doch tatsächlich Kleidungsstücke, die Cora noch kannte! Den engen kurzen Rock aus hellem Leinen und die pinkfarbene Seidenbluse hatte sie sich irgendwann vor vielleicht 16 Jahren gekauft und Cordula und Laura damals voller Stolz vorgeführt. Cora lächelte verklärt. Wie sie diese Frau doch mochte! Und wie gut ihr diese Sachen mit Mitte 50 noch immer standen!

„Willst du nicht langsam mal aussteigen?“, fragte Tim und riss sie damit mitten aus ihren Gedanken.

Cora erschrak. Sie hätte nur zu gern den ganzen Abend allein im Wagen verbracht. Aber das ging wohl nicht. Sie musste jetzt da durch. Und sie musste alles tun, um nicht erkannt zu werden. Sie schloss noch einmal kurz die Augen und atmete tief durch. *Du bist eine gute Schauspielerin*, ermutigte sie sich selbst. *Du bist es im Gerichtssaal und du warst es schon damals beim Frauenarzt. Du wirst es schaffen!* Und mit diesem Gedanken richtete sie sich auf, öffnete die Beifahrertür und stieg mutig aus.

Etwas gezwungen erwiderte sie das freundliche Lächeln, das ihr

Karen Berghoff entgegenbrachte. „Sie müssen Cora sein“, sagte Tims Mutter und schüttelte ihr die Hand. „Sie glauben gar nicht, wie es mich freut, Sie endlich kennen zu lernen.“

„Ganz meinerseits“, presste Cora mühsam hervor.

„Schön, dich zu sehen, Tim“, sagte Karen Berghoff warm und küsste ihren Sohn auf die Wange.

„Ist Laura auch gekommen?“, fragte Tim und klang dabei eher ängstlich als hoffnungsvoll.

Frau Berghoff nickte. „Sie ist im Wohnzimmer. Kommt doch rein. Ich muss nur noch mal schnell nach dem Essen sehen.“ Mit diesen Worten verschwand sie in Richtung Küche.

Cora atmete ein wenig auf. Frau Berghoff hatte sie scheinbar nicht erkannt. Damit war ein Teil ihrer Ängste schon mal unnötig gewesen. Sie schöpfte Mut. Entschlossen setzte sie sich in Bewegung und ging schnurstracks auf die Wohnzimmertür zu. Sie hatte sie gerade erreicht, als sie Tim verwundert hinter sich sagen hörte: „Woher weißt du denn, wo du hin musst?“

Cora hielt mitten in der Bewegung inne. *Bleib jetzt ganz ruhig!*, ermahnte sie sich. Dann setzte sie ein entspanntes Lächeln auf, drehte sich zu Tim um und sagte: „Ach, diese Einfamilienhäuser sind doch irgendwie alle gleich.“

„Da hast du natürlich Recht“, erwiderte Tim und öffnete die Tür zum Wohnzimmer. Wie immer übertrieb er dabei ein wenig. Er ließ die Tür erst los, als sie rechts die Wand berührte. Cora hatte sich an diese kleine Marotte längst gewöhnt. Sie wusste, dass Tim verschlossene Türen nicht ertragen konnte. Er hatte es zwar nie erklärt, aber sie konnte sich denken, womit das zu tun hatte. Und so ließ sie die Tür sperrangelweit offen stehen.

Cora erschrak ein wenig, als sie direkt hinter ihm den Raum betrat. Er hatte sich ziemlich verändert. Zunächst einmal fehlte der Flügel, der früher das Zentrum des Raumes gebildet hatte. Aber das war nicht verwunderlich, schließlich stand er jetzt in Tims Haus. Übrig geblieben waren nur ein paar dunkle Mahagonischränke. Auch die alte braune Couchgarnitur war nicht mehr da. An ihrer Stelle zierte jetzt ein modernes Rundsofa aus hellem Leder mit entsprechendem Sessel den Raum. Ergänzt wurde dieses durch einen ebenso modernen Tisch aus grünlich satiniertem Glas. Hinzugekommen war auch eine Essecke aus Mahagoni. Der dazugehörige Tisch war mit einer weißen Leinentischdecke versehen. Darauf befand sich bereits das gute Geschirr nebst stilecht gefalteten Servietten. Auch Kerzen zierten den Tisch. Nur Besteck konnte Cora noch nicht entdecken.

„Hallo, Bruderherz!", sagte Laura, erhob sich von der Couch und umarmte Tim. Dann wandte sie sich Cora zu. „Und da ist ja auch deine *Bekannte*", fügte sie mit einem süßlichen Lächeln hinzu und reichte Cora ihre Hand.

Als Cora diese schüttelte, spürte sie deutlich die Reserviertheit und Ablehnung. Sie sah prüfend in Lauras Gesicht. Was hatte sie für ein Problem?

„Setz dich doch", sagte Tim zu Cora und schob sie sanft zur Couch, wo er sie direkt neben sich platzierte.

Laura nahm auf dem Sessel Platz. Von dort aus hatte sie wohl den besten Blick. Jedenfalls musterte sie Cora vom ersten Moment an mit unverhohlenem Interesse. Das blieb Cora natürlich nicht verborgen. Sie kam sich regelrecht ausgezogen vor und wurde unter diesem Röntgenblick zusehends nervöser. Was sollte das? Hatte Laura am Ende bereits Verdacht geschöpft? Stand sie kurz vor ihrer Enttarnung?

Oh, Gott, hilf mir, dachte sie flehend.

Beim Lügen?, musste sie plötzlich denken.

Cora presste die Lippen aufeinander. Es stimmte ja! Ihr ganzes Leben war eine einzige große Lüge. Aber was sollte sie machen? Sie hatte doch keine andere Wahl! Um den unangenehmen Gedankenanstößen zu entgehen, flüchtete sie sich in Smalltalk. „Kommt dein Vater heute Abend gar nicht?", fragte sie Tim.

Tim schreckte zusammen. „Mein Vater lebt gar nicht mehr", sagte er. „Hatte ich dir das nicht erzählt?"

Cora sah Tim voller Entsetzen an. Nein, das hatte Tim ihr nicht erzählt. Aber sie hatte auch nicht danach gefragt. Herr Berghoff tot – wie unvorstellbar! Cora war auf einmal den Tränen nahe. Sie hatte Tims Vater so gemocht. „Aber ... warum denn?", stammelte sie.

„Er ist an einem Herzinfarkt gestorben", antwortete Laura für ihren Bruder und sah ihn dabei ganz seltsam an.

Cora hatte das Gefühl, eine Mischung aus Trauer, Wut und Provokation in Lauras Blick zu erkennen und fragte sich, was Tim mit dem Tod seines Vaters zu tun haben könnte. Und dieser Eindruck verstärkte sich noch, als sie zu Tim herübersah und mitbekam, wie unglücklich dieser die Lippen aufeinander presste. „Könnten wir uns jetzt über etwas anderes unterhalten?", zischte er seiner Schwester zu.

„Sicher", lächelte Laura kühl, dann wandte sie sich an Cora: „Was finden Sie eigentlich an meinem Bruder?"

Cora glaubte, nicht richtig zu hören. „Wie bitte?"

Währenddessen hatte sich Tims Gesicht regelrecht versteinert.

„Könntest du bitte etwas Unverfänglicheres fragen?“, presste er wütend hervor.

„Wieso?“, fragte Laura mit einem unschuldigen Lächeln. „Ich möchte doch nur wissen, wo dieses Mal der Haken ist. – Nichts für ungut“, sagte sie zu Cora, „aber die Frauen, die Tim anschleppt, sind nun mal Gift für ihn.“

Cora wand sich. Die offene Feindseligkeit zwischen Tim und Laura war einfach ein bisschen zu viel für sie. Andererseits wusste sie nun endlich, wo das Problem lag. Laura hatte ja schon früher dazu tendiert, sich in Tims Leben einzumischen. Und diese Tendenz hatte sich scheinbar noch verstärkt.

Währenddessen war Tim puterrot geworden und aufgesprungen. „Erstens“, zischte er wutentbrannt, „schleppe ich überhaupt keine Frauen an. Ich stelle sie dir höchstens vor. Und zweitens tust du ja gerade so, als hätten wir solche Treffen einmal im Monat.“ Er sah zu Cora hinüber, lächelte ihr entschuldigend zu und stellte in sanftem Tonfall klar: „Laura wird dir bestätigen können, dass du erst die zweite Frau bist, die ich in dieses Haus bringe.“

„Erzähl uns doch von der ersten“, forderte Laura.

Tim warf ihr einen Blick zu, der hätte töten können. „Komm“, sagte er zu Cora und packte sie am Arm, „wir gehen.“

In diesem Moment erschien jedoch Karen im Türrahmen. Als sie sah, dass Tim im Aufbruch begriffen war, verwandelte sich ihr strahlendes Lächeln in erschrockene Verwirrung. Es dauerte aber nur Sekunden, dann schien sie die Situation erfasst zu haben. Sie warf ihrer Tochter einen warnenden Blick zu und sagte schnell: „Das Essen ist fast fertig. Willst du mir nicht beim Aufdecken helfen, Laura?“

„Wir wollten sowieso gerade gehen“, fauchte Tim und zog noch immer an Coras Arm.

Cora löste sich vorsichtig aus Tims hartem Griff, lächelte ihm beschwichtigend zu und sagte: „*Ich* könnte Ihnen doch helfen, Frau Berghoff.“

Karen quittierte diesen Vorschlag mit einem erleichterten Lächeln. „Gern“, sagte sie fröhlich und verließ schnell wieder den Raum. Cora folgte ihr. Sie hoffte inständig, dass sich Tim und Laura in ihrer Abwesenheit wieder vertragen würden.

Gleichzeitig freute sie sich wahnsinnig darauf, ein paar Minuten mit Karen allein zu verbringen. Ungeachtet aller Streitereien war ihr, als wäre sie nach Hause gekommen, und dieses ungewohnte, herrliche Gefühl musste sie unbedingt noch ein wenig auskosten.

Coras ohnehin schon etwas verklärter Gemütszustand verstärkte sich noch, als sie wenige Sekunden später die Küche betrat. Hier duftete es eindeutig nach Lasagne, nach Karens Super-Spezial-Lasagne, die sie schon als Kind für den Gipfel der Kochkunst gehalten hatte. Vor ihrem inneren Auge sah sie sich wieder am Tisch der Berghoffs sitzen. War sie wirklich *fünfzehn* Jahre nicht hier gewesen?

„Wir brauchen noch Besteck", sagte Karen und riss sie damit jäh aus ihren Gedanken. „Messer, Gabeln und kleine Löffel, von jedem vier."

Cora ging auf die Besteckschublade zu und öffnete sie.

„Nanu!", rief Karen verblüfft. „Woher wissen Sie denn, wo ich die guten Bestecke aufbewahre?"

Cora erschrak so sehr, dass sie die Schublade ruckartig wieder zuschob. „Tut ... tut mir Leid", stammelte sie, „ich wollte nicht ... war das falsch?"

„Aber nicht doch!", lachte Karen. „Das war goldrichtig. Ich war nur verwundert, wie gut Sie sich in einem fremden Haushalt zurechtfinden."

„Es ... es gibt ja nicht so viele Schubladen", stotterte Cora.

„Da haben Sie Recht", nickte Karen, doch Cora hatte das starke Gefühl, als würde Karen sie auf einmal ganz intensiv aus dem Augenwinkel heraus mustern.

Noch so ein Fehler, dachte sie wütend, *und du bist weg vom Fenster. Also konzentrier dich endlich!* „Soll ich die Bestecke ins Wohnzimmer bringen?", fragte sie übervorsichtig.

„Ja", nickte Karen und sah sie schon wieder so seltsam an, dass Cora gar nicht schnell genug aus der Küche flüchten konnte.

Aber auch die Situation im Wohnzimmer war nicht viel angenehmer. Während Cora das Besteck auf dem Esstisch verteilte, wurde sie das Gefühl nicht los, dass Tim und Laura in der Zwischenzeit kein einziges Wort miteinander gewechselt hatten.

„Wollen wir nicht doch lieber gehen?", fragte Tim denn auch.

Cora fand diese Idee auf einmal gar nicht mehr so schlecht und wollte gerade zustimmen, als sie Karen von der Tür aus sagen hörte: „Kommt nicht in Frage. Der Tisch ist gedeckt und das Essen fertig. Also setzt euch!"

Tim wechselte widerwillig von der Couch zur Essecke. Laura folgte ihm, wählte aber demonstrativ den Platz aus, der am weitesten von ihm entfernt war. Cora verfolgte das mit einem Schmunzeln und fragte sich wieder, ob seit damals wirklich mehr als 15 Jahre vergangen sein konnten. Tim und Laura jedenfalls benahmen sich noch genauso kindisch wie früher.

Karen stellte jetzt eine Auflaufform mit Lasagne auf den Tisch und fragte: „Darf ich Ihnen auftun, Cora?“

„Gern“, nickte diese und dachte wieder an die früheren Fressgelage. „Aber bitte nur ein bisschen.“

Frau Berghoff respektierte ihren Wunsch, lud dafür aber Unmengen auf Tims und Lauras Teller. Nachdem sie sich auch selbst etwas aufgefüllt hatte, fragte sie: „Ich hoffe, Sie haben kein Problem damit, Cora, wenn wir vor dem Essen beten?“

Cora schüttelte den Kopf. Nein, damit hatte sie überhaupt kein Problem. Aber ihr Blick wanderte unwillkürlich zu Tim herüber, der nur kurz den Kopf senkte und das Dankgebet mit Leidensmiene ertrug.

Anschließend begannen alle zu essen und es herrschte Schweigen, bis Karen irgendwann fragte: „Tim sagte, Sie seien Rechtsanwältin, Cora?“

Cora nickte. „Ja, ich bin Strafverteidigerin. Und das bin ich gerne. Es ist ein ausgesprochen interessanter Beruf.“

Bei dieser Antwort hatte Laura erkennbar aufgehorcht. Coras Beruf war scheinbar eine Neuigkeit für sie. „Heißt das, dass Sie auch Mörder verteidigen?“, fragte sie interessiert.

Tim hatte sich verschluckt und begann, wie ein Verrückter zu husten. Cora sah besorgt zu ihm herüber und klopfte ihm den Rücken. Aufgrund der Informationen, die Herr Ballmer ihr geliefert hatte, konnte sie sich denken, dass Tims Reaktion mit seiner Vergangenheit zu tun hatte. Aber warum quälte ihn Laura damit? Und vor allem: Warum erzählte ihr Tim nicht endlich selbst davon? Sie waren doch schließlich schon monatelang zusammen!

„Sicher“, entgegnete Cora so unbefangen wie möglich, „Mordverfahren waren auch schon dabei.“

Laura holte jetzt Luft, um das Gespräch noch weiter fortzuführen, als Karen ihr zuvorkam und in beschwörendem Tonfall sagte: „Laura, holst du bitte den Nachtisch aus der Küche?“

„Aber wir sind doch noch mitten in der Lasagne“, widersprach Laura.

„Geh trotzdem“, drängte Karen.

Laura hob kapitulierend die Arme, ging hinaus und kehrte schon Sekunden später mit einer großen Puddingschüssel zurück. Diese stellte sie mit einem lauten Knall mitten auf den Tisch und setzte sich wieder.

Karen warf ihr noch einen missbilligenden Blick zu, dann fragte sie Cora, die ihren sparsam befüllten Teller mittlerweile leer gegessen hatte: „Darf ich Ihnen noch ein Stück Lasagne nachreichen?“

Cora schüttelte den Kopf. „Nein, danke. Ich esse nie sehr viel. Aber es hat wirklich ganz hervorragend geschmeckt."

„Nicht sehr viel?", lachte Laura. „Ich würde sagen, ein Spatz ist verfressen gegen Sie."

Cora zuckte mit den Schultern. „Mag sein." Dann sah sie zu Tim herüber und stellte fest, dass dieser sie verblüfft anstarrte. „Ist was?", fragte sie verunsichert.

„Wie man's nimmt", entgegnete dieser ein wenig pikiert. „Mich hättest du bei einer solchen Bemerkung auf jeden Fall in der Luft zerrissen."

Cora fühlte sich zum wiederholten Mal an diesem Tag ertappt. Es stimmte ja. Seit Beate bei ihr Magersucht vermutet hatte, reagierte Cora sehr empfindlich auf dieses Thema. Und nachdem Tim in eine ähnliche Falle getappt war, wusste er, dass er sich mit Kommentaren zu ihrem Essverhalten tunlichst zurückhalten musste. Und jetzt bei Laura? Da hatte es ihr eigentlich gar nichts ausgemacht. Aber war das ein Wunder? Hier saß Laura, ihre allerbeste Freundin! Und es tat so unbeschreiblich gut, nach so langer Zeit wieder mit ihr zusammen zu sein, auch wenn sie zickiger war denn je. Wahrscheinlich hätte Laura sich heute einfach alles erlauben dürfen.

„Und Sie haben ein Kind?", setzte Laura jetzt die Unterhaltung mit Cora fort.

Cora nickte. „Ja, einen Sohn. Er ist vierzehn und heißt Timo."

„Tim und Timo, wie nett", kicherte Laura albern. „Und gibt's zu dem Kind auch einen Vater?"

„Jetzt sei doch nicht so neugierig!", fuhr Karen ihr über den Mund.

„Wieso neugierig?", entgegnete Laura. „Cora gehört doch jetzt quasi zur Familie. Da ist es doch ganz natürlich, wenn man ein paar Dinge über sie erfahren möchte."

„Es besteht kein Kontakt zu Timos Vater", beantwortete Cora die Frage.

„Und warum nicht?"

„Laura!", ermahnte Karen ein weiteres Mal. Aber Laura sah Cora weiterhin fragend an.

„Es ist lange her", sagte diese ausweichend.

„Vierzehn Jahre, das ist mir schon klar", erwiderte Laura. „Aber eine Vaterschaft ist ja auch ein bisschen mehr als ein Kinobesuch."

„Nicht immer!", entfuhr es Cora. Aber dann biss sie sich auch schon erschrocken auf die Zunge. Aus irgendeinem unerfindlichen Grund hatte sie mehr preisgegeben, als sie wollte. Rein zeitlich gesehen war ihre Begegnung mit Tim ja wirklich nicht mehr als ein Kinobesuch gewesen.

„Also ein One-night-stand?“, grinste Laura.

Cora erschrak und sah Hilfe suchend zu Tim herüber, musste aber feststellen, dass auch dieser auf einmal einen äußerst interessierten Eindruck machte. „Äh ... ich meine ... also ...“, stotterte sie nervös.

„Nun sagen Sie schon“, drängelte Laura. „Ist doch nicht so schlimm. Sie waren sicher noch sehr jung damals. Sechzehn vielleicht? Da macht man halt nicht alles richtig.“

Nein, sie hatte wirklich nicht alles richtig gemacht. Im Gegenteil. Aber war das ein Grund, so ausgefragt zu werden? „Das ist eine sehr intime Frage“, sagte sie mit fester Stimme. „Und ich möchte sie nicht beantworten.“

„Keine Antwort ist manchmal auch eine Antwort“, grinste Laura.

Aber Cora schüttelte den Kopf. „Sie wissen gar nichts“, sagte sie ruhig.

„Das ist ja mein Problem“, entgegnete Laura keck. „Ich weiß nichts über Sie. Und soweit ich das beurteilen kann, geht es Tim genauso.“

„Was soll das denn heißen?“, mischte sich jetzt Tim in das Gespräch ein.

„Das heißt, dass du mir keine einzige meiner Fragen beantworten konntest“, erwiderte Laura. „Du wusstest nichts über Timos Vater, konntest mir nicht sagen, wo Cora geboren wurde, kennst weder ihre Eltern noch sonst jemanden aus ihrer Verwandtschaft. Komisch eigentlich, wenn man schon monatelang mit jemandem zusammen ist, oder?“

Cora sah wütend zu Tim herüber. „Habt ihr sonst noch was besprochen?“

„Wir haben gar nichts besprochen“, fauchte dieser. „Laura hat Recht. Im Grunde genommen weiß ich überhaupt nichts über dich.“

„Ach nein?“, rief Cora mit zitternder Stimme. „Bis jetzt dachte ich, es wäre ausreichend, wenn du weißt, dass ich dich liebe.“

„Das ist die Gegenwart“, entgegnete Tim scharf, „aber wenn man mit jemandem zusammen ist, möchte man auch etwas über die Vergangenheit wissen. Und in dieser Hinsicht weichst du mir permanent aus.“

„Was man von dir natürlich nicht behaupten kann!“, konterte Cora. „Oder hast du jemals ein Wort darüber verloren, was du so in den letzten zehn Jahren gemacht hast?“

Jetzt war es Tim, der nach Luft schnappte. „Das ... das ist doch etwas ganz anderes“, stotterte er.

„Ist es das?“, schimpfte Cora und stand auf. Sie hatte eigentlich überhaupt keine Lust, sich vor Karen und Laura mit Tim zu streiten. Und so wandte sie sich an Tims Mutter und sagte in gemäßigtem Tonfall: „Es tut mir wirklich Leid, Frau Berghoff, dass der Abend so enden muss. Ihre Lasagne war wirklich toll. Aber Sie müssen mich jetzt entschuldigen." Und mit diesen Worten schob sie ihren Stuhl zurück, ging zur Tür hinaus und verließ schnurstracks das Haus.

Draußen steuerte sie Tims Wagen an. Wenn sie allerdings damit gerechnet hatte, dass Tim ihr sofort folgen würde, dann hatte sie sich getäuscht. Die Minuten vergingen. Cora trommelte ungeduldig mit dem Fuß auf dem Boden herum und dachte über den Abend nach. Und je mehr sie darüber nachdachte, desto wütender wurde sie. Wie konnte Tim es wagen, ihr vorzuwerfen, dass sie ihm nichts über sich erzählt hatte? Wie konnte *er* das wagen, *er*, der ihr sogar seinen Gefängnisaufenthalt verschwiegen hatte? Sie kochte innerlich. Was war das doch für eine Unverschämtheit, nein, was für ein Vertrauensbruch! Sie selbst hatte schließlich gute Gründe für ihre Verschlossenheit. Aber was war mit ihm? Warum hatte er kein Vertrauen zu ihr? Warum gründete er seine Beziehung zu ihr auf eine Lüge?

Als Tim dann nach einer guten Viertelstunde endlich das Haus verließ, war Cora so sauer, dass sie ihn keines Blickes würdigte. Und auch Tim schloss nur wortlos den Wagen auf. Dann stiegen beide ein und Tim fuhr los. Eine halbe Stunde lang sprach keiner von beiden auch nur ein einziges Wort.

Dann sagte Tim aus heiterem Himmel: „Ich hatte dich ja vor meiner Schwester gewarnt."

Cora lachte bitter auf. „Deine Schwester ist nicht das Problem."

„Ach nein? Wer ist denn das Problem?"

„Du", erwiderte Cora.

„Inwiefern?"

„Insofern", belehrte Cora ihn, „dass du dich von deiner Schwester gegen mich aufhetzen lässt."

„Ich lass mich überhaupt nicht aufhetzen", regte sich Tim auf. „Es hat mir nur zu denken gegeben, was sie gesagt hat. Im Grunde genommen hat sie nämlich Recht. Ich weiß fast nichts von dir."

„Und deshalb hat es wohl auch so lange gedauert, bis du endlich zu mir nach draußen gekommen bist, nicht wahr? Was hast du denn noch alles mit deiner Familie besprochen? Habt ihr vielleicht Pläne gemacht, wie ihr etwas über mich herausfinden könnt? Vielleicht die Telefonnummern von Privatdetektiven herausgesucht?"

„Jetzt werd aber nicht albern! Ich hab dich natürlich verteidigt! Außerdem hab ich versucht, meine Mutter ein wenig zu beruhigen."

Cora war sich nicht sicher, ob sie Tim glauben sollte. Sie wusste im Moment überhaupt nichts mehr.

„Nun komm schon“, sagte Tim in versöhnlichem Tonfall. „Es hat doch keinen Zweck, wenn wir uns streiten. Erzähl mir doch einfach ein bisschen von dir. Und von Timos Vater. Dann sind die Missverständnisse am schnellsten ausgeräumt.“

„Gern“, schnaubte Cora, „aber zuerst bist du dran. Also: Was hast du mit dem Herzinfarkt deines Vaters zu tun? Wer war die Freundin vor mir und warum behauptet Laura, dass sie Gift für dich war?“

Cora sah förmlich, wie bei Tim die Schotten heruntergingen und sich sein freundlicher Gesichtsausdruck in pure Abwehr verwandelte. „Sonst noch irgendwelche Fragen?“, stieß er wütend hervor.

„Nein, das dürfte für den Anfang genügen.“

Tim schüttelte den Kopf und schien um Worte zu ringen. Irgendwann sagte er: „Auf ... auf so plumpe Art lasse ich mich auf keinen Fall ausfragen.“

„Das geht mir genauso“, grinste Cora und verbuchte eins zu null für sich. Leider musste sie feststellen, dass dieser Sieg keine positiven Auswirkungen hatte. Tim sagte nämlich von da an kein einziges Wort mehr, würdigte sie auch keines Blickes, sondern fuhr nur mit verkniffenem Gesichtsausdruck weiter.

Als er lange Zeit später vor ihrer Haustür zum Stehen kam, hatte Cora die langweiligste und unbefriedigendste Autofahrt ihres Lebens hinter sich. Aber auch jetzt schien Tim noch keinen Gesprächsbedarf zu sehen. Jedenfalls sah er demonstrativ in eine andere Richtung, bis Cora ausgestiegen war und brauste dann ohne ein Wort des Abschieds, dafür aber mit quietschenden Reifen davon.

❧

In den darauf folgenden Tagen litt Cora ganz fürchterlich unter der Funkstille, die zwischen ihr und Tim herrschte. Sie vermisste ihn wahnsinnig und fragte sich ernsthaft, ob sie nicht zu weit gegangen war. Hatte sie womöglich ihre Beziehung aufs Spiel gesetzt? Würde Tim sich am Ende von ihr trennen?

Je mehr sie diesen Gedanken in Betracht zog, desto unvorstellbarer war er für sie. In ihrem ganzen Leben war sie nie so glücklich gewesen wie in den vergangenen Wochen und Monaten. Nie hatte sie sich auch nur ansatzweise so zu Hause gefühlt wie bei Tim. Nie zuvor hatte sie das Gefühl gehabt, angekommen zu sein, am Ziel zu sein.

Nein, dieses Glück durfte sie auf gar keinen Fall wieder verlieren. Es war alles, was sie hatte, alles, was zählte. Und so überwand sie schließlich ihren Stolz und fuhr zu ihm.

Als sie an seiner Tür klingelte, klopfte ihr Herz wie wild. Wie würde er reagieren? Würde er ihr die Tür vor der Nase zuschlagen?

Ihre Sorgen waren unberechtigt. Als Tim sie sah, begann er vor Freude zu strahlen. Er riss sie förmlich in seine Arme, bedeckte ihr Gesicht mit Küssen und flüsterte atemlos: „Ich bin ja so froh, dass du da bist. Ehrlich, ich hab dich so vermisst."

„Warum hast du dich dann nicht gemeldet?", fragte Cora, als Tim ihr wieder ein bisschen Luft zum Atmen ließ.

„Ich weiß nicht", sagte Tim. „Ich hatte wohl Angst, du würdest kurzen Prozess mit mir machen. Und das hätte ich beim besten Willen nicht aushalten können."

„Ich auch nicht", lachte Cora unter Tränen und sank wieder in Tims Arme.

Von diesem Tag an war eigentlich alles wie früher. Tim und Cora verbrachten so viel Zeit miteinander wie möglich. Sie genossen es, zusammen zu sein, verbrachten Stunden am Klavier und unternahmen viel gemeinsam mit Timo. Und doch war irgendetwas anders als sonst. War es eine unsichtbare Mauer? Eine Grenze, die nicht mehr überschritten werden durfte?

Auf jeden Fall war die Vergangenheit ab sofort kein Thema mehr für sie. Keiner von beiden fragte mehr danach. Im Gegenteil. Alles, was auch nur im Entferntesten damit zusammenhing, wurde strikt vermieden. Kein Wort wurde mehr darüber verloren. Es war wie ein ungeschriebenes Gesetz, an das sich beide kompromisslos hielten.

Kapitel 27

„Er ist gut angekommen und lässt dich herzlich grüßen", sagte Cora und schaltete das Telefon aus. Es war Montagabend um kurz nach acht und Timo hatte sich gerade aus Trier gemeldet, wohin er auf Klassenfahrt gefahren war.

„Toll", freute sich Tim und nippte an seinem Glas Wein. „Du wirst sehen, die Fahrt wird ihm gut bekommen. Vielleicht sorgt sie sogar dafür, dass er ein paar mehr Kontakte in seiner Klasse knüpft."

„Hauptsache, sie bekommt ihm nicht *zu* gut", seufzte Cora. „Und Hauptsache, die Kontakte ergeben sich nicht bei einem Saufgelage."

„Ach, komm schon", wiegelte Tim ab. „Du musst etwas mehr Vertrauen zu ihm haben. In letzter Zeit stellt er doch gar nichts mehr an."

„Das stimmt schon", entgegnete Cora, „aber manchmal traue ich dem Frieden einfach nicht. Vielleicht ist es nur die Ruhe vor dem Sturm, die wir da erleben."

„Egal", sagte Tim und grinste breit, „auf jeden Fall haben *wir* jetzt erstmal sturmfreie Bude!" Mit diesen Worten zog er Cora zu sich heran und begann sie zu küssen.

Cora schloss lächelnd die Augen und erwiderte seine Liebkosungen. Auch sie genoss es, im Wohnzimmer sitzen zu können, ohne eine Störung von Timo erwarten zu müssen. Außerdem liebte sie es mit Tim zu schmusen. Es war einfach schön, sich jemandem so nah zu fühlen. Sie liebte seine zärtlichen Berührungen, seine warmen Hände und seinen vertrauten Duft. Als seine Hand dann jedoch unter ihr T-Shirt wanderte, schob sie sie wie immer energisch zur Seite.

„Komm schon", sagte Tim und klang ziemlich erregt. „Du magst es doch."

Auch Cora atmete jetzt heftiger. Natürlich gab es einen Teil von ihr, der genau dasselbe wollte. Trotzdem schüttelte sie tapfer den Kopf und hielt seine Hand fest, die sich zu ihrer Brust verirrt hatte. „Nein, hör auf", hauchte sie.

Aber dieses Mal hörte Tim nicht auf sie. Er benutzte einfach seine andere Hand, um ihre Jeans zu öffnen.

Cora begann zu zappeln, entwand sich ihm und sprang auf. „Ich sagte, du sollst es lassen", rief sie schärfer als geplant.

Tim sah sie erschrocken an. „Aber ... wieso denn?", stammelte er.

„Ich dachte, das Thema hätten wir ausreichend diskutiert", entgegnete Cora wütend.

„Ausreichend wohl nicht", antwortete Tim beleidigt.

Cora sagte in gemäßigterem Tonfall: „Ich hab dir doch erklärt, dass ich mir Sex nur in einer Ehe vorstellen kann."

„Und ich hab dir erklärt", erwiderte Tim kopfschüttelnd, „dass ich das für eine Vorstellung aus dem Mittelalter halte."

„Es ist deine Sache, wofür du es hältst", sagte Cora spitz. „Für mich hat es etwas mit meinem Glauben zu tun. Wenn Gott sagt, dass wir Sex auf die Ehe beschränken sollen, dann wird er sich etwas dabei gedacht haben. Und dann gilt das auch nicht nur fürs Mittelalter."

„Das ist schon ein komischer Gott, an den du da glaubst", grinste Tim abfällig.

Cora sah ihn verständnislos an. „Warum?"

„Na, weil er etwas gegen die Liebe einzuwenden hat."

Cora stutzte. Diese billige Bemerkung passte doch eigentlich gar nicht zu Tim. Durch seine Eltern kannte er diese Einstellung zum Thema Sex, und früher hatte er sie zumindest respektiert.

„Aber er hat doch nichts gegen Liebe", sagte sie niedergeschlagen. „Er möchte sie nur in einen guten, sicheren Rahmen setzen."

„Daher weht der Wind", sagte Tim bitter. „Du willst mich zur Heirat zwingen. Ist es das?"

Cora sah Tim verblüfft an. Das ging doch nun wirklich zu weit! „Da ist die Tür", presste sie hervor und deutete nach draußen. „Hier wird niemand zu irgendetwas gezwungen, glaub mir. Und wenn du mich so falsch einschätzt, kannst du mir gestohlen bleiben." Sie bebte jetzt regelrecht vor Wut und schien es todernst zu meinen.

„Tut ... tut mir Leid", entschuldigte sich Tim betreten. „Ich ... hab's nicht so gemeint. Wirklich. Ich ... reagiere nur immer so aggressiv, wenn ich etwas von Gott höre. Ich hab halt keine guten Erfahrungen mit dem Thema gemacht." Er sah Cora, die noch immer den Arm in Richtung der Tür ausgestreckt hatte, unsicher an.

Sie ließ die Hand sinken. „Und ich hab keine guten Erfahrungen mit Sex außerhalb der Ehe gemacht", sagte sie leise.

Und dann folgte minutenlanges Schweigen. Weder Cora noch Tim wagten ein einziges weiteres Wort zu sagen. Beide waren sich bewusst, dass sie gerade versehentlich an die Schwelle gelangt waren. An die Schwelle zur Vergangenheit, die nicht überschritten werden durfte.

Irgendwann durchriss das Klingeln des Telefons die Stille. Cora atmete erleichtert auf. Sie hatte sich schon gefragt, wie lange sie das gespannte Schweigen noch hätte aushalten können.

„Neumann?", meldete sie sich fast fröhlich.

„Ballmer hier."

„Oh!", sagte Cora erschrocken und ihre Erleichterung war auf einmal wie weggeblasen.

„Ich hab ein paar neue Informationen für Sie."

„Oh!", sagte Cora erneut und sah in Tims Richtung. Sie hatte auf einmal die Befürchtung, dass er mitbekommen könnte, was am anderen Ende der Leitung gesprochen wurde. Und tatsächlich horchte Tim auch spürbar auf und begann, interessiert in ihrem Gesicht zu lesen.

„Sie wollten doch wissen, weswegen Ihr Freund verurteilt worden ist, nicht wahr?"

„Na ja ... schon", stammelte Cora und sah schon wieder zu Tim hinüber.

„Also, es war ein reiner Indizienprozess. Der Mörder hatte auf jeden Fall einen Schlüssel fürs Haus und da das auch auf den Berghoff zutraf, gehörte er schon mal zum Kreis der Verdächtigen."

Cora runzelte die Stirn. Tim und einen Schlüssel für das Haus der Bartels? Das war doch Blödsinn! Tim hatte doch gerade *keinen* gehabt. Sonst hätte sie doch damals nicht über den Zaun klettern müssen! Und überhaupt ... Sie rief sich noch einmal den Nachmittag in Erinnerung, an dem sie für Verena gesungen hatte. Da war doch dieser junge Mann gewesen mit dem auffälligen Käfer aus Berlin. *Der* hatte doch einen Schlüssel gehabt!

„Als dann auch noch die Tatwaffe gefunden wurde", fuhr der Privatdetektiv fort, „und sich die Fingerabdrücke von Tim Berghoff darauf fanden, war die Sache klar. Ein Motiv hatte er nämlich auch. Die halbe Stadt wusste, dass seine Süße auf Drängen ihrer Eltern mit ihm Schluss machen wollte."

Cora konnte sich noch gut an damals erinnern. Auch daran, wie seltsam penetrant Verena herumerzählt hatte, dass sie wegen ihrer Eltern die Beziehung zu Tim beenden wollte. Dabei hatte sie doch vorher nie auf ihre Eltern gehört. Ob das etwas zu bedeuten hatte? Ob Verena ... absichtlich ...?

„Das ist doch schon nicht schlecht für den Anfang, oder?", lobte sich Herr Ballmer. „Möchten Sie sonst noch etwas wissen?"

„Ähm ... ja", entgegnete Cora und dachte noch immer an den jungen Mann aus Berlin. Ob man den heute noch ausfindig machen konnte? „Aber das ... das sollten wir ein anderes Mal besprechen." Wieder warf sie Tim einen kurzen Blick zu. „Ich rufe Sie an."

„Ja ... gut", antwortete Herr Ballmer und schien nun ebenfalls ein wenig verwirrt zu sein.

„Bis dann", schob Cora nach und schaltete eilig das Telefon aus.

Wieder herrschte ein paar Sekunden lang Schweigen. Dann aber fragte Tim: „Wer war das?"

Cora schluckte. Diese Frage hatte sie befürchtet. „Das?", wiederholte sie, um Zeit zu gewinnen. „Also ... das ... war beruflich!"

„Ach tatsächlich?" Tim machte nicht gerade den Eindruck, als würde er ihr glauben. „Ein Klient?"

„Ein Klient, ja, genau", nickte Cora eifrig.

„Ein Mann?", erkundigte sich Tim.

„Ja ... schon", entgegnete Cora. Worauf zielte Tims Frage denn jetzt ab?

„Und hast du was mit ihm?"

Cora fiel bei dieser Frage beinahe das Telefon aus der Hand. „Was?", fragte sie ungläubig.

„Ich fragte, ob du etwas mit ihm hast", wiederholte Tim mit Eiseskälte in der Stimme.

„Aber ... wie kommst du denn darauf?", stotterte Cora.

„Ich bin nicht blöd!", entgegnete Tim in scharfem Tonfall. „Ich hab doch gesehen, wie nervös du auf einmal wurdest."

„Nein ... doch ... ich meine, du irrst dich!"

„Tu ich das?", fauchte Tim. „Und warum hast du das Telefonat dann abgebrochen?"

„Abgebrochen? ... Hab ich doch gar nicht. Ich wollte es nur vom Büro aus weiterführen, weil ... weil ich die Unterlagen dort habe."

Tim durchbohrte Cora förmlich mit seinen Blicken. „Dann erzähl doch mal!", forderte er sie auf. „Um welchen deiner Fälle handelt es sich und welche Unterlagen brauchst du dafür?"

Cora dachte fieberhaft nach. Sie stand mit dem Rücken zur Wand. In dieser Verteidigungsposition würde sie irgendwann unweigerlich den Kürzeren ziehen. Sie musste den Spieß umdrehen. Angriff war nun mal die beste Verteidigung, das hatte sie in ihrem Beruf gelernt. „Ist das ein Verhör hier?", fragte sie wütend.

„Nenn es, wie du willst!"

„Gut, dann nenne ich es eine Unverschämtheit!", schimpfte sie. „Bisher hatte ich nämlich gedacht, dass unsere Beziehung auf Vertrauen basiert. Aber wenn ich mich da getäuscht habe, können wir sie gerne überdenken." Wieder hob sie ihren Arm in Richtung Tür. „Da waren wir doch sowieso vorhin stehen geblieben, oder nicht?"

Tim starrte sie einen Moment ungläubig an. Dann stieß er einen abgrundtiefen Seufzer aus und vergrub sein Gesicht in den Händen. „Du hast Recht. Ich verhalte mich unmöglich. Es tut mir Leid", murmelte er, „tut mir Leid. Ich weiß einfach nicht, was in mich gefahren ist."

Aber Cora wusste es. Sie dachte an Verena und all die Demütigungen, die sie Tim zugefügt hatte. Und so war ihre Wut von einem Moment auf den anderen wie weggeblasen. Sie ging zu Tim herüber, streichelte zärtlich über sein Haar und flüsterte: „Ist schon gut." Dann zog sie vorsichtig seine Hände zur Seite und begann, ihn zu küssen. „Du brauchst nicht eifersüchtig zu sein", sagte sie. „Ich liebe dich nämlich, nur dich allein."

Tim schenkte ihr das dankbarste Lächeln, das man sich vorstellen konnte. „Wirklich?"

Cora nickte sanft.

„Dann heirate mich!"

Cora holte Luft, um zu protestieren. Aber Tim kam ihr zuvor und sagte schnell: „Ich weiß, es ist kein guter Zeitpunkt, das zu fragen. Wegen vorhin und so. Aber ich meine es wirklich ernst! Es ... ist auch nicht, weil ich mit dir schlafen möchte. Bestimmt nicht. Ich ... möchte dich nur ganz bei mir haben. Für immer! Könntest du dir das vorstellen?"

Cora sah noch immer ein wenig skeptisch drein und so fügte er hinzu: „Wenn es wirklich so ist, wie du gesagt hast – ich meine, dass du mich wirklich liebst, nur mich –, dann dürfte einer Ehe doch nichts im Wege stehen, oder?"

Cora seufzte. Angesichts dieser Argumentationsflut musste sie sich wohl geschlagen geben. „Nein, das dürfte es wohl nicht."

„Toll!", freute sich Tim. „Dann lass uns so schnell wie möglich Nägel mit Köpfen machen! Gleich morgen melden wir uns an!"

❧

Als Cora an diesem Abend in ihrem Bett lag, kam es ihr so vor, als würde sich alles um sie drehen. Aber es waren nicht unbedingt Glücksgefühle, die für diesen Zustand verantwortlich waren. Eher fühlte sie sich schwindelig – von dem Tempo, in dem sich ihr Leben ändern sollte, schwindelig von ihrer eigenen, wagemutigen Entscheidung und von der inneren Zerrissenheit, die damit verbunden war.

Ja, sie wünschte sich nichts mehr, als Tim zu heiraten. Ein Leben mit Tim war das Ziel ihrer Träume. Und nein, sie konnte sich beim besten Willen nicht vorstellen, eine Ehe mit ihm einzugehen. Sie hatte Ja gesagt, aber sie hatte kein gutes Gefühl dabei. Plötzlich gab es tausend Dinge, die gegen eine Ehe sprachen, plötzlich hatte sie so viele Bedenken, so viele Sorgen.

Da war zunächst einmal der Papierkram. Wenn man heiratete, brauchte man Papiere. Gut, sie hatte welche. Aber natürlich stimmte nichts, was darin stand. Der Name nicht, der Geburtsort nicht und das Geburtsdatum erst recht nicht.

Sie dachte an damals, als sie ihre neue Existenz begonnen hatte. Damals hatte sie den Behörden weisgemacht, auf der Straße geboren zu sein. Und so wie sie ausgesehen hatte, so konsequent, wie sie gelogen hatte, hatte man ihr das auch tatsächlich abgekauft. Sie hatte eine neue Identität bekommen, mit Angaben, die allein ihrer Fantasie entsprungen waren. Sicher, das war bisher kein Problem gewesen. Was in Deutschland schwarz auf weiß auf dem Papier stand, wurde selten angezweifelt. Ihre Papiere waren bei Timos Geburt und Eintragung akzeptiert worden. Und auch an der Uni. Aber barg eine Hochzeit nicht die erneute Gefahr, dass jemand nachforschen und hinter die Wahrheit kommen konnte? Und was war mit Tim? Wie sollte sie ihm erklären, dass die Namen ihrer Eltern mit „Unbekannt“ angegeben waren?

Und natürlich fragte sie sich auch, ob es richtig war, mit einer Lüge in die Ehe zu gehen. Sicher, es gab gute Gründe, Tim nicht – oder besser gesagt noch nicht – die Wahrheit über ihre Identität zu erzählen. Aber war es fair, mit einer solchen Last in eine Ehe zu starten? Sie versuchte, sich an den Familienrechts-Kurs zu erinnern, den sie während ihres Studiums absolviert hatte. War eine solche Lüge nicht sogar Grund genug für eine spätere Annullierung der Ehe?

Wenn es eine Ehe gab, die der Annullierung würdig wäre, dann ja wohl diese! Sie selbst war schließlich nicht die Einzige, die mit der Wahrheit sparte. Oder war es etwa in Ordnung, wenn Tim ihr sein halbes Leben vorenthielt? Durfte ein Ehemann bei der Hochzeit verschweigen, dass er wegen Mordes vorbestraft war? Sicher nicht! Und war es richtig, einen Mann zu heiraten, der sich so verhielt? Konnte eine solche Ehe gut gehen?

Sie schüttelte den Kopf. Die Idee mit der Hochzeit war Wahnsinn! Der helle Wahnsinn!

❧

Am nächsten Morgen lief Cora schon um sieben Uhr wie ein gefangenes Tier durch die Wohnung und wartete auf Tim. Obwohl sie sich erst für zehn Uhr verabredet hatten, um gemeinsam zum Standesamt zu gehen, war Cora bereits um sechs schweißgebadet aufgewacht. Der Eindruck, dass diese Hochzeit zum gegenwärtigen Zeitpunkt grundfalsch war, hatte sich über Nacht noch verstärkt. Aber wie sollte sie das Tim beibringen?

Je mehr sie darüber nachdachte, desto unruhiger wurde sie. Würde das nicht ohnehin schon angeknackste Vertrauensverhältnis zwischen ihr und Tim diesen weiteren Schlag verkraften? Setzte sie durch einen Rückzieher die ganze Beziehung aufs Spiel?

Sie grübelte und grübelte. Sicher war es besser, der Hochzeit zuzustimmen, als Tim zu verlieren. Andererseits barg auch die Zustimmung so viele Gefahren. Verzweifelt ließ sie sich auf einen Stuhl fallen und begann zu weinen. Sie befand sich in einer Zwickmühle und sie wusste beim besten Willen nicht, wie sie da wieder herauskommen sollte.

Als die Uhr irgendwann zehn schlug, war Cora nur noch ein Häufchen Elend und hatte einen der schlimmsten Vormittage ihres ganzen

Lebens hinter sich. Und noch immer hatte sie keine Entscheidung gefällt. Schicksalsergeben, wie ein Verurteilter vor seiner Hinrichtung, wartete sie jetzt auf das Klingeln an der Tür.

Aber es klingelte nicht. Um viertel nach zehn war Tim immer noch nicht erschienen. Stattdessen läutete wenig später das Telefon.

„Neumann", krächzte Cora mit letzter Kraft in den Hörer.

„Äh, ja, ich bin's", meldete sich Tim mit fahriger Stimme.

Coras Herz begann schneller zu klopfen.

„Ich ... also ... mir ist was dazwischengekommen", fuhr Tim fort. „Könnten wir den Termin vielleicht verschieben?"

Cora atmete auf. „Klar."

„Gut ... sehr gut", stammelte Tim. „Und sehen wir uns heute Abend?"

„Gern. Um acht bei mir?"

„Alles klar!", entgegnete Tim und machte dabei irgendwie einen erleichterten Eindruck. „Dann bis heute Abend."

Kapitel 28

Cora saß in ihrem Wagen und grübelte. Es war wirklich zum Verrücktwerden. Noch vor ein paar Wochen hatte sie sich den Kopf darüber zerbrochen, wie sie Tim von der Hochzeit abbringen sollte. Und jetzt?

Jetzt war sie auf dem Weg zu ihm, um ihn zur Rede zu stellen. Jetzt musste sie endlich wissen, warum er seit Wochen kein einziges Wort mehr über das Thema Heirat verloren hatte. Seit dem Tag, an dem er den Gang zum Standesamt verschoben hatte, war die Sache im Sande verlaufen. Er hatte keinen neuen Anlauf für das Erledigen der Formalitäten unternommen, hatte weder über den Termin noch über irgendwelche anderen Details mit ihr gesprochen. Und was das Schlimmste war: Er hatte auch jeden ihrer Versuche, mit ihm darüber zu reden, regelrecht im Keim erstickt. Dabei war sein Antrag doch so glaubwürdig gewesen, hatte er so glücklich ausgesehen, als sie Ja gesagt hatte!

Anfangs war sie sogar erleichtert darüber gewesen. Aber mit der Zeit hatte sie sich doch gefragt, was für diesen plötzlichen Sinneswandel verantwortlich war. Ob Tim auf einmal klar geworden war, dass er sie doch nicht so liebte, wie er gedacht hatte? Dieser Gedanke hatte ihr zugesetzt. Immer häufiger hatte sie sich dabei ertappt, wie sie ihn heimlich gemustert hatte, wie sie sich gefragt hatte, wie es wohl in ihm drin aussah. Sie hatte sich sogar die Frage gestellt, ob vielleicht eine andere

Frau im Spiel war. Ohne dass sie es wirklich wollte, hatte sie sich in seinem Haus umgesehen und nach Hinweisen gesucht. Sie hatte begonnen, an seinen Kleidungsstücken zu riechen und nach langen Haaren Ausschau zu halten.

Das Vertrauen, das sie zu ihm hatte, war nie übermäßig groß gewesen. Aber jetzt war es in Misstrauen umgeschlagen. Und das ging einfach nicht mehr so weiter. Es machte sie kaputt. Und es zerstörte ihre Beziehung.

Heute Morgen war es ihr so schlecht gegangen, dass sie sich spontan Urlaub genommen hatte. Und so war sie jetzt auf dem Weg zu Tim. Ohne dass sie sich angekündigt hatte. Sie war fest entschlossen, ein klärendes Gespräch herbeizuführen und sich auf keinen Fall abwimmeln oder vertrösten zu lassen.

Sie war jetzt in der Straße angelangt, in der sich Tims Haus befand. In alter Gewohnheit wollte sie in Tims Hofeinfahrt parken. Doch als sie zum Abbiegen angesetzt hatte, musste sie feststellen, dass dort bereits ein Auto stand. Irritiert trat sie auf die Bremse. Bei dem Wagen handelte es sich um einen ziemlich neuen, dunklen 7-er BMW. Sie war sich hundertprozentig sicher, dieses Auto noch nie hier gesehen zu haben. Tims Familie gehörte er auf jeden Fall nicht. Aber wem dann? Ihres Wissens unterrichtete Tim morgens noch keine Klavierschüler. Wie auch, da war ja schließlich Schule. Aber wer besuchte ihn dann so früh am Morgen? Freunde hatte Tim doch eigentlich gar nicht!

Erst jetzt fiel Coras Blick auf das Nummernschild des Wagens. HB, der Wagen kam aus Bremen! Und das war nicht gerade um die Ecke! Wer um alles in der Welt reiste extra aus Bremen an, um Tim aufzusuchen?

Es hupte hinter Cora. Sie erschrak und wurde sich bewusst, dass sie mitten auf der Straße stand und zwar blinkte, sich aber nicht vorwärts bewegte. Schnell schaltete sie den Blinker aus, sah noch einmal in den Rückspiegel und fuhr dann geradeaus weiter. Dabei überlegte sie fieberhaft, was jetzt zu tun war. Sie konnte natürlich wieder nach Hause fahren. Aber hatte sie sich nicht extra Urlaub genommen, um mit Tim zu reden? Und dann war da auch diese Neugier. Auf einmal musste sie unbedingt wissen, wem dieser unverschämt teure Wagen gehörte. Tim hatte schließlich nie davon erzählt, derart reiche Bekannte zu haben. Und überhaupt, sie hatten sich doch noch am Wochenende gesehen. Warum hatte er ihr nicht erzählt, dass er für Montag Besuch aus Bremen erwartete?

Ein entschlossener Ausdruck bildete sich um Coras Mund. Sie blinkte erneut, benutzte eine Einfahrt zum Wenden und fuhr zurück.

Sie hatte Glück. Auf der Straßenseite, die Tims Haus gegenüber lag, war ein Parkplatz frei geworden. Von dort aus konnte Cora Tims Hofeinfahrt und sogar die Haustür einsehen. Zufrieden stellte sie ihren Wagen ab, heftete ihre Augen auf Tims Haus und wartete.

Ihre Geduld wurde auf eine harte Probe gestellt. Es dauerte geschlagene zwei Stunden, bis endlich die Haustür geöffnet wurde und Tim darin zum Vorschein kam. Er schien mit jemandem zu sprechen, der noch im Flur stand. Jedenfalls wandte er Cora den Rücken zu, fuchtelte wie wild mit den Armen herum und schien auf jemanden einzureden.

Cora beobachtete jede seiner Regungen und wartete gespannt darauf, dass sein Gesprächspartner endlich das Haus verließ. Doch es dauerte noch einmal fast eine Viertelstunde, bis Tim zur Seite trat und die Person tatsächlich im Türrahmen erschien.

Kaum dass Cora sie erblickt hatte, hatte sie sie auch schon erkannt – und ihr Gesichtsausdruck verwandelte sich in pures Entsetzen!

Die Person war niemand anders als Verena!

Mit allem hatte Cora gerechnet, aber nicht mit ihr! Tränen schossen in ihre Augen. Das war doch einfach nicht möglich! Das konnte nicht sein!

Aber je mehr sie auf die Frau starrte, desto sicherer war sie sich. Es war Verena. Die Frau war groß, schlank und hatte lange, glatte, wasserstoffblonde Haare. Nur ihr Kleidungsstil passte nicht in Coras Erinnerung. Verena hatte sich immer jugendlich-peppig angezogen, aber die Frau hier war elegant gekleidet, ausgesprochen elegant. Sie trug einen langen, hellbraunen Sommermantel, dessen Kragen sie hochgeschlagen hatte. Darunter entdeckte Cora eine dunkle Hose mit Schlag, die auf auffälligen, ebenfalls hellbraunen Lackstiefeln endete. Die Stiefel hatten einen enorm hohen Absatz, der geschwungen war und dadurch noch edler wirkte.

Cora konnte sich beim besten Willen nicht vorstellen, dass man auf solchen Stelzen laufen konnte. Trotzdem war sie mehr als beeindruckt. Ob sie es nun wollte oder nicht, aber sie konnte kaum die Augen von der Frau nehmen. Wirklich, sie hatte schon auf den ersten Blick so etwas wie Klasse. Atemberaubend war sie und absolut nicht zu übersehen.

Und sie stand neben Tim! Neben ihrem Tim!

Das Entsetzen stand Cora ins Gesicht geschrieben. Die Augen weit aufgerissen, den Mund leicht geöffnet, starrte sie wie gebannt auf Tim und die Frau. Irgendwie hoffte sie wohl, dass das alles nur ein böser Traum war, dass es zischen und sich die Fata Morgana in Luft auflösen würde. Aber im Gegenteil, Cora musste mit ansehen, wie Verena jetzt dicht an Tim herantrat und ihn auf die Wange küsste! Dann drehte sie sich um, ging zu ihrem Wagen, stieg ein und fuhr davon. Tim sah ihr noch eine ganze Weile nach, dann verschwand auch er wieder im Haus.

Cora dagegen rührte sich nicht. Sie war wie gelähmt und starrte weiter auf die Stelle, an der der BMW gestanden hatte. Wilde Gedanken brausten durch ihren Kopf. Gegenwart und Vergangenheit vermischten sich. Sie sah Szenen aus ihrer Beziehung mit Tim, dann wieder Sequenzen aus der Zeit von vor 15 Jahren. Sie hörte wieder Tims Worte, in denen er von seiner ewigen, unauslöschlichen Liebe zu Verena sprach, sah sich selbst wieder vor Verenas Schlafzimmerfenster seine Liebeslieder singen. Aber dieser Gedanke war dann doch zu schmerzlich.

„Nein!“, schrie Cora laut und erwachte dadurch aus ihrer Starre. Verwirrt sah sie sich um und begriff erst jetzt, dass sie noch immer in ihrem Auto saß und auf Tims Haus starrte. Dabei wollte sie doch weg von hier! Eilig drehte sie den Zündschlüssel herum und fuhr los. Lautes Hupen ließ sie erneut zusammenzucken. Erschrocken sah sie in ihren Rückspiegel und entdeckte ein Auto, dem sie offensichtlich die Vorfahrt genommen hatte. Der Fahrer gestikulierte wild. Trotzdem fuhr Cora einfach weiter.

❧

„Wie siehst du denn aus?“, fragte Timo entgeistert.

Cora antwortete nicht, sondern sah nur demonstrativ zur Seite.

Timo ignorierte das. „Bist du ... irgendwie ... unglücklich?“

Cora wischte sich die Tränen aus dem Gesicht und schnäuzte in ihr Papiertaschentuch. Dann warf sie es achtlos auf den Fußboden, wo es allerdings in bester Gesellschaft war. Es waren bestimmt an die hundert Taschentuchknäuel, die es dort in Empfang nahmen.

„Nun sag schon“, beharrte Timo, „geht es dir nicht gut?“

„Doch, doch“, schluchzte Cora und schaffte es, ein wenig zu lächeln, „ich feiere nur eine Taschentuchorgie.“

Timo lachte auf. „Die Herren Tempo und Softies werden dir dankbar sein“, entgegnete er und ließ seinen Blick über die vielen weißen Knöllchen schweifen.

„Aldi“, widersprach Cora und prustete schon wieder in ein Zellstofftuch. „Herr Albrecht ist im Moment der Gewinner.“

„Ich hoffe, Tim ist nicht der Verlierer?“, fragte Timo ernst.

Diese Frage ließ einen neuen Schwall Tränen über Coras Gesicht fließen. „Bestimmt nicht", schluchzte sie und dachte wieder an Verena. Nein, wenn sich Tim für Verena statt für sie entschied, dann würde er bestimmt nur gewinnen. Eine Rassefrau, eine Diva. Wen kümmerte da schon die kleine graue Maus Cora?

Wieder erschien Tims Gesicht vor ihrem geistigen Auge, der verliebte Ausdruck, den er damals ständig mit sich herumgetragen hatte, das Leuchten, das in seine Augen getreten war, wenn er Verena gesehen oder über sie gesprochen hatte. Er war ihr verfallen gewesen, regelrecht verfallen. Wie hatte sie nur annehmen können, dass das der Vergangenheit angehörte?

„Dann hast du also keinen Liebeskummer?"

„Liebeskummer?", krächzte Cora. „Was ist das?"

Sie hatte selten so unverschämt gelogen wie in diesem Augenblick. Ihr ganzes Leben konnte doch mit dieser einen Überschrift versehen werden: Liebeskummer. Fast solange sie denken konnte, hatte sie ihn gehabt. Und immer wegen Tim. Noch bis heute Morgen hatte sie gedacht, dass sie all das überwunden hätte. Und jetzt? Jetzt war es mit solcher Vehemenz zu ihr zurückgekehrt, dass sie sich nicht mehr erinnern konnte, je etwas anderes empfunden zu haben.

„Da bin ich aber froh", entgegnete Timo mit einem Stoßseufzer. „Ich find Tim nämlich prima. Und ich verstehe gar nicht, warum wir noch nicht mit ihm zusammengezogen sind."

Cora sah ihren Sohn entgeistert an. Sie wusste ja, dass Timo von Tim rückhaltlos begeistert war. Aber dieser Vorschlag kam doch nun wirklich zum falschen Zeitpunkt. „Du kannst ja um seine Hand anhalten", zischte sie schärfer als eigentlich geplant.

Timo hob kapitulierend die Hände. „Schon gut, schon gut", murmelte er. „Ich sehe, es ist kein guter Zeitpunkt für ernste Unterredungen. Sag mir einfach Bescheid, wenn du wieder besser drauf bist." Damit trollte er sich in sein Zimmer.

Cora war froh, dass sie sich wegen ihres Gemütszustands nicht weiter erklären musste. Und sie war auch froh, dass Timo nicht begriffen hatte, dass tatsächlich Tim der Grund dafür war. Schließlich wusste sie selbst noch nicht, was sie jetzt tun wollte. Dafür war das alles noch viel zu frisch und sie selbst einfach noch viel zu durcheinander.

Sie schloss die Augen, um ein wenig zur Ruhe zu kommen. Aber es funktionierte nicht. Natürlich tauchte das Bild von Verena vor ihrem geistigen Auge auf. Sie sah wieder ihre wunderschönen blonden Haare, ihre tolle Figur und ihr elegantes Outfit. Ja, Verena kleidete sich wirklich äußerst edel und geschmackvoll. Und ob Cora es wollte oder nicht, sie konnte den Neid, den das bei ihr hervorrief, kaum unterdrücken.

Nicht dass sie nicht genug Geld gehabt hätte, um sich solche Sachen zu leisten. Aber sie war wohl einfach zu sparsam, um das Geld dafür auszugeben. Und sie hatte auch nicht den Blick für diese Art von Garderobe. Eigentlich, das musste sie zugeben, fehlte ihr sogar jedes Interesse, sich auffällig und modisch zu kleiden. Und dennoch, so komisch es klang, erblasste sie vor Neid, wenn sie solchen Frauen begegnete, fühlte sie sich unterlegen und schämte sich für ihren eigenen, eher sportlich-praktischen Kleidungsstil. Es war so schizophren! Einerseits verabscheute sie diese aufgetakelten Tussis und andererseits bewunderte sie sie.

Bisher hatte sie mit diesem Widerspruch ganz gut umgehen können. Aber jetzt? Jetzt war es *Verena*, zu der sie wieder einmal in Konkurrenz stand. Und damit war alles anders. Damit war alles wieder wie früher. Cora, das hässliche Entlein, gegen Verena, den schönen Schwan.

Sie vergrub das Gesicht in ihren Händen. Wenn es jemanden gab, für den es sich zu kämpfen lohnte, dann Tim. Aber hatte sie auch nur den Hauch einer Chance? Es war doch hoffnungslos, genau wie früher. Wieder hörte sie Tims Worte von damals: *Ich liebe Verena*, hatte er gesagt, *und ich werde sie immer lieben, immer und ewig*. Ein kalter Schauer lief an Coras Rücken hinunter. Warum musste sie immer und immer wieder den Kürzeren ziehen? Und warum, warum war es immer Verena, das Schreckgespenst, das sie nicht losließ?

Solche Gedanken quälten Cora noch lange Zeit, bis sie endlich in einen unruhigen Schlaf fiel.

Sie schreckte erst wieder hoch, als das Telefon klingelte. Müde sah sie zuerst auf ihre Uhr. Es war viertel vor sieben. Dann versuchte sie sich aufzurichten, fiel jedoch stöhnend auf den Sessel zurück, auf dem sie zuvor in verkrümmter Position eingenickt war. Sie hatte das Gefühl, als wären ihre Knochen vollkommen eingerostet und absolut nicht mehr benutzbar.

Das Telefon klingelte weiter, aber Cora versuchte nicht mehr, es zu beantworten. Stattdessen dachte sie angestrengt darüber nach, welcher Tag heute war und warum sie neuerdings auf dem Sessel schlief. Leider fiel es ihr schon kurz darauf wieder ein – Verena! Sie hatte Tim mit Verena gesehen! Sie stöhnte auf und ließ ihren Kopf auf die Sessellehne fallen. Ihre Alpträume waren Wirklichkeit geworden!

Das Telefon hatte jetzt aufgehört zu läuten, aber Cora registrierte es kaum. Erst als es Minuten später zum zweiten Mal losging, wurde sie aus ihrer Lethargie gerissen. Wer zum Donnerwetter wagte es, sie jetzt zu stören?

„Was?!?“, kläffte sie in den Hörer.

„Huch!“, antwortete Tim erschrocken. „Hab ich dich bei irgendetwas gestört?“

Ja, bei meinem Leben, dachte Cora zornig, nahm sich aber zurück und entgegnete in gemäßigtem Tonfall: „Ja, beim Schlafen.“

„Oh, das tut mir Leid“, sagte Tim und klang dabei ehrlich betroffen. „Ich wollte eigentlich nur fragen, ob du heute Abend zum Essen kommst. Ich koch uns was Schönes.“

Cora konnte nicht antworten. Zu sehr kämpfte sie mit den Tränen, die schon wieder in ihre Augen schossen. Warum wollte Tim sie zum Essen einladen? Er konnte ihr doch auch am Telefon sagen, dass er mit ihr Schluss machen wollte.

„Hey“, sagte Tim beinahe zärtlich, „bist du noch da?“

Cora antwortete noch immer nicht. Die Tränen rannen jetzt schon wieder literweise über ihre Wangen. Gleichzeitig fragte sie sich, ob es nicht besser war, die Beziehung selbst zu beenden. Das war doch weit weniger erniedrigend als umgekehrt, oder?

„Cörchen!“, hakte Tim nach. „Geht es dir gut?“

„Um acht?“, presste Cora hervor, ohne sich dabei ihre Gemütsverfassung anmerken zu lassen.

„Ja ... okay“, entgegnete Tim verwirrt.

„Dann bis dann“, schaffte Cora zu sagen und legte eilig auf. Heute Abend konnte sie immer noch versuchen, Tim zuvorzukommen. Jetzt war sie dazu nicht in der Lage. Jetzt war sie zu gar nichts in der Lage.

❧

Als Cora um kurz vor acht an Tims Haustür klingelte, hatte sie sich ein ganz kleines bisschen gefangen. Das hieß aber noch lange nicht, dass sie wusste, was nun zu tun war. Sie war immer noch hin- und hergerissen zwischen Wut und Verzweiflung. In der einen Sekunde wollte sie Tim eine runterhauen, ihm eine Szene machen und die Beziehung beenden. Und in der anderen wollte sie ihm weinend vor die Füße fallen und ihn anflehen, Verena Verena sein zu lassen und ihr noch eine Chance zu geben.

Als Tim die Tür öffnete, kam sie allerdings zu keiner der beiden Varianten, denn Tim küsste sie nur flüchtig auf die Wange, murmelte: „Sorry, ich muss zu meinem Essen zurück“, und hechtete wieder in Richtung Küche. So hatte Cora Zeit, noch einmal tief durchzuatmen, bevor sie ihm in die Küche folgte.

Von dort strömten ihr allerdings nicht gerade verführerische Düfte entgegen. Stattdessen roch es hochgradig verbrannt und als Cora die Küche betrat, bot sich ihr ein Bild, das ihr tatsächlich das erste Lächeln dieses Tages abrang. Tim stand nämlich mit einem Geschirrtuch am offenen Fenster und versuchte verzweifelt, die Rauchschwaden nach draußen zu fächern. Auf dem Herd entdeckte Cora einen geöffneten Bratentopf mit einem schwarzen Klumpen darin. Ansonsten war die Küche das reinste Chaos. Messer und Schneidebretter, Töpfe und Gemüseabfälle, Rührlöffel, Schneebesen und Geschirr lagen wild verstreut auf der Arbeitsplatte herum. Und auch der Fußboden hatte so einiges abbekommen.

Als Tim Cora erblickte, setzte er seinen bedauernswertesten Hundeblick auf. „Im Kochbuch stand, dass Wildschweinbraten mindestens zwei Stunden braucht."

Cora musste sich zusammenreißen, um nicht laut loszuprusten. Sie ging mit strengem Blick auf den Bratentopf zu, sah hinein und sagte dann ernst: „Und dass er auch ein bisschen Wasser braucht, stand wohl nicht drin?"

„Wasser?", fragte Tim entgeistert. „Wozu das denn?"

„Zur Vermeidung von Rauchvergiftungen", grinste Cora und hüstelte.

Tim seufzte. „Und dabei wollte ich dich mal so richtig schön bekochen."

„Du hast mich noch nie bekocht", sagte Cora ernst. „Am besten, du sagst mir gleich, was du mir zu beichten hast."

„Beichten?" Tim lachte auf, doch klang sein Lachen irgendwie verunsichert. „So'n Blödsinn. Ich wollte dir nur eine Freude machen."

„Ich glaub dir kein Wort", entgegnete Cora kühl.

Tim sah sie nachdenklich an. „Ist irgendetwas nicht in Ordnung?", fragte er dann. „Am Telefon warst du auch schon so komisch."

Tim kannte sie wirklich besser, als sie es vermutet hatte. Aber warum zum Donnerwetter machte er nicht den Anfang? Warum beichtete er nicht endlich sein Verhältnis mit Verena? Das war doch sicherlich der Zweck dieses Abendessens! Oder hatte er womöglich vor, beide Beziehungen parallel laufen zu lassen?

„Sag du es mir", presste Cora hervor. „Sag du mir, was nicht in Ordnung ist."

Tim sah sie verständnislos an. „Was sollte denn nicht in Ordnung sein?"

Cora sah forschend in Tims Gesicht, doch entdeckte sie nur ein großes Fragezeichen darin. Das machte sie allerdings umso wütender. Wie konnte er unter diesen Umständen noch so dreist sein, das Unschuldslamm zu spielen? Sie holte Luft, um ihm ihre ganze Wut entgegenzuschleudern und ihm sein Verhältnis mit Verena auf den Kopf zuzusagen. Aber sie brachte kein einziges Wort hervor. Zu groß war ihre Verzweiflung und zu schnell stieg schon wieder der Wasserpegel in ihren Augen. Und dann klingelte es auch noch an der Tür!

„Bin gleich wieder da", sagte Tim und stürmte auf den Flur hinaus.

Cora ließ die angestauten Tränen herauskullern. Dann kramte sie eilig ein Taschentuch aus der Hose hervor und putzte sich lautstark die Nase. Anschließend spitzte sie misstrauisch die Ohren. Sie meinte, eine Frauenstimme vernommen zu haben und fragte sich ernsthaft, ob vielleicht Verena gekommen war. In einem Anfall schwarzen Humors begann sie zu lächeln. Wollte Tim sie etwa mit seiner Zweitfreundin bekannt machen?

Auf alles gefasst trat sie auf den Flur hinaus. Zu ihrer Überraschung stellte sie allerdings fest, dass nicht Verena, sondern vielmehr Laura in der Eingangstür stand und vehement auf Tim einzureden schien. Als sie Cora erblickte, verstummte sie und ihr Gesichtsausdruck verhärtete sich.

„Da ist ja die Glückliche", sagte sie dann laut.

Cora zog fragend die Augenbrauen hoch. Glücklich war sie im Moment nun wirklich nicht.

„Jetzt haben Sie's ja endlich geschafft", fügte Laura hinzu und funkelte sie wütend an.

Cora verstand noch immer nur Bahnhof. Was hatte sie geschafft?

„Jetzt lass sie doch in Ruhe", mischte sich Tim ein. „Es war doch noch nicht einmal ihre Idee."

„Das glauben die Männer immer", lachte Laura abfällig.

Tim rollte mit den Augen. „Du und deine Paranoia."

„Du und deine Leichtgläubigkeit", gab Laura zurück. „Die bringt dich irgendwann noch vollends ins Grab."

„Besser tot als gefühlskalt", hielt Tim dagegen.

„Ich hab nichts gegen Gefühle", erwiderte Laura. „Ich hab nur ein Problem damit, wenn der Verstand dabei ausgeschaltet wird."

„Meinem Verstand geht es hervorragend", zischte Tim wütend.

„Ach tatsächlich? Hast du sie dann mal nach ihrer Vergangenheit gefragt? Nein?" Laura machte eine kleine Pause und fuhr dann fort: „Dachte ich's mir doch! Und darum hab *ich* ein bisschen nachgeforscht. Und weißt du was? Ich hab *nichts* herausgefunden, rein gar nichts!"

Cora standen mittlerweile Mund und Nase offen. Hatte sie richtig gehört? Hatte Laura tatsächlich in ihrer Vergangenheit herumgeschnüffelt? Ihr Herz schlug schneller. Die ganze Geschichte wuchs ihr allmählich über den Kopf. Tim hingegen atmete sichtlich auf.

Als Laura das bemerkte, schüttelte sie den Kopf. „Wenn du das für eine gute Nachricht hältst, bist du völlig schief gewickelt. Mein Privatdetektiv ist nämlich der Auffassung, dass man über *jeden* Menschen etwas herausfinden kann, *jeden*, verstehst du das? Und dies ist der *aller*erste Fall, in dem ihm das nicht gelungen ist. Diese Dame hier kommt nämlich aus dem Nichts. Das muss doch selbst dir komisch vorkommen."

„Du hast einen Privatdetektiv beauftragt, um etwas über Cora herauszufinden?", fragte Tim ungläubig. „Du bist wirklich noch gestörter, als ich dachte."

„Ich bin nur besorgter, als du dachtest", entgegnete Laura aufgelöst. „Wenn sich mein leichtgläubiger Bruder in den Kopf gesetzt hat, eine Wildfremde zu heiraten, dann muss ich doch etwas tun."

„Heiraten?", rutschte es Cora heraus.

Daraufhin sah Tim in Coras Richtung. „Aber ja!", sagte er. „Das hatten wir doch besprochen! Du machst doch jetzt keinen Rückzieher?"

„Rückzieher? Ich?", stammelte Cora. „Aber ... du warst es doch, der wochenlang kein Wort mehr über dieses Thema verloren hat."

Tim sah ein wenig beschämt zu Boden. „Du hast Recht ... tut mir Leid. Es hat ein bisschen gedauert, bis ich den Mut gefunden habe, meiner Mutter und Laura davon zu erzählen. Du siehst ja selbst ..." Er deutete kopfschüttelnd in Lauras Richtung. „Aber heute Abend wollte ich endlich einen Termin mit dir ausmachen."

Cora konnte es nicht fassen. Das sollte der Grund des heutigen Abendessens gewesen sein? Sie konnte den Gedanken nicht zu Ende denken, weil Laura jetzt wütend mit dem Fuß aufstampfte und schrie: „Hier wird überhaupt kein Termin ausgemacht! Ich werde nicht zulassen, dass du irgendein dahergelaufenes Flittchen heiratest!"

„Und ich werde nicht zulassen, dass du so über meine zukünftige Frau redest", gab Tim zurück. Er war mittlerweile genauso wütend wie seine Schwester. „Es ist mir nämlich scheißegal, was mit Coras Vergangenheit ist. Und wenn sie ein ausgesetztes Marsmännchen wäre! Ich liebe sie und ich werde sie heiraten. Basta. Und du siehst jetzt besser zu, dass du Land gewinnst! Raus!"

Cora sah betroffen von Tim zu Laura und dann wieder zurück zu Tim. Sie konnte es einfach nicht aushalten, wenn die beiden sich so stritten. Und so ging sie auf Tim zu, drückte sanft seinen ausgestreckten Arm herunter und sagte: „Wir sollten ganz in Ruhe darüber reden."

„Willst du sie etwa in Schutz nehmen?", fragte Tim fassungslos. „Nach allem, was sie über dich gesagt hat?"

„Sie ist deine Schwester", entgegnete Cora ruhig. „Und sie hat Angst um dich."

„Aber das rechtfertigt doch kein solches Verhalten", regte sich Tim weiter auf.

„Rechtfertigen tut es das nicht", gab Cora zu, „aber es erklärt es."

Tim wollte noch etwas dazu sagen, kam aber nicht dazu, weil Laura ihm zuvorkam. „Sie brauchen hier gar nicht den Vermittler zu spielen", zischte sie Cora zu. „Ich weiß sowieso, dass Sie das nur aus Berechnung tun."

Cora sah ihre alte Freundin erschrocken an. Sie hatte jetzt einen so drohenden Gesichtsausdruck aufgesetzt, wie Cora ihn noch nie an ihr erlebt hatte.

„Für heute haben Sie gewonnen", fuhr Laura fort. „Aber glauben Sie mir, ich beobachte Sie. Und ich lasse so schnell nicht locker!" Mit diesen Worten drehte sie sich um und stürmte aus dem Haus.

Zurück blieben ein wutentbrannter Tim und Cora, die überhaupt nicht mehr wusste, in welcher Gefühlslage sie sich jetzt befinden sollte. Lauras Auftauchen hatte sie völlig aus der Bahn geworfen. Nicht dass ihre Drohungen ihr Angst gemacht hätten, aber sie wusste auf einmal überhaupt nicht mehr, woran sie war. Hatte Tim jetzt doch noch vor, sie zu heiraten? Wenn er sogar schon seiner Familie davon erzählt hatte, dann sah es doch so aus. Aber warum wollte er sie heiraten, wenn er in Wirklichkeit immer noch Verena liebte? Je mehr Cora darüber nachdachte, desto weniger konnte sie es sich erklären.

„Na, weil ich dich liebe", antwortete Tim lachend, als sie ihn danach fragte.

Aber natürlich glaubte Cora ihm nicht. Ein paar Mal war sie drauf und dran, ihm einfach zu erzählen, dass sie ihn mit Verena beobachtet hatte. Aber sie kam gar nicht recht zu Wort. Tim war einfach noch zu aufgebracht wegen Laura und dachte permanent laut darüber nach, wie er ihrem „unverschämten Treiben", wie er es nannte, ein Ende setzen konnte.

Und so ging Cora an diesem Abend unverrichteter Dinge und völlig unbefriedigt nach Hause. Das Einzige, was sie ein wenig tröstete, war die Hoffnung, dass sie klarer sehen würde, wenn sie eine Nacht über den Ereignissen geschlafen hätte.

Aber das war leider nicht so. Am nächsten Morgen war sie noch genauso durcheinander wie am Abend zuvor. Und so tat sie das Einzige, was jetzt noch Hilfe versprach: Sie traf eine Entscheidung: Sie würde den Montagvormittag aus ihrem Gedächtnis streichen. Sie würde sich darüber freuen, dass ihr Traum Wirklichkeit geworden war. Tim wollte sie heiraten. Das war alles, was zählte.

Und Verena? Vielleicht war nur ihre Fantasie mit ihr durchgegangen. Sie hatte ja auf der anderen Straßenseite gestanden. Das war ziemlich weit weg. So weit, dass man wohl kaum die Gesichtszüge genau erkennen konnte. Ja, sie musste sich geirrt haben. Sie war eifersüchtig gewesen, hatte zu viel über die Vergangenheit nachgedacht. Und die personifizierte Vergangenheit war nun einmal Verena.

Cora atmete erleichtert auf. Ja, sie war sich jetzt ganz sicher, dass sie sich getäuscht hatte. Die Frau, die aus Tims Haus gekommen war, hatte nur *Ähnlichkeit* mit Verena gehabt. Bestimmt war sie nur eine Bekannte, die Mutter eines Schülers vielleicht. Und der Kuss? Es war ein Kuss auf die Wange gewesen, ein *freundschaftlicher* Kuss. Cora nickte. Das hatte nichts zu bedeuten gehabt. Gar nichts. Tim gehörte ihr, ihr allein.

Und damit das auch so blieb, musste sie Nägel mit Köpfen machen. Sie würden heiraten, Punkt. So konnte sie ihre Zweifel ein für alle Mal zum Schweigen bringen. Jawohl, sie würde auf ihr Herz hören.

Kapitel 29

In den folgenden Wochen konzentrierte sich Cora ganz auf die Hochzeitsvorbereitungen. Sie hatte mit Tim abgesprochen, dass es eine ganz kleine Feier werden sollte. Nur Timo, Laura und Frau Berghoff sollten daran teilnehmen. Trotzdem maß Cora dem Tag eine große Bedeutung bei. Es kam ihr so vor, als hätte sie ihr Leben lang nur darauf gewartet. Und so wollte sie unbedingt ein unvergessliches Erlebnis daraus machen.

Aber während Cora sich über jedes Detail tagelang den Kopf zerbrach, machte Tim einen eher unbeteiligten Eindruck. Er ließ Cora in allem freie Hand und nickte meist nur zu ihren Vorschlägen.

Cora ging das mit der Zeit immer mehr auf die Nerven. Sie hatte das Gefühl, alles alleine bewältigen zu müssen. Und sie war sich irgendwann nicht mehr sicher, ob Tim wirklich an dieser Hochzeit interessiert war.

❧

„Machst du mal die Tür auf?“, fragte Cora und machte sich an dem Sonntagsbraten zu schaffen, den sie extra für Tim und Timo in den Ofen geschoben hatte.

Timo verdrehte genervt die Augen und erhob sich schwerfällig von dem Stuhl, auf dem er schon seit einer Stunde festgewachsen zu sein schien. „Wenn's sein muss“, murmelte er und schlurfte auf die Eingangstür zu. Als er sie geöffnet hatte, hob er einmal kurz die Hand zum Gruß, sagte „Hi“ und schlurfte auch schon wieder zurück in die Küche.

Tim hob amüsiert die Augenbrauen und folgte ihm. „Mhm!“, sagte er erfreut, als er die Küche betrat. „Das riecht aber lecker.“ Er ließ die Küchentür offen stehen. Als er den Braten erblickte, mündete sein Lächeln in ein Grinsen. „Das muss am Wasser liegen!“

Cora quittierte die Anspielung auf den missglückten Wildschweinbraten mit einem Schmunzeln und belohnte Tim mit einem flüchtigen Kuss. Dann eilte sie zurück an den Herd.

„Bist wohl noch nicht richtig wach, wie?“, fragte Tim seinen zukünftigen Stiefsohn.

„Kann man sagen“, entgegnete dieser muffelig.

„Zu lange rumgesumpft?“

„Im Gegenteil!“, brauste Timo auf. „Zu früh aus dem Bett geschmissen!“

„Hast dich wohl unbeliebt gemacht“, stellte Tim fest und lächelte Cora aufmunternd zu.

„Ziemlich“, sagte diese.

„Und warum?“, erkundigte sich Tim.

„Dreimal darfst du raten“, schimpfte Timo. „Und ich geb dir auch drei Tipps: es ist Sonntag, es ist Sonntag, es ist Sonntag.“

„Dann wart ihr wohl im Gottesdienst“, grinste Tim. „Wie immer.“

„Du hast es erraten“, meckerte Timo. „Und ich schätze, ich bin der einzige Teenager in der Stadt, der jede, aber auch wirklich *jede* Gemeinde hier kennt.“

„Man muss doch alle mal besucht haben, bevor man sich für eine entscheiden kann“, fand Cora.

„Und wenn du dich endlich entschieden hast, kann ich dann im Bett bleiben?“, fragte Timo hoffnungsvoll.

Aber Cora schüttelte den Kopf. „Kommt gar nicht in Frage. Wenn ich mich entschieden habe, musst du erst recht mit. Schließlich sind wir dann Mitglieder.“

„*Du* vielleicht, nicht *wir*“, stellte Timo klar. „Ich find Gottesdienste nämlich öde.“

„Man geht ja auch nicht wegen des Gottesdienstes in die Kirche, sondern wegen Gott."

„Ich steh aber nicht auf Gott", entgegnete Timo abfällig. Und dann wandte er sich an Tim. „Du hättest die Predigt heute mal hören sollen: Gott ist unser Vater, bla, bla, bla. Er sorgt für uns, bla, bla, bla. Dass ich nicht lache. Was mich betrifft, hat er noch nicht einmal dafür gesorgt, dass ich überhaupt einen Vater *habe*."

Cora wollte widersprechen, atmete dann aber resigniert wieder aus. Was hätte sie auch sagen sollen? Dass er keine Ahnung hatte? Und dass sie im Begriff war, seinen Vater zu heiraten?

Natürlich entging Timo nicht, dass seiner Mutter die Worte fehlten. Und so setzte er noch eins drauf, indem er sagte: „Wenn ihr verheiratet seid, wird sowieso alles besser. Dann hab ich nämlich einen Verbündeten. Tim kriegst du nämlich auch nicht mit in die Kirche. Stimmt doch, oder?"

„Stimmt", nickte Tim spontan.

Cora glaubte ihren Ohren nicht zu trauen. „Fällst du mir jetzt in den Rücken oder was?", fauchte sie wütend.

Tim zuckte mit den Schultern. „Das würd ich so nicht sagen. Ich bin nur der Meinung, dass jeder Mensch selbst entscheiden sollte, an was er glaubt oder nicht. Und dass Timo alt genug ist, um das zu tun."

Cora fing Timos triumphierenden Blick auf und begann innerlich die Zähne zu fletschen. Jetzt führte Tim sich schon beinahe so auf, als wäre er Timos Vater! „Und *du* hast dich also entschieden, nicht an Gott zu glauben, ja?", fragte sie kühl.

Tim nickte. „So ist es."

„Gut zu wissen", presste Cora hervor. „Gut, das *vor* unserer Hochzeit zu wissen."

„Und was hat das mit der Hochzeit zu tun?", fragte Tim ruhig.

„Nichts!", entgegnete Cora, wobei ihr vor Aufregung sogar die Stimme entglitt. „Eine Hochzeit findet nämlich nicht statt."

Tim kniff die Augen zusammen. „Was soll das denn heißen?"

„Das heißt", begann Cora mit zitternder Stimme, „dass ich heute Morgen unsere kirchliche Trauung festgemacht habe. Und dass sie in Abwesenheit des Bräutigams wohl leider ausfallen muss."

„Von einer *kirchlichen* Trauung war ja noch nie die Rede", entgegnete Tim und klang jetzt auch ein wenig aufgebracht.

„Die Rede?", brauste Cora auf. „Du willst doch wohl nicht behaupten, dass wir über unsere Hochzeit *geredet* haben. Der einzige Satz von dir, an den ich mich erinnern kann, lautete doch wohl: ‚Mach, wie du meinst, Schatz.'"

„Genau!“, erwiderte Tim. „Aber ich bin davon ausgegangen, dass du alle Entscheidungen in unser beider Sinne triffst. Und du weißt doch genau, dass ich mit der Kirche nichts am Hut habe.“

„Ich aber!“, hielt Cora dagegen. „Und das weißt *du* ganz genau. Hast du wirklich geglaubt, ich würde dich ohne Gottes Segen heiraten?“

Tim schnappte nach Luft. „Eigentlich schon“, sagte er verunsichert, „eigentlich dachte ich ... ich wäre dir wichtiger als dein Glaube.“

„Geht mir genauso!“, lachte Cora kalt. „Ich dachte nämlich auch, ich wäre dir wichtiger als deine Antihaltung.“

Tim schluckte. „Und was bedeutet das?“

„Das bedeutet“, entgegnete Cora mit äußerster Entschlossenheit, „dass ich nicht alles alleine organisiert habe, um mir dann den wichtigsten Punkt einfach von dir streichen zu lassen. Und das wiederum bedeutet, dass es ohne Kirche auch keine Hochzeit geben wird. Punkt!“

Tim sah sie ungläubig an. „Du setzt mir derart die Pistole auf die Brust?“, fragte er schockiert.

Cora nickte trotzig.

„Puh“, machte Tim und sah sich hilfesuchend zu Timo um. „Sag doch auch mal was!“

Timo grinste. „Jetzt weißt du endlich mal, was ich so tagtäglich durchmache.“

„Und du meinst nicht, dass man sie umstimmen kann?“

Timo sah zu seiner Mutter hinüber, die entschlossen das Kinn vorgeschoben hatte. Dann schüttelte er den Kopf. „Keine Chance, wenn du mich fragst.“

„Also gut“, sagte Tim zu Cora, „du kriegst deinen Traugottesdienst. Aber glaub ja nicht, dass ich deswegen zum regelmäßigen Kirchgänger werde.“

Der Hauch eines Lächelns bildete sich um Coras Mund. Sie hatte gewonnen!

❧

Nachdem nun klar war, dass es eine kirchliche Trauung geben würde, wartete schon das nächste Problem auf Cora: die Frage nach dem geeigneten Outfit.

Dieses eine Mal, das hatte sich Cora vorgenommen, wollte sie hübsch und weiblich aussehen. Sie wollte eine Braut sein, wie sie im Buche stand, eine Braut, bei der Tim Bauklötze staunte. Und so musste unbedingt ein langes Kleid her, ein richtiges Brautkleid eben. Aber wie sollte sie etwas Geeignetes finden? Sie verstand doch so wenig von so etwas! Sie brauchte unbedingt Hilfe. Tim konnte sie schlecht mitnehmen, schließlich sollte das Kleid eine Überraschung für ihn sein. Aber wer sollte ihr dann beratend zur Seite stehen?

Als sie Tim darauf ansprach, zuckte dieser wie immer nur mit den Schultern. „Du machst das schon", tröstete er sie halbherzig.

Aber Cora schüttelte den Kopf. „Ich brauche unbedingt jemanden, der mitkommt. Sonst finde ich nie etwas. Oder ich mache mich zum Gespött der Gäste."

Tim seufzte. „Dann nimm doch Beate mit."

Wieder schüttelte Cora den Kopf. „Die hat einen völlig anderen Geschmack als ich. Wenn ich sie mitnehme, muss ich am Ende bauchfrei heiraten ... oder in Rot!"

„Da könntest du Recht haben!"

„Ich hätte da noch eine andere Idee", begann Cora vorsichtig.

„Und die wäre?"

Cora zögerte. Die Idee war ihr gerade erst gekommen. Und sie war ziemlich verwegen. Natürlich war ihr klar, dass sie sich damit auf dünnes Eis begab. Und sie konnte sich denken, dass Tim nicht begeistert sein würde. Aber da war dieser heimliche Wunsch, der Wunsch, der schon seit der Zeit bestand, in der sie sich nach einer richtigen Mutter gesehnt hatte. „Ich könnte deine Mutter mitnehmen."

Tim fiel die Zeitung aus der Hand, in der er gerade noch gelesen hatte. „Wie bitte?"

„Na ja", stammelte Cora, „sie ... sie ist doch bald meine Schwiegermutter und ... da dachte ich ... also ... es wäre doch gut, wenn ich sie beizeiten besser kennen lernen würde."

Aber Tim schüttelte nur den Kopf. „Kommt überhaupt nicht in Frage."

„Warum nicht?"

„Weil ... weil ...", Tim rang verzweifelt um Worte, „ ... also, du weißt doch, was Laura von dir hält."

„Ja, und? Laura ist doch nicht deine Mutter."

„Schon, aber Mutter und Tochter stecken doch immer unter einer Decke."

„Wenn das so ist", erwiderte Cora ruhig, „dann lege ich größten Wert darauf, etwas gegen diese Vorurteile zu unternehmen. Und das kann ich nur, indem ich Zeit mit deiner Mutter verbringe."

„Ich will das aber nicht!", entfuhr es Tim in allzu scharfem Tonfall.

„Ach nein?", antwortete Cora nicht minder aufgebracht. „Aber heiraten willst du mich schon noch?"

Tim sah sie erschrocken an. „Was hat das denn damit zu tun?"

„Eine ganze Menge", schimpfte Cora. „Ich hab nämlich noch nie von einem Bräutigam gehört, der alles tut, um seine Braut von seiner Mutter fernzuhalten."

Tim schien einen Moment nachzudenken. Dann sagte er beleidigt: „Ich wollte dich nur beschützen. Aber bitte, wenn dir so viel daran liegt, dann nimm sie halt mit."

Cora nickte zufrieden und rief gleich bei Frau Berghoff an. Die war auch begeistert von der Idee und so verabredeten sie sich schon für den nächsten Samstag zum gemeinsamen Einkaufsbummel.

Es wurde ein wunderschöner Tag für Cora. Arm in Arm schlenderten die beiden Frauen durch die Fußgängerzone, gingen zusammen essen und verstanden sich ganz hervorragend. Aber der Höhepunkt war es, wenn die Verkäuferinnen der Brautläden Karen für Coras Mutter hielten. Dann lächelte Cora immer ganz verklärt und kam auch nicht im Entferntesten auf die Idee, den Irrtum zu korrigieren. Die Auswahl des Kleides wurde im Übrigen ganz nebenbei getätigt. Karen hatte ja schon immer einen ausgezeichneten Geschmack bewiesen, aber jetzt stellte sich heraus, dass sie auch genau wusste, was anderen stand. Und so suchte sie für Cora einen Traum aus cremefarbener Seide aus, der wie für sie gemacht zu sein schien. Das Kleid war mit einem üppigen Reifrock versehen, ansonsten aber bestach es durch schlichte Eleganz. Es hatte eine einfache Korsage ohne Träger und bestand auch nur aus einer einzigen Lage Stoff, die aber apart bestickt war. Cora verliebte sich sofort in das Kleid und auch die Verkäuferinnen waren entzückt.

Als Cora am Abend zu Tim fuhr, um ihm Bericht zu erstatten, war sie in regelrechter Hochstimmung. Sie redete in einem fort und schwärmte in den höchsten Tönen von ihrer zukünftigen Schwiegermutter.

„Und worüber habt ihr euch so unterhalten?", fragte Tim betont beiläufig, als er auch mal zu Wort kam.

Cora sah ihren Verlobten prüfend an. Sie wusste auf einmal, worauf diese Frage abzielte. Natürlich hätte sie ihn beruhigen können. Aber irgendwie ging es heute nicht. „Über dich natürlich", hörte sie sich sagen.

Tim erschrak sichtlich. „W-wieso denn über mich?"

„Na ja", lächelte Cora. „Man muss es doch ausnutzen, wenn man zum ersten Mal Zeit mit seiner Schwiegermutter verbringt. Da habe ich sie natürlich ausgefragt. Über deine Kindheit, deine früheren Freundinnen und all das."

Tim schluckte. „Und was hat sie so erzählt?"

„Nicht viel", entgegnete Cora so unbefangen wie möglich. „Aber der Name ‚Verena' ist ein paar Mal gefallen."

Cora konnte die Farbe aus Tims Gesicht entweichen sehen. „Verena?", wiederholte er, nestelte an den Sofakissen herum und legte die Wolldecke neu zusammen.

„Ja, Verena. War sie deine erste Freundin?"

Das Ergebnis war wohl nicht so exakt geworden, wie Tim sich das gewünscht hatte. Jedenfalls legte er die Wolldecke jetzt schon zum zweiten Mal zusammen. „Das ist lange her", sagte er irgendwann.

Lass es sein!, mahnte Cora sich selbst. Aber sie hatte sich heute nicht im Griff und so fragte sie: „Und hast du noch Kontakt zu ihr?"

„Nein, nein", murmelte Tim, während er die Wolldecke zum dritten Mal zusammenlegte.

❧

Die Wochen vergingen und die Hochzeit rückte näher. Immer eifriger stürzte sich Cora in die Vorbereitungen. Nicht, weil es noch so viel zu tun gab, sondern eher, weil dies die beste Ablenkung für sie war.

Tagsüber klappte das auch ganz gut. Cora beschäftigte sich und verbot sich einfach, an Verena zu denken. Aber nachts beherrschte sie ihre Gedanken nicht. Immer und immer wieder träumte sie dann von der Szene, die sie beobachtet hatte. Und natürlich war es dann Verena, die sie neben Tim stehen sah. Es war Verena, die Tim küsste, Verena, immer Verena.

Mit der Zeit veränderte sich der Traum. Er entfernte sich immer weiter von der Realität und erweiterte sich um völlig neue Sequenzen. Erst veränderte sich nur die Intensität des Kusses, den Tim und Verena austauschten. Dann wurde Cora selbst Teil des Traumes, fand sich auf einmal auf Tims Grundstück wieder und wurde schließlich sogar von Verena angesprochen. Und natürlich waren es hässliche Dinge, die Verena zu ihr sagte, Beschimpfungen und Demütigungen. Und es wurde von Nacht zu Nacht schlimmer. Morgens klang Cora noch Verenas gehässiges Lachen im Ohr und abends vor dem Einschlafen fürchtete sie sich schon wieder vor dem nächsten Alptraum. Irgendwann ertappte sie sich dabei, dass sie das Zubettgehen immer weiter nach hinten verschob. Dadurch fand sie weniger und weniger Schlaf und wurde immer unausgeglichener und unzufriedener.

Nur wenige Wochen vor ihrer Hochzeit war Cora nur noch ein Schatten ihrer selbst. Sie brach bei jeder Kleinigkeit in Tränen aus, wog so wenig wie nie zuvor und hatte tiefe Ränder unter den Augen.

Als sie eines Morgens in den Spiegel sah, erkannte sie sich selbst nicht wieder. Minutenlang starrte sie voller Entsetzen auf das traurige, eingefallene Gesicht, das angeblich zu ihr gehören sollte.

Aber dann erwachte sie aus ihrer Starre. Nein, nein und nochmals nein! So sah keine Frau aus, die kurz vor der Hochzeit mit ihrem Märchenprinzen stand. Nein! So konnte sie doch keine Ehe eingehen. Wenn es ihr schon vor der Heirat so schlecht ging, was sollte das für eine Ehe werden? Wie hatte sie sich nur einreden können, dass die Zweifel von allein verschwinden würden? Sie würden für immer bleiben und ihr das Leben zur Hölle machen! Ihre Ehe war zum Scheitern verurteilt und das wollte sie weder sich noch Tim antun!

Ein entschlossener Zug bildete sich um ihren Mund. Sie würde Tim erst heiraten, wenn alle Zweifel ausgeräumt waren. Ja, es ging nicht anders. Sie *musste* mit ihm reden!

Kapitel 30

Cora hatte eine Entscheidung getroffen. Und weil sie wusste, dass es die einzig richtige war, wollte sie keine Zeit verlieren. Sie hatte Angst, dass sie es sich womöglich doch noch einmal anders überlegen würde. Und so beschloss sie, ihre Entscheidung *sofort* in die Tat umzusetzen.

Es war Sonntagmorgen. Aber ihr Leben stand auf dem Spiel und so musste der Gottesdienst heute ausnahmsweise ohne sie stattfinden.

Als sie in die Straße einbog, in der sich Tims Haus befand, fühlte sie sich so stark wie nie zuvor an diesen *einen* Montagmorgen erinnert. Wieder tauchte das Bild der wunderschönen blonden Frau vor ihrem geistigen Auge auf. Und fast war sie sich sicher, dass ihr BMW wieder auf der Einfahrt parken würde.

Mit klopfendem Herzen fuhr sie auf Tims Grundstück zu. Sie wagte nicht einmal zu blinken und stellte sich schon darauf ein, wieder auf der gegenüberliegenden Straßenseite parken zu müssen. Ängstlich starrte sie in Richtung des Hauses.

Erleichtert und fast überrascht bremste sie ab. Der BMW war nicht dort! Sie atmete noch einmal tief durch und parkte ihren Wagen vor Tims Garage.

Jetzt kam ihr Verhalten ihr beinahe albern vor. Bestimmt, ganz bestimmt hatte Tim eine logische Erklärung für alles. Und darum war sie ja auch hier, damit er die Gelegenheit bekam, ihren Zweifeln ein Ende zu bereiten. Beschwingt stieg sie aus dem Wagen. Eine leichte Brise fuhr in ihre Haare, und sie liebte Wind. Sie fand, dass er eine direkte Verbindung zwischen ihr und dem Himmel herstellte. Und so legte sie den Kopf in den Nacken und richtete den Blick nach oben. Dort kündigte sich ein wunderschöner Septembertag an. Das unendliche Blau wurde nur von Schleierwolken durchbrochen, die Temperatur würde wahrscheinlich so wie gestern angenehme 20 Grad erreichen. Sie schenkte dem Himmel ein Lächeln, das in erster Linie Gott galt. Er hatte einen Tag geschaffen, der wunderbar dafür geeignet war, ihr ihren inneren Frieden zurückzugeben! Sie senkte den Blick und kehrte mit ihren Sinnen wieder auf die Erde zurück. Dann ging sie auf die Eingangstür zu und läutete.

Tim öffnete schon wenige Sekunden später.

„Hallo, Schatz“, lächelte Cora und umarmte ihn. „Ich weiß, wir sind nicht verabredet, aber ich muss unbedingt mit dir reden. Darf ich reinkommen?“

Natürlich war diese Frage rein rhetorisch und so machte sie Anstalten, in den Flur hineinzustürmen, wurde aber aufgehalten, weil Tim wie ein Fels mitten in der Tür stehen blieb. Verwundert sah Cora zu ihm auf und bemerkte erst jetzt, dass er sie voller Entsetzen anstarrte. „Hey, ich bin’s nur!“, sagte sie amüsiert.

Aber Tim verzog noch immer keine Miene. Stattdessen machte er den Eindruck, als hätte er einen Geist gesehen. Jetzt wurde auch Cora ein wenig nervös. „Ist irgendwas passiert?“, fragte sie ängstlich.

„Nein“, sagte er heiser. „Nein.“

„Komme ich ungelegen?“, fragte Cora misstrauisch.

Tim schüttelte den Kopf, bewegte sich aber noch immer nicht von der Stelle.

„Ja, willst du mich dann nicht reinlassen?“

„Was ...“, Tim räusperte sich, um den Frosch loszuwerden, den er im Hals hatte, „was tust du denn hier? Ich meine ... es ist doch Sonntagmorgen ... du solltest im Gottesdienst sein.“

Tims Verhalten kam Cora jetzt doch ein wenig seltsam vor. Sie sah noch einmal auf die Hofeinfahrt. Aber natürlich war der BMW nicht dort und auch auf der Straße hatte sie keinen solchen Wagen gesehen. Angestrengt starrte sie an Tim vorbei in den Flur hinein. Sie konnte nichts Ungewöhnliches feststellen. An der Garderobe hing kein langer eleganter Mantel. „Ich sagte doch“, wiederholte sie ein wenig genervt, „ich muss mit dir reden. Kann ich jetzt endlich reinkommen?“

„Ich ... ich weiß nicht“, stotterte Tim, „ich ... es ... also ... ich bin sehr beschäftigt ... mit Komponieren. Kannst ... kannst du nicht später wiederkommen?“

Cora glaubte ihren Ohren nicht zu trauen. Eine derart schlechte Ausrede hatte sie ja noch nie gehört. Sonst war Tim doch immer vor Begeisterung in die Luft gesprungen, wenn sie beim Komponieren dazugestoßen war. Er liebte es doch, wenn sie ihm dabei half! „Hast du Besuch?“, fragte sie scharf.

„Nein!“, rief Tim erschrocken. „Wie kommst du denn darauf?“

Aber Cora glaubte ihm nicht. „Das wollen wir doch mal sehen“, murmelte sie, schob ihn energisch beiseite und stürmte an ihm vorbei ins Wohnzimmer. Aber es war niemand dort! Erleichtert atmete Cora auf. Sie hatte doch allen Ernstes geglaubt, Verena hier vorzufinden!

Noch einmal ließ sie ihren Blick durch den Raum schweifen. Das einzig Auffällige war der Flügel. Die Tastaturabdeckung stand offen und überall lagen Papiere herum. Genau so war Cora es gewohnt, wenn Tim beim Komponieren war.

Ein wenig beschämt wandte sie sich um und sagte: „Tut mir Leid. Ich weiß auch nicht, was im Moment mit mir los ist.“

Aber schon ein einziger Blick in Tims Gesicht ließ sie erneut stutzen. Da war kein Triumph zu lesen, nur nackte Angst. Was hatte das zu bedeuten? In den letzten Minuten hatte sie ein solches Wechselbad der Gefühle erlebt, dass sie jetzt überhaupt nicht mehr wusste, was Sache war. Ihre Gedanken hatten sich regelrecht verknotet.

Und so begriff sie im ersten Moment gar nichts, als sich die Küchentür öffnete und eine Stimme fragte: „Suchen Sie etwa mich?“

Vollkommen irritiert starrte Cora auf das Gesicht, das zu der Stimme gehörte. *Verena*! Es war wirklich Verena! Eindeutig und zweifellos. Sie hatte sich vielleicht verändert, war ein wenig gealtert, aber die Gesichtszüge ließen keinen Zweifel zu.

Die ganze Zeit hatte sie es befürchtet, aber jetzt, wo es Wirklichkeit geworden war, kam sie sich auf einmal wieder vor wie in einem ihrer Alpträume. Und jetzt wünschte sie, dass es nur ein Traum war. Gleich würde sie aufwachen, oder?

Hilfe suchend sah sie zu Tim herüber. Vielleicht konnte er mit dem Finger schnipsen und Verena einfach wieder verschwinden lassen!? Aber Tim wich ihrem Blick aus. Und das holte Cora brutal in die Realität zurück.

„Sie müssen Cora Neumann sein“, durchbrach Verena jetzt das Schweigen.

Die Frage ließ Cora regelrecht zusammenzucken. Kannte Verena tatsächlich ihren Namen? „J-ja“, stieß sie hervor. „Und mit wem habe ich es zu tun?“

„Verena Bartel“, stellte sich Coras ehemalige Mitschülerin vor und streckte ihre Hand aus.

Cora starrte auf die Hand, rührte sich aber nicht. Verena war ihrem Blick gefolgt und streckte ihre Hand jetzt noch ein bisschen weiter aus. Aber Cora zögerte immer noch. Früher wäre Verena eher gestorben, als dass sie ihr die Hand gereicht hätte. Und eigentlich ging es ihr genauso! „Und was tun Sie hier, Frau Bartel?“, fragte Cora kühl.

Verena ließ ihre Hand sinken. Dann setzte sie einen äußerst ernsten und mitleidigen Ausdruck auf und sagte: „Frau Neumann, ich glaube, ich muss mal mit Ihnen reden.“

„Und ich glaube, du wolltest gerade gehen“, zischte Tim und packte Verena am Arm. Aber Verena lachte nur und entzog ihm den Arm wieder. „Du hattest deine Chance, mein Lieber“, sagte sie hämisch. „Jetzt bin ich dran!“

Cora sah von Tim zu Verena und wieder zurück zu Tim. Im Moment machten die beiden nicht gerade den Eindruck eines Liebespaares. Im Gegenteil! Tim sah ausgesprochen wütend aus. Und verzweifelt. Er trat unruhig von einem Bein aufs andere und schien nicht zu wissen, was er tun sollte.

Verena hingegen stieß einen übertrieben theatralischen Seufzer aus und wandte sich erneut an Cora. „Das hier fällt mir wirklich schwer, Frau Neumann“, begann sie. „Aber ich finde, dass Frauen einfach zusammenhalten müssen. Und darum kann und will ich nicht mit ansehen, wie Sie in Ihr Unglück rennen.“

Cora kannte Verena besser, als ihr lieb war. Sie wusste genau, wann sie nur schauspielerte. Und das hier war ganz eindeutig einer ihrer Auftritte.

„Verena!“, sagte Tim voller Eindringlichkeit. „Bitte geh jetzt. Wir reden später.“

Aber Verena schüttelte nur den Kopf. „Ich denke nicht daran! Findest du nicht, dass deine Freundin ein Recht auf die Wahrheit hat?“

„Tu das nicht“, bettelte Tim. „Bitte tu das nicht! Sie ist das Beste, was ich habe! Bitte, Verena!“

Cora sah zu Tim herüber. Er machte jetzt einen richtig verzweifelten Eindruck, so dass sie beinahe Mitleid mit ihm hatte. Trotzdem konnte sie sich die Frage nicht verkneifen: „Was für eine Wahrheit?“

Verena lächelte triumphierend, wurde aber erneut von Tim unterbrochen. „Okay“, sagte dieser schnell, „ich werde es ihr selbst sagen, ja? Bitte! Bitte lass es mich ihr selbst sagen!“

Aber Verena schüttelte ein weiteres Mal den Kopf. „Das hättest du dir früher überlegen sollen", säuselte sie. „Jetzt ist es leider zu spät."

„Verena", flehte Tim jetzt förmlich und war den Tränen nahe. „Bitte!"

Aber Verena grinste ihm nur genüsslich mitten ins Gesicht. Dann wurde sie plötzlich ernst, wandte sich Cora zu und sagte: „Das hier wird nicht leicht für Sie werden, meine Liebe. Aber ich kann einfach nicht zulassen, dass Sie diesen Mann heiraten."

„Cora!", flehte Tim, packte Cora an den Oberarmen und zog sie unsanft in Richtung Haustür, „bitte komm mit mir. Wir ... wir machen einen Spaziergang und ich erklär dir alles. Bitte komm!"

„Aua, du tust mir weh", rief Cora.

Aber Tim beachtete sie gar nicht, sondern packte in seiner Verzweiflung noch fester zu und zog weiter an ihr.

„Lass mich!", schrie Cora wütend und riss sich los. Dann ging sie ein paar Schritte rückwärts. „Ich will hören, was sie zu sagen hat!"

„Nein!", rief er. „Ich glaube nicht, dass du das willst."

„Weil du ein Verhältnis mit ihr hast?", schleuderte Cora ihm entgegen.

Tim lachte bitter auf. „Wenn es doch nur das wäre!"

Cora sah ihn irritiert an. Was sollte sie denn von dieser Aussage halten? Was konnte schlimmer sein als ein Verhältnis mit Verena?

Cora war noch mit dieser Frage beschäftigt, als sie plötzlich zusammenzuckte, weil sich eine Hand tröstend auf ihre Schulter legte. „Sie Arme", hörte sie Verena voll übertriebenen Mitleids sagen, „er hat Ihnen wirklich überhaupt nichts gesagt, nicht wahr?"

Cora spürte, wie sich ihre Nackenhaare aufrichteten. Verenas Schmierentheater ging ihr allmählich auf die Nerven. „Was denn nun, zum Donnerwetter?", fuhr sie ihre alte Rivalin an.

Verena sagte kühl: „Dein Lover ist ein Schwerverbrecher, meine Süße. Ein Mörder, um genau zu sein. Er hat kaltblütig zwei Menschen erstochen und war deswegen zwölf Jahre im Bau. Kann es sein, dass er dir diese Kleinigkeit verschwiegen hat?"

Verena grinste jetzt so triumphierend, dass Cora das Bedürfnis verspürte, ihr ins Gesicht zu schlagen. Aber dazu war sie nicht in der Lage. Sie war zu gar nichts in der Lage, konnte noch nicht einmal klar denken. Was bedeuteten Verenas Worte überhaupt? Wieso hatte sie nichts von ihrer Beziehung zu Tim gesagt?

Wieder sah sie zu Tim herüber. Aber dieser wich ihrem Blick aus und so wandte sich Cora erneut zu Verena um. „Aber ... ich dachte", stammelte sie, „Sie hätten ein Verhältnis mit Tim."

Jetzt war es Verena, die ziemlich verwirrt aussah. „Ich? Mit ihm?“, lachte sie verständnislos. „Glauben Sie wirklich, dass ich mich dazu herablassen würde? Außerdem waren es *meine* Eltern, die er ermordet hat!“

Weiß ich, wäre Cora beinahe herausgerutscht. Aber dann biss sie sich noch rechtzeitig auf die Zunge. Verena wusste ja nicht, dass sie es wusste. Der Gedanke ließ sie stutzen. Wenn Verena nicht wusste, dass sie es wusste ... und Tim auch nicht wusste, dass sie es wusste ... ging es dann ... vielleicht ... nur darum? Um seine Vergangenheit?

„Und warum sollte ich ihn dann nicht heiraten?“, fragte sie trocken.

Verena starrte sie ungläubig an. „Warum ... warum Sie ihn nicht heiraten sollten? Na, weil ... weil ...“, sie schüttelte den Kopf, „haben Sie denn nicht verstanden, was ich Ihnen gerade gesagt habe? Tim war im Gefängnis, und zwar sein halbes Leben lang. Wegen *Mordes*! Möchten Sie etwa die Nächste sein?“

Coras Gesichtszüge entspannten sich. Wie es aussah, ging es tatsächlich nur um Tims Vergangenheit! Sie verstand zwar nicht, warum Verena sich einmischte, aber das war ihr eigentlich auch egal. Wichtig war nur eines, nämlich dass Tim *kein* Verhältnis mit Verena hatte! „Hast du vor, mich umzubringen?“, fragte sie amüsiert in Tims Richtung.

Der sah sie nur ratlos an. „Nein ... natürlich nicht“, stotterte er.

„Na also“, lächelte Cora. „Wo liegt dann das Problem?“

Verena bekam den Mund kaum wieder zu. „Aber ...“, sie stockte und schüttelte einmal mehr ungläubig den Kopf. Dann murmelte sie mehr zu sich selbst als zu Cora: „Entweder die Info war zu viel für dich, Kleine, oder du warst vorher schon total durchgeknallt!“

„Letzteres ist der Fall“, grinste Cora und fand das auch wirklich. Welcher normale Mensch würde sich schon mit einem verurteilten Mörder einlassen? Auch wenn er von dessen Unschuld überzeugt war?

„Sie glauben mir kein Wort, oder?“, fragte Verena.

„Im Gegenteil“, widersprach Cora, „ich glaube Ihnen alles!“

„Es ist auch wahr!“, versuchte es Verena erneut. „Ich kann es sogar beweisen! Wollen Sie die Kopie des Urteils sehen?“ Eifrig kramte sie in ihren Taschen herum.

„Nein, danke“, erwiderte Cora und war auf einmal todernst. „Wenn es um Tim geht, lasse ich mich am liebsten von ihm selbst informieren. Und Sie wollten doch sowieso gerade gehen, nicht wahr?“

Verena hob demonstrativ das Haupt und ging, ohne einen weiteren Blick an Cora zu verschwenden, in Richtung der Haustür. Als sie allerdings an Tim vorbeikam, fauchte sie drohend: „Glaub ja nicht, dass es das schon war. Du hörst von mir." Dann verließ sie das Haus und knallte die Tür hinter sich zu.

Der Knall hallte im Flur noch einen Moment nach und wich dann einer beängstigenden Stille. Weder Tim noch Cora sprachen. Es war, als würden beide darauf warten, dass der jeweils andere den Anfang machte.

Es dauerte lange, bis Tim schließlich flüsterte: „Ich schwöre dir, ich hab niemanden ermordet."

Cora hatte nicht vor, es Tim so einfach zu machen! Daher sagte sie streng: „Soll ich jemandem glauben, der mich monatelang belogen hat?"

„Ich hab dich nicht belogen", widersprach Tim kleinlaut, „ich hab dir nur was verschwiegen."

„Eine Kleinigkeit", nickte Cora bitter, „eine winzig kleine Kleinigkeit."

„Ich wollte dich nicht verlieren", verteidigte er sich leise.

„Du wolltest mir nicht vertrauen", entgegnete Cora.

„Vertrauen?", lachte Tim bitter. „Du bist gut. Hast du eine Ahnung, was ich im Gefängnis und hinterher erlebt habe? Wie man mich behandelt hat? Ich bin nicht blöd, weißt du! Niemand würde eine Beziehung mit einem verurteilten Mörder eingehen! Niemand! Und ...", er stockte, „ich wollte ja auch gar keine Beziehung eingehen. Ich hatte mich längst damit abgefunden, dass ich den Rest meines Lebens allein verbringen würde. Ja, und dann kamst du. Anfangs hab ich noch versucht, dich nicht einmal attraktiv zu finden. Aber ... du warst so hartnäckig und dann ... hab ich mich doch in dich verliebt. Dabei wollte ich es gar nicht! Aber als es dann passiert war ... das ... das war, als hätte ein neues Leben für mich begonnen. Ich meine ... plötzlich war jemand da, der mir völlig unvoreingenommen gegenüberstand ... der mich liebte und ... mir in die Augen sehen konnte, ohne ... meine Vergangenheit darin zu sehen." Jetzt war es endgültig mit Tims Fassung vorbei. Die Tränen liefen an seinen Wangen hinunter, während er weitersprach. „Du kannst dir nicht vorstellen, was mir das bedeutet hat. Wie ... wie hätte ich das durch die Wahrheit zerstören können?"

Cora konnte ihn so gut verstehen! Hatte er nicht ausgesprochen, was auch ihre Angst war? Wie würde er sie ansehen, wenn er wusste, wer sie war?

Ihre Gedanken rotierten. Dies war der beste Zeitpunkt, den es nur geben konnte, um reinen Tisch zu machen. Er hatte sie belogen. Vor diesem Hintergrund war es doch nicht schwierig, ihm das Gleiche zu gestehen. Aber was würde das bedeuten? Würde er sich dann nicht ständig an die alte Cordula erinnert fühlen? Ein kalter Schauer lief über Coras Rücken. Nein, sie war Cora, und mit Cordula wollte sie nichts mehr zu tun haben!

„Sag doch was!", krächzte Tim.

„Es ist nicht richtig, eine Beziehung auf eine Lüge zu gründen", sagte Cora geistesabwesend. *Genau. Es ist nicht richtig!*, mahnte da noch jemand anderes. *Das ist keine Basis. Du* musst *es ihm sagen.*

„Es ist besser, als alles zu verlieren!", widersprach Tim.

Cora seufzte. Vielleicht hatte er Recht. Vielleicht war es besser so ... „Und wer hat die Leute umgebracht, wenn du es nicht warst?"

„Das würdest du mir ohnehin nicht glauben", sagte Tim.

„Versuch es doch wenigstens", ermunterte ihn Cora. Nachdem sie sich schon selbst so viele Gedanken über den Täter gemacht hatte, war sie wirklich mehr als gespannt auf Tims Sicht der Dinge.

„Verena war's", sagte Tim niedergeschlagen. „Und sie hat alles getan, um es mir in die Schuhe zu schieben."

„Warum gerade dir?"

Tim zuckte mit den Schultern. „Irgendeinen Sündenbock brauchte sie ja. Und in meiner grenzenlosen Naivität war ich wohl genau der Richtige. Wir waren damals ein Paar, musst du wissen. Und ich Idiot war bis über beide Ohren in sie verliebt. Und natürlich war ich fest davon überzeugt, dass es ihr genauso geht. Ich wäre nie, wirklich *nie* auf die Idee gekommen, dass sie mich nur benutzt. Laura hat es ja immer gesagt."

Er musste ein wenig lächeln. „Darum zweifelt sie ja auch bis heute an meiner Wahrnehmung." Jetzt bildete sich ein trauriger, verbitterter Zug um seinen Mund. „Sie hat ja auch Recht. Ich war damals wirklich wie vernagelt. Bis zuletzt hab ich an Verenas Unschuld geglaubt. Hab mir eingeredet, die Beweise gegen mich wären nur dumme Zufälle, die sich bald aufklären würden."

Er machte eine kleine Pause. „Das böse Erwachen kam, als sie mich eines Tages in der U-Haft besuchte. Wir waren allein." Er starrte an Cora vorbei ins Leere. „Und dann hat sie es mir ins Gesicht gesagt. Dass sie es war. Und wie geschickt sie alles von langer Hand vorbereitet hat. Sie war richtig stolz auf sich." Er lachte bitter auf. „Kannst du dir das vorstellen? Es war der Triumph ihres Lebens! Wahrscheinlich zehrt sie heute noch von dem dummen Gesicht, das ich gemacht habe. Im Nachhinein fiel es mir natürlich wie Schuppen von den Augen. Erst hat sie für das Motiv gesorgt. Überall hat sie herumerzählt, dass ihre Eltern gegen mich seien und sie deshalb mit mir Schluss machen müsse. Dabei hatte es sie nie interessiert, was ihre Eltern sagten."

Er hielt kurz inne und fuhr dann fort: „Als Nächstes hat sie mich zum Pizzabacken zu sich nach Hause eingeladen. Sie hat darauf bestanden, dass *ich* die Tomaten schneide. Klar hat es mich gewundert, dass ich unbedingt dieses überdimensionale Messer dazu benutzen sollte. Und dass es hinterher einfach verschwunden war. Aber wer ahnt denn schon, dass es die Tatwaffe für einen Doppelmord werden sollte?!"

Tim stieß einen weiteren tiefen Seufzer aus. „Zwei Wochen vor der Tat hat sie mir auch noch den Schlüssel für die hauseigene Schließanlage gegeben. Das Anwesen war wie eine Festung gesichert, mit Alarmanlage und allem Drum und Dran. Dabei wollte ich den Schlüssel gar nicht! Ich wollte es mir ja nicht gänzlich mit ihren Eltern verderben. Aber sie ließ nicht locker und hat ihn mir förmlich aufgedrängt." Er schüttelte den Kopf. „Das hätte mich stutzig machen müssen! Aber nein, im Gegenteil! Klein-Timmy war selig. Ich dachte ...", wieder stockte er, „ ... ich dachte wirklich, das wäre ein Liebesbeweis und unsere Beziehung wäre wieder intakt."

„Und dann wurdest du verurteilt?"

Tim nickte verzweifelt. „Ich hatte nicht den Hauch einer Chance. Außer Laura und meinen Eltern hat sicher niemand meinen Unschuldsbeteuerungen geglaubt. Wie auch? Es war ja alles wasserdicht. Verena hat den Verdacht von Anfang an auf mich gelenkt. Ich hatte ein Motiv. Und außer Verena war ich der Einzige, der einen Schlüssel besaß. Und dann haben sie im Haus auch noch die Mordwaffe mit meinen Fingerabdrücken gefunden. Ach ja, und ein Alibi hatte ich natürlich auch nicht."

Cora grübelte. Tim war ganz sicher nicht der Einzige, der einen Schlüssel besessen hatte. An dem Abend jedenfalls, an dem sie für Verena gesungen hatte, war noch jemand anderes dort ungehindert ein- und ausgegangen. „Und warum hattest du kein Alibi?"

Tim seufzte. „Auch dafür hat Verena gesorgt. Sie hat sich mit mir verabredet, in einem Waldstück, in dem wir häufiger spazieren waren. Wie immer bin ich mit dem Fahrrad dorthin gefahren. Und natürlich hab ich eine ganze Zeit dort auf sie gewartet, bevor ich den Heimweg angetreten habe. Alles in allem war ich bestimmt drei Stunden fort. Lange genug, um einen netten kleinen Doppelmord zu verüben."

„Aber du wirst Verena doch beschuldigt haben. Ist denn niemand auf die Idee gekommen, dass du Recht haben könntest?"

Tim schüttelte den Kopf. „*Sie* hatte ja ein Alibi. Während ich in dem Wald auf sie gewartet habe, war sie auf einer Fete, auf der mindestens hundert Leute sie gesehen haben. Ich sagte ja schon, sie hat alles bis ins Detail geplant."

„Aber wenn sie auf einer Fete war", wandte Cora ein, „wie kann sie dann zeitgleich ihre Eltern ermordet haben?"

„Sie hat einen Helfershelfer gehabt", entgegnete Tim. „Das hat sie mir selbst gesagt. Sie hat immer jemanden für die Drecksarbeit gehabt."

„Und wen?"

Tim zuckte mit den Schultern. „Das hat sie mir wohlweislich verschwiegen; sie ist ja nicht dumm."

Cora fragte sich, ob der junge Mann von damals wohl ein Alibi gehabt hätte. „Und warum hat sie *mir* von deiner Vergangenheit erzählt?"

„Ich hab keine Ahnung. Wirklich, ich werde schon lange nicht mehr schlau aus ihr. Mehr als zwölf Jahre habe ich kein Wort von ihr gehört. Aber kaum dass ich aus dem Gefängnis entlassen worden war, tauchte sie hier auf. Anfangs hab ich ihr die Tür regelrecht vor der Nase zugeschlagen, aber sie kam immer wieder."

„Und seit wann hast du sie hereingelassen?"

„Seitdem ich mit dir zusammen bin", erwiderte er niedergeschlagen. „Irgendwie ist sie dahinter gekommen. Vielleicht hat sie mich sogar beobachten lassen. Jedenfalls stand sie eines Tages vor der Tür und hat mir auf den Kopf zugesagt, dass ich eine Freundin hätte. Und dass du garantiert nichts von meiner Vergangenheit wüsstest. Sie hat damit gedroht, dir alles zu erzählen."

„Was hat sie für ihr Schweigen verlangt?"

Tim sah beschämt zu Boden. „Sie wollte alles über dich wissen. Und ich ... ich hab ihr gesagt, was ich wusste. Aber dadurch kam ich erst recht vom Regen in die Traufe. Denn als sie erfuhr, dass du Strafverteidigerin bist, ist sie vollends ausgetickt. Und seitdem hat sie auch wieder darauf bestanden, dass ich dir die Wahrheit über mich erzähle."

„Sie wollte, dass ich die Beziehung beende, bevor sie zu intensiv wird", nickte Cora.

„Ist ihr bestimmt auch gelungen", sagte Tim und sah forschend in Coras Gesicht.

„Und ich dachte, du würdest mich betrügen", sagte Cora, ohne auf Tims Bemerkung einzugehen.

Tim lachte auf. „Mit diesem Monster!?"

„Aber du hast sie doch mal geliebt", sagte Cora und beobachtete nun ihrerseits jede Regung in Tims Gesicht.

„Das war einmal“, seufzte Tim. „Bevor sie mich ihren Zielen geopfert hat.“

„Aber man sagt doch, alte Liebe rostet nicht“, wandte Cora ein.

„Es war ja nie Liebe“, antwortete Tim traurig. „Nur Schwärmerei. Ich kannte sie gar nicht.“

„Bist du sicher?“, fragte Cora erneut.

„Wie kannst du so etwas fragen?“, brauste Tim auf. „Sie hat mein Herz gebrochen! Und das meines Vaters gleich mit!“

Cora sah ihn erschrocken an. „Wie meinst du denn das jetzt?“

Tim schoss wieder das Wasser in die Augen und er sagte schluchzend: „Er hat das alles nicht verkraftet. Anfangs hat er mir noch Mut gemacht, aber dann ... nach der Urteilsverkündung ... ist er einfach zusammengebrochen und es kam jede Hilfe zu spät.“

Tim tat Cora jetzt so Leid, dass sie zu ihm herüberging und ihn tröstend in die Arme nahm. Gleichzeitig musste sie an Wilfried Berghoff denken. Sie hatte ihn sehr gemocht, tausendmal lieber als ihren Pflegevater. Immer hatte er ein freundliches Wort für sie übrig gehabt, nie war er laut geworden. Und jetzt war er tot. Wegen Verena. Der Gedanke machte Cora so wütend, dass auch sie ihre Tränen nicht mehr zurückhalten konnte. Und so standen sie geraume Zeit im Flur, hielten einander fest und weinten.

Irgendwann hatte sich Tim ein wenig beruhigt. Er hörte auf zu weinen und sah Cora auf eine Weise an, die sie stutzig machte. Sein Blick war ... so liebevoll. Er sah so sanft aus und ... Cora überlegte. Sie hatte diesen Gesichtsausdruck schon mal an ihm gesehen. Aber wann?

„Damals“, sagte er jetzt, „als ich im Gefängnis saß, hab ich Tag und Nacht nur an Verena gedacht.“ Er machte eine kurze Pause, in der Cora schon wieder nervös wurde, fuhr dann aber fort: „Ich konnte nicht fassen, was sie mir angetan hat. Und zum ersten Mal in meinem Leben wusste ich, was es bedeutet, jemanden zu hassen. Ich habe sie gehasst, weißt du, aus tiefstem Herzen. Und glaub mir, das war das einzige Gefühl, zu dem ich noch fähig war. Und der einzige Gedanke, der mich beherrscht hat, war Rache. Tag und Nacht hab ich mir ausgemalt, was ich mit ihr machen würde, wenn ich je wieder rauskäme.“ Er schüttelte den Kopf. „Vielleicht hat mich das die Zeit im Gefängnis überstehen lassen. Aber es war trotzdem furchtbar. Ich war ein anderer Mensch. Ein Monster, genau wie Verena. Und ich war mir sicher, ganz sicher, dass ich nie wieder jemanden lieben könnte. – Und dann kamst du.“ Wieder sah er sie an, so wie eben, voller Liebe und Zärtlichkeit.

Und auf einmal erinnerte sich Cora an damals, als Tim noch mit

Verena zusammen gewesen war. Da hatte er den gleichen Gesichtsausdruck gehabt. Er hatte ihn immer gehabt, wenn er Verena gesehen oder von ihr gesprochen hatte. Sie zitterte. War es möglich, dass er jetzt *sie* auf diese Weise ansah? War es möglich, dass in Erfüllung gegangen war, was sie sich ewig gewünscht hatte? Es musste so sein, auch wenn sie es kaum fassen konnte! Tim hasste Verena und er liebte *sie*, Cora!

Die Begeisterung über diese Erkenntnis packte Cora mit der Kraft eines Bulldozers. Ohne weiter darüber nachzudenken, fiel sie Tim um den Hals, klammerte sich an ihm fest und begann, ihn regelrecht abzuküssen. „Ich liebe dich", murmelte sie dabei immer wieder.

Und sie ließ erst von ihm ab, als sie ihn fragen hörte: „Heißt das etwa, du verzeihst mir?"

„Klar!", lachte Cora überschwänglich. „Sicher!"

Ungläubig sah Tim sie an. „Aber ... der Mord ... ich meine ... das muss dir doch Angst machen."

Cora schüttelte fröhlich den Kopf. „Warum denn? Du warst es doch nicht!"

„Aber ...", stammelte Tim, „das ... hat mir doch noch nie jemand geglaubt!"

Cora schenkte ihm ein warmes Lächeln. „Es hat dich auch noch nie jemand so geliebt wie ich!"

Tim schien noch immer nicht so richtig zu verstehen, was hier vor sich ging. „Und die Hochzeit?", fragte er unsicher.

„Was ist mit der Hochzeit?", grinste Cora.

„Spann mich nicht so auf die Folter!", bettelte Tim. „Wirst du mich trotzdem heiraten?"

Cora trat noch einen Schritt näher an ihn heran. Dann drehte sie zärtlich sein Gesicht in ihre Richtung und sah ihm in die Augen. „Und ob ich dich heiraten werde!"

Erst jetzt begriff Tim. Er zog Cora zu sich heran, schlang beide Arme um sie und küsste sie. Dann sagte er atemlos: „Das hätte ich nie für möglich gehalten! Wirklich! Wenn ich das geahnt hätte!" Er lachte. „Du kannst dir nicht vorstellen, was ich durchgemacht habe! Ich hatte solche Angst vor Verena! Die Möglichkeit, dass du etwas über meine Vergangenheit erfahren könntest, hing wie ein Damoklesschwert über mir. Monatelang hat es mir das Leben zur Hölle gemacht. Dabei hätte ich es dir einfach sagen können! Ich hätte deiner Liebe nur vertrauen müssen. Ist das nicht unglaublich?"

Cora nickte. Aber es war ein nachdenkliches Nicken. Der Liebe des anderen vertrauen. Im Nachhinein klang das so einfach, so logisch und so vernünftig. Aber konnte *sie* es wirklich riskieren, *seiner* Liebe zu vertrauen? In jeder Hinsicht? Sicher, sie hatte begriffen, dass Verena keine Konkurrenz mehr für sie war. Und sie fühlte sich ja auch geliebt. Aber Tims Liebe galt Cora. Und sie wusste noch immer nicht, was geschehen würde, wenn er Cordula in ihr entdeckte.

Und so schwieg sie.

❧

Die Tage gingen dahin und bald dachte Cora überhaupt nicht mehr an Verena, sondern nur noch an Tim und die bevorstehende Hochzeit. Das ungute Gefühl, das sie diesbezüglich gehabt hatte, war verschwunden, und so freute sie sich riesig auf das bevorstehende Ereignis.

Umso unvorbereiteter traf es sie, als es eines Tages an der Tür klingelte und auf einmal Verena vor ihr stand.

„Darf ich hereinkommen?“, fragte diese höflich.

Cora brachte erst einmal kein Wort heraus und so nickte sie nur mechanisch und trat einen Schritt zur Seite.

Verena rauschte an ihr vorbei, zog wie selbstverständlich ihren Mantel aus und hängte ihn an die Garderobe. „Dort entlang?“, fragte sie dann und deutete auf das Wohnzimmer, dessen Tür noch offen stand.

Cora nickte wieder, fand es im nächsten Moment aber doch ganz schön dreist, dass Verena einfach so ins Wohnzimmer marschierte und sich auf der Couch niederließ. Mittlerweile hatte sie sich auch von ihrem Schock erholt und so folgte sie ihrem ungebetenen Gast und fragte spitz: „Was darf ich servieren?“

Verena überhörte den Tonfall und antwortete lächelnd: „Kaffee wäre toll.“

Cora machte sich auf den Weg in die Küche. Vielleicht war es ja auch ganz gut, wenn sie ein paar Minuten für sich hatte und darüber nachdenken konnte, was Verena wohl wollte und wie sie ihr begegnen konnte.

Als sie wenige Minuten später mit dem fertigen Kaffee ins Wohnzimmer zurückkehrte, hatte sie sich ihre Meinung gebildet. Sie war sich ganz sicher, dass Verena wie immer Böses im Schilde führte. Und sie hatte sich fest vorgenommen, all ihre Versuche im Keim zu ersticken.

„Milch oder Zucker?“, fragte Cora.

„Schwarz“, lautete die Antwort.

Schwarzer Kaffee für die Schwarze Witwe, dachte Cora und musste grinsen.

„Amüsiere ich Sie?“, fragte Verena verwundert.

„Nein, Sie machen mir Angst“, entgegnete Cora wahrheitsgemäß.

Verena tat erschrocken. „Aber warum denn?“

„Weil Sie eine eiskalte Mörderin sind.“

Verena seufzte. „Ich hatte ja befürchtet, dass er Ihnen diesen Bären aufbinden würde. Aber ich hatte wirklich gehofft, Sie wären nicht darauf hereingefallen.“

„Geben Sie sich keine Mühe“, sagte Cora kalt. „Er hat mir alles über Sie erzählt. Und ich glaube ihm jedes Wort.“

„Das hat der Richter aber nicht getan.“

„Ist mir schon zu Ohren gekommen“, erwiderte Cora knapp.

Verena seufzte wieder. Dann schlug sie einen noch eindringlicheren Tonfall an und sagte: „Hören Sie, Mädchen. Ich kann ja verstehen, dass Liebe blind macht. Aber das hier ist kein Spiel, sondern tödlicher Ernst. Tim ist ein Mörder! Und ein notorischer Lügner noch dazu!“

„Netter Versuch“, lächelte Cora. „Aber die Lügnerin sind Sie!“ Sie erhob sich. „Und jetzt möchte ich Sie bitten, meine Wohnung wieder zu verlassen.“

„Haben Sie sich schon mal Gedanken darüber gemacht, was passiert, wenn Sie sich irren?“, rief Verena. Und dann schlug sie die Hände vors Gesicht und schluchzte: „*Ich* habe mich in ihm getäuscht. Und was war das Ergebnis? Das hier!“ Damit zog Verena etwas aus ihrer Hosentasche und warf es auf den Tisch. Es war ein Foto.

Entsetzt starrte Cora es an. Es war ein Foto der beiden Opfer! Und es sah wirklich entsetzlich aus! Schlimmer als alles, was Cora bisher gesehen hatte. Da lagen zwei Menschen auf einem Bett. Ihre Körper und ihre Gesichter waren so zerstückelt, dass Cora sie nicht wiedererkannte. Und überall war Blut.

„Nehmen Sie das weg!“, rief Cora angewidert.

„Das sind meine Eltern!“, schrie Verena. „Er hat meine Eltern ermordet, als ich noch mit ihm zusammen war! Begreifen Sie denn nicht! Wer einmal mordet, der kann es wieder tun! Was ist, wenn *Ihre* Angehörigen die Nächsten sind? Was ist, wenn Sie Ihren Sohn eines Tages so in Ihrer Wohnung finden?“

Es war wirklich ungeheuerlich, was diese Frau hier abzog! Cora spürte, wie eine ungeheure Wut in ihr aufstieg. „Sie haben Recht“, fauchte sie. „Wer einmal mordet, der kann es wieder tun. Und deshalb werde ich dafür sorgen, dass der wirkliche Täter endlich hinter Gitter kommt!“ Sie zitterte am ganzen Körper, als sie hinzufügte: „Ziehen Sie sich warm an, Verena Bartel. Denn jetzt haben Sie eine Feindin, die Sie nicht so einfach um den Finger wickeln können! Ich werde den Fall neu aufrollen. Ich werde Tims Unschuld beweisen und Sie werden im Knast landen!"

Von einer Sekunde auf die nächste hörte Verena auf zu schluchzen. Scheinbar hatte sie mit einer derartigen Reaktion nicht gerechnet. Ein paar Sekunden lang sagte sie gar nichts. Dann bildete sich ein eiskaltes Lächeln auf ihren Lippen. „Sie unterschätzen mich, meine Liebe", sagte sie.

Cora wusste, dass sie jetzt Verenas wahres Gesicht vor sich sah. „Was eindeutig auf Gegenseitigkeit beruht", antwortete sie.

Verena nickte und erhob sich. „Möge der Beste gewinnen", sagte sie. Und dann verließ sie Coras Wohnung.

Als die Tür hinter ihr ins Schloss fiel, begann Cora so stark zu zittern, dass sie sich erst einmal setzen musste. Ungläubig ließ sie die Begegnung mit Verena Revue passieren. Hatte sie diese Frau wirklich zum Kampf herausgefordert? Sie schüttelte den Kopf. War sie noch ganz bei Trost?

Je mehr sie darüber nachdachte, desto stärker wurde das Gefühl der Beklemmung, das sich auf ihren Brustkorb legte. Was hatte sie getan? Hatte sie vergessen, dass Verena unbesiegbar war? Sie dachte an früher. Schon damals hätte nie jemand gewagt, sich mit Verena anzulegen. Cordula schon gar nicht. Die hatte Angst vor Verena gehabt, entsetzliche Angst. Aber was war mit Cora?

Bis vor kurzem hatte sie noch gedacht, all das hinter sich gelassen zu haben. Aber jetzt? Jetzt, wo sie sich Verena zur Feindin gemacht hatte, kam ihre Angst zurück. Und sie fühlte sich noch genauso an wie damals. Ja, wenn sie es sich recht überlegte, ging es Cora genauso wie Cordula. Und das gefiel ihr überhaupt nicht.

In ihrer Verzweiflung rief Cora erst einmal bei Tim an und beichtete ihm, was sie getan hatte.

„Du hast ihr gesagt, dass du sie in den Knast bringst?", fragte er ungläubig.

„Ja", hauchte Cora.

Aber dann reagierte Tim völlig anders, als Cora das erwartet hätte. Er fing nämlich an zu lachen. Richtig herzhaft lachte er ins Telefon.

„Bist du verrückt?", fuhr Cora ihn an.

„Aber nein", lachte Tim, „nur erfreut."

„Was ist denn daran erfreulich?", fragte Cora. „Ich habe Mist gebaut! Ich habe diese Frau zum Kampf herausgefordert!"

„Na, das ist doch toll", freute sich Tim. „Es wird doch Zeit, dass ihr endlich mal jemand Paroli bietet. Sie hat lange genug gemacht, was sie will. Hoffentlich ist ihr der Arsch ordentlich auf Grundeis gegangen."

Mir *ist er auf Grundeis gegangen*, dachte Cora und sagte: „Ich verstehe dich nicht. *Du* müsstest doch eigentlich am besten wissen, dass mit dieser Frau nicht zu spaßen ist!“

Aber Tim schüttelte den Kopf. „Ich war unvorbereitet, vollkommen arglos. Nur deshalb hat sie mir so übel mitspielen können. Jetzt ist das anders. Jetzt weiß ich, was ich von ihr zu halten habe. Außerdem hab ich ja dich, die beste Anwältin der Welt. Was kann uns zu zweit schon passieren?“

„Ich glaube, du unterschätzt sie immer noch“, stellte Cora fest.

„Ach, komm schon“, lächelte Tim. „Was kann sie schon tun?“

„Ihr wird etwas einfallen“, entgegnete Cora. *Ihr fällt immer etwas ein*, fügte sie gedanklich hinzu und dachte schaudernd an den viel zu schmalen Stuhl in ihrem Klassenzimmer.

Kapitel 31

Es war ein wunderschöner Herbsttag. Die Luft war kühl und klar. Am Himmel war kein einziges Wölkchen zu entdecken. Goldgelbe und rotbraune Blätter hingen noch an den Bäumen und verwandelten den Wald in das reinste Farbenspiel.

Und dieser perfekte Tag war ihr Hochzeitstag!

Cora sah aus dem Fenster und konnte es kaum glauben. Bis zuletzt hatte sie um diesen Tag gezittert und gebangt. Noch gestern war sie sich sicher gewesen, dass irgendwas dazwischen kommen würde. Wie ein Damoklesschwert hatte der Gedanke an Verena über ihr gehangen und ihre Vorfreude überschattet. Sie hatte von Zwischenfällen geträumt und sich die schlimmsten Katastrophen ausgemalt. Sogar Mordattentate hatte sie sich vorgestellt.

Tim hatte sie zwar immer wieder zu beruhigen versucht, aber sie hatte nur müde abgewinkt. Sie wusste ganz genau, dass Verena alles tun würde, um sie in die Knie zu zwingen. Und sie hatte Angst vor ihr. Angst vor ihrem Einfallsreichtum und vor ihrer kriminellen Energie.

Und das Schlimmste daran war, dass sie alledem überhaupt nichts entgegenzusetzen hatte. Angriff war die beste Verteidigung, das wusste sie selbst. Aber sie wollte ja gar nicht angreifen! Alles, was sie wollte, war ihre Ruhe! Und sie wollte Tim. Sie wollte ihn heiraten und mit ihm glücklich sein. Nicht mehr und nicht weniger. Sie wollte eine Zukunft, die Vergangenheit hingegen war ihr ganz egal. Sie sollte ruhen. Was geschehen war, war geschehen. Man konnte es ohnehin nicht mehr rückgängig machen. Warum also sollte sie alles wieder hervorholen? Warum neuen Hass säen? Warum wieder kämpfen?

Sie dachte an Gott. In seinem Sinne wäre das jedenfalls auch nicht gewesen. *Mein ist die Rache*, hatte er gesagt. Er wollte nicht, dass man sie selbst in die Hand nahm. *Ich führe dein Recht und deine Sache*, hieß es in den Psalmen. Dieser Vers hatte schon ihr ganzes Studium begleitet und es ins rechte Licht gerückt. Auch ihrer Tätigkeit als Anwältin hatte er eine ganz neue, wohltuend abgeschwächte Bedeutung verliehen.

Und so war sich Cora ganz sicher, dass sie auf keinen Fall in der Vergangenheit herumstochern wollte. Auch Tim wollte das nicht. Auch er wollte nur sein Glück genießen und Verena so schnell wie möglich vergessen. Und so ärgerte sie sich noch immer maßlos über ihr eigenes Verhalten. Warum nur hatte sie Verena den Krieg erklärt? Und was würde daraus folgen?

Ihre geheimste, aber auch schlimmste Befürchtung hatte mit ihrer eigenen Vergangenheit zu tun. Was war, wenn Verena herausfand, wer sie war? Und wenn sie es Tim verriet? Oder gar Timo? Oder beiden?

Der Gedanke jagte ihr eine Gänsehaut über den Rücken. Würden sich die beiden dann nicht entsetzlich hintergangen fühlen? Würde Tim sich nicht belogen und betrogen vorkommen? Würde er nicht vielleicht sogar glauben, dass sie ihn nur wegen Timo heiraten wollte?

Vielleicht hätte sie ihm doch die Wahrheit sagen sollen. Vielleicht hätte sie damals, als seine eigene Lügengeschichte zum Vorschein gekommen war, doch den Mut aufbringen sollen, ihm alles zu beichten. Es war die ideale Gelegenheit gewesen. Aber jetzt hatte sie den Zeitpunkt verpasst. Und dadurch hatte sie alles noch viel schlimmer gemacht. Sie hatte sich in eine Situation hineinmanövriert, in der es nicht mehr möglich war, die Wahrheit zu sagen. Eine Situation, die Verena erst so richtig gefährlich machte.

Sie spürte, wie die Angst vor Verena einmal mehr das beherrschende Gefühl zu werden drohte. *Nein!*, ermahnte sie sich. *Heute ist dein Hochzeitstag. Du denkst jetzt an Tim und nicht an Verena! Und du wirst auf keinen Fall zulassen, dass sie dir deine Hochzeit verdirbt.*

Das half ein wenig. Cora konzentrierte sich ganz auf ihr Äußeres. Für die standesamtliche Trauung hatte Frau Berghoff ihr ein hellblaues Kostüm ausgesucht, das sie beim Kauf schon auf Anhieb faszinierend gefunden hatte. Cora zog es an und stellte sich dann erwartungsvoll vor den Spiegel.

Erstaunt starrte sie hinein. Wer war das denn da im Spiegel? Das Kostüm war hübsch, keine Frage. Die Farbe jedenfalls zog den Blick des Betrachters regelrecht in ihren Bann. Es saß auch gut. Aber was stimmte dann nicht?

Wieder wanderte Coras Blick von oben nach unten an ihrem Spiegelbild herunter. Objektiv betrachtet sah sie gut aus, ziemlich gut sogar. Das Problem war nur, dass sie sich selbst nicht wiedererkannte. Sie hatte das Gefühl, als würde eine Fremde vor ihr stehen, irgendjemand anderes.

Sie hatte seit Ewigkeiten keinen Rock mehr getragen, geschweige denn ein Kostüm. Und sie konnte sich auch nicht daran erinnern, jemals so elegant und so ... *weiblich* ausgesehen zu haben. Unglücklich starrte sie auf ihre Erscheinung. Sah sie nicht ein bisschen so aus wie ...? Nein! Sie wollte doch nicht an Verena denken!

Entschlossen wandte sie ihren Blick vom Spiegel ab und stürzte zu ihrem Schuhschrank. Sie hatte das Kostüm nun einmal gekauft und damit basta! Und da waren ja auch die hellblauen Schuhe, die sie sich extra zum Kostüm gekauft hatte. Es waren Pumps. Die einzigen, die sie in ihrem Leben jemals besessen hatte. Sie nahm sie aus dem Schrank und betrachtete sie.

Mannomann, dachte sie erstaunt. *Hatten die beim Kauf auch schon so hohe Absätze?* Wieder begann ein Gefühl der Verunsicherung Besitz von ihr zu ergreifen. Langsam stellte sie die Schuhe hin und steckte dann zaghaft erst den einen und anschließend den anderen Fuß hinein. Die Schuhe passten hervorragend. Trotzdem hatte Cora das Gefühl, als würde sie auf rohen Eiern stehen. Was war das nur für eine Schwindel erregende Höhe, in der sie sich jetzt befand?

Unendlich vorsichtig setzte sie einen Fuß vor den anderen und machte ein paar Schritte vorwärts. Dabei setzte sie nicht zuerst den Hacken auf, um den Fuß dann abzurollen, sondern hob das ganze Bein, um den Fuß anschließend wieder von oben flach auf den Boden zu setzen. Das wirkte natürlich nicht sehr elegant, sondern erinnerte eher an die Bewegungen eines Flamingos.

Cora merkte das auch und so stakste sie entgegen ihrer ursprünglichen Absicht zum Spiegel zurück und warf einen weiteren Blick hinein. Sie rollte mit den Augen. In Kombination mit den Schuhen wirkte ihr Spiegelbild noch fremdartiger. Sie kam sich regelrecht verkleidet vor. Wohl fühlte sie sich jedenfalls nicht.

Cora grübelte noch darüber nach, ob es möglich war, in Jeans zu heiraten, als es plötzlich an der Tür läutete. Erschrocken sah sie auf ihre Uhr. Das war doch wohl noch nicht Tim? Nun ja, der Zeiger stand bereits auf viertel vor zehn. Und wenn man bedachte, dass sie Tim vorsichtshalber für neun Uhr zu sich bestellt hatte, war es gar nicht mal so unwahrscheinlich, dass er es war. Vielleicht würde er an seinem Hochzeitstag ja tatsächlich einmal weniger als eine Stunde zu spät kommen!

Der Gedanke an Tim trieb ein Lächeln in Coras Gesicht. Vergessen war Verena, vergessen das Kostüm. Voller Vorfreude machte sie sich auf den Weg zur Wohnungstür und – war auch schon lang hingeschlagen!

„Mist", fluchte sie und hielt sich den rechten Ellenbogen, auf dem sie unsanft gelandet war.

Aber da klingelte es auch schon ein weiteres Mal an der Tür, dieses Mal viel ungeduldiger und gleich mehrfach hintereinander. Mühsam rappelte sich Cora hoch und setzte den restlichen Weg zur Tür barfuß fort.

Als Tim Cora erblickte, rief er erleichtert: „Ein Glück! Ich dachte tatsächlich, du wärst schon weg!" Er packte Cora am Arm und zog sie zur Tür hinaus. „Komm schnell, wir müssen los!"

„Immer mit der Ruhe", entgegnete Cora verwundert. „Willst du mich denn nicht erst einmal begrüßen?"

„Ja, weißt du denn nicht, wie spät es ist?", presste Tim atemlos hervor. „Ich bin viel zu spät! Und das an meinem Hochzeitstag. Es tut mir wirklich Leid! Ehrlich!"

Cora grinste amüsiert. „Keine Panik", sagte sie dann. „Die Trauung ist ja erst um elf."

„Um elf?", wiederholte Tim entgeistert. „Und warum sollte ich dann schon um neun Uhr bei dir sein?"

Coras Grinsen verwandelte sich in ein liebevolles Lächeln. „Erstens damit du um zehn auch wirklich da bist. Und zweitens damit wir noch in Ruhe gucken können, was du alles vergessen hast", entgegnete sie.

„Vergessen?", fragte Tim. „Aber was könnte ich denn vergessen haben?"

„Die Ringe vielleicht?", fragte Cora vorsichtig.

„Nein!", lächelte Tim erleichtert und zog stolz eine Schmuckschatulle aus der Tasche seines dunkelblauen Anzugs hervor. „Die hab ich!"

Cora warf einen argwöhnischen Blick darauf und nahm sie ihm dann einfach aus der Hand. „Sieht aus wie die Schachtel, die ich dir zum Geburtstag geschenkt habe", murmelte sie. Dann öffnete sie die Dose und zog grinsend eine silberne Krawattennadel daraus hervor. „Und wie soll ich die auf meinen Finger kriegen?", fragte sie so ernst, wie es ihr angesichts der Situation möglich war.

„Oh nein!", rief Tim entsetzt. „Aber wie ... wie konnte das denn passieren?"

„Mach dir nichts draus", beruhigte Cora ihn. „Wir haben ja noch genug Zeit, um bei dir vorbeizufahren."

Aber Tim schien untröstlich. „Ich bin ein Vollidiot!", jammerte er ehrlich betroffen. „Wie kannst du mich nur heiraten wollen?"

„Ich liebe dich eben", sagte Cora und küsste zärtlich seine Wange.

„Woher weißt du das?", fragte Tim.

„Ich weiß es, weil ich deine kleinen Schwächen genauso liebe wie deine Stärken", entgegnete Cora ernst.

Mit einem Mal entspannten sich Tims Gesichtszüge. Er sah Cora aufmerksam an. „Wirklich?", fragte er. Cora nickte. „Heißt das, ich *darf* zu spät kommen?" Cora lächelte und nickte wieder. „Und ... und ... später gelegentlich mal unseren Hochzeitstag vergessen?"

Cora lachte auf. „Na, wenn's nicht jedes Mal ist", entgegnete sie amüsiert.

Tim sah sie mit einem verklärten Lächeln an. „Ich liebe dich auch, weißt du das?", sagte er. „Es ... es ist so schön, wenn man ... du weißt schon ... man selbst sein darf. Du bist wirklich das Beste, was mir je passiert ist." Er küsste sie liebevoll. Dann fuhr er eifrig fort: „Aber du sollst wissen, dass ich trotzdem mein Bestes geben werde. Ich will *versuchen*, an unseren Hochzeitstag zu denken. Und ich will ein aufmerksamer Ehemann werden." Er schob sie ein Stück von sich weg und betrachtete sie dann. „Übrigens siehst du heute ganz besonders toll aus."

Von einer Sekunde auf die nächste erstarb das Lächeln auf Coras Gesicht. Erst jetzt erinnerte sie sich wieder an ihren ungewohnten Aufzug und die unsäglichen Schuhe. Vorbei war es mit dem wohligen Gefühl, das sie gerade eben noch empfunden hatte. Eben noch hatte sie sich in dem Gefühl gesonnt, uneingeschränkt geliebt zu werden. Sicher, sie wusste ja, dass er ihr mit dieser Bemerkung nur eine Freude hatte machen wollen. Aber warum hatte er unbedingt ein Kompliment über ihr Äußeres machen müssen? Und warum hatte er es gerade jetzt gemacht, wo sie sich so unwohl fühlte, so verbogen, so wenig sie selbst?

Auf einmal stieg sie doch wieder in ihr auf. Die Frage, die sie schon längst beantwortet geglaubt hatte. Die Frage, ob Tim wirklich sie liebte, Cora, mit allem Drum und Dran. Cordula-Cora. Oder war es doch nur Verena-Cora, die er liebte?

„Ist was nicht in Ordnung?", fragte Tim erschrocken, als er bemerkte, dass Cora nicht gerade glücklich aussah.

„Nein, nein", entgegnete Cora schnell. „Alles bestens. Ich hol nur noch schnell meine Handtasche, dann fahren wir zu dir und holen die Ringe." Unbeholfen stieg sie wieder in die Pumps, griff sich ihre Handtasche und eierte los. Dabei klammerte sie sich an Tim fest und atmete regelrecht auf, als sie sicher auf dem Beifahrersitz seines Wagens gelandet war.

„Meinst du wirklich, wir schaffen es noch, die Ringe zu holen?", fragte Tim mit einem skeptischen Blick auf die Uhr.

Cora nickte. „Kein Problem."

An Tims rasantem Fahrstil merkte man allerdings, dass er sich da weit weniger sicher war als Cora. Und so musste ihn diese mehrfach darauf hinweisen, dass ein Unfall so kurz vor der Hochzeit nicht so prickelnd wäre. Tim musste sich aber auch ohnehin bald mäßigen, weil der Verkehr sehr dicht war. So verloren sie viel Zeit und als sie endlich vor Tims Haus ankamen, war es bereits kurz vor halb elf.

„Wir kommen zu spät zu unserer eigenen Hochzeit", jammerte Tim.

„Sie werden schon auf uns warten", beruhigte Cora ihn lächelnd.

„Oder gleich das nächste Paar drannehmen", entgegnete Tim und hupte ungeduldig, weil eine Frau mitten auf dem Gehweg stand und scheinbar nach irgendetwas suchte.

Cora fiel sofort auf, dass die Frau ausgesprochen unvorteilhaft gekleidet war. Sie trug eine enge Leggins und ein viel zu kurzes T-Shirt, und das, obwohl sie starkes Übergewicht hatte und diese Art der Kleidung ihre Fettpolster noch besonders hervorhob. Die Frau tat Cora sofort Leid, erinnerte sie sie doch an ihre eigene Vergangenheit.

Tim hupte noch einmal. Die Frau sah auf, machte dann aber eine abwehrende Handbewegung und starrte weiter auf den Gehweg vor ihren Füßen. Cora war auf einmal fasziniert. Sie konnte ihren Blick nicht mehr von der Frau wenden, als könnte sie selbst wieder die Last dieses Gewichts spüren, die Einschränkung in der Beweglichkeit, die Kurzatmigkeit. Sie schauderte.

Währenddessen hatte Tim die Fahrertür einen Spaltbreit geöffnet. „Jetzt machen Sie doch mal die Einfahrt frei! Ich möchte abbiegen", rief er ärgerlich.

„Geht nicht", antwortete die Frau. „Wenn ich Sie durchlasse, fahren Sie über meine Kontaktlinse."

„Ich hab's aber eilig", entgegnete Tim ungeduldig.

„Das ist Ihr Problem", entgegnete die Frau schulternzuckend und heftete ihren Blick wieder auf den Gehweg.

„Das gibt's doch gar nicht", murmelte Tim wütend. „Merkt die Alte eigentlich noch was?"

Cora sah ihn erschrocken an. Sie selbst war überhaupt nicht in der Lage, Aggressionen gegen die Frau zu entwickeln. Sie verspürte eher den Impuls, aus dem Wagen zu steigen und ihr bei der Suche zu helfen.

„Hören Sie", rief Tim jetzt laut, „das hier ist *mein* Haus und *meine* Einfahrt. Und wenn Sie mich nicht sofort vorbeilassen, rufe ich die Polizei."

Die Frau blickte auf und sagte: „Sie können mich mal."

Tims Gesicht verfärbte sich ins Puterrote. „Also, wenn Sie Ihren fetten Hintern jetzt nicht von meiner Einfahrt bewegen, fahr ich Sie über den Haufen", schimpfte er und ließ den Motor aufheulen. Die Frau erschrak und machte unwillkürlich ein paar Schritte zur Seite.

„Ha!", rief Tim triumphierend und brauste an ihr vorbei.

Cora konnte es nicht fassen. So aggressiv hatte sie Tim noch nie erlebt. „Bist du verrückt?", herrschte sie ihn nun ihrerseits an. „Jetzt bist du bestimmt über ihre Kontaktlinse gefahren."

„Na und?", lachte Tim. „Was braucht die schon Kontaktlinsen. Sieh sie dir doch an. Die ist so hässlich, dass sie ruhig eine Brille tragen kann. Das macht auch nichts mehr kaputt."

Cora wurde ganz schlecht. „Aber ... dafür kann sie doch nichts", stammelte sie.

„Natürlich kann sie was dafür", widersprach Tim im Brustton der Überzeugung. „Die hat zu viel gefressen, das sieht man doch wohl. Bald ist sie genauso breit wie hoch." Mit diesen Worten sprang er aus dem Wagen. „Widerlich", murmelte er noch, dann rannte er eilig ins Haus, um die Trauringe zu holen.

Cora war sich auf einmal nicht mehr so sicher, ob das noch notwendig war. Sie fühlte sich von Tims Worten wie geohrfeigt und sie fragte sich, ob sie wirklich einen Mann heiraten wollte, der so über dicke Frauen dachte! Was war denn, wenn er doch eines Tages herausfand, wer sie früher gewesen war? Wie widerlich und abstoßend würde er sie dann finden?

Ihre Gedanken wirbelten jetzt so wild durcheinander, dass sie kaum mitbekam, wie sich Tim wieder ins Auto fallen ließ und erneut losbrauste. Was sollte sie tun? Konnte sie so kurz vor der Trauung noch einen Rückzieher machen? Konnte sie Tim das antun? Konnte sie *sich* das antun?

Doch ein einziger Blick auf Tim genügte. Da saß er, ihr Traummann. Ihr Tim. Der einzige Mann, den sie jemals geliebt hatte. Der einzige Mann, den sie jemals lieben würde. Nein, sie konnte nicht auf ihn verzichten. Niemals. Sie *musste* mit ihm zusammen sein, *musste* ihn heiraten. Sie würde alles für diese Ehe tun, alles dafür in Kauf nehmen.

Sie sah noch einmal an sich herunter. Ihr Blick wanderte an dem blauen Kostüm entlang und blieb an ihren Füßen hängen. Sie hasste diese Stöckelschuhe, aber das war egal. Wenn Tim sie schön fand, würde sie sich daran gewöhnen. Wenn sie nur ihn hatte, konnte sie sich an alles gewöhnen. Und noch etwas wurde ihr auf einmal ganz klar: Sie würde niemals zulassen, dass er erfuhr, wer sie war. Ja, sie würde ihre wahre Identität mit ins Grab nehmen!

❧

Als Tim und Cora um drei Minuten nach elf Hand in Hand auf die Tür des Rathauses zu rannten, warteten dort schon alle anderen auf sie. Und als sie sie erreichten, hatten auch alle ohne Ausnahme einen Kommentar auf Lager.

„Hattest du mal wieder was vergessen?“, fragte Frau Berghoff Tim lächelnd.

„*Und komm bloß nicht zu spät, Timo, das sag ich dir*“, ahmte Timo die Worte seiner Mutter vom Vortag nach.

„Und ich hatte schon gehofft, ihr hättet es euch noch einmal anders überlegt“, murmelte Laura laut genug, dass beide es hören konnten.

Tim und Cora stießen unisono einen Seufzer aus und sagten dann zeitgleich: „Wollen wir nicht reingehen?“

Und dann gingen sie einfach schon mal vor. Sie hatten jetzt wirklich keine Lust, auf die dämlichen Kommentare ihrer Lieben einzugehen. Sie wollten beide nur eins: endlich heiraten. Und so durchquerten sie zügig den modernen Eingangsbereich des Gebäudes und eilten auf das Trauzimmer zu, dessen Tür bereits offen stand. Von dort kam ihnen dann auch sofort ein Beamter entgegen. Er war schon gut Ende 50 und trug einen dunklen Anzug mit einer schreiend geblümten Krawatte, die in seiner Jugend wohl einmal modern gewesen war.

„Ich dachte schon, Sie hätten einen Rückzieher gemacht“, sagte der Mann grinsend und streckte ihnen seine Hand entgegen.

Cora rollte mit den Augen. Konnte sich denn hier niemand seine blöden Kommentare verkneifen?

„Wir sind doch noch nicht zu spät?“, fragte Tim sichtlich besorgt.

„Nein, nein“, entgegnete der Beamte, „kommen Sie nur rein.“

Während Tim sofort in das Trauzimmer hechtete, sah sich Cora noch einmal nach den anderen um. Die standen im Foyer und schienen abzuwarten.

Coras Blick fiel auf Laura und sie musste lächeln. Ihre beste Freundin sah wirklich nicht so aus, als wäre sie auf dem Weg zu einer Hochzeit. Sie zog ein Gesicht wie drei Tage Regenwetter. Und was die Kleidung betraf, wäre sie auch auf einer Beerdigung nicht weiter aufgefallen. Sie trug eine dunkelgraue Faltenhose und einen engen schwarzen Pullover, der ihr überhaupt nicht stand, weil er ihre dünne, knochige Figur auch noch betonte.

Cora winkte die drei jetzt heran und machte sich dann selbst auf den Weg in den Trauraum. Dabei wanderte ihr Blick für den Bruchteil einer Sekunde in den rechten Flur hinein, der ziemlich im Dunklen lag. Und dennoch sah Cora eine Gestalt dort stehen, in der sie jemanden wiederzuerkennen glaubte. Sie erschrak, dachte nicht mehr an ihre Schuhe und landete mit einem spitzen Schrei auf dem Fußboden des Trauzimmers.

Tim eilte sofort zu ihr. „Hast du dir wehgetan?", rief er besorgt und half ihr auf.

Aber Cora hatte für ihr körperliches Befinden keine Gedankenkapazität übrig. Sie war aschfahl geworden und flüsterte nur: „Sie ist hier."

„Wer ist hier?", fragte Tim verständnislos.

„Verena", sagte Cora mit weit aufgerissenen Augen. Und dann deutete sie auf den Flur hinaus. „Ich hab sie gesehen, da links den Flur runter."

Tim machte ein skeptisches Gesicht. Dann ging er aber doch auf den Flur hinaus und starrte angestrengt nach links in die Dunkelheit des Flures hinein. Cora verfolgte gebannt jede seiner Bewegungen. Er musste die Gestalt doch auch sehen!

Aber dann drehte sich Tim wieder zu ihr um und zuckte nur mit den Schultern. „Da ist niemand", sagte er. „Du musst dich verguckt haben."

Cora hatte eine Gestalt gesehen, das wusste sie ganz genau. Aber ob es sich bei dieser Gestalt um Verena gehandelt hatte, konnte sie natürlich nicht mit Sicherheit sagen. War sie irgendwie paranoid?

„Na, überlegt ihr immer noch?", hörte sie auf einmal Laura in ironischem Tonfall fragen.

Cora würdigte ihre Freundin weder eines Blickes noch einer Antwort, sondern drehte sich um und setzte sich dann auf einen der beiden Stühle, die sich mitten im Raum vor einem mächtigen Schreibtisch befanden. Im Sitzen konnte sie wenigstens nicht mehr umknicken oder hinfallen. So richtig wohl fühlte sie sich aber immer noch nicht. Was, wenn sie tatsächlich Verena gesehen hatte?

Tim nahm jetzt neben ihr Platz, während Frau Berghoff, Laura und Timo die seitlich im Raum angeordneten Stühle belegten.

Daraufhin begrüßte der Beamte alle Anwesenden und sprach ein paar einleitende Worte, von denen Cora aber nicht viel mitbekam. Ihre Gedanken drehten sich nur um Verena. Sie fragte sich, was sie hier gewollt haben könnte. Sie wollte die Hochzeit doch wohl nicht verhindern? Dieser Gedanke trieb die erste Schweißperle auf Coras Stirn. Verena hatte doch wohl nichts über ihre Identität herausgefunden?

Cora saß jetzt stocksteif auf ihrem Platz und knirschte leise mit den Zähnen. Sie merkte, wie sich ihre Gedanken zu verselbständigen drohten. Und doch konnte sie nichts dagegen tun. Ihre Phantasien waren einfach zu realistisch.

Sie stellte sich schon das triumphierende Grinsen vor, mit dem Verena rufen würde: „Halt, ich habe Einwände gegen diese Hochzeit!“ Und dann würde sie ihn aussprechen, den Namen, den Cora nie wieder hatte hören wollen: Cordula Strohm.

Cora schauderte. Sie stellte sich das Entsetzen in Tims Blick vor, die bodenlose Überraschung in Lauras Gesicht und die Verwirrung bei Timo.

Und dann sah sie sich vorsichtig nach allen Seiten um. Zum ersten Mal seit langem hatte sie wieder das Gefühl, als müsste man ihr die Wahrheit über ihre Identität an der Nasenspitze ansehen.

Aber scheinbar war das nicht der Fall. Tim sah fröhlich und entspannt aus, das Gleiche galt für Timo und Frau Berghoff. Und Laura? Die machte zwar immer noch ein verkniffenes Gesicht, aber was hieß das schon? Ihr grundsätzliches Misstrauen kannte Cora ja schon von früheren Gelegenheiten.

Ihr Puls war gerade dabei, sich zu verlangsamen, als es plötzlich – an der Tür klopfte! Cora zuckte zusammen und wirbelte herum.

„Herein?“, sagte der Beamte ein wenig erstaunt.

Daraufhin öffnete sich die Tür und ein Mann von vielleicht Mitte 40 betrat den Raum. Cora musste auf einmal über sich selbst lächeln. Sie hatte doch tatsächlich erwartet, Verena vor sich zu sehen!

„Entschuldigen Sie die Störung“, sagte der Mann. Er war eher klein und schlank und trug einen dunklen Anzug mit Krawatte.

„Dies ist eine Trauung“, entgegnete der Beamte ein wenig vorwurfsvoll.

„Ich weiß“, entgegnete der Mann und wandte sich nun Tim zu. „Sind Sie Tim Berghoff?“, fragte er.

Tim sah ihn völlig konsterniert an. „Ähm ... ja“, nickte er.

„Könnte ich dann mal ein paar Worte allein mit Ihnen wechseln?“, fragte der Mann. „Auf dem Flur zum Beispiel?“

„Warum?“, fragte Tim.

„Bitte kommen Sie“, entgegnete der Mann nur und deutete auf den Flur hinaus.

„Ich denke nicht daran", brauste Tim auf und schüttelte den Kopf. „Wer sind Sie überhaupt?"

„Mein Name ist Riese", sagte der Mann. Und dann sah er bedeutungsvoll in Coras Richtung und fügte hinzu: „Ich glaube bestimmt, dass Sie erst einmal unter vier Augen mit mir sprechen wollen."

„Ich habe keine Geheimnisse vor meiner zukünftigen Frau, wenn Sie das meinen", erwiderte Tim ungewöhnlich scharf. „Und jetzt sagen Sie mir endlich, wer Sie sind."

Herr Riese zuckte mit den Schultern. „Sie haben es nicht anders gewollt", sagte er und kramte in der Innentasche seiner Anzugjacke herum. Dann zog er einen Ausweis hervor, hielt ihn Tim unter die Nase und sagte: „Mordkommission."

„Was?", sagte Tim entsetzt.

„Was?", echote Cora.

„Ich möchte Sie bitten, für eine Befragung mit uns aufs Revier zu kommen."

Einen Moment schien Tims Atmung auszusetzen. Dann fing er sich wieder und stammelte: „Aber ... ich ... ich bin im Begriff zu heiraten."

Herr Riese schüttelte den Kopf. „Heute nicht", sagte er nur.

„Wie bitte?", keuchte Tim.

„Die Hochzeit muss heute leider ausfallen", entgegnete der Polizeibeamte ruhig. „Können wir jetzt gehen?"

Tim sprang auf. „Nein, das können wir nicht!", rief er wütend. „Ich bin hier, um zu heiraten und genau das werde ich jetzt tun. *Anschließend* werde ich mitkommen. Dann beantworte ich Ihnen jede verdammte Frage, die Sie mir stellen werden."

„Ich glaube, Sie verstehen nicht ganz", sagte Herr Riese. „Wenn diese Sache Aufschub geduldet hätte, wären wir bestimmt nicht mitten in Ihre Trauung geplatzt."

„Eine halbe Stunde", fauchte Tim, „werden Sie wohl warten können. Und jetzt scheren Sie sich nach draußen!" Mit diesen Worten ging er auf Herrn Riese zu und machte Anstalten, ihn zur Tür hinauszuschubsen.

„Clemens!", rief der Polizeibeamte nur und im gleichen Moment stürmte ein weiterer Mann in den Raum.

Schneller, als Cora gucken konnte, hatten beide Tims Arme gepackt und auf seinen Rücken gedreht. Und als Tim versuchte sich zu wehren, rangen sie ihn auf die Knie. Während Tim vor Schmerzen aufstöhnte, gehorchte Cora dem Impuls, ihm zu Hilfe zu eilen. Sie schrie „Hey!" und ging wie eine Furie auf die beiden Polizisten los. Doch auch dieses Mal reagierten sie blitzschnell. Während Herr Riese Tim weiter festhielt, packte der andere Cora und drehte nun ihr die Arme auf de Rücken.

„Mensch, Mädchen, machen Sie sich doch nicht unglücklich“, rie er beschwörend und atemlos zugleich. „Das ist Widerstand gegen di Staatsgewalt, was Sie hier tun.“

„Widerstand gegen die Staatsgewalt?“, rief Cora wütend. „Dass ic nicht lache. Im Moment ist es höchstens Notwehr. Das müsste Ihne doch klar sein!“

Der Beamte, der Cora festhielt, sah fragend zu Herrn Riese herübe Dieser schien einen Moment zu überlegen. Dann sagte er in Tims Richtung: „Sie sind wegen des dringenden Tatverdachts des vorsätzliche Mordes vorläufig festgenommen. Sie haben das Recht zu schweigen Alles, was Sie sagen, kann vor Gericht gegen Sie verwendet werden Sie haben das Recht auf einen Anwalt. Wenn Sie sich keinen leiste können, wird Ihnen einer gestellt.“ Dann nickte er seinem Kollege auffordernd zu.

„Ab *jetzt* ist es Widerstand gegen die Staatsgewalt“, sagte diese warnend und ließ Cora los.

„Und ab jetzt bin *ich* seine Anwältin“, zischte Cora. „Und ich hoff für Sie, dass Sie keinen weiteren Formfehler mehr machen!“

„Ist das Ihre Anwältin?“, fragte Herr Riese an Tims Adresse.

Dieser nickte nur und sah verzweifelt und Hilfe suchend in Cora Richtung.

„Mach dir keine Sorgen!“, sagte Cora und versuchte zuversichtlicher zu klingen, als sie es im Moment war. „Es ist nur ein Missverständnis. Ich regle das schon.“

Aber Tim schüttelte den Kopf. „Das dachte ich beim letzten Ma auch“, sagte er.

Mehr um sich selbst Mut zuzusprechen, sagte Cora zu den Polizeibeamten: „Glauben Sie mir, Sie werden nicht damit durchkommen.“

„Und glauben Sie mir“, entgegnete Herr Riese, „wir tun Ihnen der größten Gefallen Ihres Lebens, Frau Neumann.“

Cora schnaubte nur. „Indem Sie einen Unschuldigen verhaften Wen soll er überhaupt diesmal umgebracht haben?“

„Eine Cordula Strohm“, sagte der Beamte.

„Was?“, fragte Tim ungläubig, während Cora nicht wusste, ob si lachen oder weinen sollte.

„Wie bitte?“, rief nun auch Laura, die inzwischen ebenfalls aufgesprungen war.

„Wer ist denn das?“, murmelte Timo, dem anscheinend auffiel, dass dieser Name irgendwie magische Wirkung entfaltete.

„Aber das ist doch vollkommen lächerlich!“, meldete sich nun auch Frau Berghoff zu Wort.

„Ist sie denn ... ich meine ... “, stammelte Laura zitternd, „ist sie wirklich tot?“

Cora sah vorsichtig zu Laura herüber. Berührt registrierte sie die tiefe Betroffenheit, mit der Laura diese Frage ausgesprochen hatte.

„Davon müssen wir ausgehen“, entgegnete Herr Riese.

„Was soll das denn heißen?“, brauste Laura auf. „Entweder Sie haben ihre Leiche gefunden oder nicht.“

„Manche Leichen werden nie gefunden“, belehrte der Polizeibeamte sie.

„Also haben Sie sie *nicht* gefunden“, folgerte Laura. „Dann ist sie auch nicht tot“, fügte sie im Brustton der Überzeugung hinzu. „Und Tim ist unschuldig.“

„Das werden wir noch sehen“, kommentierte Herr Riese.

„Ach tatsächlich, werden wir das?“, brauste Laura auf. „Das ist ja super. Über fünfzehn Jahre lang macht die Polizei keinen einzigen Finger krumm, um Cordula zu finden, und dann verhaften Sie aus heiterem Himmel so einfach meinen Bruder? Das ist doch wirklich der Gipfel der Unverfrorenheit!“

„Woher wollen Sie denn wissen, was die Polizei in den letzten fünfzehn Jahren unternommen hat?“, verteidigte sich der Polizist.

„Woher ich das wissen will? Woher ich das wissen will?“, regte sich Laura auf. „Ich kann Ihnen sagen, woher ich das wissen will! Cordula war meine beste Freundin!“ Laura musste eine kurze Pause machen, weil ihre Stimme zu versagen drohte. „Nach ihrem Verschwinden war ich Dauergast bei der Polizei! Jeden Tag war ich dort, über Wochen und über Monate. Ich hab Ihre Kollegen gebeten – ach, was sage ich, *angefleht* hab ich sie – nach ihr zu suchen. Damals war *ich* es, die ein Verbrechen vermutet hat! Und was bekam ich zu hören? Dass Cordula wahrscheinlich nur ausgerissen sei. Dabei hätte sie das nie ohne mein Wissen getan! Aber das war der Polizei ja egal. Und dann fällt Ihnen fünfzehn Jahre später plötzlich ein, dass Cordula ermordet worden sein soll. Das ist ein Witz. Oder ein abgekartetes Spiel!“

„Sie haben also schon damals vermutet, dass Ihre Freundin einem Verbrechen zum Opfer gefallen sein könnte“, konstatierte Herr Riese interessiert. „Haben Sie damals auch schon Ihren Bruder verdächtigt?“

Laura wollte gerade explodieren, als Cora einen Schritt auf sie zu tat und beschwichtigend eine Hand auf ihre Schulter legte. Als Anwältin war ihr klar, dass jetzt jede Aussage genau durchdacht werden musste und dass Laura im Eifer des Gefechts wahrscheinlich mehr zu Tims Be- als zu seiner Entlastung beitragen würde. „Das hat Frau Berghoff natürlich nicht getan“, sagte Cora schnell. „Und darum bitten wir auch um Erläuterung, wie Sie zu dieser unhaltbaren Verdächtigung kommen.“

„Wir haben neue Erkenntnisse“, erwiderte Herr Riese.

„Ach ja? Und woher?“

„Es hat sich eine Zeugin gemeldet.“

„Und die hieß nicht zufällig Verena Bartel?“, fragte Cora.

„Doch.“

Cora seufzte. „Na, klasse.“

„Nicht schon wieder“, sagte Tim, der noch immer auf dem Boden kniete.

„Dieses elende Miststück“, zischte Laura.

„Und wer ist das nun schon wieder?“, fragte Timo, der jetzt überhaupt nicht mehr folgen konnte.

„Ihnen muss doch klar sein, dass der Aussage von Frau Bartel keinerlei Beweiskraft zukommen kann“, sagte Cora. „Wie Sie wissen, ist es nicht das erste Mal, dass sie Tim belastet. Zumindest kann man ihr Befangenheit nachweisen. Glauben Sie mir, es ist mir ein Leichtes, sie im Zeugenstand in der Luft zu zerreißen.“

„Versuchen Sie es doch!“, sagte Herr Riese schulternzuckend.

„Unsere Indizien sind viel wasserdichter, als Sie meinen“, fügte sein Kollege triumphierend hinzu. „Das werden Sie schon noch sehen.“

„Und was für Indizien sollen das sein?“, erkundigte sich Cora gelangweilt. Sie konnte sich beim besten Willen nicht vorstellen, dass es Beweise für den Mord an einer quicklebendigen Frau geben sollte.

„Wir sind hier, um eine Verhaftung vorzunehmen“, entgegnete Herr Riese, „nicht um Auskünfte über ein laufendes Verfahren zu erteilen.“ Mit diesen Worten zog er Tim auf die Füße und machte Anstalten, ihn auf den Flur hinauszuschieben.

„Warten Sie!“, rief Cora und ging zu Tim herüber. Dann legte sie zärtlich ihre Hand auf seine Wange, sah ihm tief in die Augen und sagte: „Ich kann jetzt nicht viel machen. Zuerst muss ich Akteneinsicht beantragen. Aber spätestens heute Nachmittag bin ich wieder bei dir. Soll ich dir irgendetwas mitbringen?“

„Verenas Kopf“, entgegnete Tim mit dem Hauch eines Lächelns. „Auf einem silbernen Tablett bitte.“

„Werde sehen, was sich machen lässt“, grinste Cora. Sie war erleichtert, dass Tim seinen Humor nicht verloren hatte. „Aber dafür ist es unbedingt erforderlich, dass du in meiner Abwesenheit komplett die

Aussage verweigerst. Lass dich nicht dazu hinreißen, mehr als deinen Namen zu sagen."

„Kein Wort ohne meinen Anwalt", nickte Tim.

„Okay", nickte Cora und sagte dann tapfer zu Herrn Riese: „Wenn Sie mir jetzt noch Ihren Haftbefehl zeigen, dürfen Sie ihn mitnehmen."

Daraufhin kramte Herr Riese ein weiteres Mal in der Innentasche seines Sakkos herum und zog einen Zettel hervor, den er Cora reichte. Diese überflog ihn kurz und gab ihn dann zurück.

„Ach, Cora", rief Tim noch schnell, bevor sich der Polizeibeamte mit ihm in Bewegung setzen konnte. „Die Hochzeit ... ich meine ... ich weiß ja nicht, wie du ... unter diesen Umständen ..." Er stockte.

Cora sah ihm liebevoll in die Augen. Sie wusste genau, was er sagen wollte. „Wir werden sie nachholen", sagte sie mit fester Stimme. „Ganz bestimmt ... und ganz egal, wie das hier ausgeht."

„Auch ... wenn du vielleicht ... auf mich warten musst?"

„Auch wenn ich hundert Jahre auf dich warten muss", flüsterte Cora.

Herr Riese rollte mit den Augen. „Wie romantisch."

Cora warf ihm noch einen bösen Blick zu, dann musste sie zusehen, wie Tim hinausgebracht wurde. Lange Zeit sah sie ihm einfach nur nach, ohne sich zu rühren. Sie musste das, was geschehen war, erst einmal verarbeiten.

Cordula Strohm. Der Name war gefallen. Aber nicht so, wie Cora es befürchtet hatte. Es war etwas ganz anderes eingetreten, eine Situation, mit der sie im Traum nicht gerechnet hatte. War sie jetzt wirklich im Begriff, jemanden zu verteidigen, der sie selbst umgebracht haben sollte? Das war doch wohl ein Witz!

Aber Cora war nicht nach Lachen zumute. Sie konnte sich lebhaft vorstellen, wie Tim sich jetzt fühlen musste. Musste er nicht annehmen, dass jetzt alles von vorn beginnen würde? Cora presste die Lippen aufeinander. Sie musste ihn da herausholen!

Das Einfachste wäre es natürlich, wenn sie Cordula wieder zum Leben erwecken würde ... Aber dann schüttelte sie ein wenig den Kopf. Sie hatte nicht vor, Tim aus dem Gefängnis zu holen, indem sie ihre Beziehung zu ihm aufs Spiel setzte. Nein, sie musste ihm helfen, ohne dass die Wahrheit ans Licht kam. Das konnte doch auch nicht so schwierig sein! Wer konnte schon einen Mord beweisen, der gar nicht geschehen war? Welcher gute Anwalt konnte einen solchen Fall verlieren?

Coras Überlegungen wurden unterbrochen, weil sie auf einmal Tim hörte, der aus größerer Entfernung irgendetwas schrie. Cora konnte nicht hören, was es war, aber es klang so wütend und verzweifelt, dass sie erschrocken die Pumps von den Füßen streifte und ins Foyer rannte.

„Ich bring dich um!“, schrie Tim und wand sich wie wild, um dem Griff der beiden Polizeibeamten zu entkommen.

Nur wenige Meter von Tim entfernt stand Verena. Auf den ersten Blick machte sie ein erschrockenes Gesicht, aber Cora kannte sie und so registrierte sie sofort den Hauch des überheblichen Lächelns, der wahrscheinlich auch Tim zum Ausrasten gebracht hatte.

„So wie Cordula Strohm?“, rief jetzt Herr Riese.

Das brachte Tim zur Besinnung. Er hörte auf sich zu wehren. „Nein. Cordula war wie eine Schwester für mich! Ich hätte ihr nie ein Haar gekrümmt! Ich –“

„Halt die Klappe!“, fiel Cora ihm scharf ins Wort. Dann lief sie zu ihm, packte ihn an den Schultern und sagte eindringlich: „Ich kann dir nicht helfen, wenn du meine Anweisungen nicht befolgst! Kein Wort ohne deinen Anwalt, schon vergessen?“

„Ich hab doch gar nichts gesagt“, verteidigte er sich.

„Du hast eine Aussage zu der Beziehung gemacht, die du zu der angeblich Ermordeten hattest“, widersprach Cora. „Wie soll ich eine Verteidigungsstrategie aufbauen, wenn du mir in den Rücken fällst?“

Tim schlug schuldbewusst die Augen nieder. „Tut mir Leid. Ich ... weiß einfach nicht mehr ... wo hinten und vorne ist. Es ist ja ... nicht irgendjemand, den ich getötet haben soll.“

„Ich weiß“, sagte Cora sanft und strich liebevoll eine Haarsträhne aus Tims Stirn. „Aber du musst mir vertrauen. Nur dann kann ich dir helfen.“

Tim nickte. „Wenn du nur zu mir hältst“, flüsterte er.

„Lass uns gehen“, sagte Herr Riese in ironischem Tonfall zu seinem Kollegen, „sonst kommen mir noch die Tränen.“

„Ja, die werden Ihnen noch kommen“, nickte Cora angriffslustig. „Verlassen Sie sich drauf.“

Herr Riese zuckte gleichgültig mit den Schultern, dann setzte er sich wieder in Bewegung und schob Tim zur Tür hinaus.

Verena hatte ihren erschrockenen Gesichtsausdruck in der Zwischenzeit gegen ein triumphierendes Lächeln getauscht. Und so hatte auch Cora auf einmal das starke Bedürfnis, dem Verfahren eine echte Leiche hinzuzufügen. Aber sie hatte sich im Griff und so sagte sie nur drohend: „Damit werden Sie nicht durchkommen.“

„Das hat Timmy beim letzten Mal auch gesagt“, grinste Verena Bartel.

Cora keuchte. Wie konnte man derart abgebrüht sein? „Er hat Ihnen vertraut!"

Verena grinste immer noch. „Ja, er ist so ziemlich der größte Dummkopf, der auf Erden herumläuft." Dann fuhr sie in gönnerhaftem Tonfall fort: „Kommen Sie, sehen Sie es doch mal positiv. Ich habe Sie davon abgehalten, einen schweren Fehler zu begehen. Wer will schon ein Weichei zum Mann?"

„Dieses Weichei", sagte Cora zitternd, „ist der liebenswerteste Mensch auf dieser Erde. Er hat Sie geliebt. Wie konnten Sie dieses einzigartige Geschenk nur so mit Füßen treten?"

Verena zuckte gleichgültig mit den Schultern. „Haben Sie eine Ahnung, wie viele Männer mich derart *beschenken*? Das kann auf Dauer ganz schön anstrengend sein!"

Cora sah ein, dass es zwecklos war. Eine Frau wie Verena würde wohl nie verstehen, was Liebe wirklich bedeutete. „Sie sind zu bedauern", sagte sie und meinte es auch so.

„Und Sie passen vielleicht besser zu Tim, als ich es für möglich gehalten hätte", entgegnete Verena. „Auf jeden Fall sind Sie genauso naiv wie er."

Für den Bruchteil einer Sekunde überlegte Cora. Sicher war es gut, wenn Verena sie auch weiterhin für naiv und unwissend hielt. „Besser naiv als eine Mörderin", schleuderte sie Verena entgegen. „Geben Sie es zu, Sie haben diese Cordula genauso ermordet wie Ihre Eltern."

Verena lachte amüsiert auf. „Du bist doch hier die Anwältin, meine Süße. Was mit dem Walross passiert ist, musst du schon selbst herausfinden."

„Was hast du mit ihr gemacht?", hörte Cora jetzt Laura hinter sich brüllen.

„Ich? Was sollte ich denn mit ihr machen?", provozierte Verena. „Ertränken konnte ich sie nicht. Du weißt schon, Fett schwimmt oben."

Laura stürmte wutentbrannt an Cora vorbei und wollte gerade auf Verena losgehen, als Frau Berghoff sie erreichte, von hinten mit beiden Armen packte und mit aller Kraft zurückzog. „Hör auf, Laura", rief sie atemlos, „sonst wanderst du auch noch ins Gefängnis. Das will sie doch nur, begreifst du das denn nicht?"

„Cordula war meine beste Freundin", stöhnte Laura und fing an zu weinen. „Meine einzige Freundin!"

„Ich weiß", murmelte Frau Berghoff und strich tröstend über das Haar ihrer Tochter. „Mir fehlt sie doch auch." Und dann liefen auch Frau Berghoff ein paar Tränen die Wangen hinunter.

Cora hatte diese Szene mit Entsetzen verfolgt. Ihr war zum ersten Mal so richtig klar geworden, was sie ihrer Freundin und dem Rest der Familie mit ihrem Verschwinden angetan hatte. Sie fühlte sich schuldig. Gleichzeitig war sie tief berührt von den Gefühlen, die die Berghoffs ihr nach so langer Zeit scheinbar immer noch entgegenbrachten. Einen Moment spielte sie erneut mit dem Gedanken, ihre wahre Identität preiszugeben. Aber würde ihr überhaupt jemand glauben? Und wenn ja, würde Lauras Trauer dann nicht in Wut umschlagen? Würde sie ihr den Vertrauensbruch überhaupt jemals verzeihen?

Sie ging ein paar Schritte auf Laura und Frau Berghoff zu. „Wir werden sie mit gerichtlichen Mitteln fertig machen“, versuchte sie die beiden aufzumuntern.

Laura hörte auf zu weinen, hob den Kopf und sah Cora hasserfüllt in die Augen. „Falls du mit ihr nicht unter einer Decke steckst“, sagte sie kalt.

Cora seufzte. Das konnte ja alles heiter werden!

Kapitel 32

Tim saß Cora gegenüber an dem kleinen Tischchen im Besuchsraum der JVA Göttingen. Er war auf seinem Stuhl ganz in sich zusammengesunken und sah vollkommen niedergeschlagen aus.

„Nach Aktenlage gibt es eine Zeugin, die dich dabei beobachtet hat, wie du die Wohnung dieser Cordula betreten hast.“

Tim zuckte müde mit den Schultern. „Sie war eine Freundin der Familie. Ich habe sie öfter mal besucht.“

„Das Problem ist nur, dass es der Abend ihres Verschwindens war, um den es hier geht.“

„Zufall“, entgegnete Tim nur.

„Und ist es auch Zufall, dass die Polizei ein blutverschmiertes Taschentuch in der alten Scheune gefunden hat, in die du dich damals immer zurückgezogen hast?“

„Bin ich hier in einem Verhör?“, fragte Tim spitz.

„Nein, aber du wirst bald in eins kommen. Und darum sollten wir uns ganz genau überlegen, was du aussagst. Es gibt nichts Schlimmeres, als wenn sie dich am Ende der Lüge bezichtigen können. Dann glaubt dir der Richter nämlich gar nichts mehr. Also?“

„Es ist doch ohnehin hoffnungslos. Ich gehe wieder ins Gefängnis. So wie damals. Und diesmal komme ich überhaupt nicht wieder raus.“

Cora rollte mit den Augen. Sie versuchte nun schon seit einer geschlagenen Stunde, diese negative Einstellung abzubiegen und Tim zu konstruktiver Mitarbeit zu bewegen. „Jetzt hör endlich auf, dich selbst zu bemitleiden", sagte sie schärfer, als sie es eigentlich wollte. „Das ist ja widerlich!"

„Du hast keine Ahnung, was widerlich ist", fuhr Tim sie an. „Es ist widerlich, in diesem Gefängnis zu sitzen. Es ist widerlich, unter permanenter Aufsicht zu stehen, das Essen zugeteilt zu bekommen und nur dann nach draußen zu können, wenn andere es dir erlauben."

Cora sah an Tim vorbei auf das vergitterte Fenster. Es war so ähnlich wie damals, in ihrem kleinen Zimmer, wenn sie Stubenarrest bekommen hatte. Und sie hatte oft Stubenarrest gehabt. Sie konnte Tim besser verstehen, als er dachte. Und trotzdem war es nicht hilfreich, sich in diesem Gefühl auch noch zu aalen. „Dann tu doch was dagegen!", beschwor Cora ihn. „Im Moment entscheidet sich der Verlauf deines ganzen weiteren Lebens! Wenn du wie ein Schüsseltuch über der Stuhllehne hängst, wirst du es wohl kaum beeinflussen können!"

„Sie können doch gar nicht wissen, ob es sich bei dem Blut um Cordulas handelt, oder?"

„Ich weiß nicht", entgegnete Cora. „Wie es aussieht, hat Laura der Polizei vor fünfzehn Jahren ein paar Haare von Cordula übergeben. Und die verwenden sie jetzt für den Abgleich. Das Ergebnis steht allerdings noch aus."

Cora kämpfte mit dem unguten Gefühl, das auf ihrem Magen lastete. Was zum Donnerwetter hatte sie damals mit dem Taschentuch gemacht? Immer und immer wieder hatte sie versucht sich daran zu erinnern. In Gedanken war sie noch einmal die Leiter der Scheune hinuntergestiegen, hatte sich die linke Hand an dem vorstehenden Nagel aufgerissen und die Blutung mit Tims Taschentuch gestillt. Aber was hatte sie anschließend mit dem Taschentuch gemacht? Sie hätte doch niemals Tims Taschentuch einfach weggeworfen! Außerdem waren seitdem mehr als 16 Jahre vergangen. Und doch war dieser Vorfall die einzig vernünftige Erklärung dafür, dass die Polizei ein blutverschmiertes Taschentuch in der Scheune gefunden hatte. Und leider war sich Cora sicher, dass das Laborergebnis auf ihr eigenes Blut hindeuten würde. Das war eine kleine Katastrophe, ein nicht unerhebliches Indiz für die Beweisführung der Anklage! *Jetzt nur nicht nervös werden*, ermahnte sie sich. *Sie können keinen Mord beweisen, der gar nicht stattgefunden hat.*

Einer der üblichen Niesanfälle unterbrach Cordulas Gedanken. Während sie ein „Hatschi" an das nächste reihte, erinnerte sie sich an den Grund ihres Besuches. Sie wollte Tims Verteidigung vorbereiten. Und das ging nur, wenn Tim ihr gegenüber ehrlich war. Und das sah im Moment nicht gerade so aus. „Wäre es denn möglich, dass das Blut von ihr stammt?“, fragte sie darum.

Tim schüttelte den Kopf. „Nein, das kann ich mir nicht vorstellen.“

„Ich habe dich nicht gefragt, ob du es dir *vorstellen* kannst“, sagte Cora streng. „Beantworte bitte meine Frage: Wäre es *möglich*, dass das Blut von ihr stammt?“

„Keine Ahnung!“, erwiderte Tim gereizt.

„Aber sie war doch eine enge Freundin. Vielleicht hast du sie mal dorthin mitgenommen.“

Tim zuckte verlegen mit den Schultern. „Vielleicht.“

„Also hast du?“

„Ich erinnere mich nicht mehr so genau.“

„Dann denk nach!“, schimpfte Cora. „Der Richter wird sich mit diesen Halbwahrheiten auch nicht zufrieden geben!“

„Also gut“, gab Tim zu, „ich hab sie wohl mal mitgenommen.“

„Wie oft?“

„Einmal.“

„Oder öfter?“

„Nein!“, entgegnete Tim genervt.

„Und was habt ihr dort gemacht?“

„Gar nichts, verdammt“, regte sich Tim auf. „Was soll die blöde Fragerei?“

Cora sah ihn durchdringend an. „Hör zu“, sagte sie sanft. „Wenn du mal etwas mit Cordula hattest, dann musst du es mir unbedingt sagen. Das Gericht darf es auf keinen Fall von jemand anderem erfahren.“

Tim wich Coras Blick aus. „Blödsinn“, sagte er abwehrend. „Sie war eine Freundin, nicht mehr und nicht weniger.“

„Bist du sicher?“, hakte Cora nach.

„Aber natürlich!“, schnaubte Tim. „Ich war doch mit Verena zusammen!“

„Die ständig mit dir Schluss gemacht hat“, bemerkte Cora.

Tim sah überrascht zu ihr auf. „Woher weißt du das?“

Cora erschrak ein wenig. Wieso überlegte sie nicht besser, bevor sie sich zu irgendwelchen Äußerungen hinreißen ließ? „Laura hat es mir erzählt“, sagte sie. *Du lügst jetzt öfter, als dass du die Wahrheit sagst*, bemerkte eine Stimme, deren Reden Cora in letzter Zeit immer unangenehmer fand.

Ich hab doch keine Wahl, Herr, verteidigte sie sich.

Man hat immer eine Wahl.

„Ach tatsächlich?", fauchte Tim. „Horchst du die jetzt auch schon über mich aus?"

„Ich horche sie nicht aus. Ich habe sie nur befragt. Wäre doch gut, wenn ich als deine Anwältin zumindest den Kenntnisstand hätte, den auch die Polizei hat."

„Wenn du Fragen hast, kannst du sie gern an mich persönlich richten."

„In letzter Zeit bist du nur leider nicht sehr gesprächig", warf Cora ihm vor. „Man könnte fast den Eindruck haben, als würdest du versuchen, mir so viel wie möglich zu verschweigen."

„Und was, bitte schön, soll ich dir sonst noch verschwiegen haben?"

„Zum Beispiel, dass Cordula in dich verliebt war."

„Na und?", entgegnete Tim wütend. „Was macht das schon?"

„Sehr viel!", regte sich Cora auf. „Schließlich bist du des Mordes an ihr angeklagt. Die Polizei könnte denken, dass du dich mit ihr getröstet hast."

„Hab ich aber nicht."

Cora sah Tim noch immer forschend ins Gesicht. Sie fragte sich, ob er ihr die Wahrheit absichtlich verschwieg oder ob er sich am Ende gar nicht mehr daran erinnerte. Hatte er die Nacht verdrängt? War sie so unbedeutend für ihn gewesen? Oder hatte er plötzlich kein Vertrauen mehr zu ihr? „Irgendwie glaube ich dir nicht", sagte sie provokativ.

„Ach nein? Dann sieh dir doch mal ein Bild von Cordula an", entgegnete Tim aufgebracht. „Sie war übergewichtig. Fett. Hässlich. Ich hätte sie nicht einmal angerührt, wenn sie die letzte Frau auf Erden gewesen wäre!"

Cora sagte nichts. Sie starrte Tim mit weit aufgerissenen Augen an und war nicht in der Lage, auch nur ein einziges Wort herauszubringen. Dann erhob sie sich ganz plötzlich, raffte ihre Unterlagen zusammen und lief zur Tür.

„Ich hab einen Termin vergessen", murmelte sie fahrig und klopfte so energisch an die Tür, dass man ihr sofort öffnete. „Ich komme morgen wieder." Und mit diesen Worten war sie auch schon verschwunden.

Sie schaffte es noch bis ins Auto, dann brach sie in Tränen aus. Sie weinte und weinte. Und so sehr sie sich auch bemühte, sie konnte einfach nicht wieder aufhören. Sie war so verletzt, so abgrundtief verletzt.

❧

„Möchten Sie vielleicht einen Kaffee, Frau Neumann?", fragte Herr Weinert zuvorkommend.

„Gern", entgegnete Cora und lächelte dem Beamten freundlich zu. Sie war erleichtert, dass gerade Herr Weinert Tims Befragung vornahm. Er war vielleicht Ende 30 und ein sehr sympathischer Mann, viel angenehmer als die meisten seiner Kollegen. Und er hatte die äußerst seltene Angewohnheit, sowohl die Verdächtigen als auch deren Anwälte mit Respekt zu behandeln.

„Und Sie, Herr Berghoff?"

Tim schüttelte den Kopf. „Nein, danke."

Herr Weinert holte Cora eine Tasse. „Milch oder Zucker?", fragte er.

Cora schüttelte den Kopf. „Schwarz, bitte." Normalerweise trank sie ja keinen Kaffee. Aber heute war sie so nervös, dass sie einen gebrauchen konnte. Als Anwältin nahm sie natürlich häufig an Polizeibefragungen teil. Und dennoch fühlte sie sich heute nicht so ganz wohl in ihrer Haut. Tim hatte ihr noch immer nicht die Wahrheit gesagt. Seit er im Gefängnis saß, konnte sie überhaupt nicht mehr vernünftig mit ihm reden. Wie sollte sie ihm unter diesen Umständen angemessen zur Seite stehen?

„Das haben Sie aber nicht nötig", sagte Herr Weinert scherzend.

„Wieso?"

„Na, weil schwarz doch angeblich schön macht", erklärte er.

„Oh", machte Cora und errötete ein wenig. Dann nippte sie schnell an ihrem Kaffee. Sie war es einfach nicht gewohnt, dass ihr jemand Komplimente machte.

Sie überlegte noch, was sie sagen könnte, um das verlegene Schweigen zu durchbrechen, als es einmal kurz an der Tür klopfte und Herr Michaelis den Raum betrat. Er war genau das Gegenteil seines Kollegen; unfreundlich, launisch und verbissen. Und so war Cora wenig erfreut, als er jetzt neben Herrn Weinert Platz nahm. „Kann ich die bisherigen Aussagen mal sehen?", fragte er.

„Gern", nickte Herr Weinert und reichte ihm ein Blatt Papier.

Herr Michaelis überflog es kurz. Dann wandte er sich an Tim und sagte unvermittelt: „Wo waren Sie in der Nacht vom 15. auf den 16. Juli 1986?"

Tim beugte sich vor. „Das war die Nacht, in der ich meinen achtzehnten Geburtstag gefeiert habe."

„Ich weiß", entgegnete Herr Michaelis kühl.

Tim schluckte. „Dann wissen Sie ja auch, wo ich war."

„Sie waren bis Mitternacht auf der Party. Dann haben Sie sie verlassen. Die Ermordete –"

„*Angeblich* Ermordete“, fiel Cora ihm ins Wort.

„ ... die angeblich Ermordete“, wiederholte Herr Michaelis sichtbar genervt, „ist Ihnen gefolgt. Wo hat sie Sie gefunden?“

„Sie hat mich gar nicht gefunden“, sagte Tim. „Ich hatte mich mit meiner Freundin gestritten und wollte allein sein. Ich bin zur Scheune gefahren und habe die Nacht dort verbracht. Cordula habe ich erst morgens wiedergesehen. Sie kam in unser Haus, als ich mit meinen Eltern frühstückte.“

„So, so“, sagte Herr Michaelis und nickte bedeutungsvoll mit dem Kopf. Dann griff er in seine Jackentasche und holte eine kleine Plastiktüte daraus hervor. „Dann erklären Sie mir doch bitte mal, was das hier ist.“ Mit diesen Worten hielt er Tim die Plastiktüte unter die Nase.

Cora musste gar nicht lange hinsehen. Sie erkannte sie sofort, die Spieluhr, die sie Tim geschenkt hatte.

„Was ist das?“, fragte Tim so unbefangen wie möglich.

Cora stand blitzartig auf. „Ich möchte meinen Mandanten einen Moment unter vier Augen sprechen“, sagte sie schnell.

„Von mir aus“, seufzte Herr Michaelis. „Nehmen Sie den Raum hier rechts“, sagte er und deutete auf eine Tür.

Cora nickte. Dann fasste sie Tim am Arm und zog ihn hinter sich her.

„Wir müssen uns jetzt ganz genau überlegen, was du sagst“, zischte sie, kaum dass sie die Tür hinter sich geschlossen hatte.

Tim sagte gar nichts.

„Ich hab so das Gefühl, dass er mehr weiß als wir“, fuhr Cora fort. „Er darf dich auf keinen Fall bei einer Lüge erwischen.“

„Gut aussehender Typ, dieser Weinert“, entgegnete Tim.

„Hä?“, machte Cora.

„Herr Weinert“, wiederholte Tim ein wenig ungehalten. „Ich finde, er sieht sehr gut aus.“

Cora hatte keine Ahnung, worauf Tim hinaus wollte. „Wenn du meinst ...“, sagte sie unsicher.

„Und was meinst du?“

Cora erinnerte sich auf einmal an das nette Kompliment, das Herr Weinert ihr gemacht hatte. Ob Tim etwa eifersüchtig war? Sie lächelte gerührt. Dann sagte sie sanft: „Nicht halb so gut wie du.“

Wenn sie allerdings erwartet hatte, dass Tim jetzt aufatmen würde, hatte sie sich getäuscht. „Du lügst doch schon, wenn du den Mund aufmachst“, fauchte er.

Cora schnappte nach Luft. War er noch ganz bei Trost? Wie konnte er so etwas sagen, wo sie doch Tag und Nacht nur darum kämpfte, ihn wieder aus dem Gefängnis zu holen? „Das wollte ich gerade von dir behaupten", entgegnete sie wütend.

„Was?", fragte nun Tim voller Verwirrung.

„Die Spieluhr", erklärte Cora in scharfem Tonfall, „du wolltest die Polizei doch gerade belügen. Ich hab dir an der Nasenspitze angesehen, dass sie dir nicht unbekannt ist."

„Was interessiert mich die bescheuerte Spieluhr, wenn meine Frau dabei ist, mich zu betrügen?"

„Noch bin ich nicht deine Frau", korrigierte Cora ihn kühl.

Tim drehte sich von ihr weg. „Ich vergaß", presste er hervor.

Cora wusste, dass sie ein wenig zu weit gegangen war. Daher ging sie einen Schritt auf Tim zu, legte tröstend ihre Hand auf seine Schulter und sagte eindringlich: „Ich liebe dich, Tim. Nur dich. Andere Männer interessieren mich überhaupt nicht. Ich würde nicht mal reagieren, wenn Brad Pitt neben mir stünde. Ich dachte, du wüsstest das!"

„Ich weiß gar nichts mehr", entgegnete er, ohne sich wieder zu ihr umzudrehen, „nur, dass ich hier drinnen festsitze und du draußen machen kannst, was du willst."

„Ich mache aber nicht, was ich will!", sagte Cora entrüstet. „Und ich betrüge dich auch nicht."

„Das hat Verena auch gesagt", antwortete Tim.

„Ich bin aber nicht Verena, zum Donnerwetter", schimpfte Cora mit unterdrückter Stimme. „Ich bin ..." Sie hielt mitten im Satz inne und riss ihre Augen vor Entsetzen weit auf. Hatte sie gerade „Cordula" sagen wollen?

Noch bevor sie sich so richtig darüber klar werden konnte, wurde die Tür aufgerissen und Herr Weinert sah hinein. „Na, schöne Frau", grinste er fröhlich, „alle Klarheiten beseitigt?"

„Natürlich", bellte Tim dem Polizeibeamten so wütend entgegen, dass dieser irritiert die Augenbrauen hochzog. Dann drängte sich Tim an Herrn Weinert vorbei und nahm eilig wieder auf seinem Stuhl Platz.

Cora schüttelte verzweifelt den Kopf. Dabei war das eigentliche Thema doch noch überhaupt nicht besprochen worden! Angesichts der Umstände blieb ihr allerdings nichts anderes übrig, als Tim zu folgen und sich ebenfalls wieder hinzusetzen. Dabei versuchte sie, seinen Blick aufzufangen. Sie wollte ihm wenigstens noch einmal aufmunternd zulächeln, ihn dadurch ihrer ungeteilten Zuneigung versichern. Aber Tim starrte nur demonstrativ in eine andere Richtung.

Währenddessen hatte Herr Michaelis erneut die Tüte mit der Spieluhr hochgehoben. „Was ist nun damit?", fragte er.

„Ich kenne das Ding nicht", antwortete Tim. Cora biss sich auf die Unterlippe. Sie war sicher, dass das nicht gut gehen konnte.

„Sehen Sie es sich genau an", forderte Herr Michaelis ihn auf.

Tim nahm dem Beamten die Tüte aus der Hand und sah sie sich gelangweilt von nahem an. Cora sah ihm an, dass er wieder jede Kenntnis leugnen wollte. Sie musste das verhindern! Und so kam sie ihm zuvor und sagte schnell: „Ach, du grüne Neune, Herr Michaelis, mir fällt da grad was ein!" Und dann sah sie demonstrativ auf ihre Uhr. „Mein Termin! Es ist ja schon so spät. Tut mir furchtbar Leid. Aber könnten wir die Befragung von Herrn Berghoff vielleicht morgen weiterführen?"

„Wir haben doch gerade erst angefangen!", entgegnete Herr Michaelis entrüstet.

„Ich weiß", sagte Cora zerknirscht. „Aber es geht wirklich nicht anders. Ich –"

„Natürlich geht es anders", fiel Tim ihr ins Wort. „Ich werd mich einfach allein befragen lassen. Ist doch kein Problem!"

„Ich bin deine Anwältin", sagte Cora. „Ich *muss* an den Befragungen teilnehmen."

„Und ich bin dein Mandant", gab Tim mit einem süffisanten Lächeln zurück. „Dein Boss sozusagen. Und dein Boss verzichtet heute gern auf deine Gegenwart!"

Cora öffnete den Mund und schloss ihn dann wieder. Was sollte sie dazu sagen?

„Also was nun?", zischte Herr Michaelis genervt.

„Wir machen weiter", entgegnete Tim mit fester Stimme.

Cora verstand nicht, warum Tim sich selbst schadete, nur damit er ihr eins auswischen konnte. „Dann bleibe ich auch", sagte sie niedergeschlagen.

„Ich hoffe, wir haben das jetzt geklärt", sagte Herr Michaelis streng. „Also, was ist nun mit der Spieluhr?"

„Ich habe sie nie zuvor gesehen", entgegnete Tim und klang dabei fast triumphierend.

Cora sah zum Fenster hinaus. Sie hatte Mühe, die Tränen zurückzuhalten. Sie wusste, was jetzt kommen würde.

„Dann werden Sie mir sicher gern erklären, warum wir Ihre Fingerabdrücke darauf gefunden haben", sagte Herr Michaelis.

Tim erschrak sichtlich. „Fingerabdrücke?", stammelte er. „Nach so langer Zeit?"

„Nach so langer Zeit", wiederholte Herr Michaelis. „Sie scheinen ja ganz genau zu wissen, von wann die Fingerabdrücke stammen!"

„Ich ...“, begann er, brach dann aber ab und sah Hilfe suchend zu Cora herüber. Die schüttelte allerdings nur müde den Kopf. Jetzt konnte sie ihm auch nicht mehr helfen.

Tim senkte schuldbewusst den Kopf. „Cordula hat sie mir geschenkt ... zum Geburtstag.“

„Wir haben die Spieluhr in der Scheune gefunden“, sagte Herr Michaelis. „Cordula Strohm ist nach der Party dorthin gefahren. In jener Nacht hat sie sie Ihnen geschenkt.“

Tim nickte.

„Und dann hatten Sie Geschlechtsverkehr“, fuhr Herr Michaelis fort.

Tim starrte nur mit zitterndem Kinn vor sich hin.

„Das sind Spekulationen!“, sagte Cora entrüstet. „Nichts als Spekulationen!“

„Sie sind aber wahr“, sagte Tim.

„Bist du verrückt?“, fuhr Cora ihn an. „Du reitest dich immer tiefer rein!“

Aber Tim schüttelte den Kopf. „Ich muss es endlich mal jemandem sagen“, hauchte er. „Ich hab es so lange für mich behalten! Jahrelang! Ich dachte, ich könnte es totschweigen. Aber es hat mich immer gequält. So sehr, dass ich seit jener Nacht nie wieder in der Scheune gewesen bin. Ich konnte es einfach nicht.“

In Gedanken betrat Cora noch einmal das Haus der Berghoffs. Damals, am Morgen danach. Sie sah Tim wieder am Tisch sitzen und erinnerte sich an das Furchtbarste, was sie je erlebt hatte: seinen schuldbewussten, ausweichenden Blick.

„Und dann hat Frau Strohm damit gedroht, Ihrer Freundin alles zu erzählen“, sagte Herr Weinert.

Tim blickte auf. Sein Gesicht spiegelte Verwirrung wider. „Nein“, sagte er, „so etwas hätte sie nie getan.“

„Sie hat von Ihnen verlangt, dass Sie mit Frau Bartel Schluss machen“, fuhr Herr Weinert fort. „Sonst wollte sie selbst für das Ende der Beziehung sorgen. Monatelang ist es Ihnen gelungen, sie hinzuhalten. Aber dann hat sie die Geduld verloren. Sie hat Sie zu sich nach Hause bestellt. Dort kam es zum Streit. In Ihrer Angst um Ihre Beziehung zu Frau Bartel haben Sie sie getötet.“

„Nein!“, schrie Tim entsetzt. „Das habe ich nicht getan! Ich hätte Cordula nie ein Haar gekrümmt!“

„Dafür haben Sie keinerlei Beweise!“, mischte sich Cora in das Verhör ein.

„Wir haben ein Motiv ...“, begann Herr Michaelis.

„... das ziemlich weit hergeholt ist", fiel Cora ihm ins Wort.

„Und wir haben jede Menge Indizien", fuhr Herr Michaelis unbeirrt fort. „Wir wissen, dass Herr Berghoff in der Nacht, in der sie verschwand, bei Frau Strohm war. Außerdem haben wir ein Taschentuch, das zweifelsfrei mit dem Blut der Ermordeten –"

„*Angeblich* Ermordeten", korrigierte Cora schwach.

„... durchtränkt ist und dazu auch noch Herrn Berghoff gehört."

„Woher wollen Sie wissen, dass es sein Taschentuch ist?", fragte Cora.

„Es trägt die Initialen TB", entgegnete Herr Michaelis triumphierend. „Und Karen Berghoff hat es wiedererkannt. Sie musste in der Befragung zugeben, dass ihre Mutter es bestickt und Tim Berghoff geschenkt hat."

„Ja", lächelte Tim in einem Anflug von schwarzem Humor, „ich hatte mir so was schon ewig gewünscht."

„Wir wissen, dass Herr Berghoff in der Nacht nach der Party in der Scheune mit Frau Strohm zusammen war", begann Cora. „Wäre es nicht möglich, dass sie sich beim Verlassen des Gebäudes verletzt hat? An einem vorstehenden Nagel zum Beispiel? Und dass sie das Taschentuch von Herrn Berghoff dazu verwendet hat, die Blutung zu stillen?"

„War das so?", fragte Herr Michaelis spontan in Tims Richtung.

„Ich ... nein ... nicht, dass ich wüsste", stammelte Tim.

„Nimm diese Aussage bitte unbedingt zu Protokoll", wies Herr Michaelis seinen Kollegen an. „Damit die wilden Theorien von Frau Neumann im Gerichtssaal widerlegt werden können."

„Meine Theorie ist überhaupt nicht wild", widersprach Cora entrüstet. „Und Herr Berghoff kann auch gar keine Aussage dazu machen. Schließlich hat Frau Strohm die Scheune allein verlassen. Herr Berghoff hatte sich zu diesem Zeitpunkt längst davongemacht!"

„Woher weißt du das?", fragte Tim verwundert.

„Ich ... äh ... ", stammelte Cora, während sie fieberhaft nachdachte. Und dann kam ihr plötzlich der rettende Gedanke. „Du hast doch ausgesagt, dass sie am darauf folgenden Tag in euer Haus kam, während du mit deinen Eltern und Laura beim Frühstücken warst. Dann ... dann muss es doch so gewesen sein."

Tim nickte bitter. „Du hast den Nagel auf den Kopf getroffen, weißt du das? Davongemacht hab ich mich." Er schüttelte traurig den Kopf. „Wie ein Verbrecher."

„Also doch", rutschte es Herrn Weinert heraus.

„Blödsinn!", schleuderte Cora ihm entgegen. „Seit wann ist es ein Verbrechen, mit jemandem zu schlafen?"

„Wenn es nur das wäre“, sagte Tim niedergeschlagen.

„Was denn noch?“, sagte Herr Michaelis und richtete sich gespannt auf.

Tim starrte geistesabwesend zum Fenster heraus, so als könnte er die Vergangenheit dort noch einmal ablaufen sehen. „Erst hab ich Hoffnungen in ihr geweckt“, sagte er leise, „und dann hab ich sie einfach fallen lassen.“

„Und als sie das nicht mit sich machen ließ, haben Sie sie zum Schweigen gebracht“, vollendete Herr Michaelis.

Tim schüttelte traurig den Kopf. „Sie hat alles mit sich machen lassen. Das ist ja gerade das Schlimme.“

Herr Michaelis schien einen Moment zu überlegen. Dann griff er nach seinem Telefonhörer, wählte eine Nummer und sagte nur: „Plan B.“

„Ich weiß nicht, was Sie jetzt schon wieder vorhaben“, fauchte Cora ihn an. „Aber ich werde nicht zulassen, dass Sie meinen Mandanten –“

Cora wurde unterbrochen, weil es jetzt einmal kurz an der Tür klopfte und diese dann ruckartig aufgerissen wurde. Sie drehte sich um und sah einen weiteren Polizeibeamten eintreten. Im Schlepptau hatte er ... Laura. „Was soll das denn nun schon wieder?“, regte sich Cora auf, noch bevor ihre Freundin ganz den Raum betreten hatte. „Wenn Sie eine Gegenüberstellung planen, müssen Sie mir das vorher ankündigen!“

„Ich hab aber nichts dagegen“, unterbrach Tim sie. „Einmal muss sie es sowieso erfahren. Und heute scheint irgendwie der Tag der Wahrheit zu sein.“

„Was erfahren?“, fragte Laura.

Tim senkte den Blick. Ein paar Sekunden rang er mit sich. „Warum Cordula damals fortgegangen ist“, entgegnete er schließlich mit zitternder Stimme.

„Du hattest etwas damit zu tun?“, fragte Laura.

Tim wagte noch immer nicht, sie anzusehen. „In der Nacht nach der Party ... ich hatte viel zu viel getrunken“, stammelte er, „und ... ich weiß wirklich nicht, wie es passieren konnte ... sie hat mich in der Scheune gefunden ... und ...“ Er brach ab und seufzte abgrundtief. Dann sah er seiner Schwester direkt in die Augen und sagte mit fester Stimme: „Ich hab mit ihr geschlafen.“

Laura starrte ihn ungläubig an. „Was?“, hauchte sie.

„Sie wollte es auch“, versuchte er sich zu verteidigen.

Laura schien noch nicht so richtig zu begreifen. „Und ... und dann?“, stotterte sie.

„Nichts dann“, entgegnete Tim. „Bis zu dem Abend, an dem sie verschwunden ist, haben wir nie wieder ein Wort darüber verloren.“

„Du hast mit Cordula geschlafen und bist anschließend wieder zu Verena zurückgekrochen?“, hauchte Laura fassungslos.

Tim nickte beschämt.

Lauras Augen füllten sich mit Tränen. „Darum seid ihr euch aus dem Weg gegangen“, flüsterte sie. Tim nickte wieder. „Sie war todunglücklich!“, sagte Laura und begann zu weinen.

„Ich weiß“, entgegnete Tim leise. „Irgendwann konnte ich es selbst nicht mehr aushalten. Ich hab sie besucht, um mich bei ihr zu entschuldigen.“

Laura blickte auf. „Der Abend ihres Verschwindens?“, fragte sie unter Tränen.

„Genau der“, antwortete Tim.

„Und was hat sie gesagt?“

Tim schüttelte nachdenklich den Kopf. „Auf jeden Fall nicht die Wahrheit“, murmelte er niedergeschlagen. „Ich hätte es wissen müssen. Es war zu einfach. Sie hat meine Entschuldigung angenommen und gesagt, alles würde wieder so sein wie früher.“

Laura hörte auf zu weinen. „Das hat sie gesagt?“

Tim nickte.

Laura starrte Tim eine Weile an. Dann sagte sie: „Ich glaub dir kein Wort.“

„Aber ... wieso denn nicht?“, stammelte Tim erschrocken.

„Weil es nicht sehr glaubwürdig ist. Und weil ich jetzt endlich die ganze Wahrheit wissen will.“

Tim fragte: „Welche ganze Wahrheit?“

„Ich will wissen, was du mit ihr gemacht hast“, antwortete Laura und sah Tim forschend in die Augen.

„Bist du verrückt?“, rief Tim entsetzt. „Ich hab überhaupt nichts mit ihr gemacht!“

„Hast du sie umgebracht?“, fragte Laura unbeirrt.

„Nein!“, rief Tim. „Natürlich nicht! Das müsstest du doch wissen!“

„Ich weiß überhaupt nichts mehr!“, entgegnete Laura. „Und ich kenne dich auch nicht mehr. All die Jahre hab ich zu dir gehalten! Ich hab für dich ausgesagt, dich gegen alle Welt verteidigt. Zwölf Jahre lang hab ich dich im Gefängnis besucht. Und dann wirst du zum zweiten Mal verhaftet. Schon wieder wegen Mordes. Dieses Mal an meiner besten Freundin. Und es stellt sich heraus, dass du mich die ganze Zeit belogen hast. Was soll ich davon halten, hm? Was?“ Sie schüttelte heftig den Kopf. „Ich weiß nicht mehr, wer du bist. Und ich frage mich ernsthaft, ob ich nicht all die Jahre ein Brett vor dem Kopf gehabt habe. Was kommt als Nächstes? Was wird sich sonst noch als Lüge herausstellen?"

Ein paar Sekunden lang reagierte Tim nicht. Er starrte seine Schwester nur an. Dann stützte er in Zeitlupentempo seine Ellenbogen auf dem Tisch auf und ließ sein Gesicht in seine geöffneten Hände sinken.

Cora sah sich das voller Entsetzen mit an. Sie konnte sich vorstellen, was jetzt in Tim vorging. Musste er nicht annehmen, dass jetzt niemand mehr auf seiner Seite stand? Mussten ihm solche Äußerungen nicht das letzte bisschen Lebensmut nehmen?

„Hör auf!", rief Cora entsetzt. „Bitte, Laura!" Sie ging einen Schritt auf ihre Freundin zu und streckte ihr beschwörend beide Hände entgegen. „Sie benutzen dich doch nur! Merkst du das denn nicht? Sie haben diese ganze Szene hier absichtlich eingefädelt. Und du schadest Tim!"

„Halt du dich da raus!", fauchte Laura sie an. „Wer weiß denn, was du mit der ganzen Geschichte zu tun hast! Immer, wenn Tim eine Freundin hat, wird er plötzlich des Mordes angeklagt. Das kann doch langsam kein Zufall mehr sein!"

Cora trat angesichts dieser Beschuldigung unwillkürlich einen Schritt zurück.

Jetzt aber sprang Tim auf. „Lass sie in Ruhe!", herrschte er seine Schwester an. „Wie kannst du es wagen! Sie ist die Einzige hier, die uneingeschränkt zu mir hält. Sie hat mir immer geglaubt! Und das weiß ich erst seit eben so richtig zu schätzen. Seit meine eigene Schwester mir einen Mord zutraut!" Tim packte seine Schwester mit beiden Händen an den Oberarmen. Dann sah er ihr fest in die Augen und sagte eindringlich: „Cordula lag mir am Herzen, Laura! Mindestens ebenso wie dir."

Laura senkte beschämt den Blick. „Tut mir Leid", sagte sie dann.

Tim ließ sie los. „Ja, mir auch", entgegnete er bitter und wandte sich ab. Dann sagte er zu Herrn Michaelis. „Bringen Sie mich in meine Zelle." Und als der Polizeibeamte nicht sofort reagierte, fügte er ärgerlich hinzu: „Sofort!"

Herr Michaelis hob kapitulierend die Hände. „Schon gut, schon gut."

„Hey", sagte Cora noch schnell. Und als Tim sich zu ihr umwandte, fügte sie voller Zärtlichkeit hinzu: „Wir kriegen das schon wieder hin."

Aber Tim schüttelte mutlos den Kopf. „Wenn meine eigene Schwester nicht mehr auf meiner Seite ist, wofür soll ich dann noch kämpfen?"

„Für mich vielleicht?“, sagte Cora vorsichtig.

Tim sah kurz zu Herrn Weinert herüber. Dann sagte er bitter: „Wenn du schlau bist, suchst du dir jemand anderen. Jemand, der nicht immer nur nimmt. Der dir etwas bieten kann.“

„Ich will aber nichts *geboten* haben“, widersprach Cora. „Ich will dich!“ Und jetzt sah sie ihrerseits demonstrativ zu Herrn Weinert herüber. „Niemand sonst!“

„Ich bin nicht gut für dich, Cora“, sagte er verzweifelt. „Ich bin vorbestraft! Und zum zweiten Mal des Mordes angeklagt. Ich bin auf dem besten Weg, den Rest meines Lebens hinter Gittern zu verbringen!“

„Du wirst nicht verurteilt, Tim“, sagte Cora im Brustton der Überzeugung.

„Wenn Sie sich da man nicht täuschen“, widersprach Herr Michaelis siegesgewiss.

„Erstens“, fauchte Cora ihn an, „habe ich Sie nicht um Ihre Meinung gebeten. Und zweitens sind Sie nicht in der Position, sich derart aufzuspielen. Was haben Sie schon vorzuweisen? Sie haben ja noch nicht einmal eine Leiche!“

„Weil Ihr Freund uns nicht verrät, wo er sie verscharrt hat“, schnaubte Herr Michaelis.

„Oder weil Cordula Strohm am Leben ist!“, gab Cora zurück. „Wer weiß, vielleicht ist sie Ihnen näher, als Sie glauben. Vielleicht lebt sie in der Stadt und läuft Ihnen täglich über den Weg. Haben Sie das schon mal in Erwägung gezogen?“

„Das glauben Sie doch selbst nicht!“

„Was ich nicht glaube, ist, wie einseitig und schlampig Sie arbeiten“, regte sich Cora auf. „Und genau deshalb werde ich Ihnen vor Gericht den Garaus machen. Verlassen Sie sich drauf!“

„Das Einzige, worauf ich mich verlasse“, entgegnete Herr Michaelis, „ist, dass ich einen vorbestraften Mörder habe, ein Motiv und jede Menge Indizien. Dagegen müssen Sie erst einmal anstinken!“

„Ich hab immer noch ein Ass im Ärmel“, entgegnete Cora wütend.

Aber ihre Drohung klang nicht so überzeugend, wie sie beabsichtigt war. Es stimmte zwar. Sie hatte die Trumpfkarte. Schließlich konnte sie beweisen, dass die angeblich Ermordete noch lebte. Das Problem war bloß, dass sie dieses Ass nicht ausspielen konnte. Mit jedem Tag, an dem sie ihre wahre Identität verheimlicht hatte, war es unvorstellbarer geworden, sie doch noch preiszugeben. Wie sollte sie Tim jemals erklären, dass sie so lange geschwiegen hatte? Wie sollte sie Laura erklären, dass sie ihre Sorge um Cordula einfach hingenommen hatte?

Nein, die beiden durften die Wahrheit niemals erfahren. Und das mussten sie doch auch nicht! Sie war schließlich eine gute Anwältin. Und die Polizei hatte wirklich nicht sehr viel in der Hand. Sie hatte schon jede Menge Argumente im Kopf, mit denen sie die Indizienkette erschüttern konnte. Das angebliche Motiv war ja auch eher dünn. Sie würde es in null Komma nichts in der Luft zerreißen. Und ohne Leiche blieben sowieso immer Zweifel an einem Mord.

„Ich auch!", lachte Herr Michaelis triumphierend.

Cora sah ihn einen Moment überrascht an. Was sollte das denn heißen? „Wenn Sie mir Beweismittel verheimlichen ...", begann sie wütend.

„Blödsinn!", fiel Herr Weinert ihr ins Wort. Und dann wandte er sich an seinen Kollegen und sagte warnend: „Du redest zu viel!"

Kapitel 33

„Du siehst total bescheuert aus", stellte Timo fest. Er hatte sich lässig gegen den Türrahmen gelehnt und sah seiner Mutter dabei zu, wie sie zum hundertsten Mal an diesem Vormittag den Flur entlangstöckelte.

„Vielen Dank", entgegnete Cora beleidigt. Sie hatte sich extra neu eingekleidet. Schon allein der lange, eng geschnittene Rock aus dunkelbraunem Leder hatte ein Vermögen gekostet. Ganz zu schweigen von der Rüschenbluse. Und für die hellbraunen Lackstiefel mit dem mörderischen Absatz hatte sie bestimmt fünfzehn Geschäfte abgeklappert.

„Jetzt mal ehrlich, Ma, was soll das?", fragte Timo kopfschüttelnd. „Du kannst in den Dingern doch gar nicht laufen."

„Ich werde es schon lernen", erwiderte Cora und übte fleißig weiter.

„Und wozu? Ich meine, was ist der Anlass für dieses ... gewöhnungsbedürftige ... Outfit? Hast du 'n Vorstellungsgespräch oder sowas?"

„Ich besuche Tim im Gefängnis, das ist alles."

„Ach so", nickte Timo und unterdrückte ein Grinsen, „das ist natürlich was anderes. Im Knast braucht man schon ein Knalleroutfit!"

„Mach dich nicht über mich lustig!", fauchte Cora.

„Ich will dir ja deine Illusionen nicht nehmen", begann Timo, „aber Tim wird sich totlachen. Verlass dich drauf."

Cora blieb stehen. „Du hast keine Ahnung. Tim mag so etwas."

„Seid wann das denn?"

„Immer schon!“, antwortete Cora niedergeschlagen. „Ich möchte, dass er sich freut, mich zu sehen. Schließlich hat er es schon schwer genug da drinnen. Außerdem hab ich schlechte Nachrichten zu überbringen. Der Haftprüfungstermin hat nämlich ergeben, dass keine Kaution zugelassen wurde. Ich konnte die dusselige Kuh von Richterin einfach nicht davon überzeugen, dass weder Flucht- noch Verdunkelungsgefahr besteht.“ Cora seufzte. „Er wird noch ziemlich lange da drinnen ausharren müssen.“

„Wie lange?“, fragte Timo.

„Bis zum Prozess. Und der ist frühestens in ein paar Wochen.“

„Und wer soll mir bis dahin Klavierunterricht geben?“

„Seit wann sehnst du dich nach Klavierunterricht?“, fragte Cora lächelnd.

Timo zuckte mit den Schultern. „Keine Ahnung“, sagte er ausweichend.

„Du vermisst ihn wohl auch?“

Timo senkte den Blick. „Vielleicht“, sagte er verlegen.

Bestimmt sogar, dachte Cora und lächelte versonnen. Es war schon ein Glücksfall, dass sich die Beziehung zwischen Timo und Tim so positiv entwickelt hatte. In letzter Zeit hatte Cora manchmal das Gefühl gehabt, als empfänden die beiden schon wie Vater und Sohn füreinander. Und das, obwohl sie die Wahrheit doch gar nicht kannten!

„Apropos vermissen“, fuhr Timo auf einmal fort. „Ende nächster Woche ist das halbe Jahr abgelaufen. Ich hoffe, du hast es nicht vergessen.“

„Hä?“, machte Cora. Sie hatte überhaupt keine Ahnung, worauf Timo hinaus wollte.

„Mein Vater“, klärte Timo sie auf. „Vor einem halben Jahr hast du mir versprochen, dass du mir alles erzählen wirst. Du weißt schon, die ganze Geschichte, wie ich entstanden bin und so. Und warum ihr nicht mehr zusammen seid. Name und Adresse eingeschlossen.“

Cora sah ihren Sohn erschrocken an. Hatte er gerade ihre Gedanken gelesen oder wieso fing er ausgerechnet jetzt von seinem Vater an? Sie räusperte sich. „Ich ... ich weiß nicht, was du meinst“, stammelte sie.

„Bist du verrückt?“, fuhr Timo sie an. „Du hast es versprochen, hoch und heilig versprochen! Wenn ich sechs Monate Ruhe gebe, wirst du mir alles erzählen. So war es vereinbart. Sag jetzt nicht, dass du dein Versprechen brechen willst!“

„Aber das war Tims Idee“, versuchte Cora sich herauszureden.

„Na und?“, regte sich Timo auf. „Du hast dieser Idee zugestimmt! Und deshalb wirst du verdammt noch mal auch zu deinem Wort stehen!“

Cora dachte fieberhaft nach. Sie fühlte sich furchtbar in die Enge getrieben. Natürlich hatte Timo Recht. Sie hatte ihm dieses Versprechen gegeben, auch wenn sie monatelang keinen Gedanken mehr daran verschwendet hatte. Aber sie konnte Timo doch unmöglich die Wahrheit erzählen! Heute noch weniger als damals! „Das ... das halbe Jahr kann unmöglich schon um sein“, stotterte Cora verzweifelt.

„Ist es aber“, beharrte Timo. „Das Gespräch war am dritten April. Die sechs Monate sind also nächsten Samstag um. Du kannst gerne Tim danach fragen. Er hat sich das Datum aufgeschrieben. Auf meinen Wunsch hin. Irgendwie muss ich wohl geahnt haben, dass du wieder zicken würdest!“

Cora hatte auf einmal das Gefühl, als würde sich alles um sie herum drehen. Sie war in der Zwickmühle. Sie konnte ihm einfach nicht die Wahrheit sagen. Aber sie wollte auch nicht als Lügnerin dastehen. Hatte sie nicht versucht, ihren Sohn zu Gradlinigkeit und Ehrlichkeit zu erziehen? Wie sollte das jemals fruchten, wenn sie es nicht selbst vorlebte? „Gib mir ein bisschen mehr Zeit“, flüsterte sie.

Aber Timo schüttelte den Kopf. „Auf keinen Fall“, schnaubte er. „Ich bin es leid, ständig vertröstet zu werden. Das Maß ist voll. Ich will die Wahrheit, und zwar nächsten Samstag, nicht einen einzigen Tag später! Richte dich darauf ein.“ Er warf seiner Mutter noch einen Blick zu, der höchste Entschlossenheit verriet, dann drehte er sich um und verließ die Wohnung.

Cora blieb nachdenklich zurück. Was sollte sie jetzt tun? Wie konnte sie Timo zufrieden stellen und gleichzeitig ihr Geheimnis wahren?

Diese Frage beschäftigte sie auch noch, als sie schon längst auf dem Weg ins Gefängnis war. Vielleicht konnte sie Timo ja einen Aufschub abringen, wenn er besser gelaunt war? Das war vielleicht möglich. Aber dadurch wäre das eigentliche Problem natürlich auch nicht gelöst.

Sie war so in ihre Gedanken vertieft, dass sie auf dem Weg in den Besuchsraum zweimal umknickte und beinahe hinfiel. Trotzdem schenkte sie Tim ein warmes Lächeln und nahm ihn fest in den Arm.

„Ich hab dich furchtbar vermisst“, flüsterte sie ihm zu.

„Ach ja?“, entgegnete Tim, ohne die Umarmung zu erwidern.

Cora ließ ihn verwundert los. „Stimmt irgendwas nicht?“

Tim trat einen Schritt von ihr weg und musterte sie von oben bis unten. „Hast du dich neu eingekleidet?“, fragte er kühl.

„Ja“, nickte Cora. „Gefällt es dir?“
„Gefällt es *ihm*?“, lautete Tims Gegenfrage.
„Ihm?“, wiederholte Cora ratlos.
„Ja“, antwortete Tim gereizt. „Deinem Herrn Weinert.“
Cora konnte es nicht fassen. „Ich hab keine Ahnung“, fauchte sie wütend. „Und es interessiert mich auch nicht. Ich hab mich nämlich für *dich* so schön gemacht.“
„Blödsinn!“, schleuderte Tim ihr entgegen. „Als ich noch draußen war, hast du dich kein einziges Mal so ausstaffiert! Und das war auch gut so!“
„Aber ... ich dachte ... du würdest so etwas mögen!“, jammerte Cora.
„Tu ich aber nicht“, erwiderte Tim. „Du solltest dich mal sehen. Erstens kannst du in den Stiefeln kaum laufen. Und zweitens passt so was doch gar nicht zu dir.“
Cora presste eine Faust gegen ihren Mund und fing beinahe an zu weinen. Und dabei hatte sie sich so viel Mühe gegeben!
„Jetzt gib es schon zu“, fuhr Tim fort. „Du hast was mit diesem Bullen!“
Cora nahm die Faust aus ihrem Gesicht und streckte sie stattdessen Tim entgegen. „Du weißt ja nicht, was du da sagst. Vierundzwanzig Stunden am Tag bin ich nur mit deinem Fall beschäftigt. Ich denke an nichts anderes, ich träume nachts davon. Alles, alles tue ich, um dich hier herauszuholen. Und da wagst du es noch, mir so etwas zu unterstellen!?“
„Und ob ich das tue!“, schrie Tim sie an. „Ich kenne euch Frauen doch! Ihr nutzt jede Gelegenheit, um eure Männer zu betrügen! Und ihr lügt schon, wenn ihr nur den Mund aufmacht!“
„Spinnst du?“, zischte Cora. „Wer ist es denn, der hier permanent lügt? Wer hat denn die Unwahrheit über seine Beziehung zu Cordula gesagt? Wer hat mir sogar verschwiegen, dass er mit ihr geschlafen hat!“
„Das ist doch wohl etwas anderes!“, verteidigte sich Tim. „Das war lange, bevor wir uns kannten.“
„Ich weiß“, entgegnete Cora in gemäßigterem Tonfall. „Aber es spiegelt unser Hauptproblem wider. Ich möchte doch nur, dass du mir vertraust!“
„Ich sitze im Knast!“, sagte Tim. „Ich ... ich kann nichts machen. Ich kann nicht kontrollieren, was du da draußen tust. Wie soll ich dir da vertrauen?“
„Ich bin nicht Verena, Tim“, sagte Cora ruhig, aber voller Eindring-

lichkeit. „Ich bin Cora. Und ich liebe dich wirklich." Sie streckte ihre Hand aus und legte sie sanft auf Tims Wange. „Und eine Beziehung kann nur funktionieren, wenn man sich gegenseitig vertraut!"

Tim schloss für einen Moment die Augen und schien die Berührung zu genießen. Aber dann entzog er Cora ruckartig sein Gesicht, wandte sich zum Fenster um und sah nach draußen. Und nach einer Weile sagte er hilflos: „Ich kann das nicht."

❧

Cora saß in ihrem Wohnzimmersessel und starrte stumpfsinnig geradeaus. Sie versuchte nachzudenken, aber es gelang ihr nicht. Es war schon Freitag. Der Tag der Wahrheit rückte immer näher. Sie musste unbedingt eine Lösung finden, wie sie ihr Versprechen halten und dennoch schweigen konnte.

Aber in ihrem Kopf war ein einziges Durcheinander. Obwohl sie versuchte, an ihrem Problem zu arbeiten, wanderten ihre Gedanken ständig in eine andere Richtung. Immer und immer wieder landeten sie bei Tim im Gefängnis, bei ihrer Auseinandersetzung und bei den vernichtenden Worten, die er gesprochen hatte. Sie waren im Streit auseinander gegangen. Waren sie überhaupt noch ein Paar?

Und wo zum Donnerwetter lag überhaupt das Problem?

Cora musste sich diese Frage nicht stellen. Sie kannte das Problem. Es verfolgte sie, solange sie denken konnte. Und es hatte einen Namen: Verena.

Wie oft hatte sie schon gedacht, dieses Problem hinter sich gelassen zu haben! Aber immer, immer war es nach kurzer Zeit wieder da gewesen. Ein Stehaufmännchen, wie es im Buche stand. Aber wie schaffte Verena das? Wie schaffte sie es, sich ständig zwischen sie und Tim zu drängeln? Hatte es nicht gereicht, dass sie Tim ins Gefängnis befördert hatte? Musste sie ihn auch noch dorthin verfolgen?

Oder war Cora selbst an allem schuld? Hatte sie nicht versucht, Verena zu kopieren? Hatte sie sie vielleicht selbst wieder ins Spiel gebracht?

Cora stöhnte auf und ließ den Kopf sinken. Das hier war einfach zu viel für sie. Es war zu verwirrend und zu kompliziert. Sie hatte das Gefühl, als würde sie immer mehr die Kontrolle verlieren!

Sie musste weg!

Ja, das war es. Sie brauchte Zeit, um einen klaren Kopf zu bekommen. Zeit zum Nachdenken. Und Zeit zum Beten.

Kurz entschlossen sprang sie auf und lief in ihr Schlafzimmer. Dort raffte sie ein paar Sachen zusammen, schrieb noch eine kurze Notiz für Timo und verließ dann fluchtartig die Wohnung.

❧

Der Samstag war ein furchtbarer Tag.

Cora verbrachte ihn ganz allein auf dem Hotelzimmer. Sie wagte nicht, nach draußen zu gehen. Sie wagte nicht einmal, sich in der Hotelhalle sehen zu lassen. Zu groß war ihre Angst, durch Zufall Timo zu begegnen. Zu groß war ihr schlechtes Gewissen.

Und so saß sie im Schneidersitz auf ihrem Bett und grübelte. Und grübelte. Und grübelte. Aber es half nichts. Alles Nachdenken ließ nur das Gefühl der Ausweglosigkeit anwachsen. Es gab ganz einfach keine Lösung für ihr Problem! Es gab nichts, was sie Timo sagen konnte. Und es gab genauso wenig die Möglichkeit zu schweigen. Aber wie sollte sie ihrem Sohn jemals wieder in die Augen sehen, wenn sie ihr Wort nicht hielt?

Mit einem Seufzer der Verzweiflung ließ sie sich nach hinten fallen, blieb ausgestreckt so liegen und starrte die Decke an. Was verband sie noch mit ihrem jetzigen Leben? War es nicht ein einziges Desaster?

Drei Menschen gab es, die ihr etwas bedeuteten. Und die Beziehung zu allen dreien war katastrophal. Laura misstraute ihr vom ersten Tag an, an dem sie ihr – erneut – begegnet war. Tim konnte sich ihr nicht öffnen und Timo würde sie spätestens seit heute hassen. Na toll! Wer wollte denn ein solches Leben fortsetzen?

Sie hob ein wenig den Kopf und dachte auf einmal in eine ganz andere Richtung. Was war, wenn sie einfach eine Zeit lang verschwand? So wie damals?

Sie setzte sich auf und führte den Gedanken weiter. Timo war 15. Wahrscheinlich kam er ganz gut ohne sie zurecht. Und Tim? Der misstraute ihr sowieso. Wahrscheinlich würde ihm ein anderer Anwalt sogar besser helfen können.

Ein wenig trotzig schob sie die Unterlippe vor. Der Gedanke gefiel ihr. Vielleicht würden die beiden dann endlich mal merken, was sie an ihr hatten. Vielleicht würde Timo bereuen, dass er immer nur nach seinem Vater gefragt hatte. Vielleicht wäre dann auch mal seine Mutter wichtig. Und Tim würde es auch nicht schaden, wenn sie den Spieß mal umdrehte. Schließlich hatte sie sich all die Jahre nach ihm verzehrt. Da war es doch nur recht und billig, wenn er jetzt auch mal ein bisschen Sehnsucht nach ihr verspürte! Sie hatte ohnehin schon lange den Eindruck, dass er ihre Liebe nicht so recht zu schätzen wusste.

Ja! Cora fühlte sich auf einmal viel besser. Es gab ihn doch, den Ausweg!

Aber dann hörte sie noch eine andere Stimme. *Willst du wirklich schon wieder wegrennen? Willst du wieder alle verlassen, die dir etwas bedeuten? Und willst du Timo, nachdem du ihm schon den Vater vorenthalten hast, jetzt auch noch die Mutter nehmen?*

„Aber es gibt keine andere Möglichkeit", jammerte Cora.

Doch, die gibt es.

Cora wusste, was Gott sagen wollte. Immer wenn sie mit ihm über Tim sprach, tauchte ein Bibelvers vor ihrem geistigen Auge auf. Es war eine Stelle aus dem Johannesevangelium und sie lautete: *Und die Wahrheit wird euch frei machen.* Das mochte ja stimmen. Die Frage war nur, was die Wahrheit außerdem noch nach sich ziehen würde.

„Ich kann das nicht", schluchzte sie.

Obwohl sich Cora ihre alte Marotte in den letzten Monaten beinahe abgewöhnt hatte, zupfte sie jetzt wieder an ihren Wimpern herum. Sie merkte es allerdings nicht einmal. Zu heftig tobte der Kampf in ihrem Inneren. Da war ja nicht nur die Angst, Tim zu verlieren. Da war auch diese tief verwurzelte Abneigung gegen sich selbst, gegen Cordula. Wie konnte sie sich als Cordula outen, wenn sie nichts mehr mit Cordula zu tun haben wollte?

❧

Als Cora am Montagmorgen das Hotel verließ, ging es ihr nicht sehr viel besser als vorher. Sie hatte sich noch immer nicht dazu durchringen können, Tim die Wahrheit zu sagen. Ihr war allerdings klar geworden, dass Weglaufen genauso wenig eine Lösung war. Sie war damals geflüchtet und hatte die Hölle auf Erden durchgemacht. Nein, das wollte sie kein zweites Mal erleben. Sie würde bleiben und sich ihren Problemen stellen. Ihrer Verantwortung ihrem Sohn gegenüber. Und ihrer Verantwortung Tim gegenüber.

Tim! Der Gedanke an ihn tat ihr beinahe körperlich weh. Sie vermisste ihn so, seine vertraute Gestalt, seine zärtlichen Berührungen und seine liebevollen Worte. Und so fuhr sie gar nicht erst nach Hause, sondern auf direktem Wege ins Gefängnis. Sie hatte vor, den ersten Schritt zu tun, sich mit Tim zu versöhnen, ihm ihre tiefen Gefühle noch einmal neu zu erklären und ihn von ihrer Liebe und Loyalität zu überzeugen.

Aber als sie Tim dann gegenüberstand, brachte sie kein einziges

Wort heraus. Die abweisende Kälte in seinem Blick tötete ihr gesamtes Vorhaben.

„Was willst du?“, fragte Tim in einem Tonfall, der Coras Blut gefrieren ließ.

„Geht es dir gut?“, presste sie mühevoll hervor.

„Den Umständen entsprechend“, sagte Tim. „Und du? Hattest du ein schönes Wochenende?“

Cora zuckte unter Tims Worten regelrecht zusammen. Worauf wollte er denn jetzt schon wieder hinaus? „Ich habe über uns nachgedacht.“

Tim lachte bitter auf. „Und? Hast du vor, sofort mit mir Schluss zu machen oder willst du noch meine Verurteilung abwarten?“

Was war nur in ihn gefahren? „Nein ... natürlich nicht ...“, stammelte sie.

„Deine Voraussetzungen sind doch wirklich ideal“, fuhr Tim unbeirrt fort. „Wenn der Fast-Ehemann hinter Schloss und Riegel sitzt, kann man bedenkenlos ein nettes Wochenende mit seinem Neuen verbringen.“

„Bist du verrückt?“, entfuhr es Cora. „Was denn für ein Neuer? Ich hab das Wochenende ganz allein verbracht! Und ich war mit all meinen Gedanken bei dir!“

„Netter Versuch“, sagte Tim kalt. „Aber meine Informationen sprechen da eine andere Sprache. Du hast dich das ganze Wochenende verkrümelt. Nicht eine Minute warst du zu Hause. Auch nachts nicht! Stimmt doch, oder?“

„Ich brauchte Abstand!“, verteidigte sich Cora. „Und Zeit zum Nachdenken! Da hab ich mir ein Hotelzimmer genommen. Allein!“

„Blödsinn“, schnaubte Tim. „Kein Mensch verzieht sich tagelang allein in ein Hotelzimmer!“

„Ich schon“, beteuerte Cora. „Ich hab ... gebetet.“

„Gebetet“, wiederholte Tim voller Sarkasmus. „Na super. Du hast zu dem Gott gebetet, der es sich zur Lebensaufgabe gemacht hat, mich ins Gefängnis zu stecken. Klasse Adresse. Und was hat er gesagt? Kann er's einrichten, dass ich für den Rest meines Lebens hier bleibe?“

Heute legte Tim scheinbar alles zu ihrem Nachteil aus. Langsam durchwanderte Cora das Besucherzimmer und setzte sich an den Tisch. Es war besser, wenn sie sich erst einmal abregte, bevor sie antwortete. Dann sagte sie in betont ruhigem und freundlichem Tonfall: „Woher weißt du überhaupt, dass ich nicht da war?“

„Timo hat's mir verraten“, antwortete Tim triumphierend.

„Timo?“, wunderte sich Cora und merkte, wie es um ihre Gelassenheit schon fast wieder geschehen war. „Seit wann muss der da mit reingezogen werden?"

„Es war nicht nötig, ihn da mit reinzuziehen", entgegnete Tim kalt. „Er ist von ganz allein gekommen. Um mir sein Herz darüber auszuschütten, dass seine Mutter ihr Wort nicht hält."

„Das mit den sechs Monaten war deine Idee", verteidigte sie sich leise.

„Ach tatsächlich?", zischte Tim. „Und ich dachte, wir hätten das gemeinsam entschieden. Aber egal, unsere Gemeinsamkeiten hab ich mir wohl ohnehin eingebildet."

„Hör auf, Tim", flehte Cora, „bitte!"

Das schien Tim ein wenig zur Besinnung zu bringen. Er ging langsam auf den Tisch zu, an dem Cora saß und setzte sich ihr gegenüber. Dann sah er ihr ins Gesicht und sagte ruhig, aber unendlich traurig: „Du warst mit dieser Idee zumindest einverstanden. Und ich verstehe nicht, warum du jetzt dein Wort brichst. Was stimmt nicht mit dir? Warum machst du so ein Geheimnis aus deiner Vergangenheit?"

Cora antwortete nicht. Stattdessen presste sie ihre Lippen so fest aufeinander, als könnte sie die Wahrheit dadurch für immer in ihrem Inneren verschließen.

„Ist das alles, was du dem Mann zu sagen hast, den du heiraten wolltest?", fragte Tim bitter. „Laura hatte Recht. Sie hat gespürt, dass man dir nicht trauen kann!"

„Laura spürt überhaupt nichts!", fauchte Cora wütend. *Wenn sie etwas gespürt hätte, dann wäre es Freundschaft gewesen!*, fügte sie gedanklich hinzu. Aber wie sollte sie Tim das erklären? Sie konnte es nicht und das trieb Tränen der Verzweiflung in ihre Augen. „Tim!", jammerte sie beschwörend. „Hör nicht auf deine Schwester. Hör lieber auf dein Herz. *Ich liebe dich!* Mehr als ich sagen kann. Ich hab dich ... schon immer geliebt. Das ist alles, was du im Moment wissen musst."

Tims Kieferknochen mahlten. Scheinbar war auch er den Tränen nahe. Fast krampfartig fasste er sich mit beiden Händen an die Schläfen, als müsste er seinen Kopf zusammendrücken, um klare Gedanken fassen zu können. Er schien hin und her gerissen zu sein. Irgendwann streckte er Cora seine geöffneten Handflächen entgegen. „Okay", sagte er. „Beweis es mir. Beweis mir, dass du mich liebst!"

„Aber wie soll ich das?", gab Cora zurück.

„Sag mir, wer Timos Vater ist", forderte Tim.

„Das kann ich nicht!", schluchzte Cora. „Ich kann es wirklich nicht!" Sie wagte nicht, Tim noch einmal anzusehen. Sie sprang nur auf und verließ fluchtartig das Gefängnis.

Kapitel 34

Die Wochen bis zum Prozess waren eine einzige Qual.

Cora besuchte Tim nur noch im Gefängnis, um seine Verteidigung vorzubereiten. Sie sprach den Prozess mit ihm durch, legte Strategien fest und nahm Tim immer wieder ins Kreuzverhör. Bei alledem war die Stimmung allerdings sehr kühl. Gesprochen wurde nur so viel wie unbedingt nötig. Es fiel kein liebes Wort mehr, alle privaten Themen wurden strikt gemieden. Cora kam sich schon fast vor wie eine Pflichtverteidigerin.

Sie litt so sehr unter diesem Zustand, dass sie noch mehrfach versuchte, sich mit Tim zu versöhnen. Aber jeder dieser Versuche lief auf die gleiche Frage hinaus: Wer war Timos Vater? Und so gab es Cora irgendwann auf. Sie zog sich auf die Hoffnung zurück, dass sich Tim besinnen würde, wenn sie ihn erst herausgepaukt hatte. Ja, sie musste irgendwie bis zum Ende des Prozesses durchhalten. Dann würde sich schon alles wieder einrenken.

Die Frage war nur, wie sie die Zeit bis dahin überleben sollte. Zu Hause war ja alles noch viel schlimmer. Seit Cora Timo eröffnet hatte, dass sie nicht daran dachte, ihm irgendwelche Informationen über seinen Vater zu geben, herrschte totale Funkstille. Timo kam nur noch zum Essen und Schlafen nach Hause und trieb sich ansonsten irgendwo herum. Immerhin wusste Cora, dass er fast täglich Tim besuchte, und das tröstete sie ein wenig. Sicher tat das beiden gut.

Dennoch führte die Gefühlskälte in ihrem Leben dazu, dass sich Cora jeden Abend in den Schlaf weinte. Meist wurde sie von irgendwelchen entsetzlichen Träumen heimgesucht, bei denen stets Tim oder Timo die Hauptrolle spielten. Einer dieser Träume wiederholte sich ständig:

Sie sah sich selbst im Gefängnis sitzen. Es war ein klitzekleiner, beengter Raum, der nur mit einem Tisch und zwei Stühlen ausgestattet war. Sie saß auf einem der beiden Stühle und starrte die verschlossene Tür an. Das Seltsame daran war, dass auf dem Tisch direkt vor ihr ein Schlüssel lag. Es war ein großes, verschnörkeltes Ding aus glänzendem Gold. Cora wusste sofort, dass er zu der Tür gehörte. Sie nahm ihn dann regelmäßig in die Hand, stand auf und näherte sich vorsichtig der Tür. Aber immer wenn sie versuchte, den Schlüssel ins Schloss zu stecken, scheiterte sie kläglich. Der Schlüssel wurde irgendwie abgestoßen. Es war wie ein anders gepoltes Magnetfeld. Sie tat alles, was in ihrer Macht stand, wandte alle Kräfte auf, die ihr zur Verfügung standen. Aber es war zwecklos. Sie konnte den Schlüssel nicht benutzen!

Irgendwann wachte sie dann schweißgebadet auf und das nur, um in den nächsten Alptraum einzutauchen. Morgens fühlte sie sich natürlich wie gerädert. Sie schleppte sich durch den Tag und fiel abends erschöpft ins Bett – mit der Aussicht auf neue Alpträume.

Als der erste Tag des Prozesses gekommen war, war Cora regelrecht erleichtert. Von jetzt an konnte es doch eigentlich nur noch besser werden!

Der Richter, der die Verhandlung führen würde, hieß Walther. Cora kannte ihn bereits von früheren Gelegenheiten. Er war ein äußerst fähiger Jurist, was nicht zuletzt darauf zurückzuführen war, dass er bereits Anfang 50 war und über sehr viel Erfahrung verfügte. Rein körperlich gesehen war er eher unscheinbar, nur vielleicht 1,70 Meter groß und von der Statur her auch ziemlich schmächtig. Trotzdem flößte er Respekt ein. Seine blauen Augen blickten stets wach hinter seiner Brille hervor und sein blonder, gepflegter Vollbart verlieh ihm eine besondere Würde.

Cora war zufrieden. Sie ging davon aus, dass der Mann die Verhandlung souverän leiten würde. Und sie traute ihm auch zu, ein gerechtes, unabhängiges Urteil zu fällen.

Der erste Prozesstag fiel auf einen Dienstag. Die Verhandlung war für neun Uhr angesetzt. Cora hatte nicht vor, im Gerichtssaal auf die Nase zu fallen, und so warf sie sich in einen ihrer dunklen Hosenanzüge und zog flache, aber elegante Halbschuhe dazu an. Als sie nach alter Gewohnheit eine gute halbe Stunde vor Prozessbeginn den Gerichtssaal betrat, war noch niemand dort. Das gab ihr die Gelegenheit, sich in aller Ruhe ihre schwarze Robe überzuziehen und sich anschließend noch an die Umgebung zu gewöhnen. Sie brauchte das einfach, um souverän dort agieren zu können.

Der Gerichtssaal war ein großer rechteckiger Raum. Hinten befanden sich einige Sitzreihen für die Zuschauer. Am gegenüberliegenden Ende prangte das Richterpult. Es war leicht erhöht und bot Platz für eine halbe Fußballmannschaft. Hergestellt war es aus dunklem Eichenholz und wirkte sehr wuchtig und schon für sich respekteinflößend. Ebenfalls im vorderen Teil des Raumes, in U-Form mit dem Richterpult angeordnet, befanden sich die Tische für den oder die Angeklagten mit ihren Anwälten und die Staatsanwaltschaft mit eventuellen Nebenklägern.

Cora und Tim hatten rechts vom Richterpult Platz zu nehmen. Das war eine alte Tradition. Der Angeklagte saß immer dem Fenster gegenüber, damit er vom Staatsanwalt und vom Richter bei seiner Aussage genau beobachtet werden konnte.

Cora nahm schon mal Platz und leerte ihre große Aktentasche. Zuerst kam ein „Schönfelder" daraus zum Vorschein, eine Gesetzessammlung, die in Juristenkreisen auch liebevoll „Ziegelstein" genannt wurde, weil sie eine knallrote Farbe aufwies und aufgrund ihres Umfangs auch in Form und Gewicht einem solchen ähnelte. Es waren an die hundert Gesetze darin zu finden, darunter auch das Strafgesetzbuch und die Strafprozessordnung.

Anschließend holte Cora noch ein Mäppchen mit Stiften, einen Notizblock und einen dicken Ordner aus ihrer Tasche hervor. Letzterer enthielt so ziemlich alles, was für Tims Fall wichtig war. Er war mit Hilfe eines Registers sorgfältig unterteilt. Unter der ersten Rubrik hatte Cora alle Fakten zusammengefasst, die ihr bekannt waren. Unter der nächsten fanden sich Gedanken und Argumente, die sie im Verlauf des Prozesses zu Tims Verteidigung vorbringen wollte. Die dritte Rubrik enthielt Kopien aus Lehrbüchern und Kommentaren zu verschiedenen Paragraphen, unter anderem natürlich zu § 211 StGB, in dem der „Mord" geregelt war.

Unter der vierten Rubrik hatte Cora Kopien von Urteilen abgeheftet. Es war ein ganzer Batzen von Papieren, der hier zusammenkam. Cora hatte in tagelanger Kleinarbeit alle Urteile herausgesucht, die irgendwie an Tims Fall erinnerten. Dabei hatte sie sich besonders auf die Fälle konzentriert, in denen ein reiner Indizienprozess ohne unmittelbare Zeugen und ohne Geständnis des Angeklagten geführt worden war. Ganz wenige dieser Fälle hatten auch insoweit Ähnlichkeit mit Tims Fall, als keine Leiche gefunden, also kein endgültiger Beweis für ein Tötungsdelikt geführt worden war. In fast allen dieser Fälle war der Angeklagte freigesprochen worden. Coras feste Zuversicht, auch Tims Fall gewinnen zu können, war also durchaus berechtigt.

Cora öffnete den Ordner und studierte ihn noch einmal für längere Zeit. In Gedanken erlebte sie den ersten Prozesstag schon einmal vor, formulierte Einwände und ging noch einmal ihre Verteidigungsstrategie durch. Dabei war sie so vertieft, dass sie nur am Rande mitbekam, wie sich der Saal allmählich füllte. Auch die Zuschauerbänke waren bald bis auf den letzten Platz belegt. Das war aber nichts Ungewöhnliches. Mordprozesse lockten immer mehr Neugierige an als gewöhnliche Verhandlungen.

Cora blickte erst wieder auf, als ein Raunen durch den Saal ging. Sie begriff sofort, dass es Tim galt. Er wurde in Handschellen von einem Vollzugsbeamten in den Saal geführt. Kein Wunder, dass die Zuschauer raunten. Handschellen erweckten immer den Eindruck, als könnte der gefährliche Verdächtige jederzeit einen Fluchtversuch unternehmen und dabei wild in der Gegend herumballern oder Ähnliches.

Cora musste schlucken. Für diese Handschellen war sie verantwortlich! Sie sah forschend in Tims Gesicht. Es war schon erniedrigend, im wahrsten Sinne des Wortes so „vorgeführt" zu werden. Konnte er damit umgehen?

Sie konnte es nicht sagen, denn Tim verzog keine Miene. Er sah nur starr geradeaus und würdigte Cora keines Blickes. Das änderte sich auch nicht, als er an seinem Platz angekommen war und ihm die Handschellen abgenommen wurden. Während er sich langsam setzte, fuhr er mit den Händen über seine Handgelenke, so als müsste er sich vergewissern, ob die Handschellen tatsächlich fort waren. Der Vollzugsbeamte nahm neben ihm Platz.

Cora hing förmlich mit den Augen an Tims Gesicht. Sie wartete so sehr auf einen liebevollen Blick, eine versöhnliche Geste. Aber da kam nichts, rein gar nichts.

In ihrer Verzweiflung legte Cora ihre linke Hand auf seine Rechte und drückte sie ein wenig. *Ich bin bei dir*, sollte das heißen. *Ich helfe dir.*

Aber Tim entzog ihr die Hand und starrte weiter in die Ferne.

„Tim!", flüsterte Cora voller Eindringlichkeit. „Mach das nicht mit mir!"

Aber Tim reagierte nicht auf ihre Worte.

„Tim!", flehte Cora noch einmal. „Ich bin auf deiner Seite!"

Endlich schien Tim aus seiner Starre zu erwachen. Er funkelte sie wütend an. „Niemand ist auf meiner Seite!"

Coras Blick verließ Tims Gesicht und wanderte zu dem dicken Ordner mit Aufzeichnungen, den sie in wochenlanger harter Arbeit zusammengetragen hatte. Bedeutete das denn gar nichts? „Ich bin deine Verteidigerin!", erinnerte sie ihn im Flüsterton.

„Du bist ein Flittchen", sagte Tim kalt.

„Flittchen", wiederholte Cora leise. „Und was bist du?"

„Was soll das heißen: Was bist du?", fauchte Tim. „Im Gefängnis hab ich wohl kaum die Möglichkeit, fremdzugehen."

„Richtig, die Möglichkeit fehlt dir", zischte Cora. „Aber ansonsten lässt du keine aus, die dir geboten wird, nicht wahr?"

„Blödsinn!", entgegnete Tim wütend. „Ich hab dich nie betrogen."

„Das kann ich nicht nachprüfen", sagte Cora. „Ich weiß nur, dass du anscheinend ein wahrer Experte für One-Night-Stands bist. Das ist nämlich ein wesentlicher Grund dafür, dass wir überhaupt hier sitzen!"

„Das ist sechzehn Jahre her", verteidigte er sich.

„Einmal Flittchen, immer Flittchen", provozierte Cora.

Tim sah betroffen aus. „Sie wollte es genauso wie ich", sagte er leise.

Aber Cora hatte heute kein Mitleid mit ihm. „Und wollte sie auch, dass du sie anschließend sitzen lässt? Hast du ihr das *vorher* gesagt?"

Tim senkte den Blick. Ein paar Sekunden sah es so aus, als würden sich seine Züge glätten, als würde sein Schuldbewusstsein die Kälte aus seinem Gesicht vertreiben. Aber dann – ganz plötzlich – bildete sich wieder dieser bittere Zug um seinen Mund. Die Härte hatte die Oberhand gewonnen. „Ist das ein vorgezogenes Verhör?", schnaubte er.

Cora seufzte. „Nein", entgegnete sie und unternahm einen letzten Versuch, „aber ich habe es langsam satt, dass du pausenlos in Selbstmitleid versinkst und immer anderen die Schuld für alles gibst. Du bist nämlich auch nicht fehlerlos!"

„Was willst du damit sagen?", fragte Tim ärgerlich. „Dass ich es verdiene, wegen Mordes verurteilt zu werden? Obwohl ich ihr kein Haar gekrümmt habe? Das solltest du mir sagen, dann suche ich mir nämlich einen anderen Anwalt!"

Cora seufzte wieder. Es war einfach zwecklos, mit ihm zu diskutieren. Sie entzog Tim ihre Aufmerksamkeit und sah sich noch einmal um. Auf der gegenüberliegenden Seite hatte der Staatsanwalt Platz genommen. Sein Name war Stahl, Staatsanwalt Stahl – ein Zungenbrecher. Cora kannte ihn von früheren Gelegenheiten und war nicht sehr erfreut, ihn zu sehen. Er machte seinem Namen nämlich alle Ehre!

Coras Blick wanderte nach vorn. Ganz rechts, an der Stirnseite des Richterpultes, hatte sich eine junge Frau niedergelassen. Sie war blond und hatte auffallende, gelockte, fast schulterlange Haare. Das musste die Protokollführerin sein. Als sie sich jetzt erhob, stand auch Cora sofort auf. Innerhalb von Sekunden hatten es ihr alle im Raum Anwesenden gleichgetan. Jetzt öffnete sich die Tür, die sich an der hinteren Rückwand befand. Nacheinander traten fünf Personen ein. Anhand der Plätze, die sie einnahmen, wusste Cora sofort, welche Funktion sie bekleideten. In die Mitte setzte sich der Vorsitzende, Richter Walther. Rechts und links neben ihm nahmen die Beisitzer Platz, ganz außen die beiden Schöffen.

„Bitte setzen Sie sich", sagte der Vorsitzende mit seiner klangvollen Stimme. Als alle dieser Aufforderung nachgekommen waren und sich der Lärmpegel wieder gesenkt hatte, fuhr er fort: „Ich eröffne die

Hauptverhandlung der Ersten Großen Strafkammer in der Strafsache gegen Berghoff. Herr Berghoff, das sind Sie." Mit diesen Worten wandte er sich an Tim. Als dieser nickte, fügte er hinzu: „Sie sind mit Ihrer Verteidigerin Frau Rechtsanwältin Neumann erschienen." Jetzt nickte auch Cora ihre Zustimmung. „Von der Staatsanwaltschaft ist Herr Staatsanwalt Stahl anwesend." Auch dieser nickte zustimmend. „Die Zeugen sind für einen späteren Zeitpunkt geladen." Der Richter machte eine kurze Pause und fuhr dann fort: „Die Besetzung der Kammer hat sich gegenüber der mitgeteilten Besetzung geändert. Sie ist nunmehr die Folgende: Vorsitzender Richter am Landgericht Walther." Er wies auf sich, dann deutete er auf einen hageren Mann, der rechts neben ihm saß. „Zu meiner Rechten Richter am Landgericht Zimmermann." Er deutete nach links. Dort saß eine ausgesprochen hübsche Frau von höchstens Mitte 30. „Zu meiner Linken Richterin am Landgericht Jonas. Und als Schöffen zu meiner Rechten Frau Albrecht und zu meiner Linken Herr Meyerhoff."

Cora musterte die beiden Schöffen. Frau Albrecht war sicher schon über 50. Sie war vollschlank, trug eine biedere Dauerwellenfrisur und war ziemlich unmodern gekleidet. Trotzdem war sie Cora gleich sympathisch. Sie wirkte irgendwie gutmütig. Bestimmt, so hoffte Cora, brachte sie es nicht übers Herz, jemanden zu lebenslanger Freiheitsstrafe zu verurteilen. Herr Meyerhoff dagegen weckte keinerlei Hoffnungen in dieser Richtung. Er war vielleicht Ende 40, hatte ziemlich harte Gesichtszüge und sah schon jetzt so misstrauisch und verachtend in Tims Richtung, dass Cora ganz schwindelig wurde.

„Frau Verteidigerin", begann Herr Walther, „möchten Sie hinsichtlich der Besetzung irgendwelche Anträge stellen?"

„Nein, möchte ich nicht."

„Dann möchte ich gleich mit der Vernehmung zur Person beginnen." Der Richter wandte sich an Tim. „Können Sie uns bitte Ihren vollständigen Namen sagen, Herr Berghoff?"

„Tim Jonathan Berghoff", antwortete Tim und klang schon jetzt eher widerwillig.

„Ihr Beruf?"

Tim presste ärgerlich die Lippen aufeinander. „Es war mir nicht vergönnt, einen Beruf zu erlernen", sagte er zynisch. „Ich bin direkt nach dem Abitur –"

„Das reicht!", fiel Cora ihm eilig ins Wort. „Mehr möchte der Richter gar nicht wissen."

Tim sah ihr voller Verachtung in die Augen. „Ich bin schließlich direkt nach dem Abitur ...", wiederholte er mit einem triumphierenden Lächeln auf den Lippen, „ ... *wegen Mordes*“, er betonte diese beiden Worte ganz besonders, „hinter Schloss und Riegel verschwunden.“

Cora hatte Mühe, die Tränen zu unterdrücken. Hatte Tim wirklich vor, sich selbst zu zerstören, nur um ihr eins auszuwischen?

„Auch im Gefängnis gibt es die Möglichkeit, sich für einen Beruf ausbilden zu lassen“, antwortete der Richter.

„Mag schon sein“, schnaubte Tim, „dass man einen *Beruf* erlernen kann. Seiner *Berufung* kann man allerdings nicht nachgehen.“

„Und was ist Ihre *Berufung*?“, fragte Herr Walther ein wenig von oben herab.

„Ich bin Musiker“, sagte Tim. „Und wenn ich nicht permanent das Opfer von Justizirrtümern würde, würde ich heute in einem Orchester spielen.“

Der Richter atmete einmal tief durch. Man sah ihm deutlich an, dass er eine passende Antwort auf Lager hatte. Aber er riss sich zusammen und fragte stattdessen in betont sachlichem Tonfall die anderen Personalien wie Geburtsort und -datum, Wohnort und Staatsangehörigkeit ab.

„Familienstand?“, lautete die letzte dieser Fragen.

„Ich hatte nicht die Gelegenheit zu heiraten“, fauchte Tim. „Man hat mich während der Zeremonie aus dem Standesamt und in die Untersuchungshaft geschleift.“

Cora atmete ein ganz kleines bisschen auf. Immerhin schien es ihn zu stören, dass er nicht mit ihr verheiratet war.

„Was Sie mit einem tätlichen Angriff auf die beiden Polizeibeamten zu verhindern suchten“, kommentierte der Richter.

„Das gehört doch nun wirklich nicht hierher“, protestierte Cora.

„Schon gut“, sagte der Richter. „Kommen wir zur Verlesung des Anklagesatzes.“ Er nickte dem Staatsanwalt auffordernd zu.

Dieser räusperte sich und las dann vor: „Tim Berghoff wird angeklagt, am 3. November 1986 einen anderen Menschen heimtückisch getötet zu haben, indem er die 16-jährige Cordula Strohm unter einem Vorwand in eine alte Scheune lockte und sie dort mit einem Hammer erschlug.“

„Herr Berghoff“, sagte Richter Walther, „Sie haben gehört, was die Staatsanwaltschaft Ihnen vorwirft. Sie haben jetzt Gelegenheit, sich dazu zu äußern. Es steht Ihnen aber auch frei, gar nichts dazu zu sagen.“

„Ich möchte aussagen“, entgegnete Tim, „weil ich nämlich unschuldig bin und nichts zu verbergen habe.“

Der Richter nickte. „Dann erzählen Sie mal, Herr Berghoff. Was geschah am 3. November 1986?"

„Ich habe Cordula besucht, das ist richtig", begann Tim. „Aber ich habe ihr nichts getan, sondern lediglich mit ihr geredet."

„Und worüber?"

Tim senkte den Blick und starrte auf seine Hände. „Über die Nacht in der Scheune", sagte er leise. Und dann berichtete er stockend, was damals geschehen war. Er begann bei seiner Geburtstagsfeier, berichtete von Verenas Verhalten, schilderte seine Flucht in die Scheune und erzählte dann in allen Details und mit absoluter Ehrlichkeit, was nach Cordulas Ankunft dort geschehen war.

Cora wurde bei alledem abwechselnd heiß und kalt und sie musste mehr als einmal dem Impuls widerstehen, einfach aus dem Saal zu laufen. Sie begriff erst jetzt, *wie* gut sich Tim noch erinnerte, dass er scheinbar trotz all der Jahre rein gar nichts vergessen hatte. Es kam ihr vor, als müsste sie die Nacht zum hundertsten Mal durchleben und sie fragte sich allmählich, ob diese schmerzhaften Rückreisen in die Vergangenheit niemals ein Ende nehmen würden.

Als die Richter und der Staatsanwalt schließlich zufrieden waren und keine Fragen mehr hatten, waren fast zwei Stunden vergangen. Cora hatte allerdings das Gefühl, als säße sie schon seit mindestens zwei Tagen im Gerichtssaal. Und dabei ging es jetzt erst richtig los!

Nachdem Tim wieder neben Cora Platz genommen hatte, sagte Richter Walther: „Gut. Dann treten wir jetzt in die Beweisaufnahme ein." Er sah die Protokollführerin an. „Rufen Sie bitte die erste Zeugin auf."

Die Protokollführerin drückte einen Knopf am Mikrofon auf ihrem Tisch und sprach hinein. „Verena Bartel, bitte eintreten."

Alle Augen richteten sich auf die Tür im hinteren Teil des Saales, aber nichts geschah.

„Na, das geht ja gut los", murmelte der Richter und fügte dann laut hinzu: „Die Zeugin Verena Bartel ist trotz Vorladung nicht –"

An dieser Stelle wurde er unterbrochen, weil sich nun doch die Tür öffnete und jemand den Saal betrat: Verena! Obwohl *betreten* eigentlich das falsche Wort war, eher *eroberte* Verena den Raum. Es dauerte nämlich nur den Bruchteil einer Sekunde, dann hatte sie die Blicke aller im Saal Anwesenden auf sich gezogen. Der Richter, der Staatsanwalt und wahrscheinlich jeder einzelne Zuschauer im Raum starrte sie fasziniert an und verfolgte jede ihrer Bewegungen.

Cora wunderte das nicht. Verena hatte einfach eine Präsenz, die ihresgleichen suchte. Man konnte sie nicht übersehen. Nicht einmal

Cora selbst, obwohl sie sich dafür hasste. Woran lag das nur? War es ihre Größe? Waren es die schlanken Beine, die durch ihre hochhackigen Pumps noch länger wirkten? War es ihr wohl geformter Körper? Oder die langen hellblonden Haare, die einen so reizvollen Kontrast zu dem pechschwarzen, hauteng geschnittenen Hosenanzug bildeten, den sie trug – nein, den sie förmlich hereinschweben ließ, als wäre sie ein Model auf einer Modenschau? Cora wünschte sich auf einmal nichts mehr, als dieses Kleidungsstück zu besitzen.

Unwillkürlich und ein wenig erschrocken hob Cora ihre Robe im Ausschnitt ein wenig an und sah darunter. Genau genommen hatte ihr eigener Hosenanzug ziemlich viel Ähnlichkeit mit dem von Verena. Er war vielleicht etwas großzügiger geschnitten, aber die Farbe war die gleiche, ebenso das Material und der schlichte, elegante Stil. Und doch war es kein Vergleich.

Das lag nicht an dem Hosenanzug. Es lag an Verena, an irgendeiner unerklärlichen Kombination von Schönheit und Charisma. Cora war eben Cora. Aber Verena, die war eine Erscheinung! Egal, was sie trug. Egal, wo sie auftauchte. Sogar hier im Gerichtssaal, der doch eigentlich Coras Terrain war, stahl sie ihr die Schau, gab sie ihr das Gefühl, unwichtig, unterlegen und unscheinbar zu sein.

Verena ließ ihren Blick jetzt durch den Gerichtssaal schweifen. Dabei warf sie ein Lächeln in den Raum, das selbst Lady Diana in ihrer Glanzzeit nicht besser hätte hinkriegen können. Cora spürte, wie ihr die Zornesröte ins Gesicht stieg. Was bildete sich diese arrogante Kuh eigentlich ein? Und dennoch konnte Cora ihren Blick noch immer nicht von Verena abwenden. Sie war wie gebannt.

Und so entging es ihr auch nicht, dass Verenas Blick an Tim hängen blieb. Jetzt endlich konnte sich Cora von Verena losreißen. Aber nur, um Tim anzustarren und in seinem Gesicht nach Reaktionen zu forschen. Was würde sie darin lesen? Alte Gefühle? Neu aufflammende Liebe? Angst? Hass?

Es war eindeutig Letzteres. Wenn Blicke hätten töten können, dann wäre Verena sicher sofort umgefallen. So aber lösten die Blitze aus Tims Augen nur den Hauch eines amüsierten Lächelns bei ihr aus.

Cora atmete auf, erschrak aber auch ein wenig vor sich selbst. Hatte sie wirklich immer noch Angst, Tim an Verena zu verlieren? Was hatte diese Frau nur für eine seltsame Macht über sie?

Verena durchschritt jetzt majestätisch den Saal und nahm schließlich an dem kleinen Tischchen in der Mitte Platz.

„Sind Sie Verena Bartel?“, erkundigte sich Herr Walther ein wenig ungehalten.

„Die bin ich allerdings“, nickte Verena.

„Gut“, seufzte der Richter. „Dann ist die Zeugin also doch erschienen.“

Coras Blick wanderte an Verena vorbei in den Zuschauerraum. In der zweiten Reihe saßen Laura und Karen Berghoff. Und da, in der letzten Reihe, entdeckte sie doch tatsächlich Timo! Er sah sie nicht an, aber Cora warf ihm dennoch vernichtende Blicke zu. Sicher, sein Interesse an Tim freute sie, aber es war doch Dienstagmorgen und damit Schule!

„Frau Bartel“, sagte unterdessen der Richter, „ich habe Sie zuerst darauf hinzuweisen, dass Sie hier die Wahrheit sagen müssen. Wenn Sie nicht die Wahrheit sagen, machen Sie sich strafbar, und zwar gleichgültig, ob Sie Ihre Aussage beeiden müssen oder nicht. Wenn Sie den Eid leisten müssen und haben etwas Falsches gesagt, dann ist das der so genannte Meineid. Darauf steht Freiheitsstrafe nicht unter einem Jahr. Bedenken Sie das bitte, wenn Sie aussagen, und sagen Sie nur das, was Sie genau wissen.“

Verena nickte.

„Dann erzählen Sie uns doch mal, Frau Bartel, was Sie über den Mord an Cordula Strohm wissen“, sagte der Richter in seiner klangvollen Stimme.

Cora lehnte sich interessiert nach vorn. Sie war wirklich gespannt, wie Verena ihre Lügengeschichte auftischen würde.

Verena senkte den Blick. „Eigentlich weiß ich gar nichts, Herr Richter“, begann sie mit zitternder Stimme. Sie wirkte jetzt wie die Unschuld selbst, ängstlich, überfordert, zurückhaltend.

Cora rollte mit den Augen. Eins musste man Verena lassen, sie war wirklich eine hervorragende Schauspielerin. Warum hatte sie es nie am Theater oder beim Film versucht?

„Der Staatsanwalt ist da aber anderer Meinung“, entgegnete der Richter aufmunternd. Cora seufzte. Jetzt hatte das blonde Gift sogar schon den Richter um den Finger gewickelt! Wie machte sie das nur? Und warum fiel hier niemandem auf, dass diese gekünstelte Bescheidenheit überhaupt nicht zu ihr passte? Die Diskrepanz zwischen ihrem Erscheinungsbild und dem, wie sie sich jetzt gab, war doch viel zu groß!

„Na ja“, sagte Verena zögerlich. „Ich ... hab nichts gesehen. Ich weiß nur das, was ... was Timmy mir erzählt hat.“

„Timmy?“, hakte der Richter nach. „Sie meinen den Angeklagten, Tim Berghoff?“

„Ja“, hauchte Verena kaum hörbar und sah ängstlich zu Tim herüber.

Der hatte inzwischen seine rechte Hand zur Faust geballt und machte den Eindruck, als wollte er jeden Moment aufspringen und sich wutentbrannt auf Verena stürzen. Cora verspürte den Impuls, ihre Hand besänftigend auf seine zu legen. Aber sie wusste ja, dass er auch auf sie nicht besonders gut zu sprechen war. Und so schickte sie ein kleines Stoßgebet zum Himmel, dass er sich im Zaum halten möge. Das Letzte, was sie jetzt brauchte, war ein des Mordes Angeklagter, der vor den Augen des Richters auf eine Zeugin losging!

„Sie brauchen keine Angst zu haben, Frau Bartel", sagte der Richter. „Herr Berghoff wird Ihnen nichts tun."

Cora sah besorgt in Tims Gesicht. Er sah mittlerweile aus wie die Ariane-Trägerrakete kurz vor dem Start. Lange würde das bestimmt nicht mehr gut gehen! Sie beugte sich zu ihm herüber. „Reiß dich zusammen", flüsterte sie ihm beschwörend zu, „sonst haben wir den Prozess schon am ersten Verhandlungstag verloren!"

„Aber ... meine Eltern ...", stotterte Verena, „die hat er doch auch –"

„Schluss jetzt!", unterbrach Cora sie wütend. „Ich werde nicht dulden, dass die Zeugin während ihrer Vernehmung auf frühere Prozesse anspielt!"

„Schon gut, Frau Verteidigerin", beschwichtigte der Richter. Und dann wandte er sich wieder der Zeugin zu. „Also, Frau Bartel, ich versichere Ihnen nochmals, dass Ihnen keine Gefahr droht. Nun seien Sie doch bitte so gut und erzählen Sie uns, was der Angeklagte Ihnen gesagt hat."

Na toll!, dachte Cora. *Jetzt bettelt der Richter schon um ihre Lügengeschichte!*

Verena erzählte leise und stockend von ihrer Beziehung zu Tim. Sie schilderte sie in den leuchtendsten Farben, sprach von „großer Liebe" und „vollkommener Hingabe". Ein paar Mal seufzte sie dabei tief und schließlich wischte sie sich sogar verstohlen ein paar Krokodilstränen aus den Augen. „Alles hätte so wundervoll sein können", schniefte sie, „wenn da nicht seine grundlose Eifersucht gewesen wäre."

„Die war alles andere als grundlos!", unterbrach Tim sie wütend.

Cora trat ihm warnend gegen das Schienbein.

„Sie haben bereits ausgesagt, Herr Berghoff", wies der Richter ihn zurecht. „Darum möchte ich Sie bitten, sich ruhig zu verhalten." Dann wandte er sich wieder Verena zu. „Herr Berghoff war also eifersüchtig. Haben Sie die Beziehung deshalb beendet?"

„Ich habe es versucht", jammerte Verena. „Immer wieder. Aber er hat mich einfach nicht in Ruhe gelassen. Er hat mich angefleht, zu ihm zurückzukommen. Er hat versprochen, sich zu ändern. Einmal hat er sogar Cordula auf unser Grundstück geschleift und sie ein selbst gedichtetes Liebeslied für mich singen lassen. Stellen Sie sich das mal vor!"

Cora schloss für einen Moment die Augen. Die Erinnerung an diesen Tag war einfach entsetzlich. Noch heute sah sie Verenas Schlafzimmerfenster vor sich – und die Silhouette zweier ineinander verschlungener Gestalten.

„Cordula?", erkundigte sich der Richter interessiert. „Cordula Strohm?"

Verena nickte eifrig. „Ist das nicht pervers?"

„Klingt doch eher romantisch", entgegnete Richter Walther.

Aber Verena schüttelte den Kopf. „Es war keineswegs romantisch. Es war brutal!"

Der Richter zog verständnislos die Stirn in Falten. „Warum?"

„Na, überlegen Sie doch mal!", begann Verena eifrig. „Die ganze Schule wusste, dass Cordula unsterblich in Tim verliebt war! Und trotzdem hat er sie für diese Aktion missbraucht. Können Sie sich vorstellen, wie sich das arme Mädchen gefühlt haben muss?"

Cora sah verstohlen zu Tim herüber. Verenas Mitleid war natürlich gespielt. Aber ihre Frage war durchaus berechtigt. *Konnte* er sich vorstellen, was sie damals durchgemacht hatte?

Es sah nicht so aus. Jedenfalls machte er keinen schuldbewussten Eindruck. Alles, was Cora an ihm erkennen konnte, war blanke Wut. Er würde doch nicht...?

„Du verlogenes Miststück", schimpfte er da aber auch schon lautstark, „tu doch nicht so, als ob dir etwas an Cordula gelegen hätte!"

Cora stöhnte hörbar. Konnte er sich nicht zusammenreißen?

„Jetzt ist es aber genug!", fuhr der Richter ihn an. „Wenn Sie nicht sofort Ihren Mund halten, setze ich die Befragung der Zeugin ohne Sie fort!"

„Und ich lege mein Mandat nieder!", ergänzte Cora im Flüsterton.

Verena stieß jetzt einen lautstarken Seufzer aus. „Cordula war zwar nicht unbedingt meine Freundin. Das stimmt. Aber sie hat mir wirklich Leid getan. Allein schon ... dieser Körper", Verena schüttelte sich ein wenig, „diese Massen, die sie mit sich herumschleppen musste. Furchtbar! Sie war wirklich das hässlichste Mädchen der ganzen Schule!"

Cora sah sich noch einmal durch die Schule hetzen. Sie spürte wieder den Schweiß an ihren Schläfen entlanglaufen, die Unbeweglichkeit, die Kurzatmigkeit.

Verena seufzte schon wieder. „Das arme Ding hatte wirklich schon genug zu leiden. Allein die ganzen Streiche, die man ihr gespielt hat! Ich hab ja versucht, sie zu verhindern. Aber es ist leider nicht immer gelungen."

Cora sah auf einmal wieder diesen viel zu kleinen Lehnstuhl vor sich, den niemand anders als Verena für sie aufgestellt hatte. „Können wir jetzt mal zur Sache kommen?", sagte sie heftiger, als sie es eigentlich beabsichtigt hatte.

„Wir erfahren gerade wichtige Details über die Ermordete, Frau Anwältin", wies der Richter sie zurecht.

„*Angeblich* Ermordete", korrigierte Cora schon wieder. „Den Unterschied muss ich Ihnen doch wohl nicht erklären, oder? Sonst muss ich am Ende noch einen Befangenheitsantrag stellen!"

„Schon gut, schon gut", erwiderte der Richter und hob kapitulierend die Hände. „Ich werde besser auf meine Formulierungen achten. Trotzdem halte ich es für erforderlich, dass wir die Zeugin ausreden lassen. Also bitte, Frau Bartel, erzählen Sie uns noch mehr über Cordula Strohm, vor allem von dem, was Sie über die Beziehung zwischen ihr und dem Angeklagten wissen."

„Tim hat sie immer nur ausgenutzt", sagte Verena traurig, „nach Strich und Faden ausgenutzt. Er hat genau gewusst, dass sie in ihn verliebt war und dass er so ziemlich alles mit ihr machen konnte." Verena lachte bitter auf. „Einmal hat er sogar mit ihr geschlafen. Das war in der Nacht nach seinem achtzehnten Geburtstag. Ich hatte gerade mal wieder mit ihm Schluss gemacht. Stellen Sie sich das mal vor! Ich mache mit ihm Schluss, weil er so eifersüchtig ist, und er hat nichts Besseres zu tun, als mich noch in derselben Nacht mit einem Mädchen zu betrügen, das ihm überhaupt nichts bedeutet."

„Und woher wissen Sie das?", erkundigte sich der Richter.

„Er hat es mir selbst gesagt", antwortete Verena.

„Hab ich nicht!", rief Tim entsetzt.

„Zum Donnerwetter, jetzt hat meine Geduld aber ein Ende", schimpfte der Richter. „Wenn Sie noch *ein* Wort, ein *einziges* Wort sagen, dann lasse ich Sie aus dem Saal entfernen!" Er wandte sich wütend wieder Verena zu. „Bitte fahren Sie fort, Frau Bartel. Wann hat Herr Berghoff Ihnen von der Nacht mit Frau Strohm berichtet?"

„Das war sehr viel später. Er saß bereits im Gefängnis wegen des Mordes an meinen Eltern. Ich habe ihn dort besucht, weil ich Antworten brauchte. Ich –" Verena stockte und fasste sich leidend mit der Hand an die Stirn. Dann fuhr sie mit belegter Stimme fort: „Ich hatte Tim einfach nicht so eingeschätzt. Ich konnte nicht glauben, dass er zu so etwas Furchtbarem fähig war. Immer wieder habe ich nach dem

Warum gefragt. Und dann", Verena stockte erneut und ließ wieder ein paar effektvolle Tränen an ihren Wangen herabkullern, „dann hat er einen Satz gesagt, den ich niemals vergessen werde." Sie hielt inne.

„Ja?", ermutigte Herr Walther sie.

Cora warf einen Blick in den Zuschauerraum. Aller Augen waren jetzt voller Neugier und Erwartung auf Verena gerichtet. *Hut ab*, dachte Cora zähneknirschend. *Das blonde Gift versteht es, Spannung aufzubauen.*

„Er sagte: ‚Wenn du einmal gemordet hast, verlierst du alle Hemmungen.'"

Cora grunzte leise. Sie kannte Verenas Aussage ja schon, aber sie hatte nicht gedacht, dass sie vor Gericht so überzeugend sein würde.

„Und was sollte das bedeuten?", fragte der Richter.

„Das hab ich ihn auch gefragt", antwortete Verena eifrig. „Und dann ... ja ... dann hat er mir gestanden, dass er Cordula getötet hat."

„Das... das ist doch wohl der Gipfel!", schrie Tim voller Empörung. „Du Lügnerin, du –"

Dieses Mal beschränkte Cora sich nicht auf Tims Schienbein. Sie hatte gemerkt, dass sie bei Tim schon etwas härtere Geschütze auffahren musste. Und so rammte sie ihren Ellenbogen mit voller Wucht in Tims Bauch. Das verfehlte seine Wirkung nicht. Tim stöhnte auf, hielt sich den Bauch und war augenblicklich still.

„Tut mir Leid, Herr Vorsitzender", sagte Cora schnell. „Wird nicht wieder vorkommen!"

„Das will ich auch hoffen!", dröhnte der Richter.

Cora schrumpfte auf ihrem Stuhl zusammen. So eingesetzt wirkte die sonore Stimme des Richters wirklich überaus respekteinflößend. Richter Walther wandte sich jetzt wieder Verena zu. Sofort wurden Stimme und Gesichtsausdruck wieder weicher. „Fahren Sie doch bitte fort, Frau Bartel. Was genau hat Ihnen der Angeklagte gestanden?"

Verena sah ängstlich zu Tim herüber. „Das hier fällt mir wirklich schwer, Herr Richter."

„Das kann ich gut verstehen, Frau Bartel. Trotzdem ist es erforderlich, dass Sie uns die ganze Wahrheit erzählen. Es geht hier schließlich um einen Mord."

Cora verdrehte die Augen. Der Richter fraß Verena aus der Hand!

„In der Nacht", begann Verena stockend, „in der Cordula verschwunden ist, da ... da hat er sie in der Wohnung ihrer Eltern besucht. Er ... hat ihr vorgegaukelt, dass er sie liebt und dass er die gemeinsame Nacht noch einmal wiederholen möchte. Dann ist er mit ihr in die Scheune gefahren. Dort hat er sie dann ...", Verena schluchzte auf.

Unter Tränen fuhr sie fort: „... er ... er hat sie von hinten mit einem Hammer erschlagen!"

Tim, der sich mittlerweile von dem Schlag erholt hatte, schien nur mit Mühe seine Fassung wahren zu können.

„Wenn du dich nicht zusammenreißt", flüsterte Cora ihm warnend zu, „erschlag *ich* dich mit einem Hammer!"

„Wissen Sie auch, warum er das getan hat?", erkundigte sich der Richter.

Verena wischte sich die Tränen aus dem Gesicht und entgegnete schluchzend: „Sie hat ihn erpresst." Ihr Blick wanderte in die Ferne, so als sähe sie das Gespräch mit Tim noch einmal vor sich. „Das arme Ding!"

Du wiederholst dich, dachte Cora trocken.

„Ich ... ich weiß ja", fuhr Verena fort, „dass das nicht richtig ist, aber irgendwie ... kann ich es auch verstehen. Sie hat ihn nun mal abgöttisch geliebt. Da ist es doch verständlich, dass sie ihn heiraten wollte."

„Sie hat also verlangt, dass er sie heiratet?"

Verena nickte und Cora hob amüsiert die Augenbrauen. Das wurde ja wirklich immer abenteuerlicher! Sie würde Verenas Aussage während des Kreuzverhörs in der Luft zerreißen!

„Aber womit hat sie ihn denn erpresst?", fragte Richter Walther.

Ein neuer Schwall Tränen kullerte an Verenas Wangen hinunter und Cora überlegte ernsthaft, ob es nicht eine Möglichkeit gab, ihr zu einer Hauptrolle im nächsten „Großen TV-Roman" zu verhelfen. „Anfangs hat sie ihm gedroht, mir von der gemeinsamen Nacht zu erzählen", schluchzte Verena, „und später ..."

Cora grinste und summte gedanklich die Angriffsmelodie aus „Der Weiße Hai". Die Spannung stieg ja schließlich ins Unermessliche. Was hatte sich Verena denn noch für Schauermärchen ausgedacht?

„... später ... ", fuhr Verena fort, „... kam dann ja noch ein stärkeres Druckmittel hinzu."

„Und das wäre?"

„Na, ihre Schwangerschaft", antwortete Verena, so als wäre es das Selbstverständlichste von der Welt.

Ein Raunen ging durch den Saal. Der Richter war perplex. Und Cora? Die grinste auf einmal überhaupt nicht mehr. Im Gegenteil. Ungläubiges Entsetzen hatte ihr Gesicht überzogen. Woher wusste Verena ... ? Davon stand garantiert nichts in den Akten!

Sie konnte den Gedanken nicht zu Ende denken, denn in diesem Moment sprang Tim auf. Er warf sich über den Tisch und stürzte sich schreiend auf Verena. Dabei riss er sie von ihrem Stuhl herunter, packte sie mit beiden Händen am Hals und drückte zu.

Cora verfolgte das alles wie in Trance. Sie starrte nur auf Verena, die am Boden lag und röchelte und zappelte, ehe der Vollzugsbeamte Tim erreicht und von seinem Opfer weggerissen hatte. Und Cora saß noch immer da wie gelähmt. Sie hatte nur einen Gedanken. *Das war's. Jetzt ist der Prozess gelaufen!*

Kapitel 35

„Jetzt sieh mich nicht so vorwurfsvoll an", schmollte Tim.

Cora sagte noch immer nichts. Sie saß ihm wieder einmal gegenüber, an dem kleinen Tischchen im Besucherraum der JVA. Es war ihr erster Besuch bei Tim, zwei Tage nachdem der Prozess vertagt worden war.

„Ihre Lügen waren einfach zu unverschämt!", rechtfertigte sich Tim.

Jetzt endlich brach Cora ihr Schweigen. „Und deshalb begehst du während eines Mordprozesses einen Mordversuch, ja?"

„Ich hab ihr lediglich einen Denkzettel verpasst."

Cora lehnte sich auf ihrem Stuhl zurück und verschränkte die Arme. „... an den sie wahrscheinlich ebenso lange denken wird wie dein Richter!"

„Ist mir scheißegal, was der Richter denkt", schnaubte Tim. „Du hast ihn doch genauso erlebt wie ich." Er hielt inne und ahmte die tiefe Stimme des Richters in einem übertriebenen, geradezu zärtlichen Tonfall nach: „Fahren Sie doch fort, Frau Bartel." Dann wurde er wieder ernst und fügte voller Verbitterung hinzu: „Der hat sein Urteil längst gefällt."

„Blödsinn", widersprach Cora. „Ein Prozess ist wie ein gutes Fußballspiel. Der Punktestand kann sich noch bis zur letzten Minute ändern. Und beim Abpfiff interessiert sich niemand mehr dafür, wie das Spiel zur Halbzeit stand."

„Toller Vergleich für jemanden, dessen Leben auf dem Spiel steht", warf Tim voller Sarkasmus ein.

„Und der trotzdem nichts Besseres zu tun hat, als dauernd Eigentore zu schießen", ergänzte Cora unbeirrt.

„Und wenn schon", antwortete Tim trotzig. „So kann ich mich wenigstens darüber freuen, dass ich es diesem Miststück endlich mal gezeigt habe."

„Du hast im Gefängnis dann ja jede Menge Zeit, dich darüber zu freuen", bemerkte Cora.

„Na und?", schrie Tim sie an. „Ins Gefängnis gehe ich sowieso. Genau wie damals. Alles ist wie damals. Und Verena, die kommt wieder ungeschoren davon. Obwohl sie den Tod verdient hätte!"

„Und was hast *du* verdient?", fragte Cora wütend. Tims Selbstmitleid ging ihr allmählich auf die Nerven. „Schwängerst ein junges Mädchen und überlässt sie dann ihrem Schicksal!"

„Na, toll", regte sich Tim auf, „jetzt glaubt meine Anwältin auch schon, was diese Schlampe aussagt."

„Ich bin nicht deine Anwältin", sagte sie mit belegter Stimme. „Jedenfalls nicht nur. Und ich ... ich möchte, dass du endlich der Wahrheit ins Auge siehst. Du bist nicht das Unschuldslamm, das zur Schlachtbank geführt wird! Das ...", sie stockte. Sollte sie ihren Gedanken aussprechen, obwohl er Tim nicht gefallen würde? „Das hieß nämlich Jesus!"

Tim lachte bitter auf. „Was soll das, Cora?", sagte er dann. „Du weißt genau, dass ich nichts mit dieser Religion zu tun haben will. Ich brauche deinen Jesus nicht."

„Jeder Mensch braucht ihn", widersprach Cora. „Er hat für unsere Sünden bezahlt."

„Für meine nicht", entgegnete Tim kalt. „Für meine habe ich selbst bezahlt und zwar bis auf den letzten Pfennig. Einmal falsch geparkt – ein Jahr Gefängnis. Zweimal die Schule geschwänzt – zwei Jahre Gefängnis. Und so weiter und so weiter."

„Das mit der Schwangerschaft hast du vergessen", sagte Cora trotzig.

„Sie war nicht schwanger!", regte Tim sich auf. „Wir haben einmal miteinander geschlafen, einmal, ein einziges Mal. Hast du eine Ahnung, wie hoch die Wahrscheinlichkeit ist, dass man davon gleich schwanger wird? Es gibt Paare, die es jahrelang probieren, ohne Kinder zu bekommen! Manche kriegen nie welche!"

„Und manche spielen einmal in ihrem Leben Lotto und gewinnen gleich eine Million."

„Verena ist eine Lügnerin. Jedes Wort, das sie von sich gegeben hat, ist ihrer Fantasie entsprungen! Das musst du mir glauben!"

„Vielleicht hat sie zufällig die Wahrheit gesagt", schlug Cora vor.

„Cordula und ich ... wir waren Freunde. Ehrlich, sie war wie eine Schwester für mich", beteuerte er. „Wir hatten keine Geheimnisse voreinander. Wenn sie ein Kind von mir erwartet hätte, dann hätte sie es mir erzählt. Da kannst du sicher sein."

„So wie sie dir erzählt hat, dass sie abhauen will, ja?“, sagte Cora trocken.

Tim sprang so plötzlich auf, dass der Stuhl, auf dem er gesessen hatte, zu Boden polterte. „Und du willst auf meiner Seite sein, ja?“, schrie er Cora an. „Dass ich nicht lache!“ Er funkelte sie wütend an. Dann sagte er in gemäßigterem, aber entschlossenem Tonfall: „Ich will dich nicht mehr sehen! Geh bitte!“

Cora sah ihn erschrocken an, reagierte aber nicht gleich.

„Hörst du nicht?“, sagte Tim ein weiteres Mal. „Ich will, dass du gehst! Und komm erst wieder, wenn du dir sicher bist, wem du glauben willst!“

Cora erhob sich. „Du kannst dir jederzeit einen anderen Anwalt nehmen“, sagte sie kühl. „Sag mir einfach Bescheid, wenn du mich von der Verteidigung entbinden möchtest.“

❧

Cora saß neben Tim auf der Anklagebank und starrte angestrengt am Staatsanwalt vorbei zum Fenster heraus. Sie vermied jeden Blick nach rechts oder links, insbesondere nach links. Die Zuschauerbänke waren heute noch stärker gefüllt als beim letzten Mal. Der Saal war bis auf den letzten Platz besetzt und bestimmt hatte der Gerichtsdiener noch jede Menge Schaulustiger abweisen müssen. Verwunderlich war das nicht. Die Nachricht von dem tätlichen Angriff des Angeklagten während der Verhandlung hatte schnell die Runde gemacht und auch Eingang in die Lokalpresse gefunden.

Cora schluckte ein paar Mal an den Tränen, die in ihr aufsteigen wollten. Sie spürte die Blicke der Zuschauer und fühlte sich alles andere als wohl dabei. Sie hatte ein paar der Zeitungsartikel gelesen und wusste genau, dass man Tim in der öffentlichen Meinung bereits abgeurteilt hatte. Ein verurteilter Mörder, der auf eine der Zeuginnen losging? Der musste doch einfach schuldig sein!

Außerdem musste sie an die Passagen denken, die ihr gewidmet waren. Als das öffentliche Interesse geweckt war, hatte die Zeitung natürlich schnell herausgefunden, dass die Anwältin auch persönlich mit dem Angeklagten verbandelt war. Und das hatte selbstverständlich die wildesten Spekulationen ausgelöst. Ob die Juristin dem Mörder wohl verfallen war? Oder ob sie gar selbst an den Morden beteiligt war?

Auch im Büro hatte sie seitdem kein leichtes Leben mehr. Die Kollegen tuschelten hinter ihrem Rücken und ihr Chef hatte ihr nahe gelegt, den Fall doch besser an jemand anderen abzugeben. Cora hatte das natürlich empört abgelehnt. Immerhin hatte sie ihrem Chef vermitteln können, dass der ganze Fall auch eine nicht unerhebliche Werbewirkung mit sich brachte.

Aber das alles war ja noch nicht einmal das Schlimmste! Am meisten machte es ihr zu schaffen, dass sie seit ihrem Streit kein einziges Wort mehr mit Tim gewechselt hatte. Ja, sie hatte einen schweren Stand in diesem Gerichtssaal. Sie kam sich beobachtet, abgelehnt und isoliert vor. Aber dieses Gefühl kannte sie. Sie hatte schon ganz andere Leute verteidigt – Kinderschänder, Vergewaltiger und geständige Serienmörder! Die Verachtung, die das mit sich brachte, wollte sie gern in Kauf nehmen. Insbesondere für den Mann, den sie liebte, immer noch genauso liebte wie vor Jahren! Aber wie sollte sie das alles durchstehen, wenn sie nicht einmal mit ihm reden konnte? Wie sollte sie sein Schweigen ertragen, wenn sie sich nichts mehr wünschte als ein versöhnliches Wort, einen liebevollen Blick, eine zärtliche Berührung?

Wirklich, sie hatte sich noch nie so allein gefühlt wie in diesem Moment!

„Zeugin Verena Bartel, bitte eintreten", sagte jetzt die Protokollführerin in ihr Mikrofon.

Sekunden später öffnete sich die Tür und Verena betrat den Saal. Sie trug eine weiße Halskrause, die ihren Kopf zur Bewegungslosigkeit verdammte und über ihrem anthrazitfarbenen Kostüm ganz besonders ins Auge stach. Als sie sich jetzt auf den Weg in den Zeugenstand machte, wirkten ihre Bewegungen längst nicht so stolz und souverän wie beim letzten Mal. Diesmal lächelte sie auch nicht, sondern hatte eine Leidensmiene aufgesetzt, die ihre Wirkung beim Publikum nicht verfehlte. Die Zuschauer raunten bedauernd und auch die fünf Richter schienen auf einmal so etwas wie tiefes Mitleid zu empfinden.

Als Verena umständlich im Zeugenstand Platz genommen hatte, fragte der vorsitzende Richter voller Anteilnahme: „Ich hoffe, es geht Ihnen besser, Frau Bartel?"

„Ein wenig", antwortete Verena leidend.

Cora rollte innerlich mit den Augen. Sie hatte den Befund des Arztes gelesen und wusste, dass Verena keine schwerwiegenden Verletzungen davongetragen hatte. Die paar blauen Flecken rechtfertigten einen solchen Auftritt jedenfalls nicht.

„Fühlen Sie sich denn zu einer Aussage fähig?", fragte Richter Walther.

Verena wandte den gesamten Oberkörper nach rechts herüber und sah ängstlich in Tims Richtung.

„Der Angeklagte trägt heute Handschellen", beantwortete der Richter die unausgesprochene Frage. „Sie brauchen sich also nicht zu fürchten."

Für Cora war das natürlich keine Neuigkeit. Trotzdem warf sie einen kurzen Blick auf Tims Hände. Sie lagen samt Handschellen auf seinem Schoß, ballten sich aber gerade zu Fäusten. Natürlich war der Hinweis des Richters furchtbar erniedrigend. Aber diese Suppe hatte er sich ganz allein eingebrockt!

„Dann bin ich bereit", hauchte Verena.

Der Richter setzte jetzt die Befragung der Zeugin fort. Zunächst versuchte er, Verena noch mehr Informationen über den vermeintlichen Mord an Cordula Strohm zu entlocken. Das gelang ihm allerdings nicht einmal in Ansätzen. Verena wiederholte immer nur das, was sie bereits beim letzten Mal ausgesagt hatte. Ansonsten zog sie sich auf die Ausrede zurück, dass sie einfach nichts Genaueres habe wissen wollen. Immer wieder habe sie Tim unterbrochen und ihn angefleht, die genauen Umstände für sich zu behalten. Auch als er ihr erzählen wollte, wo er die Leiche hingebracht hatte, habe sie ihn unterbrochen. „Mit diesem Wissen hätte ich einfach nicht leben können", schluchzte Verena.

Daraufhin veränderte der Richter die Art seiner Befragung. Er ließ sich jetzt ganz genau schildern, wann, wo und unter welchen Umständen das Gespräch mit Tim stattgefunden hatte. Dabei legte er besonderen Wert auf die Details. Zum Beispiel wollte er ganz genau wissen, was Tim damals anhatte, in welchem Gemütszustand er sich befand und wie der genaue Wortlaut seiner Äußerungen war.

Cora wusste genau, warum er das tat. Die Glaubwürdigkeit eines Zeugen hing größtenteils von seiner Geradlinigkeit ab. Wer log, der wollte immer nur auf ein bestimmtes Ergebnis hinaus, der hatte kein Bild mehr vor Augen, konnte sich nicht an Details erinnern oder verwickelte sich in Widersprüche.

Bei Verena war das allerdings nicht der Fall. Wenn Cora es nicht besser gewusst hätte, dann hätte sie ihr jedes Wort geglaubt. Sie war einfach im klassischen Sinne glaubwürdig! Sie konnte sich an alle möglichen Details erinnern. Sie wusste noch, was für eine Uhr Tim damals im Gefängnis trug, beschrieb, wie er unruhig daran herumgespielt hatte. Sie erinnerte sich an eine Fliege, die ihr immer wieder ins Gesicht geflogen war und den Schrecken seines Geständnisses irgendwie noch verstärkt hatte.

Es war eine Offenbarung für Cora, jemanden so perfekt lügen zu sehen. Im Geiste ging sie die Zeugenaussagen früherer Prozesse durch und fragte sich ernsthaft, wer wohl sonst noch die Unwahrheit gesagt hatte. Wie vielen Mördern hatte sie wohl zum Freispruch verholfen? Auf wie viele Lügen war sie hereingefallen?

Viel elementarer war allerdings die Frage, wie sie Verena der Lüge überführen konnte. Sie musste irgendwie beweisen, dass sie sich all diese Details ausgedacht hatte. Aber wie?

Und dann hatte sie eine Idee. Sie hing damit zusammen, dass sie Verena schon immer für oberflächlich gehalten hatte. Und damit, dass Tim ihr in Wirklichkeit immer gleichgültig gewesen war. Und doch war es riskant, äußerst riskant sogar ...

„Mach die Augen zu", flüsterte sie Tim zu.

„Wozu das denn?", flüsterte dieser zurück.

Cora hielt seinem Blick stand. „Könntest du bitte *einmal* tun, was ich dir sage?", zischte sie wütend.

Tim seufzte. „Von mir aus."

„Und lass sie zu", raunte Cora ihm zu. Dann nutzte sie die Tatsache, dass der Richter gerade eine Pause machte, und wandte sich zum ersten Mal selbst an Verena. „Frau Bartel", begann sie und sah Verena genau an. Aber sehr zu ihrem Erstaunen war da keinerlei Gefühlsregung in Verenas Blick. Sie betrachtete Cora mit vollkommener Neutralität, so als hätte sie eine Fremde vor sich. Wachsamkeit und Konzentration, das war das Einzige, was Cora in ihrem Gesicht lesen konnte. „Können Sie mir sagen, welche Augenfarbe Herr Berghoff hat?"

Verena runzelte verblüfft die Stirn. „Wie bitte?"

„Das ist keine schwierige Frage", lächelte Cora. „Aber für Sie wiederhole ich sie gern: Welche Augenfarbe hat der Angeklagte?"

Verena sah zu Tim herüber, der seine Augen allerdings immer noch geschlossen hatte. „Blau", antwortete Verena, klang dabei aber nicht sehr sicher. „Seine Augen sind blau."

„Sicher?", fragte Cora und unterdrückte die Jubelschreie, die diese Antwort in ihr aufsteigen ließ.

Verena sah hilfesuchend zum Staatsanwalt herüber, aber dieser zuckte nur mit den Schultern.

„Sind Sie sicher?", fragte Cora erneut, dieses Mal noch eindringlicher.

„Natürlich", fauchte Verena.

„Herr Berghoff, würden Sie den Richtern bitte Ihre Augen zeigen?", sagte Cora laut zu Tim.

Tim öffnete seine Augen, erhob sich und ging zum Richterpult hinüber. Dort sah er einem nach dem anderen tief in die Augen und setzte sich anschließend wieder auf seinen Platz.

„Für welche Farbe würden Sie das halten, Herr Vorsitzender?", fragte Cora.

„Eindeutig grün", antwortete dieser und erntete eifriges Nicken von Seiten der anderen Richter und der beiden Schöffen.

„Hat Sie Ihre Erinnerung da getrogen, Frau Bartel?", fragte Cora.

Verena zuckte nervös mit den Schultern. „Blau, Grün ... ist doch alles dasselbe."

„Wenn Blau für Sie dasselbe ist wie Grün, dann verwechseln Sie wohl auch manchmal Schwarz und Weiß ... oder Richtig und Falsch, hm?"

„Blödsinn!", entfuhr es Verena. „Ich weiß genau, was richtig und was falsch ist. Ich hab nur ... keine besonders gute Beobachtungsgabe."

„Ach nein?", freute sich Cora. „Eben haben Sie aber eine ganz erstaunliche Beobachtungsgabe an den Tag gelegt. Sie wussten noch, was Tim Berghoff an einem ganz bestimmten Tag anhatte. Aber seine Augenfarbe kennen Sie nicht ... und das, obwohl Sie beide über Monate ein Paar waren?"

„Das ... das ist ewig her, dass wir ein Paar waren."

„So ewig wie dieser ominöse Tag im Gefängnis."

„Er ist nicht ominös", keifte Verena. „Im Gegenteil! Ich kann mich noch wie heute daran erinnern. Er hat sich unauslöschlich in mein Gedächtnis eingebrannt. Ich kann mich sogar noch an das Datum erinnern. Es war der 19. Dezember 1987!"

„*Fünfzehn Jahre*", betonte Cora. „Dieser Tag ist *fünfzehn Jahre* her. Und Sie wollen behaupten, sich noch an jedes Detail erinnern zu können?"

„14 Jahre, 10 Monate und 20 Tage", korrigierte Verena sie trotzig.

Cora beugte sich interessiert nach vorn. Auf eine solche Bemerkung hatte sie gar nicht zu hoffen gewagt. „Haben Sie das gerade eben ausgerechnet?"

„Ja ... natürlich", stammelte Verena. „Wieso fragen Sie?"

„Weil ich herausfinden möchte, ob Sie Ihre Antworten ehrlich und aus der Erinnerung heraus geben oder ob Sie sich alles sorgfältig zurechtgelegt haben. Und deshalb frage ich Sie nochmals: Haben Sie das gerade eben ausgerechnet oder haben Sie das schon vorher getan? Heute Morgen zu Hause vielleicht?"

„Ich hab mir gar nichts zurechtgelegt", schnaubte Verena. „Alles, was ich sage, entspricht zu hundert Prozent der Wahrheit!"

Cora blieb vollkommen ruhig. Einen Moment schloss sie die Augen und rechnete. „Mein Sohn", sagte sie dann, „hat vor 9 Jahren, 7 Monaten und 6 Tagen seinen 6. Geburtstag gefeiert. Können Sie mir sagen, an welchem Tag das war?"

Verenas Augen weiteten sich vor Entsetzen.

„Was soll das denn für eine Frage sein?", mischte sich nun der Staatsanwalt ein. „Ihr Sohn hat doch wohl nichts mit unserem Mordfall zu tun."

Cora musste unwillkürlich schmunzeln. Irgendwie hatte Timo sogar sehr viel mit dem „Mord" zu tun. Schließlich war er der lebendige Beweis dafür, dass dieser niemals stattgefunden hatte. Aber das konnte sie dem Staatsanwalt ja schlecht erklären.

„Es ist nur ein Beispiel", rechtfertigte sich Cora. „Und es ist wichtig, um die Glaubwürdigkeit der Zeugin zu untersuchen." Sie sah den Richter fragend an.

„Fahren Sie fort, Frau Kollegin", nickte dieser.

Cora sah auf die Uhr. „Eben haben Sie ungefähr drei Sekunden für die Berechnung gebraucht, Frau Bartel. Dieses Mal hatten Sie bereits dreißig Sekunden Zeit. Also antworten Sie bitte, an welchem Tag war das?"

Verena zuckte ratlos mit den Schultern.

Wusste ich's doch, dachte Cora triumphierend. *In Mathe warst du schon immer eine Niete!* Beifallheischend sah sie zu Tim herüber. Und tatsächlich, er war ein ganz kleines bisschen aus seiner Lethargie erwacht. Sein Blick spiegelte Überraschung wider. Es sah fast so aus, als würde er ein wenig Hoffnung schöpfen.

„Ich wusste ja gar nicht, dass du *so* gut bist", sagte er anerkennend.

Erfreut und ermutigt zugleich wandte sich Cora wieder ihrer Gegnerin zu. „Scheinbar nehmen Sie es mit der Wahrheit nicht sehr genau, Frau Bartel", stellte sie fest. „In welcher Hinsicht haben Sie sonst noch gelogen?"

„In gar keiner", sagte Verena wacklig.

„Aber Sie müssen doch zugeben, dass schon die Umstände Ihrer Aussage ... wie soll ich sagen ... eher ungewöhnlich sind."

„Wie meinen Sie das?"

„Ich meine den Zeitfaktor. Wie Sie uns bereits in null Komma nichts ausgerechnet haben, liegt das angebliche Gespräch mit meinem Mandanten viele Jahre zurück. Die Erinnerung daran – so detailreich sie auch war – scheint aber erst vor ein paar Wochen zu Ihnen zurückgekehrt zu sein."

„Ich hatte dieses Gespräch immer in Erinnerung", widersprach Verena gereizt. „Es hat mich regelrecht verfolgt. All die Jahre ist kein einziger Tag vergangen, an dem ich es vergessen konnte. Geträumt habe ich davon. Immer wieder. Manchmal hörte ich Cordula um Hilfe rufen! Sie –", Verena stockte, durchsuchte hektisch ihre Taschen und schnaubte dann lautstark in das Taschentuch, das sie dabei zu Tage gefördert hatte. „Sie rief in panischer Angst meinen Namen!" Verena schloss die Augen. Nur mühsam beherrscht fuhr sie fort: „Manchmal sah ich den Hammer ihren Schädel zertrümmern und ... und manchmal tauchte ...", Verenas Stimme zitterte, „ihre halb verweste Leiche aus den Tiefen eines Sees vor mir auf."

Meine halb verweste Leiche wird dir gleich eins überbraten, dachte Cora grimmig. Verena schluchzte noch einmal laut auf und vergrub dann ihr Gesicht in den Händen.

Cora zeigte sich allerdings nicht sehr beeindruckt. „Sie müssen nicht so tun, als hätten Sie irgendetwas für Cordula Strohm übrig gehabt. Ich kann nämlich auf Anhieb zehn Zeugen benennen, die das Gegenteil aussagen werden."

Verena mäßigte ihre Trauer ein wenig. „Sie tat mir nur so Leid", stieß sie hervor.

„Und deshalb haben Sie das Geständnis ihres Mörders fast fünfzehn Jahre lang für sich behalten?", fragte Cora schneidend. „War es das Mädchen, das Ihnen angeblich so Leid tat, denn nicht einmal wert, dass ihr Mörder bestraft würde?"

Verena stöhnte auf. „Sie haben Recht!", schluchzte sie. „Sie haben ja so Recht! Ich war ein Feigling. Aber ... ich ... ich hatte doch so große Angst vor ihm. Bitte vergessen Sie nicht, dass er wegen Mordes an meinen Eltern im Gefängnis saß! Und dann noch Cordula! Ich dachte, er würde mir das Gleiche antun, wenn ich mit meinem Wissen zur Polizei ging!"

„Sie sagten doch, er hätte Ihnen das Geständnis bei einem Besuch im Gefängnis gemacht. Dann saß er doch schon längst hinter Schloss und Riegel! Was hätte er Ihnen in dieser Lage schon antun können?"

„Er ... er war doch noch nicht verurteilt!", verteidigte sich Verena. „Was, wenn man ihn freigesprochen hätte? Dann wäre ich ihm ausgeliefert gewesen!"

„Er wurde aber nicht freigesprochen!", erinnerte Cora sie. „Spätestens nach seiner Verurteilung hätten Sie Ihr Wissen also preisgeben können."

„Sie haben Recht", schniefte Verena. „Ich war so feige. Dafür gibt es keine Entschuldigung. Aber ... vielleicht ... können Sie versuchen, mich zu verstehen! Ich ... ich hatte gerade meine geliebten Eltern verloren, wissen Sie. Und ... ich –" Verenas Stimme versagte und sie musste erst einmal eine Pause machen. „Ich wusste einfach nicht, wie es weitergehen sollte. Ich hatte nie zuvor für mich allein sorgen müssen." Sie seufzte. „Natürlich gab es eine Tante, die zu meinem Vormund bestellt wurde. Aber die hat mir das Leben erst recht zur Hölle gemacht!"

Wahrscheinlich hat sie geahnt, dass du deine ach so geliebten Eltern selbst um die Ecke gebracht hast, dachte Cora zähneknirschend.

„Und so musste ich selbst zurechtkommen", fuhr Verena mit mitleiderregend kleiner Stimme fort. „Ein vollkommen neues, unsicheres Leben lag vor mir. Dabei war ich doch erst 16 und damit völlig überfordert. Es kostete all meine Energie, mit dieser neuen Situation fertig zu werden. Ich hatte nur noch einen Wunsch: Ich wollte mit der Vergangenheit abschließen und alles vergessen, was damit zu tun hatte. Besonders *ihn*, den Mann, den ich geliebt hatte und der zum brutalen Mörder meiner Eltern geworden war!"

Cora sah dezent zur Richterbank hinüber. Verena trug so dick auf, dass die drei Richter und zwei Schöffen sie doch endlich durchschauen mussten. Aber ihre Hoffnung wurde schnell zunichte gemacht. Die Männer und Frauen hingen förmlich an Verenas Lippen. Sie sahen eher mitleidig aus als misstrauisch.

„Ich redete mir ein", fuhr Verena fort, „er säße ja schon im Gefängnis. Er sei schon ausreichend bestraft. Gefängnis ist Gefängnis, das lässt sich doch ohnehin nicht mehr steigern. Aber ... das war ein Irrtum. Er kam viel zu schnell heraus. Irgendwann wurde er entlassen, wegen guter Führung. Und das konnte ich nicht ertragen. Zwölf Jahre Gefängnis als Gegenwert für das Leben meiner geliebten Eltern? Das war ungerecht. Besonders, wenn man noch den Mord an Cordula dazurechnete. Ich verbrachte Nächte grübelnd in meinem Zimmer. Und dann begann ich ihn aufzusuchen. Ich war wie besessen. Ich musste wissen, was aus ihm geworden war in all den Jahren. Ob er bereute, ob er sich verändert hatte. Aber das war nicht der Fall. Er lachte mir ins Gesicht und verhöhnte mich. Da entschloss ich mich, keinen Tag länger zu warten. Ich bin gereift, wissen Sie. Heute habe ich mein Leben im Griff. Ich habe keine Angst mehr, auch vor ihm nicht. Und es war mir ungeheuer wichtig, dieses Monster wieder ins Gefängnis zu bringen, bevor ... bevor er sich noch an anderen Frauen vergreift." Sie lächelte Cora unschuldig an.

Dieses unverschämte Luder ... jetzt begriff Cora allmählich, wie sie es geschafft hatte, Tim ins Gefängnis zu bringen. Sie hatte einfach ihre Hausaufgaben gemacht, war hervorragend auf alle Fragen vorbereitet. Und sie log, als hätte sie seit ihrem ersten Atemzug nichts anderes gemacht.

Cora schielte wieder einmal zum Richterpult hinüber. Ja, die fünf

Richter glaubten ihr. Das war deutlich erkennbar! Ärger stieg in Cora auf. Sie hatte nicht vor, das Feld – und Tim – kampflos zu überlassen. Sie würde alle Hebel in Bewegung setzen, um Verenas Glaubwürdigkeit zu erschüttern. Sie musste sich etwas einfallen lassen! Unbedingt! Verena war sozusagen die Kronzeugin dieses Falles. Sie konnte Tim nur rauspauken, wenn sie ihre Glaubwürdigkeit erschütterte. Aber wie sollte sie das anstellen?

„Ich bestehe darauf, dass die Zeugin vereidigt wird", sagte Cora resigniert. Sie wusste ohnehin, dass Verena das genauso bravourös absolvieren würde wie ihre bisherigen Lügen.

Und so war es denn auch. Verena wählte – wahrscheinlich, um sich noch glaubwürdiger zu machen – den Eid mit religiöser Beteuerung und so fragte der Richter: „Sie schwören bei Gott dem Allmächtigen und Allwissenden, dass Sie nach bestem Wissen die reine Wahrheit gesagt und nichts verschwiegen haben?"

Und Verena antwortete, wie es ihr zuvor gesagt worden war: „Ich schwöre es, so wahr mir Gott helfe."

Die Einzige allerdings, die zu diesem Zeitpunkt tatsächlich mit Gott sprach, war Cora. Sie richtete einen wahren Sturm von Gebeten an den Himmel. „Lass nicht zu, dass sie damit durchkommt!", flehte sie inständig. „Bitte lass nicht zu, dass sie ungestraft deinen Namen für ihre Zwecke missbraucht! Hilf mir!"

Kapitel 36

Cora stieg aus dem Wagen und ging mit zitternden Knien auf das alte, abgelegene Haus zu. Mit jedem Schritt, den sie tat, wurde sie nervöser. Als sie die Haustür erreichte, die schon vor 20 Jahren einen neuen Anstrich gebraucht hätte, schlug ihr das Herz bis zum Hals. Das Schlimmste war, dass sie noch immer nicht so genau wusste, wie sie vorgehen sollte. Sie hatte tagelang hin und her überlegt. Aber zu einer überzeugenden Lösung war sie nicht gekommen. Bevor sie entscheiden konnte, was zu tun war, musste sie ohnehin erst einmal die Situation einschätzen.

Sie sah auf den verwitterten Klingelknopf aus vergilbtem Plastik. *Benjamin Todenhagen* stand handschriftlich darauf. Immerhin war die Adresse richtig.

Zögernd sah sie sich noch einmal um. Sie hatte nur selten einen derart verwahrlosten Ort gesehen. Das Haus, das einmal weiß verputzt gewesen war, hatte eine fast durchgängig grünliche Farbe angenommen. Die roten Dachziegel waren Hunderte von Malen notdürftig zugeschmiert worden und an den Fensterrahmen war schon beinahe die gesamte Farbe abgeblättert. Außerdem waren die Fenster so dreckig, dass man beim besten Willen nicht mehr ins Haus hineinsehen konnte.

Der Garten, wenn man denn von einem solchen sprechen wollte, war völlig verwildert. Natursteinumrandungen zeugten noch von angelegten Beeten. Weder das Gras noch die Büsche und anderen Pflanzen hatten sich allerdings an ihre Begrenzung gehalten, sondern waren eifrig dabei, das gesamte Anwesen für die Natur zurückzuerobern.

Cora atmete noch einmal tief durch. Dann betätigte sie mutig den Klingelknopf. Stille! Kein noch so leises Geräusch war zu hören. Scheinbar war die Klingel schlicht und ergreifend kaputt!

„Bestimmt ist das ein Zeichen", murmelte Cora. „Ich sollte einfach wieder nach Hause zurückfahren."

Trotz dieser Erkenntnis blieb sie wie angewurzelt stehen. Das hier war die einzige Chance, die Tim hatte. Sie *musste* es einfach versuchen!

Und so begann sie energisch gegen die Tür zu klopfen. Sie klopfte und wartete, aber im Inneren des Hauses rührte sich nichts. Sie klopfte wieder, wartete und klopfte zum dritten Mal. Aber es tat sich noch immer nichts. Erleichtert atmete sie auf. Jetzt konnte sie guten Gewissens zurückfahren und es ein anderes Mal versuchen. Sie machte kehrt und kämpfte sich vorsichtig wieder durch das Dornengestrüpp, das den kleinen, gepflasterten Weg zum Haus in eine Art Hindernispfad verwandelt hatte.

Sie war erst ein paar Meter weit gekommen, als sie plötzlich hörte, wie die Haustür geöffnet wurde. Erstaunt drehte sie sich um. Der Mann, der in der Tür stand, war mindestens genauso verwahrlost wie das Haus. Seine schulterlangen hellblonden Haare waren teilweise verfilzt, teilweise hingen sie in fettigen Strähnen von seinem Kopf herunter. Sein langer, ungepflegter Vollbart hatte eine rotblonde Farbe und war voller Essensreste. Er trug einen dunkelgrauen Jogging-Anzug, der mit Flecken und Löchern nur so übersät war. Wahrscheinlich war er seit Monaten, wenn nicht seit Jahren nicht mehr gewaschen worden. Cora fragte sich, was wohl die Originalfarbe dieses Kleidungsstücks gewesen sein mochte. Zwischen weiß und hellgrau meliert war auf jeden Fall so ziemlich alles möglich.

Als der Mann Cora erblickte, lächelte er schief. „Hallo, mein Täubchen", sagte er ein wenig lallend. „Watt kann ick für dir tun?"

Cora schauderte und sah auf die halb gefüllte Flasche Korn, die er in der rechten Hand trug. Der Mann war ganz offensichtlich Alkoholiker. „Ich ... äm... sind Sie Benjamin Todenhagen?"

„Für dir Benni", antwortete der Mann und grinste anzüglich.

Cora sah noch einmal an ihm herunter und suchte nach Ähnlichkeiten. Der Mann war höchstens 1,65 Meter groß. Unter dem Oberteil seines Jogging-Anzugs wölbte sich ein unübersehbarer Bauch. Von dem breitschultrigen, gut aussehenden Mann, den sie in Erinnerung hatte, war nicht mehr viel zu erkennen.

„Watt is nu?", fragte er ungeduldig.

„Ich würde gerne mal mit Ihnen reden", entgegnete Cora zögernd.

„Dann komm doch rin", sagte der Mann und leckte sich über die Lippen. Mit seinen Blicken schien er Cora bereits auszuziehen.

Cora überlegte schnell. Es erschien ihr lebensgefährlich, diesem Mann allein in ein abgelegenes Haus zu folgen. Aber seine Größe und seine Haarfarbe stimmten.

„Wie alt sind Sie?", hörte Cora sich fragen.

„Hä?", machte Herr Todenhagen.

„Ich muss wissen, ob Sie der sind, den ich suche", erwiderte Cora.

„Und ob ick datt bin", sagte der Mann und stierte auf die enge dunkelblaue Weste, die Cora trug. Dann stellte er die Kornflasche auf dem Fußboden ab. Cora ging unwillkürlich ein paar Schritte rückwärts.

„Einundvierzig!", beeilte sich Benjamin Todenhagen zu sagen.

Cora blieb stehen. Sie hatte den Mann älter geschätzt, auf mindestens 50. Aber seine Antwort war goldrichtig gewesen. Und dieser Typ war nun mal ihre einzige Chance. Sie musste es riskieren!

Vorsichtig ging sie ein paar Schritte auf ihn zu. Als sie nur noch einen Meter von ihm entfernt war, stieg ihr ein strenger Geruch in die Nase. Es war eine Mischung aus Alkohol, Schweiß und Urin. Ein Zittern durchfuhr sie. Der Geruch kam ihr bekannt vor. Er erinnerte sie an irgendetwas, das ihr schreckliche Angst machte.

Der Mann trat einen Schritt zur Seite und bedeutete Cora einzutreten. Ein letztes Mal zögerte sie. Noch konnte sie auf dem Absatz kehrtmachen und einfach davonlaufen! Der Gestank, den der Mann ausströmte, jagte ihr kalte Schauer über den Rücken. Aber gleichzeitig weckte er auch eine Neugier und seltsame Faszination in ihr. Woran erinnerte er sie? Und warum brachte er sie so aus der Fassung?

Sie konnte nicht anders. Sie trat ein.

Vor ihr lag ein langer, schmaler Flur, der genauso schaurig aussah, wie sie es erwartet hatte. Überall lag irgendwelches Zeug herum. Rechts neben ihr türmten sich Kartons und Wasserkisten, links stapelten sich Schuhe und Kleidungsstücke. Bretter und anderes Gerümpel versperrte ihr den Weg. Plastikflaschen, Dosen und jede Menge Einwegverpackungen lagen auf dem Fußboden verstreut und verwandelten ihn in eine Müllhalde. An den dunkel tapezierten Wänden hingen Spinnweben, die so verstaubt waren, dass sie noch voluminöser und furchteinflößender wirkten.

Cora schüttelte sich ein wenig. Konnte es etwas Grauenhafteres geben als dieses Bild vor Augen? Ja, das konnte es! Noch grauenhafter, als so ein Bild vor Augen zu haben, war, es *nicht* vor Augen zu haben!

Gerade hatte Herr Todenhagen nämlich die Tür hinter ihr ins Schloss fallen lassen. Und da stand Cora nun. Sie hatte die Augen weit aufgerissen und konnte trotzdem nichts sehen! Das kleine Fenster über der Tür, das den Flur hätte erleuchten sollen, war so verschmutzt, dass es kaum noch Licht hineinließ. Dunkelheit umgab Cora – und der Gestank von Herrn Todenhagen, der sich ihr von hinten näherte und vor dem es vorne kein Entrinnen gab. Panik überfiel Cora und sie verwünschte die Entscheidung, das Haus betreten zu haben.

„Machen Sie Licht an!“, schrie sie hysterisch.

„Aber warum denn?“, kicherte der Mann und fasste Cora von hinten an die Schulter.

Cora zuckte vor Schreck zusammen, stieß einen spitzen Schrei aus und floh in den dunklen Flur hinein. Schon nach etwa zwei Metern jedoch stolperte sie über irgendetwas. Sie riss bei dem Versuch sich festzuhalten noch irgendwelche Kisten oder Kartons um und landete dann mit einem Aufschrei und enormem Gepolter auf dem Fußboden. Ein heftiger Schmerz durchzuckte ihr rechtes Knie. Eine Sekunde sah es so aus, als würde sie ohnmächtig werden, aber ihre panische Angst verhinderte das. Wimmernd hielt sie sich das Knie und richtete zugleich ihre weit aufgerissenen Augen auf den Flur. Mittlerweile konnte sie ein kleines bisschen mehr erkennen und so sah sie den Umriss des Mannes langsam auf sich zukommen. Wieder erfüllte dieser widerliche Geruch ihre Nase und verstärkte sich mit jedem Schritt, den der Schatten auf sie zumachte.

„Nein!“, schrie Cora in höchster Panik. Sie zappelte wie wild, so als wollte sie den Mann schon jetzt von sich abwehren. „Geh weg! Lass mich in Ruhe!“

Aber der Geruch kam näher und näher, der Schatten wurde immer größer. Dann spürte Cora eine Hand, die im Dunkeln nach ihr tastete. Cora schlug wie wild um sich. Sie war beinahe besinnungslos vor Angst und schrie: „Nein, Papa, nein!“

Im gleichen Moment hatte die Hand ihren linken Oberarm gefunden und packte kräftig zu. „Nicht schlagen, Papa!“, schrie Cora und wehrte sich nach Leibeskräften. „Bitte, bitte, nicht schlagen!“, bettelte sie wie ein kleines Kind.

Die Hand aber zog sie unbarmherzig hoch und stellte sie auf ihre Füße. Sekundenbruchteile später ging das Licht an.

Cora schloss geblendet die Augen. Es dauerte ein paar Sekunden, bis sie sie wieder öffnen konnte. Verblüfft blickte sie auf Herrn Todenhagen, der mit einem verlegenen Grinsen vor ihr stand und auf einmal wie selbstverständlich zum respektvolleren Sie überging, indem er sagte: „Ick hab Se wohl 'n ziemlichen Schrecken eingejacht, watt, Lady?“

Eine ganze Zeit lang verstand Cora überhaupt nichts. Erst als ihr Gegenüber im Plauderton sagte: „Dett Wohnzimmer is übrigens da hinten links“, begriff sie, dass die Gefahr jetzt wohl vorüber war. Noch immer verwirrt und ein wenig wackelig auf den Beinen, ging sie in die Richtung, die ihr angezeigt worden war. Vor der entsprechenden Tür blieb sie dann allerdings stehen. Vorsichtshalber wollte sie dieses Mal den Hausbewohner vorangehen lassen.

Dieser begriff auch sofort, was von ihm erwartet wurde. Er öffnete die Tür, ging in den Raum hinein und schaltete umgehend das Licht an. Vorsichtig steckte jetzt auch Cora den Kopf durch die Tür. Was sie sah, wunderte sie nicht. Das Wohnzimmer war genauso, wie es der Flur angekündigt hatte. In jedem Fall ähnelte es eher einer Müllhalde als einem Wohnbereich. Die Möblierung bestand aus ein paar sperrmüllreifen Schränken, einem Tisch, dem bereits ein Bein fehlte, und einem Sofa. Letzteres diente scheinbar ausschließlich als Ablagefläche, denn die Teller, Bestecke, Papierberge und Kornflaschen, die sich darauf türmten, ließen absolut keinen Platz mehr zum Sitzen. Cora machte einen Schritt vorwärts, blieb dann aber unentschlossen im Türrahmen stehen. Sie wusste kaum, wie sie sich bis zum Sofa durchkämpfen sollte, geschweige denn, wo sie anschließend sitzen sollte.

„Oh“, sagte Benjamin Todenhagen, als er Coras Problem erkannte. „Dett ham wa jleich.“ Indem er mit dem Fuß alles beiseite schob, was ihm in die Quere kam, bahnte er sich einen Weg zum Sofa. Dann wischte er mit der rechten Hand ein paar Mal über die Sitzfläche. Dabei polterte alles zu Boden, was zuvor auf dem Sofa gelegen hatte. Herr Todenhagen grinste und verbeugte sich in einer Anwandlung plötzlicher Höflichkeit. „Setzen Se sich doch“, sagte er, so gut er in seinem etwas angetrunkenen Zustand drei „S“ hintereinander aussprechen konnte.

Cora nickte gehorsam und stakste auf das Sofa zu. Ohne Herrn Todenhagen aus den Augen zu lassen, nahm sie Platz.

Herr Todenhagen setzte sich ebenfalls, hielt aber einen ausreichenden Sicherheitsabstand. Dann fragte er: „Weshalb wollten Se mir denn nu sprechen?"

Cora hatte sich mittlerweile ein wenig gefasst. Sie heftete ihre Augen auf das Gesicht des Mannes und sagte: „Ich wollte mit Ihnen über Verena Bartel sprechen."

Erstaunt beobachtete sie, wie ihr Gegenüber bei der Nennung dieses Namens erstarrte. *Also doch*, dachte sie. *Also war er es tatsächlich.*

Herr Todenhagen schluckte. „Wer?", fragte er so beiläufig wie möglich.

Aber Cora nahm ihm diese Unbefangenheit nicht ab. Seine Stimme hatte viel zu heiser und zittrig geklungen. „Verena Bartel, Ihre Ex-Freundin", sagte sie im Brustton einer Überzeugung, die sie nicht wirklich besaß.

Unvermittelt sprang Herr Todenhagen auf, wühlte sich durchs Zimmer und riss eine Schranktür auf. Er kramte einen Moment darin herum, dann warf er die Tür wieder zu und öffnete eine weitere. Noch zweimal ging das so, dann hatte er endlich gefunden, was er suchte. Mit zitternden Fingern nahm er die volle Kornflasche aus dem Schrank. Er trank ein paar kräftige Schlucke, erst dann drehte er sich wieder zu Cora herum. „Ick weeß nich, von wem Se sprechen."

Cora lachte auf. Und das war nicht einmal gespielt. Sie fühlte sich jetzt wirklich amüsiert, hatte sie doch noch nie einen so schlechten Lügner gesehen wie diesen hier. „Witzbold", sagte sie nur.

„Ick ... ick will nüscht mehr mit der zu tun haben", stotterte Benjamin Todenhagen.

„Aber Sie *hatten* etwas mit ihr zu tun", schlussfolgerte Cora.

Herr Todenhagen nahm einen weiteren Schluck aus seiner Flasche. „Dett is lange her", sagte er ausweichend.

„Wie lange?"

„Jahre."

„Fünfzehn Jahre?"

Benjamin Todenhagen zuckte die Achseln. „Mach sein."

„Hat *sie* mit Ihnen Schluss gemacht?"

Ihr Gegenüber begann schneller zu atmen. „Eiskalt abserviert hat se mir!"

„Warum?"

Er lachte bitter auf. „Der Mohr hatte seene Schuldigkeit jetan."

Cora lehnte sich interessiert nach vorn. „Welche Schuldigkeit?"

Herr Todenhagen sah sie erschrocken an. „Watt jeht Se denn dett an?", fragte er dann. „Wer sin Se überhaupt?"

„Ich bin Anwältin. Ich verteidige Tim Berghoff."

„Tim Berghoff", murmelte Benjamin Todenhagen. „Der sitzt doch schon längst im Bau."

„Er sitzt *wieder* im Gefängnis", korrigierte Cora ihren Gastgeber. „Wegen eines zweiten Mordes, den Verena ihm anhängen will."

Benjamin Todenhagen seufzte. „Armet Schwein", sagte er mit scheinbar ehrlichem Mitgefühl. „Aber warum sollt's ihm bessa jehen als mir? Wer sich mit Verena einlässt, is nu mal jekniffen."

„Ich werde nicht zulassen, dass er ein zweites Mal verurteilt wird", behauptete Cora.

Ihr Gegenüber begann zu kichern. „Da ham Se sich aber janz schön watt vorjenommen, Lady. Gegen Verena jewinnt man nich so leicht."

„Mit Ihrer Hilfe schon."

Herr Todenhagen sah überrascht zu ihr auf. „Watt meenen Se damit?"

„Ich weiß alles, Benjamin. Ich weiß, dass Sie Verenas Helfershelfer waren. *Sie* haben ihre Eltern ermordet."

„Watt? ... Nee!"

„In der Mordnacht hat sich Verena ein hieb- und stichfestes Alibi besorgt", fuhr Cora unbeirrt fort. „Und dann hat sie *Sie* zum Morden losgeschickt. Hat es Spaß gemacht, den Bartels die Kehle durchzuschneiden?"

„Dett ... dett könn Se nich beweesen", stammelte Todenhagen.

„Kann ich nicht? Ich habe den Polizeibericht gelesen. Man hat Fingerabdrücke im Haus der Bartels gefunden, die nicht zuzuordnen waren. Ich wette, dabei handelte es sich um Ihre."

„Dett ... beweest noch jar nüscht", entgegnete Herr Todenhagen müde. „Ick werde aussagen, dett ick Verena ein-, zweimal besucht hab. Wir warn entfernt miteinander bekannt."

„Waren Sie nicht!", widersprach Cora. „Ich habe eine Zeugin, die Sie beim Verlassen des Anwesens beobachtet hat." Sie dachte wieder an jenen Nachmittag, an dem sie für Verena hatte singen müssen. Und an das auffällige Käfer-Cabrio, in das der junge Mann gestiegen war. Herr Ballmer hatte den Wagen nach ihrer Beschreibung in Liebhaberkreisen wiedergefunden. Und der neue Besitzer hatte glücklicherweise den Namen und die Adresse des Vorbesitzers parat gehabt. „Sie hatten schon lange vor dem Mord einen Schlüssel. Und den hat Verena ganz sicher nicht an entfernte Bekannte herausgegeben!"

Benjamin Todenhagen sah überrascht zu Cora auf. „'ne Zeugin? Aber wir ham doch so uffjepasst!"

Cora lächelte ihm triumphierend zu. Gerade hatte er sich verraten.

Ihr Gegenüber nahm noch einmal einen kräftigen Schluck Korn. Als er die Flasche absetzte, standen Tränen in seinen Augen. „Se hat jesacht, dett se mich liebt", sagte er weinerlich. „Wir wollten heiraten!"

„Sie hat Sie nur benutzt", sagte Cora mitfühlend. „Genauso wie sie Tim nur benutzt hat."

„Dett ist keene Entschuldigung", schluchzte Herr Todenhagen. „Ick ... ick habe zwei Menschen ermordet ... abjeschlachtet. Diese Bilder ... dett Blut ... ick kann's eenfach nich verjessen. Es ... verfolgt mich ... jede Nacht ... seit all den Jahren."

Geschockt und gerührt zugleich sah Cora auf dieses Wrack von Mensch, das jetzt vor ihren Augen in sich zusammensackte und bitterlich zu weinen begann. Auf einmal fühlte sie Mitleid ... tiefes Mitleid ... aber auch noch etwas anderes. Da war so etwas wie ein Drängen in ihr.

Langsam und vorsichtig näherte sie sich dem weinenden Häufchen Elend. Dann hockte sie sich neben ihn. Das Gefühl war immer noch da. Es war sogar stärker geworden. Es drängte sie, dem Mann etwas von Jesus zu erzählen. Von der Vergebung, die er anbot. Aber war das nicht verrückt? Sie kannte den Mann doch kaum. Und sie lief auch sonst nicht gerade als Missionarin durch die Gegend. Wann hatte sie eigentlich zuletzt jemandem von ihrem Glauben erzählt?

Nein, Herr, ich kann das nicht!, dachte sie. *Nicht jetzt, später vielleicht. Ich könnte dem Mann vielleicht einen Entzugsplatz besorgen ... und ihn dann gelegentlich besuchen. Dann wäre es doch immer noch früh genug.*

Aber das Drängen war immer noch da. Es begann in ihrem Bauch und breitete sich von da in alle Körperteile aus. Es war unangenehm!

Er wird mich auslachen, dachte sie. *Und außerdem ist er doch halb benebelt. Er wird gar nicht begreifen, was ich sage!*

Aber das Drängen war unerbittlich. Es wollte sich einfach nicht zurückziehen!

Sie hatte schon vorher solche Situationen erlebt. Sehr selten, aber sie hatte sie erlebt. Und sie kannte die beiden Möglichkeiten, die sie hatte. Sie konnte einfach aufstehen, zum Sofa zurückgehen und das Drängen mit einem einfachen, klaren Nein zum Schweigen bringen. Das war kein Problem. Aber sie wusste auch, dass sie eine solche Entscheidung noch lange bereuen würde. Das schlechte Gewissen, die Gewissheit, einem Wink Gottes nicht nachgekommen zu sein, würde ihr zu schaffen machen. Beschämen würde es sie. Und traurig machen.

Oder sie konnte dem Drängen nachgeben und ihre Angst und ihren Stolz einfach überwinden. In diesem Fall erwartete sie ein besonderes Glücksgefühl. Das Wissen, einen direkten Fingerzeig Gottes wahrgenommen und umgesetzt zu haben, war durch nichts auf der Welt zu ersetzen. Es war unglaublich aufbauend und befriedigend.

Sie hatte eigentlich keine Wahl!

Also gab sie sich einen Ruck. Sie sprach leise, aber ihre Stimme klang fest und bestimmt. „Es gibt da jemanden", begann sie, „der mit dabei war, als Sie die beiden Morde begangen haben. Er ... hat alles gesehen. Ihre Grausamkeit, Ihren Egoismus, Ihre Entschlossenheit, Ihre Unerbittlichkeit."

Benjamin Todenhagen sah erstaunt zu Cora auf. „Watt?"

Cora sah direkt in sein tränenüberströmtes Gesicht, während sie fortfuhr: „Dieser Jemand heißt Jesus Christus und er weint heute mit Ihnen." Cora musste eine Pause einlegen, weil ihr auf einmal die Stimme zu versagen drohte.

Herr Todenhagen sah sie noch immer an. Sein Blick hing an ihren Lippen, so als könnte er weitere Worte aus ihrem Mund heraussaugen.

„Er hat sich ans Kreuz nageln lassen", fuhr Cora heiser fort, „um für die Sünden der ganzen Welt zu bezahlen. Freiwillig. Damit wir trotz unserer Fehler zu Gott kommen können, der vollkommen ist. Und was Sie betrifft, hat er das nur getan, um Ihnen eines Tages einen furchtbaren Mord vergeben zu können."

Todenhagen senkte den Blick. „Een *Doppel*mord", sagte er eindringlich, „an schlafenden, *wehrlosen* Menschen. Die hatten keene Schangse, verstehen Se? Keene Möchlichkeit, sich zu verteidigen. Se hätten ...", ein neuer Schwall Tränen ergoss sich über sein Gesicht und er starrte in die Ferne, so als würde er die Nacht noch einmal vor sich sehen, „ ... den Uffschrei von der Frau hören sollen, als se bejriff, dett ... dett ihr Mann schon tot war und ... se selbst ... nur noch Sekunden zu leben hatte. Aber ... dett hat mich nich berührt. Da war ... keen Mitleid, überhaupt keens. Ick war ... wie rasend, verstehen Se? Wie in Ekstase. Als wär ick nich ick selbst. Ick ... ick konnte jar nich mehr uffhören. Ick hab immer weiter zujestochen. Weiter und weiter, auch als se schon längst tot waren. Dieses Jefühl von Macht ... een Monster, ick bin'n Monster. Niemand kann mir verjeben."

„Jesus kennt Ihre Abgründe, Benjamin. Er kennt sie besser, als Sie selbst sie kennen. Aber es schreckt ihn nicht ab! *Wer zu mir kommt*, hat er gesagt, *den werde ich nicht hinausstoßen*. Sein Angebot gilt für *jeden* Menschen. Sie müssen es nur glauben!"

Aber Benjamin Todenhagen schüttelte immer noch den Kopf. „Ick hab *nüscht* vorzuweesen", schluchzte er. „Gar nüscht. In meinem ganzen Leben is mir nüscht jeglückt. Nüscht Positives hab ick zustande jebracht! Keene guten Taten, keene abjeschlossene Ausbildung, nich mal 'ne Familie! Stattdessen Nutten, Mord, Diebstahl und jede Menge Alk! Nee, ick bin es nich wert, dett man sich meener annimmt. Nich mal Ihr Jesus Christus würde dett wollen!"

Benjamin Todenhagen hatte sich immer mehr in seine kleine Rede hineingesteigert. Jetzt sah er Cora herausfordernd an. Es war, als hätte er ihr den gesamten Dreck seines Lebens absichtlich entgegengeschleudert, als wollte er Cora mit seiner Generalabrechnung abschrecken. Und als erwarte er nun seine Verurteilung.

Aber Cora erfüllte diese Erwartung nicht. Die Abgründe der menschlichen Seele erschreckten sie schon lange nicht mehr. Als Anwältin hatte sie schon fast alle zu Gesicht bekommen. „Doch, natürlich würde er das!", widersprach sie eifrig. „Er hat sich schon immer mit Gestrandeten und gesellschaftlich Geächteten abgegeben. Er ist gekommen, um zu suchen, was verloren ist. *Verloren*, verstehen Sie? Man muss nichts vorweisen, um Vergebung zu erlangen. Man braucht nur das, was Sie gerade bewiesen haben. Nämlich die Erkenntnis, dass man Mist gebaut hat und Hilfe braucht, um da wieder herauszukommen. Glauben Sie mir, Jesus meint *gerade* Sie!"

Benjamin Todenhagen sah Cora eine Weile nachdenklich und voller Skepsis an. Dann fragte er leise und immer noch zweifelnd: „Und watt muss ick tun?"

„Sagen Sie ihm, was Sie getan haben. Dass Sie schuldig geworden sind. Und bitten Sie ihn um Vergebung!"

Ihr Gegenüber seufzte resigniert. „Des *kann* nich so eenfach sein", sagte er abwehrend.

Cora sah den Mann hilflos an. Ihr fiel nichts ein, was sie sonst noch sagen konnte, um es ihm begreiflich zu machen. *Herr, hilf mir doch*, betete sie fast ein wenig ärgerlich. *Es war schließlich deine Idee, dass ich ihm von dir erzähle.*

Noch während sie dies dachte, sah sie ein Bild vor sich. Es war das Bild dreier Kreuze. Drei! Ihr Blick hellte sich auf. Einer Eingebung folgend griff sie nach ihrer Handtasche und kramte die Taschenbibel hervor, die sie eigentlich immer dabei hatte. Fieberhaft blätterte sie darin herum. Die Kreuzigung nach Matthäus – nein. Markus – nein. Lukas – Treffer!

„Es gab einen Mann", begann sie mit zitternder Stimme, noch während sie mit den Augen über die Zeilen hinwegfegte, „der in seinem Leben genauso gescheitert ist wie Sie. Er war ein Mörder und Dieb und er wurde zum Tode verurteilt." Sie sah von ihrer Bibel auf und entdeckte Neugier und Interesse in Benjamins Blick. „Dieser Mann", fuhr sie ermutigt fort, „hing neben Jesus am Kreuz. Er sagte nur zwei Dinge." Sie fuhr mit dem Finger über die Schrift und las sinngemäß: „*Ich empfange, was meine Taten verdienen. Jesus, denke an mich, wenn du in dein Reich kommst.*"

„Und watt hat Jesus zu dem jesacht?", fragte Benjamin atemlos.

„*Und Jesus sprach zu ihm:*", las Cora, „*Wahrlich, ich sage dir: Heute wirst du mit mir im Paradies sein.*"

Benjamin ließ die aufgestaute Luft langsam durch seinen Mund entweichen. Dann nickte er und sagte schlicht: „Dett will ick ooch."

Fast ein wenig überrascht hörte Cora diese Worte mit an. Sie hatte nicht wirklich geglaubt, dass sie heute eine richtige Bekehrung miterleben würde. Aber es schien tatsächlich so zu sein! „Dann sagen Sie ihm alles, was Sie getan haben", sagte Cora. „Machen Sie reinen Tisch. Lassen Sie nichts aus."

Und Benjamin wandte sich mit seinen Worten direkt an Jesus und schilderte ihm mit schonungsloser Offenheit all seine Taten und Verfehlungen. Er begann bei seinen ersten Erinnerungen, bei Streichen, die er gespielt hatte und bei denen Menschen zu Schaden gekommen waren. Er sprach über seine ersten Schlägereien, über die völlig gestörte Beziehung zu seinen Eltern, über Mädchengeschichten und schließlich auch über Verena. Er berichtete, wie er ihr immer mehr verfallen war und wie sehr es sich Verena gewünscht hatte, dem strengen Regiment ihrer Eltern zu entgehen und das Vermögen zu erben. Dann schilderte er mit zum Teil tränenerstickter Stimme Planung und Ausführung des Mordes an den Eheleuten Bartel und seine bodenlose Wut und Enttäuschung, nachdem Verena ihn nur wenig später einfach fallen gelassen hatte. Er berichtete von seiner Flucht in den Alkohol und von verlorenen Jahren zwischen Selbsthass und Sucht. „Kannste mir dett alles verjeben, Jesus?", schloss er in einem Tonfall, der noch immer Zweifel verriet.

„Ja, alles", sagte Cora, „er vergibt Ihnen alles, was Sie getan haben, Benjamin, und alles, was Sie noch tun werden. Freuen Sie sich, Sie sind allen Dreck los. Sie sind jetzt ein Kind Gottes!"

Ein scheues Lächeln bildete sich auf Benjamins Gesicht. „Ick fühl mich ... irjendwie ... erleechtert." Er sah an sich herunter. „Ick seh noch jenauso aus wie vorher", stellte er fast ein wenig erstaunt fest. „Aber ick ... fühl mich janz anders. So ... frei."

Cora stutzte. Wann hatte *sie* sich eigentlich zum letzten Mal frei gefühlt?

„Und watt muss ick nu tun?“, wollte Benjamin wissen.

„Tun?“, wiederholte Cora. „Sie müssen gar nichts tun. Jesus hat doch schon alles getan.“

„Aber wie soll ick mir denn in Zukunft verhalten?“

„Hier“, entgegnete Cora und reichte ihm ihre Bibel, „ist das Handbuch. Ich schenk es Ihnen. Lesen Sie es und handeln Sie danach.“

Benjamin nahm sie gierig in Empfang. Dann sagte er ungeduldig: „Aber ick will noch mehr tun, mir bedanken ... auch bei Ihnen.“

Erst jetzt erinnerte sich Cora, warum sie überhaupt hierher gekommen war. Diese Gelegenheit musste sie beim Schopfe packen! „Ich wüsste da schon was“, begann sie, „wegen Tim.“

„Ja?“

„Könnten Sie gegen Verena aussagen? Einfach, damit sie Tim nicht ein weiteres Mal ins Gefängnis bringt?“ Sie hatte es kaum ausgesprochen, da wurde ihr die Bedeutung ihrer Worte auch schon bewusst. „Nein, das geht nicht“, murmelte sie erschrocken. „Dann reiten Sie sich ja selbst rein.“

„Aber dett macht mir doch nüscht“, beteuerte Benjamin im Brustton der Überzeugung. „Ick bin doch jetzt n' Kind Gottes. Watt kann mir da schon passieren? Wenn Jesus will, datt ick ins Jefängnis jehe, dann geh ick halt. Vadient hab ick's ja eh.“

Ein wenig erstaunt sah Cora ihn an. So viel Glaube beschämte sie. „Na ja, dann ...“, murmelte sie ein wenig zweifelnd und erhob sich.

Benjamin sprang ebenfalls auf. „Wollen Se etwa schon jehen?“, fragte er erschrocken.

Cora nickte. „Ich muss mich dringend um Tims Verteidigung kümmern.“ Sie kramte in ihrer Handtasche herum, zog schließlich ihre Karte hervor und reichte sie Benjamin. „Hier. Rufen Sie mich jederzeit an, wenn Sie Fragen oder Probleme haben.“

„Ick werde rejen Jebrauch davon machen“, sagte Benjamin.

„Tun Sie das“, lächelte Cora. Dann streckte sie ihrem Gegenüber die Hand entgegen. „Es freut mich sehr, Sie kennen gelernt zu haben“, sagte sie warm und bemerkte voller Erstaunen, dass dies der vollen Wahrheit entsprach. Benjamin Todenhagen war ihr in der kurzen, aber intensiven Zeit regelrecht ans Herz gewachsen. Lange schüttelte sie seine Hand. „Ich finde selbst raus“, sagte sie schließlich und kämpfte sich kurz darauf ein weiteres Mal durch den wüsten Flur.

Als sie die Eingangstür hinter sich ins Schloss gezogen hatte, fiel ihr Blick auf die halb volle Flasche Korn, die immer noch neben der Hauswand auf dem Fußboden stand.

„Die brauchst du jetzt nicht mehr“, flüsterte sie und hob sie auf. Ein wenig verträumt betrachtete sie die Flasche. Hatte sie wirklich das Vorrecht gehabt, einem Menschen den Weg zu Gott zu zeigen? Tiefe Freude, aber auch ein wenig Stolz keimte in ihr auf. Sie hatte Gott gehorcht und war reich dafür belohnt worden. Sie fühlte sich so gut wie schon lange nicht mehr.

Wie eine Trophäe trug sie die Flasche anschließend in ihr Auto.

Kapitel 37

„Bist du bald fertig?“, fragte Cora zum vielleicht zwanzigsten Mal innerhalb der letzten halben Stunde.

„Ich sag dir Bescheid“, antwortete Timo ungemein genüsslich. Und telefonierte weiter. „Und wer besorgt das Bier?“, fragte er in den Hörer. „Klar ... mach ich doch ... nee ... die Chips bringt Keule mit ...“

Cora rollte mit den Augen und lief weiter wie ein aufgescheuchtes Huhn durch die Wohnung. Nachdem die Verhandlung heute Morgen geplatzt war, weil ihr Hauptzeuge nicht erschienen war, drehten sich ihre Gedanken nur noch um Benjamin. Warum hatte er sie im Stich gelassen? Er hatte ihr doch noch vor ein paar Tagen versichert, dass er auf jeden Fall kommen würde!

„Was, Sophia kommt auch?“, rief Timo begeistert ins Telefon. „Geil! Die hat die besten Titten von allen!“

Cora horchte auf. Wie bitte?

„Mit jedem nun auch wieder nicht“, widersprach Timo.

Cora starrte ihren Sohn voller Entsetzen an. Sie wusste ja, dass er ihr in letzter Zeit immer mehr entglitt, besonders seit Tim nicht mehr zur Verfügung stand. Aber dass er ihr *so* entglitt, war ihr vor lauter Arbeit wohl entgangen. „Jetzt reicht's aber“, stieß sie hervor, stürmte auf die Telefondose zu und riss wutentbrannt den Stecker heraus. „Verschieb dein sinnloses Gequatsche gefälligst auf später!“

Timo war einen Moment sprachlos. Dann erhob er sich langsam, warf seiner Mutter einen Blick zu, der selbst einen Gefrierschrank noch hätte erzittern lassen, und verließ wortlos das Wohnzimmer.

Als sich die Tür hinter ihm geschlossen hatte, stöhnte Cora auf und schlug die Hände vors Gesicht. *Als Mutter bist du wirklich eine Katastrophe*, dachte sie verzweifelt. Sie ging zum Sessel herüber und ließ sich mutlos hineinfallen. „Als Geliebte auch“, murmelte sie im Hinblick auf die Eiszeit, die im Moment zwischen Tim und ihr herrschte. *Und als Anwältin?* Der Gedanke brachte sie zurück zu ihrem eigentlichen Vorhaben.

Mit einem abgrundtiefen Seufzer griff sie zum Telefon und wählte zum hundertsten Mal an diesem Nachmittag Benjamins Nummer. Aber auch dieses Mal klingelte es nur zigmal und niemand nahm den Hörer ab. Ob er sich aus dem Staub gemacht hatte? Das konnte sie sich beim besten Willen nicht vorstellen. Sie hatte ihn in den letzten Wochen zweimal besucht und fast täglich mit ihm telefoniert. Darüber hatte sie einen Freund gewonnen. Außerdem hatte sie den Eindruck, dass er sein Leben allmählich in den Griff bekam. Seit seiner Bekehrung hatte er keinen einzigen Tropfen Alkohol mehr getrunken!

Cora war gerade dabei, noch einmal Benjamins Nummer zu wählen, als es an der Tür läutete. Widerwillig legte sie das Telefon zur Seite und öffnete.

„Herr Weinert", sagte sie erstaunt. „Was verschafft mir denn *die* Ehre?" Sie konnte sich beim besten Willen nicht vorstellen, was die Polizei bei ihr wollte. Plötzlich aber fiel ein furchtbarer Gedanke wie ein Raubtier über sie her. „Es ist doch nichts mit Tim?", fragte sie erschrocken.

„Nein, nein", beeilte sich Herr Weinert ihr zu versichern.

„Da bin ich aber froh", sagte Cora mit unglaublicher Erleichterung. Ihr war das Herz wirklich in die Hose gerutscht. Tim war im Moment alles zuzutrauen, Selbstmord eingeschlossen.

Aber der Gesichtsausdruck ihres Gegenübers blieb ernst und ... irgendwie forschend. Coras Verunsicherung wuchs wieder. „Wollen Sie ... möchten Sie einen ... Kaffee oder so?"

Jetzt lächelte Herr Weinert. „Ein Sitzplatz würde mir schon reichen."

„Oh ... Entschuldigung", stotterte Cora und bat ihren Gast endlich ins Wohnzimmer. Als er im Sessel Platz genommen hatte, wartete sie darauf, dass er sie über den Zweck seines Besuches in Kenntnis setzen würde. Aber Herr Weinert schwieg und sah sie nur durchdringend an.

Cora rutschte unruhig auf dem Sofa hin und her. Sie fühlte sich unter dem forschenden Blick immer unwohler. Irgendwann hielt sie es nicht mehr aus. „Sie machen mich nervös, Herr Weinert. Jetzt sagen Sie mir schon, weswegen Sie hier sind! Ist irgendetwas vorgefallen?"

Endlich brach Herr Weinert sein Schweigen. „Wie gut kannten Sie Herrn Todenhagen?"

Coras Augen weiteten sich und eine fürchterliche Vorahnung beschlich sie. „*Kannten*?", sagte sie entsetzt.

Aber Herr Weinert sagte nichts dazu, sondern setzte nur seine intensive Betrachtung fort.

Coras Entsetzen verwandelte sich in Wut. „Jetzt reicht's mir aber", brauste sie auf. „Entweder Sie sagen mir sofort, was mit Benjamin ist oder ..."

„Ja?", fragte Herr Weinert interessiert.

„ ... ich rufe die Polizei", vollendete Cora ihren Satz, während ihr gleichzeitig aufging, wie dämlich das war – die Polizei war ja sozusagen schon da.

Herr Weinert lächelte kurz, wurde dann aber sofort wieder ernst. „Sie nannten ihn also beim Vornamen?", fragte er.

„Ja", fauchte Cora. „Ist das verboten?"

„Nein, natürlich nicht. Es wundert mich nur. Seit wann kennen Sie den Mann denn?"

„Seit ein paar Wochen. Genauer gesagt seit dem Tag, an dem ich ihn gebeten habe, gegen Verena Bartel auszusagen."

„Was sollte er denn aussagen?"

„Er sollte aussagen, dass *er* den Mord an den Eheleuten Bartel begangen hat. Und dass Verena die treibende und planende Kraft war."

„Aber so etwas sagt doch niemand freiwillig aus."

„Benjamin schon", entgegnete Cora. Als sie das zweifelnde Gesicht ihres Gegenübers sah, fügte sie hinzu: „Das ist eine längere Geschichte."

Herr Weinert machte es sich demonstrativ auf seinem Sitzplatz bequem. Cora erzählte ihm von ihrer ersten Begegnung mit Benjamin, von seinem Zustand und von dem des Hauses, von seinem Geständnis und auch von seiner Hinwendung zu Gott.

„Er wollte halt mit seinem Leben aufräumen", schloss sie.

„Sie sagten, Sie hätten ihn mit einer Zeugin unter Druck gesetzt, die ihn irgendwann einmal beim Verlassen des Bartelschen Anwesens gesehen hat. Gibt es die wirklich?"

Cora dachte fieberhaft nach. Dann schüttelte sie betreten den Kopf. „Nein." Was hätte sie auch anderes sagen können?

„Schade", seufzte Herr Weinert.

„Aber warum denn?", fragte Cora. „Benjamins Aussage ist viel glaubwürdiger, als Sie denken. Er hat seit seiner Bekehrung keinen einzigen Tropfen Alkohol mehr getrunken. Er hat sich rasiert, seine Haare sind geschnitten und er hat mir hoch und heilig versprochen, dass er im Anzug vor Gericht erscheinen wird."

Weinert senkte den Blick. „Er wird aber nicht erscheinen", sagte er vorsichtig.

„Warum nicht?", fragte Cora mit belegter Stimme, obwohl sie die Antwort eigentlich gar nicht hören wollte. Sie wollte nicht, dass ihre schlimmsten Befürchtungen wahr wurden! Sie wollte nicht, dass Benjamin etwas zugestoßen war!

„Es hat ein Feuer gegeben", sagte Herr Weinert leise.

Cora musste schlucken. „Wann?", flüsterte sie.

„Vor vier Tagen. Das ... das Haus liegt so abgeschieden, dass der Brand viel zu spät entdeckt wurde. Alles ist bis auf die Grundmauern niedergebrannt."

Ein Funken Hoffnung erhellte Coras Gesicht. „Aber ... dann wissen Sie ja gar nicht, ob Benjamin drin gewesen ist!", sagte sie atemlos.

Aber Herr Weinert vernichtete ihre Hoffnungen mit einem traurigen Kopfschütteln. „Wir haben eine verkohlte Leiche gefunden. Anhand der Zähne konnten wir Herrn Todenhagen zweifelsfrei identifizieren."

Cora stöhnte auf und vergrub ihr Gesicht in den Händen. Dann begann sie bitterlich zu weinen. Das konnte nicht sein! Sein Leben war doch gerade erst lebenswert geworden!

Eine ganze Zeit lang wurde Cora von Weinkrämpfen geschüttelt, während ihre Gedanken Achterbahn fuhren. Stand anfangs noch die Trauer im Vordergrund, so überrollte sie schon kurz darauf der Gedanke nach dem Warum.

Ein Unfall? Coras Herz setzte ein paar Schläge aus. So kurz vor dem Prozess? Das wäre schon ein seltsamer Zufall. Nein, die Antwort, so entsetzlich sie auch war, lag auf der Hand! Verena! Verena gewann am meisten durch Benjamins Tod! Schließlich hätte sie auf einmal selbst einen Mordprozess befürchten müssen!

Kalte Schauer liefen über Coras Rücken, als sie begriff, wie elementar sie Verena unterschätzt hatte. War ihr eigentlich klar gewesen, mit wem sie es hier zu tun hatte? Dass sie Erfahrung mit dem Töten hatte?

„War es Brandstiftung?", schniefte sie.

Herr Weinert nickte. „Sieht ganz danach aus."

Verzweifelt schüttelte Cora den Kopf. „Das ist meine Schuld", schluchzte sie. „Wie naiv ich war! Ich hätte ihn ... niemals ... da hineinziehen dürfen!"

„Sie konnten doch nicht ahnen, was passieren würde", tröstete sie Herr Weinert. Er war mittlerweile aufgestanden und hatte sich neben sie aufs Sofa gesetzt. Jetzt legte er sanft einen Arm um sie und zog sie an sich.

Cora registrierte das überhaupt nicht. „Doch!", schluchzte sie. „Natürlich ... hätte ich es ahnen können! Ich wusste doch ... zu was

Verena fähig ist! An dem Tag ... an dem ich ihn als Zeuge benannt habe, ... habe ich sein Todesurteil unterschrieben!" Diese Worte lösten eine neue Welle von Tränen in ihr aus. Ja, so war es! Sie hatte vor Gericht Benjamins Namen und seine Adresse genannt und ihn der Mörderin dadurch geradezu auf dem Präsentierteller serviert! In ihrer Verzweiflung klammerte sich Cora an den Polizeibeamten und vergrub ihr Gesicht an seiner Schulter.

„Hören Sie auf, sich mit Vorwürfen zu überschütten", sagte Herr Weinert sanft. „Das hilft jetzt niemandem."

„Das ... sagen Sie so leicht", schniefte Cora.

„Sagst *du* so leicht", korrigierte Herr Weinert sie in fast zärtlichem Tonfall, „mein Name ist Martin."

„Also gut, Martin", stieß Cora hervor, „und was machen wir jetzt?"

„Wir müssen beweisen, dass die Fingerabdrücke, die damals im Haus der Eheleute Bartel gefunden wurden, zu Benjamin Todenhagen gehören!"

Cora sah überrascht zu ihm auf. „Donnerwetter", entfuhr es ihr. „Du bist aber gut informiert!"

Martin Weinert lächelte spitzbübisch. „Ich hab ja auch ein besonderes Interesse an dem Fall."

„Warum?", fragte Cora ahnungslos.

„Na, weil ich ein besonderes Interesse an der Verteidigerin habe", antwortete Martin, als sei es das Selbstverständlichste von der Welt. Gleichzeitig sah er sie so merkwürdig von der Seite an, dass Cora auf einmal begriff ... und da trennten sie nur wenige Millimeter von dem Mann, der gerade sein Interesse an ihr bekundet hatte. Und sein Arm ruhte noch immer auf ihrer Schulter!

Reflexartig sprang sie auf. „Ich ... äh ... tut mir Leid", stammelte sie.

„Ist doch kein Grund, sich zu entschuldigen", lächelte Martin. „Am besten, du kommst ganz einfach wieder her."

„Nein!", rief Cora, mäßigte sich dann aber und fügte ruhiger hinzu: „Ich meine ... das geht nicht ... schließlich bin ich verlobt."

„Ach", sagte Martin leichthin. „Diese Beziehung ist eh im Eimer. Das sieht doch ein Blinder."

Während Cora sich die letzten Tränen aus dem Gesicht wischte, überschlugen sich ihre Gedanken. Hatten Außenstehende wirklich den Eindruck, dass ihre Beziehung zu Tim hoffnungslos kaputt war? Ob Tim das auch so sah? Der Gedanke war fast unerträglicher als der an Benjamins Tod. Nein, sie würde Tim nie, niemals aufgeben!

„Es kommt nicht auf den Zustand der Beziehung an", sagte sie ruhig, aber mit Nachdruck, „sondern darauf, wo das Herz sich zu Hause fühlt. Und mein Herz gehört Tim Berghoff. Das war schon immer so ... und so wird es auch immer bleiben."

Kapitel 38

„Hat die Verteidigung noch irgendwelche Fragen an den Zeugen?", fragte Richter Walther.

„Allerdings hat sie das", entgegnete Cora und wandte sich an Martin Weinert. In der letzten halben Stunde war er ausschließlich zu Tims Verhören und zum Stand der Ermittlungen befragt worden. Aber jetzt sollte es endlich interessant werden.

„Ich möchte über den plötzlichen Tod von Herrn Todenhagen mit Ihnen sprechen, Herr Weinert", begann Cora. „Finden Sie es nicht auch seltsam, dass ein Zeuge nur wenige Tage vor seiner Vorladung gewaltsam ums Leben kommt?"

„Das ist in der Tat seltsam", nickte Herr Weinert. „Und deshalb haben wir auch ein Ermittlungsverfahren eingeleitet."

„Todenhagen, Todenhagen, ständig höre ich diesen Namen", mischte sich nun der Staatsanwalt mit gereiztem Unterton in die Befragung ein, „und dabei ist mir immer noch nicht klar, was dieser Zeuge mit unserem Verfahren zu tun haben soll."

„Dann will ich es Ihnen gern erklären", entgegnete Cora ruhig. „Herr Todenhagen hat in meinem Beisein gestanden, dass *er* – und niemand sonst – den Mord an den Eheleuten Bartel begangen hat. Und dass er von Verena Bartel, mit der er eine Beziehung pflegte, dazu angestiftet worden war." Coras Worte lösten ein aufgeregtes Gemurmel und Getuschel in der Zuhörerschaft aus.

„Ich bitte um Ruhe!", ermahnte deshalb der Richter das Publikum.

„Was für eine bodenlose Frechheit!", meldete sich nun allerdings Verena zu Wort. Nachdem sie als Zeugin entlassen worden war, hatte sie keinen Verhandlungstermin versäumt. Sie saß stets auf dem gleichen Platz in der zweiten Reihe und verfolgte gespannt den Verlauf des Verfahrens.

„Das gilt auch für Sie, Frau Bartel!", sagte Herr Walther streng.

„Heißt das, dass ich mir solche Lügen anhören muss? Dass man mich ungestraft eine Mörderin nennen darf?"

„Das heißt, dass Sie als Zuschauerin nicht befugt sind, an diesem Verfahren teilzunehmen", sagte der Vorsitzende. „Sie können jederzeit

Strafantrag wegen Verleumdung stellen. Aber tun Sie das bitte an der dafür vorgesehenen Stelle und verhalten Sie sich hier ruhig."

„Ich denke gar nicht daran", fauchte Verena. „Diese Schlampe von Verteidigerin hat es doch auf mich abgesehen. Die lügt doch wie gedruckt!"

Ein erfreutes Lächeln breitete sich auf Coras Gesicht aus. Scheinbar war Verena jetzt tatsächlich ein wenig nervös geworden! Dass sie sich so aus der Fassung bringen ließ und auf einmal ihr wahres Gesicht zeigte, war das Beste, was der Verteidigung passieren konnte. Schließlich machte das Verena in den Augen der Richter sehr viel weniger glaubwürdig. Den Eindruck des armen, gebeutelten Unschuldslammes hatte sie auf jeden Fall gerade zunichte gemacht.

Richter Walther schien das auch so zu sehen. Jedenfalls war der mitfühlende Gesichtsausdruck, den er noch während Verenas Befragung an den Tag gelegt hatte, vollends verschwunden. Stattdessen hatten sich seine Augen zu wütenden Schlitzen verengt, als er jetzt drohend sagte: „Ich überlasse es der hochgeschätzten Frau Verteidigerin, ob sie eine Anzeige wegen Beleidigung gegen Sie erstattet. Gleichzeitig weise ich Sie daraufhin, dass ich Ihr Benehmen nicht länger dulden werde. Wenn Sie sich das nächste Mal unaufgefordert zu Wort melden, werde ich Sie umgehend aus dem Saal entfernen lassen. Haben Sie das verstanden?"

Verena sah den Richter erschrocken an. Scheinbar begriff sie jetzt, wie dumm sie sich gerade verhalten hatte.

„Haben Sie das verstanden?", fragte Herr Walther erneut, dieses Mal noch ungeduldiger und ungehaltener.

„Ja, natürlich", entgegnete Verena schnell. „Tut ... tut mir sehr Leid."

„Das will ich auch hoffen", murmelte der Richter. Dann wandte er sich wieder seinen Kollegen zu. „Wo waren wir stehen geblieben?"

„Die Verteidigung möchte uns weismachen", begann Herr Stahl in einem ziemlich überheblichen Tonfall, „dass nicht der Angeklagte, sondern vielmehr der verstorbene Herr Todenhagen den Mord an den Eheleuten Bartel begangen hat. Ich frage mich allerdings, was das mit unserem Verfahren zu tun hat. Schließlich verhandeln wir hier nicht den Fall Bartel, sondern den Mord an Cordula Strohm. Schon vergessen, Frau Kollegin?"

„Nein", erwiderte Cora spitz, „so weit reicht mein Erinnerungsvermögen gerade noch, Herr *Kollege*." Sie betonte die Anrede genauso abfällig wie der Staatsanwalt. Dann wandte sie sich an den Richter und fuhr in gemäßigtem Tonfall fort: „Trotzdem bin ich der

Meinung, dass dem Mordfall Bartel auch für den Fall Strohm eine ganz erhebliche Bedeutung zukommt. Erstens möchte ich eine Aussage über den Charakter meines Mandanten treffen. Ich behaupte nämlich, dass er gar nicht in der Lage ist, einen Mord zu begehen. Und darum muss ich beweisen, dass er auch die Eheleute Bartel nicht getötet hat. Und zweitens geht es hier natürlich um die Glaubwürdigkeit der Zeugin Bartel. Wenn wir es hier tatsächlich mit einer Mörderin zu tun haben –", Cora hielt kurz inne und folgte dem Blick des Richters, der Verena schon mal im Voraus einen warnenden Blick zuwarf, „einer Mörderin, die schon einmal – in dem Fall sogar erfolgreich – versucht hat, meinem Mandanten einen Mord anzuhängen, dann müssen wir sie selbstverständlich in einem ganz anderen Licht betrachten."

Nachdem Cora geendet hatte, sah Richter Walther zum Staatsanwalt herüber und erwartete dessen Kommentar.

„Ihre Theorie mag ja ganz unterhaltsam sein, Frau Neumann", lächelte Staatsanwalt Stahl. „Trotzdem sollten wir den Rahmen unseres Rechtssystems nicht verlassen. Der Angeklagte ist wegen des Mordes an den Eheleuten Bartel rechtskräftig verurteilt worden. Seine Schuld steht also fest."

„Sie steht insoweit fest, als es um die Rechtsfolgen dieses Urteils geht, richtig. Und mein Mandant hat seine Strafe ja auch abgesessen. Von einer Bindungswirkung in Bezug auf spätere Verfahren hab ich allerdings noch nichts gehört. Oder können Sie mir da einen Paragraphen nennen?"

Der Staatsanwalt schnappte einen Moment hilflos nach Luft. „Das ... das ergibt sich doch aus ... aus dem Gesamtzusammenhang", stammelte er lahm. Als er jedoch den skeptischen Gesichtsausdruck des Vorsitzenden sah, fügte er hinzu: „Wo soll es denn hinführen, wenn wir im Rahmen eines Strafverfahrens auf einmal frühere, bereits abgeschlossene Strafverfahren neu verhandeln? Das wäre ja ein Fass ohne Boden ... und viel zu aufwändig!"

„Zu aufwändig?", wiederholte Cora ungläubig. „Ist Ihnen eigentlich klar, was Sie da so gelassen aussprechen? Ich darf Sie erinnern, dass es hier um einen Mordprozess geht und damit um das Leben eines Menschen! Wie kann etwas zu aufwändig sein, das geeignet ist, die Wahrheit herauszufinden?"

„Ich bleibe dabei", sagte der Staatsanwalt trotzig, „die Behandlung von Sachverhalten, die bereits durch ein Urteil abgeschlossen wurden, gehört in das dafür vorgesehene Verfahren. Sie können ja gerne die Wiederaufnahme beantragen."

„Das werde ich auch", nickte Cora. „Verlassen Sie sich drauf. Unter den gegebenen Umständen ist das auch überhaupt kein Problem. Paragraph 359 Nummer 5 StPO ist eindeutig erfüllt. Die Frage ist nur, ob der Herr Vorsitzende –", Cora wandte sich jetzt Herrn Walther zu, „das gegenwärtige Verfahren für – na, was schätzen wir mal? – fünf oder vielleicht sogar zehn Jahre aussetzen möchte?"

Cora hing gespannt an den Lippen des Vorsitzenden. Natürlich konnte ein Mordprozess nicht für mehrere Jahre ausgesetzt werden. Und so rechnete sie sich gute Chancen aus, diesen Schlagabtausch gewonnen zu haben.

„Ich werde die Befragung des Zeugen Weinert erst einmal zulassen", entschied Richter Walther. „Schauen wir mal, wohin uns das führt."

Während sich der Staatsanwalt ein wenig missmutig seinen Akten und Aufzeichnungen zuwandte, setzte Cora erleichtert die Befragung ihres Zeugen fort. Zuerst entlockte sie ihm verschiedene Aussagen über die Umstände, die zu Benjamins Tod geführt hatten. Dabei ließ sie nicht eher locker, bis ganz deutlich geworden war, dass man es mit einem Fall von Brandstiftung zu tun hatte.

„Die Frage ist nur", sagte sie schließlich, „wer ein Interesse am Tod dieses Mannes gehabt haben könnte."

„Und das werden Sie uns natürlich gleich mitteilen", murmelte der Staatsanwalt ein wenig gehässig.

„Was ich nicht nötig hätte, wenn die Staatsanwaltschaft schon vor fünfzehn Jahren sauber gearbeitet hätte", konterte Cora aufgebracht.

Stahl zuckte gleichgültig mit den Schultern. „Da saß ich noch an der Uni."

Cora atmete einmal tief durch, um ihren Zorn und ihre Abneigung gegen den Mann unter Kontrolle zu bekommen. Dann wandte sie sich wieder ihrem Zeugen zu. „Herr Weinert, ich habe Ihnen vor ein paar Wochen eine Flasche übergeben, von der ich Ihnen sagte, dass sie Herrn Todenhagen gehörte und dass ich sie bei einem meiner Besuche mitgenommen hatte. Konnten Sie auf dieser Flasche Fingerabdrücke sicherstellen?"

„Ja. Die Flasche war mit Fingerabdrücken nur so übersät."

Cora sah zu Verena herüber, deren Gesicht irgendwie blass geworden war. „Und haben Sie mit Hilfe Ihrer Polizeidaten herauszufinden versucht, zu wem die Abdrücke gehören?"

„Ja, das habe ich. Der Computer konnte mir allerdings keinen Namen nennen."

„Ist das ungewöhnlich?“

Herr Weinert schüttelte den Kopf. „Nicht, wenn die Abdrücke tatsächlich von Herrn Todenhagen stammen. Der ist nämlich nicht vorbestraft und somit polizeilich noch nie in Erscheinung getreten.“

„Dann war der Computerabgleich also ergebnislos?“

„Nein, ganz und gar nicht. Er hat etwas ausgesprochen Interessantes ergeben.“ Herr Weinert machte eine kleine Pause, in der die Spannung ganz erheblich stieg. Im Saal war es jetzt mucksmäuschenstill. Aller Augen waren auf den Zeugen gerichtet. „Er hat ergeben, dass die Abdrücke schon mal bei einer Straftat aufgetaucht sind.“

„Bei was für einer Straftat?“

„Bei der Ermordung der Eheleute Bartel.“

Jetzt ging ein Raunen durch den Saal.

„Das müssen Sie uns erklären, Herr Weinert“, ermunterte Cora ihren Zeugen.

„Im Haus der Eheleute Bartel sind damals Fingerabdrücke gefunden worden, die trotz intensivster Bemühungen nicht zugeordnet werden konnten. Diese Fingerabdrücke sind mit denen auf der Flasche identisch.“

Während im Saal aufgeregt getuschelt wurde, sah Cora beifallheischend zu Tim herüber. Sie war dabei, ihn herauszuhauen. Das musste ihn doch freuen! Aber Tim sah noch genauso griesgrämig aus wie in letzter Zeit immer. Er saß zurückgelehnt auf seinem Stuhl, hatte die Arme vor dem Bauch verschränkt und sah mit verkniffenen Lippen zu seinem Entlastungszeugen hinüber.

„Das ist der Durchbruch!“, flüsterte Cora ihm zu. „Wir sind dem Freispruch näher als je zuvor!“

Aber Tim reagierte überhaupt nicht.

Cora sah ihn verständnislos an. „Begreifst du denn nicht?“, sagte sie. „Martins Aussage lässt Verena in einem völlig neuen Licht erscheinen!“

Tims Blick verfinsterte sich jetzt noch mehr. „Hast wohl noch was gut bei *Martin*, wie?“

Cora starrte ihn ungläubig an. War er denn immer noch eifersüchtig? Begriff er denn nicht, dass sie alles tat, um ihn freizubekommen? Dass sie wie eine Löwin für ihn kämpfte? Was konnte sie denn noch tun, um ihm ihre Liebe zu beweisen?

Die Antwort schlich sich von hinten an sie heran. Aber Cora brachte sie umgehend mit einem kräftigen Hieb zum Schweigen. Nein! Es war nicht möglich, ihm die Wahrheit zu sagen! Sie hatte monatelang geschwiegen, wochenlang mit angesehen, wie Tim in Handschellen vor Gericht gezerrt worden war. Wegen Mordes an ihr selbst! Wie sollte sie ihm das erklären? Wie sollte er ihr das jemals verzeihen?

Nein! Die Wahrheit würde sie ihm nicht näher bringen. Nicht mehr!

Kapitel 39

Als Cora am Freitagmorgen wieder im Gerichtssaal saß, hatte sie ein siegessicheres Lächeln auf den Lippen. Die letzten Verhandlungstage waren super gelaufen. Insgeheim – da war sie sich ganz sicher – war schon jeder überzeugt, dass Verena hier die Mörderin war. Auf jeden Fall war es ihr gelungen, ganz erhebliche Zweifel an ihrer Glaubwürdigkeit zu wecken.

Sie würde Tims Fall gewinnen, bestimmt würde sie das!

Schlimm war nur, dass diese Aussicht bisher keinen positiven Einfluss auf ihre Beziehung zu Tim gehabt hatte. Im Gegenteil, seit herausgekommen war, dass sie sich neuerdings mit Kommissar Weinert duzte und nachdem sie zugegeben hatte, auch mal abends bei einem Glas Wein mit ihm zusammengesessen zu haben, behandelte Tim sie nur noch mit Verachtung. Cora hatte den Eindruck, dass er immer mehr in der Rolle aufging, die er sich selbst auf den Leib geschrieben hatte: Die Rolle des armen Opfers, dem übel mitgespielt wurde, der belogen, betrogen und hintergangen wurde.

Aber Cora ertrug das klaglos. Sie liebte Tim, liebte ihn mehr als je zuvor. Und kein Verhalten, keine Lieblosigkeit, kein Vorwurf, keine Misstrauensbekundung hätte das jemals ändern können. Sie schob alles auf die schwierige Situation, in der sich Tim befand. Und sie klammerte sich an die Hoffnung, dass nach seiner Freilassung alles wieder gut werden würde. Dann, ja dann würde er endlich erkennen, was sie für ihn getan hatte.

Coras Blick wanderte am Staatsanwalt vorbei zum Fenster hinaus. Vor ihrem geistigen Auge sah sie die Gefängnistür. Sie öffnete sich, langsam wie in Zeitlupe. Dahinter kam Tim zum Vorschein. Er war elegant gekleidet, mit dem dunkelblauen Anzug, den er auch hier im Gerichtssaal immer trug. Aber seine Gesichtszüge waren nicht mehr hart und unnahbar, sondern weich und zärtlich. Er sah so unglaublich gut aus! Und als er Cora erblickte, begann er auf einmal regelrecht zu strahlen. Er breitete seine Arme aus und lief auf sie zu. Und auch Cora konnte es gar nicht erwarten, sich in seine Arme zu werfen!

Ein unglaubliches Glücksgefühl breitete sich in Cora aus. Es durchströmte sie vom kleinen Zeh durch ihren Bauch bis in ihr Gesicht, in das es rosige Wangen und ein verklärtes Lächeln zauberte. Jetzt waren es nur noch ein paar Meter, bis sie ihn erreicht hatte. Gleich...

„Du solltest nicht von deinem Lover träumen, sondern die Frage des Richters beantworten", raunte Tim ihr wütend zu.

„Hm?", machte Cora und sah auf einmal wieder in dieses verbitterte Gesicht, das sie dennoch so liebte. Sie musste kurz die Augen schließen, um dieses Bild loszuwerden, dieses völlig gegenteilige, wundervolle Bild von Tim, das sie alles um sich herum hatte vergessen lassen. Langsam wandte sie ihren Kopf dem Richter zu. „Entschuldigung?", fragte sie peinlich berührt.

„Ich hatte gefragt, ob Sie etwas gegen den Antrag der Staatsanwaltschaft einzuwenden haben", entgegnete Richter Walther ein wenig ungeduldig.

Cora kniff die Augen zusammen. „Antrag?", fragte sie.

Der Vorsitzende rollte genervt mit den Augen. „Wenn Sie heute als Verteidigerin nicht zur Verfügung stehen", sagte er streng, „kann ich auch einen Pflichtverteidiger bestellen."

Cora war äußerst betreten. Es war ein unverzeihlicher Fehler, während der Verhandlung nicht zuzuhören. Unprofessionell war das! „Nicht nötig", hauchte sie niedergeschlagen und warf einen kurzen Blick ins Publikum, das schon wieder tuschelte und vereinzelt auch kicherte.

Herr Walther seufzte. „Der Staatsanwalt möchte kurzfristig noch einen Zeugen hören, den er erst jetzt ausfindig gemacht hat. Soll ich ihn hereinrufen oder möchten Sie sich darauf vorbereiten und die Verhandlung vertagen?"

Cora überlegte nicht lange. Sie hatte nicht einmal mitbekommen, um was für einen Zeugen es hier ging. Aber wie konnte sie unter diesen Umständen noch Einwendungen geltend machen? „Nein, nein", beeilte sie sich zu sagen, „rufen Sie ihn herein."

„Zeuge Otto Wüstefeld, bitte eintreten."

Cora stutzte. Wüstefeld, diesen Namen hatte sie doch schon mal irgendwo gehört, irgendwo, vor langer Zeit...

Jetzt wurde die Tür geöffnet und ein Mann trat ein. Cora registrierte zuerst, dass er sehr alt war. Er hatte schneeweiße Haare, die ein wenig wirr von seinem Kopf abstanden. Er schlurfte mehr, als dass er ging. Auch hatte er eine etwas gebeugte Körperhaltung und war klapperdürr. Im Gesicht und an den Händen traten die Knochen hervor und ließen ihn schon jetzt wie eine wandelnde Leiche erscheinen. Wirklich, dieser Mann schien dem Tod näher zu sein als dem Leben. Und doch wusste Cora sofort, dass sie ihn schon einmal gesehen hatte. Aber wann? Und wo?

Sie horchte in sich hinein. Es konnte keine positive Begegnung gewesen sein, sonst wäre da nicht dieses Ekelgefühl, das in ihr aufkeimte. Wer war dieser Mann?

Ob Tim ihn kannte? Sie sah vorsichtig zu ihm herüber. Da war eine Mischung aus Neugier und Interesse in seinem Gesicht, aber nichts, was darauf hindeutete, dass er den Mann schon einmal gesehen hatte.

Coras Blick wanderte zurück zu dem Zeugen. Dabei streifte er kurz den Zuschauerraum, in dem auch Timo heute wieder saß. Auf einmal stutzte Cora. Der Anblick ihres Sohnes hatte irgendetwas in ihr ausgelöst. Was verwirrte sie so? Timo trug heute ein dunkelblaues Sweatshirt mit weißem Aufdruck, seine Haare waren ordentlich gekämmt. Da war absolut nichts Außergewöhnliches an ihm!

Einmal mehr fiel ihr Blick auf Herrn Wüstefeld, der inzwischen im Zeugenstand Platz genommen hatte. Und dann durchzuckte sie die Antwort plötzlich! Der Mann hatte tatsächlich etwas mit Timo zu tun! Cora erschauderte, während die Erinnerung wie eine Lawine über sie hereinbrach. Die Schwangerschaft! Ihr Besuch beim Frauenarzt! Diese erniedrigende Erfahrung, die anzüglichen Bemerkungen, der grässliche Vorschlag! Der Mann war *Doktor* Wüstefeld, dieser furchtbare Frauenarzt, dessen Hände sie noch heute auf ihrer Haut spüren konnte!

Coras Hände wurden schweißnass, ein Kloß bildete sich in ihrem Hals. *Beruhig dich!*, ermahnte sie sich panisch. *Das ist lange her. Du warst ein vollkommen anderer Mensch! Ein Kind noch! Cordula, nicht Cora!*

Aber es half nicht wirklich! Coras Augen blieben vor Entsetzen geweitet, sie zitterte sogar ein wenig. Gleichzeitig überschlugen sich ihre Gedanken. Was bedeutete das für ihren Fall? Was bedeutete es für Tim? Hatte er eine Ahnung, was er gleich erfahren würde?

„Herr Vorsitzender", presste sie hervor, musste sich danach aber erst einmal räuspern, weil ihre Stimme versagte. „Herr Vorsitzender", wiederholte sie dann, „ich weiß, das ist jetzt nicht der richtige Zeitpunkt und ... ich ... möchte mich dafür entschuldigen ... aber ... "

Cora schluckte schwer an ihren eigenen Worten. Sie war dabei, sich wirklich lächerlich zu machen. Und doch *musste* sie einfach versuchen, das Unheil aufzuhalten. Sie konnte doch nicht zulassen, dass Tim diese Neuigkeit völlig unvorbereitet traf! Sie hatte keine Ahnung, wie er in seinem Gemütszustand auf die Wahrheit reagieren würde. Nein, sie musste es ihm schonend beibringen!

„ ... ich ... also ...“, stammelte Cora weiter, „ ... möchte jetzt doch eine Vertagung beantragen.“

„Wie bitte?“ Die beiden Worte kamen schneidend wie Rasierklingen.

Cora wusste selbst, wie unmöglich sie sich gerade verhielt. „Ich weiß ja“, stotterte sie weiter, „dass das ... eher ungewöhnlich ist, aber ... mir ist erst jetzt klar geworden, was die Verteidigung mit diesem Zeugen bezweckt und deshalb ... bitte ich um eine wohlwollende ...“ *Prüfung meines Antrags*, hatte sie sagen wollen, aber ihre Worte wurden von dem vernichtenden Blick des Vorsitzenden regelrecht erstickt.

Richter Walther donnerte ihr die nächsten Worte wie Pistolenkugeln entgegen. „Darf ich Sie höflichst daran erinnern, dass Sie der Vernehmung bereits zugestimmt haben!?“

Cora wurde auf ihrem Platz immer kleiner. „Ich weiß“, jammerte sie, „es ist nur –“

„Nichts da!“, fiel ihr Herr Walther ins Wort. „Solange Sie hier nicht ohnmächtig zusammenbrechen, gibt es keine Vertagung. Und damit basta!“

Cora dachte einen Moment ernsthaft über diesen Vorschlag nach. Konnte sie vielleicht einen Zusammenbruch vortäuschen? Aber das wäre natürlich etwas zu offensichtlich gewesen. Außerdem war sie mittlerweile so eingeschüchtert, dass sie kaum noch zu atmen wagte. Und so musste sie hilflos mit ansehen, wie der Vorsitzende mit der Befragung des Zeugen begann.

„Dr. Otto Heinrich Wüstefeld“, antwortete der Mann auf die Frage nach seinem vollständigen Namen.

Wieder sah Cora ängstlich zu Tim herüber. Dieses Mal erwiderte er ihren Blick. Verwunderung spiegelte sich darin wider. Scheinbar hatte er keine Ahnung, warum sie wegen des alten Mannes solch einen Aufstand machte.

„Facharzt für Frauenheilkunde im Ruhestand“, sagte Herr Wüstefeld auf die Frage nach seinem Beruf.

Cora schloss die Augen. Das Unheil nahm seinen Lauf und war durch nichts mehr aufzuhalten! Wie in Trance erlebte sie die nächsten Minuten, wie von ganz weit her drangen die Fragen des Richters nach Geburtsort und -datum, Wohnort, Staatsangehörigkeit und Familienstand sowie die entsprechenden Antworten zu ihr vor. Dann war die Vernehmung zur Person abgeschlossen.

Alle Farbe wich aus Coras Gesicht. Jetzt würde die Vernehmung zur Sache folgen!

„Da ich auf den Zeugen nicht vorbereitet bin“, sagte Richter

Walther, „schlage ich vor, dass der Herr Staatsanwalt mit der Befragung beginnt." Er wandte sich an Cora und fragte in einer Tonlage, die warnender kaum hätte sein können: „Irgendwelche Einwände, Frau Rechtsanwältin?"

Cora schüttelte nur den Kopf.

Herr Walther nickte zufrieden. „Also bitte, Herr Kollege."

Der Staatsanwalt kam gleich zur Sache. „Herr Dr. Wüstefeld, ist es richtig, dass Sie bis vor zehn Jahren eine Frauenarztpraxis betrieben haben?"

Der Arzt nickte. „Ja, das ist richtig."

Cora schauderte. Diese Stimme! Sie hatte sich seit damals kein bisschen verändert. Sie war noch genauso nasal und unangenehm wie damals. Und sie löste so etwas wie einen Fluchtimpuls in Cora aus. Wirklich, sie musste sich regelrecht zwingen, nicht aufzuspringen und einfach rauszulaufen!

„Dann teilen Sie uns doch bitte mit, ob diese junge Frau", der Staatsanwalt kramte ein Foto aus seiner Akte und reichte es dem Mann, „einmal Ihre Patientin war."

Cora starrte auf das Foto. Es war die Vergrößerung eines Passfotos, das sie wenige Tage vor ihrem 16. Geburtstag für ihren Personalausweis hatte machen lassen.

„Ja und nein", antwortete Herr Wüstefeld und kicherte dabei vor sich hin.

„Wie darf ich das verstehen?", fragte Herr Stahl.

„Nun", entgegnete der Arzt und kicherte immer noch, „die Kleine war nur ein einziges Mal bei mir, am 10. Oktober 1986. Sie hat sich als Privatpatientin ausgegeben und mir einen falschen Namen genannt."

„Einen falschen Namen? Welchen?"

„Sie nannte sich ‚Antonia Wehrkamp'."

„Und Sie sind sich sicher, dass es sich um diese junge Frau hier gehandelt hat?"

Der alte Mann nickte eifrig. „Kein Zweifel."

„Und woher wissen Sie, dass der Name falsch war?"

„Ich wusste es erst, als die Rechnung geschrieben werden sollte und es gar keine Familie Wehrkamp in unserer Kartei gab. Das kleine Luder hat wirklich überzeugend gelogen."

„Und was wollte die junge Frau bei Ihnen?"

Coras Hände umklammerten die Tischplatte.

„Sie wollte wissen, warum ihre Periode ausgeblieben war."

Wieder einmal ging ein Raunen durch den Saal.

„Was?", flüsterte Tim. Cora sah zu ihm herüber. Er sah völlig überrascht aus und schien noch nicht so recht zu begreifen, was das bedeutete.

„War sie schwanger?“, fragte der Staatsanwalt ganz direkt.

Der Arzt kicherte schon wieder. „Allerdings war sie das! Im vierten Monat.“

„Und war die Schwangerschaft ... wie soll ich sagen ... intakt?“

„Das Kind hat auf jeden Fall munter Purzelbäume geschlagen“, entgegnete Herr Dr. Wüstefeld.

Coras Augen waren immer noch auf Tim gerichtet. Der hatte jetzt begonnen, mechanisch den Kopf zu schütteln, immer wieder. „Nein“, sagte er entgeistert. „Das kann nicht sein. Das kann nicht sein!“

„Und war die junge Frau glücklich über Ihre Diagnose?“

Otto Wüstefeld sah den Staatsanwalt an, als wollte er ihn für verrückt erklären. „Sie war noch gar keine Frau!“, sagte er ein wenig mitleidig. „Sie war selbst noch ein Kind. Wahrscheinlich hat sie sich bis zuletzt eingeredet, dass es andere Gründe für das Ausbleiben ihrer Periode gibt.“ Sein Blick wanderte in die Ferne. „Sie hätten sie sehen sollen, als ich ihr das Ultraschallbild gezeigt habe. Wie ungläubig sie es angestarrt hat.“

Tim stöhnte leise. Cora widmete ihm ihre gesamte Aufmerksamkeit. Ihre Augen forschten nach jeder Regung in seinem Gesicht. Glaubte er der Aussage des Arztes? Begriff er, was sie bedeutete? Fragte er sich, was aus dem Kind geworden war? Und verschwendete er wenigstens ein oder zwei Gedanken an Cordula?

Cora war so mit Tim beschäftigt, dass sie kaum mitbekam, was die Richter den Frauenarzt fragten. Erst als sie plötzlich angesprochen wurde, schrak sie auf.

„Haben Sie noch irgendwelche Fragen an den Zeugen, Frau Neumann?“, erkundigte sich Richter Walther.

„Selbstverständlich habe ich die“, antwortete Cora mit fester Stimme, obwohl in ihrem Inneren die totale Verunsicherung herrschte. Sollte sie wirklich versuchen, den Mann unglaubwürdig zu machen? Und das nur, weil das von einer Verteidigerin erwartet wurde? Und obwohl sie doch wusste, dass jedes seiner Worte der Wahrheit entsprach?

Ihre laut und deutlich gesprochenen Worte schienen jetzt auch Tim irgendwie aufzuwecken. Er wandte sich auf einmal Cora zu und sagte leise, aber voller Eindringlichkeit: „Das ist alles gelogen, hörst du? Es *muss* gelogen sein.“ Er griff auf einmal nach Coras Hand und sagte flehend: „Du kannst das bestimmt beweisen, bitte ... beweise es. Bitte!“

Cora wusste, dass er sich einer Illusion hingab. Und dass es wahrscheinlich besser war, wenn er den Tatsachen endlich mal ins Auge sah. Aber sie konnte ihn auch unmöglich enttäuschen. Es war das erste Mal seit langer Zeit, dass er sie um etwas bat, dass er überhaupt mit ihr sprach.

Also schenkte sie ihm ein warmes Lächeln, nickte ihm aufmunternd zu und wandte sich dann an den alten Mann. Als erfahrene Rechtsanwältin wusste sie natürlich, wo sie ansetzen musste. „Herr Dr. Wüstefeld“, begann sie, „können Sie mir sagen, wie alt Sie sind?“

Der Frauenarzt wusste sofort, worauf Cora hinaus wollte. Sein Blick verfinsterte sich. „Ich bin 87.“

„Dann waren Sie vor 16 Jahren also schon 71?“

„Kopfrechnen können Sie, das muss man Ihnen lassen“, antwortete der alte Mann schnippisch.

Cora ließ sich davon nicht beeindrucken. „Das ist ein außergewöhnlich hohes Alter, um noch voll berufstätig zu sein“, kommentierte sie. „Die meisten Menschen gehen mit Mitte 60 oder früher in Rente.“

„Ich war außergewöhnlich fit für mein Alter“, knurrte Herr Wüstefeld.

„Tatsächlich?“, hakte Cora nach. „Keine typischen Alterserscheinungen? Keine Hörprobleme? Keine Sehschwäche?“

„Nichts dergleichen!“, sagte der Arzt triumphierend. „Wie Sie sehen, komme ich auch heute noch völlig ohne Hilfsmittel aus.“

„Tragen Sie nicht einmal eine Brille?“, fragte Cora und beugte sich erwartungsvoll vor. Sie erinnerte sich noch gut daran, dass der Arzt schon damals eine Brille getragen hatte. Wenn sie ihn jetzt der Lüge überführen konnte, war er geliefert!

„Nicht einmal das!“, entgegnete Dr. Wüstefeld mit einem Siegerlächeln.

Cora verkniff sich ein Grinsen. Der Mann verhielt sich ausgesprochen dumm, aber er wusste ja nicht, was sie wusste. Außerdem war er wahrscheinlich ein Opfer seines eigenen Stolzes.

Langsam hob Cora den Schönfelder hoch, der vor ihr auf dem Tisch lag, drehte ihn um und stellte ihn dann hochkant so auf den Tisch, dass die Schrift dem Arzt zugewandt war. Dann sagte sie: „In diesem Fall können Sie mir sicher problemlos vorlesen, was hier auf diesem Buch steht.“

Die Augen des Arztes weiteten sich vor Entsetzen. Hilflos starrte er auf das rote Buch. „Das ... das ist ein Gesetzbuch“, stammelte er.

„Lesen Sie den Titel vor“, forderte Cora, „von oben nach unten.“

Der alte Mann schwankte. Aber dann schien ihn der Mut der Verzweiflung zu packen. Er kniff die Augen zusammen und starrte hochkonzentriert auf den Schönfelder. Dabei beugte er sich allerdings so weit zu Cora hinüber, dass er fast von seinem Stuhl fiel. Das Buch war jetzt kaum noch zwei Meter von ihm entfernt und trotzdem schien er rein gar nichts lesen zu können. Aus dem Zuschauerraum war verhaltenes Gekicher zu hören.

„Haben Sie das Gesicht von Cordula Strohm damals genauso deutlich erkennen können wie die Schrift auf diesem Buch?", provozierte Cora.

„Nein ... ich", stotterte der alte Mann, „ich ... ich hatte damals eine Brille."

„Wer einmal lügt, Herr Dr. Wüstefeld, dem glaubt man nicht", entgegnete Cora. Und dann wandte sie sich dem Richter zu. „Ich habe keine weiteren Fragen."

„Moment mal", rief der Frauenarzt, „ich lasse mich hier doch nicht so ohne weiteres als Lügner abstempeln! Ich *hab* das Mädchen wiedererkannt. Ohne Zweifel hab ich das! Und ich hatte damals wirklich eine Brille. Sie können ja meine Sprechstundenhilfen fragen!"

„Wie ich schon sagte", erwiderte Cora. „Ich habe keine weiteren Fragen."

„Was bilden Sie sich eigentlich ein", brauste der alte Mann auf. „Ich –"

„*Wenn*", legte jetzt der Richter los und erstickte damit seine weiteren Worte, „die Verteidigung keine weiteren Fragen hat, sind Sie als Zeuge nunmehr entlassen."

„*Ich* hab aber noch Fragen", mischte sich nun wieder der Staatsanwalt ein.

„Geben Sie sich keine Mühe", lächelte Cora von oben herab. „Ein Zeuge, der sich nicht einmal daran erinnern kann, ob er eine Brille trägt, ist als solcher wohl ungeeignet."

Hilfesuchend sah der Staatsanwalt den Richter an. „Aber er hat sie *wirklich* wiedererkannt. Er konnte sie genau beschreiben! Und zwar *bevor* er ihr Foto gesehen hat!"

Der Richter seufzte. Dann wandte er sich noch einmal an den Zeugen. „Ist Ihnen an der jungen Frau vielleicht irgendetwas aufgefallen? Irgendetwas, das ihre Identität beweisen könnte, eine Narbe zum Beispiel?"

Der Frauenarzt schien fieberhaft nachzudenken. Er hatte seine Lippen fest aufeinander gepresst und die Stirn in tiefe Furchen gezogen. Gleichzeitig wackelte er tatterig mit dem Kopf. Cora stellte mit Befriedigung fest, dass er auf diese Weise nicht gerade einen kompetenten Eindruck machte.

Als er nach zwei Minuten immer noch keine Antwort gegeben hatte, fragte der Richter ungeduldig. „Nun?"

Aber der alte Mann zuckte nur mit den Schultern. „Ich erinnere mich an nichts."

Der Richter sah den Staatsanwalt an. „Sind Sie damit einverstanden, wenn wir den Zeugen nunmehr entlassen?"

Herr Stahl sagte resigniert: „Meinetwegen."

„Dann sind Sie hiermit entlassen, Herr Dr. Wüstefeld. Haben Sie Auslagen gehabt?"

Der alte Mann nickte niedergeschlagen und beantwortete dann Fragen nach der Entfernung, aus der er angereist war, und dem Verkehrsmittel, das er benutzt hatte.

Mit Hilfe dieser Angaben füllte der Richter einen Vordruck aus. Als er damit fertig war, sagte er: „Sie dürfen jetzt gehen." Er hielt dem Zeugen ein DinA4-Blatt hin. „Geben Sie das hier bitte in der Geschäftsstelle ab. Dort wird man Ihnen Ihre Auslagen erstatten."

Otto Wüstefeld erhob sich langsam, holte sich den Zettel ab und ging mit hängenden Schultern auf die Tür zu.

Cora sah ihm mit etwas gemischten Gefühlen nach. Einerseits freute sie sich natürlich, dass sie diese Runde gewonnen hatte. Andererseits verschaffte ihr sein Anblick auch so etwas wie ein schlechtes Gewissen. Hatte sie den Mann nicht als Lügner dastehen lassen, obwohl er doch die Wahrheit gesagt hatte?

Tim ist kein Mörder, rechtfertigte sie sich gedanklich vor Jesus. *Ich muss doch dafür sorgen, dass er freigesprochen wird!*

Mit allen Mitteln?, schien Jesus sie leise zu fragen.

Wenn es sein muss, dachte Cora trotzig.

Aber Jesus schien da anderer Meinung zu sein. Jedenfalls drehte sich der alte Mann auf einmal um. „Jetzt ist mir doch was eingefallen", rief er enthusiastisch.

Der Richter schüttelte den Kopf. „Sie sind als Zeuge bereits entlassen worden, Herr Dr. Wüstefeld. Und deshalb können wir jetzt nichts mehr zur Kenntnis nehmen."

Aber der alte Mann scherte sich nicht um rechtliche Gepflogenheiten. „Sie hat dauernd an ihren Wimpern herumgezupft", rief er aufgeregt. „So", fügte er hinzu und fuhr mit Daumen und Zeigefinger seiner rechten Hand die Wimpern seines rechten Auges entlang.

„Oh, mein Gott", entfuhr es Tim.

Cora wirbelte zu Tim herum. „Oh, mein Gott, oh, mein Gott", sagte er und raufte sich gleichzeitig die Haare.

„Halt den Mund", raunte Cora ihm warnend zu.

Aber Tim kümmerte sich nicht darum. „Dann ist es wahr. Es ist wahr, verstehst du? Sie hat ein Kind von mir erwartet!"

Cora sah vorsichtig zu den Richtern herüber, die jetzt voller Interesse an Tims Lippen hingen. „Bitte sei still", flehte sie ihn noch einmal an.

„Ich hab sie im Stich gelassen", murmelte Tim.

„Tim!", beschwor Cora ihn noch einmal.

Aber er schien sie kaum mehr wahrzunehmen. „Vielleicht ist sie doch tot", sagte er voller Entsetzen. „Kann sie Selbstmord begangen haben? Sie war stark. Aber so stark? Wie hätte sie allein ein Kind großziehen sollen? Sie war sechzehn. Keine Schulausbildung. Keine Verwandten. Alle Freunde zurückgelassen. Das kann nicht gehen."

Plötzlich hielt er inne. Und dann sagte er laut und voller Selbstanklage: „Ich habe sie umgebracht!"

Kapitel 40

Tim stand am Fenster des kleinen Besucherraumes und starrte gedankenverloren nach draußen.

„Möchtest du darüber reden?", fragte Cora leise. Sie stand nun schon seit einer geschlagenen halben Stunde neben ihm und wartete darauf, dass er etwas sagen würde. Aber er rührte sich nicht, war wie zur Salzsäule erstarrt. Und auch jetzt reagierte er nicht auf ihre Worte.

Cora streckte ihre Hand aus und legte sie sanft auf seine Schulter. Bei der Berührung zuckte Tim zusammen und trat einen Schritt zur Seite, von Cora weg. Dann starrte er weiter zum Fenster hinaus.

Cora sah mit einer Mischung aus Traurigkeit und aufkeimender Wut auf ihre Hand. Langsam ließ sie sie sinken. „Wir müssen über deine Verteidigung reden", sagte sie geschäftsmäßig.

Aber Tim antwortete noch immer nicht. Coras Ärger wuchs. Ungeduldig klopfte sie mit ihrem Schuh auf den Fußboden. „Du hast dir gestern selbst ein Bein gestellt", sagte sie ungehalten. „Kannst du mir sagen, wie ich das jetzt wieder geradebiegen soll?"

Tim schwieg.

Cora begann innerlich zu kochen. Sollte sie jetzt noch darum betteln, ihm helfen zu dürfen? „Jetzt sag doch mal was, zum Donnerwetter!", fuhr sie ihn an.

„Lass mich in Ruhe", flüsterte Tim kaum hörbar.

„Ach so, der Herr wünschen nicht gestört zu werden", schnaubte Cora. „Wann darf ich mich denn um eine Audienz bewerben?"

Tim seufzte. „Ich muss nachdenken, Cora“, sagte er leise. „Bitte geh jetzt.“

„Du schickst mich also weg?“, schimpfte Cora. „Das ist toll! Super ist das! Warum bringen wir es nicht gleich hier und jetzt zu Ende? Warum machen wir nicht endlich Schluss miteinander? Hm? Ich ertrag es nämlich nicht mehr, weißt du das? Seit Monaten reiß ich mir für dich den Arsch auf! Ich arbeite Tag und Nacht für deine Verteidigung, ich ... bettele um deine Anerkennung, um ein aufmunterndes Wort von dir ... um deine Liebe.“ Coras Augen hatten sich mit Tränen gefüllt und sie hatte auf einmal Mühe weiterzusprechen. Die ganze Frustration der letzten Monate war plötzlich über sie hereingebrochen. „Ich ... ich hab dir mein Herz auf einem silbernen Tablett serviert. Und du ... du trittst mich mit Füßen. Genauso wie du es –“

Sie stockte. *Genauso wie du es damals getan hast*, hatte sie sagen wollen. Und sollte sie es nicht auch endlich sagen? War es nicht Zeit für die Wahrheit? Was hatte sie schon zu verlieren? Ihre Beziehung war doch ohnehin am Ende! Und vielleicht ... ganz vielleicht ... war die Wahrheit ja auch eine Chance! „– bei Cordula getan hast“, beendete sie ihren Satz. Und dann ließ sie frustriert ihre Schultern sinken. *Du elender Feigling*, klagte sie sich niedergeschlagen an. *Dir ist wirklich nicht zu helfen. Geschieht dir recht, wenn er dich einfach fallen lässt.*

Sie sah zu ihm. War es jetzt soweit? Würde er sie jetzt für immer wegschicken?

Aber Tim starrte noch immer zum Fenster hinaus. Nur die Tränen, die an seinen Wangen herunterliefen, zeugten von dem Aufruhr, der in ihm herrschte. Überrascht und betroffen zugleich starrte Cora ihn an. Oh, was hätte sie jetzt darum gegeben, seine Gedanken lesen zu können! Sie wünschte sich doch nichts mehr, als an seinem Gefühlsleben teilzunehmen!

Ihre Anspannung wuchs. Obwohl sie ihn nur regungslos anstarrte, war sie hin- und hergerissen. Ein Teil von ihr wollte einfach davonlaufen. Ein anderer empfand den starken Drang, sich ihm an den Hals zu werfen und seine Tränen einfach wegzuküssen. Ihre Liebe, gepaart mit überwältigendem Mitleid, war noch nie so stark gewesen wie in diesem Moment.

Aber da war auch noch eine andere Empfindung. Da war so etwas wie Verstehen. Sie begriff auf einmal, dass Tim mit sich selbst nicht im Reinen war. Dass er Entscheidungen treffen, eine Einstellung zu alledem finden musste. Und dass sie nichts tun konnte, um ihm zu helfen, ja, nichts tun *durfte*. Das hier war allein Tims Sache. Und sie, sie konnte nur warten, was geschehen würde. Und so tat sie das Einzige, was in dieser Situation wirklich vernünftig war: Sie zog sich leise zurück und ging nach Hause.

Kapitel 41

Cora fuhr viel zu schnell in die Parklücke, bremste dann so abrupt, dass es quietschte, und schaltete hastig den Motor aus. Erst dann atmete sie auf. Sie war wohlbehalten angekommen! Es war ein Wunder, dass sie auf dem kurzen Weg hierher keinen Unfall gebaut hatte. In ihrem ganzen Leben war sie noch nie so schlecht Auto gefahren. Aber sie war in ihrem ganzen Leben auch noch nie so nervös gewesen! Heute war der Tag, den sie gefürchtet und herbeigesehnt hatte. Der Tag, der über ihr ganzes weiteres Leben entscheiden, ihr entweder neue Hoffnung geben oder alles zerstören würde, was ihr etwas bedeutete. Wer konnte da schon ruhig bleiben?

Cora stieg aus dem Wagen. Sie konnte auf einmal nachvollziehen, wie sich ein einjähriges Kind fühlte, das gerade laufen gelernt hatte. Ihre Knie zitterten so stark, als bestünden sie aus Wackelpudding. Unsicher ging sie zum Eingang der JVA. Sie konnte es kaum erwarten, Tim endlich gegenüberzustehen. Eine ganze Woche hatte er sie schmoren lassen, sieben, fast acht Tage. Das war eine Woche Grübeln, Hoffen, Beten. Eine ganze Woche, in der sie geweint hatte, in der Wohnung herumgewandert war und kaum einen Bissen herunterbekommen hatte. In den Nächten hatte sie wach gelegen und am Tag erst recht keinen Schlaf bekommen. Und so war es kein Wunder, dass tiefe Ringe ihre Augen zierten und sich Sorgenfalten auf ihrer Stirn eingegraben hatten. Abgenommen hatte sie außerdem. Sie sah aus wie ein Häufchen Elend.

Cora durchquerte jetzt die große Eingangstür, nannte am Empfang ihr Anliegen und wurde dann von einer Vollzugsbeamtin durch das Gebäude begleitet. Während sie Flure passierte und verschlossene Türen hinter sich ließ, wuchs ihre Anspannung immer mehr. Was erwartete sie? Wie würde Tim ihr begegnen? Würde er so freundlich und liebevoll sein wie vor seiner Verhaftung oder so verbittert und abweisend, wie es in letzter Zeit seine Gewohnheit geworden war? Gab es eine Zukunft für ihre Beziehung? Wollte er einen neuen Anfang, den sie sich mehr wünschte alles andere auf der Welt? Oder war er entschlossen, das Ende herbeizuführen, auch wenn er ihr damit zum zweiten Mal das Herz brechen würde?

Cora musste kurz anhalten und sich an der glatten Wand abstützen, die ebenso kalkweiß war wie ihr eigenes Gesicht. Der lange Flur war auf einmal ins Wanken geraten. Kalter Schweiß hatte sich auf ihrer Stirn gebildet. Dahinter hämmerte nur ein einziger Gedanke, der mit stummem Flehen zum Himmel aufstieg: *Bitte, Herr, bitte nicht. Bitte lass ihn nicht mit mir Schluss machen.* Sie atmete ein paar Mal ganz tief durch. *Beruhige dich*, ermahnte sie sich selbst. *Jesus liebt dich. Er kann unmöglich wollen, dass du Tim noch einmal verlierst. Er weiß doch, was er dir bedeutet. Er weiß doch, dass du dir dein ganzes Leben nur ihn gewünscht hast.*

„Geht es Ihnen gut?“, fragte die Beamtin ein wenig bestürzt. „Soll ich Ihnen einen Stuhl holen oder ein Glas Wasser?“

„Nein, danke“, sagte Cora schnell und setzte sich eilig wieder in Bewegung. Sie konnte jetzt keine weiteren Verzögerungen riskieren. Sie musste endlich zu Tim, musste diese Ungewissheit loswerden.

Als er gestern angerufen hatte, war er ziemlich kurz angebunden gewesen. Er hatte sie lediglich um einen Besuch gebeten, aber ansonsten keine Worte verloren. Nicht einmal eine Andeutung hatte er gemacht. Und so sehr Cora sich auch bemüht hatte, ihm mehr zu entlocken, so sehr sie ihre Ohren gespitzt hatte, um zwischen den Zeilen zu lesen oder dem Klang seiner Stimme wenigstens eine Tendenz zu entnehmen, es war ihr einfach nicht gelungen. Er hatte seine Gedanken, seine Absichten und seine Stimmung konsequent und erfolgreich vor ihr verborgen. Und so befand sie sich wirklich im absoluten Niemandsland.

Die Vollzugsbeamtin öffnete jetzt den Besucherraum und ließ Cora eintreten. Dann verschloss sie die Tür wieder hinter ihr.

Cora sah sich um. Wie immer war Tim noch nicht da und so hatte sie die Möglichkeit, sich in aller Ausgiebigkeit weiter Sorgen zu machen. Sie fragte sich, was sie tun würde, falls Tim die Beziehung tatsächlich beendete. Aber sie kam zu keinem Ergebnis. Sie wusste es einfach nicht, konnte ihre eigene Reaktion beim besten Willen nicht einschätzen. Vielleicht würde sie weinend zusammenbrechen. Vielleicht würde sie sich ihm zu Füßen werfen und ihn anflehen, seine Entscheidung noch einmal zu überdenken. Aber vielleicht auch nicht. Vielleicht würde sie vollkommen ruhig bleiben, ihr Schicksal tapfer akzeptieren und erst zu Hause zusammenklappen.

Coras Herz überschlug sich auf einmal und klopfte dann auf sehr viel schnellerem Niveau weiter. Sie hatte Schritte gehört und wusste, dass die zweite Tür in dem Raum schon in wenigen Sekunden aufgehen würde. Und tatsächlich, schon hörte sie das Geklirr von Schlüsseln. Cora fragte sich auf einmal, ob sie die Spannung überhaupt noch ertragen konnte. Was, wenn sie schon auf den ersten Blick Kälte und Ablehnung in Tims Gesicht finden würde?

Die Tür öffnete sich. Cora sah sich zuerst einem Wärter gegenüber. Aber der trat gleich einen Schritt zurück und ließ Tim den Vortritt. Ängstlich starrte Cora ihn an. Mittlerweile bebte sie am ganzen Körper, jeder ihrer Muskel war angespannt, die kleinen Härchen an Armen und Beinen hatten sich aufgestellt. Gleichzeitig war ihre gesamte Aufmerksamkeit, jedes ihrer Sinnesorgane, allein auf Tim gerichtet. Neugier, Hoffnung und düstere Vorahnungen vermischten sich und forschten verzweifelt in Tims Gesicht.

Tim betrat den Raum und sah Cora direkt an. Für den Bruchteil einer Sekunde schien er sie zu mustern. Dann lächelte er warm.

Während die Tür hinter ihm wieder abgeschlossen wurde, hing Coras Blick fasziniert an Tims Mund. Da war es immer noch, dieses freundliche, ja beinahe liebevolle Lächeln. Erst jetzt wurde Cora klar, dass sie nicht wirklich mit einer positiven Begegnung gerechnet hatte. Nicht nach all dem, was sie in den letzten Wochen mit Tim erlebt hatte.

Und noch immer konnte sie es kaum glauben. Zaghaft, ja beinahe scheu erwiderte sie sein Lächeln.

„Danke, dass du gekommen bist“, sagte Tim sanft.

Cora nickte nur. Schon ihr ganzes Leben lang hätte es nur eines kleinen Winkes von ihm bedurft und sie wäre um die ganze Welt gereist.

„Möchtest du dich setzen?“, fragte er jetzt und deutete auf den Tisch und die beiden Stühle in der Mitte des Raumes.

Cora war noch immer nicht fähig, auch nur ein einziges Wort zu sagen. Und so nickte sie nur mechanisch und setzte sich. Dabei wandte sie allerdings keine Sekunde den Blick von Tim ab. Und auch als Tim auf der anderen Seite des Tisches Platz nahm, beobachtete sie ihn unentwegt. Allmählich verfestigte sich ihr Eindruck. Sie hatte immer mehr das Gefühl, dass sich bei Tim tatsächlich etwas verändert hatte. Die Bitterkeit schien aus seinem Gesicht verschwunden zu sein. Er sah entspannt aus.

Jetzt sah er Cora direkt in die Augen. Es war ein klarer, offener Blick. Er enthielt keine Vorwürfe, keine Forderungen. Eher war Zuneigung darin zu finden. Und ... Liebe? Cora begann auf einmal zu hoffen.

„Ich habe nachgedacht, Cora“, begann Tim leise. „Lange nachgedacht. Über alles. Über mich, über mein ganzes Leben. Und auch über uns." Er machte eine kleine Pause. Cora wagte nicht zu atmen. Sie war zum Zerreißen gespannt. Gleich war es soweit. Gleich würde er ihr sagen, was sie schon so lange wissen wollte.

„Ich liebe dich, Cora", fuhr Tim fast im Flüsterton fort. „Ich liebe dich sogar sehr."

Rums! Es war ein regelrechter Felsbrocken, der von Coras Herz plumpste. Hatte sie sich jemals so erleichtert gefühlt?

„In den letzten Tagen habe ich versucht, mich selbst zu verstehen", sagte Tim. „Das war wirklich nicht einfach, weißt du? Ich musste herausfinden, warum dieser neue Gefängnisaufenthalt so entsetzlich für mich war. Warum er mich völlig aus der Bahn geworfen hat." Er hielt inne, stützte seine Ellenbogen auf der Tischplatte ab und ließ sein Kinn auf seine Hände sinken. Sein Blick wanderte in die Ferne.

„Eigentlich hab ich ja Erfahrung mit Gefängnissen", fuhr er fort. „Aber dieses Mal war es noch tausendmal schlimmer als damals. Ich kann es kaum beschreiben. Ich ... fühlte mich wie ein eingesperrtes Tier ... ich bin hier regelrecht im Kreis gelaufen." Er sah Cora an. „Ich war kurz davor, verrückt zu werden. Und das Schlimmste war, dass ich keine Ahnung hatte, warum das so war." Ein wenig verlegen lächelte er Cora an. „Ich fürchte, ich hab das alles an dir ausgelassen."

Cora erwiderte sein Lächeln. Sie war doch so erpicht darauf, ihm endlich verzeihen zu dürfen!

„Heute weiß ich, dass das nicht unbedingt verwunderlich war", fuhr Tim fort. „Schließlich warst du der Hauptgrund für mein Problem."

Cora fuhr zusammen. *Problem?* Ängstlich forschte sie in Tims Gesicht. Kam jetzt doch noch das böse Erwachen? Versuchte er ihr schonend beizubringen, dass sie nicht gut für ihn war?

Unglücklicherweise hielt Tims Anblick keine Erleichterung bereit. Seine Augen wichen ihr aus und starrten angestrengt auf die Tischplatte. Zudem spielte er nervös mit seinen Händen. Scheinbar fiel es ihm irgendwie schwer, an dieser Stelle weiterzusprechen. „Seit meiner Verhaftung", sagte Tim mit belegter Stimme, „hatte ich Angst ... furchtbare Angst. Ich wusste nur nicht so genau wovor. Es ... es war nur so ein unbestimmtes Gefühl ... und ... es hat mich wütend gemacht ... auf dich." Er sah Cora fest in die Augen und sagte: „Die Wahrheit ist, dass ich schreckliche Angst hatte, dich zu verlieren."

Wieder kam eine Steinlawine von Coras Herz aus ins Rollen.

„Die ganze Zeit wusste ich gar nicht, wie viel du mir inzwischen bedeutest", fuhr Tim fort. „Ich hab mir so gewünscht ... mal wieder einen Abend vor dem Klavier mit dir zu verbringen. Aber ich weiß erst jetzt, dass es nicht die Musik ist, die mir fehlt. *Du* bist es. Es ist deine Hand auf meiner Schulter ... die Art, wie du zwischendurch immer mal wieder durch mein Haar fährst. Es ist dein blumiger Duft ... dein glasklares Lachen ... dein Humor."

Tim sah Cora immer noch in die Augen und es war so viel Wärme und Begeisterung in seinem Blick, dass ihr Herz vor Freude beinahe zerspringen wollte.

„Ich kann mir gar nicht mehr vorstellen, allein zu komponieren", schwärmte Tim weiter. „Wahrscheinlich hätte ich dann überhaupt keine Ideen mehr. *Du* bist es, die mich inspiriert. Es sind deine ständigen Ermutigungen, die mich vorwärts bringen. Du hast so eine liebevolle Art an dir. Je mehr ich darüber nachdenke, umso verrückter erscheint es mir, dass du so viel Geduld mit mir hast. Ich ... ich bin kein besonders angenehmer Mensch. Das weiß ich. Ich habe nicht viel zu geben. Ich bin egoistisch. Ich habe Schwierigkeiten damit, auf andere einzugehen. Ich vergesse Verabredungen und Geburtstage." Er seufzte. Dann sagte er kleinlaut: „Hab ich eigentlich an *deinen* Geburtstag gedacht?"

Cora dachte kurz nach. Dann grinste sie verlegen. Das Geburtsdatum, das in ihrem Ausweis stand, hatte sich vor drei Wochen gejährt. Aber es bedeutete ihr ohnehin nichts. Es war nicht das, was in Cordulas Papieren stand. Aber auch das ursprüngliche Datum entsprach nicht der Wahrheit. Schließlich wusste sie gar nicht, an welchem Tag sie in Wirklichkeit geboren worden war. „Um ehrlich zu sein hab ich ihn vor lauter Aufregung selbst vergessen."

„Siehst du", sagte Tim. „Ich bin ein Volltrottel."

„Ich mag Volltrottel", entgegnete Cora.

Tim griff nach ihrer Hand und drückte sie ganz fest. „Du bist ein Wunder, Cora", sagte er. „Du bist der erste Mensch, der mich wirklich so nimmt, wie ich bin. Ich hab mich in meinem ganzen Leben noch nie so geliebt .... so angenommen gefühlt. Bei dir kann ich ich selbst sein. Bei dir bin ich zu Hause!"

Coras Augen füllten sich mit Tränen. Sie hatte gerade selbst das Gefühl, nach einer langen Wanderung endlich angekommen zu sein. Zum zweiten Mal in ihrem Leben entdeckte sie bei Tim die gleiche Zuneigung und Begeisterung, die er damals bei Verena gezeigt hatte. Verzückt sah sie in seine Augen, versank förmlich in der liebevollen Zärtlichkeit, die sie darin fand. *Nein*, dachte sie überwältigt, *nicht die gleiche Zuneigung. Eine andere Zuneigung, eine fundiertere, beständigere, tiefere Zuneigung. Liebe!* Ja, sie fühlte sich geliebt. Sie fühlte sich endlich von Tim geliebt, wirklich und uneingeschränkt!

Diese Erkenntnis löste so viele Gefühle bei Cora aus, so viel Dankbarkeit, so viel Freude und Glück, dass sie die Tränen beim besten Willen nicht mehr zurückhalten konnte. Sie kullerten einfach herunter und schwemmten all die Befürchtungen weg, die sie noch vor wenigen Minuten beherrscht hatten. Sie war am Ziel, endlich am Ziel ihrer Träume! Sie gehörten ihr, die Hände, die ihre Hände hielten.

Angesichts ihrer Tränen räusperte sich Tim verlegen. Dann sagte er: „Ich wollte, dass du das weißt. Es ... es war mir furchtbar wichtig. Vor allem jetzt, wo ich doch ...“, er stockte und schien irgendwie nach Worten zu suchen, „ ... wo ich dir ... sagen wollte, dass –“ Wieder sah er ein wenig hilflos aus.

Aber Cora nickte ihm aufmunternd zu. Das klang ja fast so, als wollte er ihr einen Heiratsantrag machen. Dabei musste ihm doch längst klar sein, dass ihr Ja auch heute noch volle Gültigkeit besaß!

„ ... dass ... ich unsere Beziehung ... beenden möchte“, presste Tim mühsam hervor.

Von einem Moment auf den anderen erstarrte Cora. „Was?“, sagte sie.

Tim senkte den Blick. „Es ... es tut mir Leid“, stammelte er. „Ich kann ... ich kann dich nicht mehr heiraten.“

Ruckartig entzog Cora ihm ihre Hand. „Du machst Witze!“

Doch Tim schüttelte den Kopf. „Kein Witz.“

„Aber ...“, begann Cora, konnte aber nicht weitersprechen, weil ein neuer Schwall Tränen aus ihren Augen quoll. Dieses Mal waren es allerdings weder Tränen der Erleichterung noch des Glücks.

„Gerade du müsstest es doch verstehen!“, beschwor Tim sie. „Du warst es doch, die es mir schon die ganze Zeit begreiflich machen wollte!“

„Was? Was meinst du?“, stammelte Cora verständnislos.

„Mein Leben!“, entgegnete Tim leidenschaftlich. „Du hast es doch schon oft gesagt, dass ich mir etwas vormache ... dass ich dazu tendiere, in Selbstmitleid zu versinken. Und genauso ist es! Jahrelang hab ich Verena an allem die Schuld gegeben. Ich hab mich selbst für unfehlbar gehalten ... gefiel mir in der Opferrolle. Aber ich war mehr als das. Ich war nicht nur Opfer, sondern auch Täter. Vielleicht sogar ein Mörder. Alles, was mit Cordula passiert ist .... passiert sein könnte, ist meine Schuld. Im schlimmsten Fall hab ich ihren Tod und den meines Kindes zu verantworten! Ich hab sie einfach im Stich gelassen, verstehst du? Auch an dem Abend ihres Verschwindens. In Wirklichkeit hab ich geahnt, dass sie mir nicht die Wahrheit sagt. Es konnte nicht so einfach sein. Spätestens nach der gemeinsamen Nacht war mir doch klar, was sie für mich empfindet. Ich hätte ihr die Wahrheit entlocken können. Aber ich wollte es gar nicht, ich wollte mich der Illusion hingeben, nichts Falsches getan zu haben. Aber das hatte ich. Verdammt noch mal, das hatte ich. Sie war doch noch Jungfrau! Und in mich verliebt! Und ich hab *sie* verführt, nicht umgekehrt!"

Cora hielt nur die Luft an.

„Und anstatt die Verantwortung dafür zu übernehmen", fuhr Tim fort, „hab ich versucht, das Problem totzuschweigen. Ich hab einfach so getan, als wäre es nie passiert." Er schlug die Hände vors Gesicht. „Ich war so ein feiges Schwein."

„Hast du das auch Gott gesagt?", fragte Cora vorsichtig.

Tim nickte. „Ich hab ihm alles gesagt", antwortete er leise und mit deutlich belegter Stimme. „Reinen Tisch hab ich gemacht."

„Aber dann hat er dir vergeben!", freute sich Cora. „Er vergibt alles!"

„Ich weiß", presste Tim hervor.

„Das heißt auch, dass du frei bist!", sagte Cora euphorisch. „Du kannst ein neues Leben beginnen! – Mit mir", fügte sie zaghaft hinzu.

„Ich bin vielleicht frei von Schuld", sagte Tim traurig. „Aber nicht frei von der Verantwortung. Ich muss an den Punkt zurück, an dem ich damals die falsche Richtung eingeschlagen habe. Verstehst du?"

„Was meinst du damit?"

„Ich muss wissen, was aus Cordula geworden ist", sagte er mit einer Entschlossenheit, die Cora nicht von ihm gewohnt war. „Ich werde nicht eher ruhen, bis ich das herausgefunden habe."

„Und dann?"

„Wenn sie tot ist, dann werde ich an ihr Grab gehen und sie um Vergebung bitten. Und wenn nicht ... dann werde ich alles tun, um meinen Fehler wieder gutzumachen." Er stockte und sah Cora direkt in die Augen. Sein Blick flehte um Verständnis. „Wenn sie mich noch will", fuhr er heiser fort, „dann werde ich sie heiraten."

„Obwohl du sie gar nicht liebst?", fragte Cora ungläubig.

„Sie ist ein ganz besonderer Mensch", sagte Tim mit fester Stimme. „Ich kann lernen, sie zu lieben."

Ich glaube, das hast du schon, dachte Cora. Tränen der Rührung traten in ihre Augen. Sie hatte das Gefühl, dass auf einmal alles ausgeräumt war, was zwischen ihnen gestanden hatte. Oder nein, es war eigentlich nur einseitig ausgeräumt! Plötzlich wurde Cora klar, dass nun endgültig die Stunde der Wahrheit gekommen war. Sie musste ihm endlich sagen, wer sie war! Dann, und nur dann, hatte er schließlich auch die Freiheit, bei ihr zu bleiben!

Tims Blick war in die Ferne gewandert. „Sie war intelligent, freundlich und beständig“, sagte er.

Und sie hat ziemlich viel abgenommen, formulierte Cora in Gedanken. Das war doch eigentlich ein guter Einstieg für ihr Geständnis, oder? Sie öffnete ihren Mund, um den Satz auszusprechen.

„Und vor allem war sie immer echt und ehrlich“, fügte Tim in diesem Moment hinzu. „Bei ihr wusste man immer, woran man war. Sie hat nie irgendwelche Spielchen mit mir gespielt – so wie Verena.“

Cora musste auf einmal husten. Wenn er wüsste! In einem Anfall von Panik sprang sie auf. Nein, er durfte es nie erfahren. Nie und nimmer! „Ich ... ich muss jetzt gehen“, presste sie hervor, eilte zur Tür und klopfte auch schon.

„Jetzt warte doch mal!“, rief Tim.

Aber Cora ließ sich nicht aufhalten. Als die Tür geöffnet wurde, stürmte sie schnurstracks aus dem Raum. Sie musste weg! Weg von ihm! Weg von der Stimme, die ihr befahl, ihre Identität endlich preiszugeben. Weg von der Wahrheit!

Kapitel 42

Es war 9:45 Uhr. Der Richter war noch nicht anwesend und so war niemand da, der dem lauten Geplapper, das im Zuschauerraum herrschte, Einhalt gebieten konnte. Aber Cora hörte sowieso nichts davon. Äußerlich schien es so, als würde sie wie gewohnt auf ihrem Platz sitzen, aber innerlich nahm sie kaum etwas wahr. Ihre Augen starrten in die Ferne, ihre Hände hatte sie auf dem Schoß gefaltet. Sie fühlte sich leer und ausgebrannt. Was tat sie eigentlich hier?

Nächtelang hatte sie gegrübelt, immer verzweifelter nach einer Lösung gesucht. Im Traum hatte sie Tim schon etwa hundertmal die Wahrheit gesagt, aber seine Reaktion war immer ähnlich ausgefallen – voller Enttäuschung, Wut und Ablehnung. Nein, es ging nicht! Sie konnte ihm die Wahrheit nicht sagen! Sie brachte es einfach nicht übers Herz.

Aber was war die Alternative? Sollte sie zur Tagesordnung übergehen und so weitermachen wie bisher? Nein! Auch das kam nicht in Frage. Schließlich trieb ihr schon allein der Gedanke an den heutigen Sitzungstag den kalten Angstschweiß auf die Stirn. Nie zuvor hatte sie sich so unvorbereitet und so unsicher gefühlt. Sie kam sich gar nicht vor wie eine Verteidigerin, eher hatte sie das Gefühl, als würde sie selbst auf der Anklagebank sitzen. Und ihre Schuld war ja auch nicht von der Hand zu weisen. Eine Lügnerin war sie, eine feige Lügnerin. *Sie* hatte die Strafe verdient, die Tim drohte! Warum war ihr das vorher nie aufgefallen? War es, weil sie Tims Verhaftung insgeheim für gerechtfertigt gehalten hatte? Weil sie ihm erst jetzt, nach seiner eigenen Einsicht, so richtig hatte vergeben können?

Cora seufzte abgrundtief und sank auf ihrem Platz zusammen. Nur die Kopfbedeckung fehlte, dann wäre sie sprichwörtlich „klein mit Hut" gewesen. Sie war ja auch bleischwer, diese Lebenslüge, die so stark auf ihrem Gewissen lastete und sie mit unglaublicher Kraft nach unten drückte.

Aber wie sollte sie Tim in dieser Verfassung verteidigen? Wie sollte sie klar denken, vernünftig arbeiten, beherzt für ihn streiten? Es ging nicht! Es war einfach unmöglich!

Cora mobilisierte ihre letzten Kräfte und erhob sich. Sie musste raus hier, sich krank melden, einen Kollegen für Tims Verteidigung gewinnen. Ja, sie musste fliehen!

Aber als sie sich umdrehte, um ihren Plan in die Tat umsetzen, stand plötzlich Tim vor ihr. Cora prallte zurück und starrte ihn erschrocken an.

Scheu lächelte Tim sie an. „Geht's dir gut?", flüsterte er.

„Das ... wäre nun wirklich ... geprahlt", stieß Cora hervor.

„Trotzdem schön, dich zu sehen", sagte Tim mit einem verlegenen Lächeln. „Hast ... hast du dir schon eine neue Verteidigungsstrategie ausgedacht?"

Ein wenig entgeistert starrte Cora ihn an. Seit wann interessierte er sich für seine Verteidigung? „Nein ... nicht direkt", stammelte Cora, „ich meine, ich hab ... eigentlich gar nicht vor, dich weiter zu verteidigen."

Tim erschrak sichtlich. „Wieso? Was meinst du damit?"

„Hör zu, Tim, ich ... ich halte das alles nicht mehr aus. Nach allem, was passiert ist, bin ich gar nicht mehr in der Lage, dich angemessen zu verteidigen. Ich ... werde dir jemand anderen besorgen, den erfahrensten Kollegen, den ich auftreiben kann." Fast flehend sah sie Tim in die Augen.

Aber Tim schüttelte schon heftig den Kopf. „Nein, Cora, nein! Bitte tu mir das nicht an! Ich brauche dich an meiner Seite!", sagte er voller Eindringlichkeit.

„Ich kann nicht!", gab Cora mit unterdrückter Stimme zurück. „Ich werd noch verrückt!" Und mit diesen Worten versuchte sie sich an Tim vorbeizudrängen.

Aber Tim packte sie mit beiden Händen an den Oberarmen und

hielt sie fest. „Cora! Bitte!", flehte er sie an. „Du kannst mich doch jetzt nicht im Stich lassen! Du bist die Einzige, die mich hier rausholen kann! Du kennst den Fall wie keine andere. Außerdem hast du wie eine Löwin für mich gekämpft. Niemand sonst würde das tun! Niemand!"

Aus dem Augenwinkel beobachtete Cora die Vollzugsbeamten, die Tim hereingebracht hatten. Sie waren gerade aufgesprungen, betrachteten die Szene mit Argusaugen und waren wahrscheinlich kurz davor einzugreifen. Cora lächelte ihnen beschwichtigend zu. Das Letzte, was sie jetzt gebrauchen konnte, war ein Mandant, der schon wieder Handschellen trug.

Sanft löste sie sich aus Tims Griff. „Schon gut, schon gut", lenkte sie ein. „Dann bleibe ich halt." Welchen Wunsch konnte sie diesen Händen auch abschlagen? Schnell drehte sie sich um und setzte sich wieder. Tims Berührung hatte ihr Herz zum Rasen gebracht und sie wollte verhindern, dass er das mitbekam.

Aufatmend nahm Tim neben ihr Platz. „Du musst mich hier rausholen", beschwor er sie. „Ich *muss* nach Cordula suchen."

Cora seufzte. Nach Cordula zu suchen war wirklich das Letzte, was sie ihm ermöglichen wollte. Trotzdem gefiel ihr die Veränderung, die sie an ihm wahrnahm. Immerhin hatte er jetzt diese entsetzliche Gleichgültigkeit abgelegt.

Während der Richter eintrat und die Verhandlung eröffnete, strömte eine Welle neuer Energie durch Cora. Eifrig dachte sie darüber nach, ob es eine Möglichkeit gab, das Blatt doch noch zu wenden. Wie konnte sie Tim raushauen, ohne sich selbst zu verraten? Verstohlen blätterte sie in ihrer Akte. Welche Zeugen waren für heute überhaupt vorgesehen? Wie sollte sie den heutigen Verhandlungstag überstehen, obwohl sie sich nicht im Geringsten darauf vorbereitet hatte?

„Zeuge Hermann Schubert, bitte eintreten", sagte der Richter in sein Mikrophon.

Cora riss entsetzt die Augen auf. Hermann Schubert? Schon Sekunden später hörte sie das Geräusch der sich öffnenden Tür und ihr Kopf wirbelte herum. Ihr Herz setzte ein paar Schläge aus, als sie ihren Pflegevater wiedererkannte. Er sah noch genauso aus wie damals. Genauso groß, bedrohlich und furchteinflößend. Ein Gefühl der Beklemmung legte sich wie eine Schraubwinde um Coras Brustkorb.

Hör auf, ermahnte sie sich. Aber es war wie ein Verzweiflungsschrei, der durch ihren Kopf stürmte. Sie sah auf ihre Hände und versuchte das Zittern zu stoppen, das von ihnen Besitz ergriffen hatte. Was passierte hier? Was ging mit ihr vor?

Reiß dich zusammen, beschwor sie sich selbst. *Du hast deine Vergangenheit doch schon lange hinter dir gelassen. Du bist Cora, nicht Cordula! Mit dem Mädchen von damals hast du nichts mehr gemeinsam!*

Aber das Zittern hörte nicht auf. Unbarmherzig fuhr es fort, sie von Kopf bis Fuß durchzuschütteln. Verstohlen sah sie zu Tim herüber. Er merkte doch hoffentlich nichts? Nein, er schien nichts mitzubekommen. Er starrte viel zu interessiert auf Herrn Schubert, der jetzt im Zeugenstand Platz genommen hatte.

Vorsichtig folgte Cora seinem Blick. Ihr Pflegevater war jetzt nur wenige Meter von ihr entfernt. Dadurch wirkte er sogar noch größer und kompakter. Verstohlen wagte Cora ihn genauer zu betrachten. Die größte Veränderung, die sie an ihm wahrnahm, betraf seine Kleidung. Sie hatte ihn nie zuvor im dunklen Anzug gesehen. Auch sein gepflegtes Erscheinungsbild war ihr fremd. Aber ansonsten kam er ihr vertrauter vor, als ihr lieb war. Seine eng zusammenstehenden Augen, die große, gebogene Nase, die schmalen Lippen, all das hatte sich viel tiefer in ihre Erinnerung eingebrannt, als sie es für möglich gehalten hätte.

Der Richter stellte jetzt die erste Frage zur Person.

Als Hermann Schubert Antwort gab, erschauderte Cora aufs Neue. Seine Stimme schien noch rauer geworden zu sein, aber ihr kräftiger, tiefer Klang ließ noch immer die Luft vibrieren. Auf einmal konnte sich Cora daran erinnern, wie seine Stimme im aufgebrachten Zustand klang, sie hörte ihn wütend ihren Namen brüllen, hörte ihn schimpfen, schreien ...

Sie hatte das Gefühl, als würde ihr jemand die Luft abdrehen. Unwillkürlich griff sie sich an den Hals. Und warum war es auf einmal so warm im Saal? Das war doch nicht normal! Sollte sie nicht doch besser den Saal verlassen?

Sie warf einen Seitenblick auf Tim ... und fing seinen hilfesuchenden Blick auf. Von einer Sekunde auf die nächste war sie sicher, dass sie bleiben würde. Wahrscheinlich wären nicht einmal Schüttelfrost und hohes Fieber in der Lage gewesen, sie von seiner Seite zu vertreiben. Wie hätte sie diese durchdringenden grünen Augen auch im Stich lassen können?

Plötzlich horchte Cora auf. Der Richter hatte irgendeine Frage gestellt, in der die Worte „Ihre Tochter“ vorgekommen waren.

„Sie war wirklich ein wunderbares Mädchen“, hörte sie ihren Pflegevater sagen, „und so intelligent ...“

Du blöde Kuh, wiederholte Cora in Gedanken die Worte, die sie so oft von ihm gehört hatte.

„... so fleißig ...“, fuhr Herr Schubert fort.

Du faules Stück, dachte Cora.

„... und so unschuldig“, beendete ihr Pflegevater die Lobeshymne.

Du undankbares Flittchen, schoss es Cora sofort durch den Kopf, obwohl sie sich in Wirklichkeit nicht mal annähernd an die ganze Palette der Beschimpfungen erinnern konnte.

„Sie war unser ganzer Stolz, unser Sonnenschein“, log ihr Pflegevater. „Ihr Verschwinden hat uns in eine tiefe Krise gestürzt.“

Finanzieller Natur, dachte Cora bitter und spürte, wie ihre Angst immer mehr durch Wut ersetzt wurde.

„Sie sagten *unschuldig*“, wiederholte der Richter. „Können Sie uns erklären, was Sie darunter verstehen?“

„Na ja“, murmelte Hermann Schubert ein wenig verlegen, „es könnte auch ein Mangel an Gelegenheiten gewesen sein. Sie war ja ... wie soll ich sagen ... ein wenig ... fett.“

Ruhig weiteratmen, befahl Cora sich. *Höfliche Umschreibungen kann man von ihm nun wirklich nicht erwarten.*

„Ihre Tochter hatte also keinen Freund?“, fragte Herr Walther.

„Nee“, kicherte Herr Schubert, „den hatte sie ganz bestimmt nicht. Die Jungs haben einen Riesenbogen um sie gemacht.“

Ohne dass sie es bemerkte, schnellte Coras Hand in Richtung ihrer Augen. Ein paar Mal strich sie über ihre Wimpern, dann erstarrte sie mitten in der Bewegung. Das träumte sie doch jetzt, oder? Diese Marotte hatte sie sich doch abgewöhnt! Vier Wochen war sie mit diesem Verband um den Finger herumgelaufen. Timo hatte schon komische Bemerkungen über die Art ihrer Verletzung gemacht. Aber es hatte geholfen! Seitdem hatte sie kein Mal mehr an ihren Wimpern herumgezupft, kein einziges Mal. Und jetzt das!

„Hat sie sich den Männern denn angeboten?“, wollte der Richter wissen.

„Nee“, entgegnete sein Gegenüber und wandte den Kopf in Coras Richtung. Für den Bruchteil einer Sekunde kam es ihr so vor, als sähe er ihr direkt in die Augen. Hatte er sie etwa doch erkannt? Vielleicht an der blöden Gewohnheit, die sie doch abgelegt zu haben glaubte? Aber dann deutete ihr Pflegevater auf Tim. „Sie war ja nur scharf auf den da. Reineweg verrückt war sie nach ihm.“ Er begann zu kichern. „Sie bekam regelrechte Stangenaugen, wenn er sich nur blicken ließ.“

„Dann können Sie sich nicht vorstellen, dass Ihre Tochter noch mit jemand anderem als dem Angeklagten geschlafen hat?“, fragte jetzt der Staatsanwalt.

Cora horchte auf. Der Staatsanwalt versuchte wohl gerade, der Verteidigung den Wind aus den Segeln zu nehmen. Jedenfalls stellte er genau die Frage, die eigentlich von ihr zu erwarten gewesen wäre. Und damit hatte er Cora, die bezüglich ihrer Vorgehensweise eben noch völlig planlos gewesen war, unbeabsichtigt auf die richtige Idee gebracht ...

Hermann Schubert schüttelte den Kopf. „Nie im Leben. Sie war doch so ein naives Ding."

„Keine weiteren Fragen", sagte der Staatsanwalt und lächelte Cora triumphierend an.

Cora ignorierte ihn und wandte sich dem Zeugen zu. Sie wusste auf einmal ganz genau, was sie zu tun hatte. Das Zittern war verschwunden. „Herr Schubert, würden Sie sagen, dass Ihre Pflegetochter Sie geliebt hat?"

„Aber selbstverständlich! Ich war doch schließlich ihr Vater."

„Wie kommt es dann, dass die beste Freundin Ihrer Tochter, Laura Berghoff, etwas ganz anderes ausgesagt hat?"

Der Mann runzelte die Stirn. „Was hat sie denn ausgesagt?", fragte er vorsichtig.

„Sie hat ausgesagt, dass Cordula furchtbare Angst vor Ihnen hatte. Sie soll schon zusammengezuckt sein, wenn Sie nur die Wohnung betreten haben."

Hermann Schubert atmete sichtbar auf. „Als Vater musste ich mir natürlich Respekt verschaffen."

„Und *womit* haben Sie sich diesen Respekt verschafft?", wollte Cora wissen.

Ihr Pflegevater zuckte mit den Achseln. „Durch einen konsequenten Erziehungsstil."

„Ein konsequent *schlagkräftiger* Erziehungsstil?", provozierte Cora.

„Blödsinn! Ich habe meine Pflegetochter niemals geschlagen", echauffierte sich ihr Gegenüber.

„Wie haben Sie Ihren Worten denn sonst Nachdruck verliehen?"

„Ich hatte es überhaupt nicht nötig, meinen Worten Nachdruck zu verleihen. Cordula war ein sehr braves Mädchen."

„Immer?"

„Ja, immer!"

„Und was war mit der Geburtstagsfeier von Laura Berghoff?", erkundigte sich Cora.

„Welche Geburtstagsfeier?"

„Die Feier anlässlich ihres 16. Geburtstags", half Cora ihm. „Das war wenige Monate vor Cordulas Verschwinden. Laura Berghoff hat eine große Party gegeben. Können Sie sich daran noch erinnern?"

„Dunkel.“

„Hatten Sie Ihrer Pflegetochter erlaubt, daran teilzunehmen?“

Herr Schubert antwortete nicht gleich. Man sah ihm an, dass es hinter seiner Stirn rotierte. Sicher fragte er sich, was jetzt wohl die beste Antwort war. „Nein“, gab er schließlich zu, „ich hatte es verboten.“

„Und doch hat man Cordula auf dieser Party gesehen.“

„Ein Einzelfall.“

„Und wie haben Sie Cordula klar gemacht, dass das ein Einzelfall bleiben würde?“

„Hab ich ja gar nicht ... ich meine ... ich hab ja gar nichts davon gemerkt. Sie ist heimlich da hingegangen.“

„Wollen Sie etwa leugnen, dass Sie sie *gebührend* empfangen haben, als sie zurückkam?“, fauchte Cora aufgebrachter, als sie es eigentlich vorhatte.

Ihr Pflegevater konnte seine Unsicherheit jetzt kaum noch verbergen. „Wie gesagt, ich ... ich hab gar nichts davon gemerkt.“

Cora schnaubte: „Sie sind ein schlechter Lügner, Herr Schubert. Sie haben Cordula geschlagen, als sie nachts nach Hause kam.“

„Nein!“, protestierte dieser. „Hab ich nicht!“

Cora hob den Aktenordner, der vor ihr auf dem Tisch lag, so an, dass ihr Pflegevater nicht mehr hineinsehen konnte. Dann blätterte sie demonstrativ darin herum, hielt bei irgendeinem Blatt inne und tat so, als würde sie lesen. „Zufällig habe ich hier einen Polizeibericht vom 4. Mai 1986. Das war ein Sonntag, genauer gesagt der Sonntag nach Laura Berghoffs Geburtstagsfeier. Ich zitiere: ... *nachdem die 16-jährige Cordula Strohm auf offener Straße zusammengebrochen war, wurde sie ins Krankenhaus gebracht und dort gründlich untersucht. Der behandelnde Arzt schaltete die Polizei ein, weil die junge Frau Verletzungen aufwies, die möglicherweise durch Gewalteinwirkung zu Stande gekommen waren. Auf die Frage nach dem Täter schwieg sie allerdings beharrlich. Ein Verfahren wurde deshalb nicht eröffnet.*“

Cora sah von dem Blatt auf, das in Wirklichkeit nur ein paar Aufzeichnungen zu Tims vorigem Prozess enthielt. „Als Cordula die Feier verließ, ging es ihr noch gut“, sagte Cora streng. „Dafür kann ich mehrere Zeugen benennen. Und als Laura sie am nächsten Morgen abholte, humpelte sie verdächtig.“ Cora sah ihrem Pflegevater fest in die Augen. „Was ist in der Zwischenzeit passiert, Herr Schubert?“

„Gar nichts ... überhaupt nichts!“, stotterte Herr Schubert.

„Lügen Sie mich nicht an“, schrie Cora wütend. „Sie haben das Mädchen doch regelmäßig geschlagen!“

„Und das war auch gut so!“, brüllte ihr Pflegevater zurück. „Sie war ein kleines Flittchen, das Schläge dringend nötig hatte! So war das!“

Ein Raunen ging durch den Saal und Cora entspannte sich ein wenig. Sie hatte ihren Pflegevater da, wo sie ihn haben wollte. „Flittchen?“, fragte sie interessiert. „Ich denke, sie war ein unschuldiges, naives Mädchen?“

„Sie war ein Flittchen!“, schimpfte Hermann Schubert. „Wenn ich solche Sachen nicht konsequent verboten hätte, wäre sie vermutlich schon mit 12 schwanger geworden. Die war so geil, dass sie für jeden die Beine breit gemacht hätte!“

„Dann halten Sie es für möglich, dass Cordula längst keine Jungfrau mehr war, als sie mit dem Angeklagten geschlafen hat?“, fragte Cora.

„Hör auf!“, raunte Tim mit unterdrückter Stimme.

Aber Cora, die gerade so richtig in Fahrt war, bekam das überhaupt nicht mit. „Und dass das Kind von jemand ganz anderem war?“, fuhr sie fort.

„Ich sagte, hör auf!“, wiederholte Tim so laut, dass es alle hören konnten.

Erschrocken wirbelte Cora zu ihm herum. „Was?“, sagte sie.

„Ich will das nicht!“, sagte Tim, ohne seine Stimme zu senken. „Ich will nicht, dass du sie in den Schmutz ziehst.“

„Wie bitte?“, fuhr Cora ihn an. „Ich versuche, dich zu verteidigen!“

„Aber so will ich es nicht!“, gab Tim zurück. Scheinbar störte es ihn kein bisschen, dass alle Augen auf ihn gerichtet waren. „Cordula war ein anständiges Mädchen. Und sie war definitiv noch Jungfrau, als ich mit ihr geschlafen habe!“

War er jetzt von allen guten Geistern verlassen? „Ich versuche, dir eine lebenslange Freiheitsstrafe zu ersparen!“, zischte sie wütend.

„Versuch es anders“, beharrte Tim.

Hilflos breitete Cora ihre Hände aus. „Mir fällt aber nichts anderes mehr ein.“

Tim schien einen Moment zu überlegen. Dann sagte er: „Warum schöpfst du nicht aus deinem unglaublichen Wissensfundus?“

Cora runzelte die Stirn und sah ihn fragend an. Was meinte er damit?

„Du weißt so viel“, fuhr Tim fort. „Wie kommt das?“

Cora sah ängstlich erst zur Richterbank und dann in den Zuschauerraum. Aller, aber auch *aller* Augen waren auf sie und Tim gerichtet, und der ganze Saal verfolgte ihren Dialog wie eine spannende Fernsehsendung!

„Irgendwie ... “, murmelte Tim nachdenklich, „hab ich das Gefühl, dass du mir was verheimlichst. Woher wusstest du zum Beispiel, dass er –“, er deutete auf Herrn Schubert, „Cordula in der Nacht nach Lauras Geburtstag geschlagen hat?“

Cora wich Tims Blick aus. Dann deutete sie auf ihren Aktenordner. „Der Polizeibericht“, hauchte sie schwach.

„ ... war eine Finte“, behauptete Tim. „Hab ich doch gesehen.“

Cora ächzte. Musste er sie vor den Augen ihrer Kollegen blamieren? Und überhaupt, in ihrem ganzen Leben hatte sie noch nie mit einem Mandanten öffentlich diskutiert. Das war wirklich das Peinlichste, was ihr je widerfahren war!

„Eigentlich gibt es dafür nur eine einzige Erklärung ...“, überlegte Tim laut. „Aber kann das sein?“, murmelte er zu sich selbst. „Kann das sein?“

Erschrocken sah Cora ihn an. Kam er ihr jetzt etwa auf die Schliche?

Tims Augen blieben an ihr hängen und verengten sich. „Sie muss dich kontaktiert haben!“, rief er aus. „Sie wollte unerkannt bleiben, also hat sie dir lediglich einen Tipp gegeben. Ja, das sähe ihr ähnlich!“

Cora stand der Mund offen. Er war wirklich nah an der Wahrheit!

Leidenschaftlich durchforschte Tim ihr Gesicht. „Ich habe Recht, nicht wahr?“, sagte er atemlos. „Du hast mit ihr gesprochen!“

Cora antwortete nicht. Was hätte sie auch sagen sollen?

„Sie hat dir verboten, es mir zu erzählen!“, kombinierte Tim. „Aber ... Cora!“, er nahm ihre Hände und sah ihr eindringlich in die Augen. „Du *musst* es mir sagen! Weißt du denn nicht, was mir das bedeutet? Ich *muss* mit ihr sprechen! *Bitte*!“

Cora wandte sich von Tim ab, konnte es einfach nicht mehr ertragen, ihn anzusehen. Trotzdem blieb das Gefühl seiner durchbohrenden Blicke, die sich wie Laserstrahlen in sie hineinzubrennen schienen. Nur mühsam beherrscht wandte sie sich an den vorsitzenden Richter und presste hervor: „Ich möchte ... noch eine weitere ... Zeugin benennen.“ Jetzt war sowieso alles egal. Sie hatte sich viel zu tief hineingeritten.

Richter Walther runzelte die Stirn. „Wie bitte?“

„Eine weitere Zeugin“, wiederholte Cora leise.

„Eine *neue* Zeugin?“, fragte Staatsanwalt Stahl entgeistert.

Cora nickte verlegen.

„Jetzt?“, regte sich Herr Stahl auf. „So nebenbei? Einfach so?“

Cora nickte wieder.

„Klar doch!“, amüsierte sich der Staatsanwalt. „Und ich beantrage, dass die Verhandlung auf den Jahrmarkt verlegt wird.“

„Ruhig Blut, Herr Kollege", mahnte Richter Walther. „Wir wollen doch unsere Umgangsformen nicht vergessen." Dann wandte er sich wieder Cora zu. „Wir sollten wirklich versuchen, uns an die Vorschriften zu halten." Er kratzte sich am Kopf. Irgendwie schien er jetzt selbst ein wenig durcheinander zu sein. „Also, gehen wir mal der Reihe nach vor. Sind Sie damit einverstanden, Frau Verteidigerin, wenn wir Herrn Schubert als Zeugen entlassen?"

Cora nickte zum dritten Mal. War das nun Einbildung oder schnürte ihr tatsächlich irgendetwas die Luft ab?

„Gut, Herr Schubert, Sie können dann gehen."

Coras Pflegevater blieb wie angewurzelt auf seinem Platz sitzen. Richter Walther sah ihn auffordernd an, aber der Zeuge rührte sich nicht.

„Wenn Sie den Zeugenstand jetzt bitte verlassen wollen", sagte der Richter nun schon ein wenig ungehalten.

„Wie jetzt?", brauste Hermann Schubert auf. „Und was ist mit Penunze?"

„Penunze?", wiederholte Richter Walther vollkommen verständnislos.

„Geld", entfuhr es Cora. Da war auf einmal so eine Wut in ihrem Bauch, dass sie ihre Sprache wiedergefunden hatte. „Ihm geht es wie immer um Geld!"

Der Richter begriff noch immer nicht. „Was denn für Geld?"

Jetzt erhob sich Hermann Schubert; allerdings nur, um ein paar Schritte auf den Richter zuzugehen. „Na, hören Sie mal!", blaffte er ihn an. „Ich hatte Kosten. Jede Menge Kosten. Man hat mir gesagt, die würden mir erstattet!"

„Ach so ...", murmelte der Richter und kramte auf seinem Pult herum. Als er den entsprechenden Vordruck gefunden hatte, kritzelte er etwas darauf und fragte dann: „Wie sind Sie denn hergekommen?"

„Wofür gibt's denn am meisten?", fragte Schubert mit einem frechen Grinsen.

Der Richter sah allerdings überhaupt nicht so aus, als würde er diese Bemerkung witzig finden. Eher knirschte er mit den Zähnen.

„Okay, okay", murmelte Herr Schubert. „War ja nur 'n Scherz. Mit der Nuckelpinne."

Der Richter verstand offensichtlich schon wieder nur Bahnhof.

„Mit einem Pkw", übersetzte Cora bereitwillig. Aber dann hatte sie plötzlich das Gefühl, als würde jemand sie anstarren. Es war wie ein Zwang, sie konnte nicht anders, als den Kopf nach links zu wenden. Kaum hatte sie das getan, blieb sie an einem hellgrünen Augenpaar hängen, das sie tatsächlich prüfend ansah. Cora kannte diese Augen nur allzu gut. Sie gehörten zu jemandem, der keinen Verhandlungstag versäumt hatte und immer auf dem gleichen Platz in der zweiten Reihe der Zuschauerbänke saß. Laura! Ob sie etwas ahnte? Hatte Cora sich durch irgendetwas verraten? Was hatte sie gerade gesagt? Als Cora sich erinnerte, schoss ihr auch schon das Blut in die Wangen. Nuckelpinne! Sie hatte wie selbstverständlich einen Ausdruck übersetzt, den eigentlich kaum jemand kannte. Aber ihr Pflegevater hatte ihn immer schon gern gebraucht. Und das wusste Laura!

Cora hatte den Rest des Gespräches zwischen ihrem Pflegevater und dem Richter verpasst, jetzt sah sie aber, wie sich ihr Pflegevater mit einem zufriedenen Grunzen den Zettel schnappte und dann zu den Zuschauerbänken hinüberschlurfte. Obwohl der Saal in den hinteren Reihen brechend voll war, saßen in der zweiten Reihe nur Laura, ihre Mutter und noch zwei andere Personen. Herr Schubert hatte also freie Platzwahl, aber er setzte sich natürlich ausgerechnet neben Laura.

Interessiert wartete Cora auf Lauras Reaktion. Und sie musste nicht lange warten. Schon als deutlich geworden war, auf welchen Platz Hermann Schubert zusteuerte, hatte Laura angewidert das Gesicht verzogen. Und jetzt sprang sie prompt auf und setzte sich demonstrativ auf einen Platz, der sich so weit wie nur möglich von dem Mann entfernt befand.

Cora musste lächeln. Das war ihre Laura! Aber dann fing sie erneut Lauras Blick auf und das Lächeln erstarb auf ihren Lippen. War es Zufall, dass sie gerade jetzt zu ihr herübersah oder ahnte sie tatsächlich etwas? Auf einmal fiel Cora auch auf, dass Laura durch ihre Platzwahl den Abstand zu Tim und ihr wesentlich verringert hatte. Ebenfalls Zufall?

„Kommen wir also zurück auf Ihren Antrag“, sagte der Richter. „Wen möchten Sie denn als Zeugin vernehmen?“

Cora erblasste und holte ganz tief Luft. Jetzt musste sie Farbe bekennen. Sie hatte ihre Lippen schon zum ersten Wort geformt, als ihr der Staatsanwalt zuvorkam.

„Ich mache das nicht mit“, schnaubte er. „Die Verteidigung spielt doch Spielchen mit uns. Andauernd zaubert sie neue Zeugen aus dem Hut. Wie soll ich denn da meine Arbeit machen?“

„Wir werden die Verhandlung natürlich vertagen, damit Sie sich auf die neue Zeugin entsprechend vorbereiten können“, beschwichtigte ihn der Richter.

„Nein, werden wir nicht!“, entfuhr es Cora. „Wir müssen die Zeugin sofort hören.“ Ihre Worte klangen verzweifelt. Aber der Gedanke an eine Vertagung war auch unerträglich für sie. Sie musste es *jetzt* hinter sich bringen! Ehe sie es sich wieder anders überlegen konnte!

„Na, bitte, da haben Sie's!“, keifte der Staatsanwalt. „Die Verteidigung hat schon wieder Sonderwünsche!“

Der Richter warf dem Staatsanwalt einen missbilligenden Blick zu. Dann wandte er sich Cora zu. „Ist die Zeugin denn da?“, fragte er verwundert.

Cora nickte stumm.

„Das hieße ja, dass Sie von Anfang an geplant haben, sie nachträglich in den Prozess einzuführen“, sagte der Richter streng.

„Nicht ... direkt“, stammelte Cora.

„*Nicht direkt*“, äffte der Staatsanwalt sie nach. Dann ließ er sich auf seinen Stuhl plumpsen. „Ich bin wohl nicht im Gerichtssaal, sondern im Zirkus.“

„Jetzt ist es aber gut!“, fuhr der Richter ihn an. „Wir werden zumindest so tun, als hätten wir gewisse Umgangsformen.“

„Und juristische Umgangsformen sind nicht erforderlich?“, erkundigte sich der Staatsanwalt aufgebracht.

„Doch, aber für die bin *ich* nun mal verantwortlich!“, wetterte der Richter.

„Da bin ich aber erleichtert!“, konterte Staatsanwalt Stahl. „Ich dachte schon, Sie hätten vergessen, was hier Ihre Aufgabe ist!“

„Das ... das ist Missachtung des Gerichts!“, regte sich der Richter auf. „Ich werde Sie –“

An dieser Stelle wurde Herr Walther von Cora unterbrochen. Sie hatte den Streit mit wachsendem Unbehagen verfolgt. Zum einen war sie nicht gern der Anlass für heftige Auseinandersetzungen vor Dutzenden von Zuschauern. Außerdem hatte sie das Gefühl, dass die ganze Situation allmählich außer Kontrolle geriet. Und so warf sie mit dem Mut der Verzweiflung nur einen einzigen Satz zwischen die Streithähne: „Ich beantrage, dass wir Cordula Strohm als Zeugin hören.“

Cora wunderte sich, wie ein einziger Satz eine solche Wirkung entfalten konnte. Von einer Sekunde auf die nächste war es mucksmäuschenstill im Saal. Alle Anwesenden drehten ihre Köpfe in Coras Richtung, unbeschreibliches Erstaunen machte sich breit.

„Bitte?“ Das war der vorsitzende Richter.

Cora sah vorsichtig zu Tim herüber. Auch der starrte sie an, aber sie sah Erleichterung in seinem Blick. Ihr Blick wanderte weiter, streifte Timo, der wie immer in einer der hinteren Reihen saß, dann blieb er an Laura hängen. Irrte sie sich oder wurde sie immer noch intensiv gemustert?

Der Staatsanwalt fand als Erster seine Sprache wieder. „Jetzt ist sie völlig übergeschnappt."

Diese Bemerkung rüttelte auch den Richter wach. „Das ist doch sicher nicht Ihr Ernst!"

„Mein voller Ernst", hauchte Cora. „Bitte rufen Sie sie auf."

Der Staatsanwalt schüttelte den Kopf, der vorsitzende Richter sah Cora wie ein lebendiges Fragezeichen an, die Zuschauer begannen zu flüstern und zu tuscheln.

„Ich hab da mal eine amerikanische Gerichtsserie gesehen", sagte die beisitzende Richterin Jonas ganz unvermittelt in den Raum hinein. „Da hat der Verteidiger das vermeintliche Mordopfer ebenfalls als Zeugen aufgerufen. Die Person kam zwar nicht zur Tür herein, aber aller Augen, auch die der Geschworenen, waren gespannt auf die Tür gerichtet ... und genau darauf hat der Verteidiger anschließend aufgebaut. Er vertrat die Ansicht, dieses Verhalten beweise ganz eindeutig, dass zumindest Zweifel am Tod der entsprechenden Person bestehe. Und tatsächlich ... der Angeklagte wurde letztlich freigesprochen."

„Zum Glück haben wir hier in Deutschland keine amerikanischen Verhältnisse", sagte Richter Walther.

„Den Grundsatz *In dubio pro reo* haben wir schon", entgegnete Frau Jonas.

„Und wir haben eine Verteidigerin, der alles zuzutrauen ist", meldete sich nun wieder der Staatsanwalt zu Wort. „Verzweifelt genug dürfte sie sein", fügte er hinzu.

Wieder einmal warf Herr Walther dem Staatsanwalt einen missbilligenden Blick zu. Dann wandte er sich wieder Cora zu. „Haben Sie vor, eine Show abzuziehen, Frau Neumann?", fragte er streng.

Cora schüttelte den Kopf.

„Heißt das, dass Cordula Strohm tatsächlich hier erscheinen wird?"

„Ich garantiere es", antwortete Cora heiser. Und es war nicht nur ihre Stimme, die zu versagen drohte. Auch ihre Beine machten im Moment keinen besonders stabilen Eindruck mehr. Sie schlotterten schon im Sitzen so stark, dass Cora nicht wusste, wie sie die fünf Meter bis zum Zeugenstand bewältigen sollte. Wirklich, der Gang nach Kanossa war nichts dagegen.

„Ist die Staatsanwaltschaft dann eventuell sogar einverstanden?", fragte der Richter vorsichtig.

Der Staatsanwalt lehnte sich betont lässig auf seinem Platz zurück, setzte ein süffisantes Lächeln auf und sagte: „Aber sicher doch. Der Unterhaltungswert ist auf jeden Fall extrem hoch."

„Also gut“, sagte der Richter. „Tun wir also, was noch nie jemand getan hat.“ Er räusperte sich theatralisch und nickte der Protokollführerin zu, woraufhin diese ins Mikrofon sagte: „Cordula Strohm, bitte eintreten.“

Coras Herz pochte jetzt so wild, als wollte es ihr bei nächster Gelegenheit aus dem Brustkorb hüpfen. Trotzdem schien die Versorgung mit Sauerstoff nur mäßig zu funktionieren. Cora spürte deutlich, dass sie einer Ohnmacht so nah war wie niemals zuvor. *Steh auf*, befahl sie ihrer Beinmuskulatur. *Steh zu dir.*

Cora hätte es kaum für möglich gehalten, aber ihre Beine gehorchten tatsächlich. Langsam, wie in Zeitlupe drückten sie Cordula Strohm in eine aufrechte Position. Da stand sie nun und wartete auf ihre Verurteilung, wartete darauf, dass alle begriffen, was doch offensichtlich war. Aber niemand nahm Notiz von ihr. Alle starrten noch immer wie gebannt auf die Tür.

Alle bis auf eine. Laura! Jetzt bemerkte auch Cora den ungläubigen, dann aber begreifenden Blick ihrer ehemals besten Freundin. Und Cora erwiderte ihn. Ihre Augen sprachen von Traurigkeit, von Verletzungen, von verlorenen Jahren. Und sie enthielten eine Bitte. Um Verständnis flehten sie und um Vergebung.

Und in diesem Moment ging die Tür auf. Die Spannung im Saal steigerte sich noch einmal, obwohl das doch kaum noch möglich war. Jetzt trat eine Frau ein. Sie war übergewichtig. Und das genügte schon, um alle bis auf drei Anwesende davon zu überzeugen, dass es sich um Cordula Strohm handelte. Aufgeregtes Gemurmel erhob sich im Saal. Vereinzelt hörte man Satzfetzen wie „Skandal“, „am Leben“ oder „Justizirrtum“. Dass die Frau bestimmt schon Anfang 40 war, blonde Haare und eine viel zu große Nase hatte, störte scheinbar niemanden.

Tim starrte voller Skepsis auf die Frau. Dann schüttelte er langsam, aber bestimmt den Kopf. „Nein“, sagte er.

Währenddessen war auch der Frau aufgefallen, dass sie ungewöhnlich viel Aufmerksamkeit erregte. Sie blieb abrupt stehen und blickte verunsichert in die Runde.

„Ruhe bitte!“, mahnte der Richter, wodurch der Geräuschpegel für kurze Zeit erheblich gesenkt wurde. Schon wenige Sekunden später hatte er allerdings fast das alte Niveau erreicht. Dem Richter blieb daher nichts anderes übrig, als sich durch Lautstärke Gehör zu verschaffen. „Treten Sie doch näher“, rief er in Richtung der Frau.

Laura starrte Cora noch immer mit weit aufgerissenen Augen an. „Ich war blind“, sagte sie. Sie hatte die Frau nicht einmal bemerkt.

„Wie ... was?“, machte die Frau und ging unwillkürlich einen

Schritt rückwärts. Dabei prallte sie gegen die Tür, die sie gerade hinter sich geschlossen hatte.

„Das ist sie nicht", sagte Tim halblaut. „Nie im Leben ist sie das."

„Wie konntest du mir das antun?", flüsterte Laura mit Tränen in den Augen.

Auch an Coras Wangen liefen Tränen herunter. „Ich ... wusste mir ... nicht anders zu helfen", schluchzte sie kaum hörbar.

Von einer Sekunde auf die nächste veränderte sich Lauras Gesichtsausdruck. Ihre Fassungslosigkeit paarte sich mit blankem Entsetzen, ihr Kopf wirbelte herum. Der unbedarfte Betrachter hätte wohl angenommen, dass sie jetzt ebenfalls die fremde Frau fixierte, aber Cora wusste, dass Lauras Blick auf die Stuhlreihe gerichtet war, die sich direkt neben der Frau befand. Denn dort saß Timo.

„Oh Gott", entfuhr es Laura. Ihr Blick flog zurück zu Cora, die jetzt verlegen mit den Schultern zuckte.

Laura riss daraufhin beide Hände vor ihren Mund. Das war dann wohl doch ein bisschen viel für sie.

„Jetzt kommen Sie doch endlich!", sagte Herr Walther in Richtung der Frau.

„Ich?", fragte die Frau verschüchtert und sah noch nach links und rechts.

„Ja, wer denn sonst?", lächelte der Richter aufmunternd.

Die Frau schien immer kleiner zu werden, tat unter dem Druck der konzentrierten Aufmerksamkeit aber brav ein paar Schritte vorwärts.

Der Richter machte eine einladende Handbewegung in Richtung des Zeugentisches. „Setzen Sie sich bitte dorthin."

Wieder legte die Frau ein paar zögernde Schritte zurück. Und wieder schüttelte Tim den Kopf. „Nie und nimmer", murmelte er.

Währenddessen hatte Laura einen Teil ihrer Fassung wiedergefunden. „Warum bist du nicht zu mir gekommen?", sagte sie vorwurfsvoll in Coras Richtung.

Cora senkte beschämt den Kopf.

„Wir hätten ihn gezwungen, dich zu heiraten!", sagte Laura simpel.

Cora hob den Kopf und sah ihrer Freundin in die Augen. „Das wusste ich", antwortete sie leise.

Laura sah Cora nachdenklich an. Dann nickte sie gedankenverloren. „Du wolltest sein Mitleid nicht", sagte sie. „Du wolltest geliebt werden."

Cora nickte erleichtert. Sie war so froh, dass Laura sie verstand! Ob sie ihr vergeben würde? Ein verwegener Gedanke überfiel Cora. Ob es vielleicht sogar möglich war, die alte Freundschaft zu erneuern?

Cora war so auf Laura fixiert, dass sie gar nicht mitbekam, wie die dicke Frau jetzt halbherzig auf dem Stuhl Platz nahm, den der Richter ihr zugewiesen hatte.

„Sagen Sie uns doch bitte Ihren vollständigen Namen", forderte Richter Walther sie auf. Seltsamerweise hatte dieser einfache Satz eine weitaus stärkere Wirkung als jeder andere vorher. Innerhalb eines Sekundenbruchteils wurde es im Saal mucksmäuschenstill und alle Augen waren gespannt auf die Frau gerichtet.

„Renate", hauchte sie verschüchtert, „Renate Södler."

Der Richter erstarrte. „Wie bitte?"

Frau Södler sah ihn mit unschuldigen Augen an. „Mein Name ist Renate Södler", wiederholte sie nur unwesentlich lauter.

Einen Moment sah der Richter sie entgeistert an. Dann schoss sein Kopf zu Cora herum, die immer noch stand. „Also ist es doch alles Show!"

Cora warf einen kurzen Blick auf die Zuschauer, die jetzt auf einen Kommentar von ihr warteten. Dann blickte sie hilfesuchend zu ihrer Freundin.

Laura nickte ihr aufmunternd zu. „Verdient hat er es nicht", sagte sie mit fester Stimme. „Aber er hat trotzdem ein Recht darauf."

„Ein Recht worauf?", fragte Tim, der ahnte, dass es um ihn ging.

Cora ging langsam um ihren Tisch herum, bewegte sich auf Renate Södler zu und blieb vor ihr stehen. „Sie können jetzt im Zuschauerraum Platz nehmen", sagte sie freundlich. „Deswegen sind Sie doch hier, nicht wahr?"

Frau Södler nickte, dann warf sie einen fragenden Blick auf den Richter. Als dieser nur müde mit den Schultern zuckte, stand sie auf, eilte durch den Saal und nahm in der hintersten Reihe der Zuschauerbänke Platz.

Cora schob langsam und bedächtig den Zeugenstuhl zurück und nahm in Zeitlupentempo Platz. Währenddessen war es im Saal so still, dass man eine Stecknadel auf dem Boden hätte aufschlagen hören können. Cora war sicher, dass das überlaute Bummern ihres Herzens noch bis zu Frau Södler in die letzte Reihe vordrang.

„Mein Name ist Cordula Strohm", sagte Cora tapfer und mit fester Stimme. Aus dem Augenwinkel beobachtete sie Tim.

„Hä?", machte der Richter. Die geistreichen Kommentare waren ihm jetzt scheinbar vollends ausgegangen.

„*Ich* bin Cordula Strohm", sagte Cora noch einmal.

„Guter Witz!", kicherte der Staatsanwalt. Aber weil sich Cora davon völlig unbeeindruckt zeigte, erstarb sein Gelächter bald wieder.

„Nun kommen Sie schon, Frau Kollegin“, meinte er, „sagen Sie uns die Wahrheit.“

„Genau darum bin ich hier“, sagte Cora mit zitternder Stimme.

„Es ehrt dich, Cora, dass du wirklich *alles* tust, um mir zu helfen“, begann Tim, „aber findest du nicht, dass du jetzt ein bisschen übertreibst?“

Jetzt endlich wagte Cora, zu Tim herüberzusehen. „Ich hätte es dir früher sagen sollen“, sagte sie mit belegter Stimme. „Ich war so ein Feigling.“

„Ich kannte Cordula ziemlich gut. Als die Frau dahinten“, Tim deutete auf Frau Södler, „im Zeugenstand Platz nahm, war ich mir hundertprozentig sicher, dass es sich nicht um Cordula handelt. Und bei dir bin ich mir genauso sicher.“

„Was zeigt, dass du mich nicht wirklich kanntest“, entgegnete Cora ernst.

„Hör auf!“, forderte Tim. „Du machst dich noch strafbar oder so was.“

„Das hab ich schon“, beharrte Cora. „Ich hab mich strafbar gemacht, als ich zuließ, dass du angeklagt wurdest. Das war Freiheitsberaubung. Ich dachte, ich könnte diesen unsinnigen Prozess schnell zu einem Freispruch führen. Aber da habe ich mich getäuscht. Ich hatte Verena nicht einkalkuliert. Und ich bin mit meiner Verteidigung gescheitert. Und wenn ich jetzt nicht endlich die Wahrheit sage, landest du doch noch im Gefängnis. Unschuldig und das zum zweiten Mal.“

„Cörchen“, beschwor Tim sie, „ich bin ganz bestimmt genauso am Ende wie du, aber glaubst du wirklich, dass uns eine solche Verzweiflungstat weiterbringt?“

Cora seufzte. Warum glaubte er ihr nicht endlich? Was konnte sie sagen, um ihn zu überzeugen? „Weißt du noch“, fragte sie leise, „damals, als ich für Verena singen sollte? Ich hab mir fast das Genick gebrochen, als wir über den Zaun geklettert sind.“

Tim sah sie prüfend an. „Woher weißt du das?“, fragte er erstaunt.

„Ich war dabei“, sagte Cora.

„Ich hab es vielleicht jemandem erzählt“, überlegte Tim. „Vielleicht Laura. Und die hat es dir dann erzählt.“ Er sah hilfesuchend in Lauras Richtung. Aber die presste nur ihre Lippen aufeinander und sah ihn bedeutungsvoll an. „Sag jetzt nicht, dass du diesen Blödsinn glaubst!“, fuhr er seine Schwester an. Aber ihr Schweigen sprach Bände. „Ihr seid ja verrückt“, brauste Tim auf. „Sie hat keinerlei Ähnlichkeit mit Cordula!“ Aber seine Worte klangen längst nicht so überzeugt, wie er tat. Er starrte Cora an, musterte sie von oben bis unten. Es war offensichtlich, dass er in seiner Erinnerung kramte und verzweifelt nach eindeutigen Abweichungen suchte.

„*Rapunzel, Rapunzel, lass dein Haar herab*“, fuhr Cora fort. „Erinnerst du dich?“

Man sah Tim deutlich an, dass er sich sehr wohl erinnerte. „Was ... was habe ich ihr mitgebracht?“, fragte er heiser.

„Eine rote Rose“, antwortete Cora, ohne lange überlegen zu müssen.

Einen Moment starrte Tim sie entgeistert an. „Du kannst nicht singen“, presste er hervor. „Du ... du ... triffst keinen Ton. Das sagt sogar Timo.“

Er hatte den Namen kaum ausgesprochen, da wirbelte sein Kopf auch schon herum und sein Blick fand Timo. Entsetzt, fragend, verwirrt sah er ihn an. „*Timo, Tim – Timo*“, flüsterte er. „Ein Zufall!“, versuchte er sich einzureden. „Nichts als ein Zufall!“ Aber das überzeugte ihn wohl selbst nicht. Jedenfalls begann er unruhig auf seinem Platz hin- und herzuwippen.

„Zweiter April“, sagte er. Das war Timos Geburtsdatum. Und dann starrte er auf seine zitternden Hände, schloss sie zuerst zu Fäusten und streckte dann einen seiner Finger nach dem anderen aus. Gleichzeitig bewegte er seine Lippen, so als würde er rechnen. Als er bei neun angelangt war, hielt er inne. Aber er wollte es noch immer nicht wahrhaben. „Du kannst nicht singen“, presste er erneut hervor.

Cora senkte ihren Blick. Sie wusste, dass es jetzt nur noch eines i-Tüpfelchens bedurfte, um ihn zu überzeugen. Und sie wusste auch, was dieses i-Tüpfelchen war. Sie musste singen. So wie damals. Aber wie sollte sie etwas tun, das sie seit vielen Jahren nicht mehr getan hatte? Sie musste es doch verlernt haben! Ihre Stimme musste eingerostet sein! Sie würde keine Töne mehr treffen können!

„Sing!“, raunte Laura ihr zu. „Sing endlich!“

Cora öffnete den Mund, spannte ihr Zwerchfell an und versuchte, einen vorsichtigen Ton hervorzubringen. Aber das Zittern, das auf einmal ihren Körper ergriffen hatte, war so stark, dass es ihren Versuch im Ansatz erstickte. Es ging nicht. Sie *konnte* einfach nicht singen!

„Los!“, befahl Laura lauter. Sie nickte ihr auffordernd zu, bedrängte sie förmlich mit ihren Blicken.

Cora horchte in sich hinein. Das Zittern war weniger geworden und so öffnete sie erneut den Mund. Aber schon als sie einatmete, wurde das Zittern stärker und ging schließlich in ein regelrechtes Schlottern über. Nein, es war unmöglich!

„Bitte!“, hörte sie da auf einmal Tim sagen. Seine Stimme bebte so stark, als würde sie jeden Moment versagen. „Ich ... ich muss es wissen!"

Cora schaute ihn an. Was sie sah, berührte sie zutiefst. Tim erschien ihr so aufgewühlt wie niemals zuvor. Sein Gesicht war bleich und seine Augen glänzten, als hätte er Fieber.

„Tu's für mich!", flehte er erneut. „So ... wie damals."

Cora ließ die Tränen herabkullern, die in ihren Augen gestanden hatten. Sie hatte auf einmal das Gefühl, als wäre tatsächlich alles so wie damals. Sie fühlte sich zurückversetzt an den Tag, an dem sie für Verena gesungen hatte. Sie hatte das Gefühl, als stünde sie wieder in diesem Garten. Sie konnte den leichten Windzug spüren, der damals in ihr langes Haar gefahren war, roch wieder den Oleander, der im Garten der Bartels geblüht hatte. Es war, als hätten Tims Worte auf magische Art und Weise die Vergangenheit zurückgeholt. Auch der Schmerz war wieder da. Der Schmerz darüber, dass sie für Verena singen musste. Es war ein stechender Schmerz, der in ihrem Herzen begann, von dort aus in ihre Kehle hinaufkroch und mit jedem Ton, den sie sang, stärker wurde, bis er ihr schließlich mit unbarmherzigem Griff die Luft abschnürte. Fast hatte sie das Gefühl, als würde sie ersticken.

Cora stöhnte auf und fasste sich an den Hals. Dann begann sie zu husten. Es dauerte eine ganze Weile, bis sie sich einigermaßen wieder gefangen hatte.

Aber dann öffnete sie die Augen. Was stimmte hier nicht? Wieso war der Gesang auf einmal verschwunden?

Gesang? Sie begriff auf einmal gar nichts mehr. Wer hatte denn gesungen? So wunderschön, so klar und laut, so treffsicher in den Tönen und vor allem ... so vertraut?

Verwirrt sah sie sich um, ihre Augen hefteten sich auf den Zuschauerbereich. Fast zeitgleich stieß ihr Blick mit dem von Timo zusammen. Dort las sie ähnliche Empfindungen. Mund und Nase standen ihm offen, ungläubiges Erstaunen beherrschte sein Gesicht. Und das alles war auf sie gerichtet, auf Cora.

Cora hielt die Luft an. War es möglich, dass sie gerade selbst ...? Ihr Kopf wirbelte zu Laura herum. Betroffen, fragend sah sie ihre Freundin an. Diese nickte nur langsam. Und nach einer langen Pause sagte sie: „ ... als wäre kein einziger Tag vergangen."

Jetzt endlich begriff Cora. Sie hatte sich geoutet, zweifelsfrei ihre Identität bewiesen. Aber das rief keine Erleichterung bei ihr hervor. Im Gegenteil, es war ein Gefühl der Panik, das sie nun erfasste. Jetzt war es soweit. Jetzt entschied sich alles. Jetzt musste sie *seine* Reaktion erforschen.

Langsam, zögernd, so als entspräche es gar nicht ihrem Willen, begann sie sich umzudrehen. Ihr war, als stünde ihre eigene Hinrichtung bevor. Gab es noch eine Chance, dem Todesurteil zu entgehen? Sie war fast ohnmächtig vor Angst, als es ihr endlich gelang, ihren Blick zu Tim aufzuheben. Gab es wenigstens den Hauch einer Chance, dass er sie verstand?

Nein!

Sie fand keinerlei Verständnis in Tims Blick. Da war nur blankes Entsetzen und bodenlose Bestürzung. Nichts sonst. Keine Vergebung. Und keine Liebe mehr, nicht einmal ein Hauch davon.

Das war unerträglich!

Anfangs war es nur ein Impuls. Aber mit jeder Sekunde, in der Cora Tims Gesichts nach der früheren Zuneigung durchforschte, wurde er stärker. Schließlich entwickelte sich ein regelrechter Fluchttrieb. Sie musste hier weg! Sie konnte das Entsetzen in seinem Blick nicht länger verkraften, konnte ihren schlimmsten Alpträumen nicht länger ins Auge sehen!

Irgendwann sprang sie auf. Dass sie dabei ihren Stuhl umriss, bemerkte sie nicht einmal. Als der Stuhl polternd zu Boden fiel, hatte Cora bereits die Saaltür erreicht. Sie riss sie auf, stürmte hindurch und rannte den Flur entlang. Sie lief und lief, ließ sich weder durch Türen aufhalten noch durch die verwunderten Blicke der Leute, denen sie begegnete. Auch als sie schon längst das Gerichtsgebäude verlassen hatte, rannte sie noch weiter, irgendwohin, ohne Ziel, nur weg, weg von Tim. Sie kümmerte sich nicht um ihre Seitenstiche, nahm ihre Erschöpfung nicht einmal wahr.

Es war wie damals, als sie aus dem Haus der Berghoffs geflüchtet war. Und es hatte den gleichen Grund! Einen Grund, der sie trieb, solange sie denken konnte. Der wie ein Stachel im Fleisch ihres Lebens steckte.

Tims Ablehnung.

Kapitel 43

Der Morgen dämmerte schon, als Cora mit zitternden Händen die Tür zu ihrer Wohnung aufschloss. Sie blutete am Knie und an der Stirn, hatte Kopfschmerzen und war so durchgefroren wie nie zuvor in ihrem Leben. Die ganze Nacht war sie ziellos durch die Gegend geirrt. Mechanisch hatte sie einen Fuß vor den anderen gesetzt, den Blick starr geradeaus gerichtet, wie ein Zombie, der eigentlich in sein Grab gehörte. Sie hatte nicht geschlafen und weder gegessen noch getrunken. Nicht einmal nachgedacht hatte sie. Weil es nicht möglich gewesen war. Ihr Kopf hatte sich leer angefühlt, leer wie ein ausgehöhlter Kürbis. Keinen klaren Gedanken hatte sie fassen können. Nicht einmal für die Überlegung, dass es doch besser gewesen wäre, die Nacht zu Hause im Bett zu verbringen, hatte es gereicht. Diese Erkenntnis war erst zu ihr vorgedrungen, nachdem sie heftig gestürzt war.

Irgendwie hatte sie wohl eine Stufe übersehen. Sie war gestolpert und so unglücklich auf dem harten Asphalt aufgekommen, dass sie minutenlang auf dem Boden gelegen hatte, bevor es ihr gelungen war, sich wieder aufzurappeln. Und dann war sie nach Hause gehumpelt, blutend an Körper und Seele.

Sie hatte gerade den ersten Fuß in den dunklen Flur gesetzt, als sie auch schon eine wohlbekannte Stimme vernahm. „Ich dachte schon, du würdest nie mehr nach Hause kommen“, schleuderte ihr diese wütend entgegen.

Cora hielt mitten in ihrer Bewegung inne. Das Letzte, was sie jetzt gebrauchen konnte, war eine Auseinandersetzung mit Timo. „Wir reden morgen, ja?“, antwortete sie matt.

„Es *ist* morgen“, zischte Timo. „Fünf Uhr, um genau zu sein.“

„Ich bin müde“, wehrte Cora ab.

„Da bist du nicht die Einzige“, regte sich Timo auf. „Hast du eigentlich eine Ahnung, seit wann ich hier auf dich warte? Die ganze Nacht hab ich kein Auge zugetan. Ich hab mir Sorgen um dich gemacht!“

Cora musste auf einmal ein ganz kleines bisschen grinsen. Das war doch wohl verkehrte Welt! „Das ist eigentlich mein Part“, antwortete sie schwach.

„Hä?“

„*Ich* bin die Mutter“, sagte Cora, „*ich* sollte die Nacht im Wohnzimmer verbringen, mir Sorgen um dich machen und dich mit Vorwürfen überschütten, sobald du die Wohnung betrittst.“

„Recht hast du“, entgegnete Timo bitter. „Das würde allerdings voraussetzen, dass du in der Lage wärst, mütterliche Gefühle zu entwickeln.“

Rums! Das saß! Cora war auf einmal hellwach und fühlte sich, als wäre sie zum zweiten Mal innerhalb kurzer Zeit auf dem Asphalt aufgeschlagen. Sie schluckte an den Tränen, die ihr in die Augen schossen. Jetzt nur nicht schon wieder weinen! Sie hatte so viel geweint, dass sich jetzt alles in ihr dagegen sträubte. „Lass uns morgen in Ruhe darüber reden“, presste sie mühsam hervor.

Aber Timo schrie: „Nein! Ich hab's satt, immer alles auf morgen zu verschieben! Ich hab's satt, dass du mir ständig ausweichst und mich vertröstest! Und weißt du was? Ich hab *dich* satt!"

Das war der K.O.-Schlag! Jetzt war es sinnlos, die Tränen zu bekämpfen. Sie machten sich einfach selbständig, vermischten sich mit dem Blut, das in Coras Gesicht festgetrocknet war. Aber davon sah Timo in der Dunkelheit natürlich nichts. Und das sollte er auch nicht! Nicht jetzt! Und so streckte Cora die Hände aus, um in der Dunkelheit etwaigen Hindernissen begegnen zu können, und tastete sich mit panikartiger Eile den Flur entlang, in Richtung ihres Schlafzimmers.

„Bleib hier, verdammt!", schrie Timo und hastete hinter ihr her.

Das Nächste, was Cora spürte, war eine Hand, die unbarmherzig ihren Arm packte und sie zurückriss. Cora erschrak, stolperte über ihre eigenen Füße und ging zum zweiten Mal innerhalb weniger Stunden zu Boden. Dieses Mal schoss der Schmerz in ihr rechtes Knie, eins der wenigen Körperteile, die bei ihrem ersten Sturz noch unversehrt geblieben waren. Cora stöhnte auf und blieb dann wimmernd auf dem Fußboden liegen. Sie hatte absolut keine Kraft mehr. Und als wenige Sekunden später das Licht anging, riss sie nur schutzsuchend ihre Arme vors Gesicht, winkelte die Beine an und verharrte wie ein Baby im Mutterleib.

„Mensch, Mama!", sagte Timo erschrocken, als sich seine Augen an die plötzliche Helligkeit gewöhnt hatten und er seine Mutter so hilflos vor sich liegen sah. Er stürzte zu ihr, kniete sich neben sie und betrachtete erschrocken ihr jämmerliches Erscheinungsbild. Um das ganze Ausmaß der Bescherung sehen zu können, zog er ihr behutsam die Arme vom Gesicht.

„Oh Gott!", rief er aus, als er ihr blutverschmiertes Gesicht erblickte. „War ich das?"

Cora schüttelte schwach den Kopf. „Nein, nein", krächzte sie.

„Was ist denn passiert?", stieß Timo erschüttert hervor.

„Ich bin ... hingefallen", antwortete seine Mutter.

„Du siehst eher aus, als wärst du von einem Laster überrollt worden", entgegnete Timo, während er weiter auf das viele Blut starrte.

„Ungefähr so fühle ich mich auch."

„Komm, ich helf dir hoch", bot Timo ihr an. In seiner Stimme klang jetzt überhaupt keine Wut mehr, da war nur noch Mitleid, gepaart mit Schuldbewusstsein. Vorsichtig packte er Cora unter den Armen und zog sie in die Höhe. „Soll ich dich in dein Zimmer bringen?"

„Nein, ins Wohnzimmer. Wir müssen reden."

„Das können wir doch morgen machen", wiegelte Timo ab.

Cora musste grinsen. „Jetzt hör aber auf. Wir wollen das Spielchen doch nicht noch mal anders herum spielen, oder?“

Jetzt grinste auch Timo. „Nein, besser nicht. Sonst lande *ich* noch auf dem Fußboden!“

„Meinst du wirklich, ich schaffe das?“, lächelte Cora, während Timo sie ins Wohnzimmer zog und dort auf dem Sessel platzierte.

Timo zuckte mit den Schultern und setzte sich einfach auf den Couchtisch. „Weiß nicht. Wenn du es schaffst, dich ohne mein Wissen mit meinem eigenen Vater zu verloben, trau ich dir auch das zu.“

Cora senkte den Blick. „Es tut mir Leid, Timo. Wirklich.“

„Ist es denn so?“, fragte Timo gespannt. „Ist Tim wirklich mein Vater?“

Cora nickte. „Dein leiblicher Vater.“

„Und alles war so, wie es im Prozess zu Tage getreten ist? Ich meine ... diese eine Nacht ... *nur* diese eine Nacht.“

„Genau so.“

Timo schüttelte ungläubig den Kopf. „Und ich hab nichts gemerkt! Mein eigener Vater! Ich hatte nicht einmal den Hauch eines Verdachts!“

„Den hatte Tim auch nicht.“

Timo sah auf und blickte seiner Mutter direkt in die Augen. „Das war nicht gerade fair von dir, weißt du? Du hast alle belogen! Tim ... mich ... Laura ... und das bei einer so weitreichenden Angelegenheit. Dabei hattest du immer so flotte Sprüche auf Lager. ‚Lügen haben kurze Beine‘ und so.“

„Haben sie ja auch“, sagte Cora. „Hast du doch gesehen.“

„Na, fünfzehn Jahre ist es gut gegangen“, widersprach Timo.

„Ich will mich nicht rausreden, Timo. Du hast Recht, ich hab die Menschen belogen, die mir am wichtigsten sind. Ich hab Tim den Sohn vorenthalten und dir den Vater. Laura hab ich die Freundin weggenommen und mir selbst alles, was mein Leben ausgemacht hat. Trotzdem weiß ich bis heute nicht, was ich anders hätte machen können. Ich war verzweifelt damals. Ich war noch ein Kind. Ich hatte keine Eltern. Dafür war ich schwanger. Der Vater meines Kindes liebte eine andere und ich ... ich wollte sein Mitleid nicht. Ich wollte geliebt werden. Einfach nur geliebt. Ist das zu viel verlangt?“

„Der Erfolg gibt dir Recht. Heute liebt er dich.“

„Erfolg?“ Cora lachte trocken auf. „Nein – Lügen führen nie zum Erfolg. Kurzfristig vielleicht, aber nicht auf längere Sicht. Ich hätte meinen Fehler schon lange wiedergutmachen müssen. Ich hatte meine Chancen. Gott sagt mir schon seit Monaten, dass ich Tim die

Wahrheit sagen soll. Aber ich war ja zu feige. Ich hatte einfach zu viel Angst, Tim zu verlieren. Dabei wird mir immer klarer, dass er mir vielleicht sogar vergeben hätte, wenn ich mich ihm früher anvertraut hätte. Aber jetzt? Jetzt ist zu spät! Ich hab ihn monatelang belogen, ich hab ihn ins Gefängnis gehen lassen! Ich hab sein Vertrauen mit Füßen getreten. Hast du sein Gesicht gesehen, als er begriff, dass meine Aussage der Wahrheit entsprach? Das pure Entsetzen." Die Erinnerung an Tims Gesichtsausdruck jagte kalte Schauer über Coras Rücken.

„Nein", fuhr sie mit zitternder Stimme fort, „das wird er mir niemals verzeihen! Er wird mir nie wieder vertrauen können! Und selbst wenn ..." Cora schluchzte auf, schlug die Hände vors Gesicht und begann bitterlich zu weinen. Gleichzeitig machte sie mehrfach den Versuch, ihren Satz zu beenden, doch konnte sie die Wörter nur einzeln hervorstoßen. „ ... dann ... wird ... er mich ... nie wieder ... so ansehen ... wie vorher. Er wird ... Cordula ... in mir ... sehen."

„Ist das denn so schlimm?", warf Timo vorsichtig ein. „Du *bist* doch Cordula!"

„Ja. Aber ... ich wollte es ... nie sein", antwortete Cora schluchzend.

Timo begriff überhaupt nichts. „Und warum nicht?"

„Weil ... man Cordula ... nicht lieben kann! Sie ist ... ich meine ... *ich* bin ... *war* ... fett und ... und hässlich ..."

„Jetzt bist du hübsch und schlank", warf Timo ein.

„Das sagst du so", schluchzte Cora. „Weil du mich früher nicht gekannt hast. Wenn du das Ausmaß der Katastrophe gesehen hättest, würdest du anders reden. Ich würde dich genauso anwidern wie Tim."

„Das weißt du doch gar nicht!", widersprach Timo.

„Doch! Ich hab das Entsetzen in seinem Blick gesehen! Glaub mir, davon erholt er sich nie." An dieser Stelle wurde Cora von neuen Weinkrämpfen geschüttelt. „Ich hab ihn verloren", jammerte sie verzweifelt. „Ich hab ihn verloren!"

Kapitel 44

Cora atmete noch einmal tief durch, dann betätigte sie todesmutig den Klingelknopf.

Sei bitte zu Hause, flehte sie innerlich. Sie war vier Stunden unterwegs gewesen. Zwei davon war sie hergefahren und zwei lange, verzweifelte Stunden hatte sie Lauras Adresse gesucht, sich verfahren, sich mit Einbahnstraßen herumgeschlagen und mit fehlenden Parkplätzen. Und jetzt, endlich, stand sie vor Lauras Apartment.

„Musstest du unbedingt nach Frankfurt ziehen?“, sagte sie, während sie unruhig von einem Bein aufs andere tippelte.

Aber jetzt hörte sie Schritte. Sie hielt den Atem an. Die Schritte näherten sich der Tür, jemand drehte den Schlüssel im Schloss herum, machte sich an einem zusätzlichen Riegel zu schaffen, dann ging in Zeitlupentempo die Tür auf.

Cora schwitzte. Tausende von Gedanken schossen durch ihren Kopf. Laura wusste nicht, dass sie kommen würde. Ob sie sich freuen würde? Oder ob sie wütend auf sie war? Als sie mit Frau Berghoff telefoniert hatte, hatte sie erfahren, dass Laura sofort nach dem Prozess nach Frankfurt zurückgefahren war. Sie hatte kaum mit ihrer Mutter gesprochen, war regelrecht geflohen. Sie müsse das Ganze erst einmal verdauen, hatte sie gesagt. Und so wusste Cora nicht, was sie erwartete. Hatte sie noch – oder besser gesagt *wieder* – eine Freundin?

Die Tür gab jetzt den Blick auf das Innere der Wohnung frei, dann auch auf die Person, die geöffnet hatte. Coras Gesichtszüge entgleisten. Ein Mann? Verwirrt sah sie von dem großen, schlanken Mann mit Vollbart nach rechts zum Türklingelschild hinüber und dann wieder zurück zu dem Mann. Das hier war eindeutig Lauras Wohnung!

Im Inneren des dunklen Vollbartes hatte sich jetzt ein amüsiertes Grinsen gebildet. „Kann ich irgendetwas für Sie tun?“, fragte der Mann.

Coras Verwirrung wuchs noch beträchtlich. Diese tiefe, volle Stimme! Hatte sie die nicht schon mal gehört? Irgendwann? Vor langer Zeit?

„Michael?“, fragte sie zaghaft und versuchte sich den Vollbart wegzudenken. Möglich wär’s!

Der Mann zog erstaunt die Augenbrauen hoch. „Ja?“

„Michael Möller?“, fragte Cora erneut.

„Ja!“, nickte der Mann. „Wollen Sie zu mir?“

Cora fing auf einmal an zu kichern. Das war ja der Hammer! Michael Möller hier, in Lauras Wohnung! Sie dachte an Tims Geburtstagsfeier zurück. Und an Laura, die sich Michael schon damals an den Hals geworfen hatte. War er nicht sogar der Grund dafür gewesen, dass sie sich in jener Nacht allein auf die Suche nach Tim hatte machen müssen?

Cora konnte sich gar nicht wieder einkriegen. Sie kicherte auch noch, als Laura den Flur betrat. Und obwohl sie das registrierte, lachte sie einfach weiter. Vielleicht war es die Anspannung, die diese Überreaktion hervorrief. Vielleicht war es aber auch ein intuitiver Versuch, der Begegnung die Hemmschwelle zu nehmen.

Laura machte zuerst ein erschrockenes Gesicht, dann ein verwundertes, zuletzt ein fragendes. Aber als Cora auf Michael deutete und in einen neuen Schwall hemmungslosen Gelächters ausbrach, bildete sich auch auf Lauras Gesicht ein Grinsen. Erst war es nur ganz zart, aber dann verbreiterte es sich immer mehr, bis auch sie zu kichern begann. Minutenlang lachten beide gemeinsam.

Michael hingegen machte einen völlig entgeisterten Eindruck und murmelte etwas, das wie: „Sind jetzt alle übergeschnappt?" klang.

Laura beachtete ihn gar nicht. Sie kicherte immer noch, ging jetzt aber auf Cora zu, schlang ihre Arme um sie und drückte sie ganz fest an sich. Es dauerte nur Sekunden, dann schlug Coras Gekicher in Tränen um. Sie klammerte sich an Laura fest und schluchzte und heulte hemmungslos. Es dauerte nicht lange, dann hatte sie auch Laura angesteckt. Und so standen die zwei in der Wohnungstür, fest umschlungen, beide weinend.

Michael ließ sie eine ganze Zeit lang gewähren. Wahrscheinlich konnte er sich allmählich denken, wer da zu Besuch gekommen war. Irgendwann kramte er dann aber zwei Papiertaschentücher aus seiner Hose hervor, hielt sie ihnen hin und sagte vorsichtig: „Das ganze Haus kann euch hören."

Laura und Cora sahen auf, lösten sich aus ihrer Umarmung und griffen dankbar nach den Taschentüchern. Während sie sich ausgiebig schnäuzten, schloss Michael die Wohnungstür und sagte: „Wir haben auch ein Wohnzimmer."

„Wir?", fragte Cora spontan.

Laura zuckte ein wenig verlegen mit den Schultern. „Wir wohnen hier zusammen."

Coras Mund öffnete sich vor Erstaunen. „Das ... davon ... hat deine Mutter aber gar nichts gesagt!"

Laura presste betreten die Lippen aufeinander. „Sie weiß es ja auch nicht."

„Und ... wie lange schon?", wunderte sich Cora.

Laura räusperte sich und sah hilfesuchend in Michaels Richtung.

„Zehn Jahre", antwortete dieser und grinste.

„Zehn Jahre!", wiederholte Cora ungläubig. „Aber ... das ... kann man doch unmöglich geheim halten!"

„Kann man schon", entgegnete Michael. „Frankfurt ist nun mal weit weg."

„Aber ... warum?“, stammelte Cora.

„Das ist eine längere Geschichte“, seufzte Laura, legte einen Arm um Cora und zog sie durch den Flur in Richtung Wohnzimmer. „Und längere Geschichten sollte man besser bei einer Tasse Kaffee besprechen.“ Sie sah zu Michael herüber und fragte: „Kochst du uns einen?“

Dieser nickte nur und verschwand in der Küche.

Als er zehn Minuten später mit Kaffee und Keksen das helle und sehr stilvoll eingerichtete Wohnzimmer betrat, saßen Laura und Cora dicht nebeneinander auf der grünen Ledergarnitur und amüsierten sich darüber, dass Laura ihre Freundin die ganze Zeit über nicht erkannt hatte.

„Ich hab dich auch nicht wiedererkannt“, sagte Michael, während er den Kaffee und die Kekse auf dem Couchtisch abstellte.

„Ich dich aber“, grinste Cora. „Und das, obwohl du genauso entstellt bist wie ich.“

Michael strich sich lächelnd über den Bart, ging zu der Schrankwand aus hellem Ahornholz hinüber und holte Geschirr daraus hervor. „Woran eigentlich?“

„An deiner Stimme“, antwortete Cora.

„Und wieso hab ich *dich* nicht an der Stimme erkannt?“, wollte Laura wissen.

Cora zuckte mit den Schultern. „Seit ein paar Jahren kämpfe ich mit einer Hausstauballergie. Seitdem klingt meine Stimme ständig so, als wäre ich erkältet.“ Sie begann zu grinsen. „Außerdem hattest du mich schon zwei Sekunden nach unserer ersten Begegnung in die Schublade ‚gefährlicher Vamp‘ gesteckt. Da ist kein Platz mehr für freundschaftliche Gefühle.“

Michael fiel beinahe das Geschirr aus der Hand. „Ja“, lachte er, „ungefähr so hat sie sich ausgedrückt!“

„Und dabei bist *du* der Vamp“, sagte Cora zu Laura. „Hast einen Freund und verheimlichst es allen!“

„Das ist eher meine Schuld“, sagte Michael betreten. „Nach Tims Verhaftung ... na ja ... hab ich mich nicht gerade wie ein Freund verhalten. Ich war einfach ... so schockiert. Ich hab ... ihn wohl im Stich gelassen, schätze ich.“

„Tim hätte mich umgebracht, wenn er erfahren hätte, dass ich mit Michi zusammen bin“, ergänzte Laura. „Und Mama wäre auch nicht einverstanden gewesen.“

„Und da habt ihr *heimlich* geheiratet?“, fragte Cora.

„Wer sagt denn, dass wir verheiratet sind?“, rutschte es Michael heraus.

Cora sah erstaunt zu Laura hinüber. „Seid ihr gar nicht?"

„Es hat sich einfach nicht ergeben. Eine Hochzeit so ganz ohne die Familie – nein! Ich hätte ja noch nicht einmal meine beste Freundin dazu einladen können!" Sie sah Cora vielsagend an. Dann fügte sie aus tiefstem Herzen hinzu: „Ach Cordula, ich bin wirklich froh, dass ich dich wiederhab."

Die Nennung dieses Namens brachte Coras Nackenhaare zum Stehen. „Nenn mich Cora", bat sie eindringlich, „nenn mich bitte Cora."

Laura sah erstaunt zu ihr herüber. „Aber warum denn?"

Cora zuckte mit den Schultern. „Ich weiß nicht. Cordula klingt so ...", sie zuckte hilflos mit den Schultern. „... so hässlich", vollendete sie den Satz.

„Du bist aber nicht mehr hässlich", sagte Laura liebevoll.

„Mit der Betonung auf ‚nicht *mehr*'", seufzte Cora.

„Ist doch egal, was früher war", fand Laura. „Die Gegenwart zählt."

„Wenn das so einfach wäre ..."

„Und was ist daran schwierig?", erkundigte sich Michael, der gerade dabei war, Kaffee in die Tassen zu gießen.

Cora kämpfte mit erneut aufsteigenden Tränen. „Schwierig ist", begann sie mit belegter Stimme, „dass Tim es jetzt weiß. Er wird Cordula in mir sehen."

„Er mochte Cordula", gab Laura zu bedenken.

„Sie war fett und hässlich", sagte Cora geistesabwesend und zitierte dabei die Worte, die Tim einmal selbst gebraucht hatte. „Ich hätte sie nicht einmal angerührt, wenn sie die letzte Frau auf Erden gewesen wäre." Und dann kullerten schon wieder Tränen an ihren Wangen hinunter.

„Hat er das gesagt?", brauste Laura auf. „Den mache ich kalt, wenn ich ihn das nächste Mal im Gefängnis besuche!"

Erstaunt sah Cora zu ihr auf. „Du ... du hast ihn besucht?" Ihre Tränen versiegten. „Wann war denn das? Ich meine ... war es, *nachdem* er die Wahrheit erfahren hatte? Und .. und hat er was gesagt ... über mich und so?"

Man sah Laura deutlich an, dass sie die Hoffnungen ihrer Freundin nur ungern zerschlug. „Ich *wollte* ihn besuchen. Aber er hat niemanden sehen wollen."

Cora sackte wieder in sich zusammen. „Was glaubst du?", fragte sie so leise, dass Laura sie kaum verstehen konnte. „Wird er mich hassen?"

Laura zuckte mit den Schultern. „Ich hab keine Ahnung", sagte sie traurig. „Ich kenne ihn schon lange nicht mehr." Sie presste gequält die Lippen aufeinander. „Ich habe ihm sehr lange sehr viel Unrecht getan. Ich hab ihm nicht geglaubt. Ich hab ihn sogar des Mordes verdächtigt! Ich hab ihn bevormundet. *Mich* wird er ewig hassen."

„Mich auch", seufzte Michael.

Jetzt musste Cora direkt ein wenig grinsen. „Wir sind ja ein toller Haufen", sagte sie in einem Anfall schwarzen Humors. „Drei an der Zahl und einer schuldbewusster als der andere. Herzlichen Glückwunsch, wir passen gut zusammen."

Kapitel 45

Cora parkte ihren Wagen an dem Platz, der fast schon zum Stammplatz für sie geworden war. Sie konnte das schon im Schlaf, musste nicht mal in den Rückspiegel sehen. Und so konnte sie dabei weiter über den Nachmittag nachdenken, der hinter ihr lag. Es war ein denkwürdiger Nachmittag gewesen, ein aufwühlender Nachmittag.

Sie hatte ihn bei Ilse und Hermann Schubert verbracht. Ja, sie hatte den Mut aufgebracht, sie anzurufen und dann auch tatsächlich zu besuchen! Es hatte sie unglaublich viel Überwindung gekostet. Aber sie hatte endlich erkannt, dass es wichtig für sie war, sich ihrer Vergangenheit zu stellen und sie irgendwie aufzuarbeiten.

Ihre ehemaligen Pflegeeltern wohnten noch immer in der gleichen Wohnung wie früher. Und weder sie noch die Umgebung hatten sich wesentlich verändert. Das hatte den Besuch natürlich noch effektiver gemacht. Cora hatte ihr altes Zimmer sehen können, in dem sogar noch die Möbel von damals standen. Sie hatte auf ihrem alten Schreibtischstuhl gesessen und auf ihrem Bett gelegen. Und sie hatte sich vor den Schrank gekniet und sich noch einmal daran erinnert, wie oft sie sich damals auf ihre geheimen Schokoladenvorräte gestürzt hatte.

Auch das Zwischenmenschliche war nicht zu kurz gekommen. Cora war überaus höflich und freundlich empfangen worden. Sie hatte vom ersten Moment an gespürt, dass ihre ehemaligen Pflegeeltern ein furchtbar schlechtes Gewissen mit sich herumtrugen. Zerknirscht, fast schon unterwürfig waren sie ihr begegnet. Wahrscheinlich war es Angst vor rechtlichen Konsequenzen, die dieses Verhalten hervorgerufen hatte. Schließlich war aus ihrer harmlosen Pflegetochter eine erfolgreiche Anwältin geworden. Wer konnte schon sagen, ob sie im Nachhinein nicht noch Anzeige wegen Verletzung der Fürsorge-

und Erziehungspflicht oder Misshandlung Schutzbefohlener erstatten wollte?

Solche Befürchtungen waren natürlich haltlos. Cora hatte nie vorgehabt, Rache zu üben. Sie wollte nur eines: Ruhe finden, mit der Vergangenheit abschließen. Und um das zu tun, war das schuldbewusste Verhalten ihrer Pflegeeltern die ideale Grundlage. Es hatte Cora ermöglicht, genau das zu tun, was in dieser Situation am nötigsten war: ihren Pflegeeltern zu vergeben. Ganz bewusst.

Cora hatte kein Blatt vor den Mund genommen. Sie hatte alles ausgesprochen, schonungslos. Sie hatte ihre Pflegeeltern an alles erinnert, was sie ihr angetan hatten. An die Schläge, die Erniedrigungen, die Lieblosigkeit. Sie hatte ihnen ihre eigene Angst, Hilflosigkeit und Verzweiflung geschildert. Ihre ohnmächtige Wut.

Und dann hatte sie ihnen vergeben. Sie hatte es ausgesprochen, ihren Pflegeeltern zugesprochen. Und sie hatte es ausgestrahlt.

Das Ergebnis war verblüffend gewesen. Eine Atmospähre des Friedens war entstanden. Nicht nur bei Cora, sondern auch bei ihren Pflegeeltern. Da war natürlich die Erleichterung darüber, dass von Cora keine Gefahr mehr ausging. Aber da war auch noch mehr. Großes Erstaunen zum Beispiel. Ilse und Hermann hatten aufgehorcht. Sie hatten sich auf einmal für die Gründe von Coras Verhalten interessiert. Schließlich war sogar ein Gespräch über den Glauben daraus entstanden. Und auch wenn sich ihre Pflegeeltern Gott noch nicht zugewandt hatten, war Cora doch sicher, dass sie ihnen Stoff zum Nachdenken hinterlassen hatte.

Mit einem tiefen Seufzer stieg sie aus dem Wagen. Das war wirklich ein befreiender Nachmittag gewesen! Sie konnte die Vergangenheit jetzt wieder zulassen. Ein großer Teil der Bitterkeit in ihrem Herzen war verschwunden.

Cora warf die Fahrertür zu und schloss den Wagen ab. Dabei fiel ihr Blick auf die Scheibe mit ihrem Spiegelbild. Die Frau, die sie sah, war schlank und gar nicht mal unattraktiv. Ob sie auch mit der Vergangenheit klarkommen würde, wenn sie noch genauso aussähe wie damals? Vor ihrem geistigen Auge versuchte sie das Spiegelbild durch ihr früheres Aussehen zu ersetzen. Ihre Fantasie machte mit. Das Gesicht begann sich aufzublähen. Es wurde dicker ... dicker ... dicker.

Aber mit jedem Millimeter wuchs auch Coras Unbehagen. Einige Sekunden gelang es ihr, die innere Spannung zu bekämpfen. Aber dann – noch lange bevor ihr Gesicht die frühere Ausdehnung erreicht hatte – hielt sie es nicht mehr aus. Mit einem Stöhnen drehte sie sich vom Wagen weg und schloss die Augen. Nein, das konnte und wollte sie einfach nicht sehen! Mit schnellen Schritten eilte sie auf ihre Wohnung zu. Es war, als wollte sie die Geister, die sie selbst gerufen hatte, so schnell wie möglich wieder vertreiben.

Als ihr das plötzlich klar wurde, blieb sie abrupt stehen. Sie ärgerte sich auf einmal über sich selbst! Was war nur los mit ihr? Warum konnte sie Cordula nicht annehmen? Warum war das so schwer für sie? Sie wusste doch ganz genau, dass Gott jeden Menschen liebte, *jeden*. Die Klugen und die Dummen, die Hübschen und die Hässlichen. Auch die Dicken! Sie hatte nicht den geringsten Zweifel daran, dass Gott sie schon damals geliebt und gewollt hatte. Gott hatte Cordula geliebt. Sehr sogar. Warum konnte sie das nicht auch?

Gedankenverloren schloss sie die Wohnungstür auf, betrat den Flur und zog sich die Jacke aus. Dann ging sie auf die Garderobe zu, doch auf halbem Wege blieb sie irritiert stehen. An dem Haken, den sie sonst immer benutzte, hing bereits eine Jacke! Timos war es nicht. Und dennoch kam sie ihr seltsam bekannt vor.

„Tim?", sagte sie ungläubig und spürte, wie ihr Herz ein paar Schläge aussetzte. Aber dann schüttelte sie den Kopf. Das konnte nicht sein! Ihres Wissens war Tim noch gar nicht auf freien Fuß gesetzt worden. Und selbst wenn, dann würde er doch bestimmt nicht mehr freiwillig zu ihr kommen! Nicht mal als Klient, schließlich hatte sie ihr Mandat nach jenem Tag im Gericht einfach niedergelegt und sich vollkommen aus dem Prozess zurückgezogen.

Andererseits ... ein plötzlicher Hoffnungsschwall überfiel sie, ließ sie zur Garderobe stürzen und die Jacke untersuchen. Es gab keinen Zweifel. Das war Tims Jacke! Da war der Knopf, der nicht ganz exakt zu den anderen passte, weil sie ihn selbst besorgt und angenäht hatte! Sie fuhr herum und starrte auf die verschlossene Wohnzimmertür. Ob er dort auf sie wartete?

Nach kurzem Zögern gab es kein Halten mehr. Sie flog regelrecht in Richtung Wohnzimmer, riss die Tür auf und stürmte hinein. Aber da war niemand!

„Tim?", rief sie. Keine Antwort. Und wieder: „Tim?" Doch auch dieses Mal erhielt sie keine Antwort.

„Timo?", probierte sie. Keine Reaktion. Aber irgendwie musste die Jacke doch ins Haus gekommen sein! Heute Morgen hatte sie auf jeden Fall noch nicht dort gehangen.

Sie verließ das Wohnzimmer und ging in die Küche. Auch dort war niemand. Also sah sie im Badezimmer nach, dann in ihrem eigenen Schlafzimmer, anschließend in Timos Zimmer. Nichts. Keine Menschenseele in der Wohnung! Sie hatte so gehofft ... Mit gesenktem Kopf schlich sie zurück in den Flur und untersuchte noch einmal die Jacke. Es blieb dabei, das hier war definitiv Tims Jacke. Ob er wirklich entlassen worden war? Und vielleicht im Laufe des Tages vorbeigeschaut hatte? Bei Timo womöglich? Wahrscheinlich hatte er absichtlich eine Zeit gewählt, in der er sie außer Haus vermutete. Wahrscheinlich hatte er ihr keinesfalls begegnen –

Rums! Es war ein lautes Rumpeln, das Cora jäh aus ihren Gedanken riss. Sie fuhr herum und starrte in Richtung ihres Schlafzimmers. Das Geräusch war eindeutig von dort gekommen. Aber sie hatte doch gerade erst alle Zimmer durchsucht! Ihr Schlafzimmer eingeschlossen!

Coras Herz pochte schneller. Ob Timo ihr vielleicht einen Streich spielen wollte? Oder ob Einbrecher ... ? Der Gedanke trieb eine Gänsehaut auf Coras Rücken. Sie trat unwillkürlich einen Schritt rückwärts und warf dabei den Schirmständer um, der neben der Garderobe auf dem Fußboden stand. Mit einem lauten Knall fiel er zu Boden. Cora erschrak zuerst fürchterlich, hatte dann aber eine Idee. Ohne den Blick von der Schlafzimmertür zu nehmen, hob sie einen der Regenschirme auf, packte ihn mit beiden Händen und hielt ihn wie eine Waffe vor sich. Ihre Nerven waren jetzt wirklich zum Zerreißen gespannt. Jeden Moment wartete sie darauf, dass eine schwarz gekleidete Gestalt die Schlafzimmertür aufreißen und auf sie zustürmen würde.

Aber nichts dergleichen geschah. Es blieb vollkommen still. Nur das Ticken der Uhr im Wohnzimmer war jetzt noch zu hören. *Tick –Tack – Tick*. Nie waren ihr drei Sekunden so lang vorgekommen. *Tack – Tick – Tack*. Die Sekunden verrannen, ohne dass Cora sich bewegte. Sie lauschte nur intensiv in die Stille ihrer Wohnung hinein und verharrte dabei in leicht gebückter Haltung.

Und noch immer geschah rein gar nichts. Kein Laut, keine Bewegung. Allmählich beruhigte sich Cora. Vielleicht litt sie ja unter Verfolgungswahn? Vielleicht hatte ein plötzlicher Windzug irgendetwas umgeworfen. Vielleicht hatte sich auch eine Maus in ihre Wohnung verirrt. Dieser Gedanke trug zwar nicht gerade zu Coras Beruhigung bei; trotzdem fasste sie sich ein Herz und schlich langsam auf die Schlafzimmertür zu. Als sie sie erreicht hatte, hob sie in Zeitlupentempo die Hand, griff vorsichtig nach der Türklinke und öffnete dann ruckartig die Tür.

Sie sah sofort, was das Geräusch verursacht hatte. Das Alpenveilchen, das in einem Übertopf auf ihrer Fensterbank gestanden hatte, war heruntergefallen und lag jetzt vor dem Heizkörper auf dem Teppichboden. Ein Teil der Erde war herausgefallen, ansonsten war noch alles heil. Cora sah sich argwöhnisch nach allen Seiten um, entdeckte aber ansonsten nichts Ungewöhnliches.

Komisch, dachte sie. *Ein Windzug kann doch kein Alpenveilchen von der Fensterbank wehen. Und... das Fenster ist ja gar nicht offen!*

Coras Herz klopfte wieder etwas schneller. Ihr Blick wanderte noch einmal im Zimmer umher und blieb dann an der Tür hängen, die von dort aus ins Wohnzimmer führte. Falls tatsächlich jemand in ihrem Schlafzimmer gewesen war, musste er durch diese Tür entwischt sein. Sie durchquerte den Raum und öffnete dann mit einem Ruck auch diese Tür.

Nichts! Auch im Wohnzimmer war niemand. Sie inspizierte den ganzen Raum – da waren weder Spuren eines Einbruchs noch Hinweise auf Eindringlinge. Obwohl ... erst jetzt fiel Cora auf, dass die Tür zum Flur offen stand. Komisch eigentlich. Die hielt sie doch sonst immer verschlossen. Und sie war doch auch erst vor wenigen Minuten ...

Der Schreck fuhr wie der Blitz bis in Coras Zehenspitzen! Sie war gerade erst im Wohnzimmer gewesen. Und sie hatte definitiv die Tür hinter sich zugemacht!

Sie unterdrückte einen Aufschrei, wirbelte herum und rannte in ihr Schlafzimmer zurück, durchquerte es mit nur drei großen Schritten und war in null Komma nichts wieder auf dem Flur angelangt. Sie musste raus hier, nichts wie raus!

Ohne noch nach rechts oder links zu sehen, stürmte sie auf die Wohnungstür zu, warf sich auf die Türklinke und wollte die Tür aufreißen. Sie wurde jedoch dadurch gestoppt, dass sich die Tür keinen Millimeter bewegen ließ. Erstaunt zog und zerrte Cora an der Tür. Aber es tat sich nichts. Hatte sie denn ...? Coras Blick fiel auf das Schloss. Wenn die Tür zu war, musste doch noch der Schlüssel stecken! Aber da war nichts!

Cora stöhnte auf, sprang auf die Garderobe zu und wühlte panisch in ihren Jackentaschen herum. Das war der einzige Ort, an dem der Wohnungsschlüssel noch sein konnte! Rechte Tasche – nichts! Linke Tasche – nichts! Innentasche –

Cora kam nicht mehr dazu, auch dort zu suchen. Sie spürte einen heftigen Schlag gegen ihren Kopf, dann wurde alles schwarz.

❧

Das Erste, was Cora wieder fühlte, war ihr Kopf. Sie hatte schon öfters Kopfschmerzen gehabt. Aber die waren nichts gegen das hier. Ihr gesamter Kopf pochte, als würde er in kurzen Abständen mit einem Vorschlaghammer bearbeitet. In ihren Ohren dröhnte es. Obwohl ihre Augen noch geschlossen waren, verspürte sie ein starkes Schwindelgefühl. Alles um sie herum schien sich zu drehen. Ob sie in einer Achterbahn gelandet war?

Sie versuchte sich zu bewegen, aber das funktionierte nicht. Ob sie überhaupt noch Arme und Beine hatte? Auf jeden Fall merkte sie nichts davon. Sie spürte nur ihren Kopf und sonst gar nichts. Ein Gefühl der Panik gesellte sich zu den Kopfschmerzen. Was war passiert und wo war sie? Was war mit ihrem Kopf geschehen?

Die Angst weckte neue Kräfte in ihr. Sie konzentrierte sich auf ihre Augen und versuchte sie zu öffnen. Anfangs zitterten nur ihre verklebten Lider, doch schließlich gelang es ihr tatsächlich, die Augen einen Spaltbreit zu öffnen. Helles Tageslicht war das Erste, was sie wahrnahm. Ansonsten waren da nur verschwommene Umrisse, Schemen ... eines Raumes?

Sie schloss die Augen wieder, öffnete sie erneut, blinzelte verbissen gegen den Film auf ihren Augen an, kämpfte tapfer gegen das Schwindelgefühl. Allmählich wurde es besser. Die Umrisse wurden deutlicher und kamen immer mehr zur Ruhe. Sie konnte jetzt Wände erkennen. Also befand sie sich tatsächlich in einem geschlossenen Raum. Aber um was handelte es sich nur bei diesem schwarzen Monstrum in der Mitte dieses Raumes?

Sie kniff noch einmal die Augen zusammen und riss sie dann so weit auf, wie es ihr möglich war. Das Monstrum hatte Beine ... drei ... zwei vorne und eines weiter hinten ... Und dann wusste sie es! Ein Flügel! Das hier war ein Flügel! Ihre Augen wanderten umher. Das da musste das Sideboard sein. Ja, es war eindeutig! Sie war in Tims Wohnzimmer!

Aber wie um alles in der Welt ...?

Die Erinnerung fiel aus dem Hinterhalt über sie her. Die Jacke! Die geöffnete Wohnzimmertür, der Schlag gegen ihren Kopf! Alles war auf einmal wieder da. Und jetzt war sie in Tims Wohnzimmer! Was hatte das zu bedeuten?

Sie versuchte wieder sich zu bewegen, aber es gelang ihr nicht. Immerhin spürte sie jetzt ein wenig ihre Gliedmaßen. Sie begriff, dass sie sich auf dem Fußboden befand. Sie lag auf der linken Seite, ihre Hände waren hinter ihrem Rücken verschränkt. Wieder versuchte sie sich zu bewegen. Was hielt sie nur fest?

Als sie es erkannte, entwich ein klägliches Stöhnen ihrem Mund. Sie war gefesselt! Es war kaum zu glauben, aber sie war an Händen und

Füßen gefesselt! Sie spürte jetzt eindeutig die Stricke auf ihrer Haut! Darum konnte sie sich nicht bewegen!

Aber warum? War es möglich, dass Tim ... aus Rache ... ? Nein! Niemals! So würde er sich niemals verhalten. Und wenn doch? Wenn er sie jetzt tatsächlich *so sehr* hasste?

„Tim?!“, rief sie voller Entsetzen. Es war ein heiserer Aufschrei, der längst nicht die Lautstärke entwickelte, die sie beabsichtigt hatte. Aber er rief tatsächlich eine Reaktion hervor! Auf dem Flur vernahm sie Schritte, dann wurde die Tür geöffnet, die sich hinter ihrem Rücken befand. Anschließend wurde es wieder still. „Tim?“, sagte sie noch einmal fragend.

Jetzt wurde die Tür wieder geschlossen und die Schritte näherten sich ihr. Direkt hinter ihrem Rücken hörten sie auf. War das Tim? Stand Tim hinter ihr?

Cora musste es wissen! Sie wandte all ihre Kräfte auf, um ihren immer noch entsetzlich pochenden Kopf nach hinten zu wenden, aber sie kam nicht weit genug, um die Person sehen zu können. Der zusätzliche Schmerz, der dadurch verursacht wurde, blies ihr beinahe erneut das Licht des Bewusstseins aus. Mit einem Stöhnen fiel ihr Kopf auf den Boden zurück.

„Ach, du Ärmste“, sagte eine Stimme, die tiefstes Mitleid heuchelte. „Tut dir was weh?“

„Verena!“, hauchte Cora und wurde in einer einzigen Sekunde von den verschiedensten Gefühlen überflutet. So seltsam es war, aber sie verspürte als Allererstes Erleichterung! Es war nicht Tim, der sie hierher verschleppt hatte! So sehr hasste er sie also doch nicht! Stattdessen Verena ... sie war verblüfft. Mit Verena hatte sie nun wirklich nicht gerechnet. Was ihr auf einmal ziemlich seltsam vorkam. Ja wirklich, sie hätte eigentlich sofort auf Verena kommen müssen, schließlich war sie die gefährlichste Person, die sie kannte, und noch dazu ihre erklärte Feindin! Dieser Gedanke ließ Angst in ihr aufkommen. Sie war Verena ausgeliefert! Einer skrupellosen Mörderin. Hatte jetzt ihr letztes Stündlein geschlagen?

„Ist schon irre, dein Traummann, nicht wahr?“, kicherte Verena.

„Hä?“ Cora verstand überhaupt nichts.

„Erst ermordet er die Eltern seiner Freundin“, fuhr Verena fort, „und dann versucht er, das Mädchen zu töten, das er geschwängert hat. Leider misslingt der Mordanschlag und das Mädchen kann entkommen. Jahre später taucht es wieder auf und schleicht sich in sein Vertrauen ein.“ Während Verena sprach, ging sie um Cora herum und stand schließlich direkt vor ihr. Sie war heute längst nicht so mondän gekleidet wie sonst. Stattdessen trug sie eine unauffällige graue Hose und einen engen, ebenfalls grauen Rollkragenpullover. Was Cora allerdings wirklich Sorgen machte, war ihre Frisur. Sie hatte ihre langen Haare zu einem strengen Dutt geformt, über dem sie auch noch ein Haarnetz trug! Cora hatte Verena noch nie so gesehen. Sie sah aus wie jemand, der körperliche Arbeit vor sich hatte ... und dabei keine Spuren hinterlassen wollte, nicht einmal ein einziges Haar.

„Als die wahre Identität des Mädchens herauskommt, ist seine Wut grenzenlos. Er gibt vor, mit ihr reden zu wollen, und besucht sie in ihrer Wohnung, wo er später seine Jacke vergisst."

Verenas Worte lösten regelrechte Panik in Cora aus. Sie begriff jetzt, dass Verenas etwas vorhatte, das bis ins Detail geplant war! „Dort kommt es zum Streit, er schlägt das Mädchen nieder, fesselt es, verschleppt es in sein Haus und –" Verena machte eine kleine Kunstpause, in der sie Cora bedeutungsvoll anlächelte. Dann kramte sie in ihrer Hosentasche herum, zog schließlich hauchdünne Folienhandschuhe daraus hervor und streifte sie genussvoll über. Anschließend ging sie zu Tims Anrichte.

Cora verfolgte jede ihrer Bewegungen. Mittlerweile schwitzte sie wie nach einem Marathon. Ihre Gedanken jagten durcheinander. Vielleicht wollte Verena ihr nur Angst machen! Andererseits ... wenn man an Verenas Eltern dachte oder an Benjamin Todenhagen ... dann war das nicht gerade wahrscheinlich. Nein. Ein Zittern ging durch Coras Körper. Tapfer unterdrückte sie ein Stöhnen und presste stattdessen ihre Zähne aufeinander. War das die Stunde ihres Todes?

Hilf mir, Herr, betete sie. *Du kannst sie doch nicht ständig damit durchkommen lassen!*

„– erschlägt sie mit seinem Briefbeschwerer", vollendete Verena ihren Satz.

Coras Augen weiteten sich. Voller Angst starrte sie auf den schwarzen Briefbeschwerer aus Marmor, den Verena von der Anrichte genommen hatte. Das war ein altes, schweres Ding, von dem Cora schon früher gedacht hatte, dass es ein ideales Mordwerkzeug darstellen würde.

„Tim kannst du das nicht anhängen", sagte Cora mit zitternder Stimme. „Er ist noch im Gefängnis."

Verena quittierte diese Bemerkung mit einem Grinsen. „Er wurde gestern Abend entlassen", sagte sie triumphierend. „nachdem sich zweifelsfrei herausgestellt hatte, dass deine Fingerabdrücke mit denen von Cordula identisch sind."

Hinter Coras Stirn rotierte es. Wenn Tim entlassen worden war, dann würde er doch über kurz oder lang nach Hause kommen! „Und wo ist er jetzt?“, fragte sie vorsichtig.

Verena begriff sofort, warum Cora diese Frage stellte. „Mach dir keine Hoffnungen, meine Süße. Er wird nicht kommen, um dich zu retten.“

Von einer Sekunde auf die andere überkam Cora eine Befürchtung, die ihr bisher noch gar nicht in den Sinn gekommen war. Und die war so entsetzlich und unerträglich, dass sie alle Sorgen um ihr eigenes Leben in die Bedeutungslosigkeit verbannte. „Was hast du mit ihm gemacht?“, brach es aus ihr hervor, während sie sich aufbäumte und wie verrückt an ihren Fesseln zerrte.

„Ach, wie niedlich“, amüsierte sich Verena. „Aschenputtel sorgt sich um ihren Prinzen.“

„Sag mir, was du mit ihm gemacht hast“, schrie Cora. Sie war völlig außer sich. Vor ihrem inneren Auge sah sie Tim leblos in einer Blutlache liegen. „Du ... du ... widerliches Monster!“

Angesichts der Beleidigung wurde Verena auf einmal ernst. „Sei unbesorgt“, sagte sie kalt. „Ich würde Tim niemals das Licht ausblasen. Für ihn hab ich etwas viel Besseres vorgesehen. Zwanzig weitere Jahre Gefängnis. Für den Mord an dir.“ Verena warf den Briefbeschwerer hoch und fing ihn gekonnt wieder auf. „Was hältst du davon?“

„Damit wirst du niemals durchkommen!“, zischte Cora.

„Klar werd ich das“, widersprach Verena. „Denk dran, ich hab's schon einmal geschafft. Damals, bei meinen Adoptiveltern. Ich hab alles bis ins Detail vorbereitet. Dann hab ich mir ein Alibi besorgt, Benni die Drecksarbeit machen lassen und Timmy das Ganze in die Schuhe geschoben. Es war so einfach! Und das hatte ich Timmy zu verdanken. Er ist so dämlich, man kann alles mit ihm machen. Du hättest sehen sollen, wie bereitwillig er ins offene Messer gelaufen ist. Wirklich, er hat förmlich danach geschrieen, zum Sündenbock gemacht zu werden!“

„Er hat dich geliebt“, ächzte Cora, „mit Haut und Haaren. Hast du eine Ahnung, wie sehr ich dich beneidet habe? Ich hätte alles dafür gegeben, um an deiner Stelle zu sein. Für ein Prozent dieser Zuneigung hätte ich mein Leben geopfert!“

„Du darfst es ja heute opfern“, tröstete Verena sie und warf den Briefbeschwerer von der einen Hand in die andere.

„Ich habe nichts dagegen“, antwortete Cora leise.

„Hm?“, machte Verena erstaunt.

„Ich hänge nicht an meinem Leben“, entgegnete Cora. „Besonders jetzt nicht mehr, wo ich Tim verloren habe. Er hasst mich sowieso, was soll ich dann noch hier? Ich ..." , sie zögerte einen Moment. Es fiel ihr nicht leicht, sich vor Verena zu demütigen. Aber es ging um Tim und es war das Einzige, was sie jetzt noch tun konnte. „ ... ich bitte dich nur um eins ..."

„Ja?", fragte Verena erstaunt und neugierig zugleich.

„ ... dass du Tim in Frieden lässt ... bitte."

„Das ist ein Witz, oder?", lachte Verena. „Kennst du mich wirklich so schlecht?"

„Ich werde alles tun, was du verlangst", bettelte Cora. „Ich bring mich selber um, wenn dir das was bringt. Ich springe von jeder beliebigen Brücke ... wenn du nur Tim aus dem Spiel lässt. Tu es um der alten Zeiten willen. Bitte! Einen weiteren Gefängnisaufenthalt wird er nicht verkraften!"

„Das ist es ja gerade, was die Sache so interessant macht", freute sich Verena.

„Verena!", jammerte Cora verzweifelt. „So böse kannst du doch gar nicht sein!"

„Ich habe meine eigenen Eltern um die Ecke gebracht", lächelte Verena. „Reicht das, um dir zu beweisen, wie böse ich bin?"

„Bist du auch noch stolz darauf?", fragte Cora fassungslos.

„Es war der perfekte Mord", entgegnete Verena kalt. „Darauf kann man doch stolz sein, findest du nicht? Jeder muss im Leben das tun, was er gut kann. Du hattest gute Schulnoten, also hast du studiert. Ich dagegen war in der Schule eine totale Niete. Dafür entwickle ich eine ungeheure Kreativität, wenn es darum geht, jemanden aus dem Weg zu räumen. Und das ist ziemlich lukrativ. Das plötzliche Ableben meiner Eltern hat mich um 16 Millionen reicher gemacht. 16 Millionen, überleg doch mal. Das verdienst du als Juristin nicht mal bis zu deinem Lebensende!"

„Was sind schon 16 Millionen", widersprach Cora schwach, „wenn man seine Eltern dafür hergeben muss!"

„*Adoptiv*eltern", korrigierte Verena sie kalt. „Gerade du müsstest diesen Unterschied doch kennen. Adoptiveltern sind keine richtigen Eltern. Genauso wenig wie Pflegeeltern. Und meine, die hatten es nun wirklich nicht anders verdient. Sie haben mich nicht adoptiert, sie haben mich *gehalten*. So wie man einen Hund hält! Sie haben mir keinen eigenen Willen zugestanden. Ich musste immer nur tun, was sie wollten. Wenn ich querschlug, zack, haben sie mir den Geldhahn zugedreht. Und mich an meine Herkunft erinnert. ‚Sei froh, dass wir dich aus der Gosse gezogen haben', das war ihr Standardspruch. Aber wem erzähle ich das? Du müsstest das doch bestens nachvollziehen können. Wir sind uns ähnlich, du und ich. Wir haben ähnliche Erfahrungen gemacht."

„Haben wir das?", brauste Cora auf. „Haben wir das tatsächlich? Dann erzähl doch mal! Wie war das, als dich deine Adoptiveltern geschlagen haben? Als sie dich beschimpft haben? Wie hast du dich gefühlt, als du ihr Klo putzen und ihre Fußböden schrubben musstest? Haben sie dich auch nachts geweckt, um ihre betrunkenen Launen an dir auszulassen? Haben sie dir das letzte bisschen Selbstachtung genommen, dich in Lumpen zur Schule geschickt und dir sogar verboten, an der Geburtstagsfeier deiner einzigen Freundin teilzunehmen? Hm?"

Verena schwieg.

„Dann erzähl mir nicht, dass wir ähnliche Erfahrungen gemacht haben!", schrie Cora.

Verena schwieg immer noch. Sie schien ernsthaft über Coras Worte nachzudenken. „Warum hast du sie leben lassen?", fragte sie schließlich ernst.

Cora unterdrückte ein Stöhnen. Diese Frau war wirklich irre! Sie war –

Das Klingeln des Telefons riss Cora aus ihren Gedanken. Es klingelte allerdings nur einmal, dann war es wieder still. Verena sah auf ihre Uhr und schien den Sekundenzeiger zu verfolgen. Nach ziemlich genau einer Minute klingelte es erneut – jetzt zwei Mal.

Verena lächelte zufrieden. „Es macht ja wirklich Spaß, mit dir zu plaudern. Aber allmählich muss ich mich doch ein wenig sputen. Meinem zukünftigen Ex-Freund zufolge hat sich unser Timmy-Boy gerade auf den Rückweg gemacht. Es wird also Zeit für den Showdown."

„Rückweg?", fragte Cora heiser.

„Ja, hab ich das nicht erwähnt? Er hat im Cafe Oase gesessen und auf dich gewartet. Ich hatte ihm einen netten kleinen Zettel geschrieben. ‚Müssen dringend reden. Triff mich um elf in der Oase. Cora.' Da hat er sich natürlich sofort auf den Weg gemacht. Das war vor anderthalb Stunden! Überleg mal, er braucht anderthalb Stunden, um zu begreifen, dass du nicht kommst. Der Typ hat wirklich eine lange Leitung! Aber egal, jetzt kommt er ja endlich. In einer Viertelstunde betritt er das Haus und findet deine Leiche. Wenige Minuten später stürmt die Polizei sein Haus ... und nimmt ihn fest. Dann hat sich unwiderruflich herausgestellt, dass Tim ein irrer Mörder ist – und ich bin aus der Schusslinie."

„Schusslinie?", fragte Cora, um Zeit zu gewinnen. Wenn es ihr gelang, Verenas Zeitplan durcheinander zu bringen ...

„Ja, klar! Du hast schließlich einen Stein ins Rollen gebracht. Durch Cordulas wundersame Auferstehung steht Tim jetzt als das Unschuldslamm dar! Hast du eine Ahnung, was das bedeutet? Die Polizei verdächtigt auf einmal *mich*! Zum ersten Mal ziehen sie ernsthaft in Erwägung, dass *ich* meine Eltern umgebracht habe. Und damit nicht genug! Sie ahnen sogar, dass ich auch Benni das Licht ausgepustet habe. Echt dumm gelaufen, das Ganze. Unter normalen Umständen wäre ich nie unter Verdacht geraten. Die Polizei hätte deine Anschuldigungen als verzweifelten Verteidigungsversuch abgetan. Ich konnte ja nun wirklich nicht wissen, dass du *so* ein Ass im Ärmel hast."

„Wie hast du Benjamin ermordet?", erkundigte sich Cora.

Aber Verena schnalzte ein paar Mal mit der Zunge und schüttelte missbilligend den Kopf. „Ich würde dich ja gern mit den Details erfreuen, Schätzchen. Aber ich bin nur blond *auf* dem Kopf, nicht *im* Kopf. Du willst mich hinhalten, aber das funktioniert nicht." Sie sah erneut auf die Uhr. „Ich muss meinen Zeitplan einhalten." Dann nahm sie das Telefon von der Station und wählte drei Zahlen. Als sich jemand meldete, begann sie laut und heftig zu atmen und flüsterte dann mit perfekt gespielter Verzweiflung: „Bitte helfen Sie mir ... Tim ... will mich töten ... bitte kommen Sie schnell ... Maronenweg 7 ... Bitte!" Dann legte sie hastig auf. Ein, zwei Sekunden lang rührte sie sich nicht. Dann sah sie Cora an. Ein eiskaltes Lächeln verunzierte ihr bildhübsches Gesicht.

Cora stöhnte auf und versuchte ein letztes Mal, sich zu befreien. Sie wusste, was ihr jetzt blühte. Aber sie wusste auch, dass sie keine Chance hatte. Die Fesseln saßen einfach zu fest. Sie war Verena ausgeliefert. Sie würde sterben!

Mit weit aufgerissenen Augen verfolgte sie jede Bewegung, die Verena machte. Sie sah sie auf sich zukommen, bis sie direkt vor ihr stand. Wie sie den Briefbeschwerer hob ... und ihn dann wieder sinken ließ. Ein Hoffnungsschimmer keimte in Cora auf. Ob Verena es sich anders überlegt hatte?

„Puh", machte Verena und grinste auf einmal nicht mehr. Im Gegenteil, es sah aus, als würde sie zittern.

Sie bringt es nicht über sich, dachte Cora voller Hoffnung.

„Ich hatte nicht gedacht, dass es so schwierig sein würde", murmelte Verena. Sie sah Cora an und zuckte fast ein wenig entschuldigend die Achseln. „Ich hab es noch nie selbst gemacht, weißt du? Meine Eltern, das hat Benni übernommen ... und Benni ... na ja, es ist einfacher, ein Feuer zu legen, als jemanden mit den eigenen Händen ... Jetzt nur nicht sentimental werden. Was sein muss, muss sein!"

Entschlossen hob sie den Briefbeschwerer wieder an. Diesmal holte sie richtig damit aus. Sie presste die Lippen aufeinander, ihre Augen verengten sich zu Schlitzen. Ihr rechter Arm verkrampfte sich in der Vorbereitung der großen Krafteinwirkung ...

Nein! Das konnte Cora nicht mit ansehen! Schnell schloss sie die Augen. *Jesus, ich komme.* Mehr konnte sie nicht beten. Oder doch! Eine letzte Bitte. *Sei bei Tim. Lass nicht zu, dass er für diesen Mord geradestehen muss.* Und dann verspannte sich ihr ganzer Körper in Erwartung des einen, letzten Schlages, dieser letzten Empfindung, die sie auf dieser Welt haben würde.

Aber statt des Schlages hörte Cora plötzlich ein Poltern. Und dann rief eine Stimme, die sie schon mal gehört hatte: „Rühren Sie sich nicht, Frau Bartel, sonst jage ich Ihnen eine Kugel durch den Kopf!“

Verwirrt öffnete Cora die Augen und hob ein wenig ihren Kopf. Verena stand noch immer vor ihr, die rechte Hand mit dem Briefbeschwerer erhoben. Aber sie starrte entsetzt in Richtung der Wohnzimmertür und rührte sich nicht.

„Jetzt legen Sie das Ding ganz langsam zur Seite!“, sagte die Stimme warnend.

Cora spürte auf einmal eine unbeschreibliche Erleichterung. Es war Martin Weinerts Stimme. Es war die Polizei! Sie war gerettet!

Aber Verena rührte sich noch immer nicht. Sie war wie zur Salzsäule erstarrt. Nur ihre Augen wanderten zwischen Cora und dem Polizeibeamten hin und her. Als Cora das bemerkte, hielt sie erneut den Atem an. Sie begriff, dass die Gefahr noch nicht vorüber war. Verena überlegte. Wahrscheinlich überlegte sie, ob es ihr überhaupt einen Vorteil brachte, *nicht* zuzuschlagen.

„Ich bin übrigens der beste Schütze, den die Polizei seit langem ausgebildet hat“, sagte Martin. „Ich treffe einen rennenden Hasen auf zweihundert Meter. Und Sie treffe ich anderthalb Sekunden, bevor Sie zuschlagen, genau zwischen die Augen!“

Jetzt war es Verena, die schlucken musste. „Okay, okay“, beeilte sie sich zu sagen. „Ich lege ihn ja schon weg.“ Und dann senkte sie tatsächlich in Zeitlupentempo den Arm, trat zwei Schritte von Cora weg und stellte den Briefbeschwerer auf die Anrichte zurück. Das Geräusch, das dabei entstand, war noch nicht verhallt, da hatte schon ein uniformierter Polizeibeamter Verena erreicht und ihr die Arme auf den Rücken gedreht.

Cora fragte sich noch, ob das Klicken der Handschellen wohl der wundervollste Laut auf Erden war, als sie noch etwas viel Schöneres hörte.

„Cörchen! Bist du in Ordnung?“, rief jemand, der aufs Äußerste besorgt klang, sich neben ihr niederkniete und sanft ihren Kopf anhob.

Cora stöhnte ein wenig auf. War es ihr schmerzender Kopf oder war es die Tatsache, dass sie Tims Stimme erkannt hatte? Tim war bei ihr! Tränen der Freude, Erleichterung und Überwältigung schossen aus ihren Augen und vermischten sich mit dem Schweiß der eben noch erlebten Todesangst.

Tim begann, mit der anderen Hand wild an ihren Handfesseln herumzuzerren. „Kann das mal jemand abmachen!?“, schrie er beinahe hysterisch.

„Ist ja schon gut“, antwortete Martin Weinert, ließ sich neben Tim auf dem Boden nieder und machte sich ebenfalls an den Fesseln zu schaffen. „Hat jemand ein Messer oder so was?“, fragte er nach einigen Minuten vergeblicher Mühe.

„Nein“, entgegnete einer der beiden Polizisten, die Verena festhielten.

„Ich auch nicht“, sagte der andere.

„Gehört nicht zur Ausrüstung“, kicherte eine Männerstimme vom Flur her.

„Das gibt's doch gar nicht!“, schimpfte Tim. Dann legte er Coras Kopf sanft auf dem Fußboden ab, sprang auf und rannte aus dem Raum. Schon wenige Sekunden später kam er mit einem Küchenmesser zurück, hockte sich erneut neben Cora und durchtrennte dann in Windeseile ihre Hand- und Fußfesseln. Anschließend zog er sie vorsichtig in seine Arme. „Tut dir was weh?“, fragte er voller Besorgnis.

„Nein, gar nichts“, log Cora, die immer noch das Gefühl hatte, als würde jemand mit einem Hammer Nägel in ihrem Kopf versenken.

„Ich bin so froh!“, stöhnte Tim und fing an, Coras Gesicht mit Küssen zu bedecken.

Cora registrierte es zwar, wusste aber überhaupt nicht, wie ihr geschah. War Tim denn gar nicht wütend auf sie? Hasste er sie nicht?

„Ach, wie süß“, mokierte sich Verena, die von den Polizisten gerade an den beiden vorbei in Richtung Tür geschoben wurde. „Das hässliche Entlein und der dumme Junge von nebenan. Ein perfektes Paar.“

„Erstens“, konterte Tim wütend, „ist Cordula längst zum Schwan geworden – das sieht man doch wohl – und zweitens bin ich längst nicht mehr so naiv, wie du glaubst. Oder wer hat hier den Kürzeren gezogen, hm?“

Verena blieb so abrupt stehen, dass auch die Polizisten anhalten mussten. „Das hab ich dir zu verdanken?“, fragte sie ungläubig.

„Ich hab jedenfalls die Polizei eingeschaltet“, nickte Tim.

„Aber ... warum?“, stammelte Verena. „Ich meine ... es war der perfekte Plan ... was ... was hab ich falsch gemacht?“

„Deine Notiz“, antwortete Tim mit einem zufriedenen Lächeln. „Es war deine Notiz.“

Verena schien fieberhaft nachzudenken. „Versteh ich nicht“, sagte sie schließlich.

„*Timmy*. Du hast *Timmy* geschrieben.“

„Ja, und?“, zischte Verena genervt.

Tim blieb ruhig. „So hast *du* mich früher angeredet“, entgegnete er gelassen. „Cora hat immer Tim gesagt und Cordula sowieso. Du weißt es wahrscheinlich gar nicht, aber sie hasste es, wenn du mich Timmy nanntest.“

„Aber ...“, Verena schüttelte verwirrt den Kopf, „du ... warst doch im Café ... ich meine ... das Telefon ... Uwe hat mich doch angerufen ... so, wie es vereinbart war.“

„Sie sprechen von Uwe Grimm?“, erkundigte sich Martin Weinert.

Verena sah den Polizeibeamten erschrocken an. „Ist er etwa ...?“

Herr Weinert nickte fröhlich. „Wir haben ihn dingfest gemacht, ja. Gestern Abend schon. Und er hat sofort bereitwillig ausgepackt. Erfreulicherweise hat er uns auch verraten, welches Klingelzeichen Sie beide ausgemacht haben. So konnten *wir* Sie anrufen ... und auf frischer Tat ertappen!“

„Dieser Idiot“, schnaubte Verena. „Diese Memme! Ich werde –“

„ ... mit ihm Schluss machen, das wissen wir ja schon“, vollendete Martin Weinert ihren Satz. „Zukünftiger Ex-Freund und so.“

Verena keuchte. „Heißt das ... dass Sie mitgehört haben? Ich meine ... alles?“

Herr Weinert lächelte ihr breite Zustimmung entgegen.

Verenas Mund öffnete und schloss sich dann wieder. Zum ersten Mal schien sie sprachlos zu sein. Dann wandte sie sich wieder um und setzte sich in Bewegung, wobei sie die erstaunten Polizisten hinter sich her zog. Sie schien es auf einmal eilig zu haben, aus Tims Haus wegzukommen. Und das, obwohl dieser Weg direkt ins Gefängnis führte.

Tim und Cora sahen ihr nach, bis sie den Raum verlassen hatte. „Sie ist weg“, murmelte Cora schließlich. Unglaubliche Erleichterung schwang in diesen drei Worten mit.

„Und wir sind noch da“, sagte Tim leise. Und dann sah er ihr voller Zärtlichkeit in die Augen und flüsterte: „Ich liebe dich.“

Diese Worte entfachten Coras Widerspruchsgeist. „Nein, nein“, stammelte sie. „Das kann nicht sein. Du musst mich hassen. Ich ... ich habe dich belogen ... die ganze Zeit.“

„Und ich habe dich verletzt ... damals", entgegnete Tim. „Ich habe dich im Stich gelassen. Kannst du mir das verzeihen?"

„Das hab ich doch schon längst", sagte Cora.

„Schön", freute sich Tim und grinste frech. „Dann ist ja alles geklärt und wir können endlich heiraten."

Cora glaubte ihren Ohren nicht zu trauen. „Du ... du willst mich heiraten ... jetzt immer noch?", stotterte sie verwundert.

Tim nickte eifrig. „Aber natürlich! Ich liebe dich!"

Auf Coras Stirn bildete sich eine tiefe Furche. Tim hatte genau das gesagt, was sie die ganze Zeit hatte hören wollen, worauf sie immer gewartet hatte. Seine Worte waren die Erfüllung all ihrer Wünsche, Hoffnungen und Träume. Aber warum ... konnte sie sich jetzt nicht darüber freuen? Warum konnte sie auf einmal nicht mehr ‚Ja' sagen? Was stimmte nicht?

„Ich kann dich aber nicht heiraten", hörte sie sich sagen und erschrak über ihre eigenen Worte. War sie noch ganz bei Trost? Sie wollte doch mit Tim zusammen sein! Es gab nichts, was sie sich mehr wünschte.

„Was?", stammelte Tim. „Aber warum nicht? Ich dachte, du liebst mich."

„Das tue ich auch", sagte Cora. „Das hab ich immer getan. Das Problem ist nur ... dass du *mich* nicht liebst."

„Wie kannst du so etwas sagen", brauste Tim auf. „Ich liebe dich sogar sehr! Ich habe es dir gesagt ... damals, im Gefängnis. Hast du es mir denn nicht geglaubt?"

„Doch", antwortete Cora und begann zu weinen. „Natürlich hab ich das. Aber das ist es nicht. Es ist ... ich bin ... nicht mehr die, die ich war ... ich meine ... ich bin nicht mehr so wie vorher. Im Grunde genommen ... bin ich gar nicht die, die du liebst. Du liebst Cora. Und ich bin ..." Jetzt war es vollends um Coras Fassung geschehen. Ja, wer war sie? Sie schluchzte auf und schlug verzweifelt die Hände vors Gesicht. „Ich weiß ja selbst nicht, wer ich bin", jammerte sie.

Angesichts dieser Worte wurde Tims Gesichtsausdruck weich. Verstehen spiegelte sich darauf wider. Unendlich zärtlich griff er nach Coras Händen und zog sie von ihrem Gesicht. „Du bist beides", sagte er liebevoll. „Du bist Cora und du bist Cordula. Und ich, ich liebe euch beide ... die neue Cora und die alte Cordula."

„Nein", widersprach Cora. Erinnerungen kamen in ihr hoch. Erinnerungen, die so schmerzhaft waren, dass sie ihre Kopfschmerzen in den Hintergrund drängten. Sie bemerkte sie kaum noch. Viel zu tief war sie in die Vergangenheit eingetaucht. In Gedanken betrat sie wieder das Wohnzimmer der Berghoffs. Es war der Morgen nach Tims Geburtstag. Sie spürte noch einmal diese unglaubliche Begeisterung und Vorfreude. Und dann sah sie Tim wieder vor sich, mit diesem verlegenen Gesichtsausdruck ... wie er ihrem Blick auswich ... Erneut wurde sie mit seiner Ablehnung konfrontiert. Noch einmal fiel sie gefühlsmäßig aus den Wolken des Glücks auf den harten Asphalt der Wirklichkeit hinab.

„Du fandest mich abstoßend", stieß Cora hervor.

Auch dieses Mal senkte Tim den Blick. Er schien Coras Gedanken gelesen zu haben. „Das Geburtstagsfrühstück", nickte er betroffen. „Ich habe dich so verletzt ... und ich habe es so bereut. Zwölf Jahre hatte ich Zeit, es zu bereuen. Du hast keine Ahnung, was während meines Gefängnisaufenthaltes in mir vorging. Verena, die ich zu lieben, zu kennen glaubte, hat mich dort hineingebracht. Mein Vater starb, meine Mutter war mit Trauerarbeit beschäftigt. Und alle, aber auch *alle* meine Freunde ließen mich fallen wie eine heiße Kartoffel. Sogar Laura hat mich verabscheut. Es war einfach unvorstellbar, was mit mir passiert ist. Von einem Tag auf den anderen stand ich völlig allein da. Und ich wusste auf einmal, dass es einen einzigen Menschen gab, der in all dem zu mir gehalten hätte ... und dass ich diesen Menschen vertrieben hatte. Und das warst du, Cora ... *Cordula.* Damals habe ich angefangen, dich zu lieben. Die ganzen zwölf Jahre hab ich mich danach gesehnt, dich wiederzusehen ... dich um Verzeihung zu bitten. Als ich rauskam, hab ich alles versucht, um dich zu finden. Aber es gab keine Chance. Du warst wie vom Erdboden verschluckt. Und dann .. na ja, dann gab es plötzlich Cora. Ich habe mich verliebt und ... die Erinnerung an Cordula trat in den Hintergrund ... jedenfalls bis vor kurzem."

„Ich war fett und hässlich", schniefte Cora.

„Man konnte dich nicht übersehen", lächelte Tim. „Das stimmt wohl. Aber wer entscheidet denn, dass das hässlich ist? Im Barock zum Beispiel –"

„Komm mir jetzt nicht mit den Rubensfrauen", fiel Cora ihm ins Wort.

„Warum denn nicht?", beharrte Tim. „Verena zum Beispiel wäre damals als hässliche, dürre Bohnenstange verschrieen worden. Und in manchen Naturvölkern – Natur, wie *natürlich*, verstehst du? – würde sie wahrscheinlich noch als Oma vergeblich auf einen Ehemann warten."

„*Du* hast sie aber nicht gerade von der Bettkante geschubst", schmollte Cora.

„Ich weiß“, entgegnete Tim niedergeschlagen. „Aber ich war jung. Ich hatte keine Lebenserfahrung. Und keine Menschenkenntnis. Heute möchte ich keine Verena mehr. Ich möchte lieber jemanden haben, der mich auch liebt, jemanden, auf den ich mich verlassen kann, jemanden, mit dem ich durch dick und dünn gehen kann.“ Er grinste auf einmal. „Egal, ob dick oder dünn.“

„Das kannst du leicht sagen“, provozierte Cora. „Heute bin ich ja nicht mehr so dick wie damals.“

„Aber du wirst es vielleicht wieder“, antwortete Tim und grinste schelmisch. „Nach unserem dritten Kind zum Beispiel.“

„Das ist gar nicht witzig“, warnte Cora. „Wer einmal dick war, kann es schnell wieder werden.“

„Ich muss wohl hoffen, dass es so kommt“, sagte er ernst.

Cora stutzte. „Wie soll ich das denn jetzt verstehen?“

„Na ja, das scheint die einzige Möglichkeit zu sein, dich von der Aufrichtigkeit meiner Gefühle zu überzeugen.“ Er dachte einen Moment nach. Dann fing er wieder an zu grinsen. „Jetzt weiß ich, wie wir's machen! Ich werde dich drei Monate lang ununterbrochen mit Chips und Schokolade füttern. Und wenn du dann genauso viel auf die Waage bringst wie damals, werd ich um deine Hand anhalten. Dann bleibt dir gar nichts anders übrig, als Ja zu sagen. Was hältst du davon?“

Cora konnte das Lächeln, das ihre Mundwinkel umspielte, kaum noch unter Kontrolle halten. „Du bist unmöglich“, sagte sie vorwurfsvoll.

„Und trotzdem kannst du mir nicht widerstehen“, lächelte Tim.

„Das war immer mein Problem“, nickte Cora.

„Dann mach aus deiner Not eine Tugend! Heirate mich endlich!“, forderte Tim.

Cora seufzte schon wieder. „Wenn ich dadurch den Chips und der Schokolade entgehen kann ...“

„Heißt das ... ist das ... ein Ja?“, rief Tim freudig.

„Ja“, antwortete Cora schlicht.

„Oh, Gott sei Dank!“, rief Tim erleichtert und riss Cora in seine Arme. Die stöhnte allerdings gequält auf. Jetzt, wo ihr Leben wieder in Ordnung war, meldeten sich nämlich ihre Kopfschmerzen zurück. Und die waren fast so stark wie das tiefe Glücksgefühl, das in ihrem Herzen seinen Ursprung nahm und von dort aus in alle Körperteile strömte.

Kapitel 46

Das Wetter war an diesem Freitag längst nicht so schön wie beim letzten Mal. Dunkle Regenwolken hingen am Himmel und drohten mit heftigem Niederschlag. Vereinzelte Tröpfchen fielen schon jetzt auf die kleine Hochzeitsgesellschaft hinab.

Die beiden Brautpaare allerdings bemerkten es kaum. Sie hatten nur Augen füreinander, hielten sich fest an den Händen und strahlten um die Wette. Ihre unübersehbare Freude zog auch die Gäste in ihren Bann und glich das Fehlen direkten Sonnenlichts bei weitem aus.

Als Tim, Cora, Laura und Michael schließlich vor den Altar der kleinen Kirche traten, rannen die Tränen bei Frau Berghoff schon literweise die Wangen hinab. Auch der Pastor war sichtlich bewegt.

Timo hingegen strahlte mit seiner frisch gebackenen Verwandtschaft um die Wette. Seine Aufregung konnte er nur schwer unter Kontrolle bringen. Obwohl er vorne in der ersten Reihe saß, zappelte er unruhig hin und her, drehte sich mehrfach nach hinten um und sprach schließlich sogar den älteren Herrn an, der schräg hinter ihm saß.

Er deutete auf Tim und Cora. „Das sind meine Eltern“, sagte er mit zitternder Stimme. „Meine Mutter und mein Vater.“

„Ein schönes Paar“, antwortete der Mann höflich. „Vor allem eine hübsche Braut.“

„Nicht wahr?“, freute sich Timo und musterte seine Mutter zum hundertsten Mal voller Stolz von oben bis unten. Für eine Braut war sie eigentlich ungewöhnlich gekleidet. Während Laura ein langes, eng geschnittenes Kleid aus glänzendem beigem Stoff trug, steckte Cora in einem Hosenanzug. Er hatte die gleiche helle Farbe und hob sich dadurch kontrastreich von ihren dunklen, vollen Haaren ab. Da er aus dünnem, fließendem Seidenstoff bestand, ließ er sie erstaunlich weich und weiblich wirken.

Die Zeremonie war mittlerweile fast vorüber, und als Tim sich jetzt anschickte, seine Braut zu küssen, hatte er dabei wesentlich mehr Schwierigkeiten als sein Schwager. Sehr tief musste er sich zu Cora herunterbeugen. Was nicht zuletzt an ihren Schuhen lag.

Es waren cremefarbene Ballerinas, superflach – versteht sich.